国家哲学社会科学成果文库
NATIONAL ACHIEVEMENTS LIBRARY
OF PHILOSOPHY AND SOCIAL SCIENCES

中国古代小说观念发展史

王齐洲 著

人民文学出版社

图书在版编目(CIP)数据

中国古代小说观念发展史 / 王齐洲著. -- 北京：人民文学出版社, 2025. -- (国家哲学社会科学成果文库). -- ISBN 978-7-02-019231-1

Ⅰ. I207.409

中国国家版本馆 CIP 数据核字第 2025GD9894 号

责任编辑　张梦笔
责任印制　宋佳月

出版发行　人民文学出版社
社　　址　北京市朝内大街 166 号
邮政编码　100705

印　　刷　北京盛通印刷股份有限公司
经　　销　全国新华书店等

字　　数　660 千字
开　　本　710 毫米×1000 毫米　1/16
印　　张　44　插页 2
版　　次　2025 年 5 月北京第 1 版
印　　次　2025 年 5 月第 1 次印刷

书　　号　978-7-02-019231-1
定　　价　218.00 元

如有印装质量问题,请与本社图书销售中心调换。电话:010-65233595

《国家哲学社会科学成果文库》
出版说明

  为充分发挥哲学社会科学优秀成果和优秀人才的示范引领作用，促进我国哲学社会科学繁荣发展，自2010年始设立《国家哲学社会科学成果文库》。入选成果经同行专家严格评审，反映新时代中国特色社会主义理论和实践创新，代表当前相关学科领域前沿水平。按照"统一标识、统一风格、统一版式、统一标准"的总体要求组织出版。

全国哲学社会科学工作办公室
2025年3月

目　录

前　言 / 001

第一编
先秦小说家与小说观念的发生

第一章　说体文的产生与小说观念的滥觞
第一节　"说"与说体文的产生　/ 004
第二节　说体文产生的社会背景　/ 012
第三节　说体文的文体特征　/ 018
第四节　说体文对小说观念的影响　/ 026

第二章　中国古代小说的三音三义
第一节　作为"辩说"活动的"小说"　/ 036
第二节　作为"辩说"效果的"小说"　/ 041
第三节　作为"辩说"文本的"小说"　/ 046

第三章　中国小说家之祖师旷探论

第一节　师旷的身份地位 / 052

第二节　师旷的言论立场 / 058

第三节　师旷的言说特点 / 063

第四节　师旷小说的影响 / 069

第四章　古优的来历及其分化

第一节　古优的来历 / 077

第二节　古优的分化 / 088

第三节　结论与余论 / 097

第五章　小说家《宋玉子》试探

第一节　作为小说集的《宋玉子》/ 101

第二节　作为小说家的宋玉 / 106

第六章　庄子的小说观念

第一节　庄子对言说活动的认知与突破 / 116

第二节　《庄子·外物》中"小说"之含义 / 122

第三节　庄子小说观念对后世的影响 / 127

第七章　荀子的小说观念

第一节　《荀子·正名篇》的论述主旨 / 136

第二节　荀子论"小家珍说"之成因 / 141

第三节　荀子论"小家珍说"之内涵 / 146

第二编
史志小说观念的确立与发展

第八章　汉人的小说观念
　　第一节　《汉志》的基本体例和著录原则 / 154
　　第二节　《汉志》关于"小说家"的定义 / 160
　　第三节　汉人对小说性质和特点的认识 / 166

第九章　"小说家出于稗官"新说
　　第一节　百年争议的简要回顾 / 174
　　第二节　稗官之读音与释义 / 180
　　第三节　稗官命名之由来 / 190
　　第四节　稗官小说之滥觞 / 196

第十章　《汉志》小说的文体类型
　　第一节　说体文与《汉志》说体小说 / 204
　　第二节　秦汉子书与《汉志》子体小说 / 211
　　第三节　《汉志》术体小说、事体小说和言体小说 / 221

第十一章　《汉志》与《隋志》小说观念之比较
　　第一节　《汉志》对"小说家"的定义 / 229
　　第二节　《隋志》对"小说"的定义 / 234
　　第三节　《汉志》与《隋志》小说观念之比较 / 239

第十二章　正史艺文经籍志著录小说名实辨

第一节　正史艺文经籍志著录小说的原则与方法 / 243

第二节　《汉志·诸子略》小说家著录的作品都是小说 / 249

第三节　正史艺文经籍志为什么不抛弃"小说家"观念 / 255

第十三章　史志著录所反映的小说观念

第一节　汉人以小说为子书的原因及其意义 / 262

第二节　魏晋以后史书的繁荣与小说观念的调整 / 269

第三节　古代小说观念发展的基本趋向 / 280

第十四章　刘知几与胡应麟小说分类思想之比较

第一节　刘知几的小说分类思想 / 291

第二节　胡应麟的小说分类思想 / 297

第三节　刘知几与胡应麟小说分类思想比较 / 304

第十五章　欧阳修的小说观念

第一节　《新唐志》与《旧唐志》小说著录之比较 / 312

第二节　欧阳修对传统小说观念的变革 / 316

第三节　欧阳修小说观念的思想价值 / 322

第十六章　从《山海经》归类看中国古代小说观念的演变

第一节　《汉志》和《隋志》对《山海经》的认识与归类 / 326

第二节　宋以后对《山海经》认识的发展与归类变化 / 332

第三节　《山海经》归类变化反映着古代小说观念的发展 / 339

第三编
通俗小说观念的发生与演变

第十七章　曹植"诵俳优小说"发覆
　　第一节　有关记载的历史背景　/ 352
　　第二节　俳优与俳优表演　/ 355
　　第三节　"胡舞五椎锻、跳丸击剑"与"俳优小说"　/ 360
　　第四节　俳优小说的小说史地位　/ 367

第十八章　宋代"说话"家数再探
　　第一节　学界认识的分歧　/ 377
　　第二节　两宋"说话"的实际　/ 381
　　第三节　宋人"说话四家"新释　/ 388

第十九章　《三国演义》与明人小说观念
　　第一节　从"羽翼信史"到"并传不朽"　/ 396
　　第二节　从"裨益风教"到"疗俗圣药"　/ 406
　　第三节　明后期小说虚构观念的苗长　/ 415

第二十章　金圣叹的小说思想与小说观念
　　第一节　塑造人物形象是通俗小说的本质特点　/ 427
　　第二节　典型化是通俗小说人物塑造的成功关键　/ 434
　　第三节　"因缘生法"是通俗小说创作的基本方法　/ 442
　　第四节　"动心"是作者刻画人物的理想状态　/ 447

第二十一章　中国通俗小说观念的成熟与发展

第一节　宋代是通俗小说观念的成熟期 / 454

第二节　宋以前通俗小说观念的孕育 / 462

第三节　通俗小说观念在明清的发展（上）/ 468

第四节　通俗小说观念在明清的发展（下）/ 477

第二十二章　中国小说观念在近代的演变

第一节　由"闲书"提升为"教科书" / 489

第二节　从子部类别转移到文学学科 / 497

第三节　由"羽翼信史"到观照社会人生 / 507

第四节　从大类统说到小类分解 / 516

第五节　结论与余论 / 527

第二十三章　重评梁启超的小说理论

第一节　"小说界革命"是为政治改良服务的 / 531

第二节　"熏浸刺提"不全指艺术感染力 / 538

第三节　梁启超小说理论的得与失 / 544

第四编
小说观念的演进之迹与观察之维

第二十四章　中国社会结构变迁与传统小说观念之演进

第一节　士人阶层崛起与士人小说观念 / 554

第二节　市民阶层独立与通俗小说观念 / 568

第三节　公民社会成长与近现代小说观念 / 579

第二十五章 中国古代小说观念的两种视角

第一节 古代小说和古典学术之关系 / 598
第二节 古代小说与古代文体之关系 / 604
第三节 观察古代小说观念的两种视角 / 611

结语：方法、路径、逻辑与结论 / 623

参考文献 / 642

后　记 / 660

CONTENTS

PREFACE / 001

PART 1   PRE-QIN XIAOSHUOJIA AND THE EMERGENCE OF
         THE CONCEPT OF XIAOSHUO

CHAPTER 1   THE EMERGENCE OF THE SHUOTI PROSE AND THE
            ORIGIN OF THE CONCEPT OF XIAOSHUO

  1.1   The Emergence of the Character "Shuo" and the Shuoti Prose   / 004
  1.2   The Social Background of the Emergence of the Shuoti Prose   / 012
  1.3   The Stylistic Features of the Shuoti Prose   / 018
  1.4   The Influence of the Shuoti Prose on the Concept of Xiaoshuo   / 026

CHAPTER 2   THE THREE PRONUNCIATIONS AND THREE MEANINGS
            OF THE ANCIENT CHINESE TERM "XIAOSHUO"

  2.1   "Xiaoshuo" as an "Debate" Activity   / 036
  2.2   "Xiaoshuo" as the Effect of "Debate"   / 041

2.3 "Xiaoshuo" as the Text of "Debate" / 046

CHAPTER 3 AN EXPLORATION OF SHI KUANG, THE ANCESTOR OF CHINESE XIAOSHUOJIA

3.1 The Identity and Status of Shi Kuang / 052

3.2 The Yanshuo (Utterance) and Stance of Shi Kuang / 058

3.3 The Characteristics of Shi Kuang's Yanshuo / 063

3.4 The Influence of Shi Kuang's Xiaoshuo / 069

CHAPTER 4 THE ORIGINS AND DIFFERENTIATION OF ANCIENT "YOU" (ENTERTAINERS)

4.1 The Origins of the Ancient "You" / 077

4.2 The Differentiation of the Ancient "You" / 088

4.3 Conclusion and Additional Notes / 097

CHAPTER 5 AN EXPLORATION OF XIAOSHUOJIA *SONG YU ZI*

5.1 *Song Yu Zi* as a Collection of Xiaoshuo / 101

5.2 Song Yu as a Xiaoshuojia / 106

CHAPTER 6 ZHUANGZI'S CONCEPT OF XIAOSHUO

6.1 Zhuangzi's Understanding and Breakthrough of Yanshuo / 116

6.2 The Meaning of "Xiaoshuo" in *Zhuangzi* : "External Things" / 122

6.3 The Influence of Zhuangzi's Xiaoshuo Concept on Later Generations / 127

CHAPTER 7　XUNZI'S CONCEPT OF XIAOSHUO

7.1　The Main Theme of *Xunzi* : "The Chapter of Rectifying Names" ／ 136

7.2　Xunzi's Discussion on the Causes of "Xiaojia Zhenshuo" ／ 141

7.3　Xunzi's Analysis of the connotation of "Xiaojia Zhenshuo" ／ 146

PART 2　THE ESTABLISHMENT AND DEVELOPMENT OF XIAOSHUO CONCEPTS IN HISTORICAL RECORDS

CHAPTER 8　THE CONCEPT OF XIAOSHUO AMONG THE SCHOLARS IN THE HAN DYNASTY

8.1　The Basic Framework and Cataloging Principles of *Hanzhi* (*Yiwenzhi* in the *History of the Former Han Dynasty*) ／ 154

8.2　The Definition of "Xiaoshuojia" in *Hanzhi* ／ 160

8.3　The Understanding of the Nature and Characteristics of Xiaoshuo by Scholars in the Han Dynasty ／ 166

CHAPTER 9　NEW INTERPRETATION OF "ANCIENT CHINESE XIAOSHUOJIA'S IDENTITY ORIGINATING FROM BAIGUAN"

9.1　A Brief Review of a Century-long Debate ／ 174

9.2　The Pronunciation and Meaning of Baiguan ／ 180

9.3　The Origin of the Name Baiguan ／ 190

9.4　The Origins of Baiguan's Xiaoshuo ／ 196

CHAPTER 10 THE STYLISTIC TYPES OF XIAOSHUO IN *HANZHI*

10.1　The Shuoti Prose and the Shuoti Xiaoshuo in *Hanzhi*　/ 204

10.2　Zishu (Philosophical Books) in the Qin and Han Dynasties and the Xiaoshuo Written by the Ancient Scholars in *Hanzhi*　/ 211

10.3　The Shuti Xiaoshuo (Technique-focused Narratives), the Shiti Xiaoshuo (Event-centered Narratives), and the Yanti Xiaoshuo (Discourse-oriented Narratives) in *Hanzhi*　/ 221

CHAPTER 11　A COMPARISON OF XIAOSHUO CONCEPTS IN *HANZHI* AND *SUIZHI* (*JINGJIZHI* IN THE *HISTORY OF THE SUI DYNASTY*)

11.1　The Definition of Xiaoshuojia in *Hanzhi*　/ 229

11.2　The Definition of Xiaoshuo in *Suizhi*　/ 234

11.3　A Comparison of the Xiaoshuo Concepts in *Hanzhi* and *Suizhi*　/ 239

CHAPTER 12　CLARIFYING THE NAMES AND REALITIES OF XIAOSHUO RECORDED IN THE *YIWENZHI* OR *JINGJIZHI* OF OFFICIAL HISTORIES

12.1　The Principles and Methods of recording Xiaoshuo in the *Yiwenzhi* or *Jingjizhi* of Official Histories　/ 243

12.2　All the Works Recorded in the *"Zhuzi Lue"* of *Hanzhi* are Xiaoshuo　/ 249

12.3　Why *Yiwenzhi* and *Jingjizhi* of Official Histories did not Abandon the Concept of Xiaoshuojia　/ 255

CHAPTER 13 THE CONCEPT OF XIAOSHUO REFLECTED IN THE RECORDS OF *YIWENZHI* AND *JINGJIZHI* OF THE OFFICIAL HISTORIES

13.1 The Reason and Significance for the Scholars in the Han Dynasty to Consider Xiaoshuo as Zishu / 262

13.2 The Prosperity of Historical Books after the Wei and Jin Dynasties and the Adjustment of the Concept of Xiaoshuo / 269

13.3 The Basic Trends in the Development of the Concept of Ancient Xiaoshuo / 280

CHAPTER 14 A COMPARISON OF LIU ZHIJI'S AND HU YINGLIN'S THOUGHTS ON XIAOSHUO CLASSIFICATION

14.1 Liu Zhiji's Thoughts on Xiaoshuo Classification / 291

14.2 Hu Yinglin's Thoughts on Xiaoshuo Classification / 297

14.3 Comparing Liu Zhiji's and Hu Yinglin's Thoughts on Xiaoshuo Classification / 304

CHAPTER 15 OUYANG XIU'S CONCEPT OF XIAOSHUO

15.1 Comparing the Records of Xiaoshuo in the *Old Book of Tang* and the *New Book of Tang* / 312

15.2 Ouyang Xiu's Reform of the Traditional Concept of Xiaoshuo / 316

15.3 The Ideological Value of Ouyang Xiu's Concept of Xiaoshuo / 322

CHAPTER 16 OBSERVING THE EVOLUTION OF THE CONCEPT OF ANCIENT CHINESE XIAOSHUO FROM THE CLASSIFICATION OF THE *CLASSIC OF MOUNTAINS AND SEAS*

16.1 The Recognition and Classification of the *Classic of Mountains and Seas* in *Hanzhi* and *Suizhi* / 326

16.2 The Development of Recognition and Classification of the *Classic of Mountains and Seas* after the Song Dynasty / 332

16.3 The Changes in the Classification of the *Classic of Mountains and Seas* Reflect the Development of the Ancient Concept of Xiaoshuo / 339

PART 3 THE EMERGENCE AND EVOLUTION OF THE CONCEPT OF TONGSU XIAOSHUO (POPULAR FICTION)

CHAPTER 17 AN IN-DEPTH INTERPRETATION ON THE RECORD OF CAO ZHI RECITING PAIYOU XIAOSHUO

17.1 The Historical Background of Related Records / 352

17.2 The Paiyou (Actors/Entertainers) and their Performances / 355

17.3 "Huwuwuzhuiduan (a Dance Used for Exercise), Tiaowanjijian" (a Kind of Juggling) and the "Paiyou Xiaoshuo" / 360

17.4 The Position of Paiyou Xiaoshuo in the History of Xiaoshuo / 367

CHAPTER 18　RE-EXPLORATION OF THE ARTISTIC SCHOOLS OF "SHUOHUA" IN THE SONG DYNASTY

18.1　Disputes in Academic Understanding　/ 377

18.2　The Realities of "Shuohua" in the Song Dynasty　/ 381

18.3　A New Interpretation of the "Four Schools of Shuohua" in the Song Dynasty　/ 388

CHAPTER 19　*ROMANCE OF THREE KINGDOMS* AND THE XIAOSHUO CONCEPTS IN THE MING DYNASTY

19.1　From "Aiding the True History" to "Eternal Fame in Parallel"　/ 396

19.2　From "Enriching Public Morality" to "the Holy Remedy for Social Ills"　/ 406

19.3　The Growth of Fictional Concepts in Popular Novels during the Late Ming Period　/ 415

CHAPTER 20　JIN SHENGTAN'S THEORY AND CONCEPT ON XIAOSHUO

20.1　Shaping Character Images is an Essential Characteristic of Tongsu Xiaoshuo　/ 427

20.2　Typicalization as the Key to Successful Character Shaping in Tongsu Xiaoshuo　/ 434

20.3　"The Law of Mutual Causation of All Actions" as the Basic Method for Creating Tongsu Xiaoshuo　/ 442

20.4　"Dongxin" (Deeply Grasp the Characters) as the Ideal State for Authorial Characterization　/ 447

CHAPTER 21　THE MATURATION AND DEVELOPMENT OF CHINESE TONGSU XIAOSHUO CONCEPT

21.1　The Song Dynasty as the Maturation Period of Tongsu Xiaoshuo Concept　/ 454

21.2　The Germination of Tongsu Xiaoshuo Concept before the Song Dynasty　/ 462

21.3　The Development of Tongsu Xiaoshuo Concept in the Ming and Qing Dynasties (Part 1)　/ 468

21.4　The Development of Tongsu Xiaoshuo Concept in the Ming and Qing Dynasties (Part 2)　/ 477

CHAPTER 22　THE EVOLUTION OF CHINESE XIAOSHUO CONCEPT IN MODERN TIMES

22.1　The Transformation from "Leisure Books" to "Textbooks"　/ 489

22.2　The Shift from the Sub-Categories of Zi (One of the Four-part Classification System) to the Literary Discipline　/ 497

22.3　From "Aiding the True History" to Reflecting Society and Human Life　/ 507

22.4　From General Categorization to Detailed Subdivision　/ 516

22.5　Conclusion and Additional Discussions　/ 527

CHAPTER 23　REEVALUATION OF LIANG QICHAO'S XIAOSHUO THEORY

23.1　"Revolution in the Realm of Xiaoshuo" as a Tool for Political Reform　/ 531

23.2　Xun, Jin, Ci, and Ti do not Solely Refer to Artistic Appeal　/ 538

23.3　Gains and Losses in Liang Qichao's Xiaoshuo Theory　/ 544

PART 4 TRACES OF THE EVOLUTION OF XIAOSHUO CONCEPTS AND PERSPECTIVES OF OBSERVATION

CHAPTER 24 CHANGES IN CHINESE SOCIETAL STRUCTURE AND EVOLUTION OF VIEWS ON TRADITIONAL XIAOSHUO

24.1　The Rise of the Scholar Class and their Concepts of Xiaoshuo　/ 554

24.2　The Independence of the Citizen Class and the Tongsu Xiaoshuo Concept　/ 568

24.3　The Growth of Civil Society and the Modern Xiaoshuo (Fiction) Concept　/ 579

CHAPTER 25 TWO PERSPECTIVES ON THE CONCEPT OF ANCIENT CHINESE XIAOSHUO

25.1　The Relationship between Ancient Xiaoshuo and Classical Scholarship　/ 598

25.2　The Relationship between Ancient Xiaoshuo and Ancient Literary Forms　/ 604

25.3 Two Perspectives on Observing Ancient Xiaoshuo Concepts　/ 611

CONCLUSION: METHODS, PATHS, LOGIC, AND CONCLUSIONS　/ 623

REFERENCES　/ 642

POSTSCRIPT　/ 660

前　言

　　1932年，郑振铎在《中国通俗小说书目序》中说："对于中国小说的研究，乃是近十余年来的事。商务版的《小说丛考》和《小说考证》为最早的两部专著。但其中材料甚为凌杂。名为'小说'，而所著录者乃大半为戏曲。鲁迅先生的《中国小说史略》出，方才廓清了一切谬误的见解，为中国小说的研究打定了最稳固的基础。"[1] 郑氏所说的确是当时的事实，他也敏锐地观察到中国古代小说研究和小说观念发展的划时代变迁，然而，这一说法却并非科学的结论。因为他批评《小说丛考》和《小说考证》"凌杂"而肯定《中国小说史略》"廓清了"谬误的见解，只是站在现代小说的立场上讲话，而不是站在中国传统小说的立场上讲话，其结论虽然符合新文化运动以来的小说现状和现实需要，却并不符合中国古代小说和小说思想发展的实际，自然也就不符合中国文化本位的历史和逻辑。中国传统小说观念与现代小说观念很不一样，钱静方的《小说丛考》和蒋瑞藻的《小说考证》坚持的是中国传统小说观念，即视小说为"街谈巷议、道听途说者之所造"的"稗官野史"；而鲁迅《中国小说史略》采用的是由日本引进的西方现代小说观念，指认"有一定长度的虚构的故事"为小说。由于观念的差异，他们对研究对象的把握便很不一样。鲁迅之后，人们的小说观念逐渐由传统小说观念向现代小说观念转变，最后抛弃了中国传统小说观念而完全接受了西方现代小说观念。正如胡怀琛所说："现代通行的小说，实在是从外国移植过来的一种新的东西，在中国原来是没有的。……现代讲文学的人，

---

[1] 郑振铎：《中国文学研究》上册，人民文学出版社，2000，第434—435页。

大概都是拿外国的所谓小说做标准，拿来研究或整理中国的所谓小说。"[1]

那么，我们是否可以说中国传统小说观念是一种错误的小说观念，西方现代的小说观念才是正确的小说观念呢？也许不少人会持肯定的意见。如果是这样，西方现代小说观念早已被后现代小说观念所打破，中国现时的小说观念正处在变动不居的状态，那么，现代小说观念又应该以什么作为标准，哪一种观念才是正确的呢？20世纪60年代，美国政治动荡，社会运动波诡云谲，现实生活远远超出人们的想象，艺术虚构甚至不及现实离奇精彩。1966年，杜鲁门·卡波特用长篇小说形式描述新闻事件，所撰《冷血》在《纽约时报》书评周刊畅销榜连续55周位居榜首，使得"虚构"不再是小说的特有元素，"非虚构小说"的概念不胫而走；1968年，诺曼·梅勒撰写《夜幕下的大军》，故意混淆小说与历史的界限，先后获得普利策非虚构奖和美国国家图书奖，使得艺术与非艺术的传统差别变得更加模糊，以致美国大学许多系科开始设置非虚构叙事写作课程，连文学系也不例外，"有一定长度的虚构故事"的小说观念受到了越来越强有力的挑战。中国改革开放后，社会环境急剧变化，新生事物层出不穷，新闻媒体日新月异，人们希望迅速了解身边的人和事，非虚构写作受到大众青睐，一批纯文学刊物开始关注"非虚构"叙事。1996年《天涯》刊出的"民间语文"，2006年《钟山》设立的"非虚构文本"，尤其是2010年《人民文学》开辟"非虚构"专栏，陆续推出了一批有影响力的"非虚构小说"。这期间，《光明日报》文艺版也发表过不少"非虚构小说"。信息技术的革命、新媒体的壮大和互联网的普及，改变着现代小说的形式和观念，"网络小说"、"手机小说"、"微博小说"茁壮成长，传统纸质文本小说市场不断萎缩，小说形式和小说观念的发展和变异在所难免。形势发展超人预料，在当前的情势下，我们有什么底气说西方现代小说观念是唯一正确的小说观念呢？谁也无法保证100年后小说观念不会改变，甚至不能保证50年后小说观念不会改变。事实上，是小说的存在决定

---

[1] 胡怀琛：《中国小说概论》第一章《绪论》，世界书局，1934，第1—2页。

着小说的观念和小说的形态，而不是相反。正如50年或100年后，如果小说观念和小说形态发生了改变，人们不能因此说今人的小说不是小说一样，同样的道理，我们今天也不应该说中国古人当时所认可的小说不是小说。美籍学者夏志清在《中国古典小说导论》中说："除非我们以西方小说的尺度来考察，我们将无法给予中国小说以完全公正的评价。"[1]情况也许正好相反，除非我们真正尊重中国历史，尊重中国古人，对古人有"真了解"，否则我们将无法给予中国古代小说以真正客观的认识和完全公正的评价。我们应该找到既符合中国历史实际又切实可行的办法，来促进中国古代小说和小说观念的研究，以便吸收借鉴中国传统小说资源来推动新时期新小说的建设和发展。

中国传统小说观念作为一定历史时段中国人对于小说的认识，自有其文化依据和存在价值，也发挥了自身的历史作用，我们就没有理由忽视它、否定它，只能客观地承认它，历史地理解它，科学地评价它。以此反观《中国小说史略》，它用现代小说观念构建的中国小说史的学术体系，是否真正尊重了中国小说发展的历史实际？是否以"了解之同情"的态度对待了各个历史时期真正发挥社会影响的小说家及其作品？是否真正理解了小说在中国传统文化中的真实处境和实际作用？这些重大问题显然是需要认真思考和理性对待的。事实上，已经有学者对这些问题进行了思考和讨论，我们应该倾听这些声音，以促进中国小说史和小说观念史研究的深入发展。[2]

需要指出的是，中国古代小说本来有两类：一类是正史《艺文志》或《经籍志》著录的小说，通称史志子部小说，或称文言小说；一类是不为史志著录而流行于民间的通俗小说，也称白话小说。前者是正统的小说，后者是非正统的小说。虽然两类小说的文本形式、语体风格、审美趣味、传播途径、服务对象都有较大不同，但又一直相互借鉴、相互影响、相互依存、相互促进，构成

---

[1] 夏志清：《中国古典小说导论》，安徽文艺出版社，1988，第359页。
[2] 例如，欧阳健《〈中国小说史略〉批判》（山西人民出版社，2008），温庆新《鲁迅〈中国小说史略〉研究：以中国小说史学为视野》（九州出版社，2017），便涉及小说史和小说观念史的一些问题，值得我们重视。

中国古代小说发展的奇特景观。然而，现代人心目中的小说，其实是由西方现代文学观念所界定的小说，它离明清白话通俗小说较近，而离中国传统史志子部小说较远。20世纪是中国文化由传统向现代转型的世纪，由于西方现代小说观念的引入，我们对小说的认识发生了翻天覆地的变化。古人最不重视的、他们视之为"闲书"的白话通俗小说成了中国古代小说的代表，而被著录于正史《艺文志》或《经籍志》的子部文言小说反而退居次要地位；在子部文言小说中，原本占据主流地位的笔记、杂说又被志怪、传奇所取代，它们中的许多作品今人多不视其为小说，我们已经无法看清中国古代小说的真实面貌，更难以借鉴和吸收中国古代小说的思想成果和艺术经验来促进中国当代小说的发展。

事实上，引进西方现代小说观念并没有统一大家对小说的认识，混乱一直没能"廓清"。对于中国古代究竟有多少小说，或者说哪些古代作品可以被视为小说，学者们的看法并不相同。改革开放以来，编辑出版了不少小说书目或小说资料。仅以文言小说为例，书目类有程毅中的《古小说简目》（1981年），袁行霈、侯忠义的《中国文言小说书目》（1981年）；书目提要类有宁稼雨的《中国文言小说总目提要》（1996年），石昌渝主编的《中国古代小说总目（文言卷）》（2004年），以及刘世德主编的《中国古代小说百科全书》（1993年）和朱一玄、宁稼雨、陈桂声编撰的《中国古代小说总目提要》（2005）中的一部分；小说资料类有侯忠义的《中国文言小说参考资料》（1985年）、丁锡根的《中国历代小说序跋集》（1996年）的一部分，等等。然而，由于古今小说观念的差异以及各自理解的不同，大家在确定哪些作品属于小说哪些不属于小说的问题上出现了分歧，并没能形成一致意见。

例如，刘世德在《中国古代小说百科全书·前言》中说："如果完全依据今天通行的小说的概念，那么，一大批的古代文言小说势必无缘进入我们的这部百科全书。而如果完全依据古人的种种有关小说的概念，那么，我们的这部百科全书又将显得内容芜杂、大而无当。因此，对待古人的小说概念和今人的小说概念，我们既不摈弃前者，也不拒绝后者；既尊重前者，也采纳后者，力求把二者结合起来，加以灵活的运用——这就是我们所遵循的原则。"[1]这一原则简单概括就是，宋以前从宽，宋以后从严。所谓从宽，即基本遵从古人的观念。所谓从严，即主要采用今人的观念。然而，宽严的尺度如何把握，就只能取决于编者的认识和态度了。而一书之中两种标准，总让人感觉别扭和无奈。

宁稼雨在编写《中国文言小说总目提要》时也基本采用同样的方法，不过他的理解却有所不同。他在《前言》中说："他们（指刘世德先生们——引者）对其具体作法的陈述，从'总目'的角度考虑，我仍然觉得有些模糊或不足。比如，对宋以前的文言小说，如果按照他们的意见，事实上还有一些可以入选的作品。比如南北朝时期的《宋拾遗》、《宋齐语录》、《类林》等作品，完全是晋代《郭子》、《语林》、《殷芸小说》（此小说为梁代——引者）一类作品的流变。刘知几在《史通·杂述》中也将其与《世说新语》、《西京杂记》一类作品等量齐观。所以尽管史志小说家中没有著录，然而却有充足理由将其列入志人或杂俎小说中。至于南北朝至唐代志怪一类的作品，可以入选的就更多了。"因此，他在书中所确定的划定文言小说界限的原则是："在尊重古人小说概念的前提下，以历代公私书目小说家类著录的作品为基本依据，用今人的小说概念对其进行遴选厘定，将完全不是小说的作品剔除出去，将历代书目小说家中没有著录、然而又确实可与当时的小说相同，或能接近今人小说概念的作品选入进来。"[2]这样，他所著录的小说比历代公私书目著录的小说目录有的要宽，有的则要严，而宽严尺度的掌握，当然全靠他个人对作品的判断。

袁行霈、侯忠义编纂《中国文言小说书目》，处理原则又有所不同。其《凡例》云："古今小说概念不同，以今例古，其中多有不类小说者。为保存历史面目，本书不以今之小说概念作取舍标准，而悉以传统目录学所谓小说家书为收

---

[1] 刘世德、程毅中、刘辉主编：《中国古代小说百科全书》前言，中国大百科全书出版社，1993，第1页。
[2] 宁稼雨：《中国文言小说总目提要》前言，齐鲁书社，1996，第2—3页。

录依据。"[1]然而，他们的努力仍然受到质疑，石昌渝便指出："虽然该书'凡例'称'本书以审慎、完备为目标，凡曾见于小说家类之文言小说，一般均予收录'，却仍然不够审慎和完备。如果不以个别人的看法，而依据传统目录学的经典意见，像《剪灯新话》、《剪灯余话》、《娇红记》、《钟情丽集》、《怀春雅集》、《觅灯因话》、《燕山外史》等等这类明显出自虚构的作品就不能著录；如果这类小说可以入选，那么像《刘生觅莲记》、《寻芳雅集》、《花神三妙传》、《天缘奇遇》、《如意君传》、《痴婆子传》等等作品未予著录，就是一个疏漏。"[2]显然，这是因为他们对传统目录学小说著录标准的理解不同所导致的分歧。也就是说，即使将问题局限在传统目录学的范围之内，学术界也很难形成统一意见。

有鉴于此，石昌渝主编《中国古代小说总目》时，"采取宁宽勿缺的方针，除了著录文学门类的小说作品之外，还将古代主要公私书目著录的'小说家类'作品也一概收录，对于其中非叙事性的作品则在提要正文中加以说明"[3]。然而，为了"与古代目录学传统接轨"，将古代主要公私书目著录的"小说家类"作品一概收录，而为了突出"作为文学门类的小说"，又将上述书目失载的"许多确为文学门类的小说作品"一并收录，呈现出不古不今、不中不西的复杂面貌，中国古代小说的概念就更加模糊了。程毅中曾感叹："古人所谓的小说，我们今天很难给它定性。我们想编一部新的古代小说书目，就会在收书标准上遇到很大的麻烦。我曾试图编一本古小说简目，想把已经失传的书也包括在内。不想只是现存的书都无法定性，已经失传的书如果只凭前人书目的著录就太宽大无边了，结果只能知难而退了。"[4]

以上所引各家的不同意见，还只是针对史志子部小说或文言小说，并不包括通俗小说。其实，通俗小说的认识分歧也同样巨大，前述郑振铎对《小说考

1　袁行霈、侯忠义：《中国文言小说书目》凡例，北京大学出版社，1981，第1页。
2　石昌渝：《中国小说源流论》，生活·读书·新知三联书店，1994，第12页。
3　石昌渝主编：《中国古代小说总目》（文言卷）凡例，山西教育出版社，2004。
4　程毅中：《中国古代小说的文献研究》，收入《程毅中文存》，中华书局，2006，第19页。

证》和《小说丛考》的批评已经能够说明问题。事实上，中国通俗小说是在宋代"说话"基础上发展而来，其远源可以追溯到先秦的"优谏"，指称范围原本十分广泛，不仅包括今人所说的小说和戏曲，而且包括影戏、诸宫调、弹词、大鼓、小唱等一切讲唱伎艺。蒋瑞藻《小说考证》采取的就是这样的小说概念。1912年，管达如在《说小说》中比较系统地阐述了对小说的认识，他在《小说之分类》一章中将小说按文学分为"文言体"、"白话体"和"韵文体"，按体制分为"笔记体"和"章回体"。其"韵文体"中又分为"传奇体"和"弹词体"，"传奇体"中包括元代南北曲和明清戏曲，"弹词体"则包括一切讲唱伎艺，采取的是与蒋瑞藻同样的小说概念。[1] 1914年，吕思勉（成之）撰《小说丛话》，全面阐述他对小说的看法，他将小说分为散文、韵文两类，散文类有文言和俗语两种，韵文类有传奇和弹词两种，采用的仍然是传统的小说概念。只不过他认为："小说之美，在于意义，而不在于声音，故以有韵、无韵二体较之，宁以无韵为正格。而小说者，近世的文学也……近世之事物，惟近世之言语，乃能建之，古代之言语，必不足用矣。故以文言、俗语比较之，又无宁以俗语为正格。"[2] 按照现代小说观念来看，他们对小说的理解都是"凌杂"的；而按照古代小说观念来看，他们对小说的理解又都是清晰和准确的。问题是今人如何理解古人，找到可以联接古今认识的通道和桥梁。

既然今人对于中国古代小说的概念认识不清，研究对象不明，连编辑一个大家都能接受的古代小说书目都十分困难，那么，探讨有关中国古代小说的起源也就只好各说各话了。概括地说，有关中国小说起源的意见至少有先秦说、西汉说、魏晋说、六朝说、唐代说等多种，且都有自己立论的理论和依据。而从文体着眼讨论中国古代小说的形成和发展，大家的看法同样有别。例如，有

---

[1] 管达如：《说小说》，原载1912年《小说月报》第3卷。见王运熙主编《中国文论选》近代卷（下），江苏文艺出版社，1996，第785—787页。

[2] 成之：《小说丛话》，原载1914年《中华小说界》。见王运熙主编《中国文论选》近代卷（下），第808页。

的说:"我国的小说,起源于春秋战国,盛行于汉魏六朝。把小说作为独立的文体和艺术形式,是汉代人始所具有的观点。"[1]有的说:"先秦两汉,是古代小说的萌芽期;魏晋,是古代小说的初步形成期,独立的初具小说特点的作品,是在这一时期出现的。"[2]有的说:"中国小说史上战国至六朝时期的早期小说概念,并不是一个文学性文体概念,甚至也不是一个纯粹的文体概念。它只是一般地揭示了'小说'、'道听途说'、'丛残小语'的特性,而缺乏对文体要素的明确规定。"[3]有的说:"传统目录学的'小说'与作为散文体叙事文学的小说,分水岭就是实录还是虚构。说实话的(至少作者自以为)是传统目录学的'小说',编假话的是作为散文体叙事文学的小说。……唐前的志怪志人小说,只是小说的孕育形态,唐代传奇小说是小说文体的发端。"[4]有的说:"中国小说的发展比较迟缓,它成为一种文学作品,大致在唐代前后,而且直到清代,也还是和纪实的史书有不解之缘。"[5]有的说:"《汉书·艺文志》著录的小说具备后世小说的基本艺术元素,《汉书·艺文志》对小说专门立目、著录、总结、认定,是我国小说史上的首创行动,中国小说文学样式由此正式确立并开始步入自我发展的正史时代。那种将传统目录学中的'小说'与所谓的文学小说概念区分开来,视唐传奇以前小说为中国小说史前状态的观点看法难以成立。"[6]

之所以出现上述争议,除了古代小说观念与现代小说观念的差异外,其实也存在今人对古人的误解乃至曲解。这是因为,同样是古人编纂的目录,其着眼点可能并不一样,而今人往往做一样的理解;同样是古人对小说的论述,其视角可能并不相同,而今人却做了相同的解读。另外,古今知识结构和价值体系的差别,也造成了今人对古代小说观念的隔膜,"以今律古"、"以西律中"成

---

[1] 侯忠义:《中国文言小说史稿》上册,北京大学出版社,1990,第1页。
[2] 张稔穰:《中国古代小说艺术教程》,山东教育出版社,1991,第12页。
[3] 李剑国:《早期小说观与小说概念的科学界定》,《武汉大学学报》(人文科学版)2001年第5期。
[4] 石昌渝:《中国小说源流论》,第7—12页。
[5] 程毅中:《宋元小说研究》后记,江苏古籍出版社,1998,第423页。
[6] 汪祚民:《〈汉书·艺文志〉之"小说"与中国小说文体确立》,《安庆师范学院学报》2000年第6期。

为普遍现象，妨碍了今人与古人的对话和交流。其实，与古人沟通就应该从尊重古人开始，厘清小说观念也应该从清理古人的小说观念入手。在这里，贯彻陈寅恪提倡的"了解之同情"态度以达致"真了解"尤为紧要："所谓真了解者，必神游冥想，与立说之古人，处于同一境界，而对于其持论所以不得不如是之苦心孤诣，表一种之同情，始能批评其学说之是非得失，而无隔阂肤廓之论。否则数千年前之陈言旧说，与今日之情势迥殊，何一不可以可笑可怪目之乎？"[1]何况，古人的小说观念也不是亘古不变的，不是小说的所谓"本质"决定了小说的存在，而是小说的存在决定了人们对它的认识，唐以前的小说观念与宋以后的小说观念便不太一样，宋、元、明、清各代也有差异，而我们却用一个固定的标准去要求不断变化着的小说和小说观念，能不圆凿方枘吗？

在中国小说史研究中，古代小说观念与现代小说观念的龃龉长期困扰学术界，许多问题纠结缠绕，无法厘清。是采用古人的观念，还是采用今人的观念？真可谓进退维谷，左右为难。如果采用古人的观念，究竟采用哪个时段的古人的观念？何况学界对于古人的小说观念也没有完全一致的意见。如果采用今人的观念，这一观念仍处在发展变化之中，该如何采用？即使采用，它与古籍文献圆凿方枘，不能接榫，又如何操作？这些问题不解决，困扰就难以从根本上加以排除。

笔者并没有奢望解除上述困扰，只是想从中国文化本位出发，根据中国古代小说发展的历史实际，去客观地探讨各个时代的小说作者、小说文体、小说观念的存在形态，探讨具体学者对于小说概念的实际见解，以及当时小说作品的创作实际，探讨不同历史时期的小说观念之间的传承、演进、变异和重组，使我们能够对中国古代小说观念的发生、发展和演变有比较接近历史真实的理解，从而客观而准确地描述中国古代小说和小说观念的历史发展，为继承和弘扬中国古代小说的优良传统提供思想资源和历史经验。

---

[1] 刘梦溪主编：《中国现代学术经典·陈寅恪卷》，河北教育出版社，2002，第839页。

中国古代小说观念有多种呈现形态：既有小说作品所体现的小说观念，也有文学家、史学家、政治家所表达的小说观念；在众多小说观念中，既有官方的小说观念，也有民间的小说观念。一般来说，正史《艺文志》和《经籍志》所著录子部文言小说及其所表达的小说观念是代表官方立场的正统小说观念，正统文学家、史学家、政治家的小说观念则多与正统小说观念相一致，属于"大传统"的范畴；而不被正统文化所接纳的民间文艺和通俗小说则属于非正统文学，其小说观念则反映着民间小说观念，属于"小传统"的范畴。当然，任何时候占统治地位的思想都是统治阶级的思想，因此，官方的正统小说观念始终是占社会主导地位的小说观念，也是我们探讨小说观念需要重点关注的对象；而民间小说观念或转述或阐释或补充或修正官方的小说观念，从而丰富了古代小说观念的内涵，促进着中国小说观念的发展，也同样不应该忽视。这种小说观念对中国近现代小说发展的影响巨大，尤其不可轻忽。只有将官方与民间、"大传统"与"小传统"结合起来进行研究，才能看清楚中国古代小说观念的真实面目。

本书选择从问题入手来探讨中国古代小说观念的发生、发展和演变，观察的视野尽量开阔，讨论的问题尽量具体，文献证据务必确切充分，研究结论力求平实可靠。全书分为四编二十五章，从不同方面讨论中国古代小说观念史的有关问题。每编围绕一个主题思想或观念类型，按照中国小说观念发展的客观实际，清理出其基本的历史线索；每章则围绕一个具体问题，进行深入细致、穷原竟委的研讨，以便准确地了解小说观念发展中各个历史时期各种不同表达的真实内涵，真正解决相关问题。

第一至第七章为第一编，主要讨论先秦小说家和小说观念的发生，以厘清其源头。本编围绕古代小说观念产生的历史文化背景、称名与释义、发生与演变、作家与作品来进行。其中有对"说体文"的讨论，对小说概念的"定义"，对"小说之祖"的描述，对"古优"的探讨，对庄子、荀子小说观念的分析，以及对《宋玉子》文体性质的辨证，目的是对先秦小说家和小说观念做一全景式的探讨，以奠定中国古代小说观念研究的基础。这时的小说观念虽然处于萌芽状态，有些表述相当模糊，但却是后来小说观念的滥觞，且具备成熟小说观念内涵的各种重要因子，故需要深入细致地加以辨析，以便获得对中国古代小说观念发生的确切理解与认知。

第八至第十六章为第二编，主要讨论占据传统小说观念主导地位的士人小说观念，以明确其主体。本编围绕正史《艺文志》或《经籍志》著录小说的理念、原则与方法并结合具体作品来进行。其中重点讨论《汉书·艺文志》（简称《汉志》）和《隋书·经籍志》（简称《隋志》）对"小说家"和"小说"的定义，尤以"小说家出于稗官"说为主脑，因为这种定义实际上是传统小说观念的圭臬，规范和制约了中国古代文言小说两千多年的发展，影响及于清末。这一小说观念是中国古代居于正统的占主导地位的小说观念，需要深入细致地加以辨析。不过，这一小说观念在《新唐书·艺文志》中有所变异，在《四库全书总目》中得到发展，故设《欧阳修的小说观念》和《从〈山海经〉归类看中国古代小说观念的演变》二章加以说明。此外，小说文体是认识小说观念时容易被忽视的内容，故设《〈汉志〉小说的文体类型》和《刘知几与胡应麟小说分类思想之比较》二章进行探讨。

第十七至第二十三章为第三编，主要讨论与士人小说观念相伴而生的通俗小说观念，以丰满其羽翼。本编围绕"俳优小说"、"俗赋"、"说话"、"演义"、"新小说"等小说种类及其小说观念来进行。其中重点讨论曹植所诵"俳优小说"的文体类型、"俳优小说"与"俗赋"的关系、"说话四家"的具体含义、《三国演义》与明人小说观念，以及近代"新小说"与小说观念，对代表性作家如金圣叹、梁启超等的小说思想进行深入剖析，并系统梳理通俗小说观念的历史发展，以期揭示中国古代小说观念的民间"小传统"，丰富读者对中国古代小说观念的认识，从而建立起对中国古代小说观念的全局观念和整体意识，以便获得中国古代小说观念发展的完整信息。

第二十四、第二十五两章为第四编，主要是对前三编进行归纳，以总结其思想。本编从小说观念主体和小说研究主体两个不同方向对中国古代小说观念进行鸟瞰，以期从整体上理解中国古代小说观念的演进之迹和观察之维，实际上也是对前三编的推进与提升。第二十四章从社会结构变迁与小说观念演进这一独特视角来观察中国小说观念的发展演变，以便为中国古代小说观念的发展演变寻找到一种可能的规律和内在的逻辑，使我们对小说观念的认识更为理性和科学。第二十五章从学术之小说和文体之小说的角度切入，探讨人们使用小说概念和阐释小说观念时所采用的不同视角，借以说明研究小说观念时会因视角不同而产生分歧与争执，从而找到相互理解和相互包容的思想方法，以促进中国古代小说观念研究的发展。

结语部分是对全书的总结，既包括研究方法和思维路径，也包括论证逻辑和基本结论，供读者做进一步的思考和批判。

本书所进行的专题研究，对于中国古代小说观念的发生、发展和演变来说，都只是景点式观察，而非全景式描述。当然，这些景点不是随意安排的，而是经过精心挑选的，它们是全景中最重要、最有代表性、最能体现这一片段特色的景点，通过对这些景点的观察和描述，是可以大体了解全景的基本面貌的。书中各编各章的设计，也遵循着历史的脉络，体现出小说观念的不同类型、不同阶段循序渐进发展的逻辑特点。前人研究小说观念，常常不做观念类型区分，主要集中在对"大传统"即官方主流小说观念的讨论，而对"小传统"即民间小说观念只有散点式研究，缺乏系统性探讨，无法建立起完整的历史框架。本书将小说观念分为三种类型，并分三编加以探讨。先秦时期的萌芽型小说观念虽然模糊，但它包含成熟小说观念的基本因子，所有观念要素均可以从这里找到源头，细致清理它可以正本清源，建立小说观念史的稳固基础。两汉以降的主导型小说观念其实是士人小说观念，或称史志子部小说观念，尽管这种观念也有发展变异,但自汉代开始便总体稳定,成为中国古代小说观念的圭臬,清理它的发展脉络可以帮助我们了解古代小说观念发展的整体走向。羽翼型小说观念即民间通俗小说观念,这种小说观念与士人小说观念相生相伴,成为主导型小说观念的重要补充,至宋代发展成熟,开拓出通俗小说发展的新局面,促成明清通俗小说创作高潮,也为中国小说观念的现代化铺平了道路。这种类型划分,既符合古代小说观念发展的实际,也为小说观念史研究打开了新视野,促进人们更深入地研究探讨中国古代小说观念发展史。

笔者深知,要准确客观地描述中国古代小说观念的发生、发展和演变的全景,必须在对与之相关的全部景点进行了深入细致的考察和研究之后,这需要所有古代小说研究者共同努力才能完成,非个人精力和能力可以胜任。然而,每个古代小说研究者又都可以在自己的有限认知范围内,考察和研究一些具体问题,尽量深入细致地去调查了解历史真相,全面准确掌握有关的第一手资料,客观公允地讲好中国古代小说和小说观念发生、发展、演变的真实故事。因此,本书的目的只有一个,即在自己探究的领域,用"了解之同情"的态度去认识和理解那些小说先行者以及他们的思想和创作,讲好他们的小说故事。而要讲好他们的小说故事,首先必须揭示这些故事的本来面目,只有先"照着讲",才有可能"接着讲",将中国小说观念史的认识推向前进。正因为要"照着讲",所以不得不推翻耆宿和时贤的一些结论,如"稗官"之诠、"古优"之解、《宋玉子》之证、"曹植诵俳优小说"之辨、"说话四家"之分等等,本书都进行了新的探讨和剖析,结论与前人不同。为了"接着讲",本书又不能不提出"古小说三音三义"、"说体文的产生"、"小说家之祖"、"古优的分化"、"小说的名与实"、"学术之小说与文体之小说"、"士人小说观念"、"市民小说观念"、"公民小说观念"等新概念,以归纳笔者的一些重要认识,推进相关问题的探讨。

笔者深知,割断历史,数典忘祖,必将受到历史的惩罚和祖先的唾弃。而躺在祖先创造的功业簿上,坐吃山空,不思进取,也是一个不肖子孙。希望本书能够避免上面这两种倾向,讲清楚中国古代小说观念发生、发展和演变的一个个真实的历史故事,以告慰先知先贤的在天之灵。知我罪我,其在兹乎?

第一编
先秦小说家与小说观念的发生

第一章
说体文的产生与小说观念的滥觞

任何思想观念都是社会存在的反映。中国小说观念发生的根源，不能在小说观念自身中去寻找，而是要在产生这种观念的社会存在中去探寻。中国古代小说观念的发生既与中国早期小说家的言说活动相关联，也与记载这些小说家言说的文本形态相关联。小说之称名源于春秋末期兴起而战国时期达到繁盛的士人辨说活动，而作为文本形态的小说则与先秦诸子著述文体有千丝万缕的联系。因此，研究中国古代小说观念不能不关注与小说相关联的文体形式，即先秦说体文的产生及其对小说观念形成和发展的影响。中国古代本来有重视文体的传统，但今人对古代文体的研究却非常不够，说体文即是一例。"说"是由"兑"孳乳而来，有开解、愉悦、言论三义。说体文产生于春秋战国时期，与"礼崩乐坏"、"处士横议"的社会环境有关，也与言说活动作为一般知识形态和重要社会手段被人们普遍认识有关。从文体的角度考察，借用墨子的概念："达名"为"说"，"说"指春秋战国时期诸子百家的一切言论和著述；"类名"为"说"，"说"指以辨说为特征的言论和著述；"私名"为"说"，"说"指以"说"名体的文字著述。说体文具有解说性、譬喻性、夸饰性、情感性和灵活性等文体特征。先秦诸子在"百家争鸣"的辩说活动和对说体文的认识中产生了"小说"观念，这一观念主要是价值判断，但也隐含有文体判断。汉代学者对小说家的认识和关于小说的观念，既与先秦诸子对说体文认识的影响相关联，也与汉代社会的特定文化环境和文章发展相关联。中国古代小说的思想发展和文体嬗变，可以从这里找到思想源头和文体依据。因此，我们探讨中国古代小说观念的发生与发展可以从讨论说体文的产生开始。

第一节 "说"与说体文的产生

中国古人重视文体，《墨子·大取》有云："夫辞以类行者也，立辞而不明于其类，则必困矣。"[1]这里所说的"类"，虽不专指文体类别，但包含有区分文体的内涵。《尚书·毕命》则将"辞尚体要"与"政贵有恒"相提并论，进一步凸显了文体的重要意义。[2]《周礼》、《礼记》都有关于文体的记述。后人继承这一传统，对文体给予了高度重视。刘勰《文心雕龙·附会》明确提出："夫才量（一作童）学文，宜正体制。"[3]遍照金刚《文镜秘府论·论文意》也说："凡文章体制，不解清浊规矩，造次不得制作。"[4]一句话："文辞宜以体制为先。"[5]为什么文章制作必须以体制为先？徐师曾的回答是："夫文章之有体裁，犹宫室之有制度，器皿之有法式也。"[6]顾尔行的回答是："文章之有体也，此陶冶之型范，而方圆之规矩也。"[7]然而，在相当长的时间里，除极少数古代文体受到学术界关注外，绝大多数古代文体的研究无人问津，说体文就是其中之一。[8]这不仅极大地影响了我们对古代文体多样性的认识，而且也使得我们对古代小说观念缺乏文体学认识的依据。

"说"作为古代的一种文体，而且是一种重要的文体，几乎不需要论证。陆

---

[1] 孙诒让：《墨子间诂》卷11，《新编诸子集成》本，中华书局，2001，第413页。
[2] 孔安国传，孔颖达疏：《尚书正义》卷19，《十三经注疏》本，中华书局，1980，第245页。
[3] 刘勰著，范文澜注：《文心雕龙注》卷9，人民文学出版社，1958，第650页。
[4] 王利器：《文镜秘府论校注》，中国社会科学出版社，1983，第310页。
[5] 彭时《文章辨体序》引吴讷语，吴讷语出宋人倪思。见《文章辨体序说》，人民文学出版社，1962，第7页。
[6] 徐师曾：《文体明辨序说》，人民文学出版社，1962，第77页。
[7] 顾尔行：《刻〈文体明辨〉序》，《文体明辨序说》卷首，人民文学出版社，1962，第75页。
[8] 这里所说主要是20世纪以前的情况，近一二十年，文体学受到学界重视，各种文体的研究也逐渐开展起来，取得了可喜的成绩。

机《文赋》论文，文中提到十种代表性文体，它们是：诗、赋、碑、诔、铭、箴、颂、论、奏、说，"说"居其一。刘勰《文心雕龙》的文体论部分有《论说篇》，分别讨论"论"与"说"两种文体。明人吴讷的《文章辨体序说》和徐师曾《文体明辨序说》也都把"说"作为一种文体予以论列。现在的问题是，"说"体文是何时产生的？它有哪些文体特征？对中国文学尤其是对中国古代小说观念的形成和发展有怎样的影响？

考察某一种文体的产生有两种方法。一是考察文本，因为文本是文体最直接最有力的证明。有了这一类文体的文本存在，当然也就有了这一类文体的产生。不过，现存文献只是古代文献的一部分，尤其是先秦文献阙失颇多，近年来出土的战国楚竹书有不少非传世文献已经证明了这一点[1]。因此，以现存文献为依据来做文本考察，并非绝对可靠。再一种办法就是考察概念，因为对于某类文体的概念与人们对这一文体的认识相关联，文体的概念正是人们认识这类文体的符号遗存，通过对某种概念衍生过程的考察也可以了解某种文体产生的历史。当然，标示概念的符号的能指和所指通常并不一致，加上现有观念的屏蔽，"郢书燕说"在所难免，因而采用这种方法同样存在风险。最妥善的办法是将两者结合，使文本的考察与概念的分析相得益彰。

"说"既然作为一种文体的名称，就与"说"这一概念的诞生及其义项必然相关。现存甲骨卜辞中没有发现"说"字，仅有"兑"字。"兑"均见于三期卜辞，且多用于人名。凡不用于人名的，则皆"用为'锐'，有急速、赶快之义"[2]。如《殷契粹编》第一一五四号："戊申卜，马其先，王兑从。""兑"即为快速义。西周彝器铭文也无"说"字而有"兑"字，金文学家释"兑"为"悦"[3]。

---

[1] 例如，2002年上海古籍出版社出版的《上海博物馆藏战国楚竹书》（二）收先秦文献6种，仅《民之父母》与传世文献《礼记·孔子闲居》《孔子家语·论礼》的部分内容相当，其他5种不见传世文本。清华大学藏战国楚竹书中的大部分书类文献，也不见于今传本《尚书》或《逸周书》。

[2] 赵诚：《甲骨文虚词探索》，原载《古文字研究》第十五辑，第277页；转引自于省吾主编《甲骨文诂林》，中华书局，1996，第84页。

[3] 参见周法高主编《金文诂林》第十册（卷8），香港中文大学，1974，第5389—5391页。

许慎《说文解字》收有"兑"字,释云:"兑,说也,从儿,㕣声。"段玉裁注云:"说者,今之悦字,其义见《易》。"[1]《易经》有"兑"卦,《彖》曰:"兑,说也,刚中而柔外。说以利贞,是以顺乎天而应乎人。说以先民,民忘其劳;说以犯难,民忘其死。说之大,民劝矣哉!"[2]王弼注云:"说而违刚则谄,刚而违说则暴,刚中而柔外,所以说以利贞也。刚中故利贞,柔外故说亨。"[3]这里的"说"均同于"悦"。《周易·说卦》又有"兑为口"之说,孔颖达疏云:"兑,西方之卦,主言语,故为口也。"[4]

从甲骨文"兑"用为"锐"到金文、《易传》、《说文》"兑"用为"悦",说明"兑"在语义上有了延展。不过,"锐"与"悦",在语音上为一声之转,在语义上也有关联,因为快捷急速总能给人以愉悦之感。[5]在现存先秦文献中,表示快速的"兑"已经被"锐"字所代替。《说文解字》收有"锐"字,许慎释云:"锐,芒也。从金,兑声。"这个表示锋芒的"锐"是从"兑"的本义衍生出来的,在"兑"字左边加一"金"旁表示锋利之义,应该是在青铜器作为工具被普遍采用之后。而由"兑"衍生的表示愉悦义的"说",则为先秦文献普遍使用。《说文解字》中没有收"悦"字,却收有"说"字,且先秦文献表示"悦"多用"说"字,说明"说"是"悦"的本字。[6]许慎释"说"云:"说,释也,从言,兑声。一曰谈说。"段玉裁注云:"说释即悦怿,说、悦,释、怿,皆古今字,许书无悦怿二字也。说释者,开解之意,故为喜悦。采部曰,释,解也。"[7]这些材料

---

[1] 许慎撰,段玉裁注:《说文解字注》第八篇下儿部,上海古籍出版社,1988,第405页。关于"兑"之构形,徐铉《说文解字注》以为"当从口从八,象气之分散",朱骏声《说文通训定声》沿其说;孔广居《说文疑疑》以为"从人从八口;八,分也,人喜悦则解颐也",林义光《文源》沿其说。正如姚孝遂所说:"诸说皆难以置信。"(于省吾主编《甲骨文字诂林》,中华书局,1996,第84页。)
[2] 王弼注,孔颖达正义:《周易正义》卷6,《十三经注疏》本,第69页。
[3] 王弼注,孔颖达正义:《周易正义》卷6,《十三经注疏》本,第69页。
[4] 王弼注,孔颖达正义:《周易正义》卷9,《十三经注疏》本,第94页。
[5] 刘熙:《释名·释天》云:"兑,悦也;物得备足,皆喜悦也。"这是后来衍生的意义。
[6] 《大戴礼记·曾子立事》:"近于说其言。"注云:"'说',古通以为'悦'字。"直到班固作《汉书》,仍然大量将"说"用为"悦",说明许慎之前还无"悦"字,故《说文》不收"悦"字。现存先秦文献中有少量用"悦"的例子应是东汉以后手民所改。
[7] 许慎撰,段玉裁注:《说文解字注》第三篇上言部,上海古籍出版社,1988,第93页。

说明，"说"是"兑"的孳乳字，是"悦"的本字；"说"字的产生与人们的言语活动的活跃以及社会对言语作用的认识有关。

综上所述，"说"有三义：一为开解义，所谓开解，即以言说开释、劝解、劝说他人，"说"读为"税"（今音shuì），先秦诸子辩说活动皆属此类。一为愉悦义，指因言语辩说活动引起的愉快、喜悦情绪，"说"读为"悦"（今音yuè），"说"也是"悦"的本字。一为言论义，所谓言论，主要是指言语辩说活动所保存下来的书面文献或先秦诸子宣传自己主张和学说的文字著述，"说"今音shuō。《易传》和《说文》将"说"与"谈说"、"开解"、"愉悦"联系在一起，实际上反映了以言语辩说为基础的"说"这一概念产生的社会现实。

从现存先秦文献来看，今文《尚书》中已有"说"字，共3例。[1]《尚书·尧典》："帝曰：'龙，朕塈谗说殄行，震惊朕师。命汝作纳言，夙夜出纳朕命，惟允！'"孔安国传："塈（聖），疾；殄，绝；震，动也。言我疾谗说绝君子之行，而动惊我众，欲遏绝之。纳言，喉舌之官。听下言纳于上，受上言宣于下，必以信。"[2] 所谓"谗说"，是指那些以善为恶、以恶为善的谗人之说，"说"显然是指一种言说活动。《尚书·康诰》："王曰：'封，予惟不可不监，告汝德之说，于罚之行。今惟民不静，未戾厥心，迪屡未同。爽惟天其罚殛我，我其不怨。'"孔安国传："我惟不可不监视古义，告汝施德之说，于罚之所行，欲其勤德慎刑。假令今天下民不安，未定其心，于周教道屡数，而未和同设事之言。明惟天其以民不安罚诛我，我其不怨天。汝不治，我罚汝，汝亦不可怨我。"[3] 所谓"施德之说"，"说"应该是指一种言论或主张。《尚书·君奭》："召公为保，周公为师，相成王为左右。召公不说，周公作《君奭》。"[4] 这里的"不

---

[1] 今传本《尚书》中所用"说"字尚有1例人名和1例文章篇名，即《商书·说命上》："高宗梦得说，使百工求诸野，得诸傅岩，作《说命》三篇。"但《商书·说命》为伪《古文尚书》，可不计。关于《古文尚书》的证伪，参见阎若璩《古文尚书疏证》和丁晏《尚书余论》。

[2] 孔安国传，孔颖达正义：《尚书正义》卷3《舜典》，《十三经注疏》本，中华书局，1980，第132页。

[3] 孔安国传，孔颖达正义：《尚书正义》卷14《康诰》，《十三经注疏》本，第205页。

[4] 孔安国传，孔颖达正义：《尚书正义》卷16《君奭》，《十三经注疏》本，第223页。

说"，即不高兴，"说"用为愉悦义。《诗经》中用"说"字13例，有开解义、愉悦义和言论义。如《诗经·卫风·氓》："桑之未落，其叶沃若。于嗟鸠兮，无食桑葚。于嗟女兮，无与士耽。士之耽兮，犹可说也。女之耽兮，不可说也。"郑玄笺云："说，解也。士有百行，可以功过相除；至于妇人，无外事，维以贞信为节。"[1] "说"用为开解义。《诗经·召南·草虫》："陟彼南山，言采其蕨。未见君子，忧心惙惙。亦既见止，亦既觏止，我心则说。"郑玄笺云："说，服也。说，音悦。"[2] 此"说"用为愉悦义。《诗经·邶风·静女》："静女其娈，贻我彤管；彤管有炜，说怿女美。"[3] "说怿"即"悦怿"，不必解释。《诗经·鄘风·定之方中》："灵雨既零，命彼倌人。星言夙驾，说于桑田。"郑玄笺云："文公于雨下，命主驾者：雨止为我晨早驾，欲往为辞说于桑田，教民稼穑务农急也。"[4] 此"说"用为言论义。《诗经》中"说"还有舍息义，如《诗经·卫风·硕人》："硕人敖敖，说于农郊。"疏云："本或作税。"[5] "税"有舍息义。此"说"为"税"的通假字，可以不论。

为了能够从"说"字的使用情况寻绎出"说"作为文体概念的线索，我们将属于先秦文献的主要诸子著作使用"说"的情况做了一次比较全面的调查，其结果如下：

	论语	墨子	列子	商君书	孟子	庄子	荀子	韩非子	吕氏春秋
开解义		13			7	10	4	34	27
愉悦义	17	42	4	5	3	22	15	48	78
言论义	4	160	6	23	10	20	107	176	97
人　名		4			1	12	1	1	6
合　计	21	219	10	28	21	64	127	259	208

1　郑玄笺，孔颖达疏：《毛诗正义》卷3，《十三经注疏》本，第324页。
2　郑玄笺，孔颖达疏：《毛诗正义》卷1，《十三经注疏》本，第286页。
3　郑玄笺，孔颖达疏：《毛诗正义》卷2，《十三经注疏》本，第310页。
4　郑玄笺，孔颖达疏：《毛诗正义》卷3，《十三经注疏》本，第316页。
5　郑玄笺，孔颖达疏：《毛诗正义》卷3，《十三经注疏》本，第322页。

这里有几点需要说明：

其一，我们将"说"的义项分为开解义、愉悦义、言论义，只是就大体而言，若细致分析还有不少差别。如开解义即可分为开释、劝解、劝说等义，言论义也可分为谈说、主张、学说等义。开解义先秦前期诸子偏重于用为开释义，后期诸子偏重于用为劝说义。而言论义前期诸子偏重于用为谈说义，后期诸子偏重于用为主张义和学说义。

其二，我们对先秦诸子使用"说"的义项的分类统计只是相对的，在具体的语境中，"说"常常有多重含义，我们只能就其主要意向归类。如《庄子·徐无鬼》："徐无鬼出，女商曰：'先生独何以说吾君乎？吾所以说吾君者，横说之则以《诗》、《书》、《礼》、《乐》，从（纵）说之则以《金板》、《六弢》，奉事而大有功者不可为数，而吾君未尝启齿。今先生何以说吾君，使吾君说如此乎？'"陆德明《经典释文》云："'以说'如字，又始锐反。下皆同。司马作悦。"[1] 这里的6个"说"字除第六个用为愉悦义外，其他5个既有开解义，也有言论义，甚至隐含愉悦义。其实，言论、开解、愉悦三义有区别，也有联系。言论得体，就会解除听者的戒备，或打消听者的疑虑，从而使听者舒适愉悦。所以，陆德明才在《经典释文》中将这段话中"说"的几种读音和解释并列。不过，此段话中前5例"说"的基本义应是谈说义。

其三，先秦诸子用于谈说义的"说"并不指谈说的行为过程，指示谈说行为的动词有"言"、"语"、"问"、"对"等，或直接用"曰"字予以标示，而"说"指的是谈说的知识形态或语言形式，即"所说之义"[2]。如《论语·八佾》："哀公问社于宰我，宰我对曰：'夏后氏以松，殷人以柏，周人以栗。曰使民战栗。'子闻之曰：'成事不说，遂事不谏，既往不咎。'"[3] 对于"成事不说"，包咸

---

[1] 郭庆藩：《庄子集释》卷8中《杂篇·徐无鬼第二十四》，《新编诸子集成》本，中华书局，1961，第821页。其实，古文中一字多音现象非常普遍，可参见本书第二章。

[2] 班固《汉书·晁错传》"不问书说也"，颜师古注云："说，谓所说之义也。"中华书局，1962，第2278页。

[3] 程树德：《论语集释》卷6，《新编诸子集成》本，中华书局，1990，第205页。

的解释是:"事已成,不可复解说也。"[1]这里的"解说",不是指具体的解说活动,而是指解说的方式和内容。

其四,用为愉悦义的"说"在先秦诸子中似无时代差别,前后期诸子都在使用,但用为言说义和开解义的"说",先秦前期诸子和后期诸子在使用上则有明显差别,即前期少用而后期多用。这里只有《墨子》是个例外。但《墨子》一书,并非都是墨翟的言论,有不少是战国中期以后墨家后学所为,这已是学术界的共识。如《墨子》书中的《经上》、《经下》、《经说上》、《经说下》、《大取》、《小取》等篇,便是战国后期墨学著作,其中用为开解义的"说"字有13例,用为言论义的"说"字有160例。因此,《墨子》一书不仅不能否定我们以上的判断,反而加强了我们的判断。

根据"说"字的产生过程和我们对先秦诸子使用"说"这一概念的调查,可以得出如下结论:"说"是在言论作为一种知识形态和社会手段被人们普遍重视的条件下由"兑"孳乳出的一个新概念;它的基本义项为开解、愉悦、言论三义;先秦诸子把"说"通用为"悦",表明他们对言说活动的喜好和重视;而在"言论"义上,前期诸子多用为比较单纯的言说义,而后期诸子则多用为辩说义和学说义,这不仅反映出言论作为社会手段和知识形态的迅猛发展,而且反映出各种言论之间的交流和碰撞,以及先秦诸子宣传其主张和学说的强烈需求。当"说"和某一类知识形态和言论方式联系在一起时,"说"作为文体概念的条件也就成熟了。

事实上,先秦后期诸子在言说中已经有把"说"作为文体概念使用的倾向。下面略举几例为证:

《庄子·天下》:"惠施不辞而应,不虑而对,遍为万物说,说而不休,多而无已,犹以为寡,益之以怪。以反人为实而欲以胜人为名,是以与众

---

[1] 程树德:《论语集释》卷6,第205页。

不适也。"[1]

《荀子·正论》:"今子宋子严然而好说,聚人徒,立师学,成文曲,然而说不免于以至治为至乱也,岂不过甚矣哉!"[2]

《韩非子·外储说右上》:"师旷之对,晏子之说,皆合势之易也,而道行之难,是与兽逐走也,未知除患。患之可除,在子夏之说《春秋》也:'善持势者,蚤绝其奸萌。'"[3]

《吕氏春秋·审应览·重言》:"成公贾之譈也,贤于太宰嚭之说也。太宰嚭之说,听乎夫差,而吴国为墟;成公贾之譈也,喻乎荆王,而荆国以霸。"[4]

如果说前两例的"说"还可以理解为惠施和宋钘的学说而并不特指某一种言论方式的话,那么后两例的"说"则已经明确指称一种言论方式了。无论是"对"还是"譈",都是一种言论方式,与它们并列的"说"当然也是一种言论方式。而一种特定的言论方式被记录下来,也就成为了一种文体类型。

其实,在战国中后期,不仅有了对说体文的认识,有了说体文概念,也有了明确标示说体的文本。如《墨子》有《经说》,《列子》有《说符》[5],《商君书》有《说民》,《庄子》有《说剑》,《韩非子》有《说疑》、《说林》、《八说》、《内储说》、《外储说》,《吕氏春秋》有《顺说》,等等,证明说体文在这一时期已经产生。虽然今传本《尚书》有《商书·说命》三篇,《易传》也有《说卦》,但

---

[1] 郭庆藩:《庄子集释》卷10下《杂篇·天下第三十三》,《新编诸子集成》本,第1112页。
[2] 王先谦:《荀子集解》卷第12,《新编诸子集成》本,中华书局,1988,第345页。
[3] 王先慎:《韩非子集解》卷13,《新编诸子集成》本,中华书局,1998,第309页。
[4] 吕不韦撰,高诱注:《吕氏春秋》卷18《审应览·重言》,《二十二子》本,上海古籍出版社,1986,第693页。
[5] 《列子》一书,近人多以为张湛伪作。台湾严灵峰有《列子辨诬及其中心思想》一书予以纠驳,安徽陈广忠写有《为张湛辨诬》、《〈列子〉三辨》、《从古词语看〈列子〉非伪》(均见《道家文化研究》第10辑,上海古籍出版社,1996)三文,力辩《列子》非伪书。笔者以为《列子》虽有后来整理者留下的一些痕迹,但其基本内容仍然是先秦传留的文献。

前者属于伪书,后者的时代尚难确定,因此,我们只能把说体文的产生定在战国中后期。

第二节　说体文产生的社会背景

上面我们说过,说体文是在言说活动作为一般知识形态和重要社会手段被人们普遍认识的条件下产生的。不过,这样的概括也许过于抽象。就社会层面而言,人的言说活动无时无刻不在发生,然而,日常生活中的言说与政治生活中的言说是不能同等看待的,前者只对言说的对象发生影响,而后者则对整个社会发生影响。因此,言说活动作为一般知识形态和重要社会手段被人们普遍认识,应该与言说活动对社会政治生活产生重要影响相关联。

殷商时期,"殷人尊神,率民以事神,先鬼而后礼"[1],"国之大事,在祀与戎"[2],商王只注意通过占卜与天地鬼神沟通,或用武器与异族"对话",并不在意社会各阶层的政治对话以及社会舆论,所以甲骨卜辞中至今没有发现与言说有关的"说"的概念。武王灭商,小邦周打败了大邦殷,西周初年的统治者们认识到民心向背的重要,明白"皇天无亲,惟德是辅。民心无常,惟惠之怀"[3],"人无于水监,当于民监"[4]的道理,提出"敬德保民"的治国方略,偃武修文,制礼作乐,世俗生活成为社会关注的焦点,所谓"周人尊礼尚施,事鬼敬神而远之,近人而忠焉"[5],言说活动在社会政治生活中的作用也就日益凸显。

《左传·文公十八年》记鲁太史克语云:"先君周公制周礼曰:'则以观德,德以处事,事以度功,功以食民。'作《誓命》曰:'毁则为贼,掩贼为藏,窃

---

[1] 郑玄注,孔颖达疏:《礼记注疏》卷54,《十三经注疏》本,第1642页。
[2] 杜预注,孔颖达疏:《春秋左传正义》卷27,《十三经注疏》本,第1911页。
[3] 孔安国传,孔颖达疏:《尚书正义》卷17,《十三经注疏》本,第227页。
[4] 孔安国传,孔颖达疏:《尚书正义》卷14,《十三经注疏》本,第207页。
[5] 郑玄注,孔颖达疏:《礼记注疏》卷54,《十三经注疏》本,第1642页。

贿为盗，盗器为奸。'"[1]《左传·昭公二年》载："晋侯使韩宣子来聘，且告为政而来见，礼也。观书于大史氏，见《易象》与《鲁春秋》，曰：'周礼尽在鲁矣，吾乃今知周公之德，与周之所以王也。'"[2] 由此可见，春秋时期人们一致认为周公制定了周代的礼乐制度。值得注意的是，周公在"制礼作乐"的过程中，已经认识到言说在政治生活中的作用以及对于推行礼乐制度的价值，他不仅有组织地对人们口头传留的上古文献进行了书面整理，而且亲自作诗作书，以提高言说活动在社会政治生活中的地位。据《毛诗序》，今传本《诗经》中《七月》、《鸱鸮》为周公作；《国语·周语上》载祭公谋父谏穆王征犬戎时引"周文公之《颂》曰：'载戢干戈，载橐弓矢。我求懿德，肆于时夏，允王保之。'"[3] 是今本《诗经·周颂·时迈》之诗为周公所作；芮良夫还说《周颂》中的《思文》和《大雅》中的《文王》为周公所作[4]；《国语·周语中》载富辰谏襄王时引"周文公之《诗》曰：'兄弟阋于墙，外御其侮。'"[5] 是今本《诗经·小雅·棠棣》之诗为周公所作。《今文尚书》29篇中，《大诰》、《康诰》、《酒诰》、《梓材》、《洛诰》、《多士》、《无逸》、《君奭》、《多方》、《立政》等，均出于周公之手。[6]《尚书·康诰》云："王曰：'封，予惟不可不监，告汝德之说，于罚之行。今惟民不静，未戾厥心，迪屡未同。爽惟天其罚殛我，我其不怨。……'"注云："我惟不可不监视古义，告汝施德之说，于罚之所行，欲其勤德慎刑。假令今天下民不安，未定其心，于周教道屡数，而未和同设事之言，明惟天其以民不安罚诛我，我其不怨天。汝不治，我罚汝，汝亦不可怨我。"[7]《康诰》乃周公为诫康叔而作，其中不仅强调要勤德慎刑，而且强调了言说的政治作用。因此，我们

---

[1] 杜预注，孔颖达疏：《春秋左传正义》卷20，《十三经注疏》本，第1861页。
[2] 杜预注，孔颖达疏：《春秋左传正义》卷42，《十三经注疏》本，第2029页。
[3] 徐元诰：《国语集解·周语上》，中华书局，2002，第2页。
[4] 徐元诰：《国语集解·周语上》，第14页。
[5] 徐元诰：《国语集解·周语中》，第45页。
[6] 参见徐复观《与陈梦家、屈万里两先生商讨周公旦曾否践阼称王的问题》，《两汉思想史》第一卷附录三，华东师范大学出版社，2001，第257—265页。
[7] 孔安国传，孔颖达疏：《尚书正义》卷14，《十三经注疏》本，第205页。

可以推论，《尚书·尧典》所谓"帝曰：'龙，朕堲谗说殄行，震惊朕师。命汝作纳言，夙夜出纳朕命，惟允'"[1]云云，与周公重视言说的思想相一致，应该反映了西周初年《尚书》的整理者们的思想观念。

需要指出的是，虽然周公重视言说，但那时具有政治特点的言说活动主要还是单向传递而非双向交流。也就是说，西周初年的政治言说主要表现为天子发布誓范或诰命；即使是下对上的言说，也被限定在一定的范围并按规定的程序进行。《国语·周语上》载邵公语云：

> 是故为川者决之使导，为民者宣之使言。故天子听政，使公卿至于列士献诗，瞽献曲，史献书，师箴，瞍赋，矇诵，百工谏，庶人传语，近臣尽规，亲戚补察，瞽史教诲，耆艾修之，而后王斟酌焉，是以事行而不悖。[2]

邵公是为了谏周厉王止谤而说这番话的，他所强调的正是西周所实行过的言论制度。[3]当然，这种言论制度并不是鼓励言论自由，而是实行言论控制，即允许按照规定的程序发表言论，达到调整社会关系的目的。邵公并非反对控制言论，而是不赞成强行止谤，因为这样容易激化社会矛盾。因此，从根本上说，当时的政治言论都是受到社会控制的，都是社会政治生活的一部分，因而含有政典的意味。章学诚因此认为："六经皆先王之政典。"[4]徐复观也认为："《诗》、《书》的成立，其目的在由义理而来的教戒，并不在后世之所谓史。"[5]以政命教戒为特

---

[1] 孔安国传，孔颖达正义：《尚书正义》卷3，《十三经注疏》本，第132页。
[2] 徐元诰：《国语集解·周语上》，第11—12页。
[3] 《国语·晋语六》载范文子语云："吾闻古之王者，政德既成，又听于民。于是乎使工诵谏于朝，在列者献诗，使勿兜；风听胪言于市，辨妖祥于谣，考百事于朝，问谤誉于路。"《左传·襄公十四年》记师旷对晋平公语与此略同，说明西周确实存在言论管理制度。参见拙作《周代言谏制度与文学发展》，《清华大学学报》（哲学社会科学版）2016年第5期。
[4] 章学诚著，叶瑛校注：《文史通义校注》卷1，中华书局，1994，第1页。
[5] 徐复观：《中国经学史的基础》，《徐复观论经学史二种》，上海书店，2002，第7页。

点的言语，显然不能形成具有开解、愉悦、言说三义的"说"的完整内涵，说体文也就不可能产生。孔颖达在疏解《尚书》时说："典书草创，以义而录，但致言有本，名随其事，检其此体，为例有十：一曰典，二曰谟，三曰贡，四曰歌，五曰誓，六曰诰，七曰训，八曰命，九曰征，十曰范。"[1] 需要指出的是，所谓《尚书》十体之中，作为"歌"体的《五子之歌》、作为"训"体的《伊训》、作为"征"体的《胤征》的篇名虽见于《史记·夏本纪》，但现传文本均为伪《古文尚书》，并不能作为先秦文献的文本依据，有文本依据的其实只有七体。而七体之中，"称典者，以道可百代常行"[2]；"谟，谋也"[3]；"贡"谓"贡赋之法"[4]；"约信曰誓：将与敌战，恐其损败，与将士设约示赏罚之信也"[5]；"会同曰诰：诰谓于会之所设言以告众"[6]；"范，法也，言天地之大法"[7]；"命"即"实命群臣，叙以要言"[8]。这些文体虽有言说活动的记录，实际上都是政令教言，并不含有使人悦怿的目的，所以《尚书》中自然没有"说"体。

其实，对于说体文产生的社会背景，先秦后期诸子有过不少论述，可以帮助我们对这一问题的理解。

《庄子·天下》云：

> 古之人其备乎！配神明，醇天地，育万物，和天下，泽及百姓，明于本数，系于末度，六通四辟，大小精粗，其运无乎不在。其明而在数度者，旧法世传之史尚多有之。其在于《诗》、《书》、《礼》、《乐》者，邹鲁之士搢绅先生多能明之。《诗》以道志，《书》以道事，《礼》以道行，《乐》以

---

[1] 孔安国传，孔颖达疏：《尚书正义》卷2，《十三经注疏》本，第117页。
[2] 孔安国传，孔颖达疏：《尚书正义》卷2，《十三经注疏》本，第118页。
[3] 孔安国传，孔颖达疏：《尚书正义》卷4，《十三经注疏》本，第134页。
[4] 孔安国传，孔颖达疏：《尚书正义》卷6，《十三经注疏》本，第146页。
[5] 孔安国传，孔颖达疏：《尚书正义》卷7，《十三经注疏》本，第155页。
[6] 孔安国传，孔颖达疏：《尚书正义》卷8，《十三经注疏》本，第161页。
[7] 孔安国传，孔颖达疏：《尚书正义》卷12，《十三经注疏》本，第187页。
[8] 孔安国传，孔颖达疏：《尚书正义》卷18，《十三经注疏》本，第237页。

道和,《易》以道阴阳,《春秋》以道名分。其数散于天下而设于中国者,百家之学时或称而道之。天下大乱,贤圣不明,道德不一,天下多得一察焉以自好。譬如耳目鼻口,皆有所明,不能相通。犹百家众技也,皆有所长,时有所用。虽然,不该不遍,一曲之士也。判天地之美,析万物之理,察古人之全,寡能备于天地之美,称神明之容。是故内圣外王之道,暗而不明,郁而不发,天下之人各为其所欲焉以自为方。悲夫,百家往而不反,必不合矣!后世之学者,不幸不见天地之纯,古人之大体,道术将为天下裂。[1]

庄子所称道的古人之"备",其实正是西周完备的礼乐制度,他所说的"道术将为天下裂"的时代,就是"百家争鸣"的时代,即春秋战国时代。春秋战国既是"礼崩乐坏"的时代,也是言论失控的时代。孟子称之为"圣王不作,诸侯放恣,处士横议"[2]。庄子所谓诸子百家"周行天下,上说下教,虽天下不取,强聒而不舍者也"[3]。诸侯们为了扩大自己的势力和影响,不仅注意倾听这些"处士"们的声音,而且礼待他们,甚至给以高官厚禄,让他们为自己的利益服务。而"处士"们"各为其所欲焉以自为方",私人著述因此蔚然成风。正如《墨子·天志上》所云:"今天下之士君子之书不可胜载,言语不可尽计,上说诸侯,下说列士,其于仁义则大相远也。"[4]"士君子之书"虽不合乎仁义,却为社会所欢迎,这正反映出社会环境的巨大变化。《韩非子·八奸》云:"人主者固壅其言谈,希于听论议,易移以辩说。为人臣者求诸侯之辩士,养国中之能说者,使之以语其私,为巧文之言,流行之辞,示之以利势,惧之以患害,施属虚辞,以坏其主,此之谓流行。"[5]这种"流行"的社会风气在春秋时期即已存

---

1 郭庆藩:《庄子集释》卷10下《杂篇·天下第三十三》,《新编诸子集成》本,第1067—1069页。
2 赵岐注,孙奭疏:《孟子注疏》卷6下,《十三经注疏》本,第2714页。
3 郭庆藩:《庄子集释》卷10下《杂篇·天下第三十三》,《新编诸子集成》本,第1082页。
4 孙诒让:《墨子间诂》卷7,《新编诸子集成》本,第197页。
5 王先慎:《韩非子集解》卷2,《新编诸子集成》本,第55页。

在，在战国中后期由纵横家推动而达到鼎盛。

如果说庄子对言说活动的社会环境变迁从事实层面进行了客观描述，那么，荀子则对言说形式的变化规律在理论层面进行了逻辑思考。《荀子·正名》云：

> 夫民易一以道而不可与共故，故明君临之以势，道之以道，申之以命，章之以论，禁之以刑。故其民之化道也如神，辨说（一作势）恶用矣哉！今圣王没，天下乱，奸言起，君子无势以临之，无刑以禁之，故辨说也。实不喻然后命，命不喻然后期，期不喻然后说，说不喻然后辨。故期、命、辨、说也者，用之大文也，而王业之始也。[1]

这里所说"王业"是指"后王"之业，并非昔日的"圣王"之业。"王业"所用之"大文"从圣王的典、诰、誓、范到后王的期、命、辨、说，这种变化不仅是文风的变化，文体的变化，实在也是一场巨大的社会变革。在这场社会变革中，辩说的作用越来越被社会所认识，辩说之士的社会地位也日益提高。《商君书·农战》有云：

> 今世主皆忧其国之危而兵之弱也，而强听说者。说者成伍，烦言饰辞而无实用。主好其辩，不求其实，说者得意，道路曲辩，辈辈成群。民见其可以取王公大臣也，而皆学之。夫人聚党与说议于国纷纷焉，小民乐之，大臣说之，故其民农者寡而游食者众。[2]

尽管商鞅对这种社会现象深为不满，但社会情势的发展却并不以人的意志为转移。

1　王先谦：《荀子集解》卷第16，《新编诸子集成》本，第422页。文中"辨"通"辩"。
2　蒋礼鸿：《商君书锥指》卷1，《新编诸子集成》本，中华书局，1986，第25—26页。

在一个重视辩说的时代，人们争相学习辩说是很自然的事。像苏秦那样刻苦学习辩说终于靠辩说挂上六国相印的士人，当然是极为个别的现象，但学习辩说方法，讲究辩说技巧，却成为当时社会的普遍风气，倒是不争的事实。据《孟子·滕文公下》记载："公都子曰：'外人皆称夫子好辩，敢问何也？'孟子曰：'予岂好辩哉？予不得已也！'"[1]连以继承孔子之道为己任的孟子也不得不辩，并被人视为"好辩"，可见孟子之时辩说已然成风。《荀子·非相》则宣称："法先王，顺理义，党学者，然而不好言，不乐言，则必非诚士也。故君子之于言也，志好之，行安之，乐言之，故君子必辩。"[2]直接肯定辩说是君子推行其主张和学说的必要手段。至于《韩非子·显学》所云"藏书策，习谈论，聚徒役，服文学而议说，世主必从而礼之"[3]，揭示的更是战国后期的社会现实。正是在社会普遍重视辩说的环境下，在长期辩说实践所积累的经验中，人们懂得了如何通过言语使人解除疑虑，获得愉悦，如何使自己的言说具有可信度和说服力，达到自己想要达到的目的。探讨"辩说之方"、"谈说之术"的文章也多了起来。尽管大家所探讨的辩说形式和辩说方法主要是被说士们使用在具体的辩说活动中，但是，他们的说辞一旦被记录下来，就成为一种具有文本形式的文体，说体文也就应运而生了。

第三节　说体文的文体特征

关于说体文的文体特征，既可以从先秦诸子的论述中去了解，更应该从当时的说体文文本中去了解。

前面我们已经说过，"说"有开解、愉悦、言论三义，而说体文的产生又与"百家争鸣"、"说者成伍"的社会环境相联系，因此，说体文的文体特征也就与

1　赵岐注，孙奭疏：《孟子注疏》卷6下，《十三经注疏》本，第2714页。
2　王先谦：《荀子集解》卷第3，《新编诸子集成》本，第83页。
3　王先慎：《韩非子集解》卷19，《新编诸子集成》本，第459页。

其命名之义及其实际之用密不可分。由于说体文的成熟在战国中后期，所以我们从战国中后期的有关论述和具体文本入手来探讨说体文的主要文体特征，就是自然而然的了。

说体文的第一个特征是它的解说性。《墨子·经上》云："说，所以明也。"孙诒让释云："谓谈说所以明其意义。"[1]毕沅则释为"解说"[2]。其实，"明其意义"就是"解说"。而解说必有一个被解说的对象。因此，说体文往往有一个具体的被解说的对象，即往往围绕某一个话题或命题而进行解说。被解说的话题或命题不一定是解说者原创，但他的解说一定是了然于心，达之于辞，心平气和，恰到好处，能够使人清楚明白，不致发生误解的。扬雄《法言·问神》云："书不经，非书也；言不经，非言也。言、书不经，多多赘矣。"[3]又云："大哉！天地之为万物郭，《五经》之为众说郛。"[4]指出言说应该以儒家经典为标准，众说不能出《五经》之外，即众说皆为解《五经》而发。扬雄的话是在儒术独尊的时代讲的，当然不能概括先秦。然而，即使先秦的说士们不是为了解说《五经》，也是为了解说他们自己心目中的"经"。《墨子》一书有《经上》、《经下》，又有《经说上》、《经说下》，而"经说"正是解说"经"的。《韩非子》一书有《内储说上》、《内储说下》、《外储说左上》、《外储说左下》、《外储说右上》、《外储说右下》等篇，而《内储说》和《外储说》都由"经"和"说"两部分构成，其"说"也是解说"经"的。

这里不妨举一个实例。《韩非子·外储说左上》"经三"有云："先王之言，有其所为小而世意之大者，有其所为大而世意之小者，未必可知也。说在宋人之解书，与梁人之读记也。故先王有郢书，而后世多燕说。夫不适国事而谋先王，皆归取度者也。"[5]《韩非子·外储说左上》"说三"则云：

---

1 孙诒让：《墨子间诂》卷10，《新编诸子集成》本，第315页。
2 孙诒让：《墨子间诂》卷10引，《新编诸子集成》本，第315页。
3 汪荣宝：《法言义疏》8《问神卷第五》，《新编诸子集成》本，中华书局，1987，第164页。
4 汪荣宝：《法言义疏》8《问神卷第五》，《新编诸子集成》本，第157页。
5 王先慎：《韩非子集解》卷11，《新编诸子集成》本，第263页。

《书》曰："绅之束之。"宋人有治者，因重带自绅束也。人曰："是何也？"对曰："《书》言之，固然。"

《记》曰："既雕既琢，还归其朴。"梁人有治者，动作言学，举事于文，曰难之，顾失其实。人曰："是何也？"对曰："《记》言之，固然。"

郢人有遗燕相国书者，夜书，火不明，因谓持烛者曰"举烛"。而误书"举烛"。"举烛"，非书意也，燕相国受书而说之，曰："举烛者，尚明也。尚明也者，举贤而任之。"燕相白王，王大说，国以治。治则治矣，非书意也。今世学者，多似此类。

郑人有欲买履者，先自度其足而置之其坐。至之市，而忘操之。已得履，乃曰："吾忘持度。"反归取之，及反，市罢，遂不得履。人曰："何不试之以足？"曰："宁信度，无自信也。"[1]

从以上所举各例中可以看出，"说"是围绕"经"的话题展开的，是对"经"的解说。有了这种解说，我们对"经"的话题才能有清楚明白的理解。《墨子》中的"经"与"说"的关系也是如此。例如，《墨子·经上》有"名，达、类、私"[2]的命题，《经说上》则云："名，物，达也，有实必待文多（名）也。命之马，类也，若实也者必以是名也。命之臧，私也，是名也止于是实也。"[3]如果没有《经说》，我们是很难理解《墨经》关于"名"的命题的。反过来说，如果没有命题，没有理论，说得再好也是无济于事的。因此，《荀子·儒效》云："凡知说，有益于理者为之，无益于理者舍之，夫是之谓中说。"[4]《吕氏春秋·孟秋纪·怀宠》亦云："凡君子之说也，非苟辩也。士之议也，非苟语也。必中理然

---

[1] 王先慎：《韩非子集解》卷11，《新编诸子集成》本，第279—280页。引文第二段两"记"字原作"书"，依王先慎校改。
[2] 孙诒让：《墨子间诂》卷10，《新编诸子集成》本，第315页。
[3] 孙诒让：《墨子间诂》卷10，《新编诸子集成》本，第349页。
[4] 王先谦：《荀子集解》卷4，《新编诸子集成》本，第124页。

后说，必当义然后议。故说义而王公大人益好理矣，士民黔首益行义矣。"[1]

说体文的第二个特征是它的譬喻性。由于说体文具有解说性，而要想把一个话题或命题解说得清楚明白，就必须用最浅显易懂的事实或道理来说服人，使人人都能理解，而列举这些事实和道理大都要使用譬喻，或者说其本身就是一种譬喻。刘向《说苑·善说》引惠施之语云："夫说者，固以其所知喻其所不知，而使人知之。"[2] 以其所知喻其所不知，既是辩说的基本方法，也是说体文的主要特征。《荀子·正论》谈到宋钘"率其群徒，辨其谈说，明其譬称，将使人知情欲之寡也"[3]，也证明譬喻是谈说的重要手段。《荀子·非相》又云："谈说之术：矜庄以莅之，端诚以处之，坚强以持之，譬称以喻之，分别以明之，欣驩芬芗以送之，宝之珍之，贵之神之，如是则说常无不受。虽不说人，人莫不贵，夫是之谓为能贵其所贵。"[4] 荀子在论谈说之术时特别提到要"譬称以喻之"，再一次说明了譬喻性对于说体文的重要意义。

在先秦文献中，凡是以"说"标目的文章，无不具有譬喻性的特点。所谓譬喻性，并不是指简单的打比方，而是选择一些具体的、形象的事物，或是运用神话、寓言、历史传说故事等来说明要说的道理。所谓"上称三皇五帝之业以愉其意，下称五伯名士之谋以信其事"[5]，体现的就是说体文的这一特征。上面例举的《韩非子·外储说左上》"说三"的一段文字就是通过"宋人解书"、"梁人读记"、"郢书燕说"、"郑人买履"等寓言故事来解说其"经"义的。其实，《韩非子》的《内储说》和《外储说》中的"说"的部分，都是由一些寓言、神话和历史故事组成，而《说林》则多为历史故事，也有少量寓言。《列子·说符》也是由一些寓言和传说组成，这里举一段为例：

---

[1] 吕不韦撰，高诱注：《吕氏春秋》卷8，《二十二子》本，第650页。
[2] 赵善诒：《说苑疏证》卷11，华东师范大学出版社，1985，第301页。
[3] 王先谦：《荀子集解》卷12，《新编诸子集成》本，第344页。
[4] 王先谦：《荀子集解》卷3，《新编诸子集成》本，第86页。原本作"分别以喻之，譬称以明之"，依王念孙校改。《韩诗外传》及《说苑·善说》引此文皆作"譬称以喻之，分别以明之"。
[5] 许维遹：《吕氏春秋集释》卷7《孟秋纪·禁塞》，《新编诸子集成》本，中华书局，2009，第166页。

宋人有为其君以玉为楮叶者，三年而成。锋杀茎柯，毫芒繁泽，乱之楮叶中而不可别也。此人遂以巧食宋国。子列子闻之，曰："使天地之生物，三年而成一叶，则物之有叶者寡矣。故圣人恃道化而不恃智巧。"[1]

作者为了说明"圣人恃道化而不恃智巧"的道理，创作了一个宋人以玉为楮叶的寓言来进行譬喻[2]，这样就使得他所讲的道理容易被人理解。《吕氏春秋·先识览·正名》云："名正则治，名丧则乱。使名丧者，淫说也。说淫则可不可而然不然，是不是而非不非。故君子之说也，足以言贤者之实、不肖者之充而已矣，足以喻治之所悖、乱之所由起而已矣，足以知物之情、人之所获以生而已矣。"[3]而要想达到"足以言贤者之实、不肖者之充而已矣，足以喻治之所悖、乱之所由起而已矣，足以知物之情、人之所获以生而已矣"，不善于运用神话、寓言、故事、传说来譬喻，是根本不可能的。况且"古人未尝离事而言理"[4]，故譬喻便成为说士们普遍采用的手段，也形成为说体文的基本特征。

说体文的第三个特征是它的夸饰性。《淮南子·修务》云："世俗之人多尊古而贱今，故为道者必托之于神农、黄帝而后能入说。"[5]而神农、黄帝其事渺茫，这便为说者之夸饰提供了绝好的材料。《韩非子·说难》云："凡说之务，在知饰说之所矜而灭其所耻。"[6]将人们喜欢听说的事情尽量夸饰，而将他们不愿听说的话题尽量不说，这是说者需要把握的言说准则。而要想达到言说的效果，给人以鲜明而强烈的印象，夸饰的手段也是不可不用的。先秦说体文大都具有夸饰性的特征。神话、寓言本来就是现实的夸饰和变形，即使是言说与现实相

---

[1] 杨伯峻：《列子集释》卷8，《新编诸子集成》本，中华书局，1979，第243—244页。
[2] 也许当时真有这样一位玉雕艺术家，那么，这就不是寓言，而是真实的故事。
[3] 许维遹：《吕氏春秋集释》卷16《先识览·正名》，《新编诸子集成》本，第426—427页。
[4] 章学诚著，叶瑛校注：《文史通义校注》卷1，中华书局，1994，第1页。
[5] 高诱注：《淮南子》卷19，《二十二子》本，第1296页。
[6] 王先慎：《韩非子集解》卷4，《新编诸子集成》本，第89页。

关的事物，言说者也会尽量夸饰其辞，即陆机所谓"说炜晔而谲诳"[1]，以达到使人理解和领悟的目的。如《庄子·说剑》中即以"天子剑"、"诸侯剑"、"庶人剑"为喻劝说赵文王改变好剑而喜斗的恶习，就运用了夸饰的技巧。这里举说"诸侯剑"一段：

> 诸侯之剑，以知勇士为锋，以清廉士为锷，以贤良士为脊，以忠圣士为镡，以豪桀士为夹。此剑，直之亦无前，举之亦无上，案之亦无下，运之亦无旁；上法圆天以顺三光，下法方地以顺四时，中和民意以安四乡。此剑一用，如雷霆之震也，四封之内，无不宾服而听从君命者矣。此诸侯之剑也。[2]

这段说辞在使用譬喻的同时，尽量夸饰其辞，造成强烈的气势和震撼人心的效果，达到征服听者或读者的目的。

说体文的第四个特征是它的情感性。既然说体文是为了说服人，而说服人的方法除了以理服人以外，就是以情感人，而以情感人常常比以理服人更为直接和有效。说者为了达到以情感人的目的，就必须首先端正自己的态度，调整好自己的情感，即《荀子·非相》所谓"矜庄以莅之，端诚以处之"。只有说者感情真诚而充沛，才能感动听众与读者，让他们在不知不觉中接受说者的观点。所谓"圣人者，以己度者也。故以人度人，以情度情，以类度类，以说度功，以道观尽，古今一度也"[3]。因此，《吕氏春秋·审应览·具备》云："故凡说与治之务莫若诚。听言哀者，不若见其哭也；听言怒者，不若见其斗也。说与治不诚，其动人心不神。"[4]《吕氏春秋·季秋纪·精通》又借钟子期之口云："悲存乎

---

[1] 张少康：《文赋集释》，人民文学出版社，2002，第99页。
[2] 郭庆藩：《庄子集释》卷10上《杂篇·说剑第三十》，《新编诸子集成》本，第1022页。
[3] 王先谦：《荀子集解》卷3，《新编诸子集成》本，第82页。
[4] 许维遹：《吕氏春秋集释》卷18《审应览·具备》，《新编诸子集成》本，第508页。

心而木石应之，故君子诚乎此而谕乎彼，感乎己而发乎人，岂必强说乎哉！"[1]刘向《说苑·善说》也引鬼谷子之语云："人之不善而能矫之者，难矣。说之不行、言之不从者，其辩之不明也。既明而不行者，持之不固也。既固而不行者，未中其心之所善也。辩之明之，持之固之，又中其人之所善，其言神而珍，白而分，能入于人之心，如此而说不行者，天下未尝闻也。此之谓善说。"[2]辩说一定要"能入于人之心"，而入人之心的最佳途径是动之以情，既"感乎己而发乎人"，因而情感性就成为了说体文的重要特征。当然，如何把握情感的分寸，也是说者需要特别注意的。刘勰《文心雕龙·论说》云："说者，悦也。兑为口舌，故言资悦怿；过悦必伪，故舜惊谗说。"[3]既强调了说体文的情感性特征，又强调了情感分寸的把握，认识是很深刻的。《战国策·赵策》所载"触詟说赵太后"就是这方面的典型例子，文长不录。

说体文的第五个特征是它的灵活性。说体文的灵活性是与言说活动的多样性和不可预见性相关联的。《韩非子·说难》云："凡说之难，在知所说之心，可以吾说当之。所说出于为名高者也，而说之以厚利，则见下节而遇卑贱，必弃远矣。所说出于厚利者也，而说之以名高，则见无心而远事情，必不收矣。所说阴为厚利而显为名高者也，而说之以名高，则阳收其身而实疏之；说之以厚利，则阴用其言而显弃其身矣。"[4]正因为言说对象不同，言说环境有别，言说方式就不能不灵活多变，切忌机械呆板。《吕氏春秋·孝行览·必己》载云：

> 孔子行道而息，马逸，食人之稼，野人取其马。子贡请往说之，毕辞，野人不听。有鄙人始事孔子者曰："请往说之。"因谓野人曰："子不耕于东海，吾不耕于西海也，吾马何得不食子之禾？"其野人大说，相谓曰：

---

[1] 许维遹：《吕氏春秋集释》卷7《季秋纪·精通》，《新编诸子集成》本，第214页。
[2] 赵善诒：《说苑疏证》卷11，华东师范大学出版社，1985，第301页。
[3] 刘勰著，范文澜注：《文心雕龙注》卷4，人民文学出版社，1958，第328页。
[4] 王先慎：《韩非子集解》卷4，《新编诸子集成》本，第86页。

"说亦皆如此其辩也,独如向之人?"解马而与之。说如此其无方也而犹行,外物岂可必哉?[1]

"说如此其无方也而犹行",正说明了言说活动的随机性和灵活性,"无方"而"有方",是辩证的统一。死抱着一成不变的言说方法,不一定能够解决现实的问题,上引就是一个绝好的例证。子贡是孔子弟子中最善言辞者,是"孔门四科"中"言语"科的代表,居然说不动野人放还孔子的马,而刚拜孔子为师的鄙人却用野人喜欢的话语要回了马,这说明言说方式适应言说对象是言说的第一要务。当然,所有的言说,目的都是为了打动听者,因此,选择话题和注意策略都很重要。湖北省荆门市郭店出土的战国楚简云:"凡说之道,急者为首。既得其急言,必有及之。及之而不可,必文以过,毋令知我。彼邦亡将,流泽而行。"[2]这就是说,说者应该选择听者最急于想了解的话题展开言说,而在言说的过程中,还必须根据听者的态度随时改变言说的内容和方法。既然言说活动必须灵活多变,而由此形成的说体文自然也就具有灵活性的特征,所以刘勰《文心雕龙·论说》云:"夫说贵抚会,弛张相随,不专缓颊,亦在刀笔。"[3]

以上五点是说体文最主要的文体特征,典型的说体文大都具备。当然,这并不是说别的文体就没有以上的文体特征,只是这些特征别的文体一般不可能同时具备,特别是作为说体文所独有的解说性,更是一般文体所不大采用的。而譬喻性与夸饰性,也是在辩说盛行后才发展得更加充分、表现得更加突出的。况且,言说者的直接目的是为了让主上采纳他的意见,他们的解说、劝喻、夸饰等通常具有较强的针对性、箴谏性、时效性,而情感的表达也与其他文体有别,故刘勰《文心雕龙·论说》认为:"凡说之枢要,必使时利而义贞;进有契

---

[1] 许维遹:《吕氏春秋集释》卷14《孝行览·必己》,《新编诸子集成》本,第351—352页。
[2] 李零:《郭店楚简校读记》,北京大学出版社,2002,第44页。
[3] 刘勰著,范文澜注:《文心雕龙注》卷4,第329页。

于成务，退无阻于荣身。自非谲敌，则惟忠与信，披肝胆以献主，飞文敏以济辞。此说之本也。"[1]这样理解是符合说体文的文体特征的。

第四节　说体文对小说观念的影响

上面的分析已经说明，说体文的产生依赖于一个言论相对自由的环境，以及言说活动对于社会政治生活的影响力的扩大；说体文本身的发展也是一个历史过程。因此，"说"之为体也就有了广义与狭义之分。不同的人在使用"说"这一概念时所指称的对象可能不同，同一个人在不同的语境中使用"说"的概念时内涵也有差异。如果按照《墨子》对概念（"名"）层级的划分原则，"达名"为"说"，"说"指春秋战国时期诸子百家的一切言论和著述[2]；"类名"为"说"，"说"指以辩说为特征的言论和著述[3]；"私名"为"说"，"说"指以"说"名体的文字著述。

在辩说的时代，人各是其所是而非其所非，贬低别人，抬高自己，以"取合诸侯"。他们对各家之说有各自的评判标准，于是就有了对"说"的价值判断和各种不同的称谓。例如，《孟子·滕文公下》云："杨、墨之道不息，孔子之道不著，是邪说诬民，充塞仁义也。"[4]这是视杨朱、墨翟之说为"邪说"，以维护孔子之正道。而《庄子·盗跖》则借盗跖之口批判孔子说："尔作言造语，妄称文武，冠枝木之冠，带死牛之胁，多辞缪说，不耕而食，不织而衣，摇唇鼓舌，擅生是非，以迷天下之主，使天下学士不反其本，妄作孝弟，而徼幸于

---

[1] 刘勰著，范文澜注：《文心雕龙注》卷4，第329页。

[2] 学术界公认春秋之前无私人著述，而诸子百家大都以古为说，"述而不作"，如孔子"从周"，墨子"废周道而用夏政"，老子倾心于"小国寡民"，且都"未尝离事而言理"，也可视为广义之"说"。《史记·伯夷列传》"而说者曰"司马贞《索隐》云："说者，谓诸子杂记也。"可证"说"可指称一切诸子杂记。

[3] 辩者，别也。辩说者，说以分别也。孔、老的时代，各自为说，还无党同伐异倾向，孔子学礼于老子的传说，以及近年出土的湖北荆门郭店楚简《老子》甲、乙、丙三种均无今本《老子》否定孔子思想的言论，证明辩说之风在春秋末期还未形成，它应该兴起于战国，纵横家的辩说是最为极端的例子。

[4] 赵岐注，孙奭疏：《孟子注疏》卷6下，《十三经注疏》本，第2714页。

封侯富贵者也。"[1]这是视孔子之说为"缪说",而以道家之说为正道。《荀子·正论》云:"今世俗之为说者不怪朱、象而非尧、舜,岂不过甚矣哉!夫是之谓嵬说。"[2]这是批评世俗之说为"嵬说"。《韩非子·难势》云:"今待尧舜之贤乃治当世之民,是犹待粱肉而救饿之说也。"[3]这是批评儒家学说的不合时宜。《韩非子·问辩》又云:"今听言观行,不以功用为之的彀,言虽至察,行虽至坚,则妄发之说也。"[4]这是批评一切非法家的言说。这里所说的"邪说"、"缪说"、"嵬说"、"妄发之说"等等,主要不是一种文体判断,而是对所说内容的一种价值判断。

然而,任何内容总是需要通过一定的形式来体现,既没有无内容的形式,也没有无形式的内容,因此,内容与形式也就难以截然分开。事实上,先秦后期诸子在对各家之说进行价值判断时,也常常包含有对其言说方式的批评,这种批评本身便含有文体判断的意味。例如《荀子·正名》论辩说云:

> 辨说也者,不异实名以喻动静之道也。期命也者,辨说之用也。辨说也者,心之象道也。心也者,道之工宰也。道也者,治之经理也。心合于道,说合于心,辞合于说,正名而期,质请而喻。辨异而不过,推类而不悖,听则合文,辨则尽故。以正道而辨奸,犹引绳以持曲直,是故邪说不能乱,百家无所窜。有兼听之明而无奋矜之容,有兼覆之厚而无伐德之色。说行则天下正,说不行则白道而冥穷,是圣人之辨说也。……
>
> 辞让之节得矣,长少之理顺矣,忌讳不称,袄辞不出,以仁心说,以学心听,以公心辨。不动乎众人之非誉,不治观者之耳目,不赂贵者之权势,不利传辟者之辞,故能处道而不贰,吐而不夺,利而不流,贵公正而

---

[1] 郭庆藩:《庄子集释》卷9下《杂篇·盗跖第二十九》,《新编诸子集成》本,第991—992页。
[2] 王先谦:《荀子集解》卷12,《新编诸子集成》本,第337页。
[3] 王先慎:《韩非子集解》卷17,《新编诸子集成》本,第393页。
[4] 王先慎:《韩非子集解》卷17,《新编诸子集成》本,第394页。

贱鄙争，是士君子之辨说也。[1]

这里所论"圣人之辩说"和"士君子之辩说"，既涉及内容问题，也涉及形式问题，不能说只有价值判断而无文体判断。《荀子》一书中还提到"忠说"、"怪说"、"奸说"、"佞说"、"乱说"、"辟陋之说"、"规磨之说"等等，很多情况下都兼有价值判断和文体判断的双重意蕴。

正是先秦后期诸子喜欢对百家之说进行评判的风气，促成了中国小说观念的发生。《庄子》一书最早使用了"小说"这一概念，《庄子·外物》云：

任公子为大钩巨缁，五十犗以为饵，蹲乎会稽，投竿东海，旦旦而钓，期年不得鱼。已而大鱼食之，牵巨钩，锠没而下，骛扬而奋鬐，白波若山，海水震荡，声侔鬼神，惮赫千里。任公子得若鱼，离而腊之，自制河以东，苍梧已北，莫不厌若鱼者。已而后世辁才讽说之徒，皆惊而相告也。夫揭竿累，趣灌渎，守鲵鲋，其于得大鱼难矣。饰小说以干县令，其于大达亦远矣。是以未尝闻任氏之风俗，其不可与经于世亦远矣。[2]

这是典型的说体文风格。作者以任公子为大钩巨缁钓大鱼的寓言来说明"饰小说以干县令，其于大达亦远矣。是以未尝闻任氏之风俗，其不可与经于世亦远矣"的道理。对于"饰小说以干县令，其于大达亦远矣"一句，成玄英疏云："干，求也。县，高也。夫修饰小行，矜持言说，以求为高名令闻者，必不能大通于至道。"[3]显然，这里的"小说"是相对于能"大通于至道"的道家学说而言，"小说"指道家以外的其他学说。这当然是一种价值判断，即所谓"小"。不过，所谓"小说"，同样包含有以"说"为体的言论形式，因为《庄子》所贬

---

[1] 王先谦：《荀子集解》卷16，《新编诸子集成》本，第423—425页。
[2] 郭庆藩：《庄子集释》卷9上《杂篇·外物第二十六》，《新编诸子集成》本，第925页。
[3] 郭庆藩：《庄子集释》卷9上《杂篇·外物第二十六》，《新编诸子集成》本，第927页。

斥的各家学说就文体而言都是广义的说体文。

其实，不仅《庄子》，先秦其他诸子也有类似的表述。例如《荀子·正名》在论述"圣人之辩说"和"士君子之辩说"以后说：

> 凡人莫不从其所可，而去其所不可。知道之莫之若也，而不从道者，无之有也。假之有人而欲南无多，而恶北无寡，岂为夫南者之不可尽也，离南行而北走也哉？今人所欲无多，所恶无寡，岂为夫所欲之不可尽也，离得欲之道而取所恶也哉？故可道而从之，奚以损之而乱！不可道而离之，奚以益之而治！故知者论道而已矣，小家珍说之所愿皆衰矣。[1]

在荀子看来，只有他所阐述的儒家之道才是正道、大道[2]，尽管难以到达，但大方向是正确的，因此，论述这一正道、大道的便是"圣人之说"、"君子之说"，不论述这一正道、大道的便是"小家珍说"。当然，这仍然是一种价值判断，但是，它同样也是文体判断，因为这些"小家珍说"从广义上讲也都是以说体文的形式出现的。

先秦诸子的所谓"小说"和"小家珍说"，并不特指某一家学说或某一类文体，因此还不能算是稳定的文体概念。汉武帝"罢黜百家，独尊儒术"以后，儒家学说成为正统，其他各家学说也就失去了与儒家平等竞争的机会，"小说"概念虽然仍然被人们使用，其含义也因此发生了很大变化。扬雄《法言·吾子》云："好书而不要诸仲尼，书肆也；好说而不要诸仲尼，说铃也。"[3] "或问：'焉知是而习之？'曰：'视日月而知众星之蔑也，仰圣人而知众说之小也。'"[4]按照

---

[1] 王先谦：《荀子集解》卷16，《新编诸子集成》本，第429页。
[2] 《荀子·非十二子》对子思、孟轲以及子张、子夏、子游氏之"贱儒"多有批评，说明荀子并非肯定一切儒家之说。
[3] 汪荣宝：《法言义疏》四《吾子卷第二》，《新编诸子集成》本，第74页。
[4] 汪荣宝：《法言义疏》一，《新编诸子集成》本，第21页。

扬雄的逻辑，符合孔子思想的就是"大说"，不符合孔子思想的就是"小说"。[1]与先秦诸子一样，扬雄的"小说"概念仍然含有贬义，仍然是一种价值判断，不过，由于这一概念已经与正统思想相联系，是当时社会文化结构的反映，因而也就成为了一种相对稳定的概念。

与扬雄同时的刘向、刘歆父子等整理西汉秘阁图书，进行图书分类，不仅借用了先秦诸子传留的"小说"概念，而且对这一概念进行了定义：

> 小说家者流，盖出于稗官。街谈巷语，道听途说者之所造也。孔子曰："虽小道，必有可观者焉，致远恐泥，是以君子弗为也。"然亦弗灭也。闾里小知者之所及，亦使缀而不忘。如或一言可采，此亦刍荛狂夫之议也。[2]

班固在《汉书·艺文志》中保留了这个定义，说明他也赞成刘氏父子的意见。在汉代，以解说经义为特点的说体文有了很大发展。《汉书·艺文志》著录了不少汉人解说六艺及诸子的著述，如《六艺略》中《尚书》类有《欧阳说义》2篇，《诗》类有《鲁说》28卷、《韩说》41卷，《礼》类有《中庸说》2篇、《明堂阴阳说》5篇，《论语》类有《齐说》29篇、《鲁夏侯说》21篇、《鲁安昌侯说》21篇、《鲁王骏说》20篇、《燕传说》3卷，《孝经》类有《长孙氏说》2篇、《江氏说》1篇、《翼氏说》1篇、《后氏说》1篇、《安昌侯说》1篇，《尔雅》类有《说》3篇，《诸子略》中"儒家"类有《虞丘说》1篇，"道家"类有《老子傅氏经说》37篇、《老子徐氏经说》6篇。张舜徽指出："说亦汉人注述之一体。《汉书·河间献王传》云：'献王所得，皆《经》、《传》、《说》、《记》七十子之徒所论。'

---

[1] 李致忠在《四部分类法的应用及其类表的调整》一文中说："'小说家'，虽非大说，但亦是先秦九流十家之一。"（《国学研究》第十卷，北京大学出版社，2002，第386页）将"小说"与"大说"对举，是颇有见地的。

[2] 班固撰，颜师古注：《汉书》卷30《艺文志》，中华书局，1962，第1745页。《汉书·艺文志》是班固在刘歆所编《七略》的基础上"删其要"而成，而《七略》来自刘向所编《别录》。

是传、说、记三者，固与经相辅而行甚早。说之为书，盖以称说大义为归，与夫注家徒循经文立解、专详训诂名物者，固有不同。"[1]所论甚确。不过，汉人的说体文主要是解说儒家经典，已没有了先秦说体文的活泼面貌和平等态度，"黄老之学"因受汉初统治者提倡，故尚有解说《老子》的著作，其他则不闻。[2]

《汉书·艺文志》关于小说家的小说定义对中国古代小说观念的发展产生的深远影响，有以下几点值得注意：

一是关于小说家的定位。刘向、刘歆、班固等人受"学必出于王官"思想的束缚，以为小说家出于稗官，这一问题牵涉面广，本书第九章有详细讨论，这里不去说它。[3]然而，刘向等人将小说家列入"诸子"，却是符合历史实际的。因为先秦诸子所指"小说"或"小家珍说"，均在诸子百家之列，刘向等人使用"小说"概念显然继承了这一传统。与先秦诸子不同的是，先秦诸子使用"小说"是泛称，并不特指某一家，而刘向等人所谓"小说家"是特称，指"儒"、"道"、"阴阳"、"法"、"名"、"墨"、"纵横"、"杂"、"农"各家之外的一家，"小说家"成为了诸子百家中的一家，作为小说家作品的"小说"自然成为了一个专门性的文体概念。"小说家"被纳入中国思想文化体系，这对中国"小说"后来的发展十分重要。

二是关于小说的文体特征。先秦诸子所云"小说"主要是价值判断，刘向等人对"小说"的定义则加强了文体判断。"小说"本来是在"百家争鸣"的环境中产生的一个概念，它最初只有说体文的文体特征而无自己独有的文体特征，而刘向等人以"小说家"的作品为"小说"，便赋予了"小说"概念明确的文体内涵，他们描述"小说"文体的特征是："街谈巷语，道听途说者之所造"，"刍荛狂夫之议"，"闾里小知者之所及，亦使缀而不忘"。刘向等人对小说的定义强

---

[1] 张舜徽：《汉书艺文志通释》，湖北教育出版社，1990，第35页。
[2] 《汉书·艺文志·诸子略》"杂家"类有《臣说》3篇，班固注："武帝时所作赋。"颜师古曰："说者，其人名。读曰悦。"可见其并非说体文。
[3] 笔者在《中国小说起源探迹》（载《文学遗产》1985年第1期）、《"小说家出于稗官"新说》（《湖北大学学报》（哲学社会科学版）2015年第6期）等文中对此均有论述，可参看。

调了小说文体的民间性、通俗性、琐碎性，这就与"儒"、"道"等九家诸子的著述在文体特征上划分出了比较明晰的界限，也与汉代产生的其他有经传可本的说体文划清了界限。而这种划分既是图书分类的需要，也是学术价值评判的需要。当然，"小说"既然称"说"，也就仍然保留有先秦以来所形成的说体文的共同文体特征。事实上，《汉书·艺文志》著录的"小说十五家千三百八十篇"（实为1390篇）中明确标为说体的就有《伊尹说》、《鬻子说》、《黄帝说》、《封禅方说》、《虞初周说》等5家1047篇，占《汉志》著录小说作品总篇数的75%以上，说明说体仍然是小说的基本文体。从此以后，"小说"不仅保留有说体文的文体特征，而且成为"不本经典"的"杂说短记"的代名词。[1]

三是关于小说的价值判断。本来，"小说"无论作为一个偶然使用的名词还是相对稳定的概念，一直就含有贬义。因此，刘向等人在给"小说"下定义时，引用孔子的话将"小说"视为"小道"[2]，主张"君子弗为"，并不能说明他们保守。刘向等人之所以将"儒"、"道"等九家之外具有民间性、通俗性、琐碎性的言论归为一家，称为"小说家"，是因为他们所著录的这些"小说家"的言论述说虽残留有先秦百家之说，但不本经典，不成体系，而当时刘向等人所面对的作品更多的是汉武帝时期的方士之作[3]，荒唐怪诞，不登大雅，视其为"小说"，贬之为"小道"，应该是名副其实。当然，这些小说中也保留了相当多的街谈巷语、闾里传说，自有其价值，如不著录，极易湮灭。刘向等人虽然认为"诸子十家，其可观者九家而已"[4]，但也认为"虽小道，必有可观者焉"，承认其"一言可采"，这就为小说的发展留下了一个可以利用的空间。

---

1 翟灏《通俗编》云："古凡杂说短记，不本经典者，概比小道，谓之小说。"

2 《论语·子张》记为子夏语。

3 《汉书·艺文志》著录小说15家，计1390篇，其中汉武帝时方士所作4家987篇，占全部小说著录篇数的70%以上；另有两家计146篇为武帝以后的汉人著述；其余不足总篇数10%的小说作品署名汉以前人所作，但班固注为"依托"，因而这些小说也可能是汉武帝时期的方士所作。鲁迅《中国小说史略·汉书艺文志所载小说》云："其余诸家，皆不可考。今审其书名，依人则伊尹、鬻熊、师旷、黄帝，说事则封禅、养生，盖多属方士假托。"

4 顾实：《汉书艺文志讲疏》三，上海古籍出版社，1987，第166页。

刘向等人对于"小说家"的界定及其对小说文体的认识，吸收了说体文产生以来人们对说体文的认识成果，适应了汉代小说家和小说文体的发展实际，反映着两汉之际的学术分类思想和文体认识水平，从而奠定了中国传统小说思想的理论基础，规范了小说观念的核心内涵，所以特别值得关注。并且，他们的这种认识代表着一个时代，更需要我们细心体会。东汉学者桓谭在《新论》中也表达了与他们类似的看法，他说："若其小说家，合丛残小语，近取譬论，以作短书，治身理家，有可观之辞。"[1]在桓谭的认识中，我们同样能够感觉到说体文对他们理解小说家和小说的文体特征所产生的影响。

综上所述，说体文的产生与言说活动作为一般知识形态和重要社会手段被人们普遍认识有关，与言说活动对社会政治生活产生重要影响有关；它"起于王道既微，诸侯力政，时君世主，好恶殊方"的"礼崩乐坏"时代，与诸子"各引一端，崇其所善，以此驰说，取合诸侯"[2]的"百家争鸣"的社会大背景相联系；说之为体，有广义、狭义之分，广义说体文可以指先秦一切诸子杂说，也可以指一切以辩说为特征的言论著述，而狭义说体文则专指以说名体的文章；作为文体的说体文具有解说性、譬喻性、夸饰性、情感性和灵活性的特征；先秦诸子在对各家之说的评价中产生了小说观念，这一观念主要是价值判断，但也隐含有文体判断；汉代学者对小说家的认识和关于小说的观念既与先秦诸子的影响相关联，也与汉代社会的特定文化环境和文章发展相关联。中国古代小说的思想发展和文体嬗变，既可以从这里找到它的思想源头，也可以从这里找到它的文体依据。

研究古代小说的现代学者，大多从西方传入的现代小说观念出发，从现代小说的基本元素——故事性和虚构性入手，来清理中国小说的起源和中国小说

---

[1] 萧统编：《文选》卷31江文通《拟李都尉从军诗》李善注引《桓子新论》，中华书局，1977年影印胡克家本，第444页。

[2] 顾实：《汉书艺文志讲疏》三，第166—167页。

观念的发展，于是找到了神话、寓言、史传等作为中国小说文体的源头，虽然不能说毫无道理，但毕竟"郢书燕说"，很难说明中国传统小说文体和小说观念是如何发生和发展的，也无法解释中国传统小说为什么一直在"子"、"史"之间寻找自己的位置，而前期"似子而浅薄"，后期则"近史而悠缪"[1]。而从说体文入手来进行历史还原的清理，显然更符合中国小说发展的客观实际，也更能够明了中国小说观念的真实内涵。

---

[1] 笔者曾借用鲁迅对《汉志》所著录的小说的评语"似子而浅薄"和"近史而悠缪"来概括史志反映的中国传统小说观念的前后期差别。参阅拙作《在子史之间寻找位置——史志所反映的中国传统小说观念》，《国学研究》第十卷，北京大学出版社，2002，第299—314页。

第二章
中国古代小说的三音三义

前面我们从社会存在和文体生成入手，讨论了中国古代小说观念的发生。这里再从"名""实"关系切入，揭示先秦小说观念的确切内涵，以利于我们对小说观念后来的发展有深入的理解。总体上说，现代人以"用散文写成的虚构的故事"为小说，而古代人却以"道听途说"、"丛残小语"为小说，古今小说之"名"虽同，而其"实"却大不一样。我们既不可"以今律古"，也不可"以古贱今"。《荀子·正名》有云："名无固宜，约之以命。约定俗成谓之宜，异于约则谓之不宜。名无固实，约之以命实，约定俗成谓之实名。"[1]若依此说，人们对于小说的命名其实是约定俗成的结果，其名称与其实体之间并无绝对的对应关系，因而古今小说之"名""实"出现差异也就不足为怪。然而，荀子又说："实不喻然后命，命不喻然后期，期不喻然后说，说不喻然后辨……名闻而实喻，名之用也。累而成文，名之丽也。用、丽俱得，谓之知名。名也者，所以期累实也。"[2]这就是说，尽管"名"是约定俗成的，然而，它在约定俗成的过程中，通过期、命、辨、说，使其与"实"有了紧密联系和明确指向；这样一来，"名"就成了"实"的指称，而"实"则是"名"的依凭，二者又是不可分离的。《庄子·逍遥游》所谓"名者，实之宾也"[3]，说的也是这个意思。因此，

---

[1] 王先谦：《荀子集解》卷16《正名篇第二十二》，《新编诸子集成》本，中华书局，1988，第420页。
[2] 王先谦：《荀子集解》卷16《正名篇第二十二》，《新编诸子集成》本，第422—423页。
[3] 郭庆藩：《庄子集释》卷1上《内篇·逍遥游》，《新编诸子集成》本，中华书局，1961，第24页。

我们讨论古小说"名""实",既可以依"实"以定"名",也可以循"名"以求"实"。由于古今小说的"名""实"差异甚大,而《汉书·艺文志》著录的15家古小说多已亡佚,留下的少量佚文又存在争议,故而依"实"以定"名"难以实施,循"名"以求"实"也就成了探求古小说"名""实"问题的一条重要途径。因此,探讨中国古代小说观念的发生和发展,"名""实"问题是一个不得不正视的问题。本章即从此问题切入,探讨古代小说的"名"与"实"。

第一节 作为"辩说"活动的"小说"

小说之名,始见于《庄子·杂篇·外物》:"饰小说以干县令,其于大达亦远矣。"[1]唐成玄英释云:"干,求也。县,高也。夫修饰小行,矜持言说,以求高名令闻者,必不能大通于至道。"[2]在古文里,"县"字为"悬"字的本字,悬者高也,"县"有"高"义。成氏之说可以成立。而美籍华裔学者周策纵则释云:"装饰'小说'去干进县官,也不会有大的通达,做不到大官,不会有大的成就。"[3]由于战国时期楚、晋等国都曾设县,县之长为县令,周氏以此文中"县令"为职官,其解说自然也可以成立。以上二释,虽然义皆可通,但又明显有别。然而,若从思维路径上看,二者则颇为一致。成玄英将小说释为"修饰小行,矜持言说",显然是从人的行为方式着眼的。而周策纵所谓"装饰'小说'去干进县官",也指向一种言说方式。他们都不以为小说是指称一种见诸文字的作品,则是肯定的。现在的问题是,《庄子》中的"小说"之名究竟指称何等实际物事?

讨论"小说"之名可从辨音开始。明清之际著名学者顾炎武曾提出:"读九

---

[1] 郭庆藩:《庄子集释》卷9上《杂篇·外物第二十六》,《新编诸子集成》本,第925页。
[2] 郭庆藩:《庄子集释》卷9上《杂篇·外物第二十六》,《新编诸子集成》本,第927页。
[3] 周策纵:《传统中国的小说观念和宗教关怀》,《文学遗产》1996年第5期。

经自考文始，考文自知音始。以至诸子百家之书，亦莫不然。"[1]段玉裁将这一思想概括为："治经莫重乎得义，得义莫切于得音。"[2]既然经文之义、诸子百家之书都可以从得音中求解，"小说"称名之义自然也可从得音中来求解。

具体而言，"小"为"说"的限定语，其读音也固定，可以不论。"说"之读音，梁顾野王《玉篇·言部》："说，始悦切，言也，释也。又音税，谈说也。又余辍切，怿也。"[3]以为"说"有三音三义。《广韵》标举"说"也是三音：一为去声，舒芮切；一为入声，有弋雪切和失爇切二音。[4]这三音其实也分别出"说"的三个义项，即揭示出"小说"之名的三种指向。《玉篇》为古音系统，离我们较远；《广韵》为今音系统，离我们较近。古音与今音虽有差别，但更有紧密的联系。就"说"之读音而言，古音与今音虽有差别，但今人模拟的古音并不十分准确和可信，以今音理解古音可能更符合今天读者的语言习惯，因此，我们的讨论以《广韵》为基础，同时参考《玉篇》。[5]

《庄子》中的"小说"之"说"应读《广韵》去声舒芮切，今音"shuì"，即《玉篇》所云"音税，谈说也"，指的是一种言说方式。《广韵·祭韵》释为"说诱"，指用言说诱导他人。颜师古注《汉书·匈奴传下》"非可以仁义说也"云："此说谓劝谕。"[6]而无论是"说诱"还是"劝谕"，都是一种言说方式，也都离不开言语辨析，故当时也称"辩说"（音税，"辩"亦作"辨"）。这种言说方式兴起于春秋后期。《左传·昭公六年》（前536年）载郑子产"铸刑书"，由于

---

[1] 顾炎武：《顾亭林诗文集·答李子德书》，中华书局，1959，第73页。
[2] 段玉裁：《经韵楼集》卷8《王怀祖广雅注序》，上海古籍出版社，2008，第187页。
[3] 顾野王：《玉篇》卷上《言部》，《小学名著六种》本，中华书局，1998年影印，第35页。
[4] 参见陈彭年等重修《广韵》去声《十三祭》、入声《十七薛》，《四部备要》本。需要说明的是，《广韵》为今音系统，分平、上、去、入四声，非古音。明人陈第云："四声之说，起于后世，古人之诗取其可歌可咏，岂屑屑毫厘，若经生为耶？"（《毛诗古音考》，中华书局，1988，第30页）清人顾炎武也说，"四声"韵谱是魏晋以下"去古日远"的结果，"今音行而古音亡，为音学之一变"（《音学五书》，中华书局，1982，第2页）。段玉裁更有"古无去声"之说。然而，古音的所谓"万声万纽"究竟如何，实在难有统一意见。因此，本文也只能以今音而推古义，别无他法。
[5] 例如，清人段玉裁有"古无去声"之说，大家都表赞成，然而，表示动作的单词今音多为去声，我们很难用古音来讨论"说"。
[6] 班固撰，颜师古注：《汉书》卷94下《匈奴传下》，中华书局，1962，第3832页。

将刑法条文铸在钟鼎上公诸于世,"刑名"之学因此大兴,"'刑名'兴,上可据'刑书'以断狱,而有考核情实、引用条文之事;下可据'刑书'以致讼,而有解释条文、分析事实之争。于是而'辩'生"[1]。到战国时代,"辩说"成为最具代表性的言说方式。《商君书·农战》有云:

> 今世主皆忧其国之危而兵之弱也,而强听说者。说者成伍,烦言饰辞而无实用。主好其辩,不求其实,说者得意,道路曲辩,辈辈成群。民见其可以取王公大臣也,而皆学之。夫人聚党与说议于国纷纷焉,小民乐之,大臣说(音悦)之,故其民农者寡而游食者众。[2]

此段文中的"说"字,除我们括注标明"音悦"者外,其他"说"字均应该"音税"。商鞅所提到的"说(音税)者"便是以"辩说"劝谕世主以博取功名的一类人,后人常称之为"说(音税)客",称他们的言说活动为"游说(音税)"。以苏秦、张仪为代表的纵横家是其典型代表,《战国策》便记载了他们的许多游说活动。

不仅纵横家,诸子百家其实都是某种意义上的"说(音税)者"。春秋末期,王纲解纽,礼崩乐坏,孔子曾周游列国,兜售其政治主张,自然免不了要用言说诱导他人。战国初年的墨子也热心于以"辩说(音税)"劝谕君王,宣称"今天下之君子之为文学、出言谈也,非将勤劳其惟(喉)舌而利其唇吻也,中实将欲为其国家邑里万民刑政者也。"[3]应该说,"圣王不作,诸侯放恣,处士横议"[4],是战国时代社会政治生活的常态。正如荀子所说:"今圣王没,天下乱,

---

[1] 伍非百:《中国古名家言》总序,中国社会科学出版社,1983,第8页。
[2] 蒋礼鸿:《商君书锥指》卷1《农战》,《新编诸子集成》本,中华书局,1986,第25—26页。
[3] 孙诒让:《墨子间诂》卷9《非命下》,《新编诸子集成》本,中华书局,2001,第282—283页。吴钞本"欲"下有"为"字,今补。
[4] 赵岐注,孙奭疏:《孟子注疏》卷6下《滕文公下》,《十三经注疏》本,中华书局,1980,第2714页。

奸言起，君子无势以临之，无刑以禁之，故辨（通"辩"）说也。"[1]儒家的孟子、荀子都游说过诸侯。《孟子·滕文公下》载："公都子曰：'外人皆称夫子好辩，敢问何也？'孟子曰：'予岂好辩哉？予不得已也！'"[2]《荀子·非相篇》宣称："法先王，顺理义，党学者，然而不好言，不乐言，则必非诚士也。故君子之于言也，志好之，行安之，乐言之。故君子必辩。"[3]

法家的韩非子对于游说更有深入研究，写有专题论文《说（音税）难》以言游说之道为难，开篇即云：

> 凡说（音税）之难，非吾知之有以说（音税）之之难也，又非吾辩之能明吾意之难也，又非吾敢横失而能尽之难也。凡说（音税）之难，在知所说（音悦）之心，可以吾说（音税）当之。[4]

由于"说者"游说的对象主要是时君世主，而君主们往往喜怒无常，说者容易得罪，故游说有相当大的危险性，韩非在文中列举了许多可能产生危险的言说。他指出："有爱于主，则智当而加亲；有憎于主，则智不当见罪而加疏。故谏说（音税）谈论之士，不可不察爱憎之主而后说（音税）焉。"[5]在韩非看来，游说是要讲求方法和技巧的："凡说（音税）之务，在知饰所说（音税）之所矜而灭其所耻。"[6]既要知道如何装饰好自己的说辞，以便阐明自己的主张，又要能够有效地保护自己，不使自己处于被动危险的境地，真正做到让游说的对象不疑不罪，心悦诚服地接受说者的主张，所谓"夫旷日弥久，而周泽既渥，深计而不

---

[1] 王先谦：《荀子集解》卷16《正名篇第二十二》，《新编诸子集成》本，第422页。
[2] 赵岐注，孙奭疏：《孟子注疏》卷6下《滕文公下》，《十三经注疏》本，第2714页。
[3] 王先谦：《荀子集解》卷3《非相篇》，《新编诸子集成》本，第83页。
[4] 王先慎：《韩非子集解》卷4《说难》，《新编诸子集成》本，中华书局，1998，第85—86页。《史记·老子韩非列传》"《说难》曰"司马贞索隐云："言游说之道为难。"可谓确诂。
[5] 王先慎：《韩非子集解》卷4《说难》，《新编诸子集成》本，第94页。
[6] 王先慎：《韩非子集解》卷4《说难》，《新编诸子集成》本，第89页。

疑，引争而不罪，则明割利害以致其功，直指是非以饰其身。以此相持，此说（音税）之成也"¹。而要做到这一点，最好的方法不是直陈己见，而是述事明理或隐语暗示，将自己的意见寄寓在有说服力的故事和需要揣测的隐语中，以启发被游说者。这些故事和隐语包括历史掌故、民间传说、神话寓言等。战国时期的"说者"通常采用的就是这样的方法。如《战国策·秦策三》所载苏秦见孟尝君所言土偶人与桃梗人私语的"鬼事"，《战国策·楚策四》所载庄辛说楚襄王所言蜻蛉、黄雀、黄鹄的遭遇，便充分体现了这一特点。至于江乙用"狐假虎威"的寓言向楚宣王说明昭奚恤与楚的关系，苏代用"鹬蚌相争"的寓言劝说赵惠文王停止伐燕，陈轸用"画蛇添足"的寓言劝说楚将昭阳放弃攻齐，等等，都是这种言说风格的体现。《韩非子》的《说林》、《外储说》、《内储说》等，收录的便多是当时"说者"喜欢采用的寓言和故事。

战国的"辩说"活动流行在社会的各个层面，其言说内容有涉及君国大事者，也有涉及生活琐事者。《韩非子·说难》便云：

> 昔者郑武公欲伐胡，故先以其女妻胡君以娱其意。因问于群臣："吾欲用兵，谁可伐者？"大夫关其思对曰："胡可伐。"武公怒而戮之，曰："胡，兄弟之国也，子言伐之，何也？"胡君闻之，以郑为亲己，遂不备郑。郑人袭胡，取之。宋有富人，天雨，墙坏，其子曰："不筑，必将有盗。"其邻人之父亦云。暮而果大亡其财。其家甚智其子，而疑邻人之父。此二人说者皆当矣，厚者为戮，薄者见疑，则非知之难也，处之则难也。²

这里说的二事，就所说内容而言，前者当然是"大说（音税）"，后者自然是"小说（音税）"。前文提到的纵横家苏秦、张仪干时君世主，说"合纵连横"，

1　王先慎：《韩非子集解》卷4《说难》，《新编诸子集成》本，第92页。
2　王先慎：《韩非子集解》卷4《说难》，《新编诸子集成》本，第92—93页。

当然是"大说（音税）"，而《庄子·外物》所云"干县令"者，只是为了自己的仕进或名誉，自然只是"小说（音税）"。从这一角度来看，此所云"小说"乃"小说"之一音一义，指那些不关君国大事的小的游说活动，"小说"读为"小说（今音税）"。

第二节　作为"辩说"效果的"小说"

《广韵》入声"说"字，其音有弋雪切，今音yuè，同"悦"，义为喜也、脱也、乐也、服也。[1]许慎《说文解字·言部》："说，说释也。从言，兑声。"徐锴《说文解字系传》："说之亦使悦怿也。"[2]朱骏声《说文通训定声》："说，假借为悦，即兑字。"[3]段玉裁《说文解字注》："说释即悦怿，说、悦，释、怿，皆古今字，许书无悦、怿二字也。说释者，开解之意，故为喜悦。采部曰：释，解也。"[4]《玉篇·言部》："说……又余辍切，怿也。"[5]上古文献中无"悦"字，故许慎《说文解字》未收"悦"字，"说"实为古"悦"字。班固《汉书》中的二百多个"悦"字均写作"说"，《庄子》书中的几十个"悦"字也多写作"说"，至于传世秦汉文献中出现少量"悦"字，那应是东汉以后手民所改，不足为据，因为直到东汉并无"悦"字，"悦"字仍然写作"说"。

如果从字源学的角度做些考察，我们对"说"之音义会有更为深入的认识。甲骨文无"说"字，有"兑"字。"兑"均见于三期卜辞，且多用于人名。凡不用于人名的，则皆"用为'锐'，有急速、赶快之义"[6]。如《殷契粹编》第

1　参见陈彭年等重修《广韵》去声《十三祭》、入声《十七薛》，《四部备要》本。
2　徐锴：《说文解字系传》通释第五，中华书局，1987，第45页。
3　朱骏声：《说文通训定声》，武汉市古籍书店，1983，第653页。
4　许慎撰，段玉裁注：《说文解字注》第三篇上，上海古籍出版社，1988，第93页。
5　顾野王：《玉篇》卷上《言部》，《小学名著六种》本，中华书局，1998年影印，第35页。
6　赵诚：《甲骨文虚词探索》，原载《古文研究》第十五辑，转引自于省吾主编《甲骨文诂林》，中华书局，1996，第84页。

1154号："戊申卜，马其先，王兑从。""兑"即为快速义。西周彝器铭文也无"说"字而有"兑"字，金文学家释"兑"为"悦"[1]。许慎《说文解字》收有"兑"（兊）字，释云："兑，说也，从儿，㕣声。"段玉裁注："说者，今之悦字，其义见《易》。《大雅》'行道兑矣'，传曰：'兑，成蹊也。''松柏斯兑'，传曰：'兑，易直也。'此引伸之义。"[2]这些材料说明，"说"是"兑"的孳乳字，是"悦"的本字。从甲骨文"兑"用为"锐"，到金文、《易传》、《说文》"兑"用为"悦"，说明"兑"在语义上有了延展。不过，"锐"与"悦"，在语音上为一声之转，在语义上也有关联，因为快捷急速总能给人以愉悦之感。在现存先秦文献中，表示快速的"兑"已经被"锐"字所代替。《说文解字》收有"锐"字，许慎释云："锐，芒也。从金，兑声。"[3]这个表示锋芒的"锐"是从"兑"的本义衍生出来的，在"兑"字左边加一"金"旁表示锋利之义，应该是在青铜器作为工具被普遍采用之后的事。而由"兑"衍生的表示愉悦义的"说"，其产生也应该与"辩说"活动的活跃以及人们对此种活动的社会作用的重视有密切关联。

《易经》有"兑"卦，"彖曰：兑，说也，刚中而柔外。说以利贞，是以顺乎天而应乎人。说以先民，民忘其劳；说以犯难，民忘其死。说之大，民劝矣哉！"王弼注云："说而违刚则诌，刚而违说则暴，刚中而柔外，所以说以利贞也。刚中故利贞，柔外故说亨。"[4]这里出现的几个"说"字，均有二音二义：一音"shuì"，有"劝谕"义；一音"yuè"，同于"悦"，为"悦怿"义。"说"读音"shuì（税）"，意在强调其言说的形态具有"劝谕"的特点；读音"yuè（悦）"，意在强调其言说具有使其对象"悦怿"的效果。二者相辅相成，构成

1　参见周法高主编《金文诂林》第十册（卷8），香港中文大学，1974，第5389—5391页。
2　许慎撰，段玉裁注：《说文解字注》第八篇下，第405页。关于"兑"之构形，徐铉《说文解字注》以为"当从口从八，象气之分散"，朱骏声《说文通训定声》沿其说；孔广居《说文疑疑》以为"从人从八口；八，分也，人喜悦则解颐也"，林义光《文源》沿其说。
3　许慎撰，段玉裁注：《说文解字注》十四篇上，第707页。
4　郑玄注、贾公彦疏：《周礼注疏》卷6，《十三经注疏》本，第69页。

这一言说形态的全部内涵和整体效果。因此，说"小说"有"小悦"之意，从"说"之音义来看是可以成立的。周策纵曾经提出："依我的推测，'小说'（税）或'小说'（悦）这一观念，原有'劝说'、'说服'或'说得使听的人高兴喜悦'之意，这和后来的小说创作和评论，就不是没有关系。也可使我们更容易了解早期中国'小说'的性质和特点。"[1]只是周先生没有展开论述。这里，我们尝试着在他的论断上做些补充和论证。

正如"小说（税）"是与"大说（税）"相对而言，"小说（悦）"也是和"大说（悦）"相对而言的。因此，"小说"一名既可以指称言说的形式，又可以指称言说的效果。这样的用例在《战国策》中不胜枚举。下举三例：

> 苏秦始将连横说秦惠王……而说不行。黑貂之裘弊，黄金百斤尽。资用乏绝，去秦而归。……归至家，妻不下纴，嫂不为炊，父母不与言。……乃夜发书，陈箧数十，得《太公阴符》之谋，伏而诵之，简练以为揣摩。读书欲睡，引锥自刺其股，血流至足，曰："安有说人主不能出其金玉锦绣，取卿相之尊者乎？"期年，揣摩成，曰："此真可以说当世之君矣。"于是乃摩燕乌集阙，见说赵王于华屋之下，抵掌而谈。赵王大说，封为武安君，受相印，革车百乘，锦绣千纯，白璧百双，黄金万镒（一作溢），以随其后。约从（纵）散横，以抑强秦。[2]

> 魏之围邯郸也，申不害始合于韩王，然未知王之所欲也，恐言而未必中于王也。王问申子曰："吾谁与而可？"对曰："此安危之要，国家之大事也，臣请深惟而苦思之。"乃微谓赵卓、韩晁曰："子皆国之辩士也。夫为人臣者，言可必用？尽忠而已矣。"二人各进议于王以事。申子微视王之

---

[1] 周策纵：《传统中国的小说观念和宗教关怀》，《文学遗产》1996年第5期。
[2] 刘向集录，范祥雍笺证：《战国策笺证》卷3《秦策一·苏秦始将连横说秦惠王》，上海古籍出版社，2006，第141—143页。

所说,以言于王,王大说之。[1]

  苏代为燕说齐,未见齐王,先说淳于髡曰:"人有卖骏马者,比三旦立市,人莫之知。往见伯乐曰:'臣有骏马,欲卖之,比三旦立于市,人莫与言。愿子还而视之,去而顾之,臣请献一朝之贾。'伯乐乃还而视之,去而顾之,一旦而马价十倍。今臣欲以骏马见于王,莫为臣先后者,足下有意为臣伯乐乎?臣请献白璧一双,黄金十(一作千)镒,以为马食。"淳于髡曰:"谨闻命矣!"入言之王而见之,齐王大说苏子。[2]

例一记载了苏秦游说诸侯由失败到成功的经历,反映出当时人对"辩说"的重视,而苏秦"见说(音税)赵王于华屋之下",能够使"赵王大说(音悦)",封其为武安君并受赵国相印,由此可见言说活动对于国家政治和个人命运的巨大影响。例二写申不害善于言说,自己的真实想法先让韩国大臣赵卓、韩晃代为说出,借以观察韩王的反映,故其言于王时能够使王"大说(音悦)之"。以上二例,言说内容都涉及国家大事,说者都是当时的著名人物,其言说效果都很理想,既符合"大说(音税)"的条件,也符合"大说(音悦)"的要求,事实上也达到了使赵王、韩王"大说(音悦)"的效果,说它们是"大说(音税)"与"大说(音悦)"成功结合的范例,自然未尝不可。例三写苏代"为燕说(音税)齐",为了见到齐王,他先游说齐王的言语侍从之臣淳于髡,使其愿意引荐于王,且不破坏他对齐王的游说。就苏代对淳于髡的说辞而言,显然有行贿收买的用意,淳于髡接受了苏代的贿赂。这里的言说是私下交易,难登大雅之堂,很难以"大说(音税)"为名,文中也没有写淳于髡"大说(音悦)",我们将其名之为"小说"(音税,又音悦),大约是符合这种言说的形式、内容和效果的。至于苏代对齐王的游说则是"大说(音税)",谈论的是国家大事,故"齐王大

---

[1] 刘向集录,范祥雍笺证:《战国策笺证》卷26《韩策一·魏之围邯郸也》,第1476—1477页。
[2] 刘向集录,范祥雍笺证:《战国策笺证》卷30《齐策一·苏代为燕说齐》,第1731—1732页。

说（音悦）苏子"。

理解了"大说"与"小说"的含义，再来探讨《庄子》所云"小说"的音义，我们的认识就可能更为深入。《庄子·杂篇·外物》云：

> 任公子为大钩巨缁，五十犗以为饵，蹲乎会稽，投竿东海，旦旦而钓，期年不得鱼。已而大鱼食之，牵巨钩，锠没而下，骛扬而奋鬐，白波若山，海水震荡，声侔鬼神，惮赫千里。任公子得若鱼，离而腊之，自制河以东，苍梧已北，莫不厌若鱼者。已而后世轻才讽说之徒，皆惊而相告也。夫揭竿累，趣灌渎，守鲵鲋，其于得大鱼难矣。饰小说以干县令，其于大达亦远矣。是以未尝闻任氏之风俗，其不可与经于世亦远矣。[1]

《庄子》文在提到"小说"之前，先讲了一个任公子为大钩巨缁钓大鱼的故事。这一故事固然可以说明至道颇不易得、经世者当有志于大成，仅凭道听途说的说辞来寻求"至道"、求取功名是不可能有前途的。然而，文中明确揭橥了"小说"与"大达"的对立，说明作为一种言说形式的"小说"无论对于学术理想还是对于现实治道，其作用都极为有限。这里的"小说"，既可以理解为前节所云"小说（音税）"，即无关弘旨的"辩说"，也可理解为本节所云"小说（音悦）"，即用这种"小说（音税）"使人"小说（音悦）"。如若能这样理解，那么，《庄子》所云"小说"就是指从形式到内容到社会效果都难以符合理想状态的一种言说方式，这种言说方式虽然也是一种"辩说"，也能够实现某些个人预期的效果，获得某种琐碎的现实利益，但却是难以达到道家所追求的"至道"和取得道家培养理想人格的成效的，因而为庄子所鄙弃。这样，《庄子》所云"小说"实兼有二音二义：一为"小说（税，今音shuì）"，指一种言说方式；一为"小悦（悦，今音yuè）"，指言说的一种效果。

---

[1] 郭庆藩：《庄子集释》卷9上《杂篇·外物第二十六》，《新编诸子集成》本，第925页。

其实，一名同时兼有二音二义，这在古籍中不乏其例。例如，唐陆德明为《礼记·乐记》释文便提到"乐音岳，又音洛"、"乐，皇（侃）音洛，庾（蔚之）音岳"[1]，释《礼记》其他各篇所论之"乐"也有兼注二音者，如《坊记》"子曰：贫而好乐，富而好礼，众而以宁者，天下其几矣"，陆氏释："乐音洛，又音岳。"[2]《表记》"祭极敬，不继之以乐；朝极辨，不继之以倦"，陆氏释："乐音洛，注同；又音岳。"[3]《儒行》"儒有合志同方，营道同术，并立则乐，相下不厌，久不相见，闻流言不信，其行本方，立义同而进，不同而退，其交友有如此者"，陆氏释："乐音洛，又音岳。下同。"[4]以为"乐"可以同时兼有"音乐"之"岳"和"喜乐"之"洛"二音二义，给我们以巨大启发，也为我们讨论"小说"音义提供了经验和参照。

第三节　作为"辩说"文本的"小说"

《广韵》入声"说"字，其音还有失爇切，今音shuō，义为告也、述也。[5]《玉篇·言部》："说，始悦切，言也，释也。"[6]告、述、言、释皆可以是口头的，也可以是书面的。如果以口语形式表达出来，就是一种言说形态；如果用文字形态呈现出来，就成为一种文体，通称说体文。"说"作为古代的一种文体，诞生于春秋战国时期，前面我们已经详细论证。陆机在《文赋》中提到十种代表性文体，"说"居其一。刘勰《文心雕龙》的文体论部分有《论说篇》，分别讨论"论"与"说"两种文体。明人吴讷的《文章辨体序说》和徐师曾《文体明辨序说》也都把"说"作为一种文体予以论列。

1　郑玄注，孔颖达疏：《礼记注疏》卷37《乐记》，《十三经注疏》本，第1527页、1537页。
2　郑玄注，孔颖达疏：《礼记注疏》卷51《坊记》，《十三经注疏》本，第1618页。
3　郑玄注，孔颖达疏：《礼记注疏》卷54《表记》，《十三经注疏》本，第1638页。
4　郑玄注，孔颖达疏：《礼记注疏》卷59《儒行》，《十三经注疏》本，第1671页。
5　参见陈彭年等重修《广韵》去声《十三祭》、入声《十七薛》，《四部备要》本。
6　顾野王：《玉篇》卷上《言部》，《小学名著六种》本，第35页。

说体文诞生于春秋战国时期，当时已经有了明确标示为"说"体的文本。如《墨子》有《经说》，《列子》有《说符》，《商君书》有《说民》，《庄子》有《说剑》，《韩非子》有《说林》、《八说》、《内储说》、《外储说》，《吕氏春秋》有《顺说》等，证明说体文在这一时期已经产生。虽然《易传》也有《说卦》，但其著述时代尚难确定，因此，把说体文的产生年代确定为春秋战国时期是较为稳妥的。[1]

然而，"说"之为体有广义与狭义之分，不同的人在使用这一概念时所指称的对象可能不同，同一个人在不同的语境中使用这一概念时内涵也有差异。如果按照《墨子》对概念（"名"）层级的划分原则，"达名"为"说"，"说"指春秋战国时期诸子百家的一切言论和著述；"类名"为"说"，"说"指以辩说为特征的言论和著述；"私名"为"说"，"说"指以"说"名体的文字著述。就"说"之音义而言，指称口头言说形态的"说"今音为shuì[2]，指称书面言说形态的"说"今音为"shuō"，前者属于口头表达的狭义的言论，后者属于文字表达的狭义的著述（言论、主张、学说）。

虽然，"辩说"活动在春秋尤其战国时期是无日无时不在进行的日常活动，然而，今人所能够见到的却并非这些活动本身，而只是文献所记载的相关内容。后人对于当时大多数"说者"的学术思想和言说风格的体认，也并非通过他们的"辩说"活动来实现，而主要还是通过他们传留的有关著述而得到。因此，我们既不能无视丰富多彩的"辩说"活动对当时"说者"思想和言说风格的影响，更不能忽视他们的著述所真正代表的他们的言说思想和言说风格。

需要注意的是，先秦学者在谈论"辩说"活动和"说体文"时，往往不将二者截然分疏，通常是混而言之，这是因为二者本不易分别的缘故。例如，《荀

---

[1] 见本书第一章。参见拙作《说体文的产生及其对中国传统小说观念的影响》，"小说文献与小说史国际研讨会"论文，北京香山，2003年；收入拙著《中国文学观念论稿》，湖北教育出版社，2004，第356—392页。
[2] 需要说明的是，古代文献记载人们言语时用"曰"或"云"来提示，不用"说"字提示，因此，"说"不是指称人的具体言语，而是指称一种言语形态。

子·正名篇》论"辩（辨）说"云：

> 辨说也者，不异实名以喻动静之道也。期命也者，辨说之用也。辨说也者，心之象道也。心也者，道之工宰也。道也者，治之经理也。心合于道，说合于心，辞合于说，正名而期，质请而喻。辨异而不过，推类而不悖，听则合文，辨则尽故。以正道而辨奸，犹引绳以持曲直，是故邪说不能乱，百家无所窜。有兼听之明而无奋矜之容，有兼覆之厚而无伐德之色。说行则天下正，说不行则白道而冥穷，是圣人之辨说也。[1]

这里谈到的"圣人之辨（通'辩'）说"，既可以理解为言说活动中的一类"辩说"，也可理解为"说体文"的一种类型。当然，这是一种理想的类型，也是一般人所不可能达到的一种言说境界。不过，荀子又说：

> 辞让之节得矣，长少之理顺矣，忌讳不称，袄辞不出，以仁心说，以学心听，以公心辨。不动乎众人之非誉，不治观者之耳目，不赂贵者之权势，不利传辟者之辞，故能处道而不贰，吐而不夺，利而不流，贵公正而贱鄙争，是士君子之辨说也。[2]

> 凡人莫不从其所可，而去其所不可。知道之莫之若也，而不从道者，无之有也。假之有人而欲南无多，而恶北无寡，岂为夫南者之不可尽也，离南行而北走也哉？今人所欲无多，所恶无寡，岂为夫所欲之不可尽也，离得欲之道而取所恶也哉？故可道而从之，奚以损之而乱！不可道而离之，奚以益之而治！故知者论道而已矣，小家珍说之所愿皆衰矣。[3]

---

[1] 王先谦：《荀子集解》卷16《正名篇第二十二》，《新编诸子集成》本，第423—424页。
[2] 王先谦：《荀子集解》卷16《正名篇第二十二》，《新编诸子集成》本，第424—425页。
[3] 王先谦：《荀子集解》卷16《正名篇第二十二》，《新编诸子集成》本，第429页。

这里所论"士君子之辩说"和"小家珍说",也是"辩说"的两种类型。对于这两种类型,荀子明确肯定前者而否定后者。他认为前者是智者所为,后者是愚者所为。《荀子·正名篇》常常将二者对比起来论述,其有云:"君子之言,涉然而精,俛然而类,差差然而齐。彼正其名,当其辞,以务白其志义者也。彼名辞也者,志义之使也,足以相通则舍之矣;苟之,奸也。故名足以指实,辞足以见极,则舍之矣。外是者谓之讱,是君子之所弃,而愚者拾以为己宝。故愚者之言,芴然而粗,啧然而不类,诹诹然而沸。彼诱其名,眩其辞,而无深于其志义者也。故穷藉而无极,甚劳而无功,贪而无名。故知者之言也,虑之易知也,行之易安也,持之易立也,成则必得其所好而不遇其所恶焉。而愚者反是。"[1] 这些愚者之言,其实就是作者在文中所批评的"邪说辟言",这种言论学说在《荀子》一书中还以"怪说"、"奸说"、"佞说"、"乱说"、"辟陋之说"、"规磨之说"等等来指称,而所谓"小家珍说"云云,也与上述指称对象大体一致。

这样看来,荀子所谓"小家珍说"与庄子所谓"小说"意思接近,可以指称一种口头言说形态,"说"音"shuì"。不过,"小家珍说"也可指称书面言说形态,"说"音"shuō",属于著述的范畴,是一种文体概念。在先秦,无论是儒家、道家,还是墨家、法家,他们所谈多为国家大事,对象则是时君世主,是可以"一言兴邦"的,自然他们流传的文本都是"大说(shuō)"。不过,他们常常是其所是而非其所非,只承认自己学派的言说为"大说(shuō)"、"正说(shuō)",而将其他学派的言说说成是"怪说(shuō)"、"奸说(shuō)"、"邪说(shuō)"、"小说(shuō)"或"小家珍说(shuō)"等等。《汉书·艺文志》在《诸子略》中著录诸子百家,以为"小说家者流,盖出于稗官,街谈巷语、道听途说者之所造也"[2],肯定小说家为诸子百家之一,实际上是看到了小说

---

[1] 王先谦:《荀子集解》卷16《正名篇第二十二》,《新编诸子集成》本,第425—426页。
[2] 班固撰,颜师古注:《汉书》卷30《艺文志》,第1745页。

家的言说方式与著述形态与诸子百家的相似性，承袭了庄子、荀子以来的思维路径和表达方法。然而，《汉志》将小说家定位为有别于儒家、道家、阴阳家、法家、名家、墨家、纵横家、杂家、农家的另一学术流派，这是与庄子、荀子不同的对于小说家的新认识。这样，小说家就成为了一种学术流派的名称，而他们的作品"小说（shuō）"也就具有了与其学术相称的思想价值和文体意义。尽管《汉志·诸子略》序云："诸子十家，其可观者九家而已。"[1]将小说家的小说排除在"可观者"之外，但它毕竟在正史中保存了小说家的一席之地，为小说的发展留下了一定的空间。东汉桓谭有云："若其小说家，合丛残小语，近取譬论，以作短书。治身理家，有可观之辞。"[2]便肯定了小说家作品对于"治身理家"的价值。而作为小说家作品的"小说（音shuō）"后来发展成为中国文学的重要文体，与刘向、刘歆、班固、桓谭的努力开拓是分不开的。

综上所述，在先秦，"小说"之名实可区分为"三音三义"：既可以指称春秋战国时期不关君国大事的辩说活动，即"小说（今音shuì）"；又可以指称这种辩说活动所产生的言说效果，即"小说（今音yuè）"；还可以指称与这种辩说活动相关联的文字著述，即"小说（今音shuō）"。三者既相互联系，又各有区别。先秦的各个时期人们使用"小说"或类似概念，可以是其中某一音某一义，也可以是其中的二音二义或三音三义，到汉代也仍然如此。因此，古人在何种意义上使用"小说"之名，实际指称究竟是什么，应该根据具体语境所指称的具体对象来确定，不可一概而论。

1　班固撰，颜师古注：《汉书》卷30《艺文志》，第1746页。
2　朱谦之校辑：《新辑本桓谭新论》卷1《本造篇》，《新编诸子集成续编》本，中华书局，2009，第1—2页。"治身理家"，原文为"治身治家"，据胡克家校刊本《文选》李善注引改。

第三章
中国小说家之祖师旷探论

本书第一章考察了说体文的产生，证明说体文是在"王纲解纽"的春秋战国时期，"圣王不作，诸侯放恣，处士横议"，言说活动在社会政教中的价值得到极大提升之后的产物；"小说"观念的发生，正是植根于广泛的言说活动和大量说体文的肥沃土壤。在第二章中，我们讨论了小说"名"与"实"的关系，说明"小说"究竟指称什么要结合具体语言环境来确定。而"小说"作为一种言说活动和言说效果，必定在具有代表性的言说者身上展现出来，在这一展现言说活动和言说效果的过程中，很自然地就会诞生一批有影响力的小说家。中国古代小说的发生和发展，中国早期的小说观念，都离不开这些早期小说家们的贡献。对于小说和小说观念的成长，早期小说家们其实起着决定性的作用。因此，了解中国早期的小说形态和小说观念，自然不能不了解中国最早的小说家。《汉志·诸子略》著录先秦西汉诸子，分其为十家。儒、道、法、墨等各家都有公认的代表性作家，人们通过对这些代表作家及其作品的探讨，深入了解了各家学说的言说特点及其要义，从而认识了各家学说在中国文化思想史上的地位及其对中国文化发展的影响。然而，对于小说一家，谁是其代表作家，有哪些代表性作品，小说家有何言说特点，其言说有何意义，对中国思想文化和文学发展有何影响，等等，这些问题一直无人讨论，实在令人遗憾。笔者认为，师旷乃是中国小说家之祖，其作品《师旷》是《汉志·诸子略》小说家中能够确定作者主名并有佚文可考的中国古代第一部小说。师旷的犯颜直谏反映着西周以来"百工谏"的制度安排和文化传统，其职务立场使其言说具有政教倾向，其身份地位又使其言说具有即兴式、琐碎性、娱乐化等特点，且其言说多为偶语。先秦两汉人"以偶语为稗"，小说家之称为"稗官"，与小说家身份地位、言论立场和言说特点密切相关。师旷审音、知声和敢于直谏使其具有"国际"影响，其作品的思想倾向和言说方式也深刻影响了小说观念的形成及后世小说的发展。下面试做论证。

第一节　师旷的身份地位

《汉志·诸子略》著录小说家十五家，在《师旷》之前有《伊尹说》、《鬻子说》、《周考》三家。伊尹为商之名臣，辅佐成汤致于王道；鬻子（名熊）乃楚之始祖，传为周文王师。将《伊尹说》、《鬻子说》列在小说家之首，当然与伊尹、鬻子二人的身份、地位和生活年代有关。不过，笔者曾经指出，西汉所传伊尹、鬻子学说，虽有某些历史的影子，其实并非伊尹、鬻子本人所创作，而是战国后期至西汉初期兴起的黄老道家学说的一部分，故《汉志·诸子略》道家著录的第一部作品是《伊尹》，紧接着是《太公》、《辛甲》和《鬻子》。《伊尹》、《鬻子》学说本为传说，而《伊尹说》、《鬻子说》只是解说《伊尹》、《鬻子》，也就是传说之解说。在西汉流传的文献中，"经"与"说"常相辅而行，《汉志》著录中，解说儒家经典者便归入"六艺略"，如解说《诗经》的有《鲁说》、《韩说》和《齐说》，解说《孝经》的有《长孙氏说》、《江氏说》、《翼氏说》、《后氏说》、《安昌侯说》，解说《论语》的有《齐说》、《鲁夏侯说》、《鲁安昌侯说》、《鲁王骏说》、《燕传说》，它们都归入"六艺略"。解说诸子学术者也各归其类，如解说《荀子》的《虞丘说》归入儒家，解说《老子》的《老子傅氏经说》、《老子徐氏经说》、《刘向说老子》归入道家。然而，解说《伊尹》、

《鬻子》的《伊尹说》、《鬻子说》却并没有归入道家。这是因为,《伊尹》、《鬻子》本为传说,并不如道家《老子》那样有条理统系,解说它们的《伊尹说》、《鬻子说》自然更无条理统系,难以列入道家,于是便退而列为小说家。[1]《汉志》小说家在著录《伊尹说》后有班固自注云:"其语浅薄,似依托也。"《鬻子说》后又注云:"后世所加。"即是说,《汉志·诸子略》虽然在小说家首先著录了《伊尹说》和《鬻子说》,其实著录者并不认为这些作品是可以确定作者主名及其写作时间的小说家之最早作品,它们的著作时代并非所依托者的生活年代,而是"后世所加",具体时间无考,之所以在小说家开头著录它们,只是因为这些作品所"依托"的作者相对较早而已。因此,我们自然不能把伊尹、鬻子当作中国最早的小说家,也不能将《伊尹说》和《鬻子说》当作中国最早的小说作品。至于列在《师旷》之前的《周考》,班固有自注云:"考周事也。"[2]对于它的作者及其具体内容,至今大家仍然一无所知,也就只好存而不论了。

《师旷》是《汉志·诸子略》小说家中能够确定作者主名并有佚文可考的中国古代第一部小说作品。班固注云:"见《春秋》,其言浅薄,本与此同,似因托之。"[3]即是说,小说家师旷见于《春秋》,是一个可以落实的历史人物;《春秋》中所记载的师旷的言论浅薄,与《师旷》一书大体相同。而后人就把这些类似的言论依附在了师旷身上,形成了《师旷》一书。《师旷》一书的真正作者不一定是师旷,但其言论和言说方式与历史上的师旷却有千丝万缕的联系。班固所谓"本与此同,似因托之",即是此意。当然,这与"依托"传说中的伊尹、鬻子所形成的《伊尹说》和《鬻子说》,在性质上是颇为不同的。因为《伊尹说》和《鬻子说》可以与历史上真实存在过的伊尹、鬻子的思想学说、言说特点毫无关系,而《师旷》却与历史上真实存在的师旷的思想学说、言说特点

---

[1] 参见拙作《〈汉书·艺文志〉著录之小说家〈伊尹说〉、〈鬻子说〉考辨》,《武汉大学学报》(人文科学版) 2005 年第 5 期。收入拙著《稗官与才人——中国古代小说考论》,岳麓书社,2010。
[2] 班固撰,颜师古注:《汉书》卷 30《艺文志》,中华书局,1962,第 1744 页。
[3] 班固撰,颜师古注:《汉书》卷 30《艺文志》,第 1744 页。

十分相似，甚至难作区分。如果这样的理解能够成立，那么，师旷就成了中国小说史上第一个有作品传世的小说家，即中国小说家之祖。

师旷是一个真实的历史人物。《左传》中有六处关于他以及他的言说的记载，《国语》和《逸周书》中也有相关记载，这些记载表明，师旷在他生活的春秋后期是一个有一定代表性并且发挥了一定社会政教作用的人物。至于《韩非子》、《吕氏春秋》以及《新序》、《说苑》中有关他的言说的记载，也许"因托"的成分更多，但是，这些记载对于我们认识这一人物、了解他的思想倾向和言说特点，仍然是有帮助的。因为这些记载，至少使我们知道秦汉之际的学者们是如何理解师旷这一历史人物的。事实上，今人对师旷的了解，并非依据《汉志》著录的小说《师旷》，而是根据《左传》、《国语》和《逸周书》中的相关记载，因为《汉志》著录的小说《师旷》并未保存下来，这反而使得我们对师旷的讨论更具有历史依据和认识价值。

师旷是春秋后期晋国的主乐大师，主要生活在晋悼公（前572—前558在位）和晋平公（前557—前532在位）时代，与孔子同时而略早。古代称乐官为"师"，古人有"以官为氏"的传统，史书直书其为师旷，大概他也是"以官为氏"[1]，字子野[2]，冀州南和人[3]。因其为晋国人，故有人称他为晋野。生而无目，自称瞑臣或盲臣。一说熏目伤明而聪耳。[4] 其听至聪，以知声、审音超乎常人而著名。《左传·襄公十八年》载："丙寅晦，齐师夜遁，师旷告晋侯曰：'鸟乌之声乐，齐师其遁。'"又："晋人闻有楚师，师旷曰：'不害。吾骤歌北风，又歌南

---

[1] 参见郑樵《通志·氏族略》。三代姓与氏有别，师旷"以官为氏"，其姓乃不可考。清人梁玉绳《人表考》注云："《广韵》注以师为姓，非。"便指出了这一点。不过，今人姓氏无别，说其姓师也未尝不可。

[2] 《左传·昭公八年》："叔向曰：'子野之言，君子之言哉！'"杜预注："子野，师旷字。"

[3] 《庄子·骈拇》陆德明《释文》引《史记》释"师旷"："冀州南和人，生而无目。"

[4] 例如，张良《阴符经》下篇引李筌注云："人之耳目，皆分于心而竟于神。心分则机不精，神竟则机不微。是以师旷熏目而聪耳，离朱漆耳而明目。"王嘉《拾遗记》卷3："师旷者，或云出于晋灵之世，以主乐官，妙辨音律，撰兵书万篇，时人莫知其原裔，出没难详也。晋平公时，以阴阳之学显于当世。乃熏目为瞽，以绝塞众虑，专心于星算音律之中，考钟吕以定四时，无毫厘之异。"

风;南风不竞,多死声,楚必无功。"[1]证明他能因声而知军。《吕氏春秋·长见》载:"晋平公铸为大钟,使工听之,皆以为调矣。师旷曰:'不调,请更铸之。'平公曰:'工皆以为调矣。'师旷曰:'后世有知声者,将知钟之不调也,臣窃为君耻之。'至于师涓,而果知钟之不调也。"[2]他的审音水平非一般乐工可及。其音乐演奏技术更是达到了历史上的最高水平。《韩非子·十过》描写其不得已为晋平公奏《清角》,"一奏,而有玄云从西北方起;再奏之,大风至,大雨随之,裂帷幕,破俎豆,隳廊瓦,坐者散走,平公恐惧,伏于廊室之间。晋国大旱,赤地三年,平公之身遂癃病"[3]。师旷对声音的领悟和掌握,可以说达到了惊天地、泣鬼神的最高境界。人们自然把他对声音的辨析作为最权威的判决,所谓"师旷之谐五音也,正其六律而宫商调"[4];"言味者予易牙,言音者予师旷,言治者予三王"[5]。而《孟子·告子上》则云:"至于声,天下期于师旷,是天下之耳相似也。"[6]希望人们破除对师旷知声的迷信,同样反映出其影响之巨大。古者世官畴人家传其学,师旷之声乐理论和审音知声技术亦为其后代所传承。《汉书·艺文志》六艺略乐类著录有《雅琴师氏》八篇,注云:"名中,东海人,传言师旷后。"[7]其中大概会有师旷所传之声乐理论和审音技艺。

当然,史载师旷的活动并不限于音乐,而是及于当时的政教。《史记·晋世家》云:"十五年,悼公问治国于师旷。师旷曰:'惟仁义为本。'冬,悼公卒,子平公彪立。"[8]晋悼公晚年仍在向师旷询问治国之策,证明师旷不仅参与了晋国

---

[1] 杜氏注,孔颖达疏:《春秋左传注疏》卷33《襄公十八年》,《十三经注疏》本,中华书局,1980年影印,第1965—1966页。
[2] 高诱注:《吕氏春秋·仲冬纪·长见》,《诸子集成》本,上海书店,1986年影印,第112页。
[3] 王先慎:《韩非子集解》卷3《十过》,《诸子集成》本,第44—45页。
[4] 桓宽:《盐铁论·刺复》,《诸子集成》本,第11页。
[5] 王先谦:《荀子集解》卷19《大略篇》,《诸子集成》本,第340页。
[6] 赵氏注,孙奭疏:《孟子注疏》卷11上《告子上》,《十三经注疏》本,中华书局,1980年影印,第2749页。
[7] 班固撰,颜师古注:《汉书》卷30《艺文志》,第1711页。
[8] 司马迁撰,裴骃集解,司马贞索隐,张守节正义:《史记》卷39《晋世家》,中华书局,2014,第2028页。

的政教活动，其言说对当时的晋国政教也有一定影响。因此，小说家《师旷》一书，虽然不会是其手著，但肯定是他的这些知声、审音和其参与政教活动之言说的有关传说。按照先秦著作往往不是个人著作，而是一家一派著述之集合的成例，将《师旷》看成是师旷一派的著述并将著作权归于师旷名下，其实也未尝不可。其书虽佚，但先秦史书和秦汉子书中多有记载，今人卢文晖曾予辑注，虽然不能视为《汉志》著录之《师旷》，但从中是可以看出师旷的思想倾向和言说特点的。

这里需要回答的问题是，一方诸侯的主乐大师的著述，《汉志》为何要将其列为小说家？或者换一种说法，《汉志》将师旷作为小说家之祖，究竟包含了哪些重要的文化信息？

我们可以从《汉志》的编撰思想中寻找答案。《汉志·诸子略》叙云：

> 诸子十家，其可观者九家而已。皆起于王道既微，诸侯力政，时君世主，好恶殊方，是以九家之术蜂出并作，各引一端，崇其所善，以此驰说，取合诸侯。其言虽殊，辟犹水火，相灭亦相生也。仁之与义，敬之与和，相反而皆相成也。《易》曰："天下同归而殊途，一致而百虑。"今异家者各推所长，穷知究虑，以明其指，虽有蔽短，合其要归，亦《六经》之支与流裔。使其人遭明王圣主，得其所折中，皆股肱之材已。仲尼有言："礼失而求诸野。"方今去圣久远，道术缺废，无所更索，彼九家者，不犹愈于野乎？若能修六艺之术，而观此九家之言，舍短取长，则可以通万方之略矣。[1]

《汉志》叙录反映的是刘向、刘歆、班固等人的思想，按照这些汉代学者的意见，诸子产生于王道衰微、王纲解纽之后，其服务对象不是天子而是诸侯。

---

[1] 班固撰，颜师古注：《汉书》卷30《艺文志》，第1746页。

即是说，先秦诸子都是为诸侯提供政教方略的思想家，儒、道、法、墨自不待言，小说家也不例外。当然，诸子的思想学术并非凭空虚造，而是各有本源，《汉志》编撰者认为"学必出于王官"，因此，在著录各家学派并简论其学术价值时，便将它们与王官之学联系起来，指出："儒家者流，盖出于司徒之官"，"道家者流，盖出于史官"，"阴阳家者流，盖出于羲和之官"，"法家者流，盖出于理官"，"名家者流，盖出于礼官"，"墨家者流，盖出于清庙之守"，"纵横家者流，盖出于行人之官"，"杂家者流，盖出于议官"，"农家者流，盖出于农稷之官"[1]，等等。对于小说家，《汉志》给出的意见是：

> 小说家者流，盖出于稗官。街谈巷语，道听途说者之所造也。孔子曰："虽小道，必有可观者焉，致远恐泥，是以君子弗为也。"然亦弗灭也。闾里小知者之所及，亦使缀而不忘。如或一言可采，此亦刍荛狂夫之议也。[2]

小说家所从出之稗官为何官，前人有过许多讨论，迄今没有定论。笔者曾作《稗官新诠》，从音义、训诂等方面进行了详细讨论，指出："音韵学家们早已指出，上古音同者义相通。如淳释'稗'音'排'，是汉魏读音，实兼释义。'稗'即'偶语'，亦即'排语'、'俳语'、'诽语'。……先秦两汉'以偶语为稗'，提供'偶语'服务的小官自可称为'排官'，亦即'稗官'。这样，小说与歌谣、赋诵、笑话、寓言等既有文体上的渊源，与瞽、矇、百工、俳优及诵训、训方氏等也有身份上的关联。"[3]本书第四章和第九章将做专题讨论，这里不赘。我们认为，"小说家出于稗官"是具有深刻的历史依据和文化内涵的定义。

---

[1] 班固撰，颜师古注：《汉书》卷30《艺文志》，第1724—1743页。
[2] 班固撰，颜师古注：《汉书》卷30《艺文志》，第1745页。
[3] 参见拙作《稗官新诠》，《南京大学学报》（哲学·人文科学·社会科学）2013年第3期。

师旷是瞽矇,作为晋国主乐大师,他不是"天子之士"而是"诸侯之士"[1],称之为"稗官"是符合其身份地位的。就音乐水平而论,师旷当然是超群绝伦的。然而,在国家政治结构中,师旷只是为国君提供音乐服务的大师,其身份地位并不能像执政的卿大夫们那样为国君提供政教方略,同时也没有像贵胄子弟那样接受过良好的思想文化教育,具备进行思想文化创造的客观基础,而且事实上他也并无系统的政教理论和独特的思想贡献,其言说多为"闾里小知者之所及",且多用"偶语"(说详后),由于他具有巨大的社会影响力,于是便顺理成章地作为了"稗官"的代表人物,成为了中国古代小说家之祖。

第二节 师旷的言论立场

先秦文献记载师旷事迹除审音、知声外,主要是他侍候晋侯时的一些言论和行为。例如,《左传·昭公八年》载:

> 八年春,石言于晋魏榆。晋侯问于师旷曰:"石何故言?"对曰:"石不能言,或冯(凭)焉。不然,民听滥也。抑臣又闻之曰:'作事不时,怨讟动于民,则有非言之物而言。'今宫室崇侈,民力凋尽,怨讟并作,莫保其性。石言,不亦宜乎?"于是晋侯方筑虒祁之宫。叔向曰:"子野之言,君子哉!君子之言,信而有征,故怨远于其身。小人之言,僭而无征,故怨咎及之。《诗》曰:'哀哉不能言,匪舌是出,唯躬是瘁。哿矣能言,巧言如流,俾躬处休。'其是之谓乎!是宫也成,诸侯必叛,君必有咎,夫子知之矣。"[2]

---

[1] 据《周礼·春官·叙官》郑玄注:"凡乐之歌,必使瞽矇为焉。明其贤知者以为大师、小师。"(《十三经注疏》本,第754页)瞽矇在《周礼》中没有爵秩,只有上、中、下之分,大体相当于士。而天子有大师二人,为下大夫。大国诸侯乐官爵秩低一等,故晋国大师师旷应为上士。

[2] 杜氏注,孔颖达疏:《春秋左传注疏》卷44《昭公八年》,《十三经注疏》本,第2052页。

鲁昭公八年即晋平公二十四年（前534年），晋平公筑虒祁之宫，劳民伤财，听说魏榆（今山西榆次西北）的石头发声了，因此询问师旷。师旷认为石头发声是民怨的反映，借以批评国君建筑宫室的举动。他的回答得到了晋国大夫叔向（羊舌肸）赞赏，称他为君子、他的话是君子之言。

再如，《韩非子·难一》载：

> 晋平公与群臣饮，饮酣，乃喟然叹曰："莫乐为人君！惟其言而莫之违。"师旷侍坐于前，援琴撞之，公披衽而避，琴坏于壁。公曰："大师谁撞？"师旷曰："今者有小人言于侧者，故撞之。"公曰："寡人也。"师旷曰："哑！是非君人者之言也。"左右请除（卢文弨曰：除，当作涂）之。公曰："释之，以为寡人戒。"[1]

晋平公在忘乎所以之中说出了他做国君的真实感受，然而，这却并不是一个国君该讲的话，故而引起了师旷的不满，师旷竟然用身边的琴去撞击平公，并称平公的话是"小人言"，实属大胆。

现在的问题是，师旷是主乐大师，为国君提供音乐服务是他的本职工作，为何文献记载的多是他对国君的批评意见？古代官司各有职守，官吏各司其职，师旷是否为越职言事？如果是，他为何没有受到处罚？如果不是，他的这些批评意见在当时的政治生活有什么作用？在中国思想文化史上有何意义？

在回答上述问题前，我们不妨再看看《左传·襄公十四年》关于师旷的一段记载：

> 师旷侍于晋侯。晋侯曰："卫人出其君，不亦甚乎？"对曰："或者其

---

[1] 王先慎：《韩非子集解》卷15《难一》，《诸子集成》本，第269页。

君实甚。良君将赏善而刑淫，养民如子，盖之如天，容之如地。民奉其君，爱之如父母，仰之如日月，敬之如神明，畏之如雷霆，其可出乎？夫君，神之主也，民之望也。若困民之主，匮神乏祀，百姓绝望，社稷无主，将安用之？弗去何为？天生民而立之君，使司牧之，勿使失性。有君而为之贰，使师保之，勿使过度。是故天子有公，诸侯有卿，卿置侧室，大夫有贰宗，士有朋友，庶人、工、商、皂、隶、牧、圉皆有亲昵，以相辅佐也。善则赏之，过则匡之，患则救之，失则革之。自王以下，各有父兄子弟，以补察其政。史为书，瞽为诗，工诵箴谏，大夫规诲，士传言，庶人谤，商旅于市，百工献艺。故《夏书》曰：'道人以木铎徇于路，官师相规，工执艺事以谏。'正月孟春，于是乎有之，谏失常也。天之爱民甚矣，岂其使一人肆于民上，以从其淫，而弃天地之性？必不然矣。"[1]

鲁襄公十四年即晋悼公十五年（前559年），卫人不满献公暴虐，孙林父、宁殖二卿驱逐献公，献公奔齐，卫人立公孙剽，是为殇公。晋悼公询问师旷对"卫人出其君"的看法，师旷之说无疑体现了他的民本思想。不过，这种民本思想在春秋中后期已经是一种很普遍的思想[2]，师旷之说与《左传·文公十三年》（前614年）所记邾文公的话如出一辙[3]，显然不是师旷的首创，难怪《汉志》注云"其语浅薄"。其实，值得我们注意的倒不是师旷阐述了民本思想，而是师旷评论"卫人出其君"所依托的制度理据，他后面的大段论述，就是从制度上肯定卫人，以致晋悼公不能否定其意见。这一制度就是西周传留的言谏制度。按照这种制度，天子、诸侯都应该接受来自各方面的批评意见，包括庶人的谤言，

---

[1] 杜预注，孔颖达疏：《春秋左传正义》卷32《襄公十四年》，《十三经注疏》本，第1958页。
[2] 如《左传》桓公六年（前706年），随国季梁有云："夫民，神之主也，是以先王先成民而后致力于神。"庄公三十二年（前662年），虢国史嚣云："吾闻之，国将兴，听于民；国将亡，听于神。"
[3] 《左传·文公十三年》："邾文公卜迁于绎，史曰：'利于民，不利于君。'邾子曰：'苟利于民，孤之利也。天生民而树之君，以利之也；民既利矣，孤必兴焉。'"

以改善社会政治，违背这一制度而胡作非为是要受到惩罚的。[1]师旷所阐述的这项制度的大体内容，在西周后期邵公谏厉王止谤时曾被提及。据《国语·周语上》载：周厉王暴虐，国人谤王。王得卫巫使监谤者，以告，则杀之。国人莫敢言，道路以目。王喜能弭谤。邵公曰："是障之也。防民之口，甚于防川。川壅而溃，伤人必多。民亦如之。是故为川者决之使导，为民者宣之使言。故天子听政，使公卿至于列士献诗，瞽献曲，史献书，师箴，瞍赋，矇诵，百工谏，庶人传语，近臣尽规，亲戚补察，瞽史教诲，耆艾修之，而后王斟酌焉，是以事行而不悖。民之有口也，犹土之有山川也，财用于是乎出。犹其有原隰衍沃也，衣食于是乎生。口之宣言也，善败于是乎兴。行善而备败，其所以阜财用衣食者也。夫民虑之于心而宣之于口，成而行之，胡可壅也！若壅其口，其与能几何？"[2]厉王不听，于是国莫敢出言，三年，乃流王于彘（今山西霍州）。邵公谏厉王不要止谤，根据的就是西周初年就已实行的言谏制度[3]。厉王不听邵公的谏言，坚持破坏这一制度，最后落得被流亡的下场。这说明言谏制度是为周代多数君臣所遵守的一项政治制度。即使到了"礼崩乐坏"的春秋初期，也仍有国君在坚持这一制度。最典型的要数卫武公。《国语·楚语上》载云："昔卫武公年数九十有五矣，犹箴儆于国，曰：'自卿以下至于师长士，苟在朝者，无谓我老耄而舍我，必恭恪于朝，朝夕以交戒我，闻一二之言，必诵志而纳之，以训导我。'在舆有旅贲之规，位宁有官师之典，倚几有诵训之谏，居寝有亵御之箴，临事有瞽史之导，宴居有师工之诵。史不失书，矇不失诵，以训御之。

---

[1] 参见拙作《周代言谏制度与文学发展》，《清华大学学报》（哲学社会科学版）2016年第5期。
[2] 徐元诰：《国语集解·周语上》，中华书局，2002，第10—13页。
[3] 据《逸周书·大匡解》："维周王宅程三年，遭天之大荒，作《大匡》，以诏牧其方。三州之侯咸率，王乃召冢卿、三老、三吏、大夫、百执事之人朝于大庭，问罢病之故、政事之失、刑罚之戾、哀乐之尤、宾客之盛、用度之费，及关市之征、山林之匮、田宅之荒、沟渠之害、怠堕之过、骄顽之虐、水旱之灾。曰：'不谷不德，政事不时，国家罢病，不能胥匡。二三子尚助不谷，官考厥职，乡问其人，因其耆老，及其总言。慎问其故，无隐乃情，及某日以告于庙。有不用命，有常不赦！'"明确要求所有官吏都应提供朝政谏言，执行不力者还要追究责任。《国语·晋语六》载范文子语云："夫贤者宠至而益戒，不足者为宠骄。故兴王赏谏臣，逸王罚之。吾闻古之言王者，政德既成，又听于民。于是乎使工诵谏于朝，在列者献诗，使勿兜，风听胪言于市，辨祅祥于谣，考百事于朝，问谤誉于路，有邪而正之，尽戒之术也。"也证明贤王纳谏是古代传统。

于是乎作《懿》诗以自儆也。"卫武公因此被称为"睿圣武公"[1]。

当然,西周创设的言谏制度渊源有自,并非空无依凭,师旷提到《夏书》有"遒人以木铎徇于路,官师相规,工执艺事以谏"的记载,说明这种制度继承的是氏族社会的民主遗风,只不过经过周公改制后,这一氏族社会的民主遗风成为了固定的社会政治制度和文化制度而已。理解了这一点,再来看师旷对晋悼公、晋平公的谏言,我们就很自然地发现,师旷所坚持的不过是"工执艺事以谏"或称"百工谏"的政治制度和文化传统,他并未越职,而是在尽职尽责。其实,不仅师旷,其他"百工"也常常会履行言谏之责。这里不妨举一个实例。据《左传·昭公九年》载:

> 晋荀盈如齐逆女,还,六月,卒于戏阳。殡于绛,未葬。晋侯饮酒,乐。膳宰屠蒯趋入,请佐公使尊。许之。而遂酌以饮工,曰:"女为君耳,将司聪也。辰在子卯,谓之疾日。君彻宴乐,学人舍业,为疾故也。君之卿佐,是为股肱。股肱或亏,何痛如之?女弗闻而乐,是不聪也。"又饮外嬖嬖叔,曰:"女为君目,将司明也。服以旌礼,礼以行事,事有其物,物有其容。今君之容,非其物也,而女不见,是不明也。"亦自饮也,曰:"味以行气,气以实志,志以定言,言以出令。臣实司味,二御失官,而君弗命,臣之罪也。"公说,彻酒。初,公欲废知氏而立其外嬖,为是悛而止。秋八月,使荀跞佐下军以说焉。[2]

鲁昭公九年即晋平公二十五年(前533年),晋大臣出使齐国死在回国路上,未及安葬,晋平公居然饮酒作乐,于是膳宰屠蒯借进膳斟酒而谏平公止乐,这显然是"百工谏"或说"工执艺事以谏"的生动例证。据杜预注和《礼记·檀弓

---

1 徐元诰:《国语集解·楚语上》,第500—502页。
2 杜预注,孔颖达疏:《春秋左传正义》卷45《昭公九年》,《十三经注疏》本,第2057—2058页。

下》所载,屠蒯酌饮的"工"就是乐师师旷[1]。看来师旷在这件事情上是失职了,他本应该谏阻平公饮酒作乐却并未谏阻,而是其他"百工"完成了谏阻。从以上故事来看,"百工谏"是一种制度性安排,有言谏之责的绝非师旷一人,凡在君王身边服务的"百工"[2]都可以"执艺事以谏",他们言谏的目的是为君王"补察其政",使国君少犯错误,所谓"近臣尽规,亲戚补察,瞽史教诲,耆艾修之,而后王斟酌焉,是以事行而不悖"。当然,由于他们的身份地位,使得他们的谏言往往局限在一些具体的日常事务上,也往往是随机的,即兴的,琐碎的,甚至具有娱乐性色彩,并不涉及系统的统治思想和治国方略。他们在君王身边为君王服务,君王常常将他们看做自己的仆役,他们的谏言君王也可听可不听,这样,碰上君王开明,或是一时高兴,他们的谏言就会被采纳,发挥意想不到的作用。他们哪怕有时做出过激的行为,君王也不予加罪。如师旷以琴撞平公之类,平公绝非明君,他之所以不罪师旷,一是因为师旷提供谏言本是其职务行为,即使过激失礼,也仍在制度允许的范围之内;二是师旷是先朝旧臣,其影响及于列国(详下),放过他可以为自己博得从谏如流的美名,何乐而不为呢?这也印证了《汉志》所谓小说家之小说同样是为时君世主的政教服务的价值判断是正确的,而师旷言说立场的职务特点也就昭然若揭了。

第三节 师旷的言说特点

作为中国小说家之祖,师旷的言说特点自然代表着先秦两汉小说的言说特

---

[1] 《春秋左传正义·昭公九年》杜预注:"工,乐师师旷也。"《礼记·檀弓下》载进谏者为杜蒉,"工"则直接写成师旷。杜蒉,屠蒯,一声之转,应该是同一人,所载为同一事。

[2] "百工"并不限于师、瞍、瞽、矇之流,也包括君主身边的所有其它服务人员。据《周礼》所载,周代服侍天子的"百工"人数众多,分工细致,如《天官》中便有膳夫(也称膳宰、宰夫)、庖人、医师、酒正、掌舍、司会等,《地官》中有舞师、牧人、司谏、司门、掌葛、掌染等,《春官》中有乐师、典同、磬师、钟师、笙师、镈师等,《夏官》中有弁师、缋人、戎仆、齐仆、道仆、田仆等,《秋官》中有条狼氏、伊耆氏、司仪、行夫、象胥、掌客等,他们都可以"执艺事以谏"。

点。认识师旷小说的言说特点,对于我们认识先秦两汉小说,无疑会有所帮助。

师旷小说可以《逸周书·太子晋解》为代表。吕思勉《经子解题》指出:"此篇记晋平公使叔誉于周。太子晋时年十五,叔誉与之言,五称而叔誉五穷。叔誉惧,归告平公,反周侵邑。师旷不可。请使,与子晋言,知其不寿,其后果验。颇类小说家言。"[1] 请看师旷与太子晋的一段对话:

> 师旷见太子,称曰:"吾闻王子之语,高于泰山。夜寝不寐,昼居不安。不远长道,而求一言。"王子应之曰:"吾闻大师将来,甚喜而又惧。吾年甚少,见子而慑,尽忘吾度。"师旷曰:"吾闻王子古之君子,甚成不骄。自晋如周,行不知劳。"王子应之曰:"古之君子,其行至慎,委积施关,道路无限,百姓悦之,相将而远,远人来骥,视道如咫。"师旷告善。又称曰:"古之君子,其行可则。由舜而下,其孰有广德?"王子应之曰:"如舜者天。舜居其所,以利天下,奉翼远人,皆得己仁,此之谓天。如禹者圣。劳而不居,以利天下,好取不好与,必度其正,是谓之圣。如文王者,其大道仁,其小道惠。三分天下,而有其二,敬人无方,服事于商;既有其众,而返失其身,此之谓仁。如武王者义。杀一人而以利天下,异姓同姓,各得其所,是之谓义。"师旷告善。又称曰:"宣辨名命,异姓异方,王侯君公,何以为尊?何以为上?"王子应之曰:"人生而重丈夫,谓之胄子。胄子成人,能治上官,谓之士。士率众时作,谓之伯。伯能移善于众,与百姓同,谓之公。公能树名生物,与天道俱,谓之侯。侯能成群,谓之君。君有广德,分任诸侯而敦信,曰予一人。善至于四海,曰天子。达于四荒,曰天王。四荒至,莫有怨訾,乃登为帝。"师旷磬然。又称曰:"温恭敦敏,方德不改。闻物于初,下学以起。尚登帝臣,乃参天子,自古谁能?"王子应之曰:"穆穆虞舜,明明赫赫。立义治律,万物皆作。分均

---

[1] 吕思勉:《经子解题·书》附论《逸周书》,华东师范大学出版社,1985,第42页。

天财，万物熙熙，非舜而谁？"师旷束躅其足曰："善哉！善哉！"[1]

细读这段对话，我们发现，无论是师旷还是太子晋，他们使用的都是排偶语，押较宽的韵，有节奏感。《汉志》如淳释小说家"稗官"云："稗音锻家排。《九章》'细米为稗'。街谈巷说，其细碎之言也。王者欲知闾巷风俗，故立稗官使称说之。今世亦谓偶语为稗。"[2]所谓"稗音锻家排"，即是说，"稗"读如锻家排风箱之"排"。而汉魏仍将"偶语"称为"稗（音排）"。"偶"有对偶和排偶义，故偶语可释为对偶语或排偶语。《后汉书·蔡邕传》载蔡邕有"高者颇引经训风喻之言，下则连偶俗语，有类俳优"[3]之言，如淳所云"偶语"即此"偶俗语"。梁钟嵘论魏文帝曹丕诗曰："其源出于李陵，颇有仲宣之体。则所计百许篇，率皆鄙质如偶语。惟'西北有浮云'十余首，殊美赡可玩，始见其工矣。"[4]即是此义。依此，古人所谓偶语多指鄙俗浅薄之偶俗语。这样，"偶语"与"排语"、"俳语"、"诽（音排）语"等，便都有了语音和语义上的联系。师旷使用排偶语，正是先秦小说家的言说特色，这或许是人们称他们为"稗（音排）官"的原因之一。[5]

师旷小说语言的这种言说特色还可以从刘向著述中找到证明。如《新序·杂事》载：

晋平公闲居，师旷侍。平公曰："子生无目眹，甚矣子之墨墨也。"师旷对曰："天下有五墨墨，而臣不得与一焉。"平公曰："何谓也？"师旷曰："群臣行赂以采名誉，百姓侵冤，无所告诉，而君不悟，此一墨墨也；忠臣不用，用臣不忠，下才处高，不肖临贤，而君不悟，此二墨墨也；奸

---

[1] 卢文晖辑注：《师旷》（古小说辑佚），上海古籍出版社，1985，第1—3页。标点有改动。
[2] 班固撰，颜师古注：《汉书》卷30《艺文志》，第1745页。
[3] 范晔撰，李贤等注：《后汉书》卷50下《蔡邕传》，中华书局，1965，第1996页。
[4] 钟嵘著，陈延杰注：《诗品注》卷中，人民文学出版社，1961，第31—32页。
[5] 见本书第八章。参见拙作《小说家出于稗官新说》，《湖北大学学报》（哲学社会科学版）2015年第6期。

臣欺诈,空虚府库,以其少才,覆塞其恶,贤人逐,奸邪贵,而君不悟,此三墨墨也;国贫民罢,上下不和,而好财用兵,嗜欲无厌,谄谀之人,容容在旁,而君不悟,此四墨墨也;至道不明,法令不行,吏民不正,百姓不安,而君不悟,此五墨墨也。国有五墨墨,而不危者,未之有也。臣之墨墨,小墨墨耳,何害乎国家哉。"[1]

《说苑·建本》亦载:

晋平公问于师旷曰:"吾年七十,欲学,恐已暮矣。"师旷曰:"暮何不炳烛乎?"平公曰:"安有为人臣而戏其君乎?"师旷曰:"盲臣安敢戏其君乎?臣闻之:少而好学,如日出之阳;壮而好学,如日中之光;老而好学,如炳烛之明。炳烛之明,孰与昧行乎?"平公曰:"善哉!"[2]

师旷的这些言说使用的都是排偶语,或者说是偶俗语,这样的语言为"闾里小知者之所及",也可说是"刍荛狂夫之议",这样的语言与庶人的谤言是相通的。如《左传·襄公三十年》所载郑舆人诵子产之言、《国语集解·晋语三》所载晋舆人诵惠公之言,便是典型的"庶人谤",也都用排偶语。如此看来,稗官之言说虽涉政教,却无关大体,主要反映的是下层生活经验和"闾巷风俗",亦即"刍荛狂夫之议",其中多为指摘朝政缺失的"诽谤"之言。所谓"诽谤",孔颖达的解释是:"庶人卑贱,不与政教,闻君过失不得谏争,得在外诽谤之。谤,谓言其过失,使在上闻之而自改,亦是谏之类也。《昭四年传》'郑人谤子产',《周语》'厉五虐,国人谤王',皆是言其实事,谓之为谤。但传闻之事,有实有虚,或有妄谤人者,今世遂以谤为诬类,是俗易而意异也。"[3]由此看来,"谤"

---

[1] 刘向编著,石光瑛校释:《新序校释》卷1《杂事》,中华书局,2009,第140—142页。
[2] 刘向撰,向宗鲁校证:《说苑校证》卷3《建本》,中华书局,1987,第69页。
[3] 杜预注,孔颖达疏:《春秋左传正义》卷32《襄公十四年》,《十三经注疏》本,第1958页。

也是一种政治谏言,"诽"与"谤"的差别,仅"放言曰谤,微言曰诽"[1]而已,它们都是庶人对统治者过失进行的公开批评,与今人所说的无根据的造谣诬蔑之义相去甚远。这些"诽谤"性批评言论多用偶语。小说家所喜欢使用的语言正是这类语言。

师旷言说的内容十分丰富,除上面提到的知声、审音、为政、为学等内容外,还有地理、博物、宗教、娱乐等内容。如《艺文类聚》引《琐语》曰:"师旷御晋平公鼓瑟,辍而笑曰:'齐君与其嬖人戏,坠于床而伤其臂。'平公命人书之曰:'某月某日,齐君戏而伤。'问之于齐侯,笑曰:'然,有之。'"[2]这自然不是政教谏言,属于生活娱乐一类,这样的内容在实际生活中应该很多,只是史书一般不予记载而已。据《周礼》:"大师掌六律六同,以合阴阳之声。"[3]以娱乐天地神鬼、时君世主。师旷要随时为平公演奏的记载已经证明了这一点。在师旷的言谏活动中,我们同样不难发现其中隐含的娱乐性特点,这也是他以琴撞平公而平公不予治罪的原因之一。关于地理、博物,《太平广记》《太平御览》所引《古文琐语》载:"晋平公至浍上,见人乘白骖八驷以来,有狸身而狐尾,去其车而随公之车。公问师旷,师旷曰:'狸身而狐尾,其名曰首阳之神,饮酒于霍太山而归,其逢君于浍乎?君其有喜焉。'"[4]又:"有鸟飞从西方来,白质,五色皆备,集平公之庭,相见如让。公召叔向问之,叔向曰:'吾闻师旷曰:"西方有白质鸟,五色皆备,其名曰翚;南方赤质,五色备,其名摇。"其来为吾君臣,其祥先至矣!'"[5]这些都反映出师旷具有十分丰富的地理、博物知识。

需要注意的是,师旷的地理、博物知识一般也是为其讽谏君王服务的。例如《说苑·辨物》载:

---

1 朱骏声:《说文通训定声》乾部第十四《言》,中华书局,1984,第739页。
2 卢文晖辑注:《师旷》(古小说辑佚),第66—67页。
3 郑氏注,贾公彦疏:《周礼注疏》卷23《大师》,《十三经注疏》本,第795页。
4 卢文晖辑注:《师旷》(古小说辑佚),第65页。
5 卢文晖辑注:《师旷》(古小说辑佚),第63页。

晋平公出畋,见乳虎伏而不动,顾谓师旷曰:"吾闻之也,霸王之主出,则猛兽伏不敢起。今者寡人出,见乳虎伏而不动,此其猛兽乎?"师旷曰:"鹊食猬,猬食骏䮯,骏䮯食豹,豹食駮,駮食虎。夫駮之状有似驳马。今者君之出,必骖驳马而出畋乎?"公曰:"然。"师旷曰:"臣闻之,一自诬者穷,再自诬者辱,三自诬者死。今夫虎所以不动者,为驳马也,固非主君之德义也。君奈何一自诬乎?"平公异日出朝,有鸟环平公不去。平公顾谓师旷曰:"吾闻之也,霸王之主,凤下之。今者出朝,有鸟环寡人,终朝不去,是其凤鸟乎?"师旷曰:"东方有鸟名谏珂,其为鸟也,文身而朱足,憎鸟而爱狐。今者吾君必衣狐裘以出朝乎?"平公曰:"然。"师旷曰:"臣已尝言之矣,一自诬者穷,再自诬者辱,三自诬者死。今鸟为狐裘之故,非吾君之德义也。君奈何而再自诬乎?"平公不说。异日,置酒虒祁之台,使郎中马章布蒺藜于阶上,令人召师旷。师旷至,履而上堂。平公曰:"安有人臣履而上人主堂者乎?"师旷解履刺足,伏刺膝,仰天而叹。公起引之,曰:"今者与叟戏,叟遽忧乎?"对曰:"忧。夫肉自生虫,而还自食也。木自生蠹,而还自刻也。人自兴妖,而还自贼也。五鼎之具,不当生藜藿。人主堂庙,不当生蒺藜。"平公曰:"今为之奈何?"师旷曰:"妖已在前,无可奈何。入来月八日,修百官,立太子,君将死矣。"至来月八日平旦,谓师旷曰:"叟以今日为期,寡人如何?"师旷不乐,谒归。归未几而平公死。乃知师旷神明矣![1]

由博物而及于神明,能够预知生死,这些恐怕是后来传说中附加在师旷身上的,《逸周书·太子晋解》也有此倾向,师旷也因此在小说家之外成为了兵阴阳家、占卜家,后世流传的著作中有所谓兵阴阳《师旷》和《师旷占》等,就证明了

---

[1] 刘向撰,向宗鲁校证:《说苑校证》卷18《辨物》,第467—469页。标点有所改动。

这一点。师旷敢于给君王提出谏言，有时还十分尖锐，不留情面，也让君王对其不悦，晋平公故意让人布蒺藜于阶上折磨他，其实是在发泄对其犯颜直谏的不悦和反感，说明在春秋后期，像师旷这样敢于依靠传统制度的某些影响来劝谏君王的"百工"会承受巨大的现实压力，是需要智慧尤其是胆略的，师旷作为他们的代表自然是当之无愧的。

第四节　师旷小说的影响

师旷小说对于中国古代小说发展有着不可忽视的重要影响。这种影响主要包括三个方面，一方面是他以自己的思想、行为和作品确立了小说家之祖的历史地位，二是他以自己的示范作用带动和促进了先秦小说的发展，三是他和他的后学以自己的小说成就引领和制约了中国小说的发展方向。

中国小说概念肇始于庄子。《庄子·杂篇·外物》提到："夫揭竿累，趋灌渎，守鲵鲋，其于得大鱼难矣。饰小说以干县令，其于大达亦远矣。是以未尝闻任氏之风俗，其不可与经于世亦远矣。"[1]鲁迅《中国小说史略》称："小说之名，昔者见于庄周之云'饰小说以干县令'（《庄子·外物》），然案其实际，乃谓琐屑之言，非道术所在，与后来所谓小说者固不同。"[2]因此，今人也大多不承认《庄子》所谓小说有文体意义。笔者曾撰文指出："如果鲁迅所云'后来所谓小说者'是指现代西方小说观念指导下的中国现代小说，这一说法无疑是正确的；如果是指先秦以至清末史志子部所著录的中国传统小说，这一判断却是不符合历史事实的。这是因为，庄子所谓'小说'虽然主要是一种学术价值判断，但其中隐含的文体判断是不应被忽视的。如果庄子所称'小说'包含了内容和形式两个方面，就应该讨论此种内容和形式是否与中国传统小说存在联系，只

---

[1] 郭庆藩：《庄子集释·杂篇·外物第二十六》，《诸子集成》本，第399—400页。
[2] 鲁迅：《中国小说史略》第一篇，人民文学出版社，1973，第1页。

要存在联系，就不能不承认其在中国小说思想史上发端的地位。"[1]

从整体上说，诸子学说均产生于"圣王不作，诸侯放恣，处士横议"[2]的春秋、战国时代，诸子们往往托古言制，依经为说，而无论是儒家、道家、墨家、法家这样的"大说"，还是小说家的"小说"，它们与作为"先王之政典"的"六艺"经典是明显不同的，都是广义上的说体文。因此，庄子所谓"小说"既是基于学术价值的判断，也隐含有区别文体的意义。同时，它还启发了汉代学者，《汉志》对小说家的定义就不能排除受到庄子"小说"称名的影响。《汉志》正是沿袭了庄子的小说概念，将小说家作为诸子百家之一著录于《诸子略》，表明刘、班等汉代学者是明白"小说"在内容上属于诸子、在形式上属于说体文的性质和特征的，这完全符合先秦两汉的学术生态和分类习惯。而所谓"小说家者流，盖出于稗官。街谈巷语，道听途说者之所造也"云云，又显然与小说家之祖师旷的身份地位和言说特点密切关联。如果没有以师旷为代表的先秦两汉小说家的作品作为依据，我们很难真正深刻理解《汉志》关于小说家的定义。只要将小说《师旷》与其他诸子百家的著述如《论语》、《老子》、《墨子》、《商君书》、《庄子》、《孟子》、《荀子》、《韩非子》等加以比较，我们就很容易将小说家之小说与其他具有系统思想和理论特色的先秦其他诸子书区别开来。师旷作为小说家之祖以及《师旷》的文本特点能够让我们对中国早期小说家及其作品有具体而深入的了解，这是不能否认的。以师旷小说为标本，我们大体可以明白，中国古代的所谓小说，与"有一定长度的虚构的故事"的现代小说观念相去甚远。现代小说观念是从西方引进的，而中国古代小说是在社会政治生活和文化生活中发展成熟起来的，它首先服务于社会政教，言谏制度赋予了它特定的内容和形式，形成了它不同于其他诸子的思想方法和言说特点。师旷的小说便很好地体现了这些特点。

---

[1] 见本书第五章。参见拙作《论庄子的小说观念》，《三峡大学学报》（人文社会科学版）2012年第2期。收入拙著《裸学与乐学——王齐洲自选集》，《华中师范大学文学院教授文库》，华中师范大学出版社，2013。

[2] 赵岐注，孙奭疏：《孟子注疏》卷6下，《十三经注疏》本，第2714页。

前文已经说明，师旷小说是"百工谏"的政教副产品，与师旷同时的屠蒯也有类似的作品。需要进一步说明的是，在师旷之前，"百工"中的乐工尤其是俳优已经在进行类似的活动，如晋献公十一年（前666年），晋国的优施曾参与骊姬驱逐晋国三公子而立己子奚齐的阴谋活动，其劝说里克的言语就是"百工"喜欢使用的偶俗语；楚庄王（前613—前591在位）时，楚国的优孟曾谏庄王勿以大夫之礼葬马，又着孙叔敖之衣冠劝谏庄王善待功臣之后，也证明着"百工谏"有着悠久的历史传统和强烈的地域辐射，连南蛮之地也受其影响。[1] 当然，优施、优孟只是沿袭着西周的言谏制度行事，且作用有好有坏，他们都还没有形成自己的言说风格，更没有"国际"影响。师旷的出现，不仅将"百工谏"的传统发挥得淋漓尽致，而且形成了自己的风格，产生了"国际"影响。例如，《韩非子·外储说右上》载云：

> 齐景公之晋，从平公饮，师旷侍坐。始坐，景公问政于师旷曰："大师将奚以教寡人？"师旷曰："君必惠民而已。"中坐酒酣，将出，又复问政于师旷曰："大师奚以教寡人？"曰："君必惠民而已矣。"景公出，之舍，师旷送之，又问政于师旷。师旷曰："君必惠民而已矣。"景公归，思，未醒，而得师旷之所谓：公子尾、公子夏者，景公之二弟也，甚得齐民，家富贵而民说（悦）之，拟于公室，此危吾位者也。今谓我惠民者，使我与二弟争民耶！于是反国，发廪粟以赋众贫，散府余财以赐孤寡，仓无陈粟，府无余财；宫妇不御者出嫁之，七十受禄米，鬻德惠施于民也。已与二弟争民。居二年，二弟出走，公子夏逃楚，公子尾走晋。[2]

从齐景公（前547—前490在位）问政于师旷可以看出，师旷已经是具有"国

---

[1] 见本书第四章。参见拙作《论古优的来历及其分化》，《南京大学学报》（哲学·人文科学·社会科学）2015年第4期。

[2] 王先慎：《韩非子集解》卷13《外储说右上》，《诸子集成》本，第232—233页。

际"影响的大师,尽管他没有系统的政教理论和学术思想,然而,像齐国这样的大国之君也向他请教治国之策,并从他的对话中得到启发,采取措施巩固了自己的统治地位,证明他在春秋后期的确是一位有影响力的学者。由此可见,我们将师旷视做"百工谏"的代表人物,与《汉志》将其列为有主名的小说家之首,是符合客观历史实际的。

师旷之后,"百工"的谏言活动更加活跃,如赵国的优莫、秦国的优旃,甚至包括那些君王身边的言语侍从之臣,也都继承了师旷的精神,进行着类似的"工执艺事以谏"的活动。这里不妨举优莫为例以见一斑。据刘向《新序·刺奢》载:

> 赵襄子饮酒,五日五夜不废酒,谓侍者曰:"我诚邦士也夫,饮酒五日五夜矣,而殊不病。"优莫曰:"君勉之,不及纣二日耳。纣七日七夜,今君五日。"襄子惧,谓优莫曰:"然则吾亡乎?"优莫说:"不亡。"襄子曰:"不及纣二日耳,不亡何待?"优莫曰:"桀、纣之亡也,遇汤、武。今天下尽桀也,而君纣也,桀、纣并世,焉能相亡。然亦殆矣。"[1]

这里,优莫所讽谏的不仅是国君,而且包括赵国的执政大臣,说明此类活动当时已在社会的各个层面展开。战国时期,大国之间的竞争更加激烈,国君身边的"百工"更加庞杂,言语侍从之臣的出现,使得"百工谏"增添了新的内容。《史记·滑稽列传》记载的淳于髡就是一个虽非俳优却"有类俳优"的言语侍从之臣。其载云:

> 威王八年,楚大发兵加齐。齐王使淳于髡之赵请救兵,赍金百斤,车马十驷。淳于髡仰天大笑,冠缨索绝。王曰:"先生少之乎?"髡曰:"何

---

[1] 刘向编著,石光瑛校释:《新序校释》卷6《刺奢》,第814页。

敢！"王曰："笑岂有说乎？"髡曰："今者臣从东方来，见道傍有禳田者，操一豚蹄，酒一盂，祝曰：'瓯窭满篝，污邪满车，五谷蕃熟，穰穰满家。'臣见其所持者狭而所欲者奢，故笑之。"于是齐威王乃益赍黄金千溢，白璧十双，车马百驷。髡辞而行，至赵。赵王与之精兵十万，革车千乘。楚闻之，夜引兵而去。

威王大说，置酒后宫，召髡赐之酒。问曰："先生能饮几何而醉？"对曰："臣饮一斗亦醉，一石亦醉。"威王曰："先生饮一斗而醉，恶能饮一石哉！其说可得闻乎？"髡曰："赐酒大王之前，执法在傍，御史在后，髡恐惧俯伏而饮，不过一斗径醉矣。若亲有严客，髡帣韝鞠䠆，侍酒于前，时赐余沥，奉觞上寿，数起，饮不过二斗径醉矣。若朋友交游，久不相见，卒然相睹，欢然道故，私情相语，饮可五六斗径醉矣。若乃州闾之会，男女杂坐，行酒稽留，六博投壶，相引为曹，握手无罚，目眙不禁，前有堕珥，后有遗簪，髡窃乐此，饮可八斗而醉二参。日暮酒阑，合尊促坐，男女同席，履舄交错，杯盘狼藉，堂上烛灭，主人留髡而送客，罗襦襟解，微闻芗泽，当此之时，髡心最欢，能饮一石。故曰酒极则乱，乐极则悲；万事尽然。"言不可极，极之而衰，以讽谏焉。齐王曰："善。"乃罢长夜之饮，以髡为诸侯主客。宗室置酒，髡尝在侧。[1]

淳于髡活动在战国中期的齐威王（前356—前320在位）时代，这里记载的淳于髡的言说多是"俳语"或"偶俗语"，其讽谏之旨显然继承了师旷所代表的"百工谏"的传统，其言说风格又确实"有类俳优"。即是说，他们的言说具有即兴式、琐碎性、娱乐化等特点。其实，这些正是以师旷为代表的小说家的言说特点，只是淳于髡所说娱乐性更强而已，从中既可以看到师旷小说的影响，又可以看到古体小说从春秋到战国的发展。至于战国后期楚国的宋玉，作为言语侍

---

[1] 司马迁撰，裴骃集解，司马贞索隐，张守节正义：《史记》卷126《滑稽列传》，第3886—3887页。

从之臣,为楚王赋高唐、神女、大风等,同样继承的是师旷所代表的"百工谏"的传统,其言说风格也"有类俳优",只是不见了师旷那样的犯颜直谏,而代之以"劝百讽一"而已。西汉的赋家们常常感叹自己"有类俳优",其实反映的正是君王们依据传统将他们"倡优畜之"的客观现实。汉代赋家与先秦小说家的关系密切,赋体文学与先秦小说同样关系密切,这一问题比较复杂,容待后文讨论,这里暂且打住。

师旷小说的影响在《汉志》著录的汉代小说家中也可看出端倪。《汉志》著录的汉代小说家有《封禅方说》、《待诏臣饶心术》、《待诏臣安成未央术》、《臣寿周纪》、《虞初周说》等。这些作品的作者大多为方士,实际职务为待诏,他们在皇帝身边,并无具体职掌,随时备顾问而已,按《周礼》亦可归入"百工"一类,其作品所载多为方说,封禅、却老、房中、神仙、地理、博物以及闾巷传说,无所不有。[1] 以《虞初周说》为例,其有943篇,占《汉志》著录小说总量的三分之二以上,作者虞初是武帝时方士,张衡《西京赋》提及此书:"匪唯玩好,乃有秘书;小说九百,本自虞初。从容之求,寔俟寔储。"吴薛综注:"小说,医巫厌祝之术。凡有九百四十三篇,言九百,举大数也。持此秘书,储以自随,待上所求问,皆常具也。"虽然唐李善注《文选》引东汉应劭《风俗通义》曰:"其说以《周书》为本。"[2] 但其所说并非经典所载,而多为医巫厌祝、奇闻异事。桓谭在《新论》中说:"若其小说家,合丛残小语,近取譬论,以作短书,治身理家,有可观之辞。"[3] 概括的就是上述汉代小说家的特点,与《汉志》对小说家的看法大同小异。而这种特点,在小说家之祖师旷身上已经体现出来。因此,说汉人小说是对师旷小说的继承和发展,应该是可以成立的。

汉代以后,古体小说进一步分化发展,所谓博物、琐语、志怪、志人、逸

---

[1] 参见拙作《〈汉书·艺文志〉著录之小说家〈封禅方说〉等四家考辨》(《兰州大学学报》(社会科学版)2007年第5期);《〈汉书·艺文志〉著录之小说家〈虞初周说〉探佚》(《南开学报》(哲学社会科学版)2005年第3期)。收入拙著《稗官与才人——中国古代小说考论》,岳麓书社,2010。

[2] 萧统编,李善注:《文选》卷2张衡《西京赋》,中华书局,1977年影印胡克家本,第45页。

[3] 萧统编,李善注:《文选》卷31江文通《拟李都尉从军诗》李善注引,第444页。

事、传奇、笑话、游戏等等，都成为中国小说大家庭的成员。正如秦汉小说家在社会政治生活中地位不高却仍然发挥着一定的社会作用一样，小说在中国文化中虽然也不被正统文化所重视，但却仍然发挥着其他文化所不能替代的作用。不了解师旷所代表的小说家的思想特点和言说方式，我们就不可能真正了解中国古代小说的民族特点，也无法说明中国古代小说的起源与发展。用西方小说观念去理解、观察、研究、评论中国古代小说，只不过是"郢书燕说"而已。

第四章
古优的来历及其分化

在中国古代小说发展史上，除了像师旷这样的诸侯之士弘扬"百工谏"的文化传统，推动着古代小说和小说观念的产生与发展外，"俳优"也在中国古代小说和小说观念的产生与发展中发挥着重要作用。因此，一些小说史家以"俳优小说"作为中国古代小说的重要类型，一些戏剧史家则以"优孟衣冠"作为中国戏曲的主要源头。而戏曲和小说，在中国通俗小说史上常常相生相伴，共同成长，直到近代引进西方话剧，它们才真正分离，形成今天小说、戏曲分科的局面。"俳优"省称为"优"，其中又细分为"俳优"、"伶优"、"倡优"等类型。有关"优"的传说可以追溯至很早，对中国的历史和文化有着潜在的影响。"优"在春秋、战国时期的活跃表现以及秦汉以后的大量表演，不能不使人们对他们刮目相看。王国维的《优语录》，尤其是任二北的《优语集》，收集了大量的关于"优"的文献资料，为研究"优"提供了方便。冯沅君更有《古优解》、《古优解补正》、《汉赋与古优》等专题论文对"古优"进行研讨，为后人研究"古优"打开了思路。他们筚路蓝缕，功不可没。然而，冯氏研究的有些结论是比照西方人研究Fou得出的，缺乏中国古典文献的支撑，有些结论则囿于当时所见史料的不足而不够周密，需要补充和修正。"古优"是"优"的源头，研究"古优"涉及许多问题，可以从不同角度加以探讨。在笔者看来，弄清楚"古优"的来历及其分化，对于人们认识早期的"优"、理解"俳优小说"和"优孟衣冠"的来龙去脉，理解中国早期的小说观念，都有着十分重要的作用。因此，本章尝试对这个问题作进一步的考察。

第一节　古优的来历

"古优"从何而来？这是研究"优"必须首先回答的问题。然而，人们对这一问题的关注是很不够的。自1940年代冯沅君发表《古优解》和《古优解补正》以来，就很少有人再去讨论。其实，这一问题是有讨论的空间的。

冯沅君在《古优解》中曾采法国学者加奈尔（A·Canel）之说，假定中国古代的师、瞽、医、史等或即Jongleur者流，"古优则是从这个集团分化出来的，至于古优的远祖，开师、瞽等人先河的，却是巫"。《古优解补正》则云："对于这种推论，我们现也感到不满意。我们相信古优与师、瞽、医、史实是一家眷属。他们随着社会制度的转变，分别承继着古优的种种技能，而成为各种专家。我们这样舍旧谋新的理由是：一、古优是奴隶，而就史籍的记载看，师、史一流人的地位也颇卑下，甚至可说与奴隶近。二、在西方古代，眩人、医生、牧师，其职业并似倡优。"[1] 冯氏这些补正后的结论是否可靠呢？我们不妨仔细清理一下相关文献，再来回答这一问题。

据传世文献所述，夏、商时代皆有"优"。刘向《列女传》云："桀既弃礼义，淫于妇人，求美女积之于后宫，收倡优侏儒狎徒能为奇伟戏者，聚之于旁，造烂漫之乐，日夜与末喜及宫女饮酒，无有休时。"[2] 这是文献记载的最早的"古优"。刘向《说苑》云："纣为鹿台、糟丘、酒池、肉林，宫墙文画，雕琢刻镂，锦绣被堂，金玉珍玮，妇女优倡，钟鼓管弦，流漫不禁，而天下愈竭，故

---

[1] 冯沅君：《冯沅君古典文学论文集》第一编《古优解补正》，山东人民出版社，1980，第99页。
[2] 刘向：《古列女传》卷7《孽嬖传·夏桀末喜》，《二十五史外人物总传要籍集成》三，齐鲁书社，2000年影印，第2872页。

卒身死国亡，为天下戮。"[1]这可能是周秦以来的传说，为刘向所记录。至于周代，"优"的活动就更多了，如《韩非子》云："昔周成王近优侏儒，以逞其意，而与君子断事，是能成其欲于天下。"[2]成王为西周早期天子。《列子·汤问》记有周穆王与盛姬观看工人偃师所献偶人表演，偶人即偃师所称"臣之所造能倡者（张湛注：倡，俳优也）"[3]，则是西周中期的事。《国语·郑语》载郑桓公（前806—前771在位）与史伯议论周室，史伯有云："夫虢石父，谗诌巧从之人也，而立以为卿士，与刬同也。弃聘后而立内妾，好穷固也。侏儒戚施，寔御在侧，近顽童也。周法不昭，而妇言是行，用谗慝也。不建立卿士，而妖试幸措，行暗昧也。是物不可以久。"[4]这里所说"侏儒戚施"，乃"古优"之流，证明西周末年的周幽王是宠幸"优"的。春秋时期，齐桓公的父亲襄公"筑台以为高位，田、狩、罼、弋，不听国政，卑圣侮士，而唯女是崇……优笑在前，贤材在后，是以国家不日引，不月长"[5]，桓公接受教训，励精图治，称霸诸侯。而"吴王淫于乐而忘其百姓，乱民功，逆天时，信谗喜优，憎辅远弼。圣人不出，忠臣解骨，皆曲相御，莫适相非，上下相偷"[6]，成为其败亡的重要原因。"优"在这一时期特别活跃，晋优施、楚优孟便是春秋时期最有代表性的"优"。

对于西周及以前的"古优"，目前尚没有可资分析的第一手材料。而晋优施则有充分的表演，可以为我们了解"古优"提供参考。据《国语·晋语》载：

（献）公之优曰施，通于骊姬。骊姬问焉，曰："吾欲作大事，而难三公子之徒，如何？"对曰："早处之，使知其极。夫人知极，鲜有慢心，虽其慢，乃易残也。"骊姬曰："吾欲为难，安始而可？"优施曰："必于申

---

[1] 刘向撰，向宗鲁校证：《说苑校证》卷20《反质》，中华书局，1987，第515—516页。
[2] 王先慎：《韩非子集解》卷12《外储说左下》，《新编诸子集成》本，中华书局，1998，第299页。
[3] 杨伯峻：《列子集释》卷5《汤问篇》，《新编诸子集成》本，中华书局，1979，第179页。
[4] 徐元诰：《国语集解·郑语》，中华书局，2002，第473页。
[5] 徐元诰：《国语集解·齐语》，第217—218页。
[6] 徐元诰：《国语集解·越语下》，第580—581页。

生。其为人也，小心精洁，而大志重，又不忍人。精洁易辱，重债可疾，不忍人，必自忍也。辱之近行。"骊姬曰："重，无乃难迁乎！"优施曰："知辱可辱，可辱迁重；若不知辱，亦必不知固秉常矣。今子内固而外宠，且善否莫不信。若外殚善而内辱之，无不迁矣。且吾闻之，甚精必愚。精为易辱，愚不知避难。虽欲无迁，其得之乎？"是故先施谗于申生。……骊姬既远大（太）子，乃生之言，大（太）子由是得罪。……优施教骊姬夜半而泣谓公曰："吾闻申生甚好仁而强，甚宽惠而慈于民，皆有所行之。今谓君惑于我，必乱国，无乃以国故而行强于君。君未终命而不殁，君其若之何？盍杀我，无以一妾乱百姓。"公曰："夫岂惠其民而不惠于其父乎？……尔勿忧，吾将图之。"……骊姬告优施曰："君既许我杀太子而立奚齐矣，吾难里克，奈何？"优施曰："吾来里克，一日而已。子为我具特羊之飨，吾以从之饮酒。我优也，言无邮。"骊姬许诺，乃具，使优施饮里克酒。中饮，优施起舞，谓里克妻曰："主孟啖我，我教兹暇豫事君。"乃歌曰："暇豫之吾吾，不如鸟乌。人皆集于苑，己独集于枯。"里克笑曰："何谓苑？何谓枯？"优施曰："其母为夫人，其子为君，可不谓苑乎？其母既死，其子又有谤，可不谓枯乎？枯且有伤。"优施出，里克辟奠，不飧而寝。夜半，召优施曰："曩而言戏乎？抑亦所闻之乎？"曰："然。君既许骊姬杀大（太）子而立奚齐，谋既成矣。"里克曰："吾秉君以杀大（太）子，吾不忍。通复故交，吾不敢。中立其免乎？"优施曰："免。"旦而里克见丕郑，曰："夫史苏之言将及矣！优施告我，君谋成矣，将立奚齐。"丕郑曰："子谓何？"曰："吾对以中立。"丕郑曰："惜也！不如曰不信以疏之，亦固大（太）子以携之，多为之故，以变其志，志少疏，乃可间也。今子曰中立，况固其谋也，彼有成矣，难以得间。"里克曰："往言不可及也，且人中心唯无忌之固，何可败也！子将何如？"丕郑曰："我无心。是故事君者，君为我心，制不在我。"里克曰："弑君以为廉，长廉以骄心，因骄以制人家，吾不敢。抑桡志以从君，为废人以自利也，利方以求成人，吾不能。将伏也！"明日，称疾不朝。三旬，难乃成。[1]

晋献公即位于周惠王元年（前676年），骊姬与优施谋杀申生事发生在晋献公十一年至二十二年间（前666—前655），为春秋早期。很显然，是优施导演了晋国这场杀太子申生、立骊姬子奚齐为太子的宫廷政变。从事件过程来看，可以得出对优施的几点认识。一，优施为献公近侍，出入内廷，行动自由。二，他可以与大臣交往，且对大臣有一定影响。三，他能够随便发言，且不必对其发言承担责任。如果说优施是奴隶，依据上述三点，实在难以令人信服。而追溯"优"的远源，我们更有惊奇的发现："优"不仅不是奴隶，还应该是中国历史上最早的乐官。

殷商时期是否有"优"，虽然不能贸然下断，但确实有迹可寻。王国维《殷卜辞中所见先公先王考》云："卜辞有夒字，其文曰：'贞夒（古燎字）于夒'（《殷虚书契前编》卷六第十八叶。）……又曰：'于夒燎牛六。'又曰：'贞求年于夒九牛。'（两见，以上皆罗氏拓本。）……案夒、夒二形象人首手足之形。《说文》戈部：'夒，贪兽也，一曰母猴，似人，从页，巳止戈其手足。'毛公鼎'我弗作先王羞'之羞作夒，克鼎'柔远能狱'之柔作夒，番生敦作夒，而《博古图》、《薛氏款识》盂和钟之'柔燮百邦'、晋姜鼎之'用康柔绥怀远廷'，柔并作夒，皆是字也。夒、羞、柔三字，古音同部，故互相通借。此称'高祖夒'，案卜辞惟王亥称'高祖王亥'（《后编》卷上第廿二叶），或'高祖亥'（《戬寿堂所藏殷虚文字》第一叶），大乙称'高祖乙'（《后编》卷上第三叶），则夒必为殷先祖之最显赫者。以声类求之，盖即帝喾也。"[2]

郭沫若、鲁实先、孙海波、徐中舒等均赞成王国维之说。徐中舒主编《甲

---

[1] 徐元诰：《国语集解·晋语》，第259—278页。
[2] 王国维：《观堂集林》卷9《史林一》，中华书局，1959，第411页。

骨文字典》总结云：

> 夒（甲2336）王国维谓象人首手足之形（《卜辞中所见先公先王考》），唐兰谓象似人之兽形（《殷虚文字记·释夒》），李孝定谓象母猴形（《甲骨文字集释》卷五），诸家说颇纷纭：商承祚疑猱（《殷虚文字类编》五卷），王襄释高（《簠室殷契征文·帝系考释》），皆不能成立。王国维释夒，谓毛公鼎之羞作夒（今释夒），克鼎之柔作夒，皆即甲骨文之夒字，而夒、羞、柔古音同部，故互相通借（《卜辞中所见先公先王考》）。唐兰引孙诒让说释夒，其说字形与王国维近，惟于金文毛公鼎铭假此为羞，克鼎铭假此为柔音读不合，故此字当从王国维说释夒。《说文》："夒，贪兽也。一曰母猴，似人。从页，巳、止、夂其手足。"（段注：母猴与沐猴、猕猴一语之转，母非父母字。）[1]

夒即夔，仅存在有角无角之别。陈独秀云："夔夒二字，除夔有角，余皆同形，《说文》㨂字，《广雅》及《尔雅》郭注均作獶，《广韵》引《山海经》亦作獶，今本《山海经》作夔，《山海经》本谓夔无角，是夔夒一字；韦昭谓夔人面猿身，《说文》夒训母猴，猴训夒，是夔夒一物同为猴也。"[2] 夒一作猱，《尔雅·释兽》"猱蝯善援"，孙炎云："猱，母猴也。"[3]《说文解字·夂部》徐锴系传："夒，今作猱。同㨂，从此会意。"[4] 夒又作獶，《礼记·乐记》"獶杂子女"，陆德明释文："獶，乃刀反，猕猴也，依字亦作猱。"[5] 夒又通夏，不仅二字甲骨文字形相近，而且古文献也常通用。于省吾认为："夒字王国维释夏，以为帝喾。帝喾名

---

[1] 徐中舒主编：《甲骨文字典》，四川辞书出版社，1988，第622页。
[2] 古文字诂林编纂委员会：《古文字诂林》第五册引，上海教育出版社，2004，第671页。
[3] 朱祖延主编：《尔雅诂林》十八《释兽》，湖北教育出版社，1996，第4458页。
[4] 徐锴：《说文解字系传》卷10，中华书局，1987年影印，第103页。
[5] 郑玄注，孔颖达疏：《礼记注疏》卷39《乐记》，《十三经注疏》本，中华书局，1980年影印，第1540页。

夋。王以夏为夋不确,甲骨文没有夋,而有允,古文字旡即畯。这个字以读憂较为合理,《说文》作恖,字形象以手掩面而哭,帝夋之夋与恖也同音"[1]。陈梦家云:"卜辞的'夏'字象人立而低首至手之形,一手是上举在胸前的。字从页从止从又,正确的应隶定为'夒'字。西周晚期金文《毛公鼎》'欲我弗乍先王夒',或读作憂,字与此同。"[2]古有夒方,鲁实先云:"考之典记,夒方当即邓之鄾地(见《左·桓九年》),为古鄾子之国,在今湖北襄城县,载籍所以作鄾者,以鄾从夒声,夒与夒形近声同,故讹变为憂,以犹从夒声之擾于经传并讹为擾也。"[3]古鄾子国,春秋文献多作夒子国或夒国。金文《盂鼎》"无敢䣛",䣛乃擾之异文;《启卣》"堇不夒",读为"谨不擾"。《尚书·皋陶谟》"擾而毅",《玉篇·牛部》引作"犪而毅";《史记·夏本纪》集解引徐广曰:"擾,一作柔。"段玉裁《撰异》云:"擾,古音读如柔。是以《韩非·说难》'龙之为鳞,可柔狎而骑',《史记》'柔'作擾;《管子书》'擾桑',即《毛诗》之'柔桑'也。"[4]这样看来,夒、夔、玃、猱实即一物,憂与夒形近声同义通。而優乃憂之后起字,或者说憂乃優之本字,后来憂用于忧愁义,而優则代替了憂的本义[5]。《诗经·商颂·长发》"敷政優優",王先谦《诗三家义集疏》:"《鲁》優作憂。"[6]段玉裁《说文解字注》:"憂,和之行也。《商颂》毛传曰:優優,和也。《广雅·释训》:優優,行也。行之状多,而優優为稣之行。和,当作稣。憂,今字作優,以憂为恖愁字。"[7]因此,憂(優)、夒、夔、玃、猱,其实一也。或者换一种说法,优(繁体为優)之源头是状如猕猴的神话人物。"古优"之来源当从

---

1 古文字诂林编纂委员会:《古文字诂林》第五册引,第674页。
2 陈梦家:《殷虚卜辞综述》第十章《先公旧臣》,中华书局,1988,第338页。
3 古文字诂林编纂委员会:《古文字诂林》第五册引,第673页。郭沫若也有读为憂之说。
4 顾颉刚、刘起釪:《尚书校释译论》第一册《虞夏书·皋陶谟》注释引,中华书局,2005,第405页。
5 《大戴礼记·诰志》"贤人并憂",孔广森补注:"憂,读为優。"俞樾《群经平议·毛诗四》"尔用憂虐"按:"憂者,優之本字。"朱骏声《说文通训定声》:"憂,经传皆以優为之。"段玉裁《说文解字注》:"憂,今字作優,以憂为恖愁字。"優,今简化为优;憂愁,今简化为忧愁。如此一来,它们之间的衍生及替代关系便隐而不彰了。
6 王先谦:《诗三家义集疏》,中华书局,1987,第1110页。
7 段玉裁:《说文解字注》第五篇下夊部,成都古籍书店,1981年影印,第245页。

这里去追寻。

王国维认为夒即殷人先祖帝喾，虽为众多学者所赞成，但也有一些学者表示怀疑，杨树达、陈梦家可为代表。他们怀疑的原因，主要是夒、喾发声不同，难以通假[1]。这种怀疑有一定学理依据，值得重视。其实，帝喾是殷人传说中的先祖，高祖夒也是殷人传说中的先祖，禘喾和禘夒的性质相同，但不必指称同一对象。在神话传说中，夒是一种神兽，如《山海经·大荒东经》："东海中有流波山，入海七千里。其上有兽，状如牛，苍身而无角，一足。出入水则必风雨。其光如日月，其声如雷，其名曰夒。黄帝得之，以其皮为鼓，橛以雷兽之骨，声闻五百里，以威天下。"[2]雷是大自然的声音，而鼓是人类最早的乐器之一，这是夒与音乐发生关系的神话学依据。而在古史中，夒又是舜帝的乐官。《左传·昭公二十八年》载："昔有仍氏生女，鬒黑而甚美，光可以鉴，曰玄妻，乐正后夒取之。生伯封，实有豕心，贪惏无厌，忿类无期，谓之封豕。有穷后羿灭之，夒是以不祀。"[3]夒既称后夒，必是某国之君或某族之首领，自然不会只有封豕一支，因此，封豕被灭，并非夒族全部被消灭。清道光年间山东寿张县梁山下出土的《小臣艅犀尊》载有殷王参与夒族祭祀其先祖夒的铭文[4]，而甲骨文中有大量祭祀高祖夒的卜辞，表明夒与商族有着十分密切的关系。日本学者赤塚忠在研究《尚书》时对夒进行了深入探讨，得出以下三点结论："（一）清道光年间山东寿长（应为张——引者）县出土《小臣艅牺（应为犀——引者）尊铭》，记殷王巡狩至此，有关夒祖之参拜，出土地与其祭祀地，知夒为夒族

---

1 杨树达《积微居甲文说·释羔篇后记》云："果如静安之说，舌音之夒，乃以腭音之喾佶代之，其与上诸名（指相土、冥、王亥、王亘、上甲微、唐——引者）音理疏密之相距，岂不太远乎？"陈梦家《殷虚卜辞综述·先公旧臣》云："《广韵》豪部'夒、奴刀切'，沃部'喾、苦沃切'，两者收声相同而发音地位、方法都是不同的。"

2 袁珂校注：《山海经校注》卷9《大荒东经》，巴蜀书社，1993，第416页。

3 杜预注，孔颖达疏：《春秋左传正义》卷42《昭公二十八年》，《十三经注疏》本，第2118页。

4 《小臣艅犀尊》："丁巳，王省夒𩰫（京），王赐小臣艅夒贝，唯王来征人（夷）方，唯王十祀又五，肜日。"（中国社会科学院考古所编《殷周金文集成》修订增补本第五册"尊类"，中华书局，2007，第3684页，器号05990。）

祭祀之神。（二）甲骨文中殷代王朝祭祀高祖夒。是夒为真实的殷王族之高祖。而夒与猱同音同义，夒字为猿之象形，本来是同一物同一神。（三）《左传·僖公二十六年》，楚之属国夔，地在今湖北秭归县（按，《水经·江水注》夔作归）。以为山东之夒族向南迁后之地。"[1]他还参照贝塚茂树《中国古代神话》，认为"夔为俳优之优的原字，夒与优相通用。夒即夔，夔族音乐发达，在王朝世袭乐官之职。传承了猿之物的舞踊之端绪。《舜典》（即《尧典》）成立以前，夒（夔）之与音乐相结合，遂为《舜典》（《尧典》）所承受"[2]。这些意见，很值得我们参考。因此，刘桓认为：

> 夒是高辛氏氏族首领之名，夒族只是高辛族的一支。《史记·五帝本纪》："舜曰：'谁能驯予上下草木鸟兽？'皆曰益可。于是以益为朕虞。益拜稽首，让于诸臣朱虎、熊罴。舜曰：'往矣，汝谐。'遂以朱虎、熊罴为佐。"索隐："即高辛氏之子伯虎、仲熊也。"看来高辛氏的分族不单有伯虎（朱虎）、仲熊（熊罴），夒实为其中最强盛的一支，后来商族就是以夒族为核心形成的。[3]

笔者赞成这一意见。《尚书·尧典》（古文《尚书》在《舜典》）载："（舜）帝曰：夔，命汝典乐，教胄子。直而温，宽而栗，刚而无虐，简而无傲；诗言志，歌永言，声依永，律和声；八音克谐，无相夺伦，神人以和。夔曰：於！予击石拊石，百兽率舞。"[4]书中载舜所任命的司空、司徒、朕虞、典礼、纳言等职官都是其部族联盟的氏族首领，典乐的夔当然也不会例外。《荀子·成相》云："尧让贤，以为民……举舜甽亩，任之天下身休息，得后稷，五谷殖，夔为乐

---

[1] 顾颉刚、刘起釪：《尚书校释译论》第一册《虞夏书·尧典》注释引，第283—284页。
[2] 顾颉刚、刘起釪：《尚书校释译论》第一册《虞夏书·尧典》注释引，第284页。
[3] 刘桓：《甲骨征史·说高祖夒——兼探商族族源问题》，黑龙江教育出版社，2002，第302—303页。
[4] 孔安国传，孔颖达疏：《尚书正义》卷2《虞书·舜典》，《十三经注疏》本，第131页。

正鸟兽服。"[1] 上海博物馆藏新出土战国楚竹书《容成氏》亦载："舜乃欲会天地之气而听用之，乃立夔以为乐正。"[2] 综合各种记载可以得知，作为高辛氏一支的夔，大概是以氏族首领的身份做了舜帝的乐正，他实际上也是商族所从出的始祖，所以商人祭祀时称其为"高祖夔"、"大夔"。《礼记·乐记》云："昔者舜作五弦之琴，以歌南风。夔始制乐，以赏诸侯。"[3]

夔与音乐关系密切，现存文献多有记载。如《吕氏春秋·察传》云：

> 鲁哀公问于孔子曰："乐正夔一足，信乎？"孔子曰："昔者舜欲以乐传教于天下，乃令重黎举夔于草莽之中而进之，舜以为乐正。夔于是正六律，和五声，以通八风，而天下大服。重黎又欲益求人，舜曰：'夫乐，天地之精也，得失之节也，故唯圣人为能和，乐之本也。夔能和之，以平天下，若夔者，一而足矣。'故曰夔一足。非一足也。"[4]

据孔子所论推断，《乐记》说"夔始制乐"，并不是说从夔开始才有音乐[5]，而是说作为舜帝乐正的夔创制了天子赏赐诸侯的音乐，以为政教之用。至于孔子将具有神话色彩的"夔一足"解释为"夔一，足"，则是对神话传说的史实化处理，掩盖了上古神话传说常常与历史掺和的事实，并不一定可取[6]。如果说夔字即憂（优）字可以成立，而"优"又与乐舞有关，那么，舜之乐正夔自然就是

---

1 王先谦：《荀子集解》卷18《成相篇》，《新编诸子集成》本，中华书局，1988，第462—463页。
2 马承源主编：《上海博物馆藏战国楚竹书》二《容成氏》，上海古籍出版社，2002，第293页。
3 郑玄注，孔颖达疏：《礼记注疏》卷38《乐记》，《十三经注疏》本，第1534页。
4 高诱注：《吕氏春秋》卷22《慎行论·察传》，《诸子集成》本，第294页。
5 《吕氏春秋·仲夏纪·古乐》云："乐所由来尚矣……昔古朱襄氏之治天下也……士达作为五弦瑟，以来阴风，以定群生。昔葛天氏之乐，三人操牛尾投足以歌八阕。……昔陶唐氏之始……故作为舞以宣导之。昔黄帝令伶伦作为律……黄帝又令伶伦与荣将，铸十二钟以和五音……帝颛顼好其音，乃令飞龙作效八风之音……乃令鱓先为乐倡，鱓乃偃寝，以其尾鼓其腹，其音英英。帝喾命咸黑作为声歌……有倕作为鼙鼓钟磬……"其所描述的是夔之前的古乐发展史，因超出本文论题，这里不予讨论。
6 关于"夔一足"，参考甲骨文和金文，夔字均突出足部动作，且均只有一足，如 ⚠《甲》1147、⚠《前》7.5.2、⚠《后》2.14.5、⚠《佚》645等，这与夔模仿猕猴单脚舞蹈可能有关，也许夔族的图腾即如此，后遂演变为夔一足的传说。

最早的"古优"。

理解了"古优"的来历，我们对于"优"的含义就有了更为全面的了解。因为"古优"来源于乐官夔，所以"优"与音乐歌舞就有了最直接最深厚的联系。《礼记·乐记》云"及优侏儒，獶杂子女"，郑玄注："獶，猕猴也，主舞者如猕猴也，乱男女之尊卑。獶或为优。"孔颖达疏："及优侏儒，獶杂子女者，言作乐之时，及有俳优杂戏。侏儒，短小之人。獶杂，谓猕猴也，言舞戏之时，状如猕猴，间杂男子妇人；言似猕猴，男女无别也。"[1]在这里，优、獶只是一声之转，其义则指乐人状如猕猴的乐舞表演。后人总爱称乐人为"优"，实际上并非贬称，而只是在陈述一种历史事实。由于"优"的种类繁多，为了分别，人们便称偏重于音律的乐人为"伶优"，偏重于歌唱的乐人为"倡优"，偏重于杂戏的乐人为"俳优"。当然，这些称呼并非十分严格，有时也常常互相混称，这与他们多兼善乐舞杂戏有关。因为"古优"之祖夔典乐教胄子，诗、歌、声、律、舞皆备，故"优"有丰饶、充足义[2]；又能"八音克谐，无相夺伦，神人以和"，故"优"有谐调、良好义[3]。又因夔通猱、柔，故"优"有柔顺、柔弱义[4]，等等。

"古优"既然来源于乐官夔，冯沅君以为"古优的远祖，开师、瞽等人先河的，却是巫"的论断就需要有所修正。巫的起源甚古。许慎《说文解字》云："巫，祝也。女能事无形以舞降神者也。象人两褎舞形，与工同意。古者巫咸初作巫。"[5]巫咸一说是黄帝时人，一说是唐尧时人，一说是殷中宗时人[6]。《说文解

---

1 郑玄注，孔颖达疏：《礼记注疏》卷39《乐记》，《十三经注疏》本，第1540页。
2 如许慎《说文解字》："优，饶也。从人，憂声。"《小尔雅》："优，多也。"《国语·鲁语上》"小赐不咸，独恭不优"，韦昭注："优，裕也。"中华书局，2002，第144页。
3 如《淮南子·原道》"其德优天地而和阴阳，节四时而调五行"，高诱注："优，和调也。"《汉书·王贡两龚鲍传》："王、贡之才，优于龚、鲍。"
4 如《管子·小匡》"人君唯优与不敏为不可"，尹知章注："优，谓委随不断。"后人因有优柔寡断之说。《大戴礼记·子张问入官》："慈爱以优柔之。"这里优、柔同义。
5 许慎：《说文解字》（注音版）五上《巫部》，岳麓书社，2006，第100页。
6 《太平御览》卷79引《归藏》："昔黄帝与炎帝争斗涿鹿之野，将战，筮于巫咸。"《艺文类聚》卷7引郭璞《巫咸山赋》："盖巫咸者，实以鸿术为帝尧医。"《尚书·君奭》："巫咸乂王家。"

字》又云："靈（今简化为灵——引者），靈巫以玉事神。从玉，霝声。靈，灵或从巫。"[1]《楚辞》中多以灵称巫，如《九歌·东皇太一》"灵偃蹇兮姣（一作妖）服"，王逸注："灵，谓巫也。"[2]灵巫以玉事神，不仅古书有载，而且得到考古学的充分证明。迄今所见最早的巫用来事神的玉器是内蒙古敖汉兴隆洼和辽宁阜新查海出土的古玉器，属于新石器时代早期，距今约8200—8000年，比传说中的巫咸时代要早。红山文化和良渚文化遗址中出土有大量巫用事神玉器，距今约5500—4200年，与传说中的黄帝、炎帝时代相当。[3]从传世文献和出土文物来看，中国早期的文化是巫文化已经成为学术界的共识，因此，冯氏以为"古优"的远祖是巫，自然是不错的。至于瞽是否也出于巫，却难以认定。巫是"民之精爽不携贰者，而又能齐肃衷正"[4]的人，而瞽是"目眠不开，惟有縫者"[5]且有特别灵敏听力的人。前者长于歌舞，后者长于音声；前者的职务是与鬼神沟通，后者的职务是听声以知天。舜的先祖便从事着瞽的工作，《左传·昭公八年》云："自幕至于瞽瞍，无违命，舜重之以明德。"杜预注："幕，舜之先；瞽瞍，舜父。从幕至瞽瞍间无违天命废绝者。"[6]《国语·郑语》载史伯云："虞幕能听协风，以成物乐生者也。"韦昭注："协，和也。言能听知和风，因时顺气，以成育万物，使之乐生者也。"[7]后代籍田礼便有瞽帅音官以音律省风土的仪节，证明早期的农业生产要发挥瞽听风的作用，以便安排农时和农作。因此，瞽不一定比巫晚出，巫与瞽的关系可能不是从属或从出的关系。巫的出现远早于"优"，说"优"出于巫，自无不可；然而，"优"与瞽的关系也很密切，其所涉诗、歌、声、律都与瞽有关，因此，说"优"出于瞽，似也无不可，至少"伶

---

1 许慎：《说文解字》（注音版）一上《玉部》，第13页。
2 洪兴祖：《楚辞补注》，中华书局，1983，第56页。
3 参见杨伯达《巫玉之光——中国史前巫文化论考》，上海古籍出版社，2005。
4 徐元诰：《国语集解·楚语下》，第512页。
5 朱骏声：《说文通训定声》之《豫部》，武汉古籍书店，1983年影印，第415页。
6 杜预注，孔颖达疏：《春秋左传正义》卷44《昭公八年》，《十三经注疏》本，第2053页。
7 徐元诰：《国语集解·郑语》，第466页。

优"可以这么说。当然，这些都只是说"优"的可能来源，而不是论其起源[1]，若论其起源，则只能是舜帝乐正夔，也即商族的远祖。

第二节 古优的分化

上面对古优来历的讨论，虽然具有文化学的意义，但主要还是采用语源学和考古学的方法，直接属于"古优"的历史资料还是太少。这是讨论上古文化普遍遇到的问题，我们不能因此就放弃研讨。关键是要从现有材料出发，做到历史与逻辑的统一。

如果舜帝乐正夔（夒）是殷人的远祖，那么，根据古代畴官制度，夔的后代也应该世为乐官，夏朝的乐官就很可能是商人的先辈，《列女传》所云桀"收倡优侏儒狎徒能为奇伟戏者"，其倡优应该是夔族中那些能歌善舞者。他们被称为"优"与他们的先祖是"夔"有关；称之为倡优，是指他们的活动偏重于歌舞[2]。商族代夏作为氏族联盟首领之后，仍然保留有喜好歌舞的习性，甲骨卜辞中大量的"万舞"以及鼓乐的运用，便很能说明问题。因为商族本来有音乐基因，且世守乐职，其歌舞活动自然活跃。商又称殷，《说文解字》云："作乐之盛称殷。"[3]美籍华裔学者周策纵认为，殷商之"殷"与商人喜爱乐舞有关，"殷是古代会合众人而有盛大乐舞的祭祀，因此过去如朱骏声就说：'肙者舞之容，殳者舞之器。肙、殷亦一声之转。'这个解释很对"[4]。将"殷"与"乐舞"这两者

---

[1] 笔者在《中国小说起源探迹》(《文学遗产》1985年第1期) 中曾指出："来源并不等于起源，因为这里有着本质的区别：起源标示着某一事物的诞生，而来源却是表明构成这一事物的某些因素，这种因素完全可以来自不同性质的别一事物。"例如，马克思主义来源于德国古典哲学、英国古典经济学和法国空想社会主义，而起源于马克思和恩格斯，二者不容相混。

[2] 许慎《说文解字》："倡，乐也。从人，昌声。"《汉书·灌夫传》"所爱倡优巧匠之属"，颜师古注："倡，乐人也。"《正字通·人部》：《史记·礼书》'一倡而三叹'，（倡）与唱通。"《楚辞·九歌·礼魂》"姱女倡兮容与"，洪兴祖补注："倡，读作唱。"

[3] 许慎：《说文解字》（注音版）八上《肙部》，第170页。

[4] 周策纵：《古巫医与"六诗"考——中国浪漫文学探源》中篇第五章《商汤、帝喾、颛顼与巫医传统》，上海古籍出版社，2009，第75页。

联系起来考虑,就能够明白殷人奉夒为高祖(远祖)而祭祀的原因,也能够解释为什么高祖夒的祭祀并不全同于高祖亥,而有时与岳、河等自然神同祀,因为夒族以传说中的神兽夒为图腾,又从舜帝起世为乐官,夒不仅是其族的远祖,也是其族的保护神。结合以上对夒、夋的历史考察,我们说"古优"来源于古乐官"夒",或者说"夒"是"古优"的传说中的始祖,显然是有充分的文献学和文化学依据的。

需要指出的是,"古优"在后来的发展中有过两次重要的分化,对其发展产生了重大影响。一次是巫觋与乐人的分化,一次是乐人内部旧乐人与新乐人的分化。前者使得乐人的社会地位降低,成为巫觋的附庸;后者使得乐人的结构改变,形成雅乐与俗乐的对立。

王国维曾指出:"歌舞之兴,其始于古之巫乎?巫之兴也,盖在上古之世。"[1] 巫的出现远早于"古优",早期的巫与乐实是一家。在舜帝乐正夒典乐教胄子的时期,巫与乐也未分家,从其"击石拊石,百兽率舞"的乐舞表演中,从其"八音克谐,无相夺伦,神人以和"的预期目标中,是可以获得这样的信息的。当时的文化,应该是巫文化,也即"通天"的文化[2]。据《史记·五帝本纪》载,尧曾"使舜入山林川泽,暴风雷雨,舜行不迷","于是帝尧老,命舜摄行天子之政,以观天命。舜乃在璇玑玉衡,以齐七政。遂类于上帝,禋于六宗,望于山川,辩于群神"[3]。显然,舜是具有"通天"本领的大巫。而原始的巫,也是兼习乐舞的。或者换一种说法,原始的乐舞,其实是一种巫术。古史专家们普遍认为,舜属于东夷民族的领袖,商族也是他的后裔,因此,商人继

---

1 王国维撰,马美信疏证:《宋元戏曲史疏证》第一章《上古至五代之戏剧》,复旦大学出版社,2004,第1页。

2 参见拙著《中国古代文学观念发生史》第一章《观乎天文:中国古代文学观念的滥觞》,人民文学出版社,2014,第22—57页。

3 司马迁撰,裴骃集解,司马贞索隐,张守节正义:《史记》卷1《五帝本纪》,中华书局,2014,第26—28页。

承了重巫的传统，"恒舞于宫，酣歌于室，时谓巫风"[1]。尽管"殷人尚声"[2]，然而"殷代的思想以宗教占主要地位"[3]，"殷人尊神，率民以事神"[4]，宗教祭祀频繁，卜筮成风，整个社会笼罩在浓烈的宗教迷信氛围中，因此被顾颉刚称之为"鬼治主义"[5]。除商王可以交通神鬼外，商代还有大量专业神职人员，组成一个庞大的巫觋集团，进行"通天"的工作。陈梦家在研究殷商卜辞有关祭祀的材料后指出：

> 在执行祭祀之时，祝宗巫史一定握有极大的权力，他们的职业就是维持这种繁重的祭祀仪式，而祭祀实际上反映了不同的亲属关系的不同待遇。我们在"旧臣"之中，见到只有巫和保最重要而最受尊敬，他们是宗教的与王室的负责人。[6]

巫的主要工作是替商王占卜和祭祀，保的主要工作是为商王护卫和训导。殷商时祭祀的种类很多，"祭帝于郊，所以定天位也；祀社于国，所以列地利也；祖庙，所以本仁也；山川，所以傧鬼神也；五祀，所以本事也。故宗祝在庙，三公在朝，三老在学，王前巫而后史，卜筮瞽侑，皆在左右"[7]。除常规祭祀外，殷人凡事皆卜，卜后也有祭，在频繁的祭祀活动中，核心成员是巫觋集团的祝、宗、卜、史，乐人只在需要时予以配合。深厚无比的巫文化传统以及商王的统治需要，造成巫觋在商代拥有崇高的社会地位，而乐人的地位则相对较低。在颛顼之前，"民神杂糅"，"家为巫史"，巫与乐人没有分离，而舜任命夔为乐正，

---

1 孔安国传，孔颖达疏：《尚书正义》卷8《商书·伊训》，《十三经注疏》本，第163页。
2 《礼记·郊特牲》："殷人尚声，臭味未成，涤荡其声，乐三阕，然后出迎牲，声音之号，所以诏告于天地之间也。"
3 侯外庐、赵纪彬、杜国庠：《中国思想通史》第一卷，人民出版社，1957，第23页。
4 郑玄注，孔颖达疏：《礼记正义》卷54《表记》，《十三经注疏》本，第1642页。
5 顾颉刚：《盘庚中篇今译》上编，《古史辨》第二册，上海古籍出版社，1982，第44页。
6 陈梦家：《殷虚卜辞综述》第十四章《亲属》，第500—501页。
7 郑玄注，孔颖达疏：《礼记正义》卷22《礼运篇》，《十三经注疏》本，第1425页。

则表明了二者分离的趋势。然而，在以祭祀为"国之大事"的殷商时期，巫觋的活动频繁，事务繁杂，分工愈来愈细，祝、宗、卜、史各有所掌。而乐人则主要配合祭祀的需要而开展活动，其重要性远不如祝、宗、卜、史，于是，乐人便在社会政治生活中与巫觋逐渐分离开来。乐人与巫觋的分离，一方面使其专业性（歌舞）得到加强，其表演的娱乐性也更为明确，而另一方面，他们的政治参与度和话语权则明显减少。正因为如此，虽然卜辞记载或出土的殷商乐器并不少，如钟、鼓、磬、埙、龠、龢、铙、铎、庸、南、竽、言等，记载音乐活动的也有吹、奏、用，还有表演本部族历史的传统舞蹈《桑林》和歌颂汤代夏立商的武舞《濩》，以及祭祀活动中经常出现的《万》舞等，但在卜辞中却少有乐官的记载。凡此种种，说明殷商时期的乐人是活跃的，但社会地位已经明显下降，他们的活动主要是由巫官来统摄的。或者换一种说法，"鬼治主义"的殷商时期，包含有"优"的乐人与巫觋分离，其社会地位远不及巫觋重要。

在包含有"优"的乐人与巫觋分离的背景下，随着社会的发展，乐人内部又出现了专业的分化，这也是探讨"古优"需要特别注意的。《史记·殷本纪》云：

> 帝纣资辨捷疾，闻见甚敏；材力过人，手格猛兽；知（智）足以距谏，言足以饰非；矜人臣以能，高天下以声，以为皆出己之下。好酒淫乐，嬖于妇人。爱妲己，妲己之言是从。于是使师涓作新淫声，北里之舞，靡靡之乐。厚赋税以实鹿台之钱，而盈钜桥之粟。益收狗马奇物，充仞宫室。益广沙丘苑台，多取野兽蜚鸟置其中。慢于鬼神。大冣（一作聚）乐戏于沙丘，以酒为池，县（悬）肉为林，使男女倮（裸）相逐其间，为长夜之饮。[1]

---

[1] 司马迁撰，裴骃集解，司马贞索隐，张守节正义：《史记》卷3《殷本纪》，第135页。

商纣王"使师涓作新淫声,北里之舞,靡靡之乐","大冣乐戏于沙丘",均涉及乐人及其活动。如果将《史记》与《说苑》所云"纣为鹿台、糟丘……妇女优倡,钟鼓管弦,流漫不禁"联系起来,则可认定,倡优是商纣王乐戏的主体,或者说这些乐人主要是倡优,师涓是其代表。《本纪》又云:"纣愈淫乱不止。微子数谏不听,乃与大(太)师、少师谋,遂去。比干曰:'为人臣者,不得不以死争。'乃强谏纣。纣怒曰:'吾闻圣人心有七窍。'剖比干,观其心。箕子惧,乃详狂为奴,纣又囚之。殷之大(太)师、少师乃持其祭乐器奔周。周武王于是遂率诸侯伐纣。纣亦发兵距之牧野。甲子日,纣兵败。纣走,入登鹿台,衣其宝玉衣,赴火而死。"[1]《史记·周本纪》也载武王"闻纣昏乱暴虐滋甚,杀王子比干,囚箕子。太师疵、少师彊抱其乐器而犇(奔)周",于是遍告诸侯,讨伐商纣,师渡盟津,作《太誓》告于众庶:"今殷王纣乃用其妇人之言,自绝于天,毁坏其三正,离逖其王父母弟,乃断弃其先祖之乐,乃为淫声,用变乱正声,怡说(悦)妇人。故今予发维共行天罚。"[2] 由此可见,"殷之太师、少师乃持其祭乐器奔周"实为商纣王衰败的表征,而"断弃其先祖之乐,乃为淫声,用变乱正声",则又是"殷之太师、少师乃持其祭乐器奔周"的直接原因。

综合上述信息可以得知,至迟到殷商后期,乐人队伍出现了分化,大体来说分化为两类:一类是以太师疵、少师彊为代表的维护"先祖之乐"的正统乐人,这类乐人主要是参与王室各种祭祀活动和礼仪活动,演奏的都是"正声";一类是以师涓为代表的新潮乐人(主要为倡优),他们"作新淫声",表演的是"北里之舞,靡靡之乐",以满足纣王等权贵们的享乐要求。"正声"一般称之为雅乐,"淫声"则实际上是新声俗乐。

那么,什么是"正声"和"淫声"呢?《礼记·乐记》所载子夏回答魏文侯的"古乐"和"新乐"大体当之。子夏说:

---

[1] 司马迁撰,裴骃集解,司马贞索隐,张守节正义:《史记》卷3《殷本纪》,第139页。
[2] 司马迁撰,裴骃集解,司马贞索隐,张守节正义:《史记》卷4《周本纪》,第157页。

> 今夫古乐，进旅退旅，和正以广，弦匏笙簧，会守拊鼓，始奏以文，复乱以武，治乱以相，讯疾以雅，君子于是语，于是道古，修身及家，平均天下。此古乐之发也。[1]
>
> 今夫新乐，进俯退俯，奸声以滥，溺而不止，及优侏儒，獶杂子女，不知父子，乐终不可以语，不可以道古。此新乐之发也。[2]

子夏所说是春秋以来儒家对"古乐"和"新乐"的理解，可以作为讨论商周之际"正声"和"淫声"的参考。商周之际的所谓"正声"，主要是在商族庙堂表演的音乐歌舞，如歌颂商族历史的舞蹈《桑林》、反映汤代夏立商的武舞《濩》，以及类似《诗经·商颂》里面的那些诗歌，这些都有固定的音乐、节奏、歌词、舞容，乐曲沉稳，舞姿威严，动作齐整，不能随意改动。所谓"淫声"，就是"北里之舞，靡靡之乐"，主要用于生活娱乐和消遣。关于"北里之舞"，大体可以判断是热情奔放的少数民族民间舞蹈，节奏欢快，舞姿夸张，男女混杂，演出的目的是让出身于游牧民族有苏氏的妲己（纣王宠妃）高兴，具体舞曲与舞容已难得其详。关于"靡靡之乐"，据《韩非子·十过》记载，卫灵公为晋平公祝寿，晋平公觞之于施夷之台——

> 酒酣，灵公起曰："有新声，愿请以示。"平公曰："善。"乃召师涓，令坐师旷之旁，援琴鼓之。未终，师旷抚止之，曰："此亡国之声，不可遂也。"平公曰："此道奚出？"师旷曰："此师延之所作，与纣为靡靡之乐也，及武王伐纣，师延东走，至于濮水而自投，故闻此声者必于濮水之上。先闻此声者其国必削，不可遂。"平公曰："寡人所好者音也，子其使

---

[1] 郑玄注，孔颖达疏：《礼记注疏》卷38《乐记》，《十三经注疏》本，第1538页。
[2] 郑玄注，孔颖达疏：《礼记注疏》卷39《乐记》，《十三经注疏》本，第1540页。

涓之。"师涓鼓究之。平公问师旷曰："此所谓何声也？"师旷曰："此所谓《清商》也。"公曰："《清商》固最悲乎？"师旷曰："不如《清徵》。"[1]

在平公的强烈要求下，师旷不仅为其演奏了《清徵》，还演奏了最悲而"恐将有败"的《清角》，使得"晋国大旱，赤地三年；平公之身遂癃病"。如师旷所言不虚，那么师涓所鼓《清商》就是商纣王时期的"靡靡之乐"，包括师旷所奏《清徵》、《清角》也应该是这种"靡靡之乐"。所谓"靡靡之乐"，其实是那些将一种悲伤的感情演奏到极至的音乐，它们来源于民间生活，却满足了统治者对听觉效果的极端追求。而所谓"淫声"，当然也包括所有一切将某类情感表演到极至的音乐。应该承认，新声俗乐的发展是社会发展的必然结果，人们在物质条件相对得到满足的条件下，其精神文化生活的要求一定会提上日程，不会只满足于宗庙祭祀活动中的那些过于刻板的"正声"，需要新声俗乐来娱乐和消遣。当然，新声俗乐的繁荣则需要有一个掌权者强力推动以为契机，商纣王无意中促成了这一发展和变化。然而，他的过度淫乐则成了他败亡的原因之一。

关于商纣王"作新淫声"的规模，《管子·七臣七主》云其"鼓乐无厌，瑶台玉铺不足处，驰车千驷不足乘，材女乐三千人，钟石丝竹之音不绝"[2]。这一说法是否可信呢？答案是肯定的。我们不妨以秦汉有关材料作为参考。刘向《说苑》提到秦始皇"筑台干云，宫殿五里，建千石之钟，立万石之虡。妇女连百，倡优累千"[3]；"又兴骊山之役，锢三泉之底。关中离宫三百所，关外四百所，皆有钟磬帷帐，妇女倡优"，"宫室台阁，连属增累；珠玉重宝，积袭成山；锦绣

---

[1] 王先慎：《韩非子集解》卷3《十过》，《新编诸子集成》本，第63—64页。这里记载卫灵公的乐师名师涓，师旷说与纣王为靡靡之乐的乐官名师延。然而，《史记·殷本纪》载纣王乐师名师涓。因此，有人说《史记》有误。其实，涓、延一声之转，本可通用。师涓是新声的代表乐师，他的后人也可袭用其名，这在先秦并不鲜见。

[2] 戴望：《管子校正》卷17《七臣七主》，《诸子集成》本，第287页。

[3] 刘向撰，向宗鲁校证：《说苑校证》卷14《至公》，第347—348页。

文彩，满府有余；妇女倡优，数巨万人；钟鼓之乐，流漫无穷"[1]，所述或有夸张。然据《关中记》载，汉惠帝死后葬安陵，"徙关东倡优乐人五千户以为陵邑。善为啁戏，故俗称女啁陵也"[2]。这是发生在西汉初年的事。因惠帝早卒，吕后作了迁徙关东五千户倡优住守安陵的安排，当然是想让惠帝死后能够像活着时那样尽享乐舞之欢。由此可见，汉初朝廷倡优数量庞大，这五千户倡优乐人肯定不是当时全国倡优乐人的全部，仅是朝廷乐人的部分后备力量。因倡优子女世为倡优，故能够保证社会对乐人的需求。《周礼·地官司徒》舞师"舞徒四十人"，郑玄注称："舞徒，给徭役能舞者以为之。"贾公彦疏："余官直言徒，此官徒言舞者，徒是给徭役之人，今兼云舞，即徒中使能舞者以充徒数也。"[3]依此，世守其业的倡优乐人是要服徭役的，这种徭役也自然与乐舞有关。这样看来，说秦始皇离宫中"妇女倡优，数巨万人"，可能并非诳语。另据桓谭云："汉之三主，内置黄门工倡……昔余在孝成帝时为乐府令，凡所典领倡优伎乐，盖有千人之多也。"[4]这里说的是西汉末年的情况，桓谭所指作为乐府令所掌的黄门工倡其实只是当时朝廷内廷乐人的一部分，主要演习地方俗乐，并不包括太常卿所属太乐令所掌的乐人，太乐令所掌实为朝廷最主要的音乐机构，且乐人更多。两者加起来，人数必定不少。如以秦汉两代为参照，说商纣王时女乐三千人，应该是可信的，而且这些乐人主要负责"作新淫声"的俗乐，应不包括祭祀乐舞的所谓"正声"。

"古优"在殷商后期的发展主要依赖于新声俗乐的兴起，同时也造成了雅俗音乐的对立，乐人的称谓也开始分化。周公称王六年"制礼作乐"，正式确立礼乐制度。在借鉴殷商"正声"的同时，对殷商俗乐进行打压，所谓"凡建

---

1 刘向撰，向宗鲁校证：《说苑校证》卷20《反质》，第517页。
2 宋敏求：《长安志》（附长安志图）卷13，《丛书集成初编》本，中华书局，1991，第181页。骆天骧《类编长安志》卷8引《关中志》文略同，最后一句为"故俗称安陵啁也"。
3 郑氏注，贾公彦疏：《周礼注疏》卷9《地官司徒》，《十三经注疏》本，第697页。
4 朱谦之校辑：《新辑本桓谭新论》卷18《琴道篇》，《新编诸子集成续编》本，中华书局，2009，第70页。

国，禁其淫声、过声、凶声、慢声"[1]；规定"作淫声、异服、奇技、奇器，以疑众，杀"[2]。周公所定乐舞，除商代继承前代的《韶》和早期创制的《濩》等少量"正声"得以保留外，其他商声商调均在限制之列，《周礼·春官》所记大司乐三大祭祀用乐，均只有宫、角、徵、羽四声四调，无商声商调。据《荀子·儒效》云：

  （周公）反而定三革，偃五兵，合天下，立声乐，于是《武》《象》起而《韶》、《护》废矣。[3]

《武》、《象》是周公所制之乐，《韶》、《护》（即《濩》）则是殷商留下的"正声"。周初乐制的改革，受打击的主要不是殷商"正声"，而是所谓俗乐新声。与此相联系，是掌握这些俗乐新声的乐人的地位进一步降低，而这些乐人主要就是倡优。

  当然，倡优所擅长的俗乐新声是现实生活中涌现出来的，且为不少统治者所喜欢，前面提到的周成王、周穆王、周幽王、晋献公、晋平公、卫灵公、齐襄公、楚庄王、吴王夫差等就是例证。这样的例子还有不少。正因为它是一种社会需要，因此，周公制定礼乐制度时，也没有将倡优扫地出门，仍然保存有他们的一席之地。在《周礼·春官》所记乐官系统里，还能够找到他们的踪迹。如"鞮师掌教鞮乐，祭祀，则帅其属而舞之"，郑玄注："舞之以东夷之舞。"[4]其实，殷人乐舞尤其是俗乐主要就是东夷之舞。又如，"旄人掌教舞散乐，舞夷乐"，郑玄注："散乐，野人为乐之善者，若今黄门倡矣，自有舞。夷乐，四夷之乐，亦皆有声歌及舞。"贾公彦疏云：

---

[1] 郑氏注，贾公彦疏：《周礼注疏》卷22《春官宗伯下·大司乐》，《十三经注疏》本，第791页。
[2] 郑玄注，孔颖达疏：《礼记正义》卷13《王制》，《十三经注疏》本，第1344页。
[3] 王先谦：《荀子集解》卷4《儒效篇》，《新编诸子集成》本，第136页。
[4] 郑氏注，贾公彦疏：《周礼注疏》卷24《春官宗伯·鞮师》，《十三经注疏》本，第801页。

云"散",乐人为乐之善者,以其不在官之员内,谓之为散,故以为"野人为乐善者"也。云"若今黄门倡矣"者,汉倡优之人,亦非官乐之内,故举以为说也。云"夷乐,四夷之乐"者,即《孝经纬》云:东夷之乐曰韎,南夷之乐曰任,西夷之乐曰株离,北夷之乐曰禁。知"亦皆有声歌及舞"者,此经有舞,下鞮鞻氏云掌四夷之乐,为其声歌是也。[1]

由此可知,旄人所掌散乐便是倡优们集中的地方。再如,"鞮鞻氏掌四夷之乐,与其声歌",其中也应该有倡优。鞮鞻氏与旄人为官联,"旄人教夷乐而不掌,鞮鞻氏掌四夷之乐而不教,二职互相统耳"[2]。

总之,西周的礼乐制度虽然压缩了"优"的人员规模,进一步降低了他们的社会地位,但仍然给他们留下了一定的活动空间。周王室"优"人减少,也为各国诸侯蓄养倡优提供了条件,晋献公的优施和楚庄王的优孟,只不过是诸侯蓄优的典型而已。而正是优施和优孟们,开启了"俳优小说"和"优孟衣冠"的先河。

第三节 结论与余论

综上所述,"古优"源自舜帝时的古乐正"夔","优"因此与古代乐人有了千丝万缕的联系;在巫觋作为社会文化主体的殷商时代,包含"优"在内的乐人的社会地位有所降低;随着殷商后期乐人内部的分化,"优"与新声俗乐紧密联系在了一起。在周公制定礼乐制度之后,"优"与新声俗乐受到正统文化的打压,其社会地位显著下降,在社会文化结构中仅存一席之地。然而,由于统治

---

[1] 郑氏注,贾公彦疏:《周礼注疏》卷24《春官宗伯·旄人》,《十三经注疏》本,第801页。
[2] 郑氏注,贾公彦疏:《周礼注疏》卷24《春官宗伯·旄人》,《十三经注疏》本,第801页。

者享乐的需要，"优"仍然有其活动范围和成长空间，这便为他们进行说唱、俳谐、杂戏、乐舞等表演提供了必要的条件，中国古代小说和戏剧都可以在这里找到其滥觞。冯沅君的"古优"研究，给予后人很大启发，其不足之处主要是没有充分重视"古优"的身份地位随着历史发展在不断变化，有将远古"古优"至秦汉优伶"一锅煮"的嫌疑。有鉴于此，我们采用历史还原的方法，在社会文化发展和人物关系演变的动态考察中去探讨"古优"的来历及其分化，并尽量搜寻可能的证据，哪怕是一些历史碎片，以便能够更具体更深入地了解"古优"，避免"一锅煮"所带来的含混与模糊。

在结束对"古优"的探讨之前，笔者还想指出几点：

其一，"古优"所擅长的乐舞是一个很宽泛的概念。以旄人所掌的散乐而言，并非只是鄙野之人的歌舞，还包括民间娱乐活动，如说唱、俳谐、杂戏、乐舞表演等。因此，与这些项目相关联的艺人也可统称为"优"，而其专名则有俳优、倡优、伶优、侏儒、戚施、蘧篨等，他们各有专长，能够给人以娱乐。冯沅君对此已有专门讨论，此不赘述。任二北云："'优'在先秦，与'伶'分，与'倡'不分。自汉以下，'优''伶''倡'同为伎艺人，以俳谐、歌舞、戏剧为主伎，间及音乐、百戏。"[1]可以作为我们思考此问题参考。

其二，瞽矇虽属乐人，但不是"优"。他们以目盲耳聪而受到尊重，其审音、知声的传统远过"古优"。相传舜的父亲曰瞽瞍，能听协风，就是绝好的证明。《周礼·春官·大师》郑玄注："凡乐之歌，必使瞽矇为焉，命其贤知者以为大师、小师。"[2]看来，瞽矇不仅是乐人，其贤知者还是乐官，但人们并不称他们为"优"，这说明"古优"并不能包括所有的乐人，乐人也不全是"优"。

其三，前文已经说过，巫与舞有十分密切的历史渊源，无论商还是周，其祭祀乐舞都离不开巫，同样，巫也不是"优"，且巫的产生早于"优"，后来与

---

[1] 任二北：《优语集·凡例》，上海文艺出版社，1981，第21页。
[2] 郑氏注，贾公彦疏：《周礼注疏》卷17《春官宗伯》，《十三经注疏》本，第754页。

"优"同时活动,这说明并非所有的舞者都可以称为"优"。"古优"实际上是指以说唱、俳谑、杂戏为主的乐人群体。

冯沅君在《古优解补正》中说:"我们相信古优与师、瞽、医、史实是一家眷属。他们随着社会制度的转变,分别承继着古优的种种技能,而成为各种专家。"并以为他们都是奴隶或接近于奴隶。这些结论,显然与我们上述文献资料和研究结论不合。其实,"巫(医)"、"瞽(师)"、"优"的关系相当复杂,前面我们虽有所说明,但绝非三言两语所能说清;而"史"则是进入文明社会后才出现的,其诞生的时间相对最晚。由于这一问题超出了我们讨论的范围,只能就此打住。

第五章
小说家《宋玉子》试探

前面我们讨论了"古优"的来历及其分化,"俳优"与"古优"之分化有关,而"俳优小说"则出自"俳优"之手。在先秦,楚王的"言语侍从之臣"而"见遇俳优"的宋玉,无疑是留下类似"俳优小说"作品的代表性作家。宋玉为人所知的,是作为与屈原齐名的辞赋家,文学史上常常"屈宋"并称,刘勰《文心雕龙·辨骚》有"屈宋逸步,莫之能追"的赞美,杜甫《戏为六绝句》有"窃攀屈宋宜方驾,恐与齐梁作后尘"的慨叹。尽管自赵宋以来,宋玉的作品不断受到质疑,对宋玉的评价也日渐低落,但其文学影响依然存在。改革开放以来,由于一大批出土文献的面世,宋玉的文学成就得到学界一致肯定,其作为与屈原齐名的辞赋家的文学地位也逐渐恢复。然而,《隋书·经籍志》子部小说家《燕丹子》附注提到梁有"《宋玉子》一卷、录一卷,楚大夫宋玉撰",将宋玉列为小说家,至今仍然没有引起大家注意。此《宋玉子》不应该如程毅中先生所说是在集部著录的《宋玉集》,而是一部在唐初已经亡佚的小说集。宋玉既是著名辞赋家,也是先秦有代表性的小说家,他的赋家和"言语侍从之臣"的身份,与利用俳谐言语娱乐君王的"俳优"颇为接近。"俳优小说"是中国古代小说的重要一支,而谐隐、俗赋是"俳优小说"的主要表现形式。《隋志》编者对宋玉的重视以及对小说的理解,使其对已经亡佚的小说集《宋玉子》给予了特别关注,其所确定的宋玉的小说家地位值得我们重视。本章拟就此问题进行探讨，希望恢复宋玉的小说家地位，并认识到他的小说对中国小说观念发展的重要影响。

第一节　作为小说集的《宋玉子》

众所周知，自《汉书·艺文志·诸子略》著录小说家以来，正史《艺文志》或《经籍志》都沿袭不改，直到《清史稿·艺文志》，仍然在子部著录小说家的小说。虽然两千年来，小说的形态发生了很大变化，但正史《艺文志》或《经籍志》所反映的传统小说观念其实变化很小，这固然说明了中国古代社会大传统的稳定性，同时也提醒我们要从中国历史和文化的实际出发去理解和认识中国古代小说和小说观念。

据唐魏徵（580—643）等所编《隋书·经籍志》子部小说家《燕丹子》附注："梁有《青史子》一卷；又《宋玉子》一卷、录一卷，楚大夫宋玉撰；《群英论》一卷，郭颁撰；《语林》十卷，东晋处士裴启撰。亡。"[1]注里提到的4部唐初已亡佚的古小说，其实都有迹可寻。《汉书·艺文志·诸子略》小说家著录有《青史子》五十七篇，撰者不详，班固（32—92）自注："古史官记事也。"[2]可见是一部记事性作品，与史书近似。梁刘勰（465？—520）《文心雕龙·诸子篇》也提到过它，说"《青史》曲缀以街谈"[3]，证明其叙事多民间色彩，梁时其书尚存。《群英论》作者郭颁（生卒年不详），为西晋襄阳令，撰有《魏晋世语》十卷，东晋干宝（280—336）、孙盛（生卒年不详）多采以著书，刘宋裴松之（372—451）注《三国志》亦多引之。其《群英论》一卷，梁阮孝绪（479—536）《七录》著录，此书当时或许尚存，唐初即已亡佚。至于东晋裴启（生卒年不

---

[1] 魏徵等：《隋书》卷35《经籍志三》，《二十五史》本，上海古籍出版社、上海书店，1986年影印，第3372页。
[2] 班固撰，颜师古注：《汉书》卷30《艺文志》，中华书局，1962，第1744页。
[3] 刘勰著，范文澜注：《文心雕龙注》卷4《诸子第十七》，人民文学出版社，1958，第308页。

详）所撰《语林》十卷，亦当为阮孝绪《七录》著录。程毅中先生认为："《隋书·经籍志》小说家注文中所说的'梁有'而今无的书，大概就见于《七录》，计有《青史子》《宋玉子》《群英论》《语林》及《俗说》等五种。"[1]不过，梁时是否真有《语林》十卷，大可存疑。南朝刘义庆（403—444）《世说新语·轻诋》载云：

> 庾道季诧谢公曰："裴郎云：'谢安谓裴郎乃可不恶，何得为复饮酒！'裴郎又云：'谢安目支道林如九方皋之相马，略其玄黄，取其俊逸。'"谢公云："都无此二语，裴自为此辞耳。"庾意甚不以为好，因陈东亭《经酒垆下赋》。读毕，都不下赏裁，直云："君乃复作裴氏学！"于此《语林》遂废。今时有者，皆是先写，无复谢语。[2]

檀道鸾（生卒年不详）《续晋阳秋》也载："晋隆和中，河东裴启撰汉、魏以来迄于今时言语应对之可称者，谓之《语林》。时人多好其事，文遂流行。后说太傅事不实，而有人于谢座叙其黄公酒垆，司徒王珣为之赋，谢公加以与王不平，乃云：'君遂复作裴郎学！'自是众咸鄙其事矣。"[3]刘义庆、檀道鸾都是刘宋时人，早于阮孝绪，他们都谈到因谢安（320—385）诋裴启《语林》所记不实而使其书不传的事，应该可信。既然刘宋时《语林》已不传，梁时恐怕也不会有《语林》十卷存世，阮孝绪《七录》即使著录，也当是据前人目录转引，而不一定是据存书实录。《隋志》注"梁有"可能是指梁阮孝绪《七录》等著录有其目，而不一定是说梁时这些书籍都完整地保存着。

有以上三书作为参照，结合传世文献和出土文献，我们可以对《宋玉子》作些推考。

---

[1] 程毅中：《程毅中文存·古代小说与古籍目录学》，中华书局，2006，第2页。
[2] 徐震堮：《世说新语校笺》卷下《轻诋》，中华书局，1984，第451—452页。
[3] 檀道鸾：《续晋阳秋》，徐震堮《世说新语校笺·轻诋》注引，中华书局，2006，第452页。

《隋志》注云《宋玉子》为宋玉撰。宋玉作品《汉志》有录,《汉志·诗赋略》著录"宋玉赋十六篇",班固自注:"楚人,与唐勒并时,在屈原后也。"[1] 并将其归入"屈赋之属"。至于这16篇赋的篇名,《汉志》无载。西汉刘向(前77?—前6)所编《楚辞》、东汉王逸(生卒年不详)为之《章句》,收录有宋玉的《九辩》和《招魂》。梁昭明太子萧统(501—531)所编《文选》,收录宋玉作品7篇,除《九辩》、《招魂》外,另有《风赋》、《高唐赋》、《神女赋》、《登徒子好色赋》、《对楚王问》5篇。梁刘勰撰《文心雕龙》,提到的宋玉作品包括《九辩》、《招魂》、《风赋》、《钓赋》、《登徒子好色赋》、《神女赋》、《高唐赋》、《对楚王问》等9篇。唐欧阳询(557—641)编《艺文类聚》摘录的宋玉作品有《招魂》、《风赋》、《登徒子好色赋》、《大言赋》、《小言赋》、《讽赋》、《钓赋》、《笛赋》、《高唐赋》、《神女赋》等10篇。佚名所编《古文苑》,收录有《笛赋》、《大言赋》、《小言赋》、《讽赋》、《钓赋》、《舞赋》6篇。以上都是唐及唐前所流传的宋玉作品,综合来看,其中赋作10篇,楚骚2篇,对问1篇,共13篇。显然,《汉志》诗赋略著录的"宋玉赋十六篇"没有能够完整保存下来,且不说这10篇赋(如将收入《楚辞》的《九辩》、《招魂》也算作赋,总计也只有12篇)中尚有个别作品存在争议[2]。《隋志》集部著录有"楚大夫《宋玉集》三卷"[3],此集为何人何时所编,已不可考。刘向、刘歆(前50—23)父子等在整理西汉秘阁所存图籍时,注重"辨章学术,考镜源流",并没有以作者为单位

---

[1] 班固撰,颜师古注:《汉书》卷30《艺文志》,第1747页。
[2] 署名宋玉的著作,自南宋章樵怀疑《古文苑》所录《舞赋》、《笛赋》非宋玉所作以降,其作品尤其是赋作的著作权不断遭到怀疑。不过,清以前,《文选》所收署名宋玉的赋作尚无人怀疑,清人崔述率先提出怀疑,近人陆侃如等更提出"赋体发展三阶段"说,以为先秦不应该有散体赋,故《文选》所收署名宋玉的赋作均非宋玉所作,《古文苑》所收则更不可信。1950年代胡念贻等力辨陆说之非,部分恢复了宋玉的著作权。1972年4月山东临沂银雀山西汉初年1号墓出土的竹书中有题为《唐勒》的赋作残篇,李学勤、朱碧莲等考订此赋为宋玉所作,按内容应题为《御赋》。此赋正是散体赋,而《淮南子·览冥训》已有引用,这就从根本上推翻了陆侃如等人的论断。至于《招魂》一篇,近人据《史记·屈原列传》以为作者是屈原,潘啸龙通过详细考证,认为《招魂》有《大招》、《小招》之别,《文选》所收《招魂》是《小招》,为宋玉所作,《楚辞章句》中的《大招》才是屈原所作。此外,《舞赋》、《笛赋》等尚有一些争议。不过,署名宋玉作品的著作权已大部归于宋玉,宋玉的辞赋家地位得到巩固。参见吴广平编注《宋玉集》,岳麓书社,2001。
[3] 魏徵等:《隋书》卷35《经籍志四》,《二十五史》本,第3376页。

将其作品集中编定为文集,如荀况,在《诸子略》儒家著录有"孙卿子三十三篇",在《诗赋略》著录有"孙卿赋十篇";又如商鞅,在《诸子略》法家著录有"商君二十九篇",在《兵书略》著录有"公孙鞅二十七篇"[1]。正如《隋志》集部小序所云:"别集之名,盖汉东京之所创也。自灵均已降,属文之士众矣,然其志尚不同,风流殊别。后之君子,欲观其体势而见其心灵,故别集焉,名之为集,辞人景慕,并自记载,以成书部。年代迁徙,亦颇遗散,其高唱绝俗者,略皆俱存。"[2]

应该看到,东汉蔡伦(61—121)改良造纸工艺使得纸张成本大降并便于书写之后,文学艺术的发展才突飞猛进,魏晋以后,个人文集的编辑遂成为风气。因此,《隋志》集部著录的《宋玉集》极有可能是这一时期的产物。这一文集唐初仍在流行,最直接的证据是李善(630—689)注《文选》便多次引用《宋玉集》,如他在《文选》卷31江淹《杂体诗·潘黄门》注引《宋玉集·高唐赋》、卷34枚乘《七发》注引《宋玉集·钓赋》、卷18嵇康《琴赋》和卷55陆机《演连珠》注引《宋玉集·对问》等。李善之前,虞世南(558—638)《北堂书钞》卷30"赐云梦田"条注引《宋玉集·小言赋》、卷33"姜桂因地"条注引《宋玉集·序》等,这些都说明《宋玉集》在隋唐之际是流行的。至于这三卷《宋玉集》包括哪些篇目,可以确定的是上面提到的《高唐赋》、《钓赋》、《小言赋》、《对楚王问》4篇,其余篇目则无法落实。然而,根据隋唐类书注引和《隋志》集部著录体例推测,是可以知其大概的。日本学者稻畑耕一郎在《〈宋玉集〉佚存钩沉》文中推测:

> 具体地说,首先想到的是《楚辞》、《文选》收入的作品,即《九辩》、《招魂》(以下把它简称为"甲类"),《风赋》、《高唐赋》、《神女赋》、《登徒

---

[1] 班固撰,颜师古注:《汉书》卷30《艺文志》,第1725—1757页。
[2] 魏徵等:《隋书》卷35《经籍志四》,《二十五史》本,第3378页。

子好色赋》、《对楚王问》(称为"乙类")。此外,从上面提到的《小言赋》、《钓赋》类推,和它们同样屡见于类书和古籍注释中的《大言赋》、《笛赋》、《讽赋》(称为"丙类"),被收进《宋玉集》的可能性也比较大。还有,上列二条提到的《宋玉集·序》,根据《韩诗外传》和《新序》等书所引的乃是为我们今天所知的跟宋玉生平有关的逸事这一点推测,知其编入"序"这一部分的内容乃是传记性的事项(称为"丁类")。[1]

这一推测在现有文献资料的基础上作出,因而是可信的。即是说,唐初仍流行的《宋玉集》应该包括《楚辞》、《文选》、《古文苑》所收宋玉作品。《古文苑》编者不详,据说是北宋孙洙(1031—1079)于佛寺经龛中得唐人旧本,收东周至南齐之诗、赋、杂文260余篇,均为史传及《文选》所不载者。从内容上看,此书的编辑应该在齐、梁之际。由于《宋玉集》采纳了《古文苑》资料,它的编辑就应该在梁至隋这段时间内。如果隋唐学者看到的《宋玉集》超出《楚辞》、《文选》和《古文苑》范围,他们不会不予以提及;如果《宋玉集》中没有《楚辞》、《文选》和《古文苑》所收各篇,他们自然也不能接受,魏徵也不会将其作为宋玉著作著录于《隋志》集部别集中。

《隋志》集部著录的三卷本《宋玉集》的来历和基本内容已如上述,它和《隋志》子部小说家著录的《宋玉子》是什么关系呢?程毅中先生在《先秦两汉的杂赋与小说〈宋玉子〉》文中认为:"这本《宋玉集》可能就是《宋玉子》的异名。"[2] 笔者认为可能性不大。主要理由是:《隋志》子部小说家《燕丹子》注文提到"《宋玉子》一卷、录一卷",集部著录有"《宋玉集》三卷",二者类别不同,卷数不一,一存一亡,不可能是同一部书。正如《隋志》子部儒家著录"《孙卿子》十二卷",集部著录有"楚兰陵令《荀况集》一卷(原注:残缺,梁

---

[1] 稻畑耕一郎:《〈宋玉集〉佚存钩沉》,原载《楚辞研究》,齐鲁书社,1987。转引自吴广平编注《宋玉集》附录,岳麓书社,2001,第329页。
[2] 程毅中:《程毅中文存续编》,中华书局,2010,第89页。

二卷）"¹，这种同一作者而不同类别不同卷次不同书名的著作不应该是同一部书，这是《隋志》著录的体例。如果《宋玉子》就是《宋玉集》，《隋志》撰者魏徵大概会在集部著录的三卷本《宋玉集》下注明，而不会在子部小说家《燕丹子》注文里提及。例如，《隋志》子部儒家著录"《孟子》七卷"，注云："刘熙注。梁有《孟子》九卷，綦毋邃撰，亡。""《扬子法言》十五卷、解一卷"，注云："扬雄撰，李轨注。梁有《扬子法言》六卷，侯芭注，亡。"又录"《扬子法言》十三卷"，注云："宋衷撰。"² 子部小说家著录"《小说》十卷"，注云："梁武帝敕安右长史殷芸撰。梁目三十卷。"³ 这些都是魏徵注意到同一部书不同版本或同名书不同作者的著录情况。如果《宋玉子》真是《宋玉集》的异名，只是卷数不一，那么，魏徵一定会在集部的《宋玉集》下注明，而不会特意在子部小说家《燕丹子》注文里提及，从而自乱体例。况且《宋玉集》当时存世，《隋志》已按集部别集之例著录，其不在子部小说之列已经显明，魏徵断不可能将与《宋玉集》同实异名的《宋玉子》在小说《燕丹子》条下注题。因此，《宋玉子》不是《宋玉集》应该是不成问题的。

那么，《宋玉子》到底是一部什么性质的书，它又究竟包括哪些内容呢？因为原书久佚，故所有的讨论都只是推测，谁也不敢以为必是。笔者以为，既然《宋玉子》被《隋志》著录入小说家，自当是一部小说集，我们应该相信魏徵等人的判断，这样著录与《隋志》对宋玉的认识和对小说家的理解有关，我们可以在讨论作为小说家的宋玉是否可能之后，再来回答这一问题。

第二节　作为小说家的宋玉

《隋志》对小说家的理解源于《汉志》而略有调整。

1　魏徵等：《隋书》卷35《经籍志四》，《二十五史》本，第3371—3376页。
2　魏徵等：《隋书》卷34《经籍志三》，《二十五史》本，第3371页。
3　魏徵等：《隋书》卷34《经籍志三》，《二十五史》本，第3373页。

第五章　小说家《宋玉子》试探

《汉志·诸子略》小说家序云:"小说家者流,盖出于稗官。街谈巷语,道听途说者之所造也。孔子曰:'虽小道,必有可观者焉,致远恐泥,是以君子弗为也。'然亦弗灭也。闾里小知者之所及,亦使缀而不忘。如或一言可采,此亦刍荛狂夫之议也。"[1]明确提出小说家出于稗官。唐颜师古(581—645)注《汉书》"稗官"引魏如淳(生卒年不详)云:"稗音锻家排。《九章》'细米为稗'。街谈巷说,其细碎之言也。王者欲知闾巷风俗,故立稗官,使称说之。今世亦谓偶语为稗。"[2]如淳释"稗"音"排",是汉魏读音,实兼释义。"稗"即"偶语",亦即"排语"、"俳语"、"诽(音排)语",也称"偶俗语",其表现为民间与朝政相关的谤言、谣谚、赋诵等。"稗官"可释为"小官",但并非指某一实际官职,而是指卿士之属官,或指县乡一级官员之属官。先秦两汉"以偶语为稗",提供"偶语"服务的小官自可称为"排官",亦即"稗官"。而"街谈巷语,道听途说",今人多理解为民间的琐屑言论,这一理解其实并不准确。《史记·周本纪》载邵公云"百工谏,庶人传语",《集解》引韦昭(204—273)曰:"庶人卑贱,见时得失,不得达,传以语王。"《正义》:"庶人微贱,见时得失,不得上言,乃在街巷相传语。"[3]可见"街谈巷语"是指与朝政得失相关的庶人言论,非指一般的闲言碎语。《国语·晋语六》有"考百事于朝,问谤誉于路"[4],《战国策·齐策一》有"能谤议于市朝,闻寡人之耳者,受下赏"[5],《诗经·大雅·板》有"先民有言,询于刍荛"[6]等,都证明"街谈巷语,道听途说"是指民间对于朝政的谤誉之言。《吕氏春秋·自知》载:"尧有欲谏之鼓,舜有诽谤之木,汤有司过之士,武王有戒慎之鞀,犹恐不能自知。"[7]《史记·孝文本纪》

---

[1] 班固撰,颜师古注:《汉书》卷30《艺文志》,第1745页。
[2] 班固撰,颜师古注:《汉书》卷30《艺文志》,第1745页。
[3] 司马迁撰,裴骃集解,司马贞索隐,张守节正义:《史记》卷4《周本纪》,中华书局,2014,第181页。
[4] 徐元诰:《国语集解·晋语六》,中华书局,2002,第388页。
[5] 刘向集录,范祥雍笺证,范邦瑾协校:《战国策笺证》卷8《齐一》,上海古籍出版社,2006,第522页。
[6] 朱熹集注:《诗集传》卷17《板》,上海古籍出版社,1980,第201页。
[7] 许维遹撰,梁运华整理:《吕氏春秋集释》卷第24《自知》,《新编诸子集成》本,中华书局,2009,第647页。

云:"古之治天下,朝有进善之旌,诽谤之木,所以通治道而来谏者。"[1]谏鼓和谤木的树立,就是鼓励庶人通过一定渠道来反映他们对朝政得失的意见。王者所立稗官,不是为了让他们转述一些民间的琐屑言论,而是要他们收集民间对社会政教的反映,作为朝廷执政者了解民意民情的参考。如淳所释"王者欲知闾巷风俗,故立稗官,使称说之",明确指出了这一点。因此,小说家的所谓琐碎言论,同其他诸子言论一样,也是关于政教的言论,这是毋庸置疑的。

《隋志》编者魏徵显然理解《汉志》对于小说家的定义,其小序云:"小说者,街谈巷语之说也。《传》载舆人之诵,《诗》美询于刍荛。古者圣人在上,史为书,瞽为诗,工诵箴谏,大夫规诲,士传言而庶人谤。孟春,徇木铎以求歌谣,巡省观人诗以知风俗,过则正之,失则改之。道听途说,靡不毕纪。《周官》诵训'掌道方志以诏观事,道方慝以诏避忌,以知地俗'。而职(训)方氏'掌道四方之政事,与其上下之志,诵四方之传道而观衣物',是也。"[2]《隋志》把小说与"史为书,瞽为诗,工诵箴谏,大夫规诲,士传言而庶人谤"联系在一起,在制度上和采诗献诗等量齐观,既有历史眼光,也与《汉志》所序若合符节,很好地解释了"街谈巷语,道听途说"的确切含义。而以小说内容即《周官》诵训、训方氏所掌的四方风俗、政事等,也不为无见。虽然魏徵在序中没有再强调小说家出于稗官,但其对小说作品内涵的揭示证明他并未抛弃这一观念,只是他对小说内涵的理解比《汉志》更宽泛一些,因而对小说家的界定更为灵活一些而已。况且,西汉及以前,畴官为学,学有师承,故《汉志》"辨章学术,考镜源流",有深刻的学术传承背景做依据。清章学诚(1738—1801)指出:

---

[1] 司马迁撰,裴骃集解,司马贞索隐,张守节正义:《史记》卷10《孝文本纪》,第537页。
[2] 魏徵等:《隋书》卷34《经籍志三》,《二十五史》本,第3373页。原文"职方氏"后列其所掌实为"训方氏"职掌,明显有误,故在"职"后用圆括号改为"训"字。不过,《周礼·夏官司马·职方氏》"掌天下之图,以掌天下之地,辨其邦国、都鄙、四夷、八蛮、七闽、九貉、五戎、六狄之人民,与其财用、九谷、六畜之数要,周知其利害",与小说家也有关联。因此,颇疑《隋志》原文有脱漏,"职方氏"也应该包括在小说家定义之中,保留二者也许更为合理。

第五章　小说家《宋玉子》试探　109

其（指《汉志》——引者）叙六艺而后，次及诸子百家，必云某家者流，盖出古者某官之掌，其流而为某氏之学，失而为某氏之弊。其云某官之掌，即法具于官，官守其书之义也。其云流而为某家之学，即官司失职，而师弟传业之义也。其云失而为某氏之弊，即孟子所谓"生心发政，作政害事"，辨而别之，盖欲庶几于知言之学者也。由刘氏之旨，以博求古今之载籍，则著录部次，辨章流别，将以折衷六艺，宣明大道，不徒为甲乙纪数之需，亦已明矣。[1]

而东汉以后，学派散乱，师承不明，至"梁武帝敦悦诗书，下化其上，四境之内，家有文史"[2]，在这样的背景下，《隋志》已经不可能采用《汉志》的编辑方法，只能将书籍按类集中编排，采用四部分类，"徒为甲乙纪数之需"，成为纯粹的图书目录。即使这样，《隋志》仍然贯彻了以政教为中心、以学术评价为依据的著录原则，所谓"夫仁义礼智，所以治国也，方技数术，所以治身也；诸子为经籍之鼓吹，文章乃政化之黼黻，皆为治之具也。故列之于此志"[3]。正因为如此，《隋志》并不刻意强调小说家出于稗官，而更偏重于选择著录小说作品。

理解了《隋志》的著录原则和小说观念，就能够理解《隋志》何以要在小说《燕丹子》条下注记《宋玉子》。在笔者看来，《隋志》在子部小说家著录宋玉小说《宋玉子》的主要理据至少包括以下三点：

其一，宋玉是著名辞赋家，其辞赋作品已在《隋志》集部楚辞类和别集类著录，其小说作品理应得到关注，以便全面了解其人，好"知人论世"。因为在魏徵眼中，宋玉是一个标志性人物，任何关于他的信息均不应遗漏。《隋志》集部序称：

---

[1] 章学诚著，叶瑛校注：《文史通义校注》附《校雠通义》卷1，中华书局，1994，第952页。
[2] 魏徵等：《隋书》卷32《经籍志一》，《二十五史》本，第3363页。
[3] 魏徵等：《隋书》卷32《经籍志一》，《二十五史》本，第3364页。

> 文者,所以明言也。古者登高能赋,山川能祭,师旅能誓,丧纪能诔,作器能铭,则可以为大夫。言其因物骋辞、情灵无拥者也……宋玉、屈原激清风于南楚,严、邹、枚、马陈盛藻于西京,平子艳发于东都,王粲独步于漳滏。爰逮晋氏,见称潘、陆,并黼藻相辉,宫商渐起,清辞润乎金石,精义薄乎云天。永嘉以后,玄风既扇,辞多平淡,文寡风力。降及江东,不胜其弊。[1]

我们不讨论魏徵在这里的总结是否合理,但可以肯定的是,魏徵在这里提到的作者,显然都是他十分关注的人物。他不仅提到宋玉,甚至将宋玉摆在了屈原之前,可见他对宋玉的重视,这便是他不放过著录宋玉任何信息的直接原因。

其二,《隋志》注记宋玉小说作品,以宋玉为小说家,也符合其对小说家的理解。无论是"史为书,瞽为诗,工诵箴谏,大夫规诲,士传言而庶人谤",还是"《周官》诵训'掌道方志以诏观事,道方慝以诏避忌,以知地俗'。而职(训)方氏'掌道四方之政事,与其上下之志,诵四方之传道而观衣物'",都意在说明小说具有观察民俗和实行箴谏的政教功能,而宋玉是楚襄王的"言语侍从之臣",同样有讽谏君王之责。虽然《史记·屈原贾生列传》云:"屈原既死之后,楚有宋玉、唐勒、景差之徒者,皆好辞而以赋见称;然皆祖屈原之从容辞令,终莫敢直谏。"[2]但从宋玉赋作来看,也仍有讽谏存焉。如《风赋》中"大王之雄风"和"庶人之雌风"的对比描写,《高唐赋》结尾所云"王将欲往见,必先斋戒,差时择日,简舆玄服,建云旆,霓为旌,翠为盖;风起雨止,千里而逝;盖发蒙,往自会,思万方,忧国害,开贤圣,辅不逮;九窍通郁,精神察滞,延年益寿千万岁"[3],都有讽谏之意,只是不像屈原那样"直谏"而已。

---

[1] 魏徵等:《隋书》卷35《经籍志四》,《二十五史》本,第3379页。
[2] 司马迁撰,裴骃集解,司马贞索隐,张守节正义:《史记》卷84《屈原贾生列传》,第3020页。
[3] 萧统编、李善注:《文选》卷19《高唐赋》,中华书局,1977年影印,第267页。

其三，宋玉的身份地位也可以归入小说家。关于宋玉的身份地位，一说其为楚襄王小臣，一说其为楚大夫。宋玉在《九辩》中以"贫士"自称，说自己"羁旅而无友生"、"无衣裘以御冬"[1]，他在楚国应该不会有太高的社会地位。据西汉韩婴（前200？—前130）《韩诗外传》和刘向《新序》记载，"宋玉因其友见楚襄王，襄王待之无以异，乃让（责备）其友"，"宋玉事楚襄王，而不见察，意气不得，形于颜色"[2]。因此，东晋习凿齿（？—383）《襄阳耆旧记》云："宋玉……始事屈原，原既放逐，求事楚友景差。景差惧其胜己，言之于王，王以为小臣……"[3]应该比较可信。最早提到宋玉是楚大夫的是东汉王逸，其《楚辞章句·九辩序》云："《九辩》者，楚大夫宋玉之所作也。"[4]后人称宋玉为楚大夫皆本此。然而，宋国本是西周初年所封殷商后裔之国，宋姓乃以国为氏，因此，宋玉很可能是殷商后裔，宋国覆灭后举家迁徙入楚，因其并非楚之旧族，所谓"远客寄居，孤单特也"，故他要托朋友引荐才能接近楚王。这也是楚王以之为小臣的原因之一。当然，不管宋玉是小臣还是大夫，他在楚襄王那儿只是一个"言语侍从之臣"，王逸说他"中情怅惘，意不得也；数遭患祸，身困极也；亡财遗物，逢寇贼也；心常愤懑，意未服也；远客寄居，孤单特也；丧妃失耦，块独立也；后党失辈，惆愁独也；窃内念己，自悯伤也"[5]，等等，说的可能是实情。北朝颜之推（531—595？）《颜氏家训》云："自古文人，多陷轻薄……宋玉体貌容冶，见遇俳优。"[6]此言并非无据，宋玉的不少赋作以文为戏，如《大言赋》、《小言赋》、《钓赋》、《登徒子好色赋》等都有游戏之意，与俳优以俳谐言语娱乐君王实无二致。《汉书·枚皋传》云：

---

1 洪兴祖：《楚辞补注·九辩第八》（重印修订本），中华书局，1983，第183—192页。

2 韩婴撰，许维遹校释：《韩诗外传集释》卷7，中华书局，1980，第259页；刘向编著、石光瑛校释：《新序校释》卷5《杂事》，中华书局，2001，第747页。

3 习凿齿撰，舒焚、张林川校注：《襄阳耆旧记》卷1《人物·周·宋玉》，《湖北地方古籍文献丛书》本，湖北人民出版社，1999，第1—2页。

4 洪兴祖：《楚辞补注·九辩第八》（重印修订本），第182页。

5 洪兴祖：《楚辞补注·九辩第八》引王逸章句，第183页。

6 颜之推：《颜氏家训·文章第九》，《诸子集成》本，第19页。

皋不通经术，诙笑类俳倡，为赋颂，好嫚戏，以故得媟黩贵幸，比东方朔、郭舍人等，而不得比严助等得尊官……皋赋辞中自言为赋不如相如，又言为赋乃俳，见视如倡，自悔类倡也。故其赋有诋娸东方朔，又自诋娸。其文骫骳，曲随其事，皆得其意，颇诙笑，不甚闲靡。[1]

其实，赋家与俳优，其身份地位确实颇为接近，以故刘勰《文心雕龙·谐隐》云："谐辞隐言，亦无弃矣……但本体不雅，其流易弊。于是东方、枚皋，餔糟啜醨，无所匡正，而诋嫚媟弄，故其自称为赋，迺亦俳也：见视如倡，亦有悔矣。"[2] 显然，宋玉身份地位类似于东方朔、枚皋等人，近似于俳优，大概是可以肯定的了。

　　1940年代，冯沅君（1900—1974）撰《古优解》和《汉赋与古优》揭橥了他们之间的联系，指出俳优言语多用谐隐和赋体。[3] 而俳优小说是中国古代小说的重要一支，多用隐语、谐语和俗赋来表达，直到汉末仍然如此。[4] 1993年在江苏连云港尹湾村西汉墓出土的《神乌傅（赋）》、2009年北京大学收藏的抄写于汉武帝时的竹书《妄稽》就是其孑遗，说它们是俳优小说大概不会有误，说它们是赋体小说也未尝不可。西汉王褒（生卒年不详）的《僮约》、《责须髯奴辞》，扬雄（前53—18）的《逐穷赋》，东汉蔡邕（133—192）的《短人赋》，曹植（192—232）的《鹞雀赋》，西晋傅玄（217—278）的《鹰兔赋》，束皙（264？—303？）的《饼赋》等，都是模仿俗赋之作，也都可以列入小说之林。而敦煌写本《韩朋赋》、《燕子赋》、《晏子赋》等则是俳优小说或赋体小说的传留。程毅中先生在《叙事赋与中国小说的发展》文中指出：

---

[1] 班固撰，颜师古注：《汉书》卷51《贾邹枚路传》，《二十五史》本，第586页。
[2] 刘勰著，范文澜注：《文心雕龙注》卷3《谐隐第十五》，人民文学出版社，1958，第270页。
[3] 参见冯沅君《冯沅君古典文学论文集》第一编，山东人民出版社，1980。
[4] 参见拙作《稗官新诠》，《南京大学学报》（哲学·人文科学·社会科学）2013年第3期；《曹植涌俳优小说发覆》，《学术研究》2013年第5期。

宋玉是叙事赋的大作家，他的《高唐赋》等作品在文学史上有很大影响。至晚从宋玉开始，赋就有了虚构故事的功能。这种艺术虚构的手段，就为中国小说的发展开辟了新的道路。叙事赋本身就可以说是小说的一体。《隋书·经籍志》小说类在《燕丹子》条下注中说："(梁有)《宋玉子》一卷，录一卷，楚大夫宋玉撰。"小说《宋玉子》已经亡佚失传，但从这条信息可以说明宋玉曾有小说类的作品，是很早的小说家。其实他的叙事赋大多也可以看作小说家言。小说《宋玉子》可能也是一些虚构的故事，不过不用赋体而用散文写的。[1]

这一认识揭示了宋玉作为小说家的原因及其小说的风格特点，是十分正确的。不过，这一认识与他在《先秦两汉的杂赋与小说〈宋玉子〉》文中所说"这本《宋玉集》可能就是《宋玉子》的异名"[2]是自相矛盾的。至于虚构和故事是否中国古代小说成立的要件，尚有讨论的余地；小说是否一定需要用散文书写，答案显然是否定的。而像宋玉这样的"言语侍从之臣"，如其前的淳于髡（前386？—前310？），其后的东方朔（生卒年不详）、枚皋（前153？—？）等，说他们是与俳优类似的一批中国古代小说家是完全可以成立的，而宋玉以其在文学史上独特地位，自然成为他们中的代表作家。

根据以上分析，宋玉既是先秦辞赋家，也是先秦小说家，他的赋作大多可以作为小说来看待。然而，这并不能说《隋志》著录的《宋玉子》就是《宋玉集》。因为宋玉作为辞赋家早已为世所公认，他的《九辩》、《招魂》等辞作已收入《楚辞》，而《风赋》、《高唐赋》、《神女赋》、《登徒子好色赋》等赋作已收入《宋玉集》，《隋志》也在集部楚辞类和别集类分别著录了它们，因此，《隋志》

---

[1] 程毅中：《程毅中文存续编》，中华书局，2010，第74页。
[2] 程毅中：《程毅中文存续编》，第89页。

子部小说《燕丹子》注释中所称《宋玉子》就不应该是宋玉的辞赋作品，而应该是这两部作品集中都没有收入的与宋玉有关的言论和传说。具体篇目当然不能确考，然而，《韩诗外传》和《新序》所收各篇应该收录在其中，因为这些都是与宋玉有关的言论；或者还包括一些民间传说，如敦煌遗书P.3645号《刘家太子变》（一题《前汉刘家太子传》）文后所附《同贤记》中的宋玉故事之类；甚至也不排除其部分内容与《宋玉集》有所交集，就像《宋玉集·序》与《韩诗外传》和《新序》等有所交集一样。正如稻畑耕一郎所说：

> 所谓小说，据《隋志》本身的定义来讲，那就是"街谈巷语之说也"。如果从这一观点来看，《宋玉子》一书自然可以认为是一部收录巷间流传的有关宋玉的逸事和言行的著作。……若是这样，则可以认为该书所载，大抵是一些类似《新序》卷一、卷五和《韩诗外传》卷七所见的有关宋玉的"传说"和"逸事"。这些"传说"和"逸事"，如《对楚王问》一例所示，实际上是作为宋玉的作品而被流传下来，其题材与表现方法极近似乎丁类和丙类作品。把它们称为宋玉的"逸事"也可以，称为宋玉的"作品"也可以。[1]

由于《汉志·诸子略》小说家已经著录有《宋子》，那是与战国学者宋钘有关的言论与传说，故有人将与宋玉有关的言论和传说编辑在一起形成一部小说集，名为《宋玉子》，以与《宋子》相区别。正如《宋子》并非都是宋钘所作那样，《宋玉子》当然也不都是宋玉所作，可能主要是有关宋玉的传说，但又不排斥其中确有宋玉的作品，这也是先秦小说家及其作品命名的普遍特点，没有什么好奇怪的。而从《宋玉子》中，我们是可以理解先秦小说家及其小说作品，进而理解他们的小说观念的。

---

[1] 稻畑耕一郎：《〈宋玉集〉佚存钩沉》，转引自吴广平编注《宋玉集》附录，第330—332页。

第六章
庄子的小说观念

考察中国古代小说观念的发生，固然需要有宏观的视野和微观的辨析，需要综合各种有关社会的、政治的、文化的、艺术的因素，诸如小说作者、小说文本、社会成因、社会影响、文化价值和历史作用等等，才能比较全面地说明小说观念何时发生，何以发生。不过，小说既然是社会文化和文学艺术发展到一定历史阶段的产物，就一定会有敏感的先觉者来揭示这一新生事物，为其正式命名，或者对其进行描述和解析。从文献学的角度考察，最早提出小说概念或者说在中国历史上第一个使用"小说"这一名称的，是战国中期的庄子。那么，是否可以说，中国古代的小说观念也同样肇始于庄子呢？自从鲁迅《中国小说史略》称："小说之名，昔者见于庄周之云'饰小说以干县令'(《庄子·外物》)，然案其实际，乃谓琐屑之言，非道术所在，与后来所谓小说者固不同。"[1] 以后论中国小说者，大都承袭鲁迅之说，不以庄子所云小说具有中国小说观念的内涵，视其为偶尔使用的一个词。这样一来，第一个使用"小说"这一名称的庄子，却并没有小说概念的发明权，从而带来许多人为的困扰。事实是否果真如此呢？在笔者看来，这个问题其实是可以也应该认真加以讨论的，因为此问题不仅牵涉到中国小说思想史、观念史，也牵涉到对中国小说性质和特点的认识。因此，在前文讨论说体文的产生及其文体特征、古优的来历及其分化，

---

[1] 鲁迅：《中国小说史略》第一篇，人民文学出版社，1973，第1页。

并对代表性作家师旷、宋玉进行详细考察后，本章专门讨论庄子的小说观念，是很有必要的。

第一节　庄子对言说活动的认知与突破

庄子是先秦道家的代表人物之一，也是一个关注言说活动并对言说活动发表过重要意见的著名学者。他生活在战国中期，与孟子、申不害、邹忌、惠施、淳于髡、田骈、接予、慎到、环渊等人同时。关于他的生平，《史记》本传云：

> 庄子者，蒙人也，名周。周尝为蒙漆园吏，与梁惠王、齐宣王同时。其学无所不窥，然其要本归于老子之言。故其著书十余万言，大抵率寓言也。作《渔父》《盗跖》《胠箧》，以诋訾孔子之徒，以明老子之术。《畏累虚》《亢桑子》之属，皆空语无事实。然善属书离辞，指事类情，用剽剥儒、墨，虽当世宿学不能自解免也。其言洸洋自恣以适己，故自王公大人不能器之。楚威王闻庄周贤，使使厚币迎之，许以为相。庄周笑谓楚使者曰："千金，重利；卿相，尊位也。子独不见郊祭之牺牛乎？养食之数岁，衣以文绣，以入大庙。当是之时，虽欲为孤豚，岂可得乎？子亟去，无污我。我宁游戏污渎之中自快，无为有国者所羁，终身不仕，以快吾志焉。"[1]

关于其生卒年和籍贯地，后世有多种说法，迄无定论。[2]

---

[1] 司马迁撰，裴骃集解，司马贞索隐，张守节正义：《史记》卷63《老子韩非列传》，中华书局，2014，第2608—2610页。

[2] 庄子的生卒年主要有公元前369—前286（马叙伦）、前375—前300（梁启超）、前355—前275（吕振羽）、前328—前286（范文澜）、前375—前295（闻一多）、前365—前290（钱穆）等诸说。籍贯则有"宋人"或"宋之蒙人"（汉刘向、班固）、"齐人"（陈释智匠）、"梁国蒙县人"（唐陆德明）、"楚蒙城人"（宋乐史）等诸说。今人争论最多的是，此蒙城究竟是河南商丘东北之蒙城，还是安徽亳州之蒙城。

庄子的时代，是一个天下纷扰、诸侯争霸的时代，也是一个百花齐放、百家争鸣的时代。比较典型的事件是：韩、赵、魏三国分晋后互相攻伐，各诸侯国战事不断；商鞅入秦辅佐秦孝公变法，孝公死后商鞅被秦贵族车裂；邹忌鼓琴以说齐威王，后为齐相；申不害为韩相，施行君主专制；惠施为魏相，主张合齐楚以按兵；孙膑俘虏魏将庞涓，名显天下而传《兵法》；孟子入魏见惠王而陈"义""利"之说，又适齐见宣王劝行"仁政"；燕昭王筑黄金屋礼郭隗，以招徕天下贤能；张仪入秦从鬼谷子学纵横术，后相秦、相魏、诳楚；公孙衍为魏相，行"合纵"之策，驱逐张仪；苏秦、李兑约五国以攻秦，纵横家强势而起。就学术文化而言，《诗》《书》《礼》《乐》等不为社会所重，"合纵连横"之术大行其道；而齐"宣王喜文学游说之士，自如驺衍、淳于髡、田骈、接予、慎到、环渊之徒七十六人，皆赐列第，为上大夫，不治而议论。是以齐稷下学士复盛，且数百千人"[1]，形成战国中后期的学术中心。庄子这样描述当时天下大势：

  古之人其备乎！配神明，醇天地，育万物，和天下，泽及百姓，明于本数，系于末度，六通四辟，大小精粗，其运无乎不在。其明而在数度者，旧法世传之史尚多有之。其在于《诗》《书》《礼》《乐》者，邹鲁之士缙绅先生多能明之。《诗》以道志，《书》以道事，《礼》以道行，《乐》以道和，《易》以道阴阳，《春秋》以道名分。其数散于天下而设于中国者，百家之学时或称而道之。天下大乱，贤圣不明，道德不一，天下多得一察焉以自好。譬如耳目鼻口，皆有所明，不能相通。犹百家众技也，皆有所长，时有所用。虽然，不该不遍，一曲之士也。判天地之美，析万物之理，察古人之全，寡能备于天地之美，称神明之容。是故内圣外王之道，暗而不明，郁而不发，天下之人各为其所欲焉以自为方。悲夫，百家往而不反，

---

[1] 司马迁撰，裴骃集解，司马贞索隐，张守节正义：《史记》卷46《田敬仲完世家》，第2296页。

必不合矣！后世之学者，不幸不见天地之纯，古人之大体，道术将为天下裂。[1]

庄子这里称道的古人之"备"，其实是指西周社会完备的礼乐制度和礼乐文化。这一时代，"礼乐征伐自天子出"，"学必出于王官"，完备的言谏制度可以保证下情上达，因而无诸子百家之说。[2] 他所说的"道术将为天下裂"的时代，正是百花齐放、百家争鸣的春秋战国时代，这既是"礼崩乐坏"的时代，也是言论失控的时代，孟子称之为"圣王不作，诸侯放恣，处士横议"[3]。诸侯们为了扩大自己的势力和影响，注意倾听这些处士们的言论，甚至给以高官厚禄笼络他们。而处士们"各为其所欲焉以自为方"，到处进行游说活动，宣传自己的政治主张，私人著述蔚然成风。正如《墨子·天志上》所云："今天下之士君子之书不可胜载，言语不可尽计，上说诸侯，下说列士，其于仁义则大相远也。"[4] 这些"不可胜载"的"士君子之书"为社会所欢迎，刺激着诸子百家之说的蓬勃发展，反映出社会文化环境和言说活动的巨大变化。《荀子·正名》云："今圣王没，天下乱，奸言起，君子无势以临之，无刑以禁之，故辨说也。实不喻然后命，命不喻然后期，期不喻然后说，说不喻然后辨。故期、命、辨、说也者，用之大文也，而王业之始也。"[5] 此王业非"圣王"之业，而是"时王"之业，王业所用之"大文"从典、诰、训、誓转换为期、命、辨、说，这不仅是文风的变化，文体的变化，实在也是社会的巨大变革。在这场社会大变革中，辩说的作用越来越为社会所认识，辩说之士的社会地位也日益提高。《商君书·农战》

---

[1] 郭庆藩：《庄子集释》卷10下《杂篇·天下第三十三》，《新编诸子集成》本，中华书局，2012年第3版，第1067—1069页。

[2] 参见拙作《周代言谏制度与文学发展》，《清华大学哲学报》（学社会科学版）2016年第5期。

[3] 赵岐注，孙奭疏：《孟子注疏》卷6下《滕文公下》，《十三经注疏》本，第2714页。

[4] 孙诒让：《墨子间诂》卷7《天志上》，《新编诸子集成》本，中华书局，2001，第197页。

[5] 王先谦：《荀子集解》卷16《正名篇第二十二》，《新编诸子集成》本，中华书局，1988，第422页。文中"辨"通"辩"。

有云：

> 今世主皆忧其国之危而兵之弱也，而强听说者。说者成伍，烦言饰辞而无实用。主好其辩，不求其实，说者得意，道路曲辩，辈辈成群。民见其可以取王公大臣也，而皆学之。夫人聚党与说议于国纷纷焉，小民乐之，大臣说（悦）之，故其民农者寡而游食者众。[1]

尽管商鞅对这种社会现象深为不满，但社会情势的发展却并不以他的意志为转移。商鞅被车裂后不久，纵横之术大行其道，纵横家于是成为社会的重要政治力量，也成为当时言说活动的突出代表。春秋以来所形成的各家学说，正被纵横家们的政治算计和军事攻防之说辞所淹没，正所谓"内圣外王之道，暗而不明，郁而不发"，"道术将为天下裂"。

对于自己所处时代的言说活动，庄子有十分清醒的认识；而对于自己所追求的目标，他也是非常明确和自觉的。尽管庄子服膺老子学说，也赞成老子对"道"的理解与追求，但他并未像老子那样热衷于政治而使自己的学说成为"君人南面之术"[2]。庄子的学术旨趣是：

> 芴漠无形，变化无常，死与生与，天地并与，神明往与！芒乎何之，忽乎何适，万物毕罗，莫足以归，古之道术有在于是者。庄周闻其风而悦之。以谬悠之说，荒唐之言，无端崖之辞，时恣纵而不傥，不以觭见之也。以天下为沈浊，不可与庄语。以卮言为曼衍，以重言为真，以寓言为广。独与天地精神往来，而不敖倪于万物，不谴是非，以与世俗处。其书虽瑰玮，而连犿无伤也。其辞虽参差，而諔诡可观。彼其充实，不可以已，上

---

[1] 蒋礼鸿：《商君书锥指》卷1《农战》，《新编诸子集成》本，中华书局，1986，第25—26页。
[2] 班固撰，颜师古注：《汉书》卷30《艺文志第十》，中华书局，1962，第1733页。

与造物者游，而下与外死生、无终始者为友。其于本也，弘大而辟，深闳而肆。其于宗也，可谓稠适而上遂矣。虽然，其应于化而解于物也，其理不竭，其来不蜕，芒乎昧乎，未之尽者。[1]

可以看出，庄子并不热衷于现实政治，也不喜爱去游说诸侯，或者说他根本就瞧不起那些为追求荣华富贵而谄媚当权者的世俗学者，他对惠施所讲的"鸱得腐鼠"的寓言便表明了这种态度。[2]然而，他也懒得与这些人为敌，甚至不屑于和他们辩论，而是采取"独与天地精神往来，而不敖倪于万物，不谴是非，以与世俗处"的处世原则，去追求自己的精神解放和个性自由。《逍遥游》可以看作他的宣言书，他相信"至人无己，神人无功，圣人无名"[3]，因为只有这样，才是真正的逍遥游，是一个人应该追求的"至道"。因此，他主张"举世而誉之而不加劝，举世而非之而不加沮，定乎内外之分，辨乎荣辱之境，斯已矣"[4]。外在的追求对于庄子来说，是徒劳无功的，也是没有意义的。他曾对惠施说："今子有大树，患其无用，何不树之于无何有之乡，广莫之野，彷徨乎无为其侧，逍遥乎寝卧其下，不夭斤斧，物无害者，无所可用，安所困苦哉！"[5]庄子曾到魏国都城大梁与惠施论学，《庄子·天下》中记载了惠施的一些观点。如云："卵有毛；鸡三足；郢有天下；犬可以为羊；马有卵；丁子有尾；火不热；山出口；轮不蹍地；目不见；指不至，至不绝；龟长于蛇；矩不方，规不可以为圆；凿不围枘；飞鸟之景，未尝动也；镞矢之疾，而有不行不止之时；狗非犬；黄马

---

[1] 郭庆藩：《庄子集释》卷10下《杂篇·天下第三十三》，《新编诸子集成》本，第1098—1099页。标点有改动。

[2] 《庄子·秋水》："惠子相梁，庄子往见之。或谓惠子曰：'庄子来，欲代子相。'于是惠子恐，搜于国中三日三夜。庄子往见之，曰：'南方有鸟，其名为鹓鶵，子知之乎？夫鹓鶵，发于南海而飞于北海，非梧桐不止，非练实不食，非醴泉不饮。于是鸱得腐鼠，鹓鶵过之，仰而视之曰："吓！"今子欲以子之梁国而吓我邪？'"

[3] 郭庆藩：《庄子集释》卷1上《内篇·逍遥游第一》，《新编诸子集成》本，第17页。

[4] 郭庆藩：《庄子集释》卷1上《内篇·逍遥游第一》，《新编诸子集成》本，第16—17页。

[5] 郭庆藩：《庄子集释》卷1上《内篇·逍遥游第一》，《新编诸子集成》本，第40页。

骊牛三;白狗黑;孤驹未尝有母;一尺之棰,日取其半,万世不竭。"在庄子看来,讨论这些问题,也许永远没有结果,这样的言说也是没有意义的。他说:"由天地之道观惠施之能,其犹一蚉一虻之劳者也。其于物也何庸!夫充一尚可,曰愈贵道,几矣!惠施不能以此自宁,散于万物而不厌,卒以善辩为名,惜乎!惠施之才,骀荡而不得,逐万物而不反,是穷响以声,形与影竞走也。悲夫!"[1]庄子对惠施一类学者的学行思路与现实追求是否定的,也是悲惜的。

这里我们无意讨论庄子的思想,本书也没有全面评价其思想的任务,而只是想指出:庄子对当时言说活动的认知是与众不同的,而他所采取的言说策略和言说方式也同样是与众不同的。这只要将他与同时的孟子略做比较,就能够得出上述结论。

孟子是孔子的忠实信徒,也以游说诸侯、宣传儒家学说为己任。他承认自己"好辩",强调这是"不得已"[2]。《孟子》一书,主要是他游说诸侯的记录,言说的中心是劝诸侯"存心""养性"以行"仁政",今所存七篇只是集合相关内容编纂而成,与战国早期的《墨子》等书差别其实不大。而《庄子》内篇七篇皆是有完整构思、有明确主题、有论证过程的论说文,《逍遥游》是如此,《齐物论》、《养生主》、《人间世》、《德充符》、《大宗师》、《应帝王》也莫不如此。如果说《孟子》及其以前的说体文是语录体或语录集合体的说体文,那么,《庄子》则开辟了以主题论述为基本形式的新型说体文——论说文。就言说内容而言,孟子的说体文主要是根据游说诸侯的实际需要和应对诸侯问题的答辩词,而庄子的论说文则主要是阐述自己的人生观和世界观,并无具体针对性。就言说对象而言,孟子的言说对象主要是各国诸侯,而庄子的言说对象主要是当时的学者。就言说形式而言,孟子的言说有论断,有事实,也有寓言,如"齐人有一妻一妾"章;而庄子的言说则"以卮言为曼衍,以重言为真,以寓言为

---

[1] 郭庆藩:《庄子集释》卷10下《杂篇·天下第三十三》,《新编诸子集成》本,第1112页。
[2] 《孟子·滕文公下》载:"公都子曰:'外人皆称夫子好辩,敢问何也?'孟子曰:'予岂好辩哉?予不得已也!'"

广"，寓言常常成为他论证论点的主要手段。更深入地看，孟子书中的寓言只是偶一用之，作为加强其观点的一个例子；庄子书中的寓言却是连篇累牍，并且是自觉虚构，作为其论证的主要依据，而且有的寓言甚至就是论点。例如，他在《逍遥游》中，用鲲鹏与鸴鸠的寓言，以说明"小知不及大知，小年不及大年"的道理；用斥鷃嘲笑鲲鹏的寓言，以说明"小大之辨"的由来；用列子御风而行的寓言，以说明"有待""无待"的道理；用尧让天下于许由的寓言，以说明"名"与"实"的区别；用肩吾问于连叔的寓言，以否定"以物为事"的惯性思维；用与惠施讨论大树樗的寓言，以说明"有用""无用"的道理。这样一来，庄子的说体文就与孟子的说体文有了明显差别，这种差别既体现在思想内容上和思维方式上，也体现在文本形式和文学表达上。

总的说来，庄子不仅对战国以来的士人言说活动有十分理性的认知，而且对战国以来的说体文发展也有十分清醒的认知。他所撰写的说体文不再是对诸侯进行政治游说的说辞，而是对自我进行灵魂安顿的思考，他认真思考生命的价值和生活的意义，劝诫士人们不要追求身外的荣华富贵而丧失自我，以致成为这一混乱时代的政治祭坛上的祭品，一似"郊祭之牺牛"。这无疑是对传统说体文的重大突破，也体现了先秦诸子个体人格的成熟。正因为如此，他不仅在思想上不赞成除老子以外的其他诸子学说，而且有理由对其他诸子的言说活动、言说方式及其学术思想持否定的立场。"小说"一词由庄子在批评其他诸子学说时予以揭橥，应该是水到渠成的事，也是说体文发展到庄子时代的必然结果。

第二节 《庄子·外物》中"小说"之含义

庄子是第一个提出"小说"概念的先秦学者，是我们讨论中国古代小说观念发展史绕不过去的著名文学家、思想家。为了便于讨论，我们将《庄子》书中提出"小说"概念的有关段落抄录如下：

任公子为大钩巨缁，五十犗以为饵，蹲乎会稽，投竿东海，旦旦而钓，期年不得鱼。已而大鱼食之，牵巨钩，𦨖没而下，骛扬而奋鬐，白波若山，海水震荡，声侔鬼神，惮赫千里。任公子得若鱼，离而腊之，自制河以东，苍梧已北，莫不厌若鱼者。已而后世辁才讽说之徒，皆惊而相告也。夫揭竿累，趣灌渎，守鲵鲋，其于得大鱼难矣。饰小说以干县令，其于大达亦远矣。是以未尝闻任氏之风俗，其不可与经于世亦远矣。[1]

关于《庄子》一书，自宋以来，一些学者认为其内篇为庄子自著，外篇、杂篇为庄子后学所著，或为后人伪托。其实，《庄子》原本并无内、外、杂篇之分。司马迁《史记·老庄申韩列传》在介绍庄子生平论及其思想时所提到的《胠箧》在外篇，《渔父》《盗跖》《庚桑楚》等则在杂篇，如果当时已有内、外、杂篇之分，那么，不仅内篇为庄子所著，外、杂篇也当为庄子所著。因此，学术界普遍认为，所谓内、外、杂篇之分，是后来整理《庄子》者所为。此整理者有说是汉刘向，有说是晋郭象，有说是梁周宏正，本文不拟讨论。笔者以为，《庄子》一书中虽有其后学羼入的内容，但其基本思想仍然是庄子的。正如成玄英所言："内篇明于理本，外篇语其事迹，杂篇杂明于理事。内篇虽明理本，不无事迹；外篇虽明事迹，甚有妙理。但立教分篇，据多论耳。"[2]因此，上述《杂篇·外物》可以视为庄子的著述，其"小说"云云自然代表了庄子的思想。

庄子以任公子为大钩巨缁钓大鱼的寓言来说明"饰小说以干县令，其于大达亦远矣。是以未尝闻任氏之风俗，其不可与经于世亦远矣"的道理。对于"饰小说以干县令，其于大达亦远矣"一句，唐人成玄英释云："干，求也。县，

---

[1] 郭庆藩：《庄子集释》卷9上《杂篇·外物第二十六》，《新编诸子集成》本，第925页。
[2] 郭庆藩：《庄子集释》卷首，《新编诸子集成》本，第7页。

高也。夫修饰小行，矜持言说，以求为高名令闻者，必不能大通于至道。"[1]而今人美籍华裔学者周策纵则有新解云："许多人以为，'县令'是秦统一天下后才有的官名。我曾有些考证，认为至迟在战国时代已有县令。'达'字似乎就是'穷达'的'达'。《庄子》这句的意思，应该是：装饰'小说'去干进县官，也不会有大的通达，做不到大官，不会有大的成就。"[2]以上二释，义皆可通。而无论是干求高名美誉，还是干进县令寻求一官半职，其实都不符合庄子所谓"至人无己，神人无功，圣人无名"[3]之"至道"，故为庄子所鄙弃。现在的问题是，庄子所云用来干求高名美誉或者干进仕禄的"小说"究属何物？

"小说"概念的发生，与春秋战国时代蓬勃兴起的"辩说"活动密切相关，也与说体文的产生若合符节。在本书第一章《说体文的产生与小说观念的滥觞》中，我们从字源学的角度追溯了"说"字的来源及其演变，讨论了说体文的产生及其文体特征，指出：

> "说"有三义：一为开解义，所谓开解，即以言说开释、劝解、劝说他人，"说"读为"税"（今音shuì），先秦诸子辩说活动皆属此类。一为愉悦义，指因言语辩说活动引起的愉快、喜悦情绪，"说"读为"悦"（今音yuè），"说"也是"悦"的本字。一为言论义，所谓言论，主要是指言语辩说活动所保存下来的书面文献或先秦诸子宣传自己主张和学说的文字著述，"说"今音shuō。

在第二章《中国古小说的三音三义》中，笔者指出：

> 在先秦，"小说"之名实可区分为"三音三义"：既可以指称春秋战国

---

[1] 郭庆藩：《庄子集释》卷9上《杂篇·外物第二十六》，《新编诸子集成》本，第927页。
[2] 周策纵：《传统中国的小说观念和宗教关怀》，《文学遗产》1996年第5期。
[3] 郭庆藩：《庄子集释》卷1上《内篇·逍遥游第一》，《新编诸子集成》本，第17页。

时期不关君国大事的辩说活动，即"小说（今音shuì）"；又可以指称这种辩说活动所产生的言说效果，即"小说（今音yuè）"；还可以指称与这种辩说活动相关联的文字著述，即"小说（今音shuō）"。三者既相互联系，又各有区别。先秦的各个时期人们使用"小说"或类似概念，可以是其中某一音某一义，也可以是其中的二音二义或三音三义，到汉代也仍然如此。因此，古人在何种意义上使用"小说"之名，实际指称究竟是什么，应该根据具体语境所指称的具体对象来确定，不可一概而论。

根据"说"字的产生过程和我们对先秦诸子使用"说"这一概念的调查，可以得出如下结论："说"是在言论作为一种知识形态和社会手段被人们普遍重视的条件下由"兑"孳乳出的一个新概念；它的基本义项为开解、愉悦、言论三义；先秦诸子把"说"通用为"悦"，表明他们对言说活动的喜好和重视；而在"言论"义上，前期诸子多用为比较单纯的言说义，而后期诸子则多用为辩说义和学说义，这不仅反映出言论作为社会手段和知识形态的迅猛发展，而且反映出各种言论之间的交流和碰撞，以及先秦诸子宣传其主张和学说的强烈需求。当"说"和某一类知识形态和言论方式联系在一起时，"说"作为文体概念的条件也就成熟了，而"小说"概念也同时出现了。

为了更准确把握庄子所云"小说"的确切含义，我们来看看《庄子》一书中使用"说"字的情况。如果将书中后人擅改的"悦"（实为"说"）字不计[1]，那么《庄子》一书用"说"计67例。其中用作人名者12例，如《让王》所述"屠羊说"。用作"开解"义者10例，如《天道》："孔子……往见老聃，而老聃不许，于是翻十二经以说。"此"说"为解说。《说剑》："孰能说王之意止剑士

---

[1] 《庄子·天下》中4例"××闻风而说之"，有的为"说之"，有的为"悦之"，可证"悦"原本为"说"。王力《古代汉语》第一册即认为："经书不见'悦'字……战国时代有些书（如《庄子》），'说'、'悦'并用，可能是后人改的。"今本《庄子》用"悦"字者计11例。

者，赐之千金。"郭庆藩释"说"云："如字，解也；又音悦。"[1]此"说"有开解义，也有愉悦义，而首先是开解义。用作"愉悦"义者23例，如《秋水》："明乎坦途，故生而不说，死而不祸，知终始之不可故也。"郭象注云："说音悦。"[2]《在宥》："说明邪，是淫于色也；说聪邪，是淫于声也；说仁邪，是乱于德也；说义邪，是悖于理也；说礼邪，是相于技也；说乐邪，是相于淫也；说圣邪，是相于艺也；说知邪，是相于疵也。"[3]这里的"说"均为愉悦。用作"言论"义者22例，如《知北游》："天地有大美而不言，四时有明法而不议，万物有成理而不说。"[4]《徐无鬼》："知士无思虑之变则不乐，辩士无谈说之序则不乐，察士无凌谇之事则不乐。"[5]以上各例都指"言论"。不过，"言论"义还可细分。在"言论"义中，就有"谈说"义，如《天下》："惠施不辞而应，不虑而对，遍为万物说，说而不休，多而无已，犹以为寡"[6]；有"学说"义，如《盗跖》："多辞缪说，不耕而食，不织而衣，摇唇鼓舌，擅生是非。"[7]

根据上面的调查分析，"说"在《庄子》一书中所指是不完全相同的，这要看具体的语言环境。具体到其《杂篇·外物》中的两个"说"字，则都是"言论"义："轻才讽说"，成玄英释为"才智轻浮，讽诵词说"，"说"指的是言论、学说；"饰小说"，成玄英释为"修饰小行，矜持言说"[8]，"说"指那些无关弘旨的言论、学说。鲁迅将"小说"定义为"乃谓琐屑之言，非道术所在"，大体符合《庄子》文义。后来《荀子·正名》所云"故知者论道而已矣，小家珍说之所愿皆衰矣"[9]，其"小家珍说"与庄子所云"小说"含义略近，只是荀子

---

[1] 郭庆藩：《庄子集释》卷10上《杂篇·说剑第三十》，《新编诸子集成》本，第1016—1017页。
[2] 郭庆藩：《庄子集释》卷6下《外篇·秋水第十七》，《新编诸子集成》本，第568—571页。
[3] 郭庆藩：《庄子集释》卷4下《外篇·在宥第十一》，《新编诸子集成》本，第367页。
[4] 郭庆藩：《庄子集释》卷7下《外篇·知北游第二十二》，《新编诸子集成》本，第735页。
[5] 郭庆藩：《庄子集释》卷8中《外篇·徐无鬼第二十四》，《新编诸子集成》本，第834页。
[6] 郭庆藩：《庄子集释》卷10下《杂篇·天下第三十三》，《新编诸子集成》本，第1112页。
[7] 郭庆藩：《庄子集释》卷9下《杂篇·盗跖第二十九》，《新编诸子集成》本，第991—992页。
[8] 郭庆藩：《庄子集释》卷9上《杂篇·外物第二十六》，《新编诸子集成》本，第927页。
[9] 王先谦：《荀子集解》卷16《正名篇第二十二》，《新编诸子集成》本，第429页。

之所谓"小家珍说"是指不合"圣人之辨说"和"士君子之辨说"的言论、学说，即不合于儒家正道的其他诸子学说，而庄子之所谓"小说"是指不合于道家思想的言论、学说，即不能"大达"（"至道"）的其他诸子学说。他们的所谓"小"，含鄙薄之意，主要是对其学说内容和价值的否定，并非指这些学说在形式上（文体上）与他们所提倡的学说有什么不同。西汉末年扬雄《法言·吾子》云："好书而不要诸仲尼，书肆也；好说而不要诸仲尼，说铃也。"[1]《学行》又云："或曰：'焉知是而习之？'曰：'视日月而知众星之蔑也，仰圣人而知众说之小也。'"[2] 清楚地阐释了扬雄所理解的"小说"之"小"的确切含义。如果要换成庄子的语言，只需将"仲尼"改为"老聃"即可，他们的思维方式和表达方式是基本一致的。

不过，庄子所云"小说"，不仅泛指那些思想内涵上不能"大达"的先秦诸子学说，即不能如道家始祖老子那样达于"至道"的各家学说，而且也具体指庄子时代那些仍然墨守成规、固步自封的诸子著述，即那些仍然以传统说体文阐述自己的政治主张、希望自己成为王者之师以指导诸侯治国理政的思想家的著述。而庄子的"大说"则是全新的论说文，以期将士人们引向自我精神的安顿和生命价值的实现，这是需要予以注意的。

第三节　庄子小说观念对后世的影响

理解了《庄子·杂篇·外物》中"小说"的含义，再来讨论鲁迅所谓"与后来所谓小说者固不同"的说法是否有理，就相对比较容易了。如果鲁迅所云"后来所谓小说者"是指现代西方小说观念指导下的中国现代小说，这一说法无疑是正确的；如果是指先秦以至清末史志子部所著录的中国传统小说，这一判

---

[1] 汪荣宝：《法言义疏》四《吾子卷第二》，《新编诸子集成》本，中华书局，1987，第74页。
[2] 汪荣宝：《法言义疏》一《学行卷第一》，《新编诸子集成》本，第21页。

断却是不符合历史事实的。这是因为,庄子所谓"小说"虽然主要是一种学术价值判断,但其中隐含的文体判断是不应被忽视的。本书在第一、二章已经做了详细分析,不必再赘。如果庄子所称"小说"包含了内容和形式两个方面,就应该讨论此种内容和形式是否与中国传统小说存在联系,只要存在联系,就不能不承认其在中国小说思想史尤其是小说观念史上发端的地位。

我们的讨论可以从社会言论形式、内涵和功用开始,因为这更有利于我们准确把握"小说"的能指和所指。

殷商时期,"殷人尊神,率民以事神,先鬼而后礼"[1],商王只注意通过占卜祭祀与天地鬼神沟通,并不在意社会舆论,所以甲骨卜辞中至今没有发现表示言说活动的"说"字。也就是说,"说"作为一种社会政治生活的言论形式在这一时期并不存在。

武王灭商,小邦周打败了大邦殷,使西周初年的统治者们认识到民心向背的重要,明白"皇天无亲,惟德是辅。民心无常,惟惠之怀"[2]的道理,提出"敬德保民"的治国方略,偃武修文,制礼作乐,世俗生活成为社会关注的焦点,言说活动在社会政治生活中的作用日益凸显。不过,那时具有政教特点的言说活动主要表现为天子发布誓诰或诰命;即使有下对上的言说,也被限定在一定的范围并按规定的程序进行。《国语·周语上》载邵公语云:"为川者决之使导,为民者宣之使言。故天子听政,使公卿至于列士献诗,瞽献曲,史献书,师箴,瞍赋,矇诵,百工谏,庶人传语,近臣尽规,亲戚补察,瞽史教诲,耆艾修之,而后王斟酌焉,是以事行而不悖。"[3]这种言论制度并不是鼓励言论自由,而是实行言论控制,即允许按照规定的程序发表言论,达到调整社会关系的目的,因而其言说均含有政典的意味。孔颖达在疏解《尚书》时说:

---

1 郑玄注,孔颖达疏:《礼记注疏》卷54,《十三经注疏》本,第1642页。
2 孔安国传,孔颖达疏:《尚书正义》卷17,《十三经注疏》本,第227页。
3 徐元诰:《国语集解·周语上》,中华书局,2002,第11—12页。

> 典书草创，以义而录，但致言有本，各随其事，检其此体，为例有十：一曰典，二曰谟，三曰贡，四曰歌，五曰誓，六曰诰，七曰训，八曰命，九曰征，十曰范。[1]

《尚书》中这些文体虽多为言说活动的记录，但实际上都是政令教言，并不含有使人悦怪的目的，所以《尚书》中自然没有"说"体，因为说体文其时并未产生。《汉书·艺文志》序中所说的"学必出于王官"，正是指这一时期。因为王官之外并无学术，故私人著述根本就不存在。章学诚云：

> 古未尝有著述之事也，官司守其典章，史臣录其职载。文字之道，百官以之治，而万民以之察，而其用已备矣。是故圣王书同文以平天下，未有不用之于政教典章，而以文字为一人之著述者也。[2]

章氏很好地阐释了"学在王官"时期的言论特点。

春秋、战国时期，王纲解纽，官失学守，许多王官奔赴列国，一些高级贵族也沦落为士，他们都向诸侯们兜售自己的学术观点和政治主张，士人阶层于是迅速崛起。各国诸侯为了在竞争中掌握主动权，便积极延揽士人，利用他们制造舆论，谁掌握了舆论权，谁就会赢得在列国竞争中的优势。而士人们则利用一切条件宣传自己的主张，以争取获得诸侯们的青睐，他们"上说下教"，"乐道忘势"，将制造舆论、宣传自我的努力发挥得淋漓尽致，士人的自信心也因此空前高涨，其政治地位也得到显著提升。诚如孟子所说：

> 古之贤王好善而忘势，古之贤士何独不然？乐其道而忘人之势，故王

---

[1] 孔安国传，孔颖达疏：《尚书正义》卷2，《十三经注疏》本，第117页。
[2] 章学诚著，叶瑛校注：《文史通义校注》卷1《诗教上》，中华书局，1994，第62页。

公不致敬尽礼,则不得亟见之。见且由犹不得亟,而况得而臣之乎?[1]

郭隗甚至对燕昭王说:

> 帝者与师处,王者与友处,霸者与臣处,亡国与役处。诎指而事之,北面而受学,则百己者至。先趋而后息,先问而后嘿,则什己者至。人趋己趋,则若己者至。冯(凭)几据杖,眄视指使,则厮役之人至。若恣睢奋击,呴藉叱咄,则徒隶之人至矣。此古服道致士之法也。王诚博选国中之贤者,而朝其门下,天下闻王朝其贤臣,天下之士必趋于燕矣。[2]

孟子、郭隗等人之所以有如此自信,当然是士人的言说活动和学术思想受到了各国诸侯的重视,使得"乐道忘势"成为这一时期士人精神的主流。《史记·田敬仲完世家》载:"宣王喜文学游说之士,自如驺(邹)衍、淳于髡、田骈、接予、慎到、环渊之徒七十六人,皆赐列第,为上大夫,不治而议论。是以齐稷下学士复盛,且数百千人。"[3] 由此可见,战国中期,士人的言说活动不仅得到诸侯们的重视,甚至得到他们的保护。有话语权的士人,更是受到诸侯们的礼遇。

既然言论在社会政治生活中发挥有如此巨大的作用,谁掌握了话语权,谁就能够获得更高的社会地位,取得更多的现实利益,于是,通过辩说争夺话语权就成为处士们竞争的主要形式。在一个重视辩说的时代,人们争相学习辩说是很自然的事。像苏秦那样刻苦学习辩说终于靠辩说挂上六国相印的士人,当然是极为个别的现象,但学习辩说方法,讲究辩说技巧,却成为当时社会的普遍风气。《孟子·滕文公下》载:

---

[1] 赵岐注,孙奭疏:《孟子注疏》卷13上《尽心上》,《十三经注疏》本,第2764页。
[2] 刘向集录、范祥雍笺证:《战国策笺证》卷29《燕一》,上海古籍出版社,2006,第1664—1665页。
[3] 司马迁撰,裴骃集解,司马贞索隐,张守节正义:《史记》卷46《田敬仲完世家》,第2296页。

> 公都子曰："外人皆称夫子好辩，敢问何也？"孟子曰："予岂好辩哉？予不得已也！"[1]

连以继承孔子衣钵为己任的孟子也不得不辩，并被人视为"好辩"，可见孟子之时辩说已然成风。而庄子正与孟子同时，对这种时代风气自然是熟悉且深有体会的，而他对这些言说的理论认知和具体分辨，又是超越当时一般士人的。他用"小说"一词指称那些不能达于道家"至道"之境的诸子言说，包括他们的著述，是有深刻的历史文化背景和学术依据的。

《墨子·经上》云："说，所以明也。"孙诒让释云："谓谈说所以明其意义。"毕沅则释为"解说"。[2] 其实，"明其意义"就是"解说"。而所谓解说必有一个被解说的对象。因此，说体文往往有一个具体的被解说的对象。在先秦，诸子们大都围绕某种经典而进行解说，道家解说的是《道经》，墨家解说的是《墨经》，而儒家主要是解说"六经"，即《诗》、《书》、《礼》、《乐》、《易》、《春秋》。清人章学诚云："'六经'皆先王之政典也。"[3] 这些政典后人奉为经典，经典本不容辩说，而如何解释经典则可以辩说，有的甚至伪托经典而言说，即庄子所云"天下之人各为其所欲焉以自为方"。正如《吕氏春秋·孟秋纪·怀宠》所云：

> 凡君子之说也非苟辩也，士之议也非苟语也，必中理然后说，必当义然后议。故说义而王公大人益好理矣，士民黔首益行义矣。[4]

既然说体文的产生依赖于言论相对自由的社会环境，说体文的发展离不开言说

---

1 赵岐注，孙奭疏：《孟子注疏》卷6下《滕文公下》，《十三经注疏》本，第2714页。
2 孙诒让：《墨子间诂》卷10《经上》，《新编诸子集成》本，第315页。
3 章学诚著，叶瑛校注：《文史通义校注》卷1《易教上》，第1页。
4 许维遹撰，梁运华整理：《吕氏春秋集释》卷8《孟秋纪·怀宠》，《新编诸子集成》本，中华书局，2009，第171页。

活动对于社会政治生活的影响力的扩大,因此,说体文只能是先秦诸子百家争鸣的产物,且其本身的发展也是一个历史过程。这样,"说"之为体也就有了广义与狭义之分。如果按照《墨子》对概念("名")层级的划分原则,"达名"为"说","说"指春秋战国时期诸子百家的一切言论和著述[1];"类名"为"说","说"指以辩说为特征的言论和著述[2];"私名"为"说","说"指以"说"名体的文字著述。《墨子·经说》、《庄子·说剑》、《列子·说符》、《商君书·说民》、《韩非子·内储说》、《外储说》、《说林》等,均以"说"名体,标志着严格意义的说体文确实是先秦就已产生的新文体。这种文体后来一直被传承,虽有发展,但基本性质并未改变。晋陆机《文赋》中提到十种代表性文体,"说"居其一。梁刘勰《文心雕龙》有《论说篇》,分别讨论"论"与"说"两种文体。唐韩愈有《师说》、柳宗元有《捕蛇者说》、宋周敦颐有《爱莲说》,都是说体文的精品。明吴讷《文章辨体序说》和徐师曾《文体明辨序说》,也都把"说"作为一种文体予以论列。因此,"说"作为古代重要文章体裁是不容怀疑的。

如果以上论述可以成立,那么,庄子所云"小说"就不仅是指一种言说活动和一种言论方式,也同时是指一种文体形式,它在形式上属于先秦诸子说体文的范畴,并且规范了后来中国传统子部小说的性质和特征。今人往往注意了"小说"一词的价值判断,而忽略了其隐含的文体判断,故不承认其具有"小说"概念的创始意义。其实,《汉书·艺文志》正是沿袭了庄子等人(包括荀子,说见下章)的这一观念,将小说家作为诸子百家之一著录于《诸子略》,称儒、道、阴阳、法、名、墨、纵横、杂、农九家之外的不入流的诸子百家为"小说家",表明汉代学者是明白"小说"在内容上属于诸子、在形式上属

---

[1] 学术界公认春秋之前无私人著述,而诸子百家大都以古为说,"述而不作",如孔子"从周",墨子"废周道而用夏政",老子倾心于"小国寡民",且都"未尝离事而言理",也可视为广义之"说"。《史记·伯夷列传》"而说者曰"司马贞《索隐》云:"说者,谓诸子杂记也。"可证"说"可指称一切诸子杂记。

[2] 辩者,别也。辩说者,说以分别也。孔、老的时代,各自为说,还无党同伐异倾向,孔子学礼于老子的传说,以及近年出土的湖北荆门郭店楚简《老子》甲、乙、丙三种均无今本《老子》否定孔子思想的言论,证明辩说之风在春秋末期还未形成,它应该兴起于战国,纵横家的辩说是最为极端的例子。

于说体文的性质和特征的,这完全符合先秦两汉的学术生态和分类习惯。而所谓"小说家出于稗官","小道可观","一言可采"云云,都是从政教的角度考虑的,更是点明小说与政教的关系。稍有不同的是,庄子所谓"小说"主要是学术价值判断,文体判断只是隐含的,而《汉志》所谓小说家之"小说"除了学术价值判断以外,还同时强调了小说与其他诸子书在内容和形式上的差别,即所谓"街谈巷语,道听途说者之所造","闾里小知者之所及","刍荛狂夫之议",等等,这就把小说家之"小说"与其他具有系统思想和理论特色的先秦其他诸子书区别开来。这虽然不是对庄子"小说"概念的袭用,但却是对庄子小说观念的推衍,其思维逻辑是完全一致的。至于桓谭所云:"若其小说家,合丛残小语,近取譬论,以作短书,治身理家,有可观之辞。"[1]与《汉志》论小说家之意接近。而清人翟灏所说:"古凡杂说短记,不本经典者,概比小道,谓之小说,乃诸子杂家之流,非若今之秽诞言也。"[2]也是同样的意思。这种从政教学术的角度来认识小说价值,从杂说短记的形式理解小说的文体特点,是中国古代传统子部小说的基本观念,故庄子所云"小说"决非"与后来所谓小说者固不同"。

古人判断小说的标准是学术,是政教,而并非文学或文体;而我们强要古人服从今人的小说标准,故造成了对庄子小说观念的隔膜。倒是周策纵先生的意见值得我们重视,他说:

> 依我的推测,"小说"(说)或"小说"(悦)这一观念,原有"劝说"、"说服"或"说得使听的人高兴喜悦"之意,这和后来的小说创作和评论,就不是没有关系。也可使我们更容易了解早期中国"小说"的性质

---

[1] 萧统编:《文选》卷31江文通《拟李都尉从军诗》李善注引《桓子新论》,中华书局,1977年影印胡克家本,第444页。
[2] 翟灏:《通俗编》卷7《文学》,中华书局,2013,第94页。

和特点。[1]

　　庄子的"小说"观念中既含有言说活动（游说、劝说）的内涵，也含有通过言说活动使人愉悦的内涵，而如果将这些言说活动和言说内容记载下来，就是有特定意味的文体形式了，这种文体形式与《汉志》对小说的定义有着直接的联系。因此，说庄子的"小说"概念"与后来所谓小说者固不同"，显然是不符合中国古代小说发展的历史实际的。我们必须承认庄子第一个揭橥中国"小说"概念的历史事实，给予其"小说"概念在中国古代小说观念发生史上的应有地位，才能科学地建立中国古代小说观念发生史和发展史。

---

[1] 周策纵：《传统中国的小说观念和宗教关怀》，《文学遗产》1996年第5期。

第七章
荀子的小说观念

在有关中国早期小说观念的讨论中,《庄子·杂篇》和《汉书·艺文志》一直是大家关注的重点。前者的《外物篇》有"饰小说以干县令,其于大达亦远矣"语,为"小说"一词所首出,即使有人不承认其为中国小说观念的创造者,但也无人能够否定其为始作俑者的历史地位和文献价值;后者的《诸子略》小说家类序有对"小说家"的解释,所谓"小说家者流,盖出于稗官。街谈巷语,道听途说者之所造也。孔子曰'虽小道,必有可观者焉!致远恐泥,是以君子弗为也。'然亦弗灭也。闾里小知者之所及,亦使缀而不忘。如或一言可采,此亦刍荛狂夫之议也",则成为了传统小说家及其小说的经典定义,也是对中国小说观念形态的最早概括,得到学界的一致肯定。然而,《荀子·正名篇》所云"知者论道而已矣,小家珍说之所愿皆衰矣"一说,却没有引起学界的重视,论者往往不予理会,即或提到,也大多一笔带过,似乎此说无关宏旨,对中国小说观念的发展没有什么影响,大可不必去管它。然而,细读《荀子》全书,尤其是将"小家珍说"放在先秦文化语境中,放在中国古代小说观念发展的历史长河中,认真探讨荀子所谓"小家珍说"的确切含义,我们却发现,荀子的小说观念同样值得重视,其"小家珍说"的内涵也十分丰富,对于梳理中国早期小说观念的发生与发展,同样具有不容忽视的重要意义。下面试做探讨。

第一节 《荀子·正名篇》的论述主旨

荀子（约前325—前238）[1]，名况，时人相尊而号荀卿，又称孙卿[2]。《史记》本传云：

> 荀卿，赵人。年五十始来游学于齐。驺衍之术迂大而闳辩；（邹）奭也文具难施；淳于髡久与处，时有得善言。故齐人颂曰："谈天衍，雕龙奭，炙毂过髡。"田骈之属皆已死。齐襄王时，而荀卿最为老师。齐尚修列大夫之缺，而荀卿三为祭酒焉。齐人或谗荀卿，荀卿乃适楚，而春申君以为兰陵令。春申君死而荀卿废，因家兰陵。李斯尝为弟子，已而相秦。荀卿嫉浊世之政，亡国乱君相属，不遂大道而营于巫祝，信禨祥，鄙儒小拘，如庄周等又滑稽乱俗，于是推儒、墨、道德之行事兴坏，序列著数万言而卒。因葬兰陵。[3]

荀子在政治上虽不能说得志，但也有一定的政治实践经验。而更为重要的，他是战国末年最著名的儒家学者，是当时大家公认的学术领袖，所著《荀子》成为先秦儒学代表作，还培养了李斯、韩非等著名思想家和政治家，因此，他的小说观念无疑具有代表性和影响力。

---

[1] 荀子卒年在楚春申君死（前238年）后不久，学界意见比较一致。而对其生年则说法不一：梁启超定为公元前304年，刘汝霖定为公元前313年，梁启雄定为公元前334年前后，罗根泽定为公元前313—前312年，游国恩定为公元前314年（以上均见《古史辨》第四册），钱穆定为公元前340年（见氏著《先秦诸子系年》），张岱年定为公元前325年（见北京大学《荀子》注释组：《荀子新注》附《荀子生平大事简表》，中华书局，1979），马积高定为公元前335年前后（见氏著《荀学源流》，上海古籍出版社，2000）。今依张岱年说。

[2] 唐颜师古《汉书·艺文志》注以为："本曰荀卿，避宣帝讳，故曰孙。"清顾炎武《日知录》云："按汉人不避嫌名，荀之为'孙'，如孟卯之为'芒卯'，司徒之为'申徒'，语音之转也。"顾说为是。

[3] 司马迁撰，裴骃集解，司马贞索隐，张守节正义：《史记》卷74《孟子荀卿列传》，中华书局，2014，第2852—2853页。

第七章 荀子的小说观念

讨论荀子的小说观念自然要以他的著作为依据[1]，从其著作所阐述的学术思想和论证方法入手，才能得出可靠的结论。《荀子·正名篇》有云：

> 凡人莫不从其所可，而去其所不可。知道之莫之若也，而不从道者，无之有也。假之有人而欲南无多，而恶北无寡，岂为夫南者之不可尽也，离南行而北走也哉？今人所欲无多，所恶无寡，岂为夫所欲之不可尽也，离得欲之道而取所恶也哉？故可道而从之，奚以损之而乱！不可道而离之，奚以益之而治！故知者论道而已矣，小家珍说之所愿皆衰矣。[2]

显然，荀子这里所云"小家珍说"，是指那些"离南行而北走"即"离道而取恶"的各种理论学说。其显在的意思自然是对那些他所不赞成的理论学说进行价值判断，这是大家一望便知的；而对于其中隐含的关于文体的判断，却是一般人所未曾留意的。为了澄清这一认识，我们不妨从分析《荀子·正名篇》的主题和论证方法入手。

对于《荀子·正名篇》的主题，清人王先谦云："是时公孙龙、惠施之徒乱名改作，以是为非，故作《正名篇》。"[3] 此说自有其道理，荀子文中也有内证。如说：

> "见侮不辱"，"圣人不爱己"，"杀盗非杀人也"，此惑于用名以乱名者也。验之所以为有名而观其孰行，则能禁之矣。"山渊平"，"情欲寡"，"刍豢不加甘，大钟不加乐"，此惑于用实以乱名者也。验之所缘无以同异而观

---

[1] 《荀子》之书在西汉以前皆单篇别行，西汉后期才由刘向从三百二十篇中秘书中整理成书，刘向《别录》详细描述了这一过程。书中专论应该是荀子手著，如《劝学》《修身》《儒效》《王制》《天论》《礼论》等篇；有些是杂纂，如《大略》《宥坐》《子道》《法行》《哀公》《尧问》等篇，不一定是荀子所手著，而可能是其门弟子所辑录。因此，我们的讨论以其专论为据。
[2] 王先谦：《荀子集解》卷16《正名篇第二十二》，《新编诸子集成》本，中华书局，1988，第429页。
[3] 王先谦：《荀子集解》卷16《正名篇第二十二》，《新编诸子集成》本，第411页。

其孰调，则能禁之矣。"非而谓楹有牛，马非马也"，此惑于用名以乱实者也。验之名约，以其所受悖其所辞，则能禁之矣。凡邪说辟言之离正道而擅作者，无不类于三惑者矣。故明君知其分而不与辨也。[1]

从其举例可以得知，文中提到的"邪说辟言之离正道而擅作者"包括宋钘、墨翟、惠施、公孙龙等人，前揭"小家珍说"也应该主要是指他们的学说，当然也包括文中所提及的老子的学说。荀子批判这些学说，以为是它们搅乱了人们的思想，引导人们脱离正道。

不过，也有人对《荀子·正名篇》的主题另有新说。如北京大学《荀子》注释组便认为："这是一篇用朴素唯物主义观点阐明'名''实'关系的重要论文。"又说："荀况的正名思想是对孔丘'以名正实'的唯心主义先验论的正名思想的有力批判。同时，荀况围绕'名实'问题也探讨了概念分类和判断、推理等问题，对我国古代形式逻辑学的发展有一定的贡献。"[2] 撇开当时过于政治化的语言不论，其认为《荀子·正名篇》主题是阐述"名""实"关系和探讨"概念分类和判断、推理"等问题，仍然值得重视。因为这涉及对《荀子·正名篇》内容的理解，甚至也涉及对"小家珍说"的理解，不能不予辨明。

诚然，《荀子·正名篇》确有"名""实"关系的论述。文中强调"所为有名，与所缘以同异与制名之枢要，不可不察也"。而对于"何缘而以同异"，荀子的回答是："缘天官（耳目鼻口心体也）。凡同类、同情者，其天官之意物也同，故比方之疑（拟）似而通，是所以共其约名以相期也。……心有征知。征知，则缘耳而知声可也，缘目而知形可也。然而征知必将待天官之当簿其类，然后可也。五官簿之而不知，心征之而无说，则人莫不然谓之不知，此所缘而以同异也。然后随而命之：同则同之，异则异之，单足以喻则单，单不足以喻

---

[1] 王先谦：《荀子集解》卷16《正名篇第二十二》，《新编诸子集成》本，第421—422页。
[2] 北京大学《荀子》注释组：《荀子新注》，中华书局，1979，第366页。

则兼，单与兼无所相避则共，虽共，不为害矣。……名无固宜，约之以命。约定俗成谓之宜，异于约则谓之不宜。名无固实，约之以命实，约定俗成谓之实名。"[1] 所有这些，的确是在论"名""实"之关系，也部分涉及概念分类等问题。

不过，需要指出的是，这里的"名""实"关系并非仅指概念与其指称对象的关系，也不仅是概念分类和判断、推理等问题，即或有这些内涵，作者的落脚点既不在"名""实"关系问题上，也不在如何使用概念的问题上，而是在后王如何治理国家的问题上。因此，文章开篇即云："后王之成名：刑名从商，爵名从周，文名从《礼》。散名之加于万物者，则从诸夏之成俗曲期，远方异俗之乡则因之而为通。"唐杨倞注云："商之刑法未闻。《康诰》曰：'殷罚有伦。'是亦言殷刑之允当也。爵名从周，谓五等诸侯三百六十官也。文名，谓节文、威仪。《礼》，即周之《仪礼》也。"[2] 显然，荀子所谓"正名"，其所正之"名"并非只是概念，而是与概念相联系的思想、理论、制度、文化等。着眼点并非论概念的正确使用，而是论政治教化的正确实施。用荀子自己的话说就是：

> 异形离心交喻，异物名实玄纽，贵贱不明，同异不别，如是则志必有不喻之患，而事必有困废之祸。故知者为之分别，制名以指实，上以明贵贱，下以辨同异。贵贱明，同异别，如是则志无不喻之患，事无困废之祸，此所为有名也。[3]

"明贵贱"，"辨同异"，其要害当然不在概念的正确使用，而在政教的正确实施。而荀子心目中的政教，仍然没有脱离孔子所提倡的礼教的范畴。虽然在荀子的具体论述中，也涉及对礼教的各种概念的辨析，但其核心却是礼乐制度和礼乐精神及其在社会政治中的施行，细读文本是不难明白这一点的。

---

[1] 王先谦：《荀子集解》卷16《正名篇第二十二》，《新编诸子集成》本，第415—420页。
[2] 王先谦：《荀子集解》卷16《正名篇第二十二》，《新编诸子集成》本，第411—412页。
[3] 王先谦：《荀子集解》卷16《正名篇第二十二》，《新编诸子集成》本，第415页。

荀子的这种思想，与孔子的"正名"思想其实并无本质差别。为了比较，不妨将《论语·子路》的有关记载抄录如下：

> 子路曰："卫君待子而为政，子将奚先？"子曰："必也正名乎。"子路曰："有是哉？子之迂也。奚其正？"子曰："野哉由也！君子于其所不知，盖阙如也。名不正，则言不顺；言不顺，则事不成；事不成，则礼乐不兴；礼乐不兴，则刑罚不中；刑罚不中，则民无所错（措）手足。故君子名之必可言也，言之必可行也。君子于其言，无所苟而已矣。"[1]

孔子以为为政当以"正名"为先，此"名"乃礼乐教化之"名"，即礼乐文化中的概念、制度、仪式、规则，如果在施政中能够先正此"名"，那就"名正言顺"，有望实现王道仁政了。古者政教合一，以"正名"为政，亦即以"正名"为教，后世的"名教"即由此衍生而来。荀子显然继承了孔子的这一思想，以为只要后王明君不惑于那些背离正道的"邪说辟言"，并自觉地抵制那些"邪说辟言"，正确施行"名"教，社会就能够长治久安了。因此，他说：

> 故王者之制名，名定而实辨，道行而志通，则慎率民而一焉。故析辞擅作名以乱正名，使民疑惑，人多辨讼，则谓之大奸，其罪犹为符节、度量之罪也。故其民莫敢托为奇辞以乱正名。故其民悫，悫则易使，易使则公。（顾广圻曰："公疑当作功。"）其民莫敢托为奇辞以乱正名，故壹于道法而谨于循令矣。如是，则其迹长矣。迹长功成，治之极也，是谨于守名约之功也。[2]

---

[1] 何晏集解，邢昺疏：《论语注疏》卷13《子路》，《十三经注疏》本，中华书局，1980年影印，第2506页。

[2] 王先谦：《荀子集解》卷16《正名篇第二十二》，《新编诸子集成》本，第414页。

荀子对"正名"的政治功效的阐述,其思路与《论语·子路》所载孔子对"正名"的政治功效的阐述如出一辙,何来对孔子"正名"思想的批判?如果硬要辨别他们有何差异的话,我们只能说荀子的"正名"思想中既重视先王之传统,又重视后王之创制,即"有循于旧名,有作于新名"[1],而孔子则更强调践行周公之制罢了。

第二节 荀子论"小家珍说"之成因

理解了《荀子·正名篇》的主题,再来探讨本文的论证方法就相对比较容易了。

在荀子看来,"王者之制名,名定而实辨,道行而志通,则慎率民而一焉",本不待"正名"。而之所以需要"正名"者,是因为"今圣王没,名守慢,奇辞起,名实乱,是非之形不明,则虽守法之吏,诵数之儒,亦皆乱也"[2]。也就是说,荀子之所以要"正名",是因为"名实乱",而"名实乱"是因为"奇辞起"。或如杨倞注所云:"奇辞乱实,故法吏迷其所守,偏儒疑其所习。"[3]而"奇辞起","名实乱",又是因为"圣王没,名守慢"。如果圣王不没,名守不慢,那么奇辞就不会起,名实就不会乱,自然也无需"正名"。因此,"正名"是特殊社会环境中的特殊要求。荀子说:

> 今圣王没,天下乱,奸言起,君子无执(势)以临之,无刑以禁之,故辨说也。实不喻然后命,命不喻然后期,期不喻然后说,说不喻然后辨。故期、命、辨、说也者,用之大文也,而王业之始也。[4]

---
1 王先谦:《荀子集解》卷16《正名篇第二十二》,《新编诸子集成》本,第414页。
2 王先谦:《荀子集解》卷16《正名篇第二十二》,《新编诸子集成》本,第414页。
3 王先谦:《荀子集解》卷16《正名篇第二十二》,《新编诸子集成》本,第414页。
4 王先谦:《荀子集解》卷16《正名篇第二十二》,《新编诸子集成》本,第422页。

所谓"期、命、辨、说"为"用之大文"、"王业之始",此"王业"当然不是"圣王"之业,而是名实已乱之后的"时王"之业;此"大文"当然不仅仅是作为概念的"名",而是作为国家政治、思想、制度、文化以及与之相关的理论、学说之"名"。因此,"期、命、辨、说"就不仅仅是概念的产生方式,而且更是一种言说方式,体现在文本上则是一种文体形式。这种文体形式是在"圣王没,天下乱"的社会背景下诞生的,其言说方式概言之为"辨说",其文体形式后人称之为"说体文"。正因为"辨说"是时代的产物,故无论圣人还是凡人,无论君子还是小人,他们如要言说,或者要争"名",就不能不利用这一言说方式,不能不使用这一特殊文体。因此,荀子之所谓"正名",并不是简单地否定这种言说方式,而是要争夺话语主导权,即提倡"正说",反对"邪说"。

循着这一思路,荀子在文章中花了不小篇幅来谈论各种不同的"辨说",以及这些"辨说"的差别。他说:

> 心合于道,说合于心,辞合于说,正名而期,质请而喻。辨异而不过,推类而不悖,听则合文,辨则尽故。以正道而辨奸,犹引绳以持曲直,是故邪说不能乱,百家无所窜。有兼听之明而无奋矜之容,有兼覆之厚而无伐德之色。说行则天下正,说不行则白道而冥穷,是圣人之辨说也。[1]

> 辞让之节得矣,长少之理顺矣,忌讳不称,袄辞不出,以仁心说,以学心听,以公心辨。不动乎众人之非誉,不治观者之耳目,不赂贵者之权执(势),不利传辟者之辞,故能处道而不贰,吐而不夺,利而不流,贵公正而贱鄙争,是士君子之辨说也。[2]

---

[1] 王先谦:《荀子集解》卷16《正名篇第二十二》,《新编诸子集成》本,第423—424页。
[2] 王先谦:《荀子集解》卷16《正名篇第二十二》,《新编诸子集成》本,第424—425页。

毫无疑问,"圣人之辨说"是荀子理想中的辨说,除孔子的言论外可能无人可以当之;"士君子之辨说"是荀子所肯定的辨说,大概是包括他自己在内的儒家学者的学说。这些辨说是在"圣王没,天下乱"的情势下出现的,是合理而必要的。自然,这样的辨说在圣王时代是不存在的,因为圣王时代名实相称,上行下效,令行禁止,无用辨说也。

那么,圣王时代是怎样一种政治局面呢?《荀子·王制》有这样的描述:

> 贤能不待次而举,罢不能不待须而废,元恶不待教而诛,中庸民不待政而化。分未定也则有昭缪。虽王公士大夫之子孙也,不能属于礼义,则归之庶人。虽庶人之子孙也,积文学,正身行,能属于礼义,则归之卿相士大夫。故奸言、奸说、奸事、奸能、遁逃反侧之民,职而教之,须而待之,勉之以庆赏,惩之以刑罚,安职则畜,不安职则弃。五疾,上收而养之,材而事之,官施而衣食之,兼覆无遗。才行反时者死无赦。夫是之谓天德,是王者之政也。[1]

这就是说,圣王时代是一个公正廉明、各安其职的时代,也是一个没有辨说也不需要辨说的时代。或者如《正名篇》所说:"夫民易一以道而不可与共故,故明君临之以执(势),道之以道,申之以命,章之以论,禁之以刑。故其民之化道也如神,辨说(一作势)恶用也哉!"[2]按照荀子的描述,当时的社会话语权掌握在圣王之手,他们一言九鼎,臣下只需听其教令,遵照执行即可,没有辨说,也用不着辨说。这一时代,其实就是夏、商、周三代,即《荀子·王制篇》所云"王者之制,道不过三代,法不贰后王"[3]。当然,这只是荀子对"三代"的

---

[1] 王先谦:《荀子集解》卷5《王制篇第九》,《新编诸子集成》本,第148—149页。
[2] 王先谦:《荀子集解》卷16《正名篇第二十二》,《新编诸子集成》本,第422页。"辨说",王先谦据虞、王本校改为"辨执(势)"。卢文弨以为"辨执"乃"辨说"之误,"下文屡云'辨说',则此之为误显然"。今从卢说。
[3] 王先谦:《荀子集解》卷5《王制篇第九》,《新编诸子集成》本,第158页。

美好想象。

章学诚《校雠通义》关于上古之治的描述可以帮助我们理解荀子的认识。章氏云：

> 古无文字。结绳之治，易之书契，圣人明其用曰："百官以治，万民以察。"夫为治为察，所以宣幽隐而达形名，盖不得已而为之，其用足以若是焉斯已矣。理大物博，不可殚也，圣人为之立官分守，而文字亦从而纪焉。有官斯有法，故法具于官；有法斯有书，故官守其书；有书斯有学，故师传其学；有学斯有业，故弟子习其业。官守学业皆出于一，而天下以同文为治，故私门无著述文字。[1]

也就是说，在无文字时代，统治者只能用结绳、书契来辅助治理社会，完全出于实用的目的。而在有了文字之后，统治者则垄断了文字著述，包括与之相关联的书籍、学术、文化、教育。从甲骨卜辞秘藏于殷商王室来看，当时的占卜祭祀是被以商王为首的巫史集团所垄断的。从西周的礼乐制度安排和文化教育的实际情况来看，社会言论也确实是被礼乐制度所控制的，春秋以前无私人著述足以说明这一点。章氏所云"六经皆史也。古人不著书，古人未尝离事而言理，六经皆先王之政典也"[2]，深刻揭示了春秋以前的这些经典文献其实就是先王的行政记录的史实。如《尚书》里面的典、谟、诰、命、训、誓等，就是先王的治国名言。而对于这些圣王的言论，当时只能遵照执行，不容辨说；即使辨说，也无人记录和传播。然而，到了西周末年，"王纲解纽"，"礼崩乐坏"，学术下移，言论失控。孟子称之为"圣王不作，诸侯放恣，处士横议"[3]。诸侯们为了扩大自己的势力和影响，不仅注意倾听这些处士们的言论，而且礼待他们，

---

[1] 章学诚著，叶瑛校注：《文史通义校注》附《校雠通义·原道第一》，中华书局，1994，第951页。
[2] 章学诚著，叶瑛校注：《文史通义校注》卷1《易教上》，第1页。
[3] 赵岐注，孙奭疏：《孟子注疏》卷6下，《十三经注疏》本，第2714页。

甚至给以高官厚禄，让他们为自己的利益服务，私人著述因此蔚然成风。《韩非子·八奸》云："人主者固雍其言谈，希于听论议，易移以辩说。为人臣者求诸侯之辩士，养国中之能说者，使之以语其私，为巧文之言，流行之辞，示之以利势，惧之以患害，施属虚辞以坏其主，此之谓流行。"[1]这种"流行"的社会风气在春秋时期即已然存在，在战国中后期则由纵横家之辩说而达致鼎盛。

在"圣王没，天下乱"的情势下出现的辨说，在荀子看来是合理而必要的，他甚至宣称："法先王，顺理义，党学者，然而不好言，不乐言，则必非诚士也。故君子之于言也，志好之，行安之，乐言之。故君子必辩。"[2] 不过，荀子并非肯定一切辨说，在《正名篇》中他说：

> 君子之言，涉然而精，俛然而类，差差然而齐。彼正其名，当其辞，以务白其志义者也。彼名辞也者，志义之使也，足以相通，则舍之矣；苟之，奸也。故名足以指实，辞足以见极，则舍之矣。外是者谓之切，是君子之所弃，而愚者拾以为己宝。故愚者之言，芴然而粗，啧然而不类，谘谘然而沸。彼诱其名，眩其辞，而无深于其志义者也。故穷藉而无极，甚劳而无功，贪而无名。故知者之言也，虑之易知也，行之易安也，持之易立也，成则必得其所好而不遇其所恶焉。而愚者反是。[3]

荀子将"君子"（有时称之为"知者"）之言和"愚者"之言对比描述，肯定前者而否定后者。而这些"愚者"之言，其实就是作者在文中所批评的"邪说辟言"，这种言论学说在《荀子》一书中还以"嵬说"、"怪说"、"奸说"、"佞说"、"乱说"、"辟陋之说"、"规磨之说"等等来指称。而所谓"小家珍说"云云，也与上述指称对象大体一致。

---

[1] 王先慎：《韩非子集解》卷2《八奸第九》，《新编诸子集成》本，中华书局，1998，第55页。
[2] 王先谦：《荀子集解》卷3《非相篇第五》，《新编诸子集成》本，第83页。
[3] 王先谦：《荀子集解》卷16《正名篇第二十二》，《新编诸子集成》本，第425—426页。

第三节　荀子论"小家珍说"之内涵

既然"小家珍说"是指那些不合儒家正道的言论学说，那么，它的含义与《庄子·外物》所云"小说"的含义就若合符节了。只是荀子之所谓"小家珍说"是指不合"圣人之辨说"和"士君子之辨说"即不合于儒家正道的其他诸子学说，而庄子之所谓"小说"是指不合于道家思想学说即不能"大达"至道的其他诸子学说。二者所指仅有指称对象的差异而已，一与儒家学说相对待，一与道家学说相对待，而其思想方法和思维方式却是一致的。这一点并不奇怪，因为他们的思想背景都是战国时期"百家争鸣"的社会现实，而所针对的都是与他们争夺社会话语权的其他学者以及他们的学说。

在辩说的时代，人各是其所是而非其所非，贬低别人，抬高自己，以"取合诸侯"，是再自然不过的事。正如孟子所说："予岂好辩哉？予不得已也。"[1]正是因为学者们对各家学说有各自的评判标准，于是就有了对于"辨说"的价值判断和各种不同的称谓。例如，《孟子·滕文公下》云："杨、墨之道不息，孔子之道不著，是邪说诬民，充塞仁义也。"[2]这是视杨朱、墨翟之说为"邪说"，以维护孔子之正道。而《庄子·盗跖》则借盗跖之口批判孔子说："尔作言造语，妄称文武，冠枝木之冠，带死牛之胁，多辞缪说，不耕而食，不织而衣，摇唇鼓舌，擅生是非，以迷天下之主，使天下学士不反其本，妄作孝弟（悌），而侥幸于封侯富贵者也。"[3]这是视孔子之说为"缪说"，而以道家之说为正道。《荀子·正论篇》云："今世俗之为说者，不怪朱、象而非尧、舜，岂不过甚矣哉！夫是之谓嵬说。"[4]这是批评世俗之说为"嵬说"。《韩非子·问

1　赵岐注，孙奭疏：《孟子注疏》卷6下，《十三经注疏》本，第2714页。
2　赵岐注，孙奭疏：《孟子注疏》卷6下，《十三经注疏》本，第2714页。
3　郭庆藩：《庄子集释》卷9下《杂篇·盗跖第二十九》，《新编诸子集成》本，中华书局，1961，第991—992页。
4　王先谦：《荀子集解》卷12《正论篇第十八》，《新编诸子集成》本，第337页。

辩》云："今听言观行，不以功用为之的彀，言虽至察，行虽至坚，则妄发之说也。"[1] 这是批评一切非法家的言说为"妄发之说"。应该承认，他们所云"邪说"、"缪说"、"嵬说"、"妄发之说"等等，主要不是一种文体判断，而是对所说内容的一种学术价值判断。然而，既然"邪说"、"缪说"等等都是当时学者们针对诸子学说而作出的价值判断，其中自然也就涉及文体问题。因为这些"邪说"、"缪说"、"嵬说"、"妄发之说"，以及荀子所云"小家珍说"，其言说方式都是一种"辨说"，其文本形式则都是说体文，是春秋战国时期出现的新文体。

为了说明这一点，我们不妨对《荀子·正名篇》关于"期、命、辨、说"的解释做一些分析，以帮助大家理解。

《荀子·正名篇》有云：

> 实不喻然后命，命不喻然后期，期不喻然后说，说不喻然后辨。……名也者，所以期累（一作异）实也。辞也者，兼异实之名以论一意也。辨说也者，不异实名以喻动静之道也。期命也者，辨说之用也。辨说也者，心之象道也。心也者，道之工宰也。道也者，治之经理也。[2]

杨倞有注云："命，谓以名命之也。期，会也。言物之稍难名，命之不喻者，则以形状大小会之，使人易晓也。谓若白马，但言马则未喻，故更以白会之。若是事多，会亦不喻者，则说其所以然。若说亦不喻者，则反复辨明之也。"再注云："辞者，说事之言辞。兼异实之名，谓兼数异实之名，以成言辞。犹若'元年春，王正月，公即位'，兼说亡实之名，以论公即位之一意也。"又注云："动静，是非也。言辨说者不唯兼异常实之名，所以喻是非之理。辞者论一意，辨

---

[1] 王先慎：《韩非子集解》卷17《问辩》，《新编诸子集成》本，第302页。
[2] 王先谦：《荀子集解》卷16《正名篇第二十二》，《新编诸子集成》本，第422—423页。"期异实"，原文为"期累实"，据杨倞注改。

者明两端也。"[1]

根据荀子的论述，参考杨倞的解释，可以得出如下结论：所谓"命"，不仅指使用概念，也指作出判断，概念指称某一事物，而判断表达某一思想；如果所用概念、判断不能让人明白，就要"以形状大小会之"，这就是"期"；如果通过描述形状大小性质状态等仍然不能让人明白，那就通过解说其所以然而让其明白，这就是"说"；如果"说"仍然不能让人明白，那就要反复辩论让其明白，这即是"辨"。毫无疑问，"期、命、辨、说"既可以就概念言，也可以就判断言，还可以就言说方式或文本形式言。如果就言说方式或文本形式言，那么，"期、命、辨、说"其实可以被视为先秦诸子文体的基本特征和主要形式。

事实上，先秦诸子著述大都具备上述基本特征和主要形式，荀子著作也同样体现了这种特征，具备了这样的形式。如以《荀子·正名篇》为例："后王之成名：刑名从商，爵名从周，文名从《礼》"，即是"命"；"今圣王没，天下乱，奸言起，君子无势以临之，无刑以禁之，故辨说也"，这也是"命"。这种"命"，既是一种学术论断，也是一种思想表达。然而，这样的"命"不是大家都能明白，于是就需要用各种具体的事物对"命"加以描述，如通过"形、体、色、理以目异，声音清浊、调竽、奇声以耳异，甘苦、咸淡、辛酸、奇味以口异，香臭、芬郁、腥臊、洒酸、奇臭以鼻异，疾养、凔热、滑铍、轻重以形体异，说（悦）、故、喜、怒、哀、乐、爱、恶、欲以心异"[2]，来说明"名"与"实"的关系，以及不同概念、判断的来历及其作用。接着，再列举"圣人之辨说"、"士君子之辨说"以及"愚者之辨说"，来说明辨说在当下的普遍存在，希望"明君知其分而不与辨也"，这便是"期"。荀子担心他的立意被人误解，于是进一步指出："凡语治而待去欲者，无以道欲而困于有欲者也。凡语治而待寡欲者，无以节欲而困于多欲者也"[3]；"凡人莫不从其所可，而去其所不可。知道

---

[1] 王先谦：《荀子集解》卷16《正名篇第二十二》，《新编诸子集成》本，第422—423页。
[2] 王先谦：《荀子集解》卷16《正名篇第二十二》，《新编诸子集成》本，第416—417页。
[3] 王先谦：《荀子集解》卷16《正名篇第二十二》，《新编诸子集成》本，第426页。

之莫之若也，而不从道者，无之有也"[1]；"凡人之取也，所欲未尝粹而来也；其去也，所恶未尝粹而往也。故人无动而不可以不与权俱。"[2]他的结论是：

> 故欲过之而动不及，心止之也。心之所可中理，则欲虽多，奚伤于治！欲不及而动过之，心使之也。心之所可失理，则欲虽寡，奚止于乱！故治乱在于心之所可，亡于情之所欲。不求之其所在，而求之其所亡，虽曰我得之，失之矣！[3]

这些都是"说"，即解说"正名"之要旨在于国家之治乱。尽管荀子之"说"不厌其烦，然也仍有未尽之义，因此，他又就"物"与"心"之关系进行深入分析，指出：

> 欲养其欲而纵其情，欲养其性而危其形，欲养其乐而攻其心，欲养其名而乱其行。如此者，虽封侯称君，其与夫盗无以异；乘轩戴绖，其与无足无以异。夫是之谓以己为物役矣。心平愉，则色不及佣而可以养目，声不及佣而可以养耳，蔬食菜羹而可以养口，粗布之衣、粗䌷之履而可以养体，屋室、庐庾、葭槁蓐、尚机筵而可以养形。故无万物之美而可以养乐，无执（势）利之位而可以养名。如是而加天下焉，其为天下多，其和乐少矣，夫是之谓重己役物。[4]

这就是"辨"。显然，"期、命、辨、说"并非只针对概念而言，其实也针对言说方式和文本形式而言，这应该是毫无疑义的。

1　王先谦：《荀子集解》卷16《正名篇第二十二》，《新编诸子集成》本，第429页。
2　王先谦：《荀子集解》卷16《正名篇第二十二》，《新编诸子集成》本，第430页。
3　王先谦：《荀子集解》卷16《正名篇第二十二》，《新编诸子集成》本，第428页。
4　王先谦：《荀子集解》卷16《正名篇第二十二》，《新编诸子集成》本，第431—432页。

理解了"期、命、辨、说"与诸子文本和先秦说体文的关系,"小家珍说"的内涵也就昭然若揭了。"小家珍说"是相对于"圣人之辨说"和"士君子之辨说"而提出的,所云"故知者论道而已矣,小家珍说之所愿皆衰矣",已经清楚表明作者是在进行学术价值判断。然而,就言说方式和文本形式而言,"知者论道"(实即"士君子之辨说")与"小家珍说"具有相同的言说方式和文本形式,其中隐含有对于先秦诸子文体的认识,也包含对小说文体的认识。因此,荀子对"小家珍说"的批评其实也是一种小说观念。以此反观《庄子·外物篇》所云"小说",则此概念既是价值判断,也有文体内涵,即亦明矣。前人有不承认庄子所谓"小说"是中国早期的小说观念者,也就需要从新检讨了。而荀子的"小家珍说"则加强了庄子小说观念的影响,并促进着早期小说观念的成熟与发展,也就毋庸置疑了。

第二编
史志小说观念的确立与发展

第八章
汉人的小说观念

通过第一编七章的讨论，我们大体可以确定，先秦已经有比较成熟的小说文体，诞生了一批有影响有代表性的小说家，并初步形成了对于小说的认识。即是说，先秦已经有了小说观念的滥觞，尽管这种观念还处于萌芽状态，但它已经具备成熟小说观念的基本因子。不过，真正对小说家及其作品形成成熟的学术意见，并对中国古代小说观念和小说发展产生深远影响，还得从汉人算起。而要正确认识汉人的小说观念，则应从分析《汉书·艺文志》入手。《汉志·诸子略》不仅著录了"小说家"的作品，而且提出了"小说家出于稗官"的著名论断。《汉志》著录诸子百家是从"时君世主"统治需要出发，其价值判断也是从政教着眼，对于"小说家"的认识自不例外。《汉志》的"小说家出于稗官"说有着丰富内涵，我们将在下一章做深入细致的讨论，这里从略。需要指出的是，《汉志》对"小说家"的定义并非刘向、刘歆父子凭空虚构，而是根据其所著录的小说家及其作品实际加以归纳而得出的，其认识既有客观现实依据，也有充分的历史文化和社会制度依据。不是先有了"小说家"称谓才称其作品为"小说"，而是先有了"小说"称谓才称其作者为"小说家"，这是讨论汉人小说观念需要首先明确的。因此，仅仅将"小说"理解为学术价值判断显然是不够的，它其实已经有了对于小说的明确的文体意味。汉人的"小说家"定义和《汉志》著录的"小说"文本，规范和影响了后世小说观念和小说文体的发展，这是值得我们充分重视的,所以本章专门讨论汉人的小说观念。

第一节 《汉志》的基本体例和著录原则

"小说"一词,始见于《庄子·外物》,自鲁迅《中国小说史略》以来,今人多不承认其是文体概念,以为它是偶尔使用的一个词组或缩略语,与《荀子·正名》所云"小家珍说"同类;且多认为中国小说观念由汉人所揭橥,正是汉人的小说观念深刻影响了中国古代小说后来的发展。这些认识有一定合理性,却并不十分准确。本书在前面几章中已经揭示,庄子所云"小说"和荀子所云"小家珍说"虽主要是学术判断而非文体判断,更不是纯粹的文体概念,但其中包含有文体因素且已经具备小说观念的基本内涵,却是不应忽视的,否则我们就说不清楚许多问题。当然,先秦小说观念处于萌芽状态,并未臻于成熟,也是应该承认的。汉人对于小说远比先秦学者重视,他们对于小说的理解远比先秦学者深刻,他们所揭橥的小说的内涵也远比先秦学者丰富。因此,汉人的小说观念就理所当然成为了中国古代成熟的小说观念,这种观念对中国古代小说的发展的确发挥了十分重要的作用。这些揭橥小说观念的汉人,主要是刘向、刘歆、扬雄、桓谭、班固、张衡等两汉著名学者。

然而,对于汉人的小说观念的内涵是什么,是否具有文体意义,人们的理解其实并不一致,有些意见甚至截然相反。例如,鲁迅以为:

> 小说之名,昔者见于庄周之云"饰小说以干县令"(《庄子·外物》),然案其实际,乃谓琐屑之言,非道术所在,与后来所谓小说者固不同。桓谭言"小说家合残丛小语,近取譬喻,以作短书,治身理家,有可观之辞"(李善注《文选》三十一引《新论》)。始若与后之小说近似,然《庄子》云尧问孔子,《淮南子》云共工争帝地维绝,当时亦多以为"短书不可用",

则此小说者,仍谓寓言异记,不本经传,背于儒术者矣。[1]

鲁迅认为庄子的小说观念与后世不同,而桓谭的小说观念则与后人近似,但也仍然差异明显。[2]对于《汉志》的小说家定义及其作品著录,鲁迅在抄录后断言:"惟据班固注,则诸书大抵或托古人,或记古事,托人者似子而浅薄,记事者近史而悠缪者也。"[3]他虽未对《汉志》小说家定义表达意见,却对《汉志》著录的小说家作品特点进行了概括,其基本看法与对桓谭小说观念的认识相去不远。[4]郭箴一基本承袭鲁迅的看法,认为:"中国前此(指汉魏六朝——引者)对于'小说'这一个观念,几于人各不同,所以它的界限也模糊不清。如绳以现代所谓小说,那么几乎无一与之适合。但小说的观念和界限尽管分辨不清,而每个时代都有小说产生,却是不可掩没的事实。"[5]不过,有学者并不认为鲁迅厘清了中国小说观念,如欧阳健便指出:"鲁迅的小说观常处于自我矛盾的状态。当他处于自为状态,用的是西方的文学观和方法论;而当他处于自在状态,用的又是中国的文学观和方法论。"[6]他之所以不直接表明对小说的看法,"只是想规避对胡适的重复"[7]。也有学者认为,汉人的小说概念与文学文体的小说概念完全不同,如石昌渝便认为:"班固对于'小说'的定义,成为传统目录学的经典性概

---

1 鲁迅:《中国小说史略》第一篇,人民文学出版社,1973,第1页。
2 需要指出的是,鲁迅在这里混淆了桓谭所云"小说家"与"小说"的差别,其实这种差别是很重要的。说详下。
3 鲁迅:《中国小说史略》第一篇,第3页。
4 鲁迅在《中国小说的历史的变迁》中说:"考小说之名,最古是见于庄子所说的'饰小说以干县令'。'县'是高,言高名;'令'是美,言美誉。但这是指他所谓琐屑之言,不关道术的而说,和后来所谓的小说并不同。因为如孔子,杨子,墨子各家的学说,从庄子看来,都可以谓之小说;反之,别家对庄子,也可称他的著作为小说。至于《汉书·艺文志》上说:'小说者,街谈巷语之说也。'这才近似现在的所谓小说了,但也不过古时稗官采集一般小民所谈的小话,借以考察国之民情、风俗而已,并无现在所谓小说之价值。"(《中国小说史略·附录》,第269页)可以证明我们的判断。不过,其文中所引《汉书·艺文志》语实为《隋书·经籍志》语。
5 郭箴一:《中国小说史》上册,商务印书馆,1998,第39页。
6 欧阳健:《〈中国小说史略〉批判》,山西人民出版社,2008,第65页。
7 欧阳健:《〈中国小说史略〉批判》,第60页。

念。……传统目录学所谓的'小说',与散文体叙事文学的小说是完全不同的概念。"[1]显然,学界对于汉人的小说观念仍然存在不同的认识,厘清汉人的小说观念,无疑有利于中国古代小说和小说观念研究的深入。

汉人的小说观念应该以《汉志》为代表,因为《汉志》是在刘向(前79—前8)《别录》和刘歆(前50—23)《七略》的基础上由班固(32—92)"删其要"而成,它代表了两汉学者的普遍认识。因此,要正确认识汉人的小说观念,则不妨从分析《汉志》入手。《汉志·诸子略》"小说家"在著录小说十五家作品后,有小序云:

> 小说家者流,盖出于稗官。街谈巷语,道听途说者之所造也。孔子曰:"虽小道,必有可观者焉,致远恐泥,是以君子弗为也。"然亦弗灭也。闾里小知者之所及,亦使缀而不忘。如或一言可采,此亦刍荛狂夫之议也。[2]

以上小序是《汉志》对"小说家"的定义,而非对"小说"的定义。而许多学者在引用或解释这一定义时,常常混淆了二者的区别,因而造成许多误解。如鲁迅在《中国小说的历史的变迁》的研究中就将《隋志》关于"小说"的定义当做了《汉志》关于"小说家"的定义。其实,"小说家"是学术流派的概念,而"小说"在后来逐渐演变成了文体的概念,二者虽有联系,但出发点和落脚点却是很不相同的(说详下)。

《汉志》是在著录诸子百家学说时著录"小说家"及其作品的,其《诸子略》有大序云:

---

[1] 石昌渝:《中国小说源流论》第一章,生活·读书·新知三联书店,1994,第2—3页。
[2] 班固撰,颜师古注:《汉书》卷30《艺文志》,中华书局,1962,第1745页。

诸子十家，其可观者九家而已。皆起于王道既微，诸侯力政，时君世主，好恶殊方，是以九家之术蜂出并作，各引一端，崇其所善，以此驰说，取合诸侯。其言虽殊，辟犹水火，相灭亦相生也。仁之与义，敬之与和，相反而皆相成也。《易》曰："天下同归而殊途，一致而百虑。"今异家者各推所长，穷知究虑，以明其指，虽有蔽短，合其要归，亦《六经》之支与流裔。使其人遭明王圣主，得其所折中，皆股肱之材已。仲尼有言："礼失而求诸野。"方今去圣久远，道术缺废，无所更索，彼九家者，不犹愈于野乎？若能修六艺之术，而观此九家之言，舍短取长，则可以通万方之略矣。[1]

序言表明，《汉志》著录诸子百家是从"时君世主"的统治需要出发的，也是从政教的角度来评论各家学说价值的。如认为儒家"助人君顺阴阳明教化者也"，道家"君人南面之术也"，阴阳家"历象日月星辰，敬授民时"，法家"信赏必罚，以辅礼制"，等等。因此，《汉志》对《诸子略》中任何一家的序说，都是对其学术价值的判断，而非对其文体价值的判断，也是一望可知的。这里所说的学术，当然不是今人所泛指的各学科有系统的较专门的学问，而是特指那些能够为"时君世主"的统治服务的各种思想学说和政教主张。这些思想学说和政教主张，对学者而言是学术，对君主而言则是"南面之术"，或说是政教之术。

　　需要特别强调的是，《汉志·诸子略》在著录各家学派并简论其学术价值时，刻意把诸子各家各派与"王官之学"联系起来，如谓："儒家者流，盖出于司徒之官"，"道家者流，盖出于史官"，"阴阳家者流，盖出于羲和之官"，"法家者流，盖出于理官"，"名家者流，盖出于礼官"，"墨家者流，盖出于清庙之守"，"纵横家者流，盖出于行人之官"，"杂家者流，盖出于议官"，"农家者流，

---

[1] 班固撰，颜师古注：《汉书》卷30《艺文志》，第1746页。

盖出于农稷之官",[1]等等。这样的联系正是为了说明诸子学术源于"王官之学",原本是君王政教的组成部分,后因"王道既微,诸侯力政",故官失学守,"王官之学"才散为"诸子之学"。

对于《汉志》所云各家学术均出于"王官之学"的说法,前贤意见分歧。章太炎赞成此说,胡适则坚决反对,傅斯年以为"《七略》、《汉志》此说,其辞虽非,其意则似无谓而有谓"[2]。有意调和章太炎和胡适两家之说。吕思勉则在吸收章、胡二家之说的基础上进一步指出:"诸家之学,《汉志》谓皆出王官;《淮南·要略》则以为起于救时之弊,盖一言其因,一言其缘也。近人胡适之,著《诸子不出王官论》,力诋《汉志》之诬。殊不知先秦诸子之学,极为精深,果其起自东周,数百年间,何能发达至此?且诸子书之思想文义,皆显分古近,决非一时间物,夫固开卷可见也。"[3]吕氏之说颇为辩证,足可信从。而无论"诸子出于王官"说能否成立,它所反映的《汉志》是从"学术"即政教之术的角度来著录小说家及其他诸子,却是毋庸置疑的。诚如章学诚所云,在王官时代,"有官斯有法,故法具于官;有法斯有书,故官守其书;有书斯有学,故师传其学;有学斯有业,故弟子习其业。官守学业皆出于一,而天下以同文为治,故私门无著述文字"[4]。而在王纲解纽、官失学守之后,政教分离,诸子之学便取代王官之学而成为"时君世主"之术。而无论是王官之学,还是诸子之学,都是政教之学、统治之术,而不是其他,是可以肯定的。因此,章学诚指出:

> 其(指《汉志》——引者)叙六艺而后,次及诸子百家,必云某家者流,盖出古者某官之掌,其流而为某氏之学,失而为某氏之弊。其云某官

---

[1] 班固撰,颜师古注:《汉书》卷30《艺文志》,第1724—1743页。
[2] 傅斯年:《民族与古代中国史》附录—《战国子家叙论》,河北教育出版社,2002,第190—196页。
[3] 吕思勉:《先秦学术概论》上编,云南人民出版社,2005,第16页。
[4] 章学诚著,叶瑛校注:《文史通义校注》附《校雠通义》卷1,中华书局,1994,第951页。

之掌,即法具于官,官守其书之义也。其云流而为某家之学,即官司失职,而师弟传业之义也。其云失而为某氏之弊,即孟子所谓"生心发政,作政害事",辨而别之,盖欲庶几于知言之学者也。由刘氏之旨,以博求古今之载籍,则著录部次,辨章流别,将以折衷六艺,宣明大道,不徒为甲乙纪数之需,亦已明矣。[1]

依章氏所论,刘向、刘歆父子所开创而为班固所遵法的"辨章学术,考镜源流"[2]的校雠体例和著录原则是两汉学者们的共同追求,他们所措意的是"折衷六艺,宣明大道,不徒为甲乙纪数之需",反映了当时的学术生态和知识谱系,也适应着当时统治者的政治需求。班固《汉志》是在刘歆《七略》基础上删改而成,《诸子略》也和其他各略一样,其"著录部次,辨章流别",是在进行学术源流的清理,而非文体形式的编排。这便是《汉志》编纂的实际和特点。不然,如何解释同是论说体的《荀子》《庄子》《韩非子》,何以一列儒家、一列道家、一列法家?而《荀子》一书中,何以既有论说文《劝学》《修身》,又有诗赋《成相》和《赋篇》?事实上《汉志》各序(包括总序、大序、小序)其实都反映着刘向以来两汉学者对诸子学说的整体评价和对各家学派的基本认识,表现为一种学术判断而非文体判断。因此,《诸子略》所著录的"小说家"以及关于"小说家"的序说,是站在学术的立场并从学术源流的角度来清理和说明的,将作为学派的"小说家"混同于作为文学文体的"小说",显然是不符合《汉志》编纂实际的。之所以出现这样的误解,一个很重要的原因,是人们将汉人的校雠之学当作了后来发展起来的目录之学,以为《汉志》不过是编排书目而已。即是说,人们将汉人的"辨章学术,考镜源流",理解成"徒为甲乙纪数之需"了。而这种现象,自隋唐即已出现,清代以来尤为突出,张舜徽曾在

---

[1] 章学诚著,叶瑛校注:《文史通义校注》附《校雠通义》卷1,第952页。
[2] 章学诚著,叶瑛校注:《文史通义校注》附《校雠通义》卷1,第945页。

《广校雠略·论目录学名义之非》中予以痛斥[1]，切中了问题的要害。笔者在《张舜徽〈汉书艺文志通释〉蠡测——以〈诸子略〉为中心》文中对《汉志·诸子略》体例有比较详细的解说，读者可以参看。[2]

第二节 《汉志》关于"小说家"的定义

了解了《汉志》的基本体例和著录原则，我们就可以具体讨论《诸子略》中关于"小说家"的定义了。

《汉志》云："小说家者流，盖出于稗官。街谈巷语，道听途说者之所造也。"谓小说家为稗官之所从出，这对于理解小说家十分重要。因为《汉志》要"辨章学术，考镜源流"，而中国早期学术只有"王官之学"，并无其他学术，考镜源流就不得不寻找与朝廷政教相联系的王官职掌了，亦即前引章学诚所云"其云某官之掌，即法具于官，官守其书之义也。其云流而为某家之学，即官司失职，而师弟传业之义也"。既然这些学术是为统治者的政教服务的，判断它们的价值当然就要看其对于政教所发挥作用的大小了。如云：

> 儒家者流，盖出于司徒之官，助人君顺阴阳明教化者也。游文于六经之中，留意于仁义之际，祖述尧舜，宪章文武，宗师仲尼，以重其言，于

---

[1] 张舜徽《广校雠略·论目录学名义之非》云："目录二字连称，昉于汉世，以此名学，则实始于宋人。……特举此以当专门之业，取径窘隘，而自远于校雠别流之义，自清儒始耳。……章学诚尝斥其失曰：'校雠之学，自刘氏父子，渊源流别，最为推见古人大体，而校订字句，则其小焉者也。……近人不得其说，而于古书有篇卷参差叙例同异当考辨者，乃谓古人别有目录之学，真属诧闻。'（《遗书外编·信摭》）全祖望亦曰：'今世所谓书目之学者，记其撰人之时代，分帙之簿翻，以资口给，即其有得于此者，亦不过以为挦扯獭祭之用。'（《丛书楼书目序》）两家所论，至为明快。夷考世俗受病之由，盖原于名之不正耳。夫目录既由校雠而来，则称举大名，自足统其小号。自向、歆父子而后，惟郑樵、章学诚深通斯旨，故郑氏为书以明群籍类例，章氏为书以辨学术流别，但以校雠标目，而不取目录立名，最为能见其大。李兆洛为顾广圻墓志铭，反谓郑氏之书惟言类例，无涉校雠，此则囿于世俗之见，而犹未足以测斯道之浅深也。"（华中师范大学出版社，2004，第8—9页）

[2] 参见拙作《张舜徽〈汉书艺文志通释〉蠡测——以〈诸子略〉为中心》，《齐鲁学刊》2010年第5期。

道最为高。

道家者流，盖出于史官，历记成败存亡祸福古今之道，然后知秉要执本，清虚以自守，卑弱以自持，此君人南面之术也。合于尧之克攘，《易》之嗛嗛，一谦而四益，此其所长也。

阴阳家者流，盖出于羲和之官，敬顺昊天，历象日月星辰，敬授民时，此其所长也。

法家者流，盖出于理官，信赏必罚，以辅礼制。《易》曰"先王以明罚饬法"，此其所长也。

名家者流，盖出于礼官。古者名位不同，礼亦异数。孔子曰："必也正名乎！名不正则言不顺，言不顺则事不成。"此其所长也。

墨家者流，盖出于清庙之守。茅屋采椽，是以贵俭；养三老五更，是以兼爱；选士大射，是以上贤；宗祀严父，是以右鬼；顺四时而行，是以非命；以孝视天下，是以上同：此其所长也。

纵横家者流，盖出于行人之官。孔子曰……言其当权事制宜，受命而不受辞，此其所长也。

杂家者流，盖出于议官。兼儒、墨，合名、法，知国体之有此，见王治之无不贯，此其所长也。

农家者流，盖出于农稷之官。播百谷，劝耕桑，以足衣食，故八政一曰食，二曰货。孔子曰"所重民食"，此其所长也。[1]

由此可见，《汉志·诸子略》解释各家，都是从政教的角度着眼来评判其学术长短，不论其文体形式。而就文体而言，诸子百家并无本质差别，然就学术而言，各家各派自有不同。诸子九家既如此，小说家当然也不例外，著录者同样是从学术即政教着眼来对小说家给以说明，并加以评价。只不过小说家对于政教的

---

[1] 班固撰，颜师古注：《汉书》卷30《艺文志》，第1724—1743页。

作用有限，故《汉志》以为"诸子十家，其可观者九家而已"[1]。

那么，《汉志》为何要将小说家排除在"可观者"之外呢？或者换一种说法，《汉志》为何认为小说家对政教作用有限呢？这牵涉到小说家所从出之稗官的职掌以及《汉志》所著录的当时所存小说家作品的实际。

关于稗官，我们将在下一章详细讨论，这里只说结论：1.稗官之称谓在秦汉时确已存在，并非《汉志》杜撰；2.稗官确实是县乡低级小官，但也可作为秩级较低的小官之通称；3.稗官的职掌多为辅助性的，管理文书和收集闾巷传言是其职责之一部分。而所谓"街谈巷语，道听途说者之所造"，则是指稗官有责任收集庶人的与朝政相关的谤誉之言，这其实是周代"士传言"制度在秦汉的延续。稗官所掌，虽涉政教，却无关大体，主要反映的是下层生活经验和"闾巷风俗"，其中多偶语、谤言。《汉志》将小说家与稗官联系在一起，便表明这些言论学术的价值极为有限。因此，《汉志》才为小说家定位云："孔子曰：'虽小道，必有可观者焉，致远恐泥，是以君子弗为也。'然亦弗灭也。闾里小知者之所及，亦使缀而不忘。如或一言可采，此亦刍荛狂夫之议也。"[2]

两汉之际的桓谭（前23—56）在《新论》中对小说家也表达了与《汉志》类似的看法。他说："若其小说家合丛残小语，近取譬论，以作短书，治身理家，有可观之辞。"[3]同样也是从政教的角度来为小说家定位。"合丛残小语"云云，无非"街谈巷语，道听途说者之所造也"之义。"近取譬论"云云，无非章学诚所谓"古人未尝离事而言理"[4]、"战国之文，深于比兴，即其深于取象者也"[5]，先秦诸子常用身边事例或寓言故事说明道理，即是此法。"以作短书"云云，无非"闾里小知者之所及，亦使缀而不忘"之义。桓谭在《新论》中曾说：

---

1 班固撰，颜师古注：《汉书》卷30《艺文志》，第1746页。
2 班固撰，颜师古注：《汉书》卷30《艺文志》，第1745页。
3 萧统编：《文选》卷31江文通《拟李都尉从军诗》李善注引《桓子新论》，中华书局，1977年影印胡克家本，第444页。
4 章学诚著，叶瑛校注：《文史通义校注》卷1《易教上》，中华书局，1994，第1页。
5 章学诚著，叶瑛校注：《文史通义校注》卷1，《易教下》，第19页。

"庄周寓言乃云尧问孔子,《淮南子》云共工争帝地维绝,亦皆为妄作,故世人多云'短书不可用',然论天间莫明于圣人,庄周等虽虚诞,故当采其善,何云尽弃耶?"[1]按当时简策制度,"最长者二尺四寸,其次二分而取一,其次三分取一,最短者四分取一"[2],经典文献用二尺四寸长简书写,以示尊重;其次者则用短简,"短书"则指八寸、六寸等不太重要的短简书。这种体制分别已经在今日出土的大量汉代简书中得到验证。"治身理家"云云,《礼记·大学》谓"欲治其国者,先齐其家;欲齐其家者,先修其身"[3],故"治身理家"其实导向"治国",而不说"治国"者,正以其作用有限也。"有可观之辞"云云,正是针对"治身理家"而言,如针对"治国"而言,则与《汉志》将小说家排除在"可观者"之外似无不同也。

《汉志》对小说家的学术定位,与《汉志》著录的小说家作品有直接关系。《汉志·诸子略》"小说家"著录"小说十五家千三百八十篇"(实为1390篇),以"说"为名者五家共1047篇,虽只占著录总家数的五分之一,却占著录作品总篇数的四分之三。这五家分别是《伊尹说》、《鬻子说》、《黄帝说》、《封禅方说》、《虞初周说》。张舜徽指出:

> 说亦汉人注述之一体。《汉书·河间献王传》云:"献王所得,皆《经》、《传》、《说》、《记》七十子之徒所论。"是传、说、记三者,固与经相辅而行甚早。说之为书,盖以称说大义为归,与夫注家徒循经文立解、专详训诂名物者,固有不同。[4]

这一认识是十分正确的。《汉志·六艺略》中著录解说六艺者,《诗》类有《鲁

---

1 李昉等编:《太平御览》卷602引,中华书局,1960年影印,第3册,第2710页。
2 王国维著,胡平生、马月华校注:《简牍检署考校注》,上海古籍出版社,2004,第14页。
3 郑玄注,孔颖达疏:《礼记正义》卷42《大学》,《十三经注疏》本,第1673页。
4 张舜徽:《汉书艺文志通释》,华中师范大学出版社,2004,第199—200页。

说》、《韩说》,《礼》类有《中庸说》、《明堂阴阳说》,《论语》类有《齐说》、《鲁夏侯说》、《鲁安昌侯说》、《鲁王骏说》、《燕传说》,等等。而《诸子略》中只著录了解说儒家和道家的作品,归类却颇有差别。具体说来,将解说荀子者归入儒家类,解说老子者归入道家类。如辩难(辩难是别一形式之解说)《荀子》的有《虞丘说》,解说《老子》的有《老子傅氏经说》、《老子徐氏经说》、《刘向说老子》。而解说其他道家学说者,则归入小说家类。如道家有《伊尹》、《鬻子》、《黄帝四经》,小说家则有《伊尹说》、《鬻子说》、《黄帝说》。汉武帝"罢黜百家,独尊儒术",儒家经、说受到重视,自在情理之中,故解说儒家者不入小说家,而入六艺或儒家。汉初推崇黄老之学,道家亦尊宠一时,故不独《老子》有多家解说,其他道家亦多有解说者。《老子》为可靠文献,道家尊之为《道德经》,故其解说可自成家,《汉志》仍在道家类著录;《伊尹》、《鬻子》、《黄帝》等乃集合道家传说而成,本不如《老子》之有系统条理,其解说者只能是道听途说,不本经传,故将其列入小说家。因此,班固注《伊尹说》谓"其语浅薄,似依托也";注《鬻子说》谓"后世所加";注《黄帝说》谓"迂诞依托"。至于《封禅方说》、《虞初周说》,都是武帝时方士所撰,而方士与黄老道家本有联系[1]。由于《虞初周说》篇幅最大,计943篇,占《汉志》著录小说家作品总篇数的68%以上,"四库"馆臣因此认为:"张衡《西京赋》曰:'小说九百,本自虞初。'《汉书·艺文志》载《虞初周说》九百四十三篇,注称武帝时方士,则小说兴于武帝时矣。故《伊尹说》以下九家,班固多注依托也。"[2]

将《虞初周说》作为小说家的小说代表作,以为"小说兴于武帝时",这是"四库"馆臣们从文体角度所做的判断。如果从"小说家"的角度,将其兴盛的

---

[1] 参见拙作《〈汉志〉著录之小说家〈伊尹说〉〈鬻子说〉考辨》(《武汉大学学报》(人文科学版)2006年第5期;《〈汉志〉著录之小说家〈封禅方说〉等四家考辨》《兰州大学学报》(社会科学版)2007年第5期;《〈汉书·艺文志〉著录之小说家〈虞初周说〉探佚》《南开学报》(哲学社会科学版)2005年第3期。收入拙著《稗官与才人——中国古代小说考论》,岳麓书社,2010。

[2] 永瑢等:《四库全书总目》卷140《小说家类一》,中华书局,1965年影印,第1182页。

时间确定在汉武帝时，也是大体可以成立的。理由是：《汉志》著录武帝前小说家共9家，班固注为"依托"或"后世所加"、"非古语"者6家，均不能确定其年代。余下3家中，《青史子》乃托五方五帝之青帝史官为称，并不知作者，所记大概与五方之帝的民间信仰有关，今存佚文"五方之射"和"以鸡祀祭"可为证明[1]。《宋子》作者应为与孟子、庄子同时的宋钘（一名宋轻，或称宋荣子），然班固注称"孙卿道宋子，其言黄老意"，似乎不是《荀子·非十二子》中与墨翟并称的近于墨家的宋钘，也不是《庄子·天下》与尹文并称的近于名家的宋钘，而是黄老道家的宋钘。张舜徽云："不解其十八篇之书，何以入之小说？此殆后人所撰集而托名于宋子者，其言浅薄杂乱，不主一家，故归诸小说家耳。使果如班《注》所云'言黄老意'而甚专深，则必入道家矣。"[2]因此，宋钘也不能作为中国早期小说家的代表。还有一家《周考》，班固注称"考周事也"，因原书早亡，也无佚文残留，故既不能确定作者，也不知成书何时。然而，虞初为武帝时方士却有史可征，其作品卷帙浩繁，东汉张衡《西京赋》提及："匪唯玩好，乃有秘书；小说九百，本自虞初。从容之求，寔俟寔储。"吴人薛综注云："小说，医巫厌祝之术。凡有九百四十三篇，言九百，举大数也。"又云："持此秘书，储以自随，待上所求问，皆常具也。"唐李善注引东汉应劭曰："其说以《周书》为本。"[3]即是说，《虞初周说》是虞初为备皇上顾问而准备的"秘书"，其中有"医巫厌祝之术"；不过，其书既有如此规模，恐亦不仅限于"医巫厌祝之术"，应该还有其他更多内容。而依应劭所说，"其说以《周书》为本"，则《虞初周说》是围绕解说《周书》或周代之事而集纂的一部小说。现存佚文也能够证明这一点。[4]如果真以虞初为小说家代表，他的身份及他的作品倒

1　参见拙作《〈汉志〉著录之小说家〈青史子〉〈师旷〉考辨》，复旦大学中国古代文学研究中心《中国文学研究》第八辑，中国文联出版社，2007。收入拙著《稗官与才人——中国古代小说考论》，岳麓书社，2010。
2　张舜徽：《汉书艺文志通释》，第341—342页。
3　萧统编：《文选》卷2张衡《西京赋》薛综注，中华书局，1977年影印胡克家本，第45页。
4　参见拙作《〈汉书·艺文志〉著录之小说家〈虞初周说〉探佚》，《南开学报》（哲学社会科学版）2005年第3期。收入拙著《稗官与才人——中国古代小说考论》，岳麓书社，2010。

是十分符合《汉志》小说家的定义。而无论是黄老道家或武帝时方士，他们编纂的这些小说并不是供自己审美娱乐，而是"持此秘术，储以自随，待上所求问，皆常具也"。即是说，这些小说家本是"天子之士"或当时通称的"稗官"，他们的小说也都是用来从政干禄的。由此可见，《汉志》对小说家的定义正是根据其所著录的小说家和其作品的实际加以归纳总结而得出的。

不过，需要指出的是，如果将四库馆臣所谓"小说兴于武帝时"理解为小说"兴起"于汉武帝时，这一说法就不妥帖了。因为汉武帝之前已经有小说作品传世，《汉志》著录武帝前小说有9家，即使它们主要出于依托，其成书时间也在武帝之前，况且，《师旷》六篇是有明确主名的小说作品，《左传》、《国语》、《逸周书》等也有关于师旷的记载，而师旷为小说家之祖可以确定，本书第三章有详细讨论。因此，"小说兴于武帝时"之"兴"理解为"兴盛"较为妥当。汉武帝时期的确涌现出了大量小说作品。

第三节　汉人对小说性质和特点的认识

《汉志》著录的小说家的作品自然可以称之为小说。若要进一步追问：汉人为何要将这一学术流派称之为"小说家"呢？笔者的回答是：可能正是因了这些作品被称之为"小说"的缘故。即是说，不是因为先有了"小说家"的称谓才称他们的作品为"小说"，而是因为先有了"小说"的称谓才称它们的作者为"小说家"的。试申论如下：

"小说"之称始于《庄子》。《庄子·外物》提到的"饰小说以干县令，其于大达亦远矣"[1]，其"小说"之称并非偶尔使用的一个词，而是指那些不合于道家思想即不能"大达"至道的其他诸子学说，是一种学术价值判断。后来，《荀子·正名》提到的"小家珍说"则是相对于"圣人之辨说"和"士君子之辨

---

[1] 郭庆藩：《庄子集释》杂篇《外物第二十六》，《新编诸子集成》本，中华书局，1961，第925页。

说"而提出的，所云"故知者论道而已矣，小家珍说之所愿皆衰矣"[1]，已经清楚表明荀子与庄子一样，也是在进行学术价值判断。汉人承继先秦诸子的这一思维方法，也用"小说"来贬斥某些学术。例如，与刘歆同时的扬雄在其《法言》中云：

好书而不要诸仲尼，书肆也；好说而不要诸仲尼，说铃也。[2]
或曰："恶知是而习之？"曰："视日月而知众星之蔑也，仰圣人而知众说之小也。"[3]

按照扬雄的逻辑，符合孔子思想的就是"大说"，不符合孔子思想的就是"小说"。与先秦诸子一样，扬雄的"小说"概念含有贬义，仍然是一种学术价值判断。不过，由于这一概念已经与汉代"独尊儒术"的正统思想相联系，成为当时社会思潮和文化结构的反映，因而也就成为了一种相对稳定的概念。汉人遂将那些"街谈巷语，道听途说者之所造"的言说贬之为"小说"。今人李致忠论图书分类说："'小说家'，虽非大说，但亦是先秦九流十家之一。"[4]将"小说"与"大说"对举，很好地揭示了汉人为小说家命名的基本思路。

当然，仅仅将"小说"理解为学术价值判断是不够的，它其实隐藏有文体的内涵。在"王官之学"的时代，并无"大说"、"小说"之分别，因为当时官师政教合一，其政教言说均含有政典的意味。孔颖达在疏解《尚书》时说："典书草创，以义而录，但致言有本，各随其事，检其此体，为例有十：一曰典，二曰谟，三曰贡，四曰歌，五曰誓，六曰诰，七曰训，八曰命，九曰征，十曰

---

[1] 王先谦：《荀子集解》卷16《正名篇第二十二》，《新编诸子集成》本，中华书局，1988，第429页。
[2] 扬雄：《扬子法言》卷2《吾子》，《诸子集成》本，上海书店，1986年影印，第6页。
[3] 扬雄：《扬子法言》卷1《学行》，《诸子集成》本，第2页。
[4] 李致忠：《四部分类法的应用及其类表的调整》，《国学研究》第十卷，北京大学出版社，2002，第386页。

范。"[1]这些文体虽多为言说活动的记录，但实际上都是政令教言，并无所谓"大说"、"小说"之分。或者说都是"大说"，并无"小说"。这些政令教言后来被奉为经典，并在先秦诸子托古言道的解说中发挥作用，而诸子之解说及其所阐述的学说形之于文本，便是中国早期的说体文。因此，就言说方式和文本形式而言，先秦各家学说具有基本相同的言说方式和文本形式，"小说"不仅指一种言论方式，也同时隐含有文体形式的指称，它属于先秦诸子说体文的范畴。说体文是在言说活动作为一般知识形态和重要社会手段对社会政治生活产生重要影响，并为人们普遍接受与认知的条件下产生的。孟子称之为"圣王不作，诸侯放恣，处士横议"[2]；庄子则云诸子"周行天下，上说下教，虽天下不取，强聒而不舍者也"[3]，便是概括这一文化现象。本书第一编已有详细讨论，可以参看。

说体文的产生依赖于一个言论相对自由的环境，以及言说活动对于社会政治生活的影响力的扩大，其本身的发展也是一个历史过程。这样，"说"之为体也就有了广义与狭义之分，不同的人在使用"说"这一概念时所指称的对象可能不同，同一人在不同的语境中使用"说"的概念时内涵也有差异。如果按照《墨子》对概念（"名"）层级的划分原则，"达名"为"说"，"说"指春秋战国时期诸子百家的一切言论和著述[4]；"类名"为"说"，"说"指以辩说为特征的言论和著述[5]；"私名"为"说"，"说"指以"说"名体的文字著述[6]。在"百家争鸣"、"说者成伍"的时代，人各是其所是而非其所非，贬低别人，抬高自己，

---

1 孔安国传，孔颖达疏：《尚书正义》卷2《尧典》，《十三经注疏》本，第117页。
2 赵岐注，孙奭疏：《孟子注疏》卷6下《滕文公章句下》，《十三经注疏》本，第2714页。
3 郭庆藩：《庄子集释》卷10下《杂篇·天下第三十三》，《新编诸子集成》本，第1082页。
4 学术界公认春秋之前无私人著述，而诸子百家大都以古为说，"述而不作"，如孔子"从周"，墨子"废周道而用夏政"，老子倾心于"小国寡民"，且都"未尝离事而言理"，也可视为广义之"说"。《史记·伯夷列传》"而说者曰"司马贞《索隐》云："说者，谓诸子杂记也。"可证"说"可指称一切诸子杂记。
5 辩者，别也。辩说者，说以分别也。孔、老的时代，各自为说，还无党同伐异倾向，孔子学礼于老子的传说，以及近年出土的湖北荆门郭店楚简《老子》甲、乙、丙三种均无今本《老子》否定孔子思想的言论，证明辩说之风在春秋末期还未形成，它应该兴起于战国，纵横家的辩说是最为极端的例子。
6 例如《墨子·经说》《庄子·说剑》《列子·说符》《商君书·说民》《韩非子·内储说》《外储说》《说林》等，均以"说"名体，标志着严格意义的说体文确实是先秦就已产生的新文体。

以"取合诸侯",争取掌握政教话语权。他们对各家之说有各自的评判标准,于是就有了对"说"的价值判断和各种不同的称谓。高者如"圣人之说"、"君子之说",低者如"邪说"、"缪说"、"嵬说"、"妄发之说"等等,"小说"便是低等学说的一种代表性称谓。

范晔《后汉书》在总结汉武帝时期开始的社会文化特点时指出:

> 汉自武帝颇好方术,天下怀协道艺之士,莫不负策抵掌,顺风而届焉。后王莽矫用符命,及光武尤信谶言,士之赴趣时宜者,皆骋驰穿凿,争谈之也。故王梁、孙咸名应图箓,越登槐鼎之任,郑兴、贾逵以附同称显;桓谭、尹敏以乖忤沦败。自是习为内学,尚奇文,贵异数,不乏于时矣。[1]

方士源出于古巫,由于文化的发展,汉代方士已不限于古巫的鼓舞祠醮之类,他们在利用方术以吉凶休咎感召人的同时,也收集一些政治思想、地理博物、典章制度、奇闻逸事等方面的知识,以备皇帝顾问。方士中当然有一些靠装神弄鬼骗人的,如武帝时的栾大、少翁之流,但也确有不少"怀协道艺"即学有所长的寒门士子,如上面提到的王梁、孙咸、桓谭、尹敏等。方士们收集奇文异数,编撰成书,不是为了审美娱乐,而是为了持此秘书以取得皇帝信任,从而实现参与社会政教的目的。这些秘书就是当时所谓的"小说",也是中国小说史上的首批小说文本。[2]尽管此前已有师旷、宋玉等小说家,但那毕竟只是零星的、个案的,没有像汉代方士小说这样集中涌现。汉人利用"小说"这一概念来指称以虞初为代表的黄老道家和方士们的作品,除了传统的学术价值判断外,

---

[1] 范晔:《后汉书》卷112下《方术传·序》,《二十五史》本,上海古籍出版社、上海书店,1986年影印,第1038页。

[2] 参见拙作《中国小说起源探迹》,《文学遗产》1985年第1期。收入拙作《古典小说初探》,浙江古籍出版社,1993。

也切合这些作品的实际。正如王瑶所说,"小说本出于方士对闾里传说的改造和修饰"[1]。方士们以此求取功名利禄并进而影响朝廷政治的企图,与诸子著书立说之初始目的异曲而同工,何况他们常常借重诸子或传说人物以重其说或以神其说。因此,《汉志》以"小说"为黄老道家和方士们的作品命名且称它们的作者为"小说家",是有着颇为充足的理由和依据的。

从语源学上看,"说"有开解、愉悦、言论三义,而作为文体的说体文则具有解说性、譬喻性、夸饰性、娱乐性等特征。[2] 晋陆机概括为"说炜晔而谲诳"[3],强调了它的语言特点和文章风格。梁刘勰则总结为:"凡说之枢要,必使时利而义贞;进有契于成务,退无阻于荣身。自非谲敌,则唯忠与信,披肝胆以献主,飞文敏以济辞,此说之本也。"[4] 突出了它的情感性和功用性特征。而《汉志》所著录的小说家之"小说"除了具有说体文的一般特征外,主要突出其"小"的特点。所谓"小",一方面含有鄙薄之义,即内容上的不本经典、浅薄俚俗;一方面也是因实定名,即形式上的简短琐屑、不成系统。从《汉志》所著录小说家作品佚文看,如《吕氏春秋·本味篇》所引《伊尹说》"伊尹以至味说汤"及《去宥篇》所引《宋子》"邻父有与人邻者",《新书》、《大戴礼记》、《风俗通义》所引《青史子》"五方之射"及"以鸡祀祭",唐宋类书《初学记》、《艺文类聚》、《太平御览》等所引疑似《虞初周说》的大量佚文,正体现了我们上面所说的两方面特点。这些特点构成了《汉志》小说家定义的文本依据,也形成了后世有关小说文体的基本特征。概而言之,《汉志》小说家虽服务于政教,但没有成体系的学术思想,且多为"街谈巷语,道听途说者之所造";其作品在形式上简短琐屑,或记言如《师旷》"其言浅薄",或记事如《青史子》闾巷之谈,或考证如《周考》"考周事也",或记神仙方术如《封禅方说》,或好养生之术如

---

1 王瑶:《中古文学史论集·小说与方术》,上海古籍出版社,1982,第108页。
2 见本书第一章。参见拙作《说体文的产生及其对中国传统小说观念的影响》,"小说文献与小说史国际研讨会"论文,北京香山,2003年;收入拙著《中国文学观念论稿》,湖北教育出版社,2004。
3 陆机著,张少康集释:《文赋集释》,人民文学出版社,2002,第99页。
4 刘勰著,范文澜注:《文心雕龙注》卷4《论说》,人民文学出版社,1958,第329页。

《待诏臣安成未央术》，或解说他书杂记琐事如《虞初周说》，鲁迅所云"或托古人，或记古事，托人者似子而浅薄，记事者近史而悠缪者也"[1]，是对这些小说家作品形式和内容的正确概括。清人翟灏所云：

> 古凡杂说短记，不本经典者，概比小道，谓之小说，乃诸子杂家之流，非若今之秽诞言也。[2]

翟氏之说也抓住了汉人尤其是以《汉志》为代表的小说观念的本质特点。这种小说观念，由庄子所发端，至《汉志》而论定，成为中国正统的小说观念。正如今人程毅中所说："这个观念根深柢固，陈陈相因，历来史家艺文志的小说家小序都沿袭了这种说法。直到《四库全书总目》，基本上也还是如此。"[3]

正是由于汉人的小说观念的主导面是学术，却又包含有文体意味，因此，它已经是一个成熟的概念。而就学术而言，"小说家"喜欢搜奇记逸、道听途说，并无作为一个学派的核心思想和系统学说，因而它不可能在学术思想方面发挥实际的影响力；就文体而言，"小说"兼记言、记事、考证、辑佚等多种形式，可谓众体兼备，这便使作为文体的小说庞杂而琐碎，很难与其他诸多类似文体划清界限。南宋郑樵便指出："古今编书所不能分者五：一曰传记，二曰杂家，三曰小说，四曰杂史，五曰故事。凡此五类之书，足相紊乱。"[4]后人在小说分类上各行其是，甚至将一切不便归类的作品通统归入小说之中，其实正导源于汉人的小说观念。有学者不承认传统史志子部小说家著录的都是小说，用今人的眼光来看，自然有其道理。然而，如果不从传统小说中去探寻中国古代小说的思想观念和民族形式，中国小说的根又在哪里呢？谁又能保证现代小说观

1　鲁迅：《中国小说史略》，人民文学出版社，1973，第3页。
2　翟灏：《通俗编》卷7《文学》，中华书局，2013，第94页。
3　程毅中：《古小说简目》前言，中华书局，1981，第2页。
4　郑樵：《通志》卷71《校雠略·编次之讹论》，中华书局，1987，第834页。

念就是亘古不变的绝对真理，会永远指导我们的小说发展呢？[1]美籍华裔学者周策纵曾说：

> 依我的推测，"小说"（税）或"小说"（悦）这一观念，原有"劝说"、"说服"或"说得使听的人高兴喜悦"之意，这和后来的小说创作和评论，就不是没有关系。也可使我们更容易了解早期中国"小说"的性质和特点。[2]

这一说法是颇有见地的。如果我们不以西方现代小说观念为依据，而是从中国小说发展的实际出发，认真清理中国小说观念的发生与发展的历史线索，也许反而能够阐明中国小说和小说观念不同于西方小说和小说观念的民族特色，走出有中国特色的小说发展之路。而就中国古代小说观念而言，汉人的小说观念无疑是最有代表性且最具中国特色的小说观念，也是对中国小说观念发展产生最为巨大最为深远影响的小说观念，值得予以高度重视。

---

1 事实上，意识流小说、先锋派小说、实验小说以及时下盛行在网络上的微型小说（手机小说、微博小说）等，都突破了现代小说观念的界限，小说今后究竟将如何发展现在还难以预测。

2 周策纵：《传统中国的小说观念和宗教关怀》，《文学遗产》1996年第5期。

第九章
"小说家出于稗官"新说

《汉书·艺文志》云:"小说家者流,盖出于稗官。街谈巷语,道听途说者之所造也。"两千多年来,古人们一直接受这一定义,以小说家为"稗官",称小说作品为"稗官野史"。近代以来,中国引进西方的思想观念,人们对小说的认识发生了根本性变化,以为小说应该是"用散文写成的虚构的故事",从而对"小说家出于稗官"之说是否正确出现了较大争议。章太炎、胡适、傅斯年、吕思勉、余嘉锡等都参与过讨论,观点各不相同。章太炎是肯定论的宗主,胡适是否定论的代表。余嘉锡则作《小说家出于稗官说》力主《汉志》之说可信,认为稗官即小官,指"天子之士"。他们的讨论到今天仍然有重要影响。而根据近年出土的秦汉简书,可以证明稗官乃指县令长及长吏以下之属官,传世文献也证明稗官为小官之通称,并不局限于"天子之士"。上古"稗"音"排",秦汉以"偶语为稗",西周传留有"官师相规,工执艺事以谏"的言谏制度和"士传言,庶人谤"的社会言论管理制度,而师、瞍、矇、瞽、百工等都是为君主管理和提供"排语"、"诽(音排)语"或"偶语"服务的"稗(音排)官",俳优也是。小说家所从出之"稗官"则是春秋战国时期服务于诸侯公卿的"稗官"。"小说家出于稗官"说不仅揭橥了小说家与师、瞍、矇、瞽、百工、俳优等的身份联系,也提示了小说与歌谣、赋诵、笑话、寓言等文体上的关联。由于俳优也是稗官,"俳优小说"后来也成为了小说发展的一个重要方向。本章尝试在余嘉锡研究的基础上再加新说，以促进对这一问题的深入讨论，为中国古代小说观念发展史奠定坚实的基础。

第一节　百年争议的简要回顾

1906年，章太炎在《国粹学报》上发表《诸子学略说》，指出：

> 古之学者，多出王官。世卿用事之时，百姓当家，则务农商畜牧，无所谓学问也。其欲学者，不得不给事官府为之胥徒，或乃供洒扫为仆役焉。……《说文》云："仕，学也。"仕何以得训为学？所谓宦于大夫，犹今之学习行走尔。是故非仕无学，非学无仕，二者是一，而非二也。……惟其学在王官，官宿其业，传之子孙，故谓之畴人子弟。……是故《汉·艺文志》论之曰：儒家者流，盖出于司徒之官……小说家者流，盖出于稗官。此诸子出于王官之证。惟其各为一官，守法奉职，故彼此不必相通。[1]

章氏明确肯定"诸子出于王官"，也肯定"小说家出于稗官"。1910年，章太炎发表《国故论衡》，他在《原学》篇中说："世之言学，有仪刑他国者，有因仍旧贯得之者。（其）细征乎一人，其巨征乎邦域。……传曰：良弓之子，必学为箕，良冶之子，必学为裘。故浮屠之论人也，锻者鼓橐以吹炉炭，则教之调气；浣衣者刮摩垢薉，而谕之观腐骨。各从其习，使易就成，犹引茧以为丝也。然其材性发舒，亦往往有长短。短者执旧不能发牙角，长者以向之一得今之十。是故九流皆出王官，及其发舒，王官不能与；官人守要，而九流究宣其义，是以滋长。短者即循循无所进取。"[2] 同样肯定"诸子出于王官"和"小说家出于稗

---

[1] 章太炎：《诸子学略说》，傅杰编校《章太炎学术史论集》，中国社会科学出版社，1997，第171—172页。
[2] 章太炎：《国故论衡》下卷《原学》，上海古籍出版社，2006，第84—85页。

官"。只是章氏的论证并非仅仅针对小说家和稗官,故没有具体说明稗官为何官,小说家是如何从稗官所自出。

1917年,《太平洋》杂志刊载胡适的《诸子不出于王官论》,全面否定"诸子出于王官"说,企图推倒学术史上长期占据统治地位的刘(向、歆)、班(固)旧说,同时也向当时国学界最高权威章太炎正面提出挑战,从而树立起改良思想的大旗。这篇文章后来收入《胡适文存》一集卷二,1919年作为其所作中国哲学史开山之作《中国哲学史大纲》(后更名《中国古代哲学史》)的附录,又收入1933年出版的由罗根泽编辑的《古史辨》第四册作为开篇,可见胡适及学界对此文的重视。胡适认为:

> 此(指《汉志》——引者)所说诸家所自出,皆属汉儒附会揣测是(此字衍——引者)之辞,其言全无凭据;而后之学者乃奉为师法,以为九流果皆出于王官。甚矣先入之言之足以蔽人聪明也。夫言诸家之学说,间有近于王官之所守,如阴阳家之近于占候之官,此犹可说也。即谓古者学在官府,非吏无所得师,亦犹可说也。至谓王官为诸子所自出,甚至以墨家为出于清庙之守,以法家为出于理官,则不独言之无所依据,亦大悖于学术思想兴衰之迹矣。[1]

文中特别说明:"章太炎先生之说亦不能成立。"胡适指出:"古者学在王官是一事,诸子之学是否出于王官又是一事";"当周室盛时,教育之权或尽操于王官。然其所谓教,必不外乎祀典卜筮之文,礼乐射御之末。其所谓'师儒',亦如近世'训导'、'教授'之类耳。其视诸子之学术正如天地之悬绝。诸子之学不但绝不能出于王官,果使能与王官并世亦定不为所容,而必为所焚烧坑杀耳";"其言'官人守要而九流究宣其义',大足贻误后学。夫义之未宣,便何要之能

---
[1] 胡适:《诸子不出于王官论》,《古史辨》第四册,海南出版社,2005,第1页。

守？学术之兴，由简而繁，由易而颐，其简其易，皆属草创不完之际，非谓其要义已尽具于是也。吾意以为诸子自老聃、孔丘至于韩非，皆忧世之乱而思有以拯济之，故其学皆应时而生，与王官无涉。"[1]胡适否定"诸子出于王官"说，既是为诸子思想争取地位，也是为其提倡改良主义的新思想铺设道路。虽然胡适在文中重点讨论的是墨家、名家、法家而非小说家，但他既然全盘否定"诸子出于王官"说，当然也就否定了"小说家出于稗官"说。

1927年，傅斯年在国立中山大学印发讲义《战国子家叙论》，其《论战国诸子除墨子外皆出于职业》一节说："《七略》、《汉志》有九流十家皆出于王官之说。……胡适之先生驳之，说见所著《中国古代哲学史·附录》。其论甚公直，而或者不尽揣得其情。谓之公直者，出于王官之说实不可通；谓之不尽揣得其情者，盖诸子之出实有一个物质的凭藉，以为此物质的凭藉即是王官者误，若忽略此凭藉，亦不能贯澈（彻）也。百家之说皆由于才智之士在一个特殊的地域当一个特殊的时代凭藉一种特殊的职业而生。"他经过细致梳理后指出：

> 无论有组织的儒、墨显学，或一切自成一家的方术论者，其思想之趋向多由其职业之支配。其成家之号，除墨者之称外，如纵横、名、法等等，皆与其职业有不少关联。今略变《汉志》出于王官之语，或即觉其可通。若九流之分，本西汉中年现象，不可以论战国子家，是可以不待说而明白的。……故《七略》、《汉志》此说，其辞虽非，其意则似无谓而有谓。[2]

可以看出，傅氏有意调和章太炎和胡适两家之说，其所谓职业，是以春秋战国诸子实际从事的社会工作为依据，呼应了胡适的意见；而追溯诸子出身和这些职业的源流，却并不排除来自王官，因而也没有否定章说。其所云"其辞虽非，

---

[1] 胡适：《诸子不出于王官论》，《古史辨》第四册，第3—5页。
[2] 傅斯年：《民族与古代中国史》附录二《战国子家叙论》，河北教育出版社，2002，第196页。标点有调整。

其意则似无谓而有谓",实是整合各说、折衷古今的聪明结论。

1933年,吕思勉发表《先秦学术概论》,指出:

> 诸家之学,《汉志》谓皆出王官;《淮南·要略》则以为起于救时之弊,盖一言其因,一言其缘也。近人胡适之,著《诸子不出王官论》,力诋《汉志》之诬。殊不知先秦诸子之学,极为精深,果其起自东周,数百年间,何能发达至此?且诸子书之思想文义,皆显分古近,决非一时间物,夫固开卷可见也。章太炎谓"九流皆出王官,及其发舒,王官所弗能与;官人守要,而九流究宣其义",其说实最持平。[1]

吕氏虽然肯定"诸子出于王官"说,但并未否定胡适关于诸子之学"应时而生"的意见,并企图以古义和近义来解释章太炎与胡适的分歧,显得通达而平允。然而,其所论限于事理的推论和文义的推衍。吕氏还具体讨论了小说家,他说:"《汉志》曰:'小说家者流,盖出于稗官。街谈巷语,道听涂说者之所造也。孔子曰:"虽小道,必有可观者焉,致远恐泥,是以君子弗为也。"然亦勿灭也。闾里小知者之所及,亦使缀而不忘。如或一言可采,此亦刍荛狂夫之议也。'曰'街谈巷语',曰'道听涂说',曰'君子勿为',曰'闾里小知所及',曰'刍荛狂夫之议',则此一家之说,虽出自稗官,实为人民所造;稗官特搜集之,如采诗者之采取民间歌谣而已。"[2]所论仍然限于事理的推论和文义的推衍,并无事实的论证和历史的清理,对于小说家所从出之稗官究属何官,其来龙去脉到底如何,仍然不甚了了,让人疑虑难消。

以上讨论,大多围绕《汉志》所主张的"诸子出于王官"说而展开,反映出当时"信古"(如章太炎)、"疑古"(如胡适)、"释古"(如吕思勉)的不同学

---

[1] 吕思勉:《先秦学术概论》上编《总论》第四章《先秦学术之源流及其派别》,云南人民出版社,2005,第16页。

[2] 吕思勉:《先秦学术概论》下编《分论》第十一章《小说家》,第165页。

术取向。这些争论与当时中国思想的激荡和学术路径的演变直接相关，其间的是非曲直非三言两语能够说清。大体说来，"信古"者认为传说自有依凭，学术必有本源，不能数典忘祖，鼠目寸光。"疑古"者认为传说多不可信，学术贵在创新，应该截断众流，关注当下。"释古"者认为古今有联系也有区别，既不能混淆，也不应割裂，关键是对各种现象做出令人信服的解释。尽管这些争论并不是或主要不是针对"小说家出于稗官"说而发，但"诸子出于王官"的命题无疑包含了"小说家出于稗官"说，因此，这些争论与本文的论题密切相关，不能不予以关注。而真正以"小说家出于稗官"之说为专题展开讨论，则首推余嘉锡。

1937年，余嘉锡作《小说家出于稗官说》，开篇即云："班固作《汉书》，删取刘歆《七略》以为《艺文志》，既录其六艺、诸子、诗赋、兵书、数术、方技六略之书，又散辑略之文，附入各家之后以便读者。诸子十家，辑略以为'盖出于王官'，自儒家以下，九流所出之官，皆有可考，独小说家出于稗官，其名不见于先秦古书，颜师古注亦说之不详，莫有知其为何官者。考荀悦《汉纪》卷二十五，叙诸子九家之所出，并同汉书，独于小说家者流，去其稗官二字，仅云'盖出于街谈巷议所造'，岂非荀悦已不得其解，故删除之耶？悦后汉人，去刘、班未远，然尚如此，于颜师古奚责焉。吾尝绌绎经传，考其官职，妄以为稗官者天子之士也，因仿刘毓崧说法家、墨家、纵横家之例，作小说家出于稗官说。"[1]可以看出，余氏是肯定"诸子出于王官"说的，他要仿照清人刘毓崧说法家、墨家、纵横家的方法，来说"小说家出于稗官"。刘毓崧曾撰有《法家出于理官说》二篇、《墨家出于清庙之官说》三篇、《纵横家出于行人之官说》三篇，收入《通义堂集》。余氏仿其文例，绌绎经传，详考史籍，他说：

> 余尝以经传所言官之职掌，考之九流所出之官而皆合。如司徒敷五

---

[1] 余嘉锡：《余嘉锡论学杂著·小说家出于稗官说》，中华书局，1963，第265页。

教，儒家出于司徒之官，故言"助人君顺阴阳，明教化"。史官记事记言，道家出于史官，故言"历记成败存亡祸福古今之道"。羲和治历明时，阴阳家出于羲和之官，故言"敬顺昊天，历象日月星辰，敬授民时"。推之他家皆然。今于小说家，既言"出于稗官，街谈巷语道听途说者之所造"，是即稗官之职掌矣。以经传证之，采道涂之言，达之于君者，其惟士乎。[1]

最后，余氏得出结论："（颜）师古以稗官为小官，深合训诂"，"稗官者天子之士也"[2]。这一研究，不再局限于事理的推论或文义的推衍，而是用大量的历史文献来证实"小说家出于稗官"之说，极大地推进了这一专题研究的深入，为学术界所重视。然而，余氏的讨论虽然材料丰富，论证充分，但其所提供的材料均非直接证据而是间接证据，加之人们对这些材料的理解又存在分歧，故问题仍然未能彻底解决。

今人或赞成余说，或修正余说，终未能形成一致意见。例如，袁行霈通过考察《汉志》著录十五家小说无一家有士传谤言的内容，而稗的本义是野生的稗禾，遂以为稗官应该是指"散居乡野的、没有正式爵秩的官职"[3]；周楞伽虽同意稗官即小官说，但不赞成稗官是指"天子之士"[4]。潘建国则对如淳以"细米为稗"之说提出异议，以为"稗"乃"粺"之误，"'稗'在先秦两汉文献中并没有'小'之引申义"[5]；孟昭连则不同意潘文的意见，广引古注证明"'稗'与'粺'读音既同，义亦相通，本可以通用"，"如淳在细碎的意义上说'细米为稗'是无可指责的"[6]。高华平则将"'小说家'远祖的'士'（'稗官'）"的源头追溯至唐尧时代的瞽瞍、舜、象、后稷等，以为《山海经》无疑属于中国上古

---

[1] 余嘉锡：《余嘉锡论学杂著·小说家出于稗官说》，第266页。
[2] 余嘉锡：《余嘉锡论学杂著·小说家出于稗官说》，第267—279页。
[3] 袁行霈：《〈汉书·艺文志〉小说家考辨》，《文史》第七辑，中华书局，1979。
[4] 周楞伽：《稗官考》，《古典文学论丛》第三辑，齐鲁书社，1982。
[5] 潘建国：《"稗官"说》，《文学评论》1999年第2期。
[6] 孟昭连：《"小说"考辨》，《南开学报》（哲学社会科学版）2002年第5期。

最早的'小说'"[1]。

由于"小说家出于稗官"之说涉及对中国早期小说观念和小说发展的认识，其意义十分重大，不仅有继续讨论之必要，而且有深入讨论之空间。尤其是近年来出土文献中出现了有关稗官的新材料，为解决这一问题提供了契机，使我们有可能对这一问题进行全面检讨，从而推动讨论的深入。

第二节　稗官之读音与释义

在结合出土文献讨论"稗官"之前，我们先讨论一下"稗官"的读音。或许有人认为，读音无伤大雅，何须专门讨论。这样的认识其实是错误的。在中国上古文献中，文字的使用以音为核心，音同者义相通，知音可以知义。正如清初著名学者顾炎武所说：

读九经自考文始，考文自知音始。以至诸子百家之书，亦莫不然。[2]

因此，讨论"稗官"从讨论其读音入手，通过释音来释义，正是训诂学的传统方法。上述袁行霈、潘建国、孟昭连等也都采用过这一方法。从一定意义上说，释音对于上古文献研究更为重要，因为它更符合诂训之旨。

清人王念孙《〈广雅疏证〉序》云：

窃以诂训之旨，本于声音，故有声同字异，声近义同。虽或类聚群分，实亦同条共贯。譬如振裘必提其领，举网必挈其纲。故曰：本立而道生，知天下之至啧而不可乱也。此之不寤，则有字别为音，音别为义，或

---

[1] 高华平：《"小说家"出于"稗官"新诠——上古三代"士"的生成史与先秦"小说家"的起源》，《学术研究》2023年第12期。

[2] 顾炎武：《顾亭林诗文集·答李子德书》，中华书局，1959，第73页。

望文虚造而违古义，或墨守成训而鲜会通。易简之理既失，而大道多歧矣。[1]

其实，这并非王氏一人之独见，而是他对前贤思想的继承和发展。北宋王子绍（字圣美）便主张因字音以求字义，称为"右文说"。沈括《梦溪笔谈》载："王圣美治字学，演其义以为'右文'。古之字书皆从'左文'。凡字，其类在左，共义在右。如木类，其左皆从木。所谓'右文'者，如'戋'，小也，水之小者曰'浅'，金之小者曰'钱'，歹而小者曰'残'，贝之小者曰'贱'。如此之类，皆以'戋'为义也。"[2] 汉字多为形声字，形声字左边多是形符，右边多是声符，故"右文说"实即"以声统义"。其后王观国、张世南等也都以右文释义。戴侗更是明确指出：

> 夫文，生于声者也，有声而后形之以文。义与声俱立，非生于文也。……夫文，声之象也。声，气之鸣也。有其气则有其声，有其声则有其文。声与文虽出于人，亦各其自然之征也。……章句之士知因言以求意矣，未知因文以求义也。训诂之士知因文以求义矣，未知因声以求义也。夫文字之用，莫博于谐声，莫变于假借，因文以求义，而不知因声以求义，吾未见其能尽文字之情也。[3]

更是明确提出"因声以求义"的主张。尽管宋人的"右文说"还比较粗糙，但他们的发现给予后人的启发是很大的。明清学者如黄扶孟、段玉裁、黄承吉、阮元，近人如刘师培、沈兼士、杨树达等，都有专文申论，充分肯定这一学说，同时也做了必要的补充和修正。学术界对此学说也大都不持异议。如章太炎认

---

[1] 王念孙：《广雅疏证》卷首《广雅疏证序》，江苏古籍出版社，1984，第1页。
[2] 沈括：《元刊梦溪笔谈》卷14，文物出版社，1975。
[3] 戴侗：《六书故》卷首《六书通释》，上海社会科学院出版社，2006，第12页。

为:"夫治小学者,在于比次声音,推迹故训,以得语言之本;不在信好异文,广征形体。"[1]黄侃则说:"治《尔雅》之始基,在正文字,其关捩在明声音。字不明,则义之正假不能明;音不明,则训之流变不能明。……惟声音文字讲求纤悉,然后训诂之道得其会归。惟诂训渐即阐明,斯名物渐知实义。"[2]

其实,为"稗官"释音在汉魏之际即已开始,著名学者如淳为其嚆矢。唐颜师古注《汉书·艺文志》"稗官"引如淳云:

> 稗,音锻家排。《九章》"细米为稗"。街谈巷说,其细碎之言也。王者欲知闾巷风俗,故立稗官,使称说之。今世亦谓偶语为稗。[3]

所谓"稗,音锻家排",即是说"稗"读如"排"。"锻家排"指锻铁工匠的排风箱。《三国志·韩暨传》"冶作马排"裴松之注"(排)蒲拜反,为排以吹炭"[4],可证。如淳释"稗"音"排",是汉魏读音,实兼释义。而颜师古则释云:

> 稗,音稊稗之稗,不与锻排同也。稗官,小官。《汉名臣奏》唐林请省置吏,公卿大夫至都官稗官各减什三,是也。"[5]

颜氏认为"稗"不应该读如"锻排"之"排"(音 pái);而应该读如"稊稗"之"稗"(音 bài)。其实,颜师古所读为隋唐音,而如淳所读为汉魏音。隋唐音是今音,汉魏音则是古音。明代学者陈第早已指出,上古音不同于隋唐音。他在《毛诗古音考自序》中说:"盖时有古今,地有南北,字有更革,音有转移,亦势所必至,故以今之音读古之作,不免乖剌而不入……不知魏晋之世,古音颇

---

[1] 章太炎:《国故论衡》上卷《理惑论》,上海古籍出版社,2006,第33页。
[2] 黄侃:《黄侃论学杂著·尔雅略说》,上海古籍出版社,1980,第384页。
[3] 班固撰,颜师古注:《汉书》卷30《艺文志》,第1745页。
[4] 陈寿:《三国志·魏书》卷24《韩暨传》裴松之注,《二十五史》本,第1147页。
[5] 班固撰,颜师古注:《汉书》卷30《艺文志》,第1745页。

存，至隋唐渐尽矣。"[1]颜氏以隋唐音否定汉魏音不仅违背了语音发展的历史实际，而且造成了后人理解上的障碍。今人的许多困惑，正导源于此。

"稗"古音读如"排"已如上述。而要理解"稗"读如"排"的重要性，必须与如淳所云"今世亦谓偶语为稗"联系起来思考，才能准确把握"稗官"的确切含义。

何谓"偶语"？"偶"有对偶、排偶义，故"偶语"可释为"对语"或"排语"。《史记·秦始皇本纪》载丞相李斯言"有敢偶语《诗》、《书》者弃市"，《集解》引应劭曰："禁民聚语，畏其谤己。"《正义》："偶，对也。"[2]此偶语可理解为两人以上的私语。不过，如淳所云"偶语"却不是这个意思，而是别有所指。《后汉书·蔡邕传》载蔡邕上灵帝十事，中有"高者颇引经训风喻之言，下则连偶俗语，有类俳优"[3]，如淳所云"偶语"即此"偶俗语"。梁钟嵘论魏文帝曹丕诗云："其源出于李陵，颇有仲宣之体。则所计百许篇，率皆鄙质如偶语。惟'西北有浮云'十余首，殊美赡可玩，始见其工矣。"[4]唐朱敬则《隋高祖论》亦云："是以称刘季之灵怪者，不谋同词；说中兴之应谶者，往往偶语。"[5]均是此义。依此，则古人所谓"偶语"多指鄙俗怪异排偶之语，亦即蔡邕所云"有类俳优"的"偶俗语"。如淳云"今世亦谓偶语为稗"，即是说，"稗"即"偶语"，亦即"排语"。至于"今世亦谓"云云，更是告诉我们，汉魏之际仍然将"偶语"叫做"稗语"，也可写做"排语"。因此，汉人所云"稗"音排，而非颜师古所谓"稊稗之稗（音败）"，应该是确定无疑的。

如果上述论证可以成立，那么，"稗语"就不仅与"排语"同音同义，而且与"俳语"和"诽（音排）语"也自然联系在了一起。这是因为，"排"与

---

[1] 陈第：《毛诗古音考》卷首《自序》，《四库全书》本。
[2] 司马迁撰，裴骃集解，司马贞索隐，张守节正义：《史记》卷6《秦始皇本纪》，中华书局，2014，第326页。
[3] 范晔撰，李贤注：《后汉书》卷60下《蔡邕传》，中华书局，1965，第1996页。
[4] 钟嵘著，陈延杰注：《诗品注》卷中，人民文学出版社，1998，第31—32页。
[5] 李昉等编：《文苑英华》卷753引，中华书局，1966年影印，第5册，第3941页。

184　中国古代小说观念发展史

"俳"、"诽"音同义通。许慎《说文解字》:"排,挤也。从手,非声。"[1]又:"俳,戏也。从人,非声。"[2]"诽,谤也。从言,非声。"[3]三字皆以"非"得声,按照"右文说",可证"排"、"俳"、"诽"在古代音同义通,直到许慎所在的东汉时期也仍然如此。至于"非"为何义,《说文解字》云:"非,违也,从飞下翄,取其相背。"但甲骨文有"非"字,作"𢁥"、"𢁥"或"𢁥"。鲁实先认为:"𢁥即非字,于卜辞有二义,其一为训不之非,其一为方名。"[4]于省吾仔细分析后指出:"𢁥𢁥为初文非字,𢁥字后世孳变为辈,亦即排字。篆文偏旁之从𢁥从奴从手每互作。契文言非𢁥,与经传言非或棐匪用法同。研契诸家既不识非之初文,遂无由知𢁥为辈排之初文矣。"[5]由此可见,"非"乃"排"之初文。在传世文献中,"排"、"俳"同音同义,例证不胜枚举。例如,《庄子·在宥》"日心排下而进上"陆德明释文:"排,崔本作俳。"《潜夫论·浮侈》"或作泥车瓦狗、马骑倡排",汪继培笺:"排,何本作俳。按俳、排古亦通用。"《世说新语》有《排调》篇,余嘉锡笺疏引程炎震之说云:"排当作俳。《金楼子·捷对篇》曰:'诸如此类,合曰俳调,过乃疏鄙,不足多称。'《魏志》二十九《华佗传》注引曹植《辩道论》曰:'自家王与太子及余兄弟,并以为调笑。'《文心雕龙·谐隐篇》云:'魏文因俳倪以著笑书,薛综凭宴会而发嘲调。'亦一证也。"[6]从上引文献可知,"凡字之相通,皆由于声之相近,不求诸声,而求诸字,则窒矣"[7]。

说"排"、"俳"同音今人容易理解,而说"诽"也与它们同音,今人也许就不太容易理解了。其实,清代著名学者钱大昕早已指出:"古无轻唇音","凡轻唇之音,古读皆为重唇";后世读轻唇音的非、敷、奉、微四母,在汉魏以

---

[1] 许慎:《说文解字》(注音版)十二上《手部》,岳麓书社,2006,第251页。
[2] 许慎:《说文解字》八上《人部》,第166页。
[3] 许慎:《说文解字》三上《言部》,第54页。
[4] 鲁实先:《姓氏通释之一》,于省吾主编《甲骨文字诂林》第一册,中华书局,1996,第143页。
[5] 于省吾:《释非》,于省吾主编《甲骨文字诂林》第一册,第143页。
[6] 余嘉锡:《世说新语笺疏》卷下之下《排调第二十五》,中华书局,1983,第779页。
[7] 王念孙:《经义述闻》卷3《尚书上》嗣字条,江苏古籍出版社,1985,第71页。

前都读重唇音,轻唇音产生于六朝以后。[1]例如,古读"弗"如"不"、读"敷"如"布"或"铺"、读"方"如"旁"或"谤"、读"封"如"邦"、读"勿"如"没",如此等等。"伏羲"亦作"庖牺","阿房宫"读如"阿旁宫",这是大家都熟悉的。今闽南音读"房子"仍如"旁子",正是古音的遗存。

"排"、"诽"古音同声证据充分,而同韵也有迹可寻。古韵研究自陈第《毛诗古音考》之后,清代学者探讨尤力,各家所拟韵部虽不尽一致,但主体部分分歧不大。而从今音韵部的分合也可逆推古音韵部分类的大致情况。在《广韵》206韵中,"灰""咍"同韵、"贿""海"同韵、"队""代"同韵,足以证明古韵"诽""排"同韵。古音"裴"读如"徘"、"北"读如"败"、"耒"读如"来"、"会"读如"脍",也是大家都知道的。如《史记·司马相如列传》"于是楚王乃弭节裴回"句中之"裴回",《汉书》作"俳徊",《文选》作"徘徊"。至于"诽"通"排"、"俳",也是古之通则。例如,南朝宋袁淑的《诽谐文》,在《隋书·经籍志》中著录为《诽谐文》,《旧唐书·经籍志》和《新唐书·艺文志》均著录为《俳谐文》,《艺文类聚》卷九十一引作《徘谐记》、卷九十二引作《排谐集》、卷九十四引作《排谐》。显然,"诽"与"排"、"俳"、"徘"均通。刘勰《文心雕龙·谐隐》云:"昔华元弃甲,城者发睅目之讴;臧纥丧师,国人造侏儒之歌:并嗤戏形貌,内怨为俳也。"范文澜注曰:"俳当作诽。放言曰谤,微言曰诽。内怨,即腹诽也。"[2]刘勰续云:"谐辞隐言,亦无弃矣……但本体不雅,其流易弊。于是东方、枚乘,餔糟啜醨,无所匡正,而诋嫚媟弄,故其自称为赋,乃亦俳也;见视如倡,亦有悔矣。"[3]可见俳谐文本当作诽谐文,诽通俳、排,故"俳谐"、"排谐"皆为"诽谐","排调"亦即"诽调"、"俳调"。因此,"诽语"、"俳语"、"排语"与"稗语"古音也都音同义通,是毫无疑义的。

明白了"稗官"的读音,对于"稗官"的释义就容易形成共识了。唐颜

---

[1] 钱大昕:《十驾斋养新录》卷5,《嘉定钱大昕全集》第七卷,江苏古籍出版社,1997,第125页。
[2] 刘勰著,范文澜注:《文心雕龙注》卷3《谐隐篇》,人民文学出版社,1958,第272页。
[3] 刘勰著,范文澜注:《文心雕龙注》卷3《谐隐篇》,第270页。

师古注《汉书·艺文志》引魏人如淳云:"《九章》'细米为稗'。街谈巷说,其细碎之言也。王者欲知闾巷风俗,故立稗官,使称说之。今世亦谓偶语为稗。"颜师古解释说:"稗官,小官。《汉名臣奏》唐林请省置吏,公卿大夫至都官稗官各减什三,是也。"[1]如淳主要从音义入手来解释稗官,引《九章》"细米为稗",只是释"稗"为"细小"之义,并云稗官称说之"街谈巷说,其细碎之言也",且此"稗官"为王者所立。颜师古不同意如淳对"稗"的释音,并引《汉名臣奏》所载唐林语,直接将"稗官"解释为"小官",也有释"稗"为"小"("细")之意。他们二人对"稗"的读音之别,乃是古音与今音之别,上文已经说明。其释"稗"之着眼点虽然有别,但也殊途同归,都将"稗官"释为"小官"。不过,如氏以为"稗官"是一实际职官,而颜氏则以为是一通称,并不具体指某一职官。余嘉锡则赞成颜氏之说,明确指出:

> 如淳以"细米为稗,街谈巷说细碎之言"释稗官,是谓因其职在称说细碎之言,遂以名其官,不知唐林所言都官稗官,并是通称,实无此专官也。师古以稗官为小官,深合训诂。案《周礼》"宰夫掌小官之戒令",注云:"小官,士也。"此稗官即士之确证也。[2]

然而,从先秦和两汉传世典籍中人们未能发现"稗官"一职的记载,而《汉名臣奏》也早已亡佚,颜师古引唐林语成为一条孤证,故难免有人怀疑所谓"稗官"只是刘、班等人受"学必出于王官"思想影响而作的附会。问题依然没有完全解决。

然而,近年出土的秦汉竹简则为解决此问题提供了重要资料。《睡虎地秦墓竹简》、《云梦龙岗秦简》、《张家山汉墓竹简》都载有关于稗官的材料,如云:

---

[1] 班固撰,颜师古注:《汉书》卷30《艺文志》,第1745页。
[2] 余嘉锡:《余嘉锡论学杂著·小说家出于稗官说》,第268页。

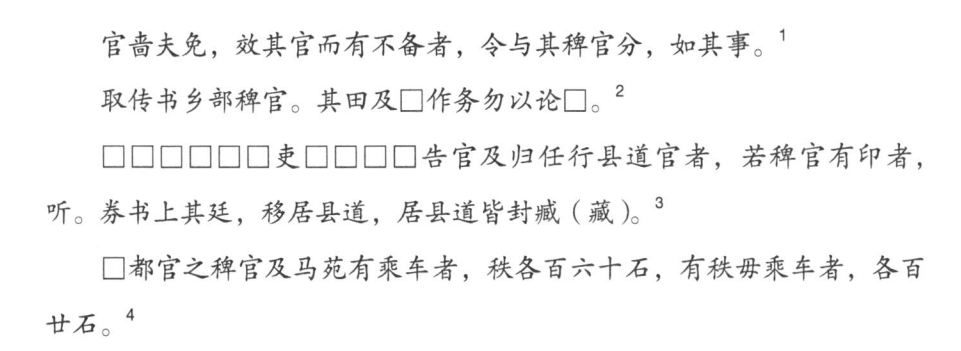

官嗇夫免，效其官而有不备者，令与其稗官分，如其事。[1]

取传书乡部稗官。其田及□作务勿以论□。[2]

□□□□□吏□□□□告官及归任行县道官者，若稗官有印者，听。券书上其廷，移居县道，居县道皆封臧（藏）。[3]

□都官之稗官及马苑有乘车者，秩各百六十石，有秩毋乘车者，各百廿石。[4]

新材料的出现，使人们对稗官的认识得以深入。根据简书所提供的信息可以得知，秦汉时期确有称为稗官者，而稗官并非指某一实际职官，而是指县乡一级官员的属官。"县令、长，皆秦官，掌治其县。万户以上为令，秩千石至六百石。减万户为长，秩五百石至三百石。皆有丞、尉，秩四百石至二百石，是为长吏。百石以下有斗食、佐史之秩，是为少吏。大率十里一亭，亭有长。十亭一乡，乡有三老、有秩、啬夫、游徼。三老掌教化。啬夫职听讼，收赋税。游徼、徼循禁贼盗。县大率方百里，其民稠则减，稀则旷，乡、亭亦如之，皆秦制也。列侯所食县曰国，皇太后、皇后、公主所食曰邑，有蛮夷曰道。凡县、道、国、邑千五百八十七，乡六千六百二十二，亭二万九千六百三十五。"[5]简书所谓"乡部稗官"以及与"啬夫"并称之"稗官"，均指令、长和长吏以下之小官，或者说是他们的属官，是一种通称而非专称。曹旅宁指出："根据张家山汉简《秩律》，稗官为秩级在一百六十石的小官的通称，其中可能有人具有为天子采访闾巷风俗的法定职责。因此，有关《汉书·艺文志》'稗官'的诸家解释

---

[1] 睡虎地秦墓竹简整理小组：《睡虎地秦墓竹简》，文物出版社，1990，第21页。
[2] 刘信芳、梁柱编校：《云梦龙岗秦简》，科学出版社，1997，第23页。
[3] 张家山二四七号汉墓竹简整理小组：《张家山汉墓竹简（二四七号墓）》（释文修订本），文物出版社，2006，第66页。
[4] 张家山二四七号汉墓竹简整理小组：《张家山汉墓竹简（二四七号墓）》（释文修订本），第80页。
[5] 班固撰，颜师古注：《汉书》卷19上《百官公卿表上》，第742—743页。

中,《汉名臣奏》的见解是正确的。余嘉锡先生认为是天子之士（中央官员,即使级虽不高）应当是比较正确的见解。袁（行霈）文认为稗官应指散居乡野的、没有正式爵秩的官职与律文不符。"[1]陈洪则根据秦简并结合传世文献进行分析,指出:"根据笔者所见秦代竹简中带有'稗官'的两条资料看,可以明确地得出与潘（建国）文意见几乎相反的结论:'稗官'至少在秦代就是事实存在过的某类职官名,并非始于汉代;'稗官'的行政职能是多种的,并非只是'某种';'稗官'所指代的行政职能目前尚不能'十分明确',所谓'说'的职能,可能只是'稗官'的多种行政职能之一。"[2]饶宗颐根据出土秦简中有"令与其稗官分如其事"语,认定秦时已有稗官;根据如淳释"稗"音"排"、"偶语为稗",认定小说、偶语、诽谤、俳谐和排说均可称为"稗",并将其关系表述为:"稗"（魏时语）→排（排说）、俳（俳谐,笑林）、诽（谤,诽谤之木）、偶语（出于庶民,可见非出于士之传言）、小说（乃民间谈论政治之零星记录）[3],大大拓宽了我们的思路。曹道衡、刘跃进综合各家意见并结合出台文献和传世文献指出:

> 根据秦简来看,稗官确实是小官,但是并非"无此专官",而是乡里专职人员。《秦律十八种》也称"令与其稗官分"。所谓"稗官"与《汉书·百官公卿表》中所列"乡有三老、右秩、啬夫、游徼"是并列而称的乡里专职人员。[4]

"稗官"究竟是泛指小官,还是有此专官,由于出土秦汉简书都不够完整,又没有传世文献加以支撑,故很难得出确切的结论。不过,需要说明的是,余

---

[1] 曹旅宁:《张家山汉律职官的几个问题》,《南都学刊》2006年第3期。
[2] 陈洪:《"稗官"说考辨》,刘跃进主编《中华文学史料：中华文学史料学学术研讨会论文集》第二辑,学苑出版社,2007,第84—85页。
[3] 饶宗颐:《秦简中"稗官"及如淳称魏时谓"偶语为稗"说——论小说与稗官》,《饶宗颐二十世纪学术文集》卷3,第五册,台湾新文丰出版公司,2003,第59—67页。
[4] 曹道衡、刘跃进:《先秦两汉文学史料学》,中华书局,2005,第529页。

嘉锡以为秦汉时的稗官为小官之通称，指"天子之士"，实有不够稳妥处。因为现存文献证明，汉代稗官多为卿士或地方长吏之属官，并非"天子之士"。唐林所云"公卿大夫至都官稗官各减什三"，其"都官"即大官，"稗官"即小官，而所谓大与小乃相对而言。

关于"都官"，明冯复京《六家诗名物疏》释卿士曰："孔氏云：六卿之外更为之都官，总统六官之事，兼杂为名，故谓之卿士。朱《传》云：或曰卿士，盖卿之士。《周礼》太宰之属，有上、中、下士，《公羊》所谓宰士，《左氏》所谓周公以蔡仲为己卿士，是也。盖以宰属而兼总六官，位卑而权重也。"[1]此卿士即后来之都官，在东汉则称都官从事。《后汉书·百官志》载："司隶校尉一人，比二千石。……从事史十二人。"此十二从事史中便有都官从事。本注曰："都官从事，主察举百官犯法者。"[2]《后汉书·赵谦传》："谦字彦信，初平元年，代黄琬为太尉。献帝迁都长安，以谦行车骑将军，为前置。明年病罢。复为司隶校尉。车师王侍子为董卓所爱，数犯法，谦收杀之。卓大怒，杀都官从事，而素敬惮谦，故不加罪。转为前将军，遣击白波贼，有功，封郪侯。"[3]董卓所杀都官从事便是司隶校尉赵谦的属官，可见汉代都官（从事）确有周官卿士之遗意。因此，唐林请省置吏，提出"公卿大夫至都官稗官各减什三"，此"都官"指公卿大夫手下握有重权的属官当无疑问。相对于公卿大夫而言，他们当然不是大官，而相对于稗官而言，他们自然可视为大官，这正好反证了"稗官"即指小官。就唐林上奏来看，"稗官"并不指某一具体职官，因为"公卿大夫"和"都官"均不指某一具体职官，而是指某一类职官，"稗官"之称亦复如是，这与秦汉墓出土的简书的记载也是契合一致的。

值得指出的是，"都官"不仅指朝中公卿大夫之属官，也可指地方诸侯王

---

[1] 冯复京：《六家诗名物疏》卷38《卿士》，《四库全书》本。当然，天子之执政有时也称卿士，与六卿之外的都官卿士含义有别。前者重在"卿"，后者重在"士"（即卿之"士"）。

[2] 范晔撰，刘昭注补：《后汉书》志第二十七《百官四·司隶校尉》，中华书局，1965，第3613页。

[3] 范晔撰，李贤注：《后汉书》卷27《赵典传附赵谦》，第949页。

的群卿大夫之属官。《汉书·百官公卿表》云："诸侯王，高帝初置，金玺盭绶，掌治其国。有太傅辅王，内史治国民，中尉掌武职，丞相统众官，群卿大夫都官如汉朝。"[1]这证明地方诸侯王的宰辅们也有都官，而都官同样也是其属官，尽管是仿照朝廷官署的设置，但地方诸侯王的群卿大夫之属官自然不能说是"天子之士"，而只能说是"诸侯之士"或"公卿之士"。当然，"都官"在汉代也指中央一级机关，不指具体职官，在京师的称"中都官"，在地方的称"都官"，《史记》《汉书》中用例甚多，如《史记·赵禹传》"以佐史补中都官"，张守节《正义》："若京都府史。"[2]《汉书·宣帝纪》"赐吏二千石、诸侯相、下至中都官、宦吏"，颜师古注："中都官，谓在京师诸官也。宦吏，诸奄官也。"[3]而在"中都官"或"都官"任小吏者，多称"都官吏"，如《后汉书·符融传》载："符融字伟明，陈留浚仪人也。少为都官吏，耻之，委去。"[4]此"都官吏"即《汉名臣奏》唐林奏文所称"都官稗官"之"稗官"，亦即张家山汉墓简书所云"都官之稗官"，其秩仅"百六十石"或"百石以下"，自是"小官"。符融耻做"都官之稗官"而离去，证明"稗官"在官场的地位确实很低。而秦墓竹简所载"官啬夫免，效其官而有不备者，令与其稗官分"以及"取传书乡部稗官"，也证明稗官是县乡以下令长或长吏之属官，地位同样很低。

第三节　稗官命名之由来

既然稗官即小官，那么，是否所有小官都可称做稗官呢？《汉志》为什么要说"小说家出于稗官"呢？

我们先来看看如淳对稗官的解释，他说："稗音锻家排。《九章》'细米为

---

[1] 班固撰，颜师古注：《汉书》卷19上《百官公卿表上》，第741页。
[2] 司马迁撰，裴骃集解，司马贞索隐，张守节正义：《史记》卷122《酷吏列传》，第3809页。
[3] 班固撰，颜师古注：《汉书》卷8《宣帝纪》，第242页。
[4] 范晔：《后汉书》卷98《符融传》，第2232页。

稗'。街谈巷说,其细碎之言也。王者欲知闾巷风俗,故立稗官,使称说之。今世亦谓偶语为稗。"所谓"稗音锻家排"是注音,"锻家排"指锻铁工匠的排风箱。即是说,"稗"读如排风箱之"排"。如淳释"稗"音"排",实兼释义。所谓"王者欲知闾巷风俗,故立稗官,使称说之",便是解释稗官的称名及其职掌,即稗官是向王者称说闾巷风俗的小官。这一解释显然符合《汉志》所云"街谈巷语,道听途说者之所造也"之义,也符合西周传流下来的古义。余嘉锡根据《左传·襄公十四年》师旷所说"是故天子有公,诸侯有卿,卿置侧室,大夫有贰宗,士有朋友,庶人工商皂隶牧圉,皆有亲匿,以相辅佐也。善则赏之,过则匡之,患则救之,失则革之。自王以下,各有父兄子弟以补察其政,史为书,瞽为诗,工诵箴谏,大夫规诲,士传言,庶人谤,商旅于市,百工献艺",与贾谊《新书·保傅》所云"太子有过,史必书之,史之义,不得书过则死;过书而宰收其膳,宰之义,不得收膳则死。于是有进善之旌,有诽谤之木,有敢谏之鼓,瞽史诵诗,工诵箴谏,大夫进谋,士传民语。习与智长,故切而不愧;化与心成,故中道若性。是殷、周之所以长有道也"[1],二者相互印证,说明"士传言者,传庶人之谤言也。庶人贱,不得进言于君,先王惧不闻己过,故使士传叙其语以察民之所好恶焉"[2]。这一结论是可以成立的,只是需要作些补充。

关于周代实行的言谏制度和言论管理制度,除《左传》外,《国语》也有记载[3]。按照这些记载,古之王者为了政治需要,"考百事于朝,问谤誉于路",除

---

[1] 贾谊撰,阎振益、钟夏校注:《新书校注》卷5《保傅》,《新编诸子集成》本,中华书局,2000,第184页。
[2] 余嘉锡:《余嘉锡论学杂著·小说家出于稗官说》,第267页。
[3] 例如,《国语·周语上》载邵公谏厉王云:"为川者决之使导,为民者宣之使言,故天子听政,使公卿至于列士献诗,瞽献曲,史献书,师箴,瞍赋,矇诵,百工谏,庶人传语,近臣尽规,亲戚补察,瞽史教诲,耆艾修之,而后王斟酌焉,是以事行而不悖。"《国语·晋语六》:"古之王者,政德既成,又听于民。于是乎使工诵谏于朝,在列者献诗,使勿兜,风听胪言于市,辨妖祥于谣,考百事于朝,问谤誉于路,有邪而正之,尽戒之术也。"《国语·楚语上》也提到卫武公要求"自卿以下至于师长士"训导他的一段谈话,同样可以证明周代的言谏制度。

听取公卿大夫对朝政的意见外，还安排一些官员收集庶人"谤誉"以体察民情，这些官员便是所谓稗官。他们有的在朝中，即所谓"天子之士"；有的在郊野或侯国，可能是"诸侯之士"或"公卿之士"。这些记载是有历史依据的，以周公为代表的西周统治者确有一套言谏制度和社会言论管理制度。[1]周公在摄政四年建卫侯，将其弟康叔封于卫，并告诫康叔："古人有言曰：'人无于水监，当于民监。'今惟殷坠厥命，我其可不大监抚于时！"[2]他还指示康叔要把黎民百姓和低级官吏的心意传达到各个大家族，把一切臣民的心声传达到王朝，这是做国君的责任。[3]周公的"民监（鉴）"思想并不只是停留在认识层面，而是落实到了社会制度层面，并贯彻到政治实践中。《尚书·无逸》载周公云："我闻曰：古之人犹胥训告，胥保惠，胥教诲，民无或胥诪张为幻。此厥不听，人乃训之，乃变乱先王之正刑，至于小大，民否则厥心违怨，否则厥口诅祝。"[4]说明周公是自觉地疏通言论渠道，诚恳地听取各种意见的。《逸周书》也提供了印证这一制度的若干史料，如《皇门解》载周公要求"其善臣以至于有分私子，苟克有常，罔不允通，咸献言在于王所。人斯是助王恭明祀，敷明刑。王用有监，明宪朕命，用克和有成，用能承天嘏命"[5]。《大匡解》亦载：

> 维周王宅程三年，遭天之大荒，作《大匡》，以诏牧其方。三州之侯咸率，王乃召冢卿、三老、三吏、大夫、百执事之人朝于大庭，问罢（疲也）病之故、政事之失、刑罚之戾、哀乐之尤、宾客之盛、用度之费，及

---

[1] 参加拙作《周代言谏制度与文学发展》，《清华大学学报》（哲学社会科学版）2016年第5期。

[2] 孔安国传、孔颖达疏：《尚书正义》卷14《周书·酒诰》，《十三经注疏》本，中华书局，1980，第207页。

[3] 《尚书·周书·梓材》："封！以厥庶民暨厥臣达大家，以厥臣达王，惟邦君。汝若恒越曰：我有师师，司徒、司马、司空、尹、旅。曰：予罔厉杀人。亦厥君先敬劳，肆徂厥敬劳。肆往奸宄、杀人、历人宥，肆亦见厥君事戕败人宥。王启监厥乱为民，曰：无胥戕，无胥虐，至于敬寡，至于属妇，合由以容。王其效邦君、越御事，厥命曷以？引养、引恬。自古王若兹监，罔攸辟。"

[4] 孔安国传、孔颖达疏：《尚书正义》卷16《周书·无逸》，《十三经注疏》本，第222页。

[5] 黄怀信：《逸周书校补注译》（修订本），三秦出版社，2006，第239页。

关市之征、山林之匮、田宅之荒、沟渠之害、怠惰之过、骄顽之虐、水旱之灾。曰:"不谷不德,政事不时,国家罢(疲也)病,不能胥匡。二三子尚助不谷,官考厥职,乡问其人,因其耆老,及其总害。慎问其故,无隐乃情,及某日以告于庙。有不用命,有常不赦!"[1]

在遇到自然灾害时,周公首先征求"冢卿、三老、三吏、大夫、百执事之人"的意见和建议,要求所有官吏都不得敷衍隐瞒,必须如实报告,不然要追究责任,并使之成为制度。通过制度保证言路畅通,既是下情上达的需要,也是上令下达的需要。这种制度设计深刻地影响着当时的社会政治生活,"考百事于朝,问谤誉于路"也就成为了西周传留的重要政治传统。按余嘉锡的说法就是:"稗官者天子之士也";士的职责是"采传言于市而问谤誉于路,真所谓街谈巷语道听途说也"[2]。当然,正如前文所论,就汉代设官而言,"天子之士"应该改为"诸侯之士"或公卿之士更符合实情。

需要讨论的是,"采传言于市而问谤誉于路"的士为何要称做稗官呢?余嘉锡并没有给出回答。其实如淳所说"稗"音"排"和"今世亦谓偶语为稗",为解决这一问题提供了思路和线索。颜师古认为"稗"不应读如"锻排"之"排"(音 pái),而应读如"稊稗"之"稗"(音 bài),这是用隋唐今音代替了汉魏古音,不仅完全错误,而且造成了后人理解上的困难,许多误解也因此而起。音韵学家们早已指出,在上古,音同者义相通。正因为上古"稗"音"排",所以"偶语"可称"稗语"。因为"偶"有对偶、排偶义,故"偶语"即"对语"或"排语"。而如淳所云"偶语"更是特指"偶俗语",即俚俗的排语。俚俗排语语言浅俗,节奏明快,大体对偶而已;而文雅排语则要求语言典雅,音节谐婉,对偶工稳。如淳云"今世亦谓偶语为稗",即是说,"稗"即"偶语",亦即

---

[1] 黄怀信:《逸周书校补注译》(修订本),第66—68页。
[2] 余嘉锡:《余嘉锡论学杂著·小说家出于稗官说》,第267页。

"排语"。至于"今世亦谓"云云,更是告诉我们,汉魏以前也将"偶语"叫做"稗",也可写做"排语"、"俳语"或"诽语"。而"排"、"俳"、"诽"上古音同义通,文献中也常常通用。前文已有详细说明,此不赘。

既然"稗"即"排语"("俳语"、"诽语"),那么,管理"排语"("俳语"、"诽语")的小官自然可以叫做"稗(音排)官"。从出土的残破秦汉简书来看,那些称为稗官的县乡令长及长吏的属官是否有负责收集和管理"排语"的职责,由于资料有限,尚找不到直接的证据。而秦简已经证明,稗官之称始于先秦,因此,我们可以从先秦文献中寻找这方面的证据。

前已说明,周代有"考百事于朝,问谤誉于路"的言谏制度和言论管理制度。《左传·襄公十四年》"庶人谤"杜预注:"庶人不与政,闻君过则诽谤。"孔颖达疏:

> 庶人卑贱,不与政教,闻君过失不得谏争,得在外诽谤之。谤,谓言其过失,使在上闻之而自改,亦是谏之类也。《昭四年传》"郑人谤子产",《周语》"厉王虐,国人谤王",皆是言其实事,谓之为谤。但传闻之事,有实有虚,或有妄谤人者,今世遂以谤为诬类,是俗易而意异也。《周语》云"庶人传语",是庶人亦得传言以谏上也。此有"士传言",故别云"庶人谤"为等差耳。[1]

由此看来,"谤"也是一种政治"谏"言,是庶人对统治者过失进行公开批评的言论。由于庶人的意见不能直陈统治者,故要通过"士传言"来实现。既然称之为"诽(音排)谤"(注意:古语诽谤并非贬义,孔颖达已经说明),其语言形式大概也是"排语"、"俳语"、"诽语"、"偶语"。《史记·周本纪》载邵公云"百工谏,庶人传语",《集解》引韦昭曰:"庶人卑贱,见时得失,不得达,

---

[1] 杜预注,孔颖达疏:《春秋左传正义》卷32《襄公十四年》,《十三经注疏》本,第1958页。

传以语王。"《正义》:"庶人微贱,见时得失,不得上言,乃在街巷相传语。"[1]依此,所谓"街谈巷语"当是指与朝政得失相关的庶人言论,即民间对社会政治的批评,并非指一般的闲言碎语。如淳所云"街谈巷说,其细碎之言也",既强调了这些言论的形式,也说明了这些言论的性质。

需要强调指出,士所传"庶人谤"之言论形态多为"排语"、"俳语"、"诽语"、"偶语",这在《左传》、《国语》中有明确记载。下各举一例:

> (子产)从政一年,舆人诵之曰:"取我衣冠而褚之,取我田畴而伍之;孰杀子产,吾其与之。"及三年,又诵之曰:"我有子弟,子产诲之;我有田畴,子产殖之;子产而死,谁其嗣之。"[2]
>
> 惠公入而背外内之赂。舆人诵之曰:"佞之见佞,果丧其田。诈之见诈,果丧其赂。得国而狃,终逢其咎。丧田不惩,祸乱其兴。"既里、丕死祸,公陨于韩。……惠公即位,出共世子而改葬之,臭达于外。国人诵之曰:"贞之无报也。孰是人斯,而有是臭也?贞为不听,信为不诚。国斯无刑,偷居幸生,不更厥贞,大命其倾。威兮怀兮,各聚尔有,以待所归兮。猗兮违兮,心之哀兮。岁之二七,其靡有微兮。若狄公子,吾是之依兮。镇抚国家,为王妃兮。"[3]

上举谣诵均为"排语"、"俳语"、"诽语"、"偶语",在社会信息渠道有限的形势下,"排语"、"俳语"、"诽语"、"偶语"既便于口口相传,形成社会影响,也便于小官们上达给统治者,好让史官记录。以上事例都发生在春秋时期,著名的还有"鲁国人诵"、"宋城者讴"、"宋筑者讴"、"宋野人歌"、"洞庭童谣"、"汶山谣"以及"秦人谚"、"楚人谚"、"齐人歌"、"莱人歌"等,这些歌、诵、言、

---

[1] 司马迁撰,裴骃集解,司马贞索隐,张守节正义:《史记》卷4《周本纪》,第181页。
[2] 杜预注,孔颖达疏:《春秋左传正义》卷40《襄公三十年》,《十三经注疏》本,第2014页。
[3] 徐元诰:《国语集解·晋语三》,中华书局,2002,第303—305页。

讴、谣、谚都是韵语，且多为"排语"、"俳语"、"诽语"、"偶语"。史官们记下它们，恐怕不是亲临现场采集所得，而是由生活在民间或朝廷派往基层的小官们负责收集上报的，这与传说的"孟春之月，群居者将散，行人振木铎徇于路，以采诗，献之大师，比其音律，以闻于天子"[1]的周代采诗、献诗制度异曲同工。只是诗要配上音乐演奏，以便统治者了解礼乐教化在各地实行的情况，往往在庄重场合使用，而这些"排语"、"俳语"、"诽语"、"偶语"只是随时赋诵，供王者"补察其政"而已。王者身边有"师箴，瞍赋，矇诵，百工谏"，正是这种制度安排。而"自王以下，各有父兄子弟以补察其政"，诸侯、卿大夫们大概也都有人为他们提供这样的言论信息服务。这些服务者也许不是歌、诵、言、讴、谣、谚的最初作者，但却是这些言论在社会政治生活中的具体管理者和实际提供者，即由他们提供给王者"补察其政"。由于师、瞍、矇、百工都是"小官"，而所提供的又多是"排语"、"俳语"、"诽语"、"偶语"，上古时又以"偶语为稗"，因此，称这些管理和提供"排语"、"俳语"、"诽语"、"偶语"的小官为"稗（音排）官"，也就名正言顺了。

需要说明的是，"稗官"是指管理和提供"排语"、"俳语"、"诽语"、"偶语"的小官，却并非是指某一实际设置的职官，他们既可能是朝中都官之属官，也可能是县乡长吏之属官。在他们具体执行的事务中，有向上级报告其所了解到的反映朝政得失的"排语"、"俳语"、"诽语"、"偶语"等的义务。而这种义务，正是先秦传留的"士传言，庶人谤"的政教传统的延续。

第四节　稗官小说之滥觞

明确了稗官为小官之通称、先秦时期将管理庶人"排语"、"俳语"、"诽语"、"偶语"的小官称为"稗官"，这对我们认识"小说家出于稗官"之说有重

---

[1] 班固撰，颜师古注：《汉书》卷24上《食货志》，第1123页。

第九章　"小说家出于稗官"新说　197

大意义。我们可以循着师、瞍、矇、百工等所提供的箴、赋、诵、谏，去追寻小说家和稗官小说的源头，从而发现其滥觞。

在《汉志》著录的十五家小说中，汉武帝以前有九家，而《伊尹说》、《鬻子说》、《务成子》、《宋子》、《天乙》、《黄帝说》多为依托，皆黄老道家之言，成书时间在战国后期至西汉初[1]，《周考》、《青史子》则为史官之佚而偏于民间传说者，成书时间与上同[2]。这些作品被列入小说家，与汉人的小说观念有关[3]，主要强调的是"街谈巷语，道听途说者之所造"，它们是小说家之流而非小说家之源。而真正作为由稗官所自出的小说家之小说滥觞的应该是《师旷》。《师旷》所载为春秋后期晋国主乐大师师旷的言论，师旷正是师、瞍、瞽、矇、百工之流，即所谓"诸侯之士"[4]，自可称作稗官，他以审音、知声、直谏而著名，可以视为中国小说家之祖。本书第三章有详细论证，可以参看。

从"学必出于王官"的历史渊源来看，"小说家"所出之稗官（师、瞍、瞽、矇等）自可释为"天子之士"。但是，若从"小说家"的起源来看，其产生当在"礼崩乐坏"、"王纲解纽"、"学在四夷"、"处士横议"的春秋时期，因为这时才有小说文体的出现和小说家的诞生[5]，师旷即其早期代表。因此，"小说家"实际所从出之稗官并非"天子之士"，而应该是"诸侯之士"。前贤对"小说家出于稗官"的认识分歧主要是对"出"的理解不同所致，有的将其理解为"来源"，有的则理解为"起源"。笔者曾经指出："来源并不等于起源，因为这

1　参见拙作《〈汉志〉著录之小说家〈伊尹说〉〈鬻子说〉考辨》《武汉大学学报》（人文科学版）2006年第5期）；《〈汉书·艺文志〉著录之小说家〈务成子〉等四家考辨》《南京师范大学文学院学报》2008年第1期）。收入拙著《稗官与才人——中国古代小说论稿》，岳麓书社，2010。

2　参见拙作《〈汉书·艺文志〉著录之小说家〈青史子〉、〈师况〉考辨》，复旦大学中国古代文学研究中心《中国文学研究》第八辑，中国文联出版社，2007。收入拙著《稗官与才人——中国古代小说论稿》，岳麓书社，2010。

3　见本书第八章。参见拙作《汉人小说观念探赜》，《南京大学学报》（哲学·人文科学·社会科学）2011年第4期。

4　师旷为晋国乐师，按《周礼》，天子乐师为下大夫，大师也是下大夫，钟师、笙师、铸师、竽师等均为士，而大国诸侯乐师则下一等，因此，师旷为诸侯之士。

5　见本书第一章。参见拙作《说体文的产生及其对传统小说观念的影响》，"小说文献与小说史国际研讨会"论文，北京香山，2003年。收入《中国文学观念论稿》，湖北教育出版社，2004。

里有着本质的区别：起源标志着某一事物的诞生，而来源却只表明构成这一事物的某种因素，这种因素完全可以来自不同性质的别一事物。"[1]如果将"出"理解为来源，那么"学必出于王官"是可以成立的，"稗官"为"天子之士"也是可以成立的，因为春秋之前无私人著述，故学为王官所掌、王官之学是一切学术的来源。如果将"出"理解为起源，那么"学必出于王官"和"小说家出于稗官"则要具体分析，诸子之学起源于春秋是基本事实，为诸侯提供"偶语"服务的"稗官"已非"天子之士"而是"诸侯之士"，也是基本事实。当然，以师旷为代表的"稗官"自有其职守沿袭和学术传承，则又是不容否认的。《左传·昭公九年》所载膳宰屠蒯借酌酒而讽晋国国君，也是"工执艺事以谏"的实例。

师旷在回答晋悼公询问时提到《夏书》有"工执艺事以谏"的记载。所谓"工执艺事以谏"，就是说所有服务于君主的"百工"都有言谏之责，不只师、瞍、瞽、矇。夏代之事难以考索，虽然周代已经形成了这样的制度，但是，史书所载"百工谏"的材料却不早于春秋时期。孟子说："王者之迹熄而诗亡，诗亡然后《春秋》作。"[2]他的意思，不是说诗存时无史，而是说"史为书，瞽为诗"实为天子听政，当时史在周室不在民间，只有王纲解纽后无天子听政才会有孔子作《春秋》。同样，冯梦龙所云"史统散而小说兴"[3]，也不是说史存时无小说，而是说西周以来"史鉴"传统的式微才带来了小说的勃兴。春秋时期的"百工谏"可以作为冯说的证明。而俳优也属"百工"，自然也可以"执艺事以谏"，《国语·晋语》载有优施、《史记·滑稽列传》载有优孟、优旃向君主或公卿言谏的事例，可以提供参考。下举优孟事以见一斑：

---

[1] 参见拙作《中国小说起源探迹》，《文学遗产》1985年第1期，收入拙作《古典小说初探》，浙江古籍出版社，1993。关于来源与起源之不同，举一例即可明白：马克思主义起源于马克思和恩格斯，而其来源则有德国古典哲学、英国古典经济学和法国空想社会主义，我们显然不能说马克思主义起源于（出于）它们中的任何一家。

[2] 赵岐注，孙奭疏：《孟子注疏》卷8上《离娄章句下》，《十三经注疏》本，第2727页。

[3] 绿天馆主人：《古今小说》卷首《叙》，人民文学出版社，1958，第1页。

优孟者，故楚之乐人也。长八尺，多辩，常以谈笑讽谏……楚相孙叔敖知其贤人也，善待之。病且死，属其子曰："我死，汝必贫困。若往见优孟，言我孙叔敖之子也。"居数年，其子穷困负薪，逢优孟，与言曰："我，孙叔敖子也。父且死时，属我贫困往见优孟。"优孟曰："若无远有所之。"即为孙叔敖衣冠，抵掌谈语。岁余，像孙叔敖，楚王及左右不能别也。庄王置酒，优孟前为寿。庄王大惊，以为孙叔敖复生也，欲以为相。优孟曰："请归与妇计之，三日而为相。"庄王许之。三日后，优孟复来。王曰："妇言谓何？"孟曰："妇言慎无为，楚相不足为也。如孙叔敖之为楚相，尽忠为廉以治楚，楚王得以霸。今死，其子无立锥之地，贫困负薪以自饮食。必如孙叔敖，不如自杀。"因歌曰："山居耕田苦，难以得食。起而为吏，身贪鄙者余财，不顾耻辱。身死家室富，又恐受赇枉法，为奸触大罪，身死而家灭。贪吏安可为也！念为廉吏，奉法守职，竟死不敢为非。廉吏安可为也！楚相孙叔敖持廉至死，方今妻子穷困负薪而食，不足为也！"于是庄王谢优孟，乃召孙叔敖子，封之寝丘四百户，以奉其祀。[1]

优孟以其诙谐机智幽默为孙叔敖之子争取到了富足的生活，其谏言多为"偶语"和"排语"，这正是俳优们常用的语言。如优施对里克所歌"暇豫之吾吾，不如鸟乌；人皆集于苑，己独集于枯"[2]，既是"偶语"，又是"隐语"；优旃对陛楯郎所云"汝虽长何益，幸雨立。我虽短也，幸休居"[3]，同样也是"偶语"和"排语"。这些"偶语"、"排语"、"隐语"后来也被称作"俳语"。关于俳优的活动，王国维的《优语录》、任二北的《优语集》收集了许多相关材料，冯沅君的《古

---

[1] 司马迁撰，裴骃马集解，司马贞索隐，张守节正义：《史记》卷126《滑稽列传》，中华书局，2014，第3888—3890页。
[2] 徐元诰：《国语集解·晋语二》，第276页。
[3] 司马迁撰，裴骃集解，司马贞索隐，张守节正义：《史记》卷126《滑稽列传》，第3891页。

优解》和《古优解补正》更有深入的讨论，本书第四章也做了专题研究，证明古代俳优常常使用"偶语"（也称"俳语"）、"谐语"（也称"俳谐"）进谏君主。不过，这些君主都是诸侯，而不是天子。

在中国，君主使用俳优有悠久的历史[1]。春秋时期的俳优已相当活跃。《韩非子·外储说左下》载：

> 南宫敬子问颜涿聚曰："季孙养孔子之徒，所朝服与坐者以十数，而遇贼，何也？"曰："昔周成王近优侏儒以逞其意，而与君子断事，是能成其欲于天下。今季孙养孔子之徒，所朝服而与坐者以十数，而与优侏儒断事，是以遇贼。故曰：不在所与居，在所与谋也。"[2]

《难三》记管仲对齐桓公问，以"近优而远士"为"一难"，并引评论云：

> 管仲之射影不得也。士之用不在近远，而俳优侏儒固人主之所与燕也。则近优而远士而以为治，非其难者也。[3]

不管君主和俳优究竟应该如何相处，《韩非子》的记载证明俳优在先秦不仅为君王所喜爱，而且能够参与政治活动。那么，俳优是否可以称为稗官呢？答案是肯定的。许慎《说文解字》："官，吏事君也。从宀，从𠂤。𠂤犹众也。此与师同意。"[4]官之本义为以吏事君，并非今日管理百姓者。《国语·晋语八》"固医官

---

[1] 据刘向《列女传》"桀既弃礼义……牧倡优、侏儒、狎徒，能为奇伟戏者"，则夏代已有俳优。据刘向《说苑·反质》"纣为鹿台、糟丘……妇女、倡优、钟鼓、管弦"，则商代也有俳优。当然，这是传说，难以尽信。
[2] 王先慎：《韩非子集解》卷12《外储说左下》，《新编诸子集成》本，第289—299页。
[3] 王先慎：《韩非子集解》卷16《难三》，《新编诸子集成》本，第372页。
[4] 许慎：《说文解字》（注音版）十四上《宀部》，岳麓书社，2006，第304页。

也"韦昭注："官，犹职也。"[1]《周礼·掌讶》"则戒官修委积"郑玄注："官，谓牛人、羊人、舍人、委人之属。"[2]《荀子·荣辱》"是官人百吏之所以取禄秩也"，王先谦集解："荀书每以'官人百吏'并言，犹《周官》所云'府史''胥徒'之属耳。"[3]一句话，在周代，凡服侍天子之人皆可以名"官"。《周礼·天官》中便有膳夫、庖人、酒人、浆人等，《地官》中有牧人、牛人、舍人、仓人等，《春官》中有磬师、钟师、笙师、镈师等，《夏官》中有戎仆、齐仆、道仆、田仆等。因此，以俳语谏王的俳优自然是可以称"官"的，只不过他们不是后代管理百姓的官。当然，俳优中也有不少人并不优谏，而是以俳谐诣谀君王。《管子·四称》云："昔者无道之君……进其谀优，繁其钟鼓。流于博塞，戏其工瞽。诛其良臣，敖其妇女……驰骋无度，戏乐笑语。"[4]说明俳优是可以分为谏优和谀优的，故任二北指出："优分谏、谀，所近者为谏优，则与士同用，为治更非其难。"[5]这也说明俳优虽有不同类型（当然，同一俳优也可以承当谏优和谀优双重身份），但都是有"官"的某些身份的，他们是"百工"之一。

这样看来，《汉志》所谓"小说家出于稗官"说，其实是具有深刻历史依据和文化内涵的学术性判断，它不仅揭橥了西周传留的"官师相规，工执艺事以谏"的言谏制度和"士传言，庶人谤"的社会言论管理制度的历史脉络，而且指示了师、瞍、瞽、矇、百工等稗官言论多为"排语"、"俳语"、"诽语"、"偶语"，从而厘清了稗官小说与歌谣、赋诵、笑话、寓言（稗官谏语常用寓言）等文体上的关联。同时，由于俳优为稗官之一，因此，俳优与小说家就不仅有了社会身份上的联系，而且有了管理和使用"排语"、"俳语"、"诽语"、"偶语"的联系。这样，先秦俳优活动常常与政治发生关联便因此得到了合理解释，而像淳于髡、邯郸淳之类所谓"滑稽之雄"的政治与文化价值能够于此得到说明，

---

[1] 徐元诰：《国语集解·晋语八》，第435页。
[2] 郑玄注，孔颖达疏：《周礼注疏》卷38《掌讶》，《十三经注疏》本，第902页。
[3] 王先谦：《荀子集解》卷2《荣辱》，《新编诸子集成》本，第59页。
[4] 戴望：《管子校正》卷11《四称》，《诸子集成》本，上海书店，1986年影印，第183页。
[5] 任二北：《优语集·总说》，上海文艺出版社，1981，第3页。

汉代赋家们常常说自己"有类俳优"的言论也有了历史的和文化的依据，汉末魏初的"俳优小说"同样因此得到了历史的印证[1]，甚至《汉志》所云"诸子十家，其可观者九家而已"的价值评判也可以由此得到恰切的理解。由于"百工谏"活动在春秋时期才开始活跃，且与周天子无关，因此，"小说家"所出之"稗官"主要为"诸侯之士"而非"天子之士"，也就可以肯定了。

承认"小说家出于稗官"，不仅能够促进我们更准确更深刻地理解古代的学术发展和古人的小说观念，从而更全面更深入地探讨中国古代小说的发展；而且能够促进我们对中国正统文化与民间文化、政治生活与休闲娱乐、雅文学与俗文学的关系形成正确认识，从而为中国古代文学研究开拓出一片充满智慧和情趣的崭新天地。

---

[1] 见本书第十七章。参见拙作《曹植"诵俳优小说"发覆》，《学术研究》2013年第5期。

第十章
《汉志》小说的文体类型

《汉书·艺文志·诸子略》最早著录了小说家及其作品，其对小说家的定义及其对小说作品的评价，阐明和规范了中国古代小说观念，深刻影响了中国古代小说和小说理论的发展。《汉志》所著录的小说家作品，自然不会是当时小说作品的全部，但都是著录者认为最重要且最具代表性的。虽然这些作品多已亡佚，但从班固对《汉志》小说家的注释及作品佚文中，我们不仅可以了解这些小说家的基本情况和作品的主要内容，而且可以了解当时小说的主要文体类型，这为我们理解《汉志》小说观念提供了具体切实的感性材料，是十分难得的。《汉志》小说家共著录小说作品十五部，根据这十五部小说的形式和内容，可以将其分为五种类型。一类是"说"体小说，包括《伊尹说》、《鬻子说》、《黄帝说》、《封禅方说》和《虞初周说》五部。一类是"子"体小说，包括《青史子》、《师旷》、《务成子》、《宋子》和《天乙》五部。一类是"术"体小说，包括《待诏臣饶心术》和《待诏臣安成未央术》两部。一类是"事"体小说，包括《周考》和《臣寿周纪》两部。一类是"言"体小说，即《百家》一部。这五种类型的小说不仅代表了先秦至西汉出现的小说的主要文体类型，而且规范和影响了中国古代小说和小说观念后来的发展，实有深入探讨之必要。前人很少从小说文体类型关注《汉志》小说，不能不说是极大的遗憾。本章尝试加以探讨，不妥之处，恳望批评。

第一节　说体文与《汉志》说体小说

《汉志·诸子略》小说家著录的《伊尹说》、《鬻子说》、《黄帝说》、《封禅方说》和《虞初周说》有一个鲜明的特点，就是书名都有一个"说"字。而先秦和西汉诸子的文章，在刘向、刘歆等整理成专书之前，一般都是单篇流传，这不仅有传世文献记载，也为近年出土的大量战国楚竹书和西汉出土文献所证实。这些小说之所以以"说"命名，是因为它们都是说体文。而"说"作为古代的一种重要文体，几乎不需要论证。晋人陆机在《文赋》中提到十种代表性文体，分别是诗、赋、碑、诔、铭、箴、颂、论、奏、说，"说"为其中之一。梁刘勰《文心雕龙》的文体论部分有《论说篇》，分别讨论"论"与"说"两种文体。这就足以证明，"说"是古代一种重要文体。

不过，"说"体文并不是一种很古老的文体。人们通常所说的《尚书》"十体"，包括典、谟、贡、歌、誓、诰、训、命、征、范，并无"说"体。古文《尚书》有《说命》，但此"说"为傅说，是人名，《说命》乃傅说之命，"说"并非文体名。"说"作为文体名是在春秋战国时期"百家争鸣"的社会环境中产生的。《庄子·天下》云："古之人其备乎！配神明，醇天地，育万物，和天下，泽及百姓，明于本数，系于末度，六通四辟，大小精粗，其运无乎不在。其明而在数度者，旧法世传之史尚多有之。……其数散于天下而设于中国者，百家之学时或称而道之。天下大乱，贤圣不明，道德不一，天下多得一察焉以自好。譬如耳目鼻口，皆有所明，不能相通。犹百家众技也，皆有所长，时有所用。虽然，不该不遍，一曲之士也。判天地之美，析万物之理，察古人之全，寡能备于天地之美，称神明之容。是故内圣外王之道，暗而不明，郁而不发，天下之人各为其所欲焉以自为方。悲夫，百家往而不反，必不合矣！后世之学者，不幸不见天地之纯，古人之大体，道术将为天下裂。"[1]庄子所称道的古人之"备"，是指西周完备的礼乐制度；他所说的"道术将为天下裂"的时代，就是百家争鸣的时代，即春秋战国。礼乐完备的时代，正是言论统一的时代；"礼崩乐坏"的时代，也是言论失控的时代。统一时代的言论都是"经"，为统治者所发布，国家奉为常法，民众必须遵照执行；失控时代的言论都是"说"，散在众口，孟子称之为"圣王不作，诸侯放恣，处士横议"[2]，庄子所谓"周行天下，上说下教，虽天下不取，强聒而不舍者也"[3]。春秋战国时代，圣王（天子）已经没有了发号施令的权威，其言论也就无足轻重。而说士们"各为其所欲焉以自为方"，私人言论著述蔚然成风。诸侯们为了扩大自己的势力和影响，不仅注意倾听这些说士们的声音，而且礼待他们，甚至给以高官厚禄，让他们为自己的利益服务。正如荀子所言：

> 夫民易一以道而不可与共故，故明君临之以势，道之以道，申之以命，章之以论，禁之以刑。故其民之化道也如神，辩说（一作势）恶用矣哉！今圣王没，天下乱，奸言起，君子无势以临之，无刑以禁之，故辨（辩）说也。实不喻然后命，命不喻然后期，期不喻然后说，说不喻然后辨（辩）。故期、命、辨（辩）、说也者，用之大文也，而王业之始也。[4]

荀子"法后王"，此"王"即指当时诸侯。"王业"所用之"大文"从典、谟、诰、誓到期、命、辩、说，这种变化不仅是文风的变化，文体的变化，更是一场巨大的社会政治变革。在这场社会政治变革中，辩说的作用越来越被社会所

---

1 郭庆藩：《庄子集释》卷10下《杂篇·天下第三十三》，《新编诸子集成》本，中华书局，1961，第1067—1069页。
2 焦循：《孟子正义》卷13《滕文公下》，《新编诸子集成》本，中华书局，1987，第456页。
3 郭庆藩：《庄子集释》卷10下《杂篇·天下第三十三》，《新编诸子集成》本，第1082页。
4 王先谦：《荀子集解》卷16《正名篇》，《新编诸子集成》本，中华书局，1988，第422页。文中"辨"通"辩"。

认识，辩说之士的社会地位也日益提高，说体文自然也大行其道。

本书第一、二章已经论证，"说"是在言论作为一种知识形态和社会手段被人们普遍重视的条件下由"兑"孳乳出的一个新概念，有开解、愉悦、言论三义。说体文产生于春秋战国时期，与"王纲解纽"、"礼崩乐坏"、"处士横议"的社会环境有关，也与言说活动作为一般知识形态和重要社会手段被人们普遍认识有关。先秦诸子把"说"通用为"悦"，表明他们对言说活动的喜好和重视；而在"说"的基本义上，前期诸子多用为比较单纯的谈说义，而后期诸子则多用为辩说义和学说义，这不仅反映出言论作为社会手段和知识形态的迅猛发展，而且反映出各种言论之间的交流、碰撞和竞争。当"说"和某一类知识形态和言论方式联系在一起时，"说"作为文体概念的条件也就成熟了。在战国中后期，不仅有了对说体文的认识，有了说体文概念，也有了明确标示说体的文本。如《商君书》有《说民》，《庄子》有《说剑》，《墨子》有《经说》[1]，《列子》有《说符》，《韩非子》有《说林》、《八说》、《内储说》、《外储说》，《吕氏春秋》有《顺说》，等等，证明说体文在这一时期不仅已经产生，而且已经成熟。

从文体的角度考察，我们可以借用《墨子》对概念层级的划分方法，以加深对说体文的理解。《墨子·经上》云："说，所以明也。"[2]以为"说"的目的是为了明确所说内容的意义，尤其是对经典的解说更是如此。《墨子·经上》又云："名，达、类、私。"[3]这里的"名"指概念，而概念可以分为"达"、"类"、"私"三个层级。就说体文而言，"达名"为"说"，"说"指春秋战国时期诸子百家的一切言论和著述；"类名"为"说"，"说"指以辩说为特征的言论和著述；"私名"为"说"，"说"指以"说"名体的文字著述。说体文

---

[1] 《墨子》一书，有墨翟本人的言论，也有墨家后学的著述。《墨子》书中的《经上》《经下》《经说上》《经说下》《大取》《小取》等篇，便是战国后期墨学著作，这已经是学术界比较一致的意见。

[2] 孙诒让：《墨子间诂》卷10《经上》，《新编诸子集成》本，中华书局，2001，第315页。

[3] 孙诒让：《墨子间诂》卷10《经上》，第315页。

具有解说性、譬喻性、夸饰性、情感性和灵活性等文体特征，其要旨在于解说经典，而不在讲说故事，即使讲说故事，其目的仍在说理。先秦诸子往往托古言道（理），各有经典，"述而不作"，"上说下教"，如孔子"从周"，墨子"废周道而用夏政"，老子倾心于"小国寡民"，都"未尝离事而言理"[1]，可视为"达名"之"说"。[2] 不过，孔子与老子时代，大家各自为说，并无党同伐异倾向，孔子学礼于老子的传说，以及湖北荆门出土的郭店楚简《老子》甲、乙、丙三种本子均无今本《老子》否定孔子思想的言论，证明辩说之风在春秋末期还未形成。辩说之风兴起于战国，纵横家的辩说是最极端的例子。这种以"辩说"为特征的文字，即是"类名"之"说"。《庄子·外物》云："饰小说以干县令，其于大达亦远矣。"[3]《荀子·正名篇》也说："故知者论道而已矣，小家珍说之所愿皆衰矣。"[4] 他们所称"小说"或"小家珍说"就是指称那些不符合他们理想学说的其他诸子学说。先秦诸子在对说体文尤其是对辩说之风的认识中产生了"小说"观念，这一观念虽然主要是价值判断，但也隐含有文体判断。汉代学者对小说家的认识和关于小说的观念，既与先秦诸子对说体文认识的影响相关联，也与汉代社会的特定文化环境和文章发展相关联。中国古代小说的思想发展和文体嬗变，可以从这里找到思想源头和文体依据。[5] 而《汉志·诸子略》小说家著录的《伊尹说》、《鬻子说》、《黄帝说》、《封禅方说》、《虞初周说》这些以"说"命名的作品，则是"私名"之"说"，也是《汉志》小说中的正格。《虞初周说》更是可以作为《汉志》小说的代表，其作品总数达943篇，占《汉志》著录小说作品总篇数的三分之二以

---

1 章学诚著，叶瑛校注：《文史通义校注》卷1《易教上》，中华书局，1994，第1页。
2 《史记·伯夷列传》"而说者曰"，司马贞《索隐》云："说者，谓诸子杂记也。"可证"说"可指称一切诸子杂记。
3 郭庆藩：《庄子集释》卷9上《杂篇·外物第二十六》，《新编诸子集成》本，第925页。
4 王先谦：《荀子集解》卷16《正名篇》，《新编诸子集成》本，第429页。
5 见本书第一章。参见拙作《说体文的产生及其对中国传统小说观念的影响》，"小说文献与小说史国际研讨会"论文，北京香山，2003年10月；收入《中国文学观念论稿》，湖北教育出版社，2004。

上[1]，故后人有"小说九百，本自虞初"之说。

具体来看《伊尹说》、《鬻子说》、《黄帝说》、《封禅方说》、《虞初周说》，前三部可能成书于汉之前，后两部则成书于汉武帝时，它们的共同特点是对某一著作或某一学术进行解说，符合说体文的特征。考《汉志》以"说"名体者有三类：一类为解说儒家经典者，归入"六艺略"。如"六艺略"有解说《鲁诗》和《韩诗》的《鲁说》和《韩说》；有解说《明堂阴阳》的《明堂阴阳说》；有解说《孝经》的《长孙氏说》、《江氏说》、《翼氏说》、《后氏说》、《安昌侯说》；有解说《论语》的《齐说》、《鲁夏侯说》、《鲁安昌侯说》、《鲁王骏说》、《燕传说》。一类为解说诸子学说者，其中解说荀子者归入儒家类，解说老子者归入道家类。如辩难（辩难是别一形式之解说）《荀子》的有《虞丘说》，解说《老子》的有《老子傅氏经说》、《老子徐氏经说》、《刘向说老子》。其他诸子《汉志》未著录有解说者。一类为解说其他道家学说者，归入小说家。如道家有《伊尹》、《鬻子》、《黄帝四经》，小说家有《伊尹说》、《鬻子说》、《黄帝说》。汉武帝"罢黜百家，独尊儒术"，儒家"经"、"说"受到重视，自在情理之中，故解说儒家者不入小说家，而入六艺或儒家。汉初推崇黄老之学，道家亦尊宠一时，故不独《老子》有多家解说，其他道家亦多有解说者。《老子》为可靠文献，道家尊之为《道德经》，故其解说可自成家，《汉志》仍在道家著录。而《伊尹》乃集合道家传说而成，本与儒家之说不合，亦不如《老子》之有系统条理，其解说者《伊尹说》只能是道听途说，不本经传，故《伊尹说》列入小说家。《汉志》著录时注明："其语浅薄，似依托也。"[2]也证明了上述判断。《鬻子》本是传为周文王之师的楚国先祖鬻熊著述，《汉志》已将其与《伊尹》一起著录于道家之中，而解说《鬻子》的《鬻子说》，班固注云"后世所加"，谓其来历不明，缺

---

1 《汉书·艺文志》著录"小说十五家，千三百八十篇"，顾实《汉书艺文志讲疏》云："今计十五家，一千三百九十篇，多十篇。"即是说，《汉志》总计时少计十篇。学术界一般均同意此说。然《汉志》小说家中十四家均以篇计，独《百家》为"百三十九卷"，此百三十九卷是否即百三十九篇，难以断定。如《尚书》古文经四十六卷，实有五十八篇，因而尚不能完全肯定《汉志》小说家篇数总计有误。

2 班固撰，颜师古注：《汉书》卷30《艺文志》，中华书局，1962，第1744页。下引班固自注文不再注释。

乏理论质素和历史依据，故列入小说家。至于《黄帝说》，则是为解说《黄帝四经》而作，班固注云"迂诞依托"，也够不上诸子"九流"的水平。黄老之学本来盛行于汉初，1973年长沙马王堆西汉初期墓葬出土的帛书就有被学术界认定的《黄帝四经》(包括《经法》、《十大经》、《称》、《道原》)，说明了汉初人的喜好。但武帝之后，儒学昌盛，黄老道家衰落，司马迁《五帝本纪》论赞云："学者多称五帝，尚矣。然《尚书》独载尧以来；而百家言黄帝，其文不雅训，荐绅先生难言之。"[1] 黄帝之言已在"其文不雅训"之列，《黄帝四经》自然不受欢迎，解说《黄帝四经》的《黄帝说》就只能列入小说家了。这样看来，《汉志》著录《伊尹说》、《鬻子说》、《黄帝说》入小说家，反映出道家尤其是黄老道家已经衰落、西汉后期学者对它们评价偏低的客观事实。《汉志》小说家收入大量黄老道家之作，"然亦可明道家小说家一本矣"[2]。而从文体的角度看，说体小说既有说体文的一般特点，同时也具有"其语浅薄"和"迂诞依托"的文体特色，也就十分明晰了。[3]

至于成书于汉武帝时期的《封禅方说》和《虞初周说》，则继承了《伊尹说》、《鬻子说》、《黄帝说》"其语浅薄"和"迂诞依托"的文体特色。封禅本来只是传说，儒家的说法既不系统，也不一致，这便为方士提供了解说封禅方术的空间，《封禅方说》因此而生。《史记·封禅书》便云：

> 天子既闻公孙卿及方士之言，黄帝以上封禅，皆致怪物与神通，欲放(仿)黄帝以上接神仙人蓬莱士，高世比德于九皇，而颇采儒术以文之。群儒既已不能辨明封禅事，又牵拘于《诗》、《书》古文而不能骋。上为封禅祠器示群儒，群儒或曰"不与古同"，徐偃又曰"太常诸生行礼不如鲁善"，

---

[1] 司马迁撰，裴骃集解，司马贞索隐，张守节正义：《史记》卷1《五帝本纪》，中华书局，2014，第54页。
[2] 顾实：《汉书艺文志讲疏》三《诸子略·小说》，上海古籍出版社，1987，第161页。
[3] 参见拙作《〈汉书·艺文志〉著录之小说家〈伊尹说〉〈鬻子说〉考辨》，《武汉大学学报》(人文科学版) 2006年第5期。

周霸属图封禅事，于是上绌偃、霸，而尽罢诸儒不用。[1]

因此，武帝封禅的仪礼、器物和方法多采用方士的意见，亦即所谓"封禅方说"。《封禅方说》不能归入任何一家学说，且"其语浅薄"，"迂诞依托"，自然应该列入小说家类，从而成为武帝时期"说"体小说的代表作品之一。

　　《虞初周说》是武帝方士虞初所撰。虞初，《汉志》班固注曰："河南人，武帝时以方士侍郎，号黄车使者。"颜师古注："《史记》云虞初洛阳人，即张衡《西京赋》'小说九百，本自虞初'者也。"[2]《史记·封禅书》载："（太初元年）丁夫人、洛阳虞初等以方祠诅匈奴、大宛焉。"[3]证明虞初以方术参与了汉武帝时期的国家政治外交活动。张衡《西京赋》云："非唯玩好，乃有秘书；小说九百，本自虞初。从容之求，寔俟寔储。"薛综注云："小说，医巫厌祝之术。凡有九百四十三篇，言九百，举大数也。"又云："持此秘书，储以自随，待上所求问，皆常具也。"李善注引应劭曰："其说以《周书》为本。"[4]即是说，《虞初周说》是虞初为备皇上顾问而准备的"秘书"，其中有"医巫厌祝之术"；不过，其书既有如此规模，恐亦限于"医巫厌祝之术"，应该还有其他更多的内容。而依应劭所说，"其说以《周书》为本"，则《虞初周说》是围绕解说《周书》或周代之事而集纂的一部小说。笔者曾指出唐宋类书中保留有一些《虞初周说》的佚文，例如，《逸周书·王会解》云"方人以孔鸟，卜人以丹沙"，《艺文类聚》卷九十一引《周书》为："成王时，西方人献孔雀"；《初学记》卷二十引《周书》为："成王时，四夷来贡，卜卢人西南之蛮，丹砂所出。"显然，唐人所引《周书》具有解说《逸周书》的意味，此《周书》极有可能是《虞初周

---

[1] 司马迁撰，裴骃集解，司马贞索隐，张守节正义：《史记》卷28《封禅书》，第1678页。
[2] 班固撰，颜师古注：《汉书》卷30《艺文志》，第1745页。
[3] 司马迁撰，裴骃集解，司马贞索隐，张守节正义：《史记》卷28《封禅书》，第1683页。
[4] 萧统编，李善注：《文选》卷2京都上《西京赋》（张平子），中华书局，1977年影印胡克家本，第45页。

说》。这样的例证还有不少。[1]

这样看来,《汉志》"说"体小说其实是先秦诸子所创说体文的一种延展,而《汉志》"小说家"之称则是汉人继承庄子、荀子对诸子辩说及其著述所进行的价值判断的移植,只不过将庄子、荀子所针对的其他学派诸子改为不入"九流"的秦汉诸子。也就是说,《汉志》将一个在先秦没有共同指向的非固定性称谓变成了一个有明确指向的固定性称谓,而这种称谓其实规范了小说家之小说的文化定位,也规范了"说"体小说的文体定位。这种定位的作用是巨大的,影响也是深远的。[2]

第二节 秦汉子书与《汉志》子体小说

《汉志·诸子略》小说家著录"子"体小说也有5部,包括《青史子》、《师旷》、《务成子》、《宋子》和《天乙》,占《汉志》著录小说作品总量的三分之一,同样不可忽视。这5部小说,或以"子"名书,或以人名书,符合秦汉子书命名的惯例。例如,《汉志·诸子略》儒家不仅著录有以"子"名书的《晏子》、《曾子》、《孟子》等,也著录有以人名书的《魏文侯》、《李克》、《陆贾》等。"子"体小说与"说"体小说一样,也反映出《汉志》小说文体的一个重要特点。

《汉志》把小说家列入诸子,将小说作品著录于《诸子略》中,是因为这些小说作品与子书确有紧密联系,而这些"子"体小说则是反映它们密切联系的突出代表。关于诸子著述体例,近人余嘉锡在解释《庄子·天下篇》所云"上说下教"时说:

---

[1] 参见拙作《〈汉书·艺文志〉著录之小说家〈虞初周说〉探佚》,《南开学报》(哲学社会科学版) 2005年第3期。
[2] 见本书第八章。参见拙作《汉人小说观念探赜》,《南京大学学报》(哲学·人文科学·社会科学) 2011年第4期。

> 夫上说者，论政之语也，其体为书疏之类。下教者，论学之语也，其体为论说之类。凡古人自著之文，不外此二者。其他记载言行，解说义理者，则后学之所附益也。[1]

汉人不仅将先秦诸子自著论政论学之语视为子书，而且将后学记载先贤言行、解说诸子义理的著述也视为子书。由于诸子学术主张各异，于是出现了"百家争鸣"。司马迁在《史记·太史公自序》中转述其父司马谈的意见，认为诸子百家主要有六家，并对此六家之利弊得失进行了评论，以为"'天下一致而百虑，同归而殊途。'夫阴阳、儒、墨、名、法、道德，此务为治者也，直所从言之异路，有省不省耳"。[2] 刘向、刘歆父子等在整理西汉图书文献时，根据当时图书文献存量的客观实际，在《诸子略》不仅著录了这六家及其作品，还增加了纵横家、杂家、农家、小说家和他们的作品，使诸子六家扩展为十家，子书的内容与形式也得到延展。

那么，应该如何看待汉人对诸子百家的分类呢？首先必须承认，司马谈的《论六家要旨》所论诸子六家，是先秦以来最有影响的几家，也是诸子著述中最有学术特色的几家。对于这六家，《汉志·诸子略》不仅全部接受，而且将它们排在诸子十家的靠前位置，只是按照儒家、道家、阴阳家、法家、名家、墨家排列，这种顺序变动表达了刘向、刘歆、班固等人对六家诸子思想文化地位的新认识。至于《汉志》新增的纵横家、杂家、农家和小说家，虽然兼顾了当时书籍文献存量的实际，但从学术分类来看，其实是存在一些瑕疵的。儒、道、阴阳、法、名、墨六家都有自己的核心学术思想，且都有自身的学术传承，而纵横、杂、农和小说四家却少有核心学术思想，也无传承线索。具体来说，纵

---

[1] 余嘉锡：《古书通例》卷2《明体例第二·秦汉诸子即后世之文集》，中华书局，2009，第243页。
[2] 司马迁撰，裴骃集解，司马贞索隐，张守节正义：《史记》卷130《太史公自序》，第3993页。

横家只是一种政治谋略和外交操作，虽有苏秦、张仪等代表人物，其著述亦不少，但却很难归纳出他们的学术思想，与司马谈所论六家要旨重在道术的诸子著述并不在一个学术层面，《汉志》在六家后增加纵横家显然只是文献归类的需要，并不能反映诸子学术分家的客观实际。至于杂家"兼儒、墨，合名、法"[1]，本无固定学术意见，且秦汉诸子虽各有主张，但也常常会吸收其他学派的学术观点来丰富自己，并无纯之又纯的某一家，故杂家之分实无统一标准。难怪章学诚要说：

> 《汉志》始别九流，而儒、杂二家，已多淆乱。后世著录之人，更无别出心裁，纷然以儒、杂二家为龙蛇之菹焉。凡于诸家著述，不能遽定意指之所归，爱之则附于儒，轻之则推于杂；夫儒、杂分家之本旨，岂如是耶？[2]

其实，《汉志》杂家之分，正是那些"不能遽定意指之所归"的诸子著述，并非诸子六家外又有杂家一流。至于农家，其所论其实是一种职业技术，与同为职业技术之论的兵家和医家略同，兵家、医家著述丰富，可以单独归为兵书略或方技略，而农家著述仅有9种，不能单独归为一类，只能附于《诸子略》而自成一家。这样看来，讲求技术的农家与讲求道术的诸子六家同样不在一个逻辑范畴。因此可以说，《汉志·诸子略》所涉诸子及其著述，虽然有一个大致相同的方向，都是在"道术将为天下裂"的社会环境下产生的私家著述，或者如章学诚所言："诸子之奋起，由于道术既裂，而各以聪明才力之所偏，每有得于大道之一端，而遂欲以之易天下。其持之有故，而言之成理者，故将推衍其学术，而传之其徒焉。"[3]而《汉志》之所以定其为诸子之一家，却并非有完全统一的标

---

[1] 班固撰，颜师古注：《汉书》卷30《艺文志》，第1742页。
[2] 章学诚著，叶瑛校注：《文史通义校注》附《校雠通义》卷2《汉志诸子》，第1038页。
[3] 章学诚著，叶瑛校注：《文史通义校注》卷2《言公上》，第171页。

准，而是一种文献分类的技术处理。《汉志·诸子略》小序也说：

> 诸子十家，其可观者九家而已。皆起于王道既微，诸侯力政，时君世主，好恶殊方，是以九家之术蜂出并作，各引一端，崇其所善，以此驰说，取合诸侯。其言虽殊，辟犹水火，相灭亦相生也。仁之与义，敬之与和，相反而皆相成也。《易》曰："天下同归而殊途，一致而百虑。"今异家者各推所长，穷知究虑，以明其指，虽有蔽短，合其要归，亦六经之支与流裔。使其人遭明王圣主，得其所折中，皆股肱之材已。仲尼有言："礼失而求诸野。"方今去圣久远，道术缺废，无所更索，彼九家者，不犹愈于野乎？若能修六艺之术，而观此九家之言，舍短取长，则可以通万方之略矣。[1]

在刘、班等人看来，秦汉诸子是"六经之支与流裔"，可以为明王圣主提供治国理政的思想资源，即使是讲求职业技术的农家，也有许行创立"并耕论"而有益于国家治理，因此，纵横家、杂家、农家也是可以自成一家的。

需要关注的是，《汉志》对诸子"可观"的评论，只适合于其《诸子略》中著录的儒、道、阴阳、法、名、墨、纵横、杂、农九家，并不包括小说家。在先秦，不同学者对诸子著述本有不同的价值评判，他们往往将自己不认可的子书称之为"小说"或"小家珍说"，如《庄子·外物》和《荀子·正名篇》。而《汉志》正是承袭了庄子、荀子等人对诸子著述进行价值判断的思路和方法，称儒、道、阴阳、法、名、墨、纵横、杂、农九家之外的诸子学说为"小说"，并强调"诸子十家，其可观者九家而已"，明确将小说家排除在"可观者"之外，成为十家诸子中唯一不入流的一家。以小说为子书，反映着汉人对小说文体性质的基本认识，这是中国小说批评史上给小说最早的学术和文体定位，它对中国小说和小说观念的发展产生了巨大而深远的影响。以小说为子书，势必用子

---

[1] 班固撰，颜师古注：《汉书》卷30《艺文志》，第1746页。

书的标准来要求小说，评价小说，然而，子书的鲜明思想性、政治性及理论色彩是小说所无法比拟的，而小说的民间性、琐碎性、灵活性又是明显异于其他诸子的。用子书标准要求小说，自然就会得出小说为"小道"、"君子弗为"的结论。[1]这种结论定位既是一种文体判断，文化判断，更是一种学术判断，价值判断，它全面地表达了汉人的正统小说观念，也符合《汉志》著录小说作品的实际。正如梁启超《汉书艺文志诸子略考释》所言：

> 小说之所以异于前九家不在其涵义之内容，而在其所用文体之形式。桓子《新论》云："小说家合丛残小语，近取譬论以作短篇（书）。"故小说中《宋子》十八篇，其所述盖即宋钘一家之学，犹足与尹文、慎到……诸书抗衡，特以文体不同而归类斯异。道家有《伊尹》、《鹖子》，小说家复有《伊尹说》、《鹖子说》，亦以文体示例而已。由此观之，分诸子为九家十家，不过目录学一种便利。后之学者，推挹太过，或以为中垒（指刘向——引者）洞悉学术渊源，其所分类，悉含妙谛而衷于伦脊，此目论也。反动者又或讥其卤莽灭裂，全不识流别，则又未免太苛。夫书籍分类，古今中外皆以为难，杜威之十进分类法，现代风靡于全世界之图书馆，绳以论理，掊之可以无完肤矣。故读《汉志》者但以中国最古之图书馆目录视之，信之不太过，而责之不太严，庶能得其真价值也。[2]

梁氏之论道出了"小说家"分类之缘由以及我们对此分类应该采取的态度，所说是颇为中肯的。

《汉志》"子"体小说可分为两种，一种是与文献记载的传说人物相关的著

---

[1]《汉书·艺文志》云："小说家者流，盖出于稗官。街谈巷语，道听途说者之所造也。孔子曰：'虽小道，必有可观者焉，致远恐泥，是以君子弗为也。'然亦弗灭也。闾里小知者之所及，亦使缀而不忘。如或一言可采，此亦刍荛狂夫之议也。"

[2] 梁启超：《汉书艺文志诸子略考释》，原载《饮冰室专集·中国古代学术流变研究》，转引自冯天瑜、邓建华、彭池编著《中国学术流变》上册，华东师范大学出版社，2003，第129—130页。

述,如《青史子》、《务成子》、《天乙》,一种是与文献记载的历史人物相关的著述,如《师旷》、《宋子》。而无论是哪种"子"体小说,它们都符合子书的一般形式,都是一种偏于思想或学术的著述,即刘勰所谓"入道见志之书"[1]。当然,这种著述与其他子书也有区别,它没有系统的学术思想,没有达致大道的理论,其所论多为通俗、浅薄、琐碎的"丛残小语",连杂家也算不上,只好归入小说家。这只要具体分析一下《汉志》所著录的"子"体小说作品,就不难理解《汉志》分类的初衷。

《汉志》著录《青史子》五十七篇,班固注云:"古史官记事也。"青史子为何时人,无可确考。郑樵《通志·氏族略》引贾执《英贤传》云:"晋太史董狐之子受封青史之田,因氏焉。《汉书·艺文志》青史子著书。"[2]贾执为东晋南朝著名谱学世家贾氏第四代传人,依贾氏之说,青史子乃春秋晋太史董狐之后裔。然遍查先秦典籍,并无相关记载,汉应劭《风俗通义·姓氏篇》、南朝何承天《姓苑》、王僧孺《百家谱》均无记载,不知贾氏何据。就现存文献考察,《青史子》成书不晚于西汉初年。贾谊《新书·胎教》、《大戴礼记·保傅篇》均引《青史氏之记》,文略同,其有云:

> 古者胎教,王后腹之七月,而就宴室。太史(师)持铜而御户左,太宰持斗而御户右。比及三月者,王后所求声音非礼乐,则太师缊瑟而称不习。所求滋味者非正味,则太宰倚斗而言曰:"不敢以待王太子。"太子生而泣,小师吹铜曰:"声中某律。"太宰曰:"滋味上某。"然后卜名,上无取于天,下无取于墬,中无取于名山通谷,无拂于乡俗,是故君子名难知而易讳也。此所以养恩之道。[3]

---

[1] 刘勰著,范文澜注:《文心雕龙注》卷4《诸子第十七》,人民文学出版社,1958,第307页。范注:"入,铃木云:《玉海》作述。"

[2] 郑樵:《通志》卷28《氏族略四》,中华书局,1987,第468页。

[3] 王聘珍:《大戴礼记解诂》卷3《保傅篇》,中华书局,1983,第59—60页。

应劭《风俗通义》则云："《青史子书说》：鸡者，东方之牲也，岁终更始，辨秩东作，万物触户而出，故以鸡祀祭也。"[1]以上所引《青史氏之记》、《青史子书说》是否为同一书，不得而知。考汉及汉以前著述，并无他书以青史命名者，二者当为同一书，即《汉志》著录之《青史子》。卢辩注《大戴礼记》之《青史氏之记》亦云："一曰《青史子》。"[2]就其所记内容而言，主要涉及一些生活礼俗，而非朝廷史官所记载的朝政军国大事，不大符合史书的特点，倒是符合子书的特点。因此，《汉志》没有将《青史子》著录于《春秋》之末，而是著录于《诸子略》小说家，当主要考虑其子书的文体特点。

《务成子》，《汉志》著录十一篇，班固注云："称尧问，非古语。"务成子即务成昭（或作附），相传为尧、舜时人，汉人多以为尧师，"称尧问"即尧问政于务成子也。又有云为舜师者，《荀子·大略篇》杨倞注引《尸子》："务成昭之教舜曰：'避天下之逆，从天下之顺，天下不足取也。避天下之顺，从天下之逆，天下不足失也。'"[3]这与《老子》思想接近，则务成子近于道家，或者说是道家塑造了务成子。《汉志》数术略五行类著录有《务成子灾异应》十四卷、方技略房中类著录有《务成子阴道》三十六卷，证明托名务成子的著述在西汉时尚不少。宋张君房《云笈七签》载《萤火丸方》云："刘子南者，汉冠军将军武威太守也。从道士尸公受务成子《萤火丸》，辟病，除百鬼、虎狼、蚖蛇、师（狮）子、蜂虿诸毒，及五兵白刃、贼盗凶害。"[4]此类传说虽不能断定出自务成子，但其说必久远，且道士尸公与战国末年避祸蜀地的尸佼（即尸子）也能让人产生联想，从尸子传务成子之教到尸公受务成子之方，其间亦有联系，小说家《务成子》应以此类传说为多，故班固称其"非古语"。若此，则《务成子》

---

[1] 王利器：《风俗通义校注》卷8《祀典》，中华书局，2010，第374页。按《风俗通义》引文例，《青史子书说》应是书名，此本标点为"《青史子》书说"，显然是为了对应《汉志》著录，可能不是原书之意。
[2] 王聘珍：《大戴礼记解诂》卷3《保傅篇》，第59页。
[3] 王先谦：《荀子集解》卷19《大略篇》，《新编诸子集成》本，第489页。
[4] 张君房：《云笈七签》卷77《方药·萤火丸方》，《荆楚文库》本，湖北人民出版社，2017，第1108页。

所述虽有"避逆从顺"之教,但多民间道家传说,与正统道家"君人南面之术"显然有别,故其只能列为小说家。

《天乙》,《汉志》著录三篇,班固注云:"天乙谓汤,其言非殷时,皆依托也。"天乙乃殷商开国之君汤(或称成汤)。汤的历史功绩主要是打败夏桀而立商,其逸闻异事播在人口。《史记·殷本纪》说他作有《汤征》、《汤诰》等,《墨子·兼爱》提及《汤说》,《逸周书·殷祝》载有《汤誓》,贾谊《新书》引汤之《政语》,《礼记·大学》引汤之《盘铭》。这些都是汤的著述,按《汉志》归类应属六艺。而《天乙》"其言非殷时,皆依托也",显然不是汤的著述,而是后人依托的文字,或是与汤相关的言论和故事集合,如《列子》、《庄子》载"汤之问棘(一作革)"事,《韩非子》载"恐天下言己为贪也"事,《吕氏春秋》、贾谊《新书》、司马迁《史记》等载"汤见祝网者"事,刘向《说苑》载"伊尹阻汤职贡"事,《越绝书·吴内传》载"汤献牛荆之伯"事,以民间可理解之内容和形式解说汤,大概是《天乙》书之基本特点,也是《天乙》归入小说家的原因。

《师旷》为晋主乐太师师旷著述,《汉志》著录六篇,班固注云:"见《春秋》,其言浅薄,本与此同,似因托之。"据此可推测,小说家《师旷》六篇或即后人集合春秋时期师旷故事而成,此《春秋》不一定指《鲁春秋》,也许是《晋春秋》。师旷言行见于《逸周书》、《左传》、《国语》、《吕氏春秋》、《韩非子》、《礼记》、《说苑》、《新序》等。他主要生活于晋悼公、平公时期,身为瞽者,却天下至聪,妙极音律,长于推占,且又博物,时有讽谏,故有诸多逸闻趣事传于世间,后人好奇,多所缘饰,也是情理中事。而师旷思想并不专主一家,这类故事也不便归于某一家,自然以入小说家为宜。诚如鲁迅《中国小说史略》所云:

《汉志》兵阴阳家有《师旷》八篇,是杂占之书;在小说家者不可考,惟据本志注，知其多本《春秋》而已。《逸周书·太子晋》篇记师旷见太子，聆声而知其不寿，太子亦自知"后三年当宾于帝所"。其说颇似小说家。[1]

不过，《说苑》载云：

> 晋平公问于师旷曰："人君之道如何？"师旷曰："人君之道，清静无为，务在博爱，趋在任贤，广开耳目，以察四方，不固溺于流俗，不拘系于左右，廓然远见，踔然独立，屡省考绩，以临臣下。此人君之操也。"平公曰："善！"[2]

其思想似乎更倾向于主张"无为而无不为"的黄老道家，但与具有系统学术思想的道家学者仍有区别，故归入小说家。尽管如此，师旷仍然可以作为有主名的先秦小说家之代表人物，将其视为小说家之祖也是可以成立的。[3]因为师旷之前的小说即使有主名，如《青史子》、《务成子》、《天乙》等，但都是依托之作，与主名者并无直接联系。

《宋子》为战国中期宋国人宋钘（或作䂓或作荣）的著述，宋钘与孟轲、尹文、彭蒙、慎到同时，当齐威王、宣王间，为稷下学者。宋钘学兼道、墨，又讲名实，故有人说他是墨家，有人说他是道家，有人说他是名家。然而，《汉志》道家、名家、墨家均未著录《宋子》，杂家亦未著录，却在小说家著录《宋子》十八篇，并注云："孙卿道宋子，其言黄老意。"孙卿即荀况，他以为宋子更近于黄老道家。《宋子》不囿于黄老，而又兼采名、墨，故《汉志》不在道家著录。因其未能融会儒、法，故也不入杂家。郭沫若以为：《管子》中《心术》

1　鲁迅：《中国小说史略》第三篇《汉书艺文志所载小说》，人民文学出版社，1973，第17页。
2　刘向撰，向宗鲁校证：《说苑校证》卷1《君道》，中华书局，1987，第1—2页。
3　见本书第三章。参见拙作《中国小说家之祖师旷探论》，《澳门理工学报》2015年第2期。

和《内业》是宋钘的著述或他的遗教";"它主要在谈心与情,心欲其无拘束,情欲其寡浅,本'黄老意',是道家的一派。主张见侮不辱,禁攻寝兵,因而也颇近墨子,故荀卿以'墨翟、宋钘'为类。也谈名理,但不主张苟察,而且反对苟察,虽然与惠施、公孙龙异撰,但因谈名理,故亦被归为名家。孟子、荀子都尊敬宋钘,而且都受了他的影响,可见和儒家的关系也并不很坏"[1]。

对于《宋子》之归类,余嘉锡以为:

> 意者宋子"率其群徒,辩其谈说,明其譬称",不免如桓谭所谓"合丛残小语,近取譬论,以作短书"欤。盖宋子之说,强聒而不舍,使人易厌,故不得不于谈说之际,多为譬喻,就耳目之所及,摭拾道听涂说以曲达其情,庶几上说下教之时,使听者为之解颐,而其书遂不能如九家之闳深,流而入小说矣。若其明见侮不辱而以人之情欲为寡,则桓谭所谓"治身理家有可观之辞"也。古人未有无所为而著书者。小说家虽不能为"六经之支与流裔"(《汉志》论九流语),然亦欲因小喻大,以明人事之纪,与后世之搜神志怪,徒资谈助者殊科,此所以得与九流同列诸子也。[2]

看来,宋钘实为民间学者的代表,也属于《汉志》所云小说家所从出之"稗官"一流[3],其学术本不主一家之说;而《宋子》之旨虽有黄老道家之意,其言却多"闾里小知者之所及",故入于小说家。从《宋子》入小说家,正可看出小说家与儒家、道家、杂家等在学术上的联系与差别,也可看出小说家的著述与子书在文体上的联系与差别。

---

1 郭沫若:《中国古代社会研究》外二种之一《青铜时代·宋钘尹文遗著考》,河北教育出版社,2000,第548页,第529页。
2 余嘉锡:《余嘉锡文史论集》之《小说家出于稗官说》,岳麓书社,1997,第255页。
3 见本书第八、第九章。参见拙作《"稗官"新诠》,《南京大学学报》(哲学·人文科学·社会科学)2013年第3期;《"小说家出于稗官"新解》,《湖北大学学报》(哲学社会科学版)2015年第6期。

第三节 《汉志》术体小说、事体小说和言体小说

《汉志·诸子略》小说家著录的"说"体小说和"子"体小说是《汉志》小说的主体,不仅展示了秦汉小说家及其小说作品的基本面貌,而且揭橥了小说家的社会地位和文化影响,规范了小说作品的思想内容和文体特征,便于我们从本质上把握汉人的小说思想和小说观念。然而,《汉志》著录的"说"体小说和"子"体小说除《封禅方说》和《虞初周说》外主要是汉以前的小说家的作品,而要更全面更深入地了解汉代小说家及其小说作品,《汉志》著录的"术"体小说《待诏臣饶心术》、《待诏臣安成未央术》、"事"体小说《周考》、《臣寿周纪》和"言"体小说《百家》也不可忽视,它们同样代表了《汉志》小说尤其是汉代小说文体的几个类型,可以丰富我们对《汉志》小说文体类型的认识,从而加深对汉人小说观念的理解。

《汉志》著录的"术"体小说均为汉人所作。《待诏臣饶心术》二十五篇,班固注云:"武帝时。"据颜师古注:"刘向《别录》云饶齐人也,不知其姓,武帝时待诏,作书名曰《心术》也。"[1]所谓待诏,即被皇帝征召而没有正式任命的预备官员,许多官署均有设置,如黄门待诏、金马门待诏、承明庭待诏等。由于武帝迷信鬼神,追求长生,宠信方士,故其时方士待诏也最多。而臣饶乃齐人,齐人好言神仙方术,推测其以方术待诏当不会有错。"心术"之说,秦汉诸子常言之,但所说各异。大抵儒家、法家多阐发君道,如《管子·心术上》云:"心之在体,君之位也。九窍之有职,官之分也。……上离其道,下失其事。故曰:心术者,无为而制窍者也,故曰君。"[2]《荀子·成相》云:"水至平,端不倾,心术如此象圣人。"[3]而墨家、道家谈心术,却并非只言君道。如《墨子·号

---

[1] 班固撰,颜师古注:《汉书》卷30《艺文志》,第1745页。
[2] 黎翔凤:《管子校注》卷13《心术上第三十六》,《新编诸子集成》本,中华书局,2004,第766—767页。
[3] 王先谦:《荀子集解》卷18《成相》,《新编诸子集成》本,第461页。

令》云:"不尽千丈者勿迎也,视敌之居曲、众少而应之,此守城之大体也。其不在此中者,皆心术与人事参之。"[1]此心术与计谋之意略同。《文子·守易》云:

> 老子曰:古之为道者,理情性,治心术,养以和,持以适,乐道而忘贱,安德而忘贫。性有不欲,无欲而不得;心有不乐,无乐而不为。无益于性者,不以累德。不便于生者,不以滑和。不纵身肆意,而制度可以为天仪。[2]

而道家所论多为自我修养,欲达无我、无欲、无功、无名之境界,不仅适用于君道,也适用于一切人道。待诏臣饶所谓"心术",恐怕不会是阐发君道,因为君道自有公孙弘、董仲舒等人阐发,而武帝身边的待诏多神仙方术之士,所说多封禅、却老、房中、神仙之术。因此,《待诏臣饶心术》不应是接近儒家的君道之论,而应是合于黄老道家之旨而又被方士通俗化了的修心养心之寓言,故其为小说家。

《汉志》著录《待诏臣安成未央术》一篇,也是"术"体小说。安成何许人,史籍缺载。《汉志》著录均以时代为序,因安成所著被置于武帝时成书的《待诏臣饶心术》之后、宣帝时成书的《臣寿周纪》之前,故其应为武帝时或明帝时人,而以武帝时人可能性最大。未央术为何术?因原文已佚,我们只能做些推测。汉朝有未央宫,为丞相萧何所营建,汉高祖九年建成,乃皇帝居所和处理朝政之地。汉制,太后居长乐宫,皇帝居未央宫。未央宫之椒房殿,乃皇后所居地。因此,西汉皇帝一般都在未央宫逝世,如汉昭帝、宣帝、元帝、成帝、哀帝、平帝,无不崩于未央宫。汉武帝崩于五柞宫,而入殡于未央宫前殿,也未脱离未央宫。那么,未央术是否即皇家的统治术呢,答案是否定的。因汉

---

[1] 孙诒让:《墨子间诂》卷15《号令》,《新编诸子集成》本,第588页。
[2] 王利器:《文子疏义》卷3《九守》,《新编诸子集成》本,中华书局,2000,第138页。

武帝"罢黜百家，独尊儒术"，统治术自有儒家学者去发明，实在用不着一个待诏。即使真是统治术，其著述也该入儒家、道家、法家等类。《汉书·礼乐志》载武帝太始三年（前94年）行幸东海获赤蛟，作诗云："灵殷殷，烂扬光；延寿命，永未央。"[1]以未央为企求长生之意。东方朔有《怨思》诗云："冰炭不可以相并兮，吾固知乎命之不长。哀独苦死之无乐兮，惜予年之未央。"王逸注云："自哀惜死年尚少也。"[2]未央也有长寿之义。武帝一直做着长生之梦，《待诏臣安成未央术》很可能迎合了这一需要，提供一些长寿的秘方。这些内容不登大雅之堂，同时也秘而不宣，安成极有可能也是方士，只能列入小说家类。

"事"体小说《周考》，《汉志》著录七十六篇，班固注云："考周事也。"此书排列在《伊尹说》、《鬻子说》之后、《青史子》、《师旷》之前，按照《汉志》著录以时代先后为序的体例，其产生的时代应该较早，应在春秋战国之际。不过，遍查载籍，我们没有发现有关此书和此书撰者的任何信息。从班固所谓"考周事"来看，似乎是对周代历史故实的考察或考证，苟如此，"则其书亦不侪于小说也"[3]，而应该入《春秋》类为妥。然而，"事"在古人那里，不一定都是指历史故实或某种事情，有时可指官职或职务，许慎《说文解字·史部》云："事，职也。"段玉裁注："叠韵。职，记微也，古假借为士字。"[4]《国语·鲁语上》："诸侯祀先王先公，卿大夫佐之受事焉。"韦昭注："事，职事也。"[5]依此理解，"考周事"则有可能是考察或考证周代职官情况，而职官设立及其执掌变化，倒是具体而琐碎的事，其中有些事理或实例倒是适合小说家谈说。不过，张舜徽以为：

> 此云《周考》，犹言丛考也。周乃周遍、周普无所不包之意。《汉志》

1　班固撰，颜师古注：《汉书》卷22《礼乐志》，第1069页。
2　洪兴祖：《楚辞补注》卷13《七谏第十三·怨思》，中华书局，1983，第248页。
3　章学诚著，叶瑛校注：《文史通义校注》附《校雠通义》卷2《汉志诸子》，第1049页。
4　许慎撰，段玉裁注：《说文解字注》三篇下《史部》，上海古籍出版社，1988，第116—117页。
5　徐元诰：《国语集解·鲁语上第四》，中华书局，2002，第146页。

礼家之《周官》，儒家之《周政》《周法》，道家之《周训》，皆当以此解之，已具论于前矣。小说家之《周考》，盖杂记丛残小语、短浅琐事以成一编，故为书至七十六篇之多。其中或及周代轶闻者，见者遽目为专考周事，非也。下文犹有《周纪》（指《臣寿周纪》——引者）、《周说》（指《虞初周说》——引者），悉同此例。[1]

然而，"周"虽有"周遍、周普无所不包之意"，但也可指称周代，这样的例证不少。例如《周易》，相传为周文王所演，故名《周易》，不能说此《周易》与周代无关，而是"周遍、周普无所不包之意"，因为《连山》《归藏》之《易》同样也是周遍、周普无所不包。再如《周官》（王莽时更名《周礼》），学界普遍认为是指周代设位制作、官寮职掌，而《周政》，班固明确注释为"周时法度政教"。因此，说"《周考》，犹言丛考也"，其实不太可信，且并未提供必要的事实依据，仅为一种猜想，而猜想班固未看全书遽下判断，予以注释，也有武断之嫌，实情当不如是也。

《汉志》还著录有《臣寿周纪》七篇，班固注云："项国圉人，宣帝时。"寿是人名，姓氏不可得知；项国圉地也未详。古代"纪"与"记"通用，而所谓"周纪"，似乎为记录周代之事。然而，记录周代朝廷军国大事自有周代史官承担，不必汉宣帝之臣寿来越俎代庖。如果臣寿只是记录周代的逸闻趣事，倒是比较适合的，也是小说家的著述范围。"纪"也有法度、准则义，如《礼记·礼运》云"礼义以为纪"，孔颖达正义：

> 纪，纲纪也。五帝以大道为纪，而三王则用礼义为纪也。君臣义合，故曰正。父子天然，故云笃。兄弟同气，故言睦。夫妇异姓，故言和。又

---

[1] 张舜徽：《汉书艺文志通释》三《诸子略·小说家》，华中师范大学出版社，2004，第340页。

设为宫室、衣服、车旗、饮食、上下、贵贱之制度。[1]

如照这样理解,"周纪"则有可能是讨论周代法度准则。若如此,《臣寿周纪》就是一部带有政治理论色彩的著述。也许因为其并不纯粹和正统,且又不主一家,故不能归入诸子九流,只能入小说家。无论何种情况,《臣寿周纪》与《周考》一样,既具有子书的一般特点,又具有记事的某些特点,然浅薄琐碎,无关大雅,于是成为汉代"事"体小说的代表。

"言"体小说《百家》,《汉志》著录百三十九卷,是除《虞初周说》之外作品数量最多的一家。《百家》撰者为谁,《汉志》未予注明。鲁迅称:

> 《百家》者,刘向《说苑》叙录云:"《说苑杂事》……其事类众多……除去与《新序》重复者,其余者浅薄不中义理,别集以为《百家》。"《说苑》今存,所记皆古人行事之迹,足为法戒者,执是以推《百家》,则殆为故事之无当于治道者矣。[2]

可见鲁迅以为《百家》撰者是刘向。此说根据乃明抄本所载《说苑·叙录》,但此《叙录》来历不明,证诸史籍,难以信从。《汉志》乃班固据刘歆《七略》删其要而成,而《七略》作者刘歆著录乃父刘向作品具体详明,故《汉志》所录刘向作品均有主名,虽然有所调整,但均以"出""入"标明。如果《百家》是刘向作品,《七略》不会不署主名,班固也不会不予注明。这种情况,只能说明《百家》非刘向所作。考《汉志·诸子略》儒家著录"刘向所序六十七篇",班固注云:"《新序》、《说苑》、《世说》、《列女传颂图》也。"[3] 不及《百家》;《汉书·楚元王传附刘向传》提及刘向所著,有《新序》、《说苑》、《列女传》、《疾

---

[1] 朱彬:《礼记训纂》卷9《礼运第九》,中华书局,1996,第332—333页。
[2] 鲁迅:《中国小说史略》第三篇《汉书艺文志所载小说》,第18页。
[3] 班固撰,颜师古注:《汉书》卷30《艺文志》,第1727页。

谖》《摘要》《救危》《世颂》，也不及《百家》。《百家》不为刘向所作应该可以确定。张舜徽《汉书艺文志通释》认为：

> 《百家》下当有"言"字，或传钞者夺之。此与道家之《道家言》，法家之《法家言》，杂家之《杂家言》同例，俱殿各家之末，乃学者撮钞精言警句之编。小说家百家之说尤广，故所录为多，致有百数十卷，书亦早亡。[1]

这一认识启发我们，《百家》并非某一著作之专名，而是秦汉人对众多小说家言的一种泛称，《汉志》小说家以《百家》为众多小说家言之合称，意即"小说百家言"，实为"言"体小说。[2] 后人亦有引用，如《太平御览》引《风俗通》曰："城门失火，祸及池鱼。俗说池中鱼人姓字，居近城，城门失火，延及其家。谨案《百家书》：宋城门失火，因汲取池中水以沃灌之，池水空竭，鱼悉露死。喻恶之滋，并中伤善类也。"[3] 此《百家书》，盖即《汉志》小说《百家》也，或者当时就称《百家书》，后脱一"书"字，仅名《百家》。按照《汉志》著录体例，各家著述皆以时代先后为次第，而各家总集则殿各家之末，小说家已将武帝时的《虞初周说》作为总集放在宣帝时的《臣寿周纪》之后，《百家》又在《虞初周说》之后，则肯定亦为总集无疑。总之，《百家》为刘向所作不可信，而其为小说百家言的"言"体小说则可以定矣。

通过以上讨论，我们可以得出结论：《汉志》小说家是秦汉诸子百家中的一家，又是唯一"不入流"的一家；由于小说家的著述没有核心学术思想，也缺乏系统条理，这便决定了《汉志》小说作品既是子书，又是"君子弗为"的子

---

[1] 张舜徽：《汉书艺文志通释》三《诸子略·小说家》，第344页。
[2] 先秦诸子有许多"言"体著述，往往为集合本学派各家言论而成，形式上似语录丛钞，如湖北荆门郭店出土的战国楚竹书中便有儒家和道家《语丛》多种。
[3] 李昉等：《太平御览》卷930鳞介部七《鱼上》，卷869火部二《火下》引此略同，《四库全书》本。今本《风俗通义》未见上述引文。

书的学术定位，于是小说家的社会文化地位和小说作品的思想学术地位便成为秦汉诸子和诸子著述中最低等次的一类。《汉志》著录的小说家除后世依托的传说人物外，有乐师、学者、待诏、方士等，其身份地位均不显赫，多属于《汉志》所云小说家所从出的"稗官"之流。与作者身份地位相应，他们的著述也以浅薄、迂诞、琐碎的"丛残小语"为主，一般不涉朝政军国大事。就文体而言，《汉志》所著录的小说既有子书"上说下教"、"强聒不舍"的说体文特点，也有子书"近取譬喻"、"述事言理"的政论文特点，而医巫厌祝之术，长生不老之方，杂说短记，奇谈怪论，轶闻趣事，民间琐谈，成为秦汉小说的主要内容。《汉志》小说文体的这些特点，规范和影响了中国古代小说和小说观念后来的发展；即或后来有所突破和创新，但也始终未能完全脱离《汉志》小说这一传统的窠臼。

第十一章
《汉志》与《隋志》小说观念之比较

中国正史著录小说自《汉书·艺文志》始,历代史志沿袭不改。略有不同的是,《汉志》是在"六略"之一的《诸子略》小说家类中著录,而《隋书·经籍志》以后各史志则在"四部"之一的子部著录。而对小说性质以类序加以说明的,仅《汉志》和《隋志》两家。《四库全书总目》也有类序,但不属于史志,暂不在此讨论。《汉志》与《隋志》对小说的认识有同有异,比较这两家史志的小说观念,对于认识中国古代小说的性质特点和小说观念的变异,具有指标性意义。从总体上看,《汉志》小说家类序是刘向、刘歆、班固等人的共同认识,其目的是给"小说家"下定义,具有清理学术源流、界定文献特征、评价作品价值的观念内涵。《隋志》小说类小序表达了魏徵等人的"小说"观念,包括给"小说"下定义,追溯小说产生的社会背景,提供小说的可能来源和制度依据。虽然二志的分类都是学术分类,不是文体分类,但不能否定其中的文体因素。《汉志》的学派意识更强,《隋志》的作品(文体)意味更浓。二志分类标准虽然都是学术价值和政教作用,但其认识却有明显差别。《汉志》不大认可小说的学术价值和政教作用,而《隋志》则相对肯定其学术价值和政教作用。二志虽然都强调其所著录的小说作品提供了民情风俗和百姓对政教的意见,具有民间性、通俗性、琐碎性、箴谏性等特点,但都没有强调故事性和虚构性,与现代小时观念有颇大差异,这也是今人不承认史志著录的小说都是小说作品的根本原因。下面试做具体讨论。

第一节 《汉志》对"小说家"的定义

《汉志》将汉代所存文献分为六大类，称为六略，每略有总序。每略下分若干小类，各小类有类序。其《诸子略》小说家类序云：

> 小说家者流，盖出于稗官。街谈巷语，道听途说者之所造也。孔子曰："虽小道，必有可观者焉，致远恐泥，是以君子弗为也。"然亦弗灭也。闾里小知者之所及，亦使缀而不忘。如或一言可采，此亦刍荛狂夫之议也。[1]

《汉志》的这一认识并非班固（32—92）发明，它来源于西汉后期的刘向（前79—前8）、刘歆（前50—23）父子。《汉志》总序称："至成帝时，以书颇散亡，使谒者陈农求遗书于天下。诏光禄大夫刘向校经传诸子诗赋，步兵校尉任宏校兵书，太史令尹咸校数术，侍医李柱国校方技。每一书已，向辄条其篇目，撮其指意，录而奏之。会向卒，哀帝复使向子侍中奉车都尉歆卒父业。歆于是总群书而奏其《七略》，故有《辑略》，有《六艺略》，有《诸子略》，有《诗赋略》，有《兵书略》，有《数术略》，有《方技略》。今删其要，以备篇籍。"[2] 刘向从汉成帝河平三年（前26年）受诏校书，到成帝绥和元年（前8年）逝世，编校工作进行了近20年，刘歆接替其父，用了不到两年时间完成了《七略》的编撰。因此，张舜徽指出：

---

[1] 班固撰，颜师古注：《汉书》卷30《艺文志》，中华书局，1962，第1745页。
[2] 班固撰，颜师古注：《汉书》卷36《艺文志》，第1701页。《数术略》，原文作"《术数略》"，据著录小序应为《数术略》。

> 盖歆当时以《别录》为底本，删繁存简，撰为《七略》。隋唐志咸著录刘向《七略别录》二十卷、刘歆《七略》七卷，明二书详略不同。方之《四库全书》，《别录》为《总目提要》，《七略》乃《简明目录》也。[1]

这就是说，刘歆《七略》是刘向《七略别录》的简缩版，而班固《汉志》又是刘歆《七略》的删节版。因此，讨论《汉志》小说家类序，还得从刘向说起。

刘向出身于皇室宗族，其高祖楚元王刘交是汉高祖刘邦的同父少弟，尝受《诗》于荀子弟子浮丘伯，撰有《诗》传，是皇室中最博学之人。其"诸子皆读《诗》……元王亦次之《诗传》，号曰《元王诗》"。祖父刘辟彊"亦好读《诗》，能属文。武帝时，以宗室子随二千石论议，冠诸宗室。清净少欲，常以书自娱，不肯仕"。父亲刘德"修黄老术，有智略。少时数言事，召见甘泉宫，武帝谓之'千里驹'"，曾任宗正，负责管理皇室宗族事务。[2]刘向"字子政，本名更生。年十二，以父德任为辇郎。既冠，以行修饬擢为谏大夫。是时，宣帝循武帝故事，招选名儒俊才置左右。更生以通达能属文辞，与王褒、张子侨等并进对，献赋颂凡数十篇"。宣帝复兴神仙方术之事，刘向曾从父亲手里得到刘安《枕中鸿宝苑秘书》，其中有炼黄金秘方，于是进上，"上令典尚方铸作事，费甚多，方不验。上乃下更生吏，吏劾更生铸伪黄金，系当死"。其兄上书入国户之半以赎弟罪，宣帝亦奇其才，得以减死论。"会初立《穀梁春秋》，征更生受《穀梁》，讲论《五经》于石渠，复拜为郎中、给事黄门，迁散骑、谏大夫、给事中"。元帝时，擢为散骑、宗正、给事中，拾遗于皇上左右。因参与太傅萧望之等罢退外戚和宦官之事失败，望之自杀，更生下狱，后免为庶人。直到十多年后成帝即位，更生再次被起用，改名向，拜为中郎，领护三辅都水，数奏封事，迁光禄大夫。六年后，"诏向领校中《五经》秘书。向见《尚书洪范》，箕子为

---

[1] 张舜徽：《汉书艺文志通释》，华中师范大学出版社，2004，第175页。
[2] 班固撰，颜师古注：《汉书》卷36《楚元王传》附刘辟彊传、刘德传，第1921—1928页。

武王陈五行阴阳休咎之应。向乃集合上古以来历春秋六国至秦汉符瑞灾异之记，推迹行事，连传祸福，著其占验，比类相从，各有条目，凡十一篇，号曰《洪范五行传论》，奏之"。"向以为王教由内及外，自近者始。故采取《诗》、《书》所载贤妃贞妇，兴国显家可法则，及孽嬖乱亡者，序次为《列女传》，凡八篇，以戒天子。及采传记行事，著《新序》、《说苑》凡五十篇奏之。数上疏言得失，陈法戒。书数十上，以助观览，补遗阙。上虽不能尽用，然内嘉其言，常嗟叹之"。因其言讽刺贵戚王氏及在位大臣，被他们所阻，终不得迁用。[1] 从刘向经历可见，他不仅有深厚的家学渊源，系统的学术训练，而且有强烈的政教意识和文化担当，这无疑会影响他对中秘文献的整理和分类。

《汉志》小说家类序是刘向、刘歆、班固的共同认识。此序有三层意思：一是清理学术源流——"小说家者流，盖出于稗官"；二是界定文献特征——"街谈巷语，道听途说者之所造"；三是评价作品价值——"虽小道，必有可观"、"君子弗为"、"然亦弗灭"。要真正理解《汉志》的小说观念，就必须从这三个层面入手进行解读。

清理学术源流体现了刘《略》班《志》文献著录的基本原则，也是其著录特色。张尔田曾指出：

> 班《志》之部居群籍也，考镜源流，辨章旧闻，不诩诩侈谈卷册，与藏家目录殊；不断断详论失得，与官家目录亦异。盖所重在学术，用吾识别，以示隐括，同于法家之定律。所谓例也。《史通·序例篇》云："史之有例，犹国之有法，国无法则上下靡定，史无例则是非莫准。"此虽指全史言，而艺文为学术流别所关，尤不能外是。[2]

---

[1] 班固撰，颜师古注：《汉书》卷36《楚元王传》附刘向传，第1928—1966页。
[2] 张尔田：《〈汉书艺文志举例〉序》，孙德谦《汉书艺文志举例》卷首，《二十五史补编》第二册，中华书局，1955，第1697页。

《汉志》小说家隶属诸子，便是从学术着眼。刘、班认为，诸子"皆起于王道既微，诸侯力政，时君世主，好恶殊方，是以九家之术蜂出并作，各引一端，崇其所善，以此驰说，取合诸侯"；"今异家者各推所长，穷知究虑，以明其指，虽有蔽短，合其要归，亦六经之支与流裔"[1]。即是说，诸子百家是王纲解纽，诸侯争霸时代的产物，体现为一种政教言论，是六经的支流，小说家当然也不例外。刘、班在考镜诸子源流时，注意清理各家与"王官之学"其实也是与六经的联系，如说"儒家者流，盖出于司徒之官，助人君顺阴阳明教化者也"；"道家者流，盖出于史官，历记成败存亡祸福古今之道，然后知秉要执本，清虚以自守，卑弱以自持，此君人南面之术也"；"阴阳家者流，盖出于羲和之官"；"法家者流，盖出于理官"；"名家者流，盖出于礼官"；"墨家者流，盖出于清庙之守"；"纵横家者流，盖出于行人之官"；"农家者流，盖出于农稷之官"，等等。这样的学术源流清理旨在说明，诸子之学来源于"王官之学"，服务于诸侯政教。胡适虽有《诸子不出于王官论》，全面否定"诸子出于王官"说，当然也否定了"小说家者流，盖出于稗官"之说，企图推倒学术史上长期占据统治地位的刘、班旧说，却无法否认春秋以前"学在王官，官宿其业，传之子孙"[2]的事实，也难以说清诸子百家的学术渊源。笔者根据出土文献结合传世文献，比较细致地解释了"稗官"[3]，并撰有《"小说家出于稗官"新说》，证明此说之可信[4]，本书第九章已有论列，这里不再赘述。需要强调的是，"小说家出于稗官说"只是为小说家清理学术渊源，而不是为小说文体下定义。并且，这种清理与汉代"各信师承"[5]的学术理念是完全一致的。

---

[1] 班固撰，颜师古注：《汉书》卷30《艺文志》，第1746页。
[2] 章太炎：《诸子学略说》，傅杰编校《章太炎学术史论集》，中国社会科学出版社，1997，第171—172页。
[3] 参见拙作《稗官新诠》，《南京大学学报》（哲学·人文科学·社会科学）2013年第3期。
[4] 见本书第九章。参见拙作《"小说家出于稗官"新说》，《湖北大学学报》（哲学社会科学版）2015年第6期。
[5] 江藩纂，漆永祥笺释：《汉学师承记笺释》卷1，上海古籍出版社，2006，第3页。

《汉志》界定小说文献特征则是从小说家的言论形态入手，认定其言论为"街谈巷语，道听途说者之所造"，从而确定了它具有民间性、通俗性、琐碎性特征。汉末如淳解释说："街谈巷说，其细碎之言也。王者欲知闾巷风俗，故立稗官使称说之。"[1]稗官所称说的"街谈巷语"并非百姓日常话语，而是他们所反映的对于时政的意见。同时，这些"街谈巷语"也不就是小说家言，而是这些"街谈巷语"被稗官采集后贡献给君主，才成为小说家言。《史记·周本纪》载邵公提及"百工谏，庶人传语"，裴骃《集解》引韦昭曰："庶人卑贱，见时得失，不得达，传以语王。"张守节《正义》更进一步指出："庶人微贱，见时得失，不得上言，乃在街巷相传语。"[2]这些解释准确地说明了所谓"街谈巷语"，其实就是指与朝政得失相关的庶人言论，即民间对社会政教的批评，并非指一般的闲言碎语。如淳对"街谈巷语，道听途说者之所造"的解释是十分正确的，他不仅强调了这些言论的形式和生产方式，也说明了这些言论的性质及其特点。

《汉志》评价小说作品价值不仅与小说家的地位相关，也与他们的言说形态和言说内容相关。刘、班引孔子（《论语》记为其弟子子夏）言论为小说家的作品定位，以为"虽小道，必有可观者焉，致远恐泥，是以君子弗为也"。在《诸子略》总序里更强调："诸子十家，其可观者九家而已。"[3]明确将小说家的作品排除在可观者之外。这一评价既是对小说家地位的评价，也是对小说家言说或小说家作品价值的评价。这种评价只是对历史事实的客观描述，不能说没有道理。因为稗官本是小官，自然不能与司徒之官、史官、羲和之官、理官、礼官、清庙之守、行人之官、农稷之官等相提并论，而其言论的民间性、通俗性、琐碎性特点也使其无法与有系统学术思想的儒家、道家、阴阳家、法家、名家、墨家、纵横家、农家等相颉颃，其在社会政教中的作用毕竟是有限的。尽管如此，《汉志》仍然保留了小说家及其言说的存在空间，小序所云"然亦弗灭也。

---

[1] 班固撰，颜师古注：《汉书》卷30《艺文志》，第1745页。
[2] 司马迁撰，裴骃集解，司马贞索隐，张守节正义：《史记》卷4《周本纪》，第181页。
[3] 班固撰，颜师古注：《汉书》卷30《艺文志》，第1746页。

闾里小知者之所及，亦使缀而不忘。如或一言可采，此亦刍荛狂夫之议也"，就表明了这样的态度。应该说，《汉志》对小说家及其作品价值的这一定位，完全是从君王政教的角度立论的，符合小说家在当时的社会地位和其言说所发挥的实际社会作用，也与当时存世的小说家的作品相契合。我们应该给予"同情之了解"，没有什么好指责的。

第二节 《隋志》对"小说"的定义

《隋志》为唐初魏徵等人编撰[1]，著录了隋以前文献的存佚情况。不过，《隋志》没有采用《汉志》的六略分类，而是采用了新的四部分类，各类子目设立也进行了重新调整，成为后来史志著录文献的标准范式。《隋志》的这些改革反映出东汉以来社会文化知识结构和价值观念的新变化，代表了初唐学者对传统文化与文献的新认识。

东汉以降，随着学术的普及和文化的发展，今、古文经学合流，南北文化融合，官失学守，学派散乱，家法不行，巫书急剧萎缩，文学蓬勃生长，史书大量产生，文集渐成风习，文献生产和社会知识结构发生显著变化，《汉志》六略之分已经不能适应学术发展和文籍构成现状。因此，西晋学者荀勖编撰《晋中经簿》时便将图书分为甲、乙、丙、丁四类，东晋学者李充则在此基础上调整次第，形成后来的经、史、子、集四部。其操作方法是，以《汉志》六艺略为经置于四部之首，将原附著于《春秋》类的史书扩充为与经部并列的史部，《汉志》的诸子、兵书、数术、方技四略合著于子部，在《汉志》诗赋略基础上增加文集形成集部。《隋志》继承了这种分类方法，在子部下设小说一类，其小序云：

---

[1] 准确地说，《隋书·经籍志》的主编始于魏徵，完成于长孙无忌，编撰者有于志宁、李淳风、韦安仁、李延寿、敬播等。

> 小说者，街说巷语之说也。《传》载舆人之诵，《诗》美询于刍荛。古者圣人在上，史为书，瞽为诗，工诵箴谏，大夫规诲，士传言而庶人谤。孟春，徇木铎以求歌谣，巡省观人诗，以知风俗。过则正之，失则改之，道听途说，靡不毕纪。《周官》，诵训"掌道方志以诏观事，道方慝以诏辟忌，以知地俗"；而职（训）方氏"掌道四方之政事，与其上下之志，诵四方之传道而观衣物"，是也。孔子曰："虽小道，必有可观者焉，致远恐泥。"[1]

《隋志》小说类小序十分明确地表达了魏徵等人的小说观念。这一观念也可分三层来理解：一是给小说下定义，回答小说是什么；二是追溯小说产生的社会背景，以便了解小说的社会功用；三是提供小说的可能来源，以确定小说的基本作者及其所反映的主要内容。《隋志》与《汉志》最突出的差别是，《汉志》是从"小说家"身份地位及其来历来追溯其学术渊源及言说方式，然后进行学术评价，而《隋志》则是直接给"小说"下定义，在此基础上追溯其产生背景和有关作者，然后给以适当的学术评价。

《隋志》对小说的定义是："小说者，街说巷语之说也。"不从"小说家"的角度清理其学术来源，而是直接对"小说"加以定义，抛弃《汉志》所谓"小说家出于稗官"之说，表明《隋志》已经不将"辨章学术，考镜源流"作为文献著录的依据，而是直接面对文献进行分类著录。之所以如此，一是因为东汉以后，学术普及，流派散乱，源流不明，难以清理，无法进行学术流派分类；二是秦汉文献散佚严重，"稗官"何物，唐人已不甚了了，与其袭用《汉志》而不明，不如直接面对文献来得亲切具体。当然，这并不表明《隋志》已经抛弃"小说家"观念，恰恰相反，《隋志》将"小说"归入子部，就表明其承袭着

---

[1] 魏徵等：《隋书》卷34《经籍志三》，中华书局，1973，第1012页。

《汉志》以小说家为诸子之一家的观念，并无根本性改变。否则，小说就失去了归入子部的依据。其将小说定义为"街谈巷语之说"，也是继承了《汉志》对小说家言说形式考察后的结论。后世史志著录文献分类时或云小说家，或云小说，便是承袭着《隋志》的基本思路。例如，《旧唐书·经籍志》子部著录"小说类"，在著录作品后却云："右小说家十三部凡九十卷"[1]；《新唐书·艺文志》在子部著录"小说类"作品后，计云："右小说家类三十九家四十一部三百八卷"[2]。《宋志》子部"九曰小说家类"，在著录作品后云："右小说类三百五十九部一千八百六十六卷。"[3]《明志》子部"四曰小说家类"，在著录作品后云："右小说家类一百二十七部三千三百七卷。"[4]它们对"小说家"或"小说"的标目并无严格规范。无论类目如何标示，正史艺文经籍志的编纂者们的心里其实都很清楚，史志子部小说家类或小说类所著录的作品，都与"小说家"有"剪不断、理还乱"的关系，而所录作品的文体性质则是小说。至于《隋志》将"小说家者流"换成"小说者"，与其将"儒家者流"、"道家者流"、"法家者流"、"名家者流"、"墨家者流"、"纵横家者流"、"农家者流"换成"儒者"、"道者"、"法者"、"名者"、"墨者"、"纵横者"、"农者"一样，只表明此志编撰不再"辨章学术，考镜源流"而已，不表明小说不属于诸子。这也是实事求是的态度。有人因此说《汉志》是学术史，《隋志》是目录簿，显然是有一定道理的。

　　《隋志》虽不讨论"小说家"的出处，但却关心"小说"的来源及其作用。其基本思路是将"小说"放在周代言谏制度背景下予以认识，与"采诗观风"、"献诗听政"这些政教活动等量齐观，以说明"小说"的政教价值。《隋志》引用的"史为书，瞽为诗，工诵箴谏，大夫规诲，士传言而庶人谤"为《左传·襄公十四年》所载师旷之言，类似的言论还有《国语·晋语六》所载范

---

[1] 刘昫等：《旧唐书》卷47《经籍志》，《二十五史》本，第3719—3720页。按其实际著录14部小说作品。
[2] 欧阳修等：《新唐书》卷59《艺文志》，《二十五史》本，第4290—4291页。
[3] 脱脱等：《宋史》卷206《艺文志》，《二十五史》本，第5822页。
[4] 张廷玉等：《明史》卷99《艺文志》，《二十五史》本，第8041—8042页。

第十一章 《汉志》与《隋志》小说观念之比较 237

文子语,以及邵公谏厉王止谤时所述,这是西周认真实行过的言谏制度,确实发挥过下情上达、沟通情感、辅助政教的作用[1]。《隋志》引用的"孟春,徇木铎以求歌谣,巡省观人诗以知风俗,过则正之,失则改之",是综合《左传》、《汉志》之说[2],以说明"小说"的来源及其作用。值得注意的是,《汉志》只是引用孔子论断来说明小说家的地位及其言论的价值,《隋志》则是从社会制度层面来说明小说的来源及其作用,显得更为具体和明晰。而对于"小说"具有言谏作用的揭示,也是其认识的亮点。从《夏书》的"工执艺事以谏"到周代的"工诵箴谏"、"士传言而庶人谤",工师乃至庶人的谏言谤语,可以成为君主知风俗、明政教的一种途径,一条渠道,这对于规定小说的社会作用和政教价值无疑具有积极意义。当然,将小说纳入政教体系并用制度来加以规范,又会限制小说的表达及其发展,也会产生消极影响。

关于"士传言而庶人谤",《左传·襄公十四年》杜预注:"庶人不与政,闻君过则诽谤。"孔颖达疏:

> 庶人卑贱,不与政教,闻君过失不得谏争,得在外诽谤之。谤,谓言其过失,使在上闻之而自改,亦是谏之类也。《昭四年传》"郑人谤子产",《周语》"厉王虐,国人谤王",皆是言其实事,谓之为谤。但传闻之事,有实有虚,或有妄谤人者,今世遂以谤为诬类,是俗易而意异也。《周语》云"庶人传语",是庶人亦得传言以谏上也。此有"士传言",故别云"庶人谤"为等差耳。[3]

由此看来,"谤"也是一种政治谏言,是庶人对统治者过失进行的公开批评。由

---

1 参见拙作《周代言谏制度与文学发展》,《清华大学学报》(哲学社会科学版)2016年第5期。
2 《左传·襄公十四年》载师旷引《夏书》云:"遒人以木铎徇于路,官师相规,工执艺事以谏。"《汉书·食货志》云:"孟春之月,群居者将散,行人振木铎徇于路,以采诗,献之大师,比其音律,以闻于天子。"
3 杜预注、孔颖达疏:《春秋左传正义》卷32《襄公十四年》,《十三经注疏》本,第1958页。

于庶人的意见不能直陈统治者，故要通过"士传言"来实现，这些传言，正是小说的来源。至于"工诵箴谏"，则是指君主身边的一切服侍者都要箴谏，其中主要是乐师和俳优。笔者曾撰《中国小说家之祖师旷探论》说明"工诵箴谏"及师旷小说作品的谏言特点[1]，也撰有《论古优的来历及其分化》来追溯俳优的来历并追踪其在社会生活中的分化[2]，读者可以参看，这里不拟重复。

由于《隋志》小说类序并不以小说家为中心，因此，它没有去探讨哪些人可能是最早的小说家，而是指出哪些内容是小说所反映的内容。其所云"《周官》诵训'掌道方志以诏观事，道方慝以诏避忌，以知地俗'。而职（训）方氏'掌道四方之政事，与其上下之志，诵四方之传道而观衣物'"，并不是说《周官》诵训、职（训）方氏就是小说家，而是说诵训、职（训）方氏所掌之事是小说涉及的内容。正如《隋志》史部地理类序云"地官诵训，掌方志以诏观事，以知地俗。春官保章，以星土辨九州之地，所封之域，以观祆祥。夏官职方，掌天下之图地，辨四夷八蛮九貉五戎六狄之人，与其财用九谷六畜之数，周知利害，辨九州之国，使同其贯"[3]和《周礼·夏官司马·训方氏》"掌道四方之政事，与其上下之志，诵四方之传道，正岁则布而训四方，而观新物"[4]等等一样，旨在说明此类文献涉及的内容。将"小说"与《周官》诵训、训方氏甚至职方氏联系，不仅强调了小说内容为诵训、训方氏、职方氏所掌的四方风俗、民情政事等，也进一步突出了"小说"在体制内的政教作用，抬高了小说的社会地位。这与《隋志》将"小说"与"采诗"、"献诗"相提并论，其意图是一样的。即小说虽然是"街说巷语之说"，却仍然为王官所掌，纳入体制内运作，自有其价值。

对于作者，《隋志》不再强调"刍荛狂夫之议"、"君子不为"，这与它所著

1　见本书第三章。参见拙作《中国小说家之祖师旷探论》，《澳门理工学报》2015年第2期。

2　见本书第四章。参见拙作《论古优的来历及其分化》，《南京大学学报》（哲学·人文科学·社会科学）2015年第4期。

3　魏徵等：《隋书》卷33《经籍志二》，第987页。

4　郑玄注，孔颖达疏：《周礼注疏》卷33《训方氏》，《十三经注疏》本，第864页。

录的作家作品是一致的。在《隋志》子部小说类著录的作品中，有晋中郎郭澄之《郭子》、宋临川王刘义庆《世说》、梁安右长史殷芸《小说》、梁兰台治书伏揆《迩说》、后魏丞相士曹参军信都芳《器准图》等，这些作品已经不是"刍荛狂夫之议"，而是精英阶层所为，它们对于时人格物致知、博识洽闻、修身养性、清言隽议具有不容否定的社会价值和文化价值，是不可以简单地排除在"可观者"之外的。这与《汉志》所著录的小说家除了"依托"者外，多是汉武帝时方士，自然不可同日而语。

第三节 《汉志》与《隋志》小说观念之比较

将《汉志》与《隋志》的小说家或小说类序加以比较，可以看出二者的小说观念有同有异，或者说同中有异，异中有同。

先说同中有异。《汉志》与《隋志》对著录文献进行分类，都是学术分类，不是文体分类，这是大家都有的共识。然而，我们却不能因此否定这种分类中有文体的因子。因为诸子"上说下教"是一种政教性质的言说活动，常常以解说经典、阐明道理的形式出现，解说或辩说是其语体形式，学术是其主导倾向，其中自然包含有文体因素。笔者曾撰《说体文的产生及其对中国传统小说观念的影响》予以申说[1]，本书第一章也有讨论，读者可以参阅。《汉志》、《隋志》的分类标准是学术价值和政教作用，其小说家类或小说类作品被归入诸子略或子部，表明它们属于子书性质，具有"述道言志"的特点，这是其同。在二志著录的全部文献中，六艺或经部具有指导性、纲领性作用，价值高于诸子或子部文献；在子部文献中，儒、道、法、名、墨等诸子作品价值又高于小说家类或小说类作品，小说家类或小说类作品是相对不太重要的子书，这也是其同。《汉

---

[1] 见本书第一章。参见拙作《说体文的产生及其对中国传统小说观念的影响》，"小说文献与小说史国际研讨会"论文，北京香山，2003年10月；收入《中国文学观念论稿》，湖北教育出版社，2004。

志》小说家类与《隋志》小说类都强调其所著录的作品提供了民情风俗和百姓对政教的意见，是"街谈巷语"，强调这些作品具有民间性、通俗性、琐碎性特点，这也是二志之同。

有所不同的是，《汉志》的小说家类更注重学术流派的清理，《隋志》小说类则更注重政教作用的揭示。就学术价值和政教作用而言，二者对小说的评价有异。《汉志》以为"诸子十家，其可观者九家而已"[1]，不大认可其学术价值和政教作用。而《隋志》子部总序则云：

> 《易》曰："天下同归而殊途，一致而百虑。"儒、道、小说，圣人之教也，而有所偏。兵及医方，圣人之政也，所施各异。世之治也，列在众职，下至衰乱，官失其守。或以其业游说诸侯，各崇所习，分镳并骛。若使总而不遗，折之中道，亦可以兴化致治者矣。[2]

明确将小说与儒、道并称，认为它们都是"圣人之教也，而有所偏"，同样可以为"兴化致治"发挥作用，虽然这并不意味小说与儒、道具有同等重要的地位，但与《汉志》根本否定"小说家"地位的评价不可同日而语。《隋志》的这种认识，既与小说在魏晋以来的发展有关，更与这一时期小说作者地位的变化有关。

再说异中有同。《汉志》以"小说家"为中心来著录小说文献，《隋志》则以"小说"为中心来著录小说文献，这是其异。《汉志》所著录的小说，是以小说家的身份和地位来确定的，这样一来，小说的学派意义和学术价值便得到凸显，文体的内涵反而因此隐而不彰。《隋志》所著录的小说，并不是以小说家身份地位来认定这些作品，而是以这些作品的性质来确定其为小说。这样一来，小说的文体特征便凸显出来，而学术流派的性质则暗淡下去。换句话说，《汉

---

[1] 班固撰，颜师古注：《汉书》卷30《艺文志》，第1746页。
[2] 魏徵等：《隋书》卷34《经籍志三》，第1051页。

志》的学派意识更强,《隋志》的作品意味更浓。这些都可见出《汉志》与《隋志》之异。如果说汉代学者从学术渊源和身份认同的角度为小说确定了位置,认为其"虽小道,必有可观","君子弗为,然亦弗灭",为其留下了一定的发展空间,那么,唐代学者则从文体认同的角度为小说再次确定了位置,认可了小说的学术价值和政教作用,为其扩展了存在空间。这又是异中有同。

《汉志》认可"学必出于王官",以为"小说家出于稗官",而《隋志》只承认小说内容属于周官诵训、训方氏所掌,并不以为他们是小说家,这是二者之异。然而,寻找其作者身份或作品内容来源,并与周官挂钩,为小说在体制内生存提供制度性保证和合法依据,使得小说家或小说始终可以在传统文化结构中占有一席之地,这又是其异中之同。

无论《汉志》从"小说家"角度定义小说文献,还是《隋志》从"小说"角度定义小说文献,其所反映的小说观念有一点则是相同的,即二志都强调小说是一种言说方式,其内容具有琐碎性、通俗性和民间性特点,并不包括"虚构的故事"的内涵。或者换一种说法,他们都不强调小说一定要有故事,尽管不排斥故事;也不主张小说需要虚构,甚至根本排斥虚构。这又是其异中之大同。这一观念对中国古代小说观念和小说创作有深远影响,一直延续到近代。而现代小说观念却强调小说是"虚构的故事",这与《汉志》和《隋志》所揭示的中国传统小说观念差异巨大,这也是今人为何不承认或至少部分不承认史志著录的小说都是小说的根本原因。而今人予以忽略或不肯承认的,恰恰是中国传统小说观念中最具中国文化特点和民族特色的,这是值得研究中国古代小说史和小说观念史的学者认真思考的。

第十二章
正史艺文经籍志著录小说名实辨

自《汉书·艺文志·诸子略》小说家著录小说以来，正史《艺文志》或《经籍志》递相沿袭，只是从《隋书·经籍志》以后各史志将诸子略改换成了子部而已。然而，由于古今小说观念差异甚大，这些正史艺文经籍志小说家所著录的书目是否都是小说？它们为何较少著录唐宋传奇甚至根本不著录通俗小说？今人在清理古人小说书目、研究古代小说和小说观念时，常常为这些问题所困扰，甚至为正史所著录的作品哪些是小说哪些不是小说而争论不休。我们认为，最好的办法是尊重历史，尊重古人，承认历代正史艺文经籍志著录的小说都是小说。因为正史代表着占社会统治地位的即居于学术主流地位的历史观念和文化观念，而正史艺文经籍志则代表着主流学术对当时知识形态的系统认识和学术分类。抓住了史志子部小说，也就抓住中国古代小说的主体形态；理解了史志子部小说，也就理解了中国古代小说的基本观念。与其无休止地讨论中国古代小说观念应该是什么，哪些作品应该算做小说，不如先去了解古人到底将哪些作品归类为小说，这种著录在不同时代有哪些变化，这些作品的面貌究竟如何，时人是如何认识它们、评价它们的，它们在当时的思想文化发展中究竟有何作用？弄清楚了这些问题，也就弄清楚了占主流地位的中国古代的小说观念，弄清楚了中国古代小说观念如何发展演变至现代小说观念，古今小说有何联系与区别，今天的小说该如何发展，等等。这种方法，说到底，就是一种历史还原的方法，其核心是以中国文化和传统学术为本位。当然，这并不排斥在认识和阐释史志目录及其作品时参照西方现代小说的思想和观念，从而寻找古今融通的渠道和中西对话的平台，以促进当下小说观念的发展和小说创作的进步。

第一节　正史艺文经籍志著录小说的原则与方法

《汉志·诸子略》著录小说家著作十五种。据班固自注和汉人所述，这十五种作品有记言者，如《伊尹说》"其言浅薄，似依托也"，《师旷》"见《春秋》，其言浅薄，本与此同，似因托之"；有记事者，如《青史子》为"古史官记事也"，《周考》乃"考周事也"；有论学术者，如《务成子》"称尧问，非古语"，《宋子》"其言黄老意"；有载方术者，如《封禅方说》、《待诏臣饶心术》、《待诏臣安成未央术》；有解说故书者，如《虞初周说》"其说以《周书》为本"[1]。小说家名下的作品如此丛杂，每部作品的内容和形式均有差异，它们是否都可以被看作小说呢？

有一种意见认为，《汉志》"辨章学术，考镜源流"[2]，它在《诸子略》中是以各家各派为中心来编排的，小说家类所著录的是小说家的作品，而小说家的作品并不一定都是小说，正如文学家的作品并不一定都是文学、史学家的作品并不一定都是史学一样。如果真是这样，我们对《汉志》著录的小说家作品就应该区别对待，对小说的正确认识也应该在区分小说与非小说作品之后才能获得。

笔者不赞成这一意见。而要回答《汉志·诸子略》小说家类所著录的作品是否都是小说，必须先理解正史《艺文志》或《经籍志》著录小说的原则与方法。

---

[1] 班固撰，颜师古注：《汉书》卷30《艺文志》，中华书局，1962，第1744页。
[2] 章学诚著，叶瑛校注：《文史通义校注》附《校雠通义》卷1，中华书局，1994，第945页。

在本书第八章中，我们讨论了《汉志》著录小说的原则和方法，指出："刘向、刘歆父子所开创而为班固所遵法的'辨章学术，考镜源流'的校雠体例和著录原则是两汉学者们的共同追求，他们所措意的是'折衷六艺，宣明大道，不徒为甲乙纪数之需'，反映了当时的学术生态和知识谱系，也适应着当时统治者的政治需求。班固《汉志》是在刘歆《七略》基础上删改而成，《诸子略》也和其他各略一样，其'著录部次，辨章流别'，是在进行学术源流的清理，而非文体形式的编排。这便是《汉志》编纂的实际和特点。不然，如何解释同是论说体的《荀子》《庄子》《韩非子》，何以一列儒家、一列道家、一列法家？而《荀子》一书中，何以既有论说文《劝学》《修身》，又有诗赋《成相》和《赋篇》？事实上《汉志》各序（包括总序、大序、小序）其实都反映着刘向以来两汉学者对诸子学说的整体评价和对各家学派的基本认识，表现为一种学术判断而非文体判断。因此，《诸子略》所著录的'小说家'以及关于'小说家'的序说，是站在学术的立场并从学术源流的角度来清理和说明的，将作为学派的'小说家'混同于作为文学文体的'小说'，显然是不符合《汉志》编纂实际的。"

正是因为《汉志》遵循的是"辨章学术，考镜源流"的校雠体例和著录原则，因此，《汉志》在著录文献时以各家各派为中心，然后才考虑具体作家，同一作家如在多领域引领潮流或做出贡献，就会在不同门类中分别予以著录，以达到"辨章学术，考镜源流"之目的。例如，与黄帝相关的作品，《汉志·诸子略》中有道家的《黄帝四经》四篇、《黄帝铭》六篇、《黄帝君臣》十篇、《杂黄帝》五十八篇，阴阳家的《黄帝泰素》二十篇，小说家的《黄帝说》四十篇，《兵书略》中有兵阴阳类的《黄帝》十六篇，《数术略》中有天文类的《黄帝杂子气》三十三篇，历谱类的《黄帝五家历》三十三卷，五行类的《黄帝阴阳》二十五卷、《黄帝诸子论阴阳》二十五卷，杂占类的《黄帝长柳占梦》十一卷，《方技略》中有医经类的《黄帝内经》十八卷，经方类的《泰始黄帝扁鹊俞拊方》二十三卷、《神农黄帝食禁》七卷,房中类的《黄帝三王养阳方》二十卷,神仙类的《黄帝杂子步引》十二卷、《黄帝岐伯按摩》十卷、《黄帝杂子芝菌》十八卷、《黄帝杂子十九家方》二十一卷。自然,谁也不会相信这些作品是黄帝所作,《汉志》编纂者自然明白,如班固注《黄帝君臣》十篇云:"起六国时,与老子相似也。"注《杂黄帝》五十八篇云:"六国时贤者所作。"即是说,以黄帝为主名的著作不一定是主名者自著,但既然以其为主名,就必然与其思想、学术或学术影响相关,哪怕是伪托于主名者,也说明主名者实际影响了某类学术的发展。只要能够确认某一文献的学术门类,且了解其所属学派及其所处位置,就可以在《艺文志》某一类别的适当位置著录它们,这便是《汉志》著录文献的原则和方法。实际上,汉人对于作者的理解,与后人有很大不同。近人余嘉锡曾说:

> 凡读古人之书,当通知当时之文体。俞樾曰:"周、秦、两汉至于今远矣,执今人寻行数墨之文法,而以读周、秦、两汉之书,譬犹执山野之夫,而与言甘泉、建章之巨丽也。"(《古书疑义举例序》)斯言信矣,然俞氏之所斤斤者,文字句读之间耳。余则谓当先明古人著作之体,然后可以读古书。古人作文,既不自署姓名,又不以后人之词杂入前人著述为嫌,故乍观之似无所分别。且其时文体不备,无所谓书序、题跋、行状、语录。复因竹简繁重,撰述不多,后师所作,即附先师以行,不似后世人人有集,敝帚自享,以为千金,唯恐人之盗句也。故凡其生平公牍之文,弟子记录之稿,皆聚而编之。亦以其宗旨一贯,自成一家之学故也。[1]

因此,某些开创学派的学者,以他们为主名的著作常常汇聚着这一学派的主要著述,而某些著名学者主名的著作,也常常收集了学者本人的著述和后学者的

---

[1] 余嘉锡:《古书通例》卷4《辨附益第四·古书不皆手著》,中华书局,2009,第295—296页。

传述。《汉志》著录有主名的作品，并不表明这些作品一定是主名者自著，且不排除后世学者的与主名者相关的传述。这是我们理解《汉志》著录原则和方法必须要首先明确的。

《汉志》著录原则和方法如此，其他正史《艺文志》或《经籍志》著录原则和方法是否也如此呢？答案是肯定的。

魏晋南北朝以来，文化教育的发展，促使学术进一步普及，今、古文学的合流，造成学派散乱，家法不行，文化生态和学术环境发生了很大变化，私人著述蓬勃兴起，所谓"梁武敦悦诗书，下化其上，四境之内，家有文史"[1]，说的就是这种境况。图书的迅猛增长，突破了原有学科门类的限制，士人们的知识结构也与西汉以前大不相同。现实要求人们重新调整学科门类和图书著录方式。《隋志》描述这一时期图书分类的变化说：

> 魏氏代汉，采掇遗亡，藏在秘书中、外三阁。魏秘书郎郑默，始制《中经》，秘书监荀勖，又因《中经》更著《新簿》，分为四部，总括群书。一曰甲部，纪六艺及小学等书；二曰乙部，有古诸子家、近世子家、兵书、兵家、术数；三曰丙部，有史记、旧事、皇览簿、杂事；四曰丁部，有诗赋、图赞、《汲冢书》，大凡四部合二万九千九百四十五卷。但录题及言，盛以缥囊，书用缃素。至于作者之意，无所辨论。[2]

西晋学者荀勖根据郑默的《魏中经簿》编成《晋中经簿》，将图书分为甲（经）、乙（子）、丙（史）、丁（集）四部。东晋学者李充则在《晋中经簿》的基础上，调整乙、丙次第，重分四部，"而经、史、子、集之次始定"[3]。经部收录六艺及

---

[1] 魏徵等：《隋书》卷32《经籍志一》，中华书局，1973，第907页。
[2] 魏徵等：《隋书》卷32《经籍志一》，第906页。
[3] 钱大昕：《元史艺文志序》，袁咏秋、曾季光编《中国历代图书著录文选》，北京大学出版社，1997，第608页。

小学，相当于《汉志》的"六艺略"，史部是由"六艺略"中春秋类所附的历史书目扩充而成（不包括列入经部的《春秋》及"三传"），子部包括了《汉志》的"诸子"、"兵书"、"数术"、"方技"四略，集部则是对《汉志·诗赋略》的扩展。李充的四部分类法被《隋志》所继承，成为后来所有正史《艺文志》或《经籍志》著录文献的原则和方法。今人理解四部分类，常常喜欢用今天的学科分类来比附，以为经部等同于哲学，史部等同于史学，集部等同于文学。其实，这样理解是不准确的，甚至是错误的。因为传统四部分类的知识系统及其指导思想与今人的知识系统及其指导思想是完全不同的。传统经部有《诗经》，但《诗经》是诗歌，在今天属文学；有《春秋》，但《春秋》是历史，在今天属史学；还有《尔雅》，但《尔雅》是字书，在今天属语言学。集部也不等同于文学，《隋志》集部分"楚辞"、"别集"、"总集"三类。按其实际，"楚辞"是文学自无疑问，但"别集""总集"并非都是文学。"别集"是将某人的作品汇聚起来，形成个人专集，它滥觞于东汉，定型于隋唐，《后汉书》、《三国志》、《宋书》、《齐书》、《梁书》、《陈书》、《南史》、《北史》等正史（以上诸书均未设《艺文志》或《经籍志》）传记中著录某人著作时，并不称其别集名，而是录其作品名称和篇数，如《宋书·何承天传》云其"先是《礼论》有八百卷，承天删减并合，以类相从，凡为三百卷。并前传、杂论纂、文论并传于世。又考定《元嘉历语》，在《律历志》"[1]；《梁书·沈约传》云其"所著《晋书》百一十卷，《宋书》百卷，《齐纪》二十卷，《高祖纪》十四卷，《迩言》十卷，《谥例》十卷，《宋文章志》三十卷，文集一百卷，皆行于世"[2]，表明当时别集之称还不普遍。而《隋志》著录别集，一般以人名集，如《魏武帝集》二十六卷、《魏陈思王曹植集》三十卷、《魏司徒王朗集》三十四卷，并不考虑这些别集中的作品是否为文学作品。一般来说，文学家的别集主要内容的确是文学，而史学家的别

---

[1] 沈约：《宋书》卷64《何承天列传》，《二十五史》本，上海古籍出版社、上海书店，1986年影印，第1824页。
[2] 姚思廉：《梁书》卷13《沈约列传》，中华书局，2022，第271页。

集主要讨论史实，经学家的别集则主要谈论经学，训诂家的别集主要考证名物制度，这只要看看《隋志》著录书目就不难明白，因为《隋志》集部别集类所著录的四百三十七部别集，其作者绝大多数都没有文学作品传世。至于唐宋以后，别集也与个人知识结构和生活经历密切相关，如韩愈别集《韩文公集》中虽有古文、诗歌等文学作品，但也有《顺宗实录》等史学著作，还有大量祭文、碑志、表状等应用文；欧阳修别集《欧阳文忠集》中则有经学（如《易童子问》）、史学（如《崇文总目叙释》）、文学（如诗词赋），而数量最大的还是职务制作之应用文（如《外制》、《内制》、《表奏书启》、《奏议》等），我们能说别集等同于文学吗？至于总集，那要看其是哪类总集。具体来说，总集有文学类的，有史学类的，有政教类的，有纯奏议类的，还有以时代来汇聚作品的，也不能说四部中的总集就等同于文学总集。因此，我们对《隋志》开始的正史《艺文志》或《经籍志》采用四部著录的作品，也应该按照当时的著录原则和方法去理解。

需要特别指出的是，《隋志》以经、史、子、集四部著录隋及以前文献，已经不能遵循《汉志》的校雠体例和著录原则，因为今古文学合流，家法失传，无法"辨章学术，考镜源流"，只能按照单部书籍的类属进行著录，其所能做的是对书籍质量进行把关，将优质书籍著录在史志中，而将劣质书籍淘汰出局。因此，所谓《经籍志》四部分类著录，事实上就成为某一知识类别的书目清单。《隋志》总序在谈其编志原则和方法时有云：

> 大唐武德五年，克平伪郑，尽收其图书及古迹焉。……今考见存，分为四部，合条为一万四千四百六十六部，有八万九千六百六十六卷。其旧录所取，文义浅俗、无益教理者，并删去之。其旧录所遗、辞义可采、有所弘益者，咸附入之。远览马史、班书，近观王、阮志、录，挹其风流体制，削其浮杂鄙俚，离其疏远，合其近密，约文绪义，凡五十五篇，各列本条之下，以备《经籍志》。虽未能研几探赜，穷极幽隐，庶乎弘道设教，

可以无遗阙焉。夫仁义礼智，所以治国也，方技数术，所以治身也；诸子为经籍之鼓吹，文章乃政化之黼黻，皆为治之具也。故列之于此志云。[1]

显然，《隋志》编纂者颇有自知之明，知道不能照搬《汉志》的著录原则和方法，必须进行变革，采用新的著录原则和方法。尽管他们仍然强调文献的政治教化功能，并以之作为著录文献的基本标准，但具体著录原则和方法则只能顺应时代要求，将每一种文献书目作为单独个体，列入相应的四部类别中加以著录。《隋志》簿录类序论便指出：

古者史官既司典籍，盖有目录，以为纲纪，体制湮灭，不可复知。孔子删书，别为之序，各陈作者所由。韩、毛二《诗》，亦皆相类。汉时刘向《别录》、刘歆《七略》，剖析条流，各有其部，推寻事迹，疑则古之制也。自是之后，不能辨其流别，但记书名而已。[2]

"不能辨其流别，但记书名而已"，是《汉志》以后文献著录的原则和方法，也是《隋志》著录文献的原则和方法，因为这是大势所趋。《隋志》之后，其他正史《艺文志》或《经籍志》其实都承续了《隋志》所采用的这一原则和方法，无所改定。我们讨论正史《艺文志》或《经籍志》子部小说家（或小说）类所著录的作品是否都是小说，必须在这一背景下来思考和回答。

第二节 《汉志·诸子略》小说家著录的作品都是小说

上面我们对正史艺文经籍志著录文献的原则和方法进行了梳理，现在回答

---

[1] 魏徵等：《隋书》卷32《经籍志一》，第908—909页。
[2] 魏徵等：《隋书》卷33《经籍志三》，第992页。

《汉志·诸子略》小说家类著录的作品是否都是小说。其实，这个问题可以从《汉志》文献著录中找到答案。班固《汉志》"六略"是从刘歆《七略》"删其要"而成，而《七略》则脱胎于刘向的《别录》，反映的是汉人的知识结构和学术观念，"辨章学术，考镜源流"是其主要的编纂旨趣。张尔田指出：

> 班《志》之部居群籍也，考镜源流，辨章旧闻，不诩诩侈谈卷册，与藏家目录殊；不断断详论失得，与官家目录亦异。盖所重在学术，用吾识别，以示隐括，同于法家之定律。[1]

具体来说，《汉志》不是一般的图书目录的汇编，而是学术源流的梳理，其分类编目均按照学术标准进行，颇有条理统绪。刘向、刘歆、班固等本是儒家信徒，自汉武帝"罢黜百家，独尊儒术"之后，儒家思想已经成为社会的主导思想，故《汉志》以"六艺略"居首，显示了儒家经典的正统地位。在"诸子略"中，也以儒家学者居前，其后是道家、阴阳家、法家、名家、墨家、纵横家、杂家、农家、小说家，同样反映出《汉志》以"儒术"为本的价值取向。

需要特别强调的是，《汉志》部居群籍，是按照学术性质和学术流派进行的分类，并无个人文集的观念，不会把个人名义下的不同类别作品放在同一部类之下。关于这一点，我们在本章第一节中已有详细说明，在《汉志》中其实有充分的反映。例如，有关荀卿的作品，《汉志·诸子略》儒家类著录有《孙卿子》三十三篇，又在诗赋略赋类著录《孙卿赋》十篇；有关师旷的作品，《汉志·诸子略》小说家类著录有《师旷》六篇，又在兵书略兵阴阳类著录有《师旷》八篇。这便告诉我们，《汉志》各类别所著录的作品，是符合这一类别的学术标准的：荀子的儒学著作入《诸子略》儒家类，其赋作则入诗赋略赋类；师

---

[1] 张尔田：《〈汉书艺文志举例〉序》，孙德谦《汉书艺文志举例》卷首，《二十五史补编》本，中华书局，1955，第1697页。

旷的小说作品入《诸子略》小说家类，其"推刑德，随斗击，因五胜，假鬼神"而谈兵者则入兵书略兵阴阳类，这些都是极好的证明。在《汉志》编纂者看来，师旷既是小说家，也是兵阴阳家，著录在小说家类中的作品是小说，著录在兵阴阳家类中的作品是兵阴阳学说，它们都是师旷的作品。师旷所作十四篇，按照学派划分，属于小说家和兵阴阳家两类，各类别的划分是明晰的，并未因为它们都是师旷作品而将其合在一起著录。也许有人会说，师旷的小说作品《汉志》班固注："见《春秋》，其言浅薄，本与此同，似因托也。"似乎不相信他的著作权，因此，小说《师旷》六篇不一定是师旷所作。这样的疑问是对作品著作权的疑问，而不是对作品分类的疑问，而从作品分类而言，它们仍然是小说。也就是说，即使小说《师旷》六篇不是师旷所作，也不能否定《师旷》六篇是小说作品。

其实，不仅小说《师旷》六篇不能确证是师旷所作，兵阴阳家中的《师旷》八篇，谁又能够保证其是师旷所作呢？需要明确的是，《汉志》并非确证某作品为某人所作才予以著录，而是确认某书在某一类别，而且有源流可考，才著录于某一类别。如《伊尹说》《鬻子说》等，班固也注明"其语浅薄，似依托也"，或云"后世所加"，即不相信这些作品是主名者所自著，但仍然将它们著录于《诸子略》小说家类中。《汉志》著录刘向的著作也是这样处理的，如《六艺略》易类著录有《刘向五行传记》十一卷，《诸子略》儒家类著录有《刘向新序》六十七篇，诗赋略赋类著录有《刘向赋》三十三篇。既然《汉志》并无后世集部以著录一人之全部作品为别集而不论其具体作品部类的意识，自然也就不会发生将小说家的非小说作品著录在小说家类的情况。这样看来，所谓《汉志·诸子略》小说家名下的作品不一定都是小说的推断，其实是不能成立的。

《汉志·诸子略》小说家类所著录的十五种作品都是汉人所认可的小说作品已无疑问，那么，其他正史《艺文志》或《经籍志》所著录的小说作品是否也可以这样看待呢？答案是肯定的。

《隋志》虽然没有沿袭《汉志》的六略分类法,而是采用晋人荀勖、李充等人创立的四部分类法,成为经、史、子、集四部,但是,其子部文献著录的基本原则却并未改变。《隋志》子部将《汉志·诸子略》所录十家删除阴阳家,保留儒家、道家、法家、名家、墨家、纵横家、杂家、农家、小说家,增加兵家、天文家、历数家、五行家、医方家。这一方面固然是考虑到隋唐之际知识结构和文献留存的实际,同时也是整合《汉志》《诸子略》《兵书略》《数术略》《方技略》的结果。需要指出的是,《隋志》编者魏徵等人在著录子部文献时,并没有沿袭《汉志》以"家"名类以凸显学派传承,而是以儒、道、法、名、墨、纵横、杂、农、小说、兵、天文、历数、五行、医方等等名类,以突出所著录文献的学术属性。《隋志》之所以做出这样的调整,是因为隋唐之际有着与西汉及以前不同的学术文化背景和知识结构。西汉及以前,畴官为学,学有师承,为《汉志》"辨章学术,考镜源流"提供了有统系的学术传承背景依据和材料来源。正如清人章学诚所言:

> 其(指《汉志》——引者)叙六艺而后,次及诸子百家,必云某家者流,盖出古者某官之掌,其流而为某氏之学,失而为某氏之弊。其云某官之掌,即法具于官,官守其书之义也。其云流而为某家之学,即官司失职,而师弟传业之义也。其云失而为某氏之弊,即孟子所谓"生心发政,作政害事",辨而别之,盖欲庶几于知言之学者也。由刘氏之旨,以博求古今之载籍,则著录部次,辨章流别,将以折衷六艺,宣明大道,不徒为甲乙纪数之需,亦已明矣。[1]

东汉以后,不仅官失学守,今、古文学也呈合流之势,学派散乱,家法不行,在这样的学术文化背景下,《隋志》已经不可能采用《汉志》的编辑方法来"辨

---

[1] 章学诚著,叶瑛校注:《文史通义校注》附《校雠通义》卷1,中华书局,1994,第952页。

章学术，考镜源流"，只能将书籍按部类集中编排，成为纯粹的图书目录；而史书的大量产生以及个人文集的成批涌现[1]，也促进着史部的独立和集部的诞生，编纂者不能不对部类加以调整。即便如此，《隋志》也并非"徒为甲乙纪数之需"，仍然贯彻了以政教为中心、以学术评价为依据的著录原则，所谓"夫仁义礼智，所以治国也，方技数术，所以治身也；诸子为经籍之鼓吹，文章乃政化之黼黻，皆为治之具也。故列之于此志云"[2]。正因为如此，《隋志》并不刻意强调小说家出于稗官，而更偏重于选择著录小说作品。这样一来，《隋志》在子部著录的小说文献自然都是小说书目，就毋庸置疑了。

比较《隋志》与《汉志》二书类目小序，也可证明这一发展变化。概括地说，《汉志》小序是在给"小说家"下定义，而《隋志》小序则是直接给"小说"下定义。《汉志》云："小说家者流，盖出于稗官，街谈巷语，道听途说者之所造也。孔子曰：'虽小道，必有可观者焉，致远恐泥，是以君子弗为也。'然亦弗灭也。闾里小知者之所及，亦使缀而不忘。如或一言可采，此亦刍荛狂夫之议也。"[3]不仅说明了"小说家"的来源及其言说特点，而且阐述了"小说家"的学术贡献及其小说作品的学术价值。当然，汉人眼里的学术，其主体是政教之术，或曰"君人南面之术"，所以它关于"小说家"的定义，即从此处着眼，对小说的学术价值评价甚低。《隋志》则云："小说者，街说巷语之说也。《传》载舆人之诵，《诗》美询于刍荛。古者圣人在上，史为书，瞽为诗，工诵箴谏，大夫规诲，士传言而庶人谤。孟春，徇木铎以求歌谣，巡省观人诗，以知风俗。过则正之，失则改之，道听途说，靡不毕纪。《周官》，诵训'掌道方志以诏观事，道方慝以诏避忌，以知地俗'；而职（训）方氏'掌道四方之政事，与其上下之志，诵四方之传道而观衣物'，是也。"[4]将"小说"与"史为书，

---

[1] 例如，班固《汉书·艺文志》收书596家，13269卷，晋荀勖《晋中经簿》收书1885部，20935卷，梁阮孝绪《七录》收书6288种，44526卷，由此可见图书增长之快。
[2] 魏徵等：《隋书》卷32《经籍志一》，第909页。
[3] 班固撰，颜师古注：《汉书》卷30《艺文志》，第1745页。
[4] 魏徵等：《隋书》卷34《经籍志三》，第1012页。

謦为诗，工诵箴谏，大夫规诲，士传言而庶人谤"联系在一起，在制度上和"采诗观风"、"献诗听政"等量齐观，并以小说内容即《周官》诵训、训方氏所掌的四方风俗、民情政事等，强调的是"小说"的文本来源和文体特征，与《汉志》明显有别。

《隋志》对子部书目的著录原则虽然与《汉志》一样，坚持的仍然是政教标准，但对小说的价值评判却明显高于《汉志》。《汉志·诸子略》总序云：

> 诸子十家，其可观者九家而已。皆起于王道既微，诸侯力政，时君世主，好恶殊方，是以九家之术蜂出并作，各引一端，崇其所善，以此驰说，取合诸侯。其言虽殊，辟犹水火，相灭亦相生也。仁之与义，敬之与和，相反而皆相成也。《易》曰："天下同归而殊途，一致而百虑。"今异家者各推所长，穷知究虑，以明其指，虽有蔽短，合其要归，亦《六经》之支与流裔。使其人遭明王圣主，得其所折中，皆股肱之材已。仲尼有言："礼失而求诸野。"方今去圣久远，道术缺废，无所更索，彼九家者，不犹愈于野乎？若能修六艺之术，而观此九家之言，舍短取长，则可以通万方之略矣。[1]

《汉志》明确地将小说家排除在"可观者"之外，不认为其对明王圣主的政教有多少价值。而《隋志》子部总序则云：

> 《易》曰："天下同归而殊途，一致而百虑。"儒、道、小说，圣人之教也，而有所偏。兵及医方，圣人之政也，所施各异。世之治也，列在众职，下至衰乱，官失其守。或以其业游说诸侯，各崇所习，分镳并骛。若使总而不疑，折之中道，亦可以兴化致治者矣。[2]

---

[1] 班固撰，颜师古注：《汉书》卷30《艺文志》，第1746页。
[2] 魏徵等：《隋书》卷34《经籍志三》，第1051页。

《隋志》将小说与儒、道并称，认为它们都是"圣人之教也，而有所偏"，同样可以为诸侯们"兴化致治"发挥作用。《隋志》之所以有这样的认识，是与其编纂者魏徵等人并不以小说家为讨论对象，而是以小说作品为讨论对象的缘故。《隋志》子部小说著录有《燕丹子》《郭子》《世说》《小说》《迩说》《辨林》《古今艺术》《座右方》《座右法》《鲁史欹器图》《器准图》等作品，对于古人格物致知、博识洽闻、修身养性、清言隽议等，无疑是具有一定价值的。从作者身份来看，这些作品的作者有晋中郎郭澄之、宋临川王刘义庆、梁安右长史殷芸、梁兰台治书伏梃、后魏丞相士曹参军信都芳等，已不再是《汉志》所载的"虚诞依托"的人物，或是瞽矇乐工、黄老道家、待诏方士之流。这些变化，主要是小说文体发展所带来的小说家身份的改变。因此，《隋志》子部著录的小说，自然不是以小说家身份来认定其作品，而是以作品的性质来确定其为小说。这样一来，说《隋志》子部著录的小说均是当时人所认可的小说作品，当然也就不再有疑问了。

第三节　正史艺文经籍志为什么不抛弃"小说家"观念

我们说《隋志》著录的小说是以其所著录作品的性质来确定的，这并不是说《隋志》已经没有了小说家的概念。事实上，小说家乃诸子百家之一，是先秦传留下来的学术概念，而无论《汉志》的诸子略，还是《隋志》的子部，也都是学术的归类。诚如刘勰所言："博明万事为子，适辨一理为论，彼皆蔓延杂说，故入诸子之流。"[1]《隋志》强调"儒、道、小说，圣人之教也，而有所偏"，证明其并未脱离学术的视野，自然也就不会抛弃小说家的概念。或者换一个说法，《隋志》之所以在子部列入小说，就是因为接受了《汉志·诸子略》的小说

---

[1] 刘勰著，范文澜注：《文心雕龙注》卷4《诸子篇》，人民文学出版社，1958，第310页。

家概念，才将小说作为诸子之一家的作品予以著录，不然，这些作品就不能纳入子部。由于《隋志》的分类标准成为后世正史艺文经籍志分类的圭臬，因此，《隋志》之后，正史艺文经籍志在子部著录小说书目时，或以"小说家"名类，或以"小说"名类，其编纂思想并无实质性的改变。例如，《旧唐书·经籍志》丙部子录分十七家，第九为"小说类"，其在著录作品后却云："右小说家十三部凡九十卷。"[1]《新唐书·艺文志》丙部子录也分十七类，"九曰小说类"，在著录作品后亦云："右小说家类三十九家四十一部三百八卷（失姓名二家，李恕以下不著录七十八家，三百二十七卷）。"[2]《宋史·艺文志》子部同样分十七类，"九曰小说家类"，在著录作品后却云："右小说类三百五十九部一千八百六十六卷。"[3]《明史·艺文志》子部分十二类，"四曰小说家类"，在著录作品后云："右小说家类一百二十七部三千三百七卷。"[4]《清史稿·艺文志》子部分十四类，"十二曰小说"，作品著录也称"小说类"[5]。无论类目如何标示，正史艺文经籍志的编纂者们的心里其实都很清楚，史志子部小说家类或小说类所著录的作品，都与"小说家"有"剪不断、理还乱"的关系，而所录作品的文体性质则是小说。

那么，正史艺文经籍志的编纂者们为什么不抛弃"小说家"这一观念，而直接在小说类目下著录小说作品，以做到名实相符呢？究其原因，主要有以下三点。

其一，"小说家"观念是子部设立这一类目的依据，如若抛弃"小说家"观念，会动摇这一类目的基础。这一点，只要清理一下子部小说的来历就不难明白。先秦虽有"小说"一词，尽管内含文体的要素，却并非某一文体的概念。

---

[1] 刘昫等：《旧唐书》卷47《经籍志》，《二十五史》本，第3719—3720页。按其实际著录14部作品。
[2] 宋祁、欧阳修：《新唐书》卷59《艺文志》，《二十五史》本，第4290—4291页。
[3] 托托等：《宋史》卷208《艺文志》，《二十五史》本，第5821—5822页。
[4] 张廷玉等：《明史》卷99《艺文志》，《二十五史》本，第8041—8042页。
[5] 赵尔巽等：《清史稿》卷147《艺文志》，《二十五史》本，第9361—9366页。

如《庄子·外物》云"饰小说以干县令，其于大达亦远矣"[1]；《荀子·正名》云"故知者论道而已矣，小家珍说之所愿皆衰矣"[2]，其"小说"或"小家珍说"都是指不合于他们理想的其他学派学说，主要是一种学术价值判断而非文体判断。《汉志·诸子略》在清理诸子百家统绪时，将未能形成统绪且属于"街谈巷语，道听途说者之所造"的一类学术归并为一家，名其为"小说家"，则既延续了庄子等人的学术判断，又将其固化为带有文本形态特征的文体判断。"小说家"为诸子之一，这是其成立的学术基础；"街谈巷语，道听途说者之所造"，这是小说所表现出来的文本形态特征。二者共同构成《汉志》著录此类作品的依据。[3]其后正史艺文经籍志在子部设立小说家或小说类目，自然就接受了《汉志·诸子略》对小说家的命名与定位。无论它们在类目中是以"小说家"还是以"小说"标目，都并不能改变它们所著录的作品是小说家的小说这一根本取向。如果正史艺文经籍志抛弃"小说家"观念，也就等于抛弃了此类作品归类和编目的依据，这是这些史学家所不愿意做的。

其二，对于"小说家"观念的维护可以为甄别作品提供依据，这在编目的具体操作上是有利的，编纂者们自然愿意接受并努力遵循。诚如梁人刘勰所言："诸子者，入（一作述）道见志之书。"[4]小说家自然不能例外，也应该符合诸子的一般形态特征。东汉桓谭有云："若其小说家，合丛残小语，近取譬论，以作短书，治身治家，有可观之辞。"[5]将小说家的形态特征说得颇为清楚明白。即是说，"小说家"的著作并不如今人理解的以虚构故事见长，而是与其他诸子一样，以"述道见志"为宗，可以"治身治家"。诸子书中即便有故事、寓言，

---

[1] 郭庆藩：《庄子集释》卷9上《杂篇·外物第二十六》，《新编诸子集成》本，中华书局，1961，第925页。
[2] 王先谦：《荀子集解》卷16《正名篇第二十二》，《新编诸子集成》本，中华书局，1988，第429页。
[3] 见本书第八章。参见拙作《汉人小说观念探赜》，《南京大学学报》（哲学·人文科学·社会科学）2011年第4期。
[4] 刘勰著，范文澜注：《文心雕龙注》卷4《诸子篇》，人民文学出版社，1958，第307页。
[5] 朱谦之校辑：《新辑本桓谭新论》卷1《本造篇》，《新编诸子集成续编》本，中华书局，2009，第1—2页。

那也不是为了叙事，而是为了"述道见志"。小说家与其他诸子所不同者，只在"合丛残小语，近取譬论，以作短书"。因为有这样的观念，所以两《唐志》丙部子录小说类都不著录《任氏传》、《柳毅传》、《霍小玉传》、《南柯太守传》、《李娃传》、《长恨歌传》、《莺莺传》等脍炙人口的传奇精品，《宋史·艺文志》子部小说家类也不收《绿珠传》、《杨太真外传》、《流红记》、《赵飞燕别传》、《谭意歌传》、《王幼玉记》、《李师师外传》等传奇作品。虽然它们都收录了部分载有传奇作品的集子，如牛僧孺的《玄怪录》、袁郊的《甘泽谣》、裴铏的《传奇》等，但史志收录它们，并非是因为这些集子中有传奇作品，而是因为这些作品集符合小说家"合丛残小语，近取譬论，以作短书"的体制形态要求和"述道见志"的宗旨。事实上，唐代人也并不以传奇为小说，只称其为"传奇"，乃传其奇异之事的意思。元稹《莺莺传》初名"传奇"，即取此意。传奇重"史才、诗笔、议论"，并无子部小说的特征。宋人有"说话"四家，其中的"小说家"包括烟粉、灵怪、传奇等目，大量讲说传奇故事，传奇也就逐渐被视为小说，但它与说话、戏曲等说唱文学仍然纠缠不清，以致明清人称戏文为传奇。因此，说传奇是小说，此小说其实与通俗小说近，而与子部小说远。正史艺文志或经籍志基本不著录这些单篇传奇作品应该是有它的道理的。[1]

其三，"小说家"观念的承继事实上阻挡了通俗小说进入正史，为正史艺文经籍志不收录通俗小说提供了理论依据和技术支持，使得子部小说类目更为稳定，同时也更加保守。众所周知，宋元说话有"小说"一家，明清更有长篇通俗小说《三国演义》、《水浒传》、《西游记》、《金瓶梅》、《儒林外史》、《红楼梦》这些足以代表古代小说成就的不朽名著，然而，在正史艺文经籍志中，我们却找不到它们的踪影。如何解释这一现象，见仁见智，至今莫衷一是。当然，我们有权批评这些编纂者们思想保守、抱残守缺，用正统观念排斥民间文化和

---

[1] 全部正史中仅《新唐书·艺文志》丙部子录小说家类著录有"《补江总白猿传》一卷"和《宋史·艺文志》子类小说家类著录"《集补江总白猿传》一卷"，为单篇传奇入正史之例外。

通俗文学。然而，从四部分类和子部类目设置来看，的确无法找到安排这些通俗小说的恰当位置，因为它们并没有子书的形态特征，不符合"小说家"应该"合丛残小语，近取譬论，以作短书"的要求，如果史志子部著录这些作品，岂不自乱体例？《清史稿·艺文志》的编纂在民国年间，其时通俗小说已经为大家所接受和肯定，但其编者仍然未在子部小说类著录通俗小说，说明并非只是认识上的问题，而是有操作层面上的困难。还有一个更能说明这一问题的证据是：今人王绍曾主编《清史稿艺文志拾遗》，在子部小说家类也只能著录类编、杂录、志怪、传奇、谐谑等类作品，以尽量遵守传统子部小说的规范，而将弹词、鼓词、宝卷、通俗小说等著录于集部。事实上，长篇通俗小说入集部同样也是不符合传统目录规范的。《隋志》集部分楚辞、别集、总集三类，后来的正史增加有文史、诗文评等类。《隋志》集部别集小序云：

> 别集之名，盖汉东京之所创也。自灵均已降，属文之士众矣，然其志尚不同，风流殊别。后之君子，欲观其体势，而见其心灵，故别聚焉，名之为集。辞人景慕，并自记载，以成书部。[1]

《隋志》总集小序云：

> 总集者，以建安之后，辞赋转繁，众家之集，日以滋广，晋代挚虞，苦览者之劳倦，于是采摘孔翠，芟剪繁芜，自诗赋下，各为条贯，合而编之，谓为《流别》。是后文集总钞，作者继轨，属辞之士，以为覃奥，而取则焉。[2]

---

[1] 魏徵等：《隋书》卷35《经籍志四》，第1081页。
[2] 魏徵等：《隋书》卷35《经籍志四》，第1089—1090页。

显然，通俗小说也难以归入别集或总集类。不过，通俗小说除用散文叙事外，常常杂有诗词韵语、戏文时调、寓言神话等内容，且不以"述道见志"为宗，放在集部的确比放在子部冲突要小些。这虽是《清史稿艺文志拾遗》不得已而为之的折中之举，但却为正史艺文经籍志编纂者们不著录通俗小说提供了一个可以在技术上为之辩护的实例。

总之，正史艺文经籍志视小说家是诸子百家之一家，认定小说为小说家的作品，二者相辅相成，不可或缺。这一观念构成了正史艺文经籍志子部著录小说书目的知识基础和类目依据。因此，正史艺文经籍志小说家类著录的作品都是小说作品是确定无疑的。

需要强调指出的是，古人所认可的小说，在今人看来已经有许多不是小说，这主要是古今小说观念差异造成的。我们不能因为正史艺文经籍志著录的小说有些不符合今人的小说标准，就不承认它们是小说。而应该用历史的观念和理性的态度，去了解古人为什么认为那些作品是小说，那些小说在当时有怎样的文化价值，发挥过怎样的社会作用，然后做出符合历史事实的正确评价。因为我们不能肯定，今人的小说标准就是真理，且永恒不变。事实上，今天的小说观念正处在急剧变化之中，这只要读读实验小说、先锋小说、非虚构小说就不难明白。而可以期待的网络小说、手机小说、视频小说对小说观念的冲击，更是不以人的意志为转移的。因此，对古人的尊重和理解，就是对传统文化的尊重和理解，是对我们自己历史的尊重和理解，同时也是对中国传统小说观念的尊重和理解。

第十三章
史志著录所反映的小说观念

中国古代小说颇为驳杂，小说观念也随着时代的变迁而有所变化，仅从《汉书·艺文志》到《隋书·经籍志》，就能够看到其观念的发展。这里涉及的还只是文言小说，白话通俗小说尚不在其中。尽管历代史志著录有文言小说书目，但不少现代学者并不认可这些目录，故直到今天也没有一份大家都能满意的文言小说总目。现代人接受了西方小说观念，以为小说是"有一定长度的虚构的故事"，以此观照中国史志著录的小说，大多不合要求。于是人们从神话、寓言、史传中来寻找中国小说的源头。这样做虽然能够说明中国古代有类似西方现代的小说，却无法说明中国古代小说到底有哪些自己的特点，为什么是那样一种面貌。这难免使人尴尬，也不能不有所抱怨。有的说："古代小说，谁也没有给它下过明确的定义，史书艺文志的分类极为混乱。"[1] 有的干脆主张另起炉灶，因为"根据（古代）目录学的分类，我们看不见我国小说的真面目，我们要得知它的全貌，必须从另一角度搜求"[2]。然而，历代正史艺文经籍志所著录的小说以及对小说的认识，反映的正是当时统治者们的小说观念，也是当时占统治地位的小说观念。我们只有弄清楚这些观念的来龙去脉，才能对中国古代小说何以是那样一种面貌有一个理性的认识，才能真正理解中国古代小说的文体特征和民族特色，从而促进中国小说史和中国小说批评史的研究，进而促进中

---

[1] 程毅中：《古小说简目》前言，中华书局，1981，第5页。
[2] 孟瑶：《中国小说史》第一册，传记文学出版社，1980，第7页。

国当代小说理论和小说创作的发展。本章选择从史志著录所反映的小说观念入手，来探讨中国传统小说观念的发展轨迹，正是基于以上目的。

第一节 汉人以小说为子书的原因及其意义

在中国历史著作中，最早著录小说作品并予以批评的是《汉志》，在《诸子略》中著录了十五家小说，并对这些作品以及它们的作者进行了批评，其小序以为："小说家者流，盖出于稗官，街谈巷语，道听途说者之所造也。孔子曰：'虽小道，必有可观者焉，致远恐泥，是以君子不为也。'然亦弗灭也。闾里小知者之所及，亦使缀而不忘。如或一言可采，此亦刍荛狂夫之议也。"[1]《汉书》作者是东汉史学家班固（32—92），而《汉志》是根据西汉末年刘向（前79—前8）、刘歆（前50—23）父子校理秘阁典籍时编撰的《别录》、《七略》"删其要"而成[2]，因此，《汉志》对小说和小说家的看法就不只是班固个人的意见，而是代表了刘向、刘歆等两汉学者的普遍认识，或者说反映出汉人的正统小说观念。

《汉志》在《诸子略》中著录小说，表明刘向、刘歆、班固这帮汉代学者是把小说家当做诸子，把小说作品当做子书看待的。所谓子书，也就是诸子百家著作。诸子百家产生于"圣王不作，诸侯放恣，处士横议"[3]的春秋末年至战国时期，他们既是思想家，也是政治家。他们宣传自己的思想和政治主张，希望得到诸侯的采纳并在政治中予以实施，以实现其政治理想。因此，他们的著述无不具有鲜明的思想特色和政治色彩，尤以说理见长，所谓"上说下教，虽

---

[1] 班固撰，颜师古注：《汉书》卷30《艺文志》，中华书局，1962，第1745页。
[2] 《汉书·艺文志》曰："至成帝时，以书颇散亡，诏谒者陈农求遗书于天下。诏光禄大夫刘向校经传诸子诗赋……每一书已，向辄条其篇目，撮其指意，录而奏之。会向卒，哀帝复使向子侍中奉车都尉歆卒父业。歆于是总群书而奏其《七略》……今删其要，以备篇籍。"阮孝绪《七录序》："昔刘向校书，辄为一录，论其指归，辨其讹谬，随竟奏上，皆载在本书。时又别集众录，谓之《别录》。……子歆撮其指要，著为《七略》。"
[3] 焦循：《孟子正义》卷13《滕文公下》，《新编诸子集成》本，中华书局，1987，第456页。

天下不取，强聒而不舍者也"[1]。正如《汉志·诸子略》所说："诸子十家，其可观者九家而已。皆起于王道既微，诸侯力政，时君世主，好恶殊方，是以九家之术蜂出并作，各引一端，崇其所善，以此驰说，取合诸侯。其言虽殊，辟犹水火，相灭亦相生也。……仲尼有言：'礼失而求诸野。'方今去圣久远，道术缺废，无所更索，彼九家者，不犹愈于野乎？若能修六艺之术，而观此九家之言，舍短取长，则可以通万方之略矣。"[2]这里所肯定的诸子，是指儒、道、阴阳、法、名、墨、纵横、杂、农九家。在汉代，这些诸子著作是颇受社会重视的，根本原因在于这些著作具有思想价值和政治价值。一个统一的大帝国需要足够的思想资源和政治资源以形成国家的统一意志。汉代前期，统治者笃信黄老，道家思想得到推崇。武帝以降，独尊儒术，儒家经典主宰了社会意识形态。然而，无论是武帝之前和武帝以后，汉代都没有采用秦始皇的极端文化专制主义政策，禁毁统治者不予提倡的所有其他诸子著作。这一方面是因为，汉代统治者接受了秦始皇"焚书坑儒"、"燔灭文章，以愚黔首"而招至败亡的历史教训，不愿重蹈覆辙。另一方面，无论是道家还是儒家，在先秦均是诸子百家之一家，武帝所推崇的儒术，其实已融入了阴阳五行、刑名法术的内容，早已不是先秦的原始儒学。学术问题，相反相成，殊途同归，汉代学者们大多深明其中道理，汉代统治者们也注意整合诸子学说而形成符合其统治需要的思想。所以刘向、刘歆、班固等人在推崇儒家经典的同时，也肯定了先秦其他诸子著作的思想价值和政治价值。《汉志》把《诸子略》紧接在《六艺略》之后编排也证明了这一点。

《汉志》把小说家列入诸子，将小说作品著录于《诸子略》中，首先是因为这些小说作品与子书确有紧密联系。

关于诸子著述体例，近人余嘉锡（1883—1955）在解释《庄子·天下篇》

---

[1] 郭庆藩：《庄子集释》卷10下《杂篇·天下第三十三》，《新编诸子集成》本，中华书局，1961，第1082页。

[2] 班固撰，颜师古注：《汉书》卷30《艺文志》，第1746页。

所云"上说下教"时说：

> 夫上说者，论政之语也，其体为书疏之类。下教者，论学之语也，其体为论说之类。凡古人自著之文，不外此二者。其他纪载言行，解说义理者，则后学之所附益也。[1]

汉人不仅将先秦诸子自著论政论学之语视为子书，而且将后学记载先贤言行、解说诸子义理的著述也视为子书。《汉志·诸子略》便是按照这一标准著录儒、道、阴阳、法、名、墨家等诸子著述和小说家的小说作品的。例如，《汉志·诸子略》中的小说家类著录有《伊尹说》二十七篇、《鬻子说》十九篇、《黄帝说》四十篇，道家类则有《伊尹》五十一篇、《鬻子》二十二篇、《黄帝铭》六篇、《黄帝君臣》十篇、《杂黄帝》五十八篇。黄帝、鬻子、伊尹等都是道家喜欢称道的人物，据《汉志》所载小说书名及少量佚文分析，这些小说正为记载道家先贤言行、解释道家义理的作品[2]；《汉志》著录的《待诏臣安成未央术》，应劭注："道家也，好养生事，为未央之术。"这些现象，"亦可明道家、小说家一本矣"[3]。此外，《汉志》小说家类著录的《青史子》《务成子》《宋子》，直接以"子"名书，说明它们就是子书；而《师旷》《天乙》以人名书（师旷是春秋时晋国的乐师、天乙乃商代开国君主成汤），也为子书通例。虽然这些以先秦人物署名的著作班固均注明"依托"，但它们符合子书体例却是毫无问题的。

从《汉志》小说家类著录汉人作品来看，其性质也颇类于子书。如《封禅方说》《待诏臣饶心术》《虞初周说》等，都是汉武帝时的方士所作。汉武帝迷信鬼神，嗜好方术，《史记·封禅书》有详细记载。《后汉书·方术传序》

---

[1] 余嘉锡：《古书通例》卷2《明体例第二·秦汉诸子即后世之文集》，中华书局，2009，第243页。
[2] 如《吕氏春秋·本味篇》记伊尹"以滋味说汤，至于王道"事，极为铺张扬厉，严可均《全上古三代秦汉三国六朝文》"疑小说家《伊尹说》之一篇"。
[3] 顾实：《汉书艺文志讲疏》，上海古籍出版社，1987，第161页。

也说：

> 汉自武帝颇好方术，天下怀协道艺之士，莫不负策抵掌，顺风而届焉。后王莽矫用符命，及光武尤信谶言，士之赴趣时宜者，皆骋驰穿凿，争谈之也。故王梁、孙咸名应图箓，越登槐鼎之任，郑兴、贾逵以附同称显，桓谭、尹敏以乖忤沦败，自是习为内学，尚奇文，贵异数，不乏于时矣。[1]

方士源出于古巫，由于文化的发展，汉代方士已不限于古代巫术的鼓舞祠醮之类，它们在利用方术以吉凶休咎感召人的同时，也收集了一些政治思想、地理博物、典章制度等方面的知识，以备皇帝顾问。方士中当然有一些靠装神弄鬼骗人的骗子，如武帝时的栾大、少翁之流，但也确有不少"怀协道艺"即学有所长的寒门士子，如上面提到的东汉王梁、孙咸、桓谭、尹敏等人。方士们收集奇文异数，编撰成书，不是为了审美或娱乐，而是为了持此秘书以取得皇帝的信任，从而实现参与社会政治的目的。这些秘书就是当时所谓的小说，也是中国小说史上的首批小说文本，而托名先秦的小说作品也多为这些方士所为[2]。正如张衡（78—139）在《西京赋》中所说："匪惟玩好，乃有秘书；小说九百，本自虞初。从容之求，寔俟寔储。"[3] 尽管这些"秘书"多为"街谈巷语道听途说者之所造"，或者如王瑶所说，"小说本出于方士对闾里传说的改造和修饰"[4]，但方士们以此求取功名利禄并进而影响朝廷政治的企图，与诸子著书立说的初始目的异曲而同工，何况他们常常借重诸子或传说人物以重其说或以神其说。因

---

[1] 范晔撰，李贤等注：《后汉书》卷82下《方术传下》，中华书局，1965，第2705页。

[2] 参见拙作《中国小说起源探迹》，《文学遗产》1985年第1期，收入拙作《古典小说初探》，杭州：浙江古籍出版社，1993。有学者认为《穆天子传》"可以当做小说发端于战国的例证"（杨义《中国古典小说史论》，中国社会科学出版社，1995），然而，《穆天子传》在清以前一直被列入史部，并不被视为小说。

[3] 张衡：《西京赋》，见萧统编《文选》卷2，中华书局，1977年影印胡克家刊本，第45页。

[4] 王瑶：《中古文学史论集·小说与方术》，上海古籍出版社，1982，第108页。

此，《汉志》以小说为子书是有充足的理由和依据的。

从语源学的角度来看，《汉志》列小说家为诸子百家之一家也是合适的。《庄子·外物》说："饰小说以干县令，其于大达亦远矣。"[1]《荀子·正名》也说："故知者论道而已矣，小家珍说之所愿皆衰矣。"[2]他们都将自己所推崇的学说之外的其他学说贬称为"小说"或"小家珍说"。《汉志》沿袭这一概念，称儒、道、阴阳、法、名、墨、纵横、杂、农九家之外的不入流的学说为"小说"，完全符合先秦至两汉的学术分类习惯，也反映出汉人对杂说短记的轻视和汉代史学家对方士小说的鄙夷。[3]至于《后汉书·蔡邕传》"致远恐泥"李贤注引郑玄所说"小道，如今诸子书也"[4]，以为九流百家皆是"小能小善"，可名为"小说"，则代表着东汉经学家们宗经征圣而轻视诸子的思想倾向，也从侧面说明视小说家为诸子、视小说为子书是汉人的共识。

需要说明的是，《汉志》著录的小说作品中有的具有记事性质，如《周考》，班固注"考周事也"；《青史子》，班固注"古史官记事也"。[5]如果因此判定这些作品为近史之书而非近子之书，那就误解了班固的意思。《周考》现已无考。《青史子》也大部亡佚，鲁迅从《大戴礼记·保傅篇》、《贾谊新书·胎教》及《风俗通义》等书辑得三则，均为言礼之文，刘勰在《文心雕龙·诸子篇》也论到《青史子》，认为"《青史》曲缀以街谈"[6]，可见齐梁时人仍然视《青史子》为子书。所谓子书，按照刘勰（467？—532年？）的说法就是"述道见志之书"，《青史子》言礼，属于"述道"的范围，显然是地道的子书，只是因为它"曲缀以街谈"，才被人们列入小说家。至于这些作品中具有某种记事性，并不妨碍它

---

[1] 郭庆藩：《庄子集释》卷9上《杂篇·外物第二十六》，《新编诸子集成》本，第925页。
[2] 王先谦：《荀子集解》卷16《正名篇第二十二》，《新编诸子集成》本，中华书局，1988，第429页。
[3] 见本书第八章。参见拙作《汉人小说观念探赜》，《南京大学学报》（哲学·人文科学·社会科学）2011年第4期。
[4] 范晔撰，李贤等注：《后汉书》卷60下《蔡邕列传》，中华书局，1965，第1997页。
[5] 班固撰，颜师古注：《汉书》卷30《艺文志》，第1744页。
[6] 刘勰著，范文澜注：《文心雕龙注》卷4《诸子第十七》，人民文学出版社，1958，第308页。

们"述道见志",因为"古人未尝离事而言理"[1]。《庄子》"寓言十七",充满了诙诡谲怪的故事,但《庄子》本旨不在叙事,而在说理。《孟子》的"齐人有一妻一妾章",《韩非子》的《说林》等,都是述事言理的典范。因此,子书具有某些记事性和叙事性是不足为怪的,子书与史书的区别,不在于其是否具有叙事成分,而是看其主旨是"述道"还是"记事"。

以小说为子书,反映着汉人对小说的基本认识,这是中国小说批评史上给小说最早的定位,它对中国小说观念的发展产生了巨大而深远的影响。以小说为子书,把小说家列入诸子,表面看来,是提高了小说家的地位,肯定了小说的价值。细致分析,却不尽然。以小说为子书,势必用子书的标准来要求小说,评价小说。然而,子书的鲜明思想性、政治性及其理论色彩是小说所无法比拟的。刘向、刘歆、班固等人用子书标准要求小说,当然就会得出小说为"小道"的结论。事实上,《汉志》著录的九部所谓先秦小说"其语浅薄"、"迂诞依托",著录者对它们本来就持怀疑和贬抑的态度,而汉代的六部小说,则主要是武帝时方士所为,方士们收集到一些"街谈巷语、道听途说",以备皇帝顾问,这些著述也可能会起到一定的政治作用,但其思想价值和理论价值无论如何不能与先秦诸子著作相提并论。以子书为标准来衡量小说,小说浅薄、迂诞,自然难以登大雅之堂,《后汉书·方术传序》便说"通儒硕生,忿其奸妄不经,奏议慷慨,以为宜见藏摈"[2],所以《汉志》援引孔子的论述,一方面认为小说"虽小道必有可观者焉"[3],另一方面又强调小道不能致远,主张"君子不为"。并说"诸子十家,其可观者九家而已",明确将小说排除在可观者之外。

小说既是子书,又是不能与其他子书同等看待的子书,这便是《汉书》对小说的定位。这种定位既是一种文体判断,更是一种价值判断,它全面地表达了汉人的正统小说观念。这种观念当然首先是汉人对当时所见小说作品的文本

---

[1] 章学诚著,叶瑛校注:《文史通义校注》卷1《易教上》,中华书局,1994,第1页。
[2] 范晔撰,李贤等注:《后汉书》卷72上《方术传上》,第2705页。
[3] 《论语》记载为子夏语,见《论语·子张》。或谓子夏转述孔子语。

形式及其社会作用的一种认识。然而，这种观念的产生却有深刻的思想文化根源。先秦诸子"百家争鸣"，多视其他学派观点为浅薄琐屑、无关宏旨的言论，已有党同伐异的思想倾向，而刘向、刘歆、班固等人是在儒家思想已经成为社会的正统思想之后来整理典籍、臧否学术的，自然会将儒家经典作为对现存典籍进行评判的价值标准。在他们看来，先秦诸子著作是儒家六经的"支与流裔"[1]，同样有思想价值和政治价值。不过，小说家却另当别论。因为汉代的小说家主要是一些被通儒硕士所不齿的方士，其小说作品乃"街谈巷语，道听途说者之所造"，"奸妄不经"，即使有某些可取的东西，也是"刍荛狂夫之议"，无法和老子、墨子、庄子、孟子、荀子、韩非子等思想家的学术著作同日而语。所以，《汉志》虽将小说收入《诸子略》，却又摒小说于子书的"可观者"之外。可以看出，小说之所以受到汉代一些学者的轻视，主要是因为它不合儒家经典的思想标准和先秦诸子的学术规范。由于《汉志》著录的小说多"丛残小语"，浅薄琐屑，以致后人将一切杂说短记都视为小说，尤其是在《隋志》将《杂语》、《古今艺术》、《杂书钞》、《座右方》、《座右法》、《鲁史欹器图》、《器准图》、《水饰》等著录入子部小说家类之后，小说更成为杂说短记的渊薮，从而使小说作品在思想理论形态上与其他诸子著作的距离愈来愈远。清人翟灏在《通俗编》中说：

  古凡杂说短记，不本经典者，概比小道，谓之小说，乃诸子杂家之流，非今之秽诞言也。[2]

十分简洁地概括了导源于汉人的正统小说观念的基本思路，这也是史志著录的

---

[1] 按《庄子·天下篇》的意见，诸子学术并非源于"六经"，而是道术的分化，所谓"天下大乱，圣贤不明，道德不一，天下多得一察焉以自好。譬如耳目口鼻，皆有所明，不能相通。……后世之学者，不幸不见天地之纯，古人之大体，道术将为天下裂"。

[2] 翟灏：《通俗编》卷7《文学》，中华书局，2013，第94页。

小说中何以有大量的笔记杂著的根本原因。

应当承认,《汉志》所反映的汉人的小说观念符合当时的小说家及其作品的客观实际。从总体上看,刘、班等人是用"辨章学术,考镜源流"的态度来对待小说的,他们将小说家列入《诸子略》中,并从"学必出于王官"的理念出发,为小说家找到了社会政治地位低下的"稗官"为其所从出之王官。这样,小说家所从出的"稗官"的卑微地位和其作品不在"可观"诸子之列的尴尬处境,就成了阻碍小说发展的巨大障碍。当然,小说在思想理论上的不入流和受排斥,又为它旁逸斜出利用一切手段寻求向其他方向发展提供了动力。

第二节 魏晋以后史书的繁荣与小说观念的调整

魏晋南北朝时期,中国文化有了较大的发展,各种书籍大量涌现[1],《汉志》的图书分类已不能适应社会文化发展的要求,图书的重新分类被提上议事日程。所谓重新分类,也就是重新划分学科门类,这种划分的基础当然是学科自身的相对独立与发展,而分类的前提则是各门学科在观念上的厘清。

严格地说,《汉志》部次条列,目的是"辨章学术,考镜源流"[2],关注学术传承超过了关注学科分类,价值判断压倒了文体判断。然而,随着社会文化发展和教育普及,学术传承方式也发生了变化,学科意识的增强和私人著述的勃兴,要求人们重新调整学科门类和图书著录方式。新的图书分类法应运而生。西晋学者荀勖根据郑默的《魏中经簿》编成《晋中经簿》,将图书分为甲乙丙丁四部。东晋学者李充则在《晋中经簿》的基础上,调整乙丙次第,重分四部,"而经史子集之次始定"[3]。经部收录六艺及小学,相当于《汉志》的"六艺略",

---

[1] 班固《汉书·艺文志》收书596家,13269卷,晋荀勖《晋中经簿》收书1885部,20935卷,梁阮孝绪《七录》收书6288种,44526卷,由此可见图书增长之快。

[2] 章学诚著,叶瑛校注:《文史通义校注》附录《校雠通义》卷1,中华书局,1994,第945页。

[3] 钱大昕:《元史艺文志序》,袁咏秋、曾季光编《中国历代图书著录文选》,北京大学出版社,1997,第608页。

史部是由"六艺略"中春秋类目所附的历史书籍扩充而成，子部包括了《汉志》的"诸子"、"兵书"、"数术"、"方技"四略，集部则是对《汉志·诗赋略》的扩展。李充的四部分类有几点值得注意：一是以儒家六艺为经置于四部之首，表明儒家思想作为社会统治思想的地位仍然没有动摇；二是附著春秋类的史著独立成部，表明汉魏以来历史著作大量产生，社会对它有了旺盛的需求和明确的认识[1]；三是集部主要收集文人以诗文创作为主的文集，可以说是文学的渊薮，表明文学在这个时期有很大发展；四是将荀勖的乙丙调整次第，即将史部置于子部之前，表明社会对历史经验的重视逐渐超过了对诸子思想的重视，这与儒家思想作为正统思想确立后统治阶级不再需要创造性思想而迫切需要统治经验有关，子学的相对衰落（与史学比较）和子部所收作品内容的芜杂也证明了这一点[2]。正是由于李充的四部分类法适应了汉魏以后中国图书构成的实际，同时又确定了符合统治阶级利益的各门学科的学术标准和文化地位，因而受到历代统治者和正统史学家的欢迎，四部分类法因此成为后来中国古代图书分类的基本法则。

需要指出的是，魏晋南北朝时期是中国古小说发展的黄金时期，今天研究古小说的学者，都把这一时期的小说作为重要的研究对象并视为文学的主要门类之一。然而，对汉魏六朝典籍图书具有总结性质的《隋志》并没有在收集文

---

1 《汉志·六艺略》仅在春秋类著录史书23家948篇，而梁阮孝绪《七录》除经典录著录春秋类著作111种1153卷外，在记传录还著录了史书1020种14888卷，包括国史、注历、旧事、职官、仪典、刑制、伪史、杂传、鬼神、土地、谱状、簿录等12部，由此可见史之繁荣。阮氏在《七录序》中还说："刘氏之世，史书甚寡，附见《春秋》，诚得其例。今众家记传，倍于经典，犹从此《志》（指《汉志》），实为繁芜，且《七略》诗赋不从'六艺'诗部，盖由其书既多，所以别为一略。今依拟斯例，分出众史，序记传录为内篇第二。"

2 将阮孝绪《七录》与《汉志》做一比较，即可一目了然：《汉志·诸子略》以实际著录统计有儒52家847篇，道37家1038篇，阴阳21家368篇，法10家217篇，名7家36篇，墨6家86篇，纵横12家107篇，杂20家393篇，农9家114篇，小说15家1390篇，总共189家4546篇；《七录》之《子兵录》著录儒66种640卷，道69种431卷，阴阳1种1卷，法13种118卷，名9种23卷，墨4种19卷，纵横2种5卷，杂57种2338卷，农1种3卷，小说10种63卷，总共232种3649卷。如以《七录》1种相当于《汉志》1家、《七录》1卷相当于《汉志》1篇计算，东汉至梁子书数虽略有增加（增加43种，主要是儒、道、杂家作品），但其卷数却有显著减少（减少897卷），这不仅是因为这一时期子书创作数量太少，而且还因为原有子书也大量散佚，子学衰微由此可见一斑。

学作品为主的集部著录小说，而是仍然沿袭《汉志》的传统作法把小说纳入子部。表明这一时期人们的小说观念与汉人相比并没有根本性的变化。其著录的作品，也没能很好地反映这一时期的小说发展。《隋志》仅在子部小说家类著录了东晋郭澄之的《郭子》、宋刘义庆的《世说》、梁殷芸的《小说》、顾协的《琐语》、萧贲的《辩林》等数种[1]，而被鲁迅称为"志怪小说"的《列异传》、《博物志》、《搜神记》、《搜神后记》、《异苑》、《幽明录》、《冥祥记》、《神异记》、《拾遗记》等，《隋志》都没有列入子部小说家类，而是列入史部杂传类，这说明唐前人们的小说观念与后人的小说观念确有较大差异。虽然，《隋志》撰自唐初魏徵（580—643）等人，但是，其所依据的主要是汉以来的文献，其学科分类思想也体现了唐前和唐初的学科分类思想。

不过，《隋志》所反映的小说观念也有值得特别注意的地方，这就是小说与史传的关系。

本来，像《列异传》、《搜神记》、《志怪》这些并非记载历史事实的作品，《隋志》已将它们录入了史部杂传类。然而，《隋志》给小说的定义却使这些史部杂传类的作品与子部小说发生了紧密联系。《隋志》曰：

> 小说者，街谈巷语之说也。《传》载舆人之诵，《诗》美询于刍荛。古者圣人在上，史为书，瞽为诗，工诵箴谏，大夫规诲，士传言而庶人谤。孟春徇木铎以求歌谣，巡省观人（民）诗以知风俗，过则正之，失则改之，道听途说，靡不毕记。《周官》诵训"掌道方志以诏观事，道方慝以诏避忌，以知地俗"；而训方氏"掌道四方之政事与其上下之志，诵四方之传道而观衣物"是也。孔子曰："虽小道，必有可观者焉，致远恐泥。"[2]

---

1 《隋志》著录小说25部，有些是汉代和隋代的作品，如《燕丹子》、《笑林》、《笑苑》等，有些作品后人不视其为小说，如《古今艺术》、《鲁史欹器图》、《器准图》等。

2 魏徵等：《隋书》卷34《经籍志三》，《二十五史》本，上海古籍出版社、上海书店，1986年影印，第3373页。

《隋志》的小说观念承《汉志》而来，它把《汉志》的"小说家出于稗官"指实为"士传言"，把"刍荛狂夫之议"指实为"庶人谤"，并说它为周官"诵训"和"训方氏"所掌。按《周礼》郑玄注周官诵训所掌："说四方所识久远之事，以告王观博古，所识若鲁有大庭氏之库、崤之二陵"，"方慝，四方言语所恶也，不避其忌，则其方以为苟于言语也，知地俗，博事也"[1]；注训方氏所掌："道，犹言也，为王说之；四方，诸侯也，上下君臣也"，"传道，世世所传说往古之事也，为王诵之，若今论圣德尧舜之道矣"[2]。即是说，周官诵训所掌为四方之古迹方言风俗，训方氏所掌为四方之政治历史民情。他们的职掌范围显然与"街谈巷语、道听途说"的"述异"、"志怪"有着千丝万缕的联系。这样，《隋志》的小说定义为小说与历史的联姻打开了方便之门。

不仅《隋志》的小说著录与历史著作发生了联系，《隋志》史部著录的杂史、杂传也使子部小说与这些历史著作难解难分。《隋志》史部杂史类著录有《拾遗录》2卷、《王子年拾遗记》10卷等，其小序云：

> 自后汉已来，学者多钞撮旧史，自为一书。或起自人皇，或断之近代，亦各其志，而体制不经。又有委巷之说，迂怪妄诞，真虚莫测。然其大抵皆帝王之事，通人君子，必博采广览，以酌其要。故备而存之，谓之杂史。[3]

杂传类则著录有《冥祥记》10卷、《列异传》3卷、《述异记》10卷、《搜神记》30卷、《志怪》2卷、《齐谐记》7卷、《幽明录》20卷等，其小序云：

---

[1] 郑玄注、贾公彦疏：《周礼注疏》卷16《地官司徒第二》，《十三经注疏》本，第747页。
[2] 郑玄注、贾公彦疏：《周礼注疏》卷33《夏官司马第四》，《十三经注疏》本，第864页。
[3] 魏徵等：《隋书》卷33《经籍志二》，《二十五史》本，第3368页。

> 古之史官必广其所记……自史官旷绝，其道废坏。汉初始有丹书之约、白马之盟。……又汉时阮仓作《列仙图》，刘向典校经籍，始作《列仙》《列士》《列女》之传，皆因其志尚，率尔而作，不在正史。……魏文帝又作《列异》，以序鬼物奇怪之事。嵇康作《高士传》，以叙圣贤之风。因其事类相继，而作者甚众，名目转广，而又杂以虚诞怪妄之说。推其本源，盖亦史官之末事也。[1]

这些记载"真虚莫测"的"委巷之说"和"虚诞怪妄"的"鬼物奇怪之事"的所谓史书，实在与"街谈巷语、道听途说"的小说很难区别，这就使小说作品与历史著作有了理论上的纠缠和精神上的契合。

实事求是分析，小说作品与历史著作发生关系，并非始自《隋志》，它的源头同样可以追溯到《汉志》。历史著作的基本特征是记事，《汉志》著录的小说中，确有具备某种记事性的作品，如前面已经提到的《周考》《青史子》。尽管这种记事不是史官的"秉笔直书"，而是诸子惯用的"述事言理"，但毕竟为小说与历史著作的联姻提供了必要的生长点。鲁迅根据《汉志》著录的小说及班固注释得出结论："诸书大抵或托古人，或记古事，托人者似子而浅薄，记事者近史而悠缪者也。"[2]按照现代人的观念，鲁迅的结论无疑是正确的。然而，汉人却与我们有着不同的子史观。《汉志》是在《诸子略》中著录小说家的小说作品的，说明汉人认为这些作品"似子"而非"近史"。即使按照现代人的观念，所谓"悠缪"，是说作品"虚诞怪妄"，而班固在注释《汉志》所录小说作品时，仅说"似子"的《黄帝说》"迂诞依托"，其余作品均未指其迂诞。《汉志·六艺略》春秋类附著的"《太古以来年纪》二篇"，郑玄谓"燧人至伏羲一百八十七代"[3]，显然属于"悠缪"的范畴，这正好说明汉人并不以是否"悠缪"作为历史

---

[1] 魏徵等：《隋书》卷33《经籍志二》，《二十五史》本，第3370页。
[2] 鲁迅：《中国小说史略》，人民文学出版社，1973，第3页。
[3] 郑玄：《六艺论》，《丛书集成初编》本，商务印书馆，1937，第1页。

著作和小说作品的分野。中国史学界本来有重视史实、秉笔直书的传统，然而，隋唐以前人们对真实和虚构的理解与隋唐以后是大相径庭的。《春秋》好言灾异，《左传》喜叙怪诞，汉人均以它们为最真实的历史。魏晋时期，人们也不以鬼神怪异为虚构。东晋郭璞（276—324年）便为《山海经》的"闳诞迂夸、奇怪俶傥"辩护，他在《〈山海经〉序》中说：

> 世之所谓异，未知其所以异；世之所谓不异，未知其所以不异。何者？物不自异，待我而异。异果在我，非物异也。[1]

干宝《〈搜神记〉自序》也说：

> 今之所集，设有承于前载者，则非余之罪也。若使采访近世之事，苟有虚错，愿与先贤前儒分其讥谤。及其著述，亦足以明神道之不诬也。[2]

干宝也因此被誉为"鬼之董狐"[3]。正如鲁迅所说："中国本信巫，秦汉以来，神仙之说盛行，汉末又大畅巫风，而鬼道愈炽；会小乘佛教亦入中土，渐见流传。凡此，皆张皇鬼神，称道灵异，故自晋迄隋，特多鬼神志怪之书。其书有出于文人者，有出于教徒者。文人之作，虽非如释道二家，意在自神其教，然亦非有意为小说，盖当时以为幽明虽殊途，而人鬼乃皆实有，故其叙述异事，与记载人间常事，自视固无诚妄之别矣。"[4]王瑶《小说与方术》也认为："小说虽然是丛残小语，在作者也许相信它完全是实事和真理。"[5]这说明在科学还不能解释生活中的怪异现象以及纠正人们对虚幻世界的信仰时，这种虚幻和怪异也就成

---

1 郭璞：《〈山海经〉序》，丁锡根编著《中国历代小说序跋集》上，人民文学出版社，1996，第5页。
2 干宝：《〈搜神记〉自序》，丁锡根编著《中国历代小说序跋集》上，第50页。
3 徐震堮：《世说新语校笺》卷下，中华书局，1984，第427页。
4 鲁迅：《中国小说史略》，人民文学出版社，1973，第29页。
5 王瑶：《中古文学史论集》，上海古籍出版社，1982，第102页。

了真实的存在，或者说人们把这种虚幻和怪异当做真实来理解，这种真实的观念正是《隋志》将《列异传》、《搜神记》等作品著录入史部杂传类的主要原因。

唐代的史学家们不把"虚诞怪妄"即具有虚构性质的叙事作品排除在史著之外，刘知几（661—721）可为代表。他在《史通·内篇·杂述》中说：

> 在昔三坟、五典、春秋、梼杌，即上代帝王之书，中古诸侯之记。行诸历代，以为格言。其余外传，则神农尝药，厥有《本草》；夏禹敷土，实著《山经》；《世本》辨姓，著自周室；《家语》载言，传诸孔氏。是知偏记小说，自成一家。而能与正史参行，其所由来尚矣。[1]

他将这些"能与正史参行"的偏记小说细分为偏记、小录、逸事、琐言、郡书、家史、别传、杂记、地理书、都邑簿十类，并一一举例说明，如说：

> 国史之任，记事记言，视听不该，必有遗逸。于是好奇之士，补其所亡，若和峤《汲冢纪年》、葛洪《西京杂记》、顾协《琐语》、谢绰《拾遗》。此之谓逸事者也。街谈巷议，时有可观，小说卮言，犹贤于已。故好事君子，无所弃诸，若刘义庆《世说》、裴荣期《语林》、孔思尚《语录》、阳松玠《谈薮》，此之谓琐言者也。……阴阳为炭，造化为工，流形赋象，于何不育。求其怪物，有广异闻，若祖台《志怪》、干宝《搜神》、刘义庆《幽明》、刘敬叔《异苑》。此之谓杂记者也。[2]

刘知几之所以与《隋志》的编撰者魏徵等人一样，将大量的志怪作品列入史著杂传一类，甚至将《隋志》著录入子部小说家类的《琐语》、《世说》也一并阐

---

[1] 浦起龙：《史通通释》卷10，上海古籍出版社，1978，第273页。
[2] 浦起龙：《史通通释》卷10，第274页。

入,是因为在他看来,"大抵偏记、小录之书,皆记即日当时之事,求诸国史,最为实录。然皆言多鄙朴,事罕圆备,终不能成其不刊,永播来叶,徒为后生作者削稿之资焉"[1]。显然,刘知几是从史家采撰的角度来看待这些作品,认为它们可以作为"削稿之资",才将它们纳入史著范围的。不过,即使从采撰的角度,他也不赞成过于重视这些著作,他说:

> 晋世杂书,谅非一族,若《语林》、《世说》、《幽明录》、《搜神记》之徒,其所载或诙谐小辩,或神鬼怪物。其事非圣,扬雄所不观;其言乱神,宣尼所不语。皇朝新撰《晋史》,多采以为书。夫以干(宝)、邓(粲)之所糞除,王(隐)、虞(预)之所糠秕,持为逸史,用补前传,此何异魏朝之撰《皇览》,梁世之修《遍略》,务多为美,聚博为功,虽取说于小人,终见嗤于君子。[2]

刘知几的君子小人之论,使我们看到了史部杂传与小说观念的相通。

用传统的历史观念来看小说,小说的确有类于史部杂传;而用传统的小说观念来看史部杂传,这些杂传则更有类于小说。随着社会生产力不断发展,科学技术不断进步,人类控制自然的能力不断增强,理性化的程度也不断提高。北宋时期不仅发明了火药、指南针、活字印刷,出现了理论性思辨性很强的理学思潮,而且也是传统小说观念的重要转型期,其表现形式就是以理性化的真实和虚构标准来作为历史著作和小说作品的学科分野,把唐人已经意识到的那些"虚诞怪妄"的史部杂史和杂传类作品统统清除出史部,而由子部小说类来接纳。这只要比较一下欧阳修(1007—1072)所撰《唐书·艺文志》(以下简称《新唐志》)与《隋志》、《旧唐书·经籍志》(以下简称《旧唐志》)著录唐前小

---

[1] 浦起龙:《史通通释》卷10,第275页。
[2] 浦起龙:《史通通释》卷5,第116—117页。

说的情况就清楚了。例如,《新唐志》的子部小说家类不仅保留了《隋志》和《旧唐志》著录的《郭子》、《笑林》、《世说》等传统小说作品,而且将《隋志》、《旧唐志》著录入史部杂传类的《甄异传》、《古异传》、《述异记》、《近异录》、《搜神记》、《神录》、《妍神记》、《志怪》、《灵鬼志》、《鬼神列传》、《幽冥录》、《齐谐记》、《续齐谐记》、《感应传》、《冥祥记》、《续冥祥记》、《因果记》、《冤魂志》等等一大批作品,全部作为小说作品予以著录,使小说作品总量大幅度增加。[1]欧阳修之所以将《隋志》和《新唐志》著录的史部杂传类作品改录入小说类,根本原因是他的历史观念和小说观念发生了变化。

欧阳修认为,正史应该记载"君臣善恶之迹","要其治乱兴废之本,可以考焉"[2],传记"或详一时之所得,或发史官之所讳,参求考质,可以备多闻焉"[3]。也就是说,无论是正史还是传记,它们都能经得起考证,是以事实为依据的。而小说则不一样。欧阳修对小说的看法是:

> 《书》曰:"狂夫之议,圣人择焉。"又曰:"询于刍荛。"是小说之不可废也。古者惧下情之壅于上闻,故每岁孟春以木铎徇于路,采其风谣而观之。至于俚言巷语,亦足取也。[4]

欧阳修认为小说是"俚言巷语"、"刍荛"之议,可以使下情上达。所谓俚言巷语、刍荛之议,强调的当然不是传言的真实,而是情志的表达。正因为如此,《新唐志》还在子部小说家类著录了《旧唐志》未曾著录的大量的唐人传奇小说和志怪小说,其中较为著名的有薛用弱《集异记》、李玫《纂异记》、谷神子

1　《新唐志》比《旧唐志》增加小说作品部数达215%,增加卷数达242%,属于《旧唐志》漏收的仅裴子野《类林》3卷和无名氏《杂语》5卷,其余多从《旧唐志》史部杂传类移录。参见拙作《试论欧阳修的小说观念》,《齐鲁学刊》1998年第2期。
2　欧阳修:《欧阳修全集·崇文总目叙释·正史类》,中国书店影印世界书局本,1986,第1000页。
3　欧阳修:《欧阳修全集·崇文总目叙释·传记类》,第1002页。
4　欧阳修:《欧阳修全集·崇文总目叙释·小说类》,第1004页。

《博异记》、沈如筠《异物志》、牛肃《纪闻》、张荐《灵怪志》、戴少平《还魂记》、牛僧孺《玄怪录》、李复言《续玄怪录》、赵自勤《定命论》、袁郊《甘泽谣》、段成式《酉阳杂俎》、李隐《大唐奇事记》、陈邵《通幽记》、裴铏《传奇》以及无名氏的《补江总白猿传》等。传奇和志怪这些原本列入史部杂史或杂传类的作品，现在正式列入子部小说类，既反映了当时人们对历史真实的理性要求，同时也反映了它们对小说虚构性和故事性的认识，这是历史观念的进步，也是小说观念的进步。

《新唐志》将大量的传奇和志怪作品著录入子部小说类，并不表明欧阳修已经将小说和历史彻底划清了界线。事实上，在欧阳修的思想上，小说与历史的联系还是非常紧密的，他在《〈新唐志〉序》中说：

> 自六经焚于秦而复出于汉，其师传之道中绝，而简编脱乱讹缺，学者莫得其本真，于是诸儒章句之学兴焉。其后传注笺解义疏之流，转相讲述，而圣道粗明，然其为说，固已不胜其繁矣。至于上古三皇五帝以来世次，国家兴灭终始，僭窃伪乱，史官备矣。而传记、小说，外暨方言、地理、职官、氏族，皆出于史官之流也。[1]

欧阳修认为小说"出于史官之流"，并将小说与传记相提并论，不仅肯定了小说与历史的联系，而且强调了小说的叙事性特点，这对认识小说的文体特征当然是必需的，也是重要的。不过，这样一来，小说在子史之间的位置也就不能完全得到确定。具体到一部作品，到底是应该归入子部，还是应该归入史部，也就只能由著录者主观判断了。例如，《山海经》和《穆天子传》虽有神话和幻想，但上古传说，很难以理性来判断，不然，中国的史前历史就会被一笔勾销。所以，《新唐志》将《山海经》著录入史部地理类，将《穆天子传》著录入史部

---

[1] 欧阳修等：《新唐书》卷57，《二十五史》本，第4282页。

实录类。另外，一些有较多历史根据的作品如《汉武故事》、《拾遗记》、《大唐新语》、《开天传信录》、《明皇杂录》等，《新唐志》则分别将它们著录入史部故事类和杂史类。而唐传奇代表作《任氏传》、《柳毅传》、《霍小玉传》、《南柯太守传》、《李娃传》、《长恨歌传》、《莺莺传》等并未收入《新唐志》小说类中。凡此种种，都说明欧阳修的小说观念虽然已经有很大突破，但仍然带有传统的色彩。

不过，既然欧阳修已经开始用理性化的真实性标准来要求历史著作，他就不能阻止人们用理性将一切不符合真实标准的作品逐出史部。事实上，清乾隆时《四库全书总目》的编撰者们便是运用"真"与"信"的标准，将《山海经》、《穆天子传》、《汉武故事》、《拾遗记》、《大唐新语》、《开天传信录》、《明皇杂录》等一批原属史部的作品改录入子部小说家类。他们认为：《山海经》"书中序述山水，多参以神怪，故《道藏》收入太玄部竞字号中，究其本旨，实非黄老之言。然道里山川，率难考据，案以耳目所及，百不一真。诸家并以为地理书之冠，亦为未允。核实定名，实则小说之最古者尔"[1]；又《穆天子传》案："《穆天子传》旧皆入起居注类……实则恍惚无征，又非《逸周书》之比。以为古书而存之可也，以为信史而录之，则史体杂、史例破矣。今退置于小说家，义求其当，无庸以变古为嫌也。"[2] 用这种"真"、"信"和"有征"、"无征"的标准来区分宋以后的历史著作和小说作品，也许较为合理；而用它来衡量唐前特别是先秦著述，就有点圆凿方枘了。因为先秦作者的思维方法与真信的概念与后人实在相距甚远，语言文化背景又极不相同，把今人暂时还不理解的东西指为虚妄，也不是最佳方案，所以余嘉锡批评《四库全书》编者"自我作古，变易刘、班以来之旧例，可谓率尔操觚者矣"[3]。如果严格按照《四库全书总目》编撰者提出的"真"与"信"的标准，恐怕还有相当一部分史书也要退置于小

---

1 永瑢等：《四库全书总目》卷142《小说家类》三，中华书局，1965，第1205页。
2 永瑢等：《四库全书总目》卷142《小说家类》三，第1205页。
3 余嘉锡：《四库提要辨证》卷18《小说家类》三，中华书局，1980，第1121页。

说家类，甚至连一些正史也难幸免[1]。《四库全书总目》再一次将部分史部作品退置于小说家类，目的是为了保障史体和史例的纯正，同时也使小说的故事性和虚构性得到进一步凸显，这除了说明清人对历史真实的要求比宋人更加严格之外，在小说观念上，二者并没有本质的差别，小说在子史之间的缠混也仍然没有能够得到根本解决。

第三节　古代小说观念发展的基本趋向

从上面的清理可以看出，汉代以来史家在著录小说作品时，始终在子史之间寻找小说的位置，其结果造成了小说与子史关系的缠混。

小说与子史关系的缠混引起过许多学者的关注。如南宋郑樵（1103—1162）便指出：

> 古今编书所不能分者五：一曰传记，二曰杂家，三曰小说，四曰杂史，五曰故事。凡此五类之书，足相紊乱。[2]

明人胡应麟（1551—1602）则说：

> 小说，子书流也。然谈说理道，或近于经；又有类注疏者。纪述事迹，或通于史；又有类志传者。他如孟启（棨）《本事》、卢瓌《抒情》，例以诗话、文评，附见集类，究其体制，实小说者流也。至于子类杂家，尤

---

[1] 如宋朱熹说："《南北史》除《通鉴》所取者，其余只是一部好笑底小说。"（《朱子语类》卷134）明王世贞说："《晋史》《南北史》《旧唐书》，稗官小说也。"（《艺苑卮言》卷3）清冯镇峦说："千古文字之妙，无过《左传》，最喜叙怪异事，予尝以之作小说看。"（《读聊斋杂说》）近人郭沫若说："司马迁这位史学大家实在值得我们夸耀他的一部《史记》不啻是我们中国的一部古代的史诗，或者就是一部历史小说集也可以。"（《关于"接受文学遗产"》）

[2] 郑樵：《通志》卷71《校雠略·编次之讹论》，中华书局，1987，第834页。

相出入。郑氏谓古今书家所不能分有九（应为"五"。原文如此——引者），而不知最易混淆者小说也。必备见简编，穷究底里，庶几得之。[1]

然而，小说与史部的缠混并没有在学者们的研究中得到厘清。南宋曾慥编辑的《类说》被时人视为"稗官小说"，除收入志怪、传奇等作品外，其中还收入了不少杂传、杂史、杂考等；元末明初的陶宗仪所编《说郛》也是如此。胡应麟将小说分为志怪、传奇、杂录、丛谈、辨订、箴规六种。陆楫的《古今说海》则分小说为小录、偏记、别传、杂记、逸事、散录、杂纂七家。小说与历史的关系似乎更加密切。清初，王应昌《重校〈说郛〉序》分小说为见闻、议论、考核、箴规四类。清中叶纪昀等编《四库全书》，把小说分为"叙述杂事"、"记录异闻"、"缀辑琐语"三类，又将《新唐志》原著录入史部地理类的《山海经》、实录类的《穆天子传》、故事类的《汉武故事》、杂史类的《拾遗记》等，全部改录入子部小说家类，使小说与历史的关系更形复杂。

也许我们应该调整一下思路，不是去强行区分子部小说与史部杂史杂传，而是去解释：史志的编撰者们为什么一直在子史之间寻找小说的位置，调整他们对作品的归类？在这种找寻和调整中究竟透露出传统小说观念的哪些信息？这种小说观念对中国小说的发展产生了怎样的影响？我们该如何确定古代小说的研究对象？回答这些问题也许更有意义。

将小说纳入子书范畴，汉人是始作俑者。前文已经说过，《汉志》著录的汉代小说作品，主要是武帝时和武帝后的方士所为，而所谓汉前小说，班固多注依托，大概也多出于方士之手。需要指出的是，我们说汉代小说多为方士所为，并不是说方士的方术都可称为小说。事实上，《汉志》在著录方士的所谓"秘书"时已经将它们作了不同类别的区分。例如，《汉志·诸子略》小说家类著录有《务成子》十一篇、《天乙》三篇、《黄帝说》四十篇，《方技略》房中类也著

---

[1] 胡应麟：《少室山房笔丛》卷29《九流绪论下》，上海书店出版社，2001，第283页。标点有改动。

录有《务成子阴道》三十六卷、《天一（乙）阴道》二十四卷、《黄帝三王养阳方》二十卷。房中术盛行于西汉末，这些作品托名虽与前引小说相同而内容迥异，无疑也是方士所为，《汉志》并未将它们视为小说。《方技略》的神仙类还有《黄帝杂子十九家方》二十一卷、《泰壹杂子黄冶》三十一卷等却老、黄白之术，这些都是方士方术的传统内容，《汉志》也不视其为小说，可见《汉志》著录小说作品是有所选择的，它只将似子而又不能归入儒、道等九家的著述列入小说家。《汉志》著录的小说作品虽多已亡佚，但从班固的注释和现存的少量佚文来看，这些作品与《汉志·方技略》中著录的作品相比，大多具有一定的思想政治内涵和学术文化品位，如《青史子》述古胎教，近于《礼记》；《务成子》"称尧问"，讨论的是政治问题；《宋子》"其言黄老意"，与道家相类。至于《百家》百三十九卷，班固未予注释，据《史记·甘茂传》载，甘茂"事下蔡史举先生，学百家之说"[1]；《五帝本纪》也说："《尚书》独载尧以来，而百家言黄帝，其文不雅驯。"[2]《汉书·主父偃传》谓偃"学长短纵横术"，服虔注："苏秦法百家书说也。"[3]这里所提到的"百家"或"百家书"是否就是《汉志》著录的《百家》，自然无法断定，但各书所说《百家》均具有政治性和学术性却是可以肯定的。有人据明钞本刘向《说苑叙录》所说"除去与《新序》重复者，其余者浅薄不中义理，别集以为《百家》"[4]，认为《汉志》小说家著录的《百家》即刘向所作，其实是不可信的。即使我们相信这一结论[5]，也可证明《百家》具有政治性与学术性。因为《新序》"推明古训，以衷之于道德仁义，在诸子中犹不失为

1　司马迁撰，裴骃集解，司马贞索隐，张守节正义：《史记》卷71《甘茂传》，第2807页。
2　司马迁撰，裴骃集解，司马贞索隐，张守节正义：《史记》卷1《五帝本纪》，第54页。
3　班固撰，颜师古注：《汉书》卷64上《主父偃传上》，第2799页。
4　刘向：《说苑叙录》，丁锡根编著《中国历代小说序跋集》上，第229页。
5　《汉志·诸子略》儒家类著录"刘向所序六十七篇"，班固注为"《新序》、《说苑》、《世说》、《列女传颂图》也"，未提著有《百家》。《汉书·刘向传》也说："向采传记，著《新序》、《说苑》，凡五十篇；序此《列女传》，凡八篇；著《疾谗》、《摘要》、《救危》及《世颂》（以上为《世说》篇名——引者），凡八篇。"另加《列女传颂图》一篇，恰符《汉志》著录"刘向所序六十七篇"之数，同样不及《百家》，故《汉志》小说家著录之《百家》是否为刘向所撰，可以存疑。

儒者之言也"[1]，《百家》乃《新序》取材之余，虽"浅薄不中义理"，但其大类当相去不远。这样看来，汉人认为小说家可以列入诸子百家，《汉志》在《诸子略》中著录小说家，应该说是为小说家的小说找到了一个比较准确的位置。

由于汉代小说家多为方士，"是以通儒硕生，忿其奸妄不经，奏议慷慨，以为宜见藏摈"[2]，他们很难有先秦诸子及其后学的社会文化地位，其小说作品多为"街谈巷语、道听途说之所造"，无法与正论宏旨的诸子著作相比肩，所以不仅小说家在诸子中受到歧视，他们的小说作品也因"浅薄迂诞"、"奸妄不经"而被斥为"君子不为"的"小道"，这对小说的发展显然是不利的。然而，事物都是一分为二的。当小说的政治作用和学术价值不被社会重视的时候，它却很自然地发展着自己的文学意味和审美功能，以《世说新语》为代表的一批小说作品在魏晋南北朝的出现便说明了这一点。当小说因浅薄迂诞、奸妄不经被视为"刍荛狂夫之议"而遭到正人君子鄙薄的时候，它却把一切来自民间的奇闻异事统统拥抱在自己的怀中，使自己具有浓郁的生活气息和丰富的幻想精神，特别是在《新唐志》将大量志怪、传奇作品作为小说著录以后，这种特点就更加鲜明和突出。

中国古代小说在发展过程中，不断扩充自己的新成员，志人、志怪、杂传、杂史，许多原本在史志史部著录的作品，一批批被史志编撰者们转移到子部小说中来，使得小说与一部分史著难解难分。从历史观念发展的角度考察，人们用理性化的真实可考、信而有征作为标准来取舍历史著作，体现了科学精神的成长和历史观念的进步，而将不符合这种新的历史观念的作品贬入子部小说类，无疑反映出这些正统史学家们对小说的轻视态度。然而，从小说观念发展的角度考察，一批具有虚构和幻想特点的史传作品涌入小说园地，人们承认它们就是小说，说明人们对小说有了新的理解：它再不是一些浅薄琐屑的言论，而是

---

1 永瑢等：《四库全书总目》卷91《儒家类》一，第772页。
2 范晔撰，李贤等注：《后汉书》卷72上《方术传上》，第2705页。

一个个虚构幻想而成的生动传神的故事；它再不是与儒、墨、道、法等先秦诸子相比而自惭形秽的"小道"，而是具有某些社会历史意义的"稗官野史"。这种小说观念，使小说脱离了理论与学术的纠缠，也摆脱了历史真实的束缚，发展了文学与审美的内涵，逐步具有了向近代小说观念转换的理论基础和文本依据，这无疑是小说观念的巨大进步。这样看来，史志著录小说作品时在子部和史部之间所作的选择和调整，确实反映了中国小说观念的发展进步。

当然，由于汉人小说多为"丛残小语"，《汉志》著录的小说也多为杂说短记，因而后世史志著录的子部小说中便都保留了这一部分作品，如《隋志》著录的《杂书钞》、《座右法》、《器准图》，《新唐志》著录的《诫子拾遗》、《刊误》、《茶经》等，明代胡应麟将小说分为六类，其中不仅包括志怪、传奇、杂录，同时也包括丛谈、辩订、箴规，《四库全书》则将小说分为"叙述杂事"、"记录异闻"、"缀缉琐语"三派，三派中都有一些杂说短记，尤以琐语为甚。尽管如此，我们仍然不能因此否认中国古代小说观念自汉迄清有着十分显著的发展变化。因为考察一个时期观念的发展变化，不是看它继承了多少前人的思想观念，而是看它提供了哪些前人没有过的新的思想观念。从魏晋开始到北宋完成的对小说虚构性和故事性的认识，便是随着史学家们在史志著录中将大量原史部作品移录入子部小说类的过程中实现的。

比较唐宋时人对小说的认识，最能清晰地反映传统小说观念的发展变化。

唐人的小说观念主要承袭汉魏以来的价值评判标准，视小说为诸子之末流，贬斥小说的艺术虚构。如白居易在《策林·黜子书》中说："臣闻仲尼没而微言绝，七十子丧而大义乖。大义乖，则小说兴；微言绝，则异端起。"[1]陆龟蒙《蟹志》说："百家小说，沮洳也；孟轲、荀、杨氏，圣人之渎也；六籍者，圣人之海也。"[2]他们都把小说放在子书的行列，从思想文化价值上贬抑小说。即使在

1　白居易：《白居易集》卷65《策林·黜子书》，中华书局，1979，第1361页。
2　董诰等编：《全唐文》卷801，中华书局，1983年影印清嘉庆内府刊本，第8414页。

中晚唐小说大盛之际，仍然有人批评小说荒唐诞妄，如陈希声《〈北户录〉序》便说：

> 近日著小说者多矣，大率皆鬼神变怪、荒唐诞妄之事。不然，则滑稽诙谐以为笑乐之资。离此二者，或强言故事，则皆诋訾前贤，使悠悠者以为口实，此近世之通病也。[1]

从这种批评中，我们既可以看出小说观念的发展变化，也能够体会到批判者小说观念的保守。而一部分史学家虽然认识到"偏记小说，自成一家，而能与正史参行"[2]，看到了小说在其发展过程中与史书的联系，但骨子里并不承认小说在史书中的地位。如刘知几对刘峻（孝标）有史才却不去注释正史而去注释小说《世说新语》深以为憾，他在《史通·补注》说："嗟乎！以峻之才识，足堪远大，而不能探赜彪、峤，网罗班、马，方复留情于委巷小说，锐思于流俗短书。可谓劳而无功，费而无当者也。"[3] 这样的认识，自然跳不出《汉志》所确定的以小说为"道听途说"、"闾里小知者之所及"的"小道"的窠臼。

宋人虽然也受传统小说观念的影响，但由于理性思维的发展而认识到历史真实与小说虚构的区别，他们更倾向于从情感表达和审美愉悦方面来理解和认识小说。欧阳修对历史和小说的区别已经十分理性，晁公武《郡斋读书志·韩魏公家传》也说：

> 近世著史者，喜采小说以为异闻逸事，如李繁录其父泌、崔允记其父慎由，事悉凿空妄言。前世谓此等无异庄周鲋鱼之辞、贾生服鸟之对者也。

---

1 董诰等编：《全唐文》卷813，第9552页。
2 浦起龙：《史通通释》卷10，上海古籍出版社，1978，第273页。
3 浦起龙：《史通通释》卷5，第133页。

而《(旧)唐书》皆取之,以乱正史。[1]

晁氏的评论,将历史事实和虚构故事严格区分开来,既强调了史著的真实可信,也凸显了小说具有想象和虚构的特点。

洪迈《〈夷坚乙志〉序》也说:

> 夫《齐谐》之志怪,庄周之谈天,虚无幻茫,不可致诘。逮干宝之《搜神》,奇章公之《玄怪》,谷神子之《博异》,《河东》之记,《宣室》之志,《稽神》之录,皆不能无寓言于其间。若予是书,远不过一甲子,耳目相接,皆表表有据依者。谓予不信,其往见乌有先生而问之。[2]

洪氏则明确宣称历代小说作品和自己的《夷坚志》都是虚构的产物,同样体现了小说观念的发展变化。

对于小说的价值,曾慥《〈类说〉序》说:

> 小道可观,圣人之训也。……可以资治体,助名教,供谈笑,广见闻,如嗜常珍,不废异馔,下箸之处,水陆俱陈矣。[3]

周密《〈癸辛杂识〉自序》更说:

> 坡翁喜客谈,其不能者,强之说鬼。或辞无有,则曰姑妄言之。闻者绝倒。洪景卢志《夷坚》,贪多务得,不免妄诞,此皆好奇之过也。余卧

---

[1] 晁公武:《郡斋读书志》卷9《韩魏公家传》,《宋元明清书目题跋丛刊》宋代卷第二册,中华书局,2006,第626—627页。
[2] 洪迈:《〈夷坚乙志〉序》,丁锡根编著《中国历代小说序跋集》上,第94页。
[3] 曾慥:《〈类说〉序》,丁锡根编著《中国历代小说序跋集》下,第1779页。

病荒闲，来者率野人畸士，放言善谑，醉谈笑语，靡所不有；可喜可愕，以警以惧。或献一时之笑，或起千古之悲，其见绐者固不少，然求一二于千百，当亦有之。暇日萃之成编，其或独夜遐想，旧朋不来，展卷对之，何异平生之友相与抵掌剧谈哉！因窃自叹曰：是非真诞之辨，岂惟是哉？信史以来，去取不谬、好恶不私者几人，而舛伪欺世者总总也。虽然一时之闻见本于无心，千载之予夺狃于私意，以是而言，岂不犹贤于彼者。[1]

他们虽然不否定小说要有"资治体，助名教"的社会价值，但更重视的无疑是小说的"供谈笑，广见闻"，"可喜可愕，以警以惧"，他们甚至认为，这种"姑妄言之"的小说比那些私意去取、"舛伪欺世"的所谓信史，不知要好多少。宋人这种对于小说的认识与唐人的小说观念实在大相径庭。

综上所述，从总体上来看，史志所反映的小说观念有一个以为小说"似子而浅薄"到以为小说"近史而悠缪"的发展过程[2]。也就是说，唐及唐以前正统小说观念比较倾向于认为小说是一种近似于诸子著述却又浅薄不中义理的杂说短记，宋以后正统小说观念比较倾向于认为小说是幻想虚构出来的稗官野史。与此相适应，前一时期的小说批评比较注重对小说的思想价值和政治作用的认识。如东汉桓谭《新论》便说："若其小说家，合丛残小语，近取譬论，以作短书，治身理家，有可观之辞。"[3]《隋志》子部跋语也说："《易》曰：'天下同归而殊途，一致而百虑。'儒、道、小说，圣人之教也，而有所偏；兵及医方，圣人之政也，所施各异。世之治也，列在众职。下至衰乱，官失其守，或以其业游说诸侯，各崇所习，分镳并骛，若使总而不遗，折之中道，亦可以兴化致治者

---

[1] 周密：《〈癸辛杂识〉自序》，丁锡根编著《中国历代小说序跋集》上，第385—386页。

[2] "似子而浅薄"和"近史而悠缪"是鲁迅在《中国小说史略》中对《汉志》著录小说特点的概括，这里借用说明小说观念的演进。

[3] 萧统编：《文选》卷31江文通《拟李都尉从军诗》李善注引，中华书局，1977年影印胡克家本，第444页。

矣。"¹他们都是从政治思想的角度来评价小说、确定小说的地位的。而后一时期的小说批评则比较集中在对稗官野史的文化意义和艺术虚构的审美功能的评价上。例如，清人莲塘《〈唐人说荟〉例言》引述南宋洪迈的意见说：

> 唐人小说不可不熟，小小情事，凄惋欲绝，洵有神遇而不自知者，与律诗可称一代之奇。²

明凌云翰《〈剪灯新话〉序》也说：

> 昔陈鸿作《长恨传》并《东城父老传》，时人称其史才，咸推许之。及观牛僧孺之《幽怪录》，刘斧之《青琐集》，则又述奇纪异，其事之有无不必论，而其制作之体，则亦工矣。乡友瞿宗吉氏著《剪灯新话》，无乃类是乎？宗吉之志确而勤，故其学也博；其才充而敏，故其文也赡。是编虽稗官之流，而劝善惩恶，动存鉴戒，不可谓无补于世。矧夫造意之奇，措词之妙，粲然自成一家言，读之使人喜而手舞足蹈，悲而掩卷堕泪者，盖亦有之。自非好古博雅，工于文而审于事，曷能臻此哉！³

这种从小说的文学文体特征来肯定小说价值的言论，在前期小说批评中是很少见的。陈继儒《叙〈列国志〉》则更说："顾以世远人遐，事如棋局，《左》、《国》之旧，文彩陆离，中间故实，若存若灭，若晦若明。有学士大夫不及详者，而稗官野史述之；有铜螭木简不及断者，而渔歌牧唱能案之。此不可执经而遗史，信史而略传也。"⁴直接提出稗官野史可能会更真实地反映生活反映历史

---

1 魏徵等：《隋书》卷34，《二十五史》本，第3376页。
2 莲塘：《〈唐人说荟〉例言》，丁锡根编著《中国历代小说序跋集》下，第1793页。
3 凌云翰：《〈剪灯新话〉序》，丁锡根编著《中国历代小说序跋集》中，第600页。
4 陈继儒：《叙〈列国志〉》，丁锡根编著《中国历代小说序跋集》中，第863页。

的观点，也是前期小说批评所不可能出现的。

当然，我们对小说观念前后期的区分只是为了便于从总体上把握其发展变化的基本走向，并不认为它们之间有截然的分界，也不认为从前期向后期的转变是突然实现的。事实上，小说观念的前后期转变有一个史传文学向子部小说不断浸润而子部小说笔法也不断影响史传文学的漫长的交互发展过程。殷芸受梁武帝之命将通史所不载的"不经"之言编为《小说》一书，刘知几将小说列入杂史类予以论述，以及唐传奇"文备众体，可以见史才、诗笔、议论"[1]等等，就是子史相互渗透而影响小说观念的极好例证。然而，不管小说从子史中吸取了多少思想营养和艺术经验，也不管史志编撰者们如何一直在子史之间替小说寻找位置，史志始终在子部著录小说却是不容回避的事实，它说明中国传统小说观念始终把"述道见志"作为小说文体的基本任务，因而中国古代小说始终摆脱不了说教的习惯，总爱不时站出来向读者陈说理道。且不说大量笔记小说反映了这一特点，即如唐人传奇和宋元话本，也不忘在故事末尾加上一段劝善惩恶的套语，古小说的集大成之作《聊斋志异》的"异史氏曰"，更是这一特点最直接最鲜明的表现。不过，如果只是将小说向子书靠拢，小说也不可能成为一种独立的文学体裁，它永远只能是子书的附庸。正是由于小说吸纳了街谈巷语、野史传说的故事形式和虚构幻想的艺术思维方法，小说才成了既不同于子书又不同于史书而兼有子史某些特点的特殊文体，而只有这种文体，才能与宋元以后的通俗小说接轨，才形成了中国小说特有的文体特征和叙事风格。至于史志所反映的正统小说观念与宋元以后通俗小说的发展有些什么关系，显然超出了本章论述的范围，我们将在后面设置章节来加以探讨。

---

1 赵彦卫：《云麓漫钞》卷2，《笔记小说大观》第二十九编，新兴书局，1979，第1539页。

第十四章
刘知几与胡应麟小说分类思想之比较

在中国古代小说研究中，有关小说文体的探讨，尤其是小说文体分类，很少有人去做，即使做了，也无人深究。直到今天，学术界对小说文体的分类仍然各说各话。不过，自魏晋以来，小说得到较大发展，部分学者有意识地注意小说分类研究，留下了宝贵的思想资源。分析研究他们的小说分类思想，对进一步理解中国古代小说观念具有积极意义。对小说的分类，唐前期的刘知几和明中后期的胡应麟可为代表。刘知几在《史通》中从史体的角度区分六家二体和偏记小说，并将小说分为十类，继承的是六朝以来的小说观念。胡应麟在《少室山房笔丛》中从目录学入手，更定九流，将子部小说分为六类。他们的小说分类所关注的都是正统文化所接纳的史志子部小说，而对新兴的小说文体都缺少关注。刘的分类中没有唐传奇的影子，胡的分类中也将通俗小说排除在外。这说明他们的小说分类都没有能够完全反映当时小说发展的实际。二人的小说分类思想虽然所持文化立场相近，但观察视角和切入点却大不相同。刘氏用史学家的眼光从史料学的角度切入来分析小说，其要害在于分析这些小说能够为"勒成删定"的典范史书发挥怎样的作用，故其对小说作品的评价始终紧扣"真实"和"雅正"这两大史学要素。胡氏则用文学家的眼光从诸子学的角度切入来分析小说，其要害在于分析诸子流变对小说文体风格的影响，故其对小说作品的分析多集中在"语言"与"词章"这些写作要素。刘虽是史学家，但他对小说文体的认识却较少历史发展的眼光。胡虽是文学家,但他对小说文体的认识反而更具历史眼光。胡之所以能够运用发展变化的历史眼光来分析小说文体,与小说发展到明代已经众体皆备、足以提供各方面的资料供其研究和比较有关。下面试作清理和比较。

第一节 刘知几的小说分类思想

刘知几(661—721),字子玄,徐州彭城(今江苏徐州市)人。高宗永隆元年(680年)进士,官至太子左庶子、左散骑常侍,兼修国史。曾"遍居司籍之曹,久处载言之职"[1],参与撰修《武后实录》、《睿宗实录》、《中宗实录》等,是唐代著名史学家。《史通》是其史学理论代表作。

在《史通·杂述》中,刘知几指出:

> 在昔《三坟》、《五典》、《春秋》、《梼杌》,即上代帝王之书,中古诸侯之记。行诸历代,以为格言。其余外传,则神农尝药,厥有《本草》;夏禹敷土,实著《山经》;《世本》辨姓,著自周室;《家语》载言,传诸孔氏。是知偏记小说,自成一家,而能与正史参行,其所从来尚矣。爰及近古,斯道渐烦。史氏流别,殊途并骛。榷而为论,其流有十焉:一曰偏记,二曰小录,三曰逸事,四曰琐言,五曰郡书,六曰家史,七曰别传,八曰杂记,九曰地理书,十曰都邑簿。[2]

刘氏在这里对"偏记小说"作了界定,认为其是"史氏流别,殊途并骛",近古以来这类著作增长迅速,可以将其分为十类。后面,刘氏还对这十类"偏记小

---

[1] 刘知几撰,浦起龙通释,吕思勉评:《史通》卷首《史通原序》,上海古籍出版社,2008,第1页。
[2] 刘知几撰,浦起龙通释,吕思勉评:《史通》内篇卷10《杂述》,第193页。

说"——列出代表作,并进行了解说和评论。

在讨论刘知几的小说分类思想时,有一点必须首先厘清:刘知几的上述分类是否小说分类?如若不是,我们的讨论就失去了意义。而要判断刘知几的上述分类是否小说分类,关键是看刘知几的小说观念,即他心目中的小说究竟是什么。

必须指出,刘知几是从史学的角度来认识小说的。在《史通》中,刘知几谈到史书体例时,以《尚书》、《春秋》、《左传》、《国语》、《史记》、《汉书》为典范,以为"考兹六家,商榷千载,盖史之流品,亦穷之于此矣"[1],而《春秋》、《史记》则分别代表了编年体和纪传体两种史书体裁(见《史通·二体》)。除此之外,可以作为史家采撰的就是那些"偏记小说"了(见《史通·杂述》)。这里,"偏记"、"小说"可谓同义语,亦即不能作为典范史书体裁的"杂述"、"杂史"。《史通》中使用"小说"一词多是这样的意思。如《史通·表历》:"若诸子小说,编年杂记,如韦昭《洞纪》、陶弘景《帝王年历》,皆因表而作,用成其书。既非国史之流,故存而不述。"[2]《史通·叙事》:"至如诸子短书、杂家小说,论逆臣则呼为问鼎,称巨寇则目为长鲸。邦国初基,皆云草昧;帝王兆迹,必号龙飞。斯并理兼讽喻,言非指斥,异乎游、夏措词,南、董显书之义也。"[3]《史通·古今正史》:"盖属词比事,以月系年,为史氏之根本,作生人之耳目者,略尽于斯矣。自余偏记小说,则不暇具而论之。"[4]刘知几对于那些不能按照"六家"、"二体"即遵从史书范例而写作的杂述短记,统统用"偏记小说"来指代。

正因为刘知几是从史书体例的角度来区分正史和小说的,所以,他的小说概念具有文体意义,而这种文体意义中又包含有明确的价值判断。譬如他说:"孝标善于攻缪,博而且精,固以察及泉鱼,辨穷河豕。嗟乎!以峻之才识,足

---

[1] 刘知几撰,浦起龙通释,吕思勉评:《史通》内篇卷1《六家》,第20页。
[2] 刘知几撰,浦起龙通释,吕思勉评:《史通》内篇卷3《表历》,第40页。
[3] 刘知几撰,浦起龙通释,吕思勉评:《史通》内篇卷6《叙事》,第130页。
[4] 刘知几撰,浦起龙通释,吕思勉评:《史通》外篇卷12《古今正史》,第269页。

堪远大，而不能深赜（班）彪、（和）峤，网罗班（固）、（司）马（迁），方复留情于委巷小说，锐思于流俗短书。可谓劳而无功，费而无当者矣。"[1]在对刘孝标用"足堪远大"的才识为《世说》作注而惋惜的同时，刘知几推崇正史而贬低小说的思想也得到鲜明的表达。在刘知几看来，一部史书的价值和一个史家的地位，首先是这个史家对史体的选择，其次才是史家自身的才识。所以《史通》以"六家"第一、"二体"第二展开他的论述。就补注而言，钻研"六经"，训解"三史"，"开导后学，发明先义"的"儒宗"，便高于"掇众史之异闻，补前书之所阙"的"好事之子"。所谓"好事之子"，"若裴松之《三国志》，陆澄、刘昭《两汉书》，刘彤《晋纪》，刘孝标《世说》之类是也"[2]。这种价值判断虽嫌武断，但既然"史之为用，其利甚博，乃生人之急务，为国家之要道"[3]，刘知几就不能不把记载国家重大事件和体现社会主体价值观念的六经和正史摆在突出位置。

刘知几的小说观念其实是唐前小说观念的缩影。《汉书·艺文志》承袭刘歆《七略》，将小说家列入《诸子略》，以为小说是"街谈巷语、道听途说者之所造"，"虽小道必有可观者焉"，反映的是汉人的小说观念。在汉人眼里，小说不是作为历史的材料而是作为思想的材料，体现着自身的价值。所谓"若其小说家，合丛残小语，近取譬论，以作短书。治身治［理］家，有可观之辞"[4]。然而，魏晋以后，子书衰微，史书繁荣，人们对历史的兴趣超过了对思想的关注[5]。虽然许多记录当时人物言行的著作被时人视为小说，如《语林》、《世说》之类，但史学家们却认可它们的史料价值。唐房乔（字玄龄，579—648）奉敕

1　刘知几撰，浦起龙通释，吕思勉评：《史通》内篇卷5《补注》，第96页。
2　刘知几撰，浦起龙通释，吕思勉评：《史通》内篇卷5《补注》，第96页。
3　刘知几撰，浦起龙通释，吕思勉评：《史通》外篇卷11《史官建置》，第215页。
4　朱谦之校辑：《新辑本桓谭新论》卷1《本造篇》，《新编诸子集成续编》本，中华书局，2009，第1—2页。"治身治家"，胡克家本《文选》引作"治身理家"。
5　梁阮孝绪《七录序》云："刘氏之世，史书甚寡，附见《春秋》，诚得其例。今众家记传，倍于经典，犹从此《志》，实为繁芜。"《汉志·六艺略》《春秋》类著录史书仅23家948篇，而阮孝绪《七录》除《经典录》著录《春秋》类著作111种1153卷外，在《记传录》还著录了史书1020种14888卷，可见史书的繁荣。而《汉志·诸子略》实际著录子书189家4546篇，《七录·子兵录》则著录子书232种3649卷，子书明显减少。

撰《晋书》，便"取刘义庆《世说新语》与刘孝标所注，一一互勘，几于全部收入"[1]。至于记载鬼神怪异的《搜神记》、《述异记》、《志怪》之类著作，人们认为它们也是"实录"[2]，可以反映当时的历史和生活。《隋书·经籍志》便将这些作品著录入史部杂传类。由此看来，小说和杂传在唐前人眼里虽可做文体上的区分，而实质并无多少差别。刘知几从史体的角度区分"六家""二体"和"偏记小说"，继承的正是六朝以来的小说观念和传统的文体分类思想。

史家对小说的定位，考虑的当然是小说对于历史的价值。在刘知几看来："夫为史之道，其流有二。何者？书事记言，出自当时之简；勒成删定，归于后来之笔。然则当时草创者，资乎博闻实录，若董狐、南史是也；后来经始者，贵乎俊识通才，若班固、陈寿是也。必论其事业，前后不同。然相须而成，其归一揆。"[3]而"当时之简"是史官之职责，"后来之笔"则是史家之才识。"但中世作者，其流日烦，虽国有册书，杀青不暇，而百家诸子，私存撰录，寸有所长，实广闻见"[4]。对于史家而言，他虽然要高度重视史官"书事记言"的"当时之简"，但也要采用"百家诸子"的"私存撰录"。"盖珍裘以众腋成温，广厦以群材合构。自古探穴藏山之士，怀铅握椠之客，何尝不征求异说，采摭群言，然后能成一家，传诸不朽"[5]。从这一意义上说，"偏记小说"自有其价值。《史通·杂述》所云"是知偏记小说，自成一家，而能与正史参行，其所从来尚矣"[6]，说的就是这个意思。不过，这些"偏记小说"多为"杂书"，史家在采择时需要细致甄别，不能滥用，不然会影响史书的价值。例如：

---

[1] 永瑢等：《四库全书总目》卷45史部正史类一《〈晋书〉提要》，中华书局，1965，第405页。
[2] 干宝用史学家的态度撰写《搜神记》，序称"设有承于前载者，则非余之罪也。若使采访近世之事，苟有虚错，愿与先贤前儒分其讥谤"。干宝也被时人称为"鬼之董狐"。
[3] 刘知几撰，浦起龙通释，吕思勉评：《史通》外篇卷11《史官建置》，第231页。
[4] 刘知几撰，浦起龙通释，吕思勉评：《史通》内篇卷5《采撰》，第84页。
[5] 刘知几撰，浦起龙通释，吕思勉评：《史通》内篇卷5《采撰》，第84页。
[6] 刘知几撰，浦起龙通释，吕思勉评：《史通》内篇卷10《杂述》，第193页。

晋世杂书,谅非一族,若《语林》、《世说》、《幽明录》、《搜神记》之徒,其所载或诙谐小辩,或神鬼怪物。其事非圣,扬雄所不观;其言乱神,宣尼所不语。皇朝所撰《晋史》,多采以为书。夫以干(宝)、邓(粲)之所粪除,王(隐)、虞(预)之所糠秕,持为逸史,用补前传,此何异魏朝之撰《皇览》,梁世之修《遍略》,务多为美,聚博为功,虽取悦于小人,终见嗤于君子矣。[1]

既然刘知几是从史学的角度来谈论小说,那他自然也会用史家的眼光来为小说分类。在刘知几看来,小说"以叙事为宗",各有其史料价值,都是史家撰史采择的对象,只是因其内容不同而可以分成不同的类别而已。这里不妨将刘知几《史通·杂述》所分小说十类列表如下:

类别	释义	例文
偏记	皇王受命,有始有卒,作者著述,详略难均,权记当时,不终一代。	《楚汉春秋》、《山阳公载记》《晋安陆记》、《梁昭后略》
小录	普天率土,人物弘多,求其行事,罕能周备,独举所知,编为短部。	《竹林名士》、《汉末英雄》《怀旧志》、《知己传》
逸事	国史之任,记事记言,视听不该,必有遗逸,好奇之士,补其所亡。	《汲冢纪年》、《西京杂记》《琐语》、《拾遗》
琐言	街谈巷议,时有可观,小说卮言,犹贤于己,好事君子,无所弃诸。	《世说》、《语林》、《语录》《谈薮》
郡书	汝颍奇士,江汉英灵,人物所生,载光郡国,乡人学者,编而记之。	《陈留耆旧》、《汝南先贤》《益都耆旧》、《会稽典录》

---

[1] 刘知几撰,浦起龙通释,吕思勉评:《史通》内篇卷5《采撰》,第85页。

家史	高门华胄，奕世载德，才子成家，思显父母，纪其先烈，贻厥后来。	《家牒》、《世传》、《孙氏谱记》、《陆宗系历》
别传	贤士贞女，类聚区分，百行殊途，同归于善，取其所好，各为之录。	《烈女》、《逸民》、《忠臣》《孝子》
杂记	阴阳为炭，造化为工，流形赋象，于何不育，求其怪物，有广异闻。	《志怪》、《搜神》、《幽明》《异苑》
地理书	九州土宇，万国山川，物产殊宜，风化异俗，志其本国，明此一方。	《荆州记》、《华阳国志》《三秦》、《湘中》
都邑簿	帝王桑梓，列圣遗尘，经始之制，不常厥所，书其轨则，龟镜将来。	《关中》、《洛阳》、《三辅黄图》、《建康宫殿》

显然，以上十类小说是根据作品的内容来划分的，而所谓内容，当然是指史家编撰正史所可能采择的内容，所以，这种分类其实是史学的分类。刘知几对各类小说的评价，也是以被他奉为史家圭臬的"六家""二体"为参照。基本的标准有两个：一个是"真实"，一个是"雅正"。以"真实"的标准来论，十类小说虽"言皆琐碎，事必丛残。固难以接光尘于'五传'，并辉烈于'三史'"[1]，然而，它们都有可能提供某一时地的某些真实信息，以补正史不足或为正史取资，所谓"玉屑满筐"，自有其史学价值。例如他说："大抵偏记、小录之书，皆记即日当时之事，求诸国史，最为实录"；"逸事者，皆前史所遗，后人所记，求诸异说，为益实多"。然而，它们所具有的历史真实，并不能达到史家理想的标准，如偏记、小录"皆言多鄙朴，事罕圆备，终不能成其不刊，永播来叶，徒为后生作者削稿之资焉"；而逸事"及妄者为之，则苟载传闻，而无铨择。由是真伪不别，是非相乱。如郭子横之《洞冥》，王子年之《拾遗》，全构虚辞，用

---

[1] 刘知几撰，浦起龙通释，吕思勉评：《史通》内篇卷10《杂述》，第195页。

惊愚俗"[1]。以"雅正"的标准来论，十类小说也能够如正史那样言正旨远，"彰善贬恶"。例如："杂记者，若论神仙之道，则服食炼气，可以益寿延年；语魑魅之途，则福善祸淫，可以惩恶劝善"；"地理书者，若朱翰所采，浃于九州；阚骃所书，殚于四国。斯则言皆雅正，事无偏党者矣"。当然，小说也容易产生流弊。如杂记"及缪者为之，则苟谈怪异，务述妖邪，求诸弘益，其义无取"；而地理书之失去雅正者，"则人自以为乐土，家自以为名都，竞美所居，谈过其实"[2]。

由此看来，刘知几对小说的肯定与否定，都是从小说作品与典范史书的比较中得出的，而小说的分类，也是从小说作品对于理想史书的功用出发的。他认为："夫史之称美者，以叙事为先。至若书功过，记善恶，文而不丽，质而非野，使人味其滋旨，怀其德音，三复忘疲，百遍无斁，自非作者曰圣，其孰能与于此乎？"[3]但即使圣人，也并不排斥小说："然则刍荛之言，明王必择；蒹葭之体，诗人不弃。故学者有博闻旧事，多识其物，若不窥别录，不讨异书，专治周、孔之章句，直守迁、固之纪传，亦何能自致于此乎？"[4]在刘知几的史学构架中，保留有小说的一定地位，尽管这一地位相对而言比较低下，但毕竟为小说的生存和发展提供了理论依据。

第二节　胡应麟的小说分类思想

胡应麟（1551—1602），字元瑞，一字明瑞，浙江兰溪人。自号少室山人，更号石羊生，又号芙蓉峰客、壁观子。万历四年（1576年）举人。一生未曾做官，以一布衣筑室山中，"聚书三十冬，插架三万轴"[5]，是明代后期著名学者和

1　刘知几撰，浦起龙通释，吕思勉评：《史通》内篇卷10《杂述》，第194页。
2　刘知几撰，浦起龙通释，吕思勉评：《史通》内篇卷10《杂述》，第195页。
3　刘知几撰，浦起龙通释，吕思勉评：《史通》内篇卷6《叙事》，第119页。
4　刘知几撰，浦起龙通释，吕思勉评：《史通》内篇卷10《杂述》，第195—196页。
5　胡应麟：《少室山房集》卷69《会心处》，《四库全书》本。

藏书家。他才情赡洽，记诵淹博，多所撰著。他在《少室山房笔丛》中也对小说进行了分类，这种分类反映出明人对小说文体分类的一般看法。

胡应麟的小说分类是从目录学入手的。小说作为文献类别首先被收入《汉书·艺文志·诸子略》中，在魏荀勖以后的的四部分类中，小说则属于子部。不过，在胡应麟看来，魏晋以后的子部小说与《汉志·诸子略》小说家的小说是有很大区别的。他说：

> 汉《艺文志》所谓小说，虽曰街谈巷语，实与后世博物、志怪等书迥别，盖亦杂家者流，稍错以事耳。如所列《伊尹》二十七篇、《黄帝》四十篇、《成汤》三篇，立义命名动依圣哲，岂后世所谓小说乎？又《务成子》一篇，注称尧问；《宋子》十八篇，注言黄老；《臣饶》二十五篇，注言心术；《臣成》一篇，注言养生，皆非后世所谓小说也，则今传《鬻子》为小说而非道家，尚奚疑哉？[1]

由此可见，胡应麟认为《汉志·诸子略》著录的小说家的小说不是今人所说的小说，因此，他的小说分类是对汉以后小说的分类，不包括《汉志》小说家的小说。而他所理解的后世小说主要是由《汉志》中小说家小说演变而来的子部小说和由博物、志怪发展而来的文言小说。他说："子之为类，略有十家，昔人所取凡九，而其一小说弗与焉。然古今著述，小说家特盛；而古今书籍，小说家独传，何以故哉？怪、力、乱、神，俗流喜道，而亦博物所珍也；玄虚、广莫，好事偏攻，而亦洽闻所昵也。谈虎者矜夸以示剧，而雕龙者闲掇之以为奇；辩鼠者证据以成名，而扪虱者类资之以送目。至于大雅君子，心知其妄而口竞传之，且斥其非而暮引用之，犹之淫声丽色，恶之而弗能弗好也。夫好者弥多，

---

[1] 胡应麟：《少室山房笔丛》卷29《九流绪论下》，上海书店出版社，2001，第280页。标点有改动。

传者弥众，传者日众，则作者日繁，夫何怪焉？"[1]基于这样的认识，他对小说类型作了如下分析：

> 小说家一类又自分数种：一曰志怪，《搜神》《述异》《宣室》《酉阳》之类是也；一曰传奇，《飞燕》《太真》《崔莺》《霍玉》之类是也；一曰杂录，《世说》《语林》《琐言》《因话》之类是也；一曰丛谈，《容斋》《梦溪》《东谷》《道山》之类是也；一曰辨订，《鼠璞》《鸡肋》《资暇》《辨疑》之类是也；一曰箴规，《家训》《世范》《劝善》《省心》之类是也。[2]

应该指出，胡应麟在进行小说分类时并没有提供分类依据，对每类的内涵也没有像刘知几那样作出必要的说明，显然不便于人们对这种分类进行讨论。然而，这不是说胡应麟的小说分类是随意的，而了解他的学术思想，则可以帮助我们认识他的小说分类标准。

胡氏认为："学问之途千歧万轨，约其大旨，四部尽之，曰经、曰史、曰子、曰集四者。其纲也，曰道、曰事、曰物、曰文四者；其撰也，道多丽经，事多丽史，物多丽子，文多丽集。经难于精，史难于覈，子难于洽，集难于该。四者之中各有门户，古今鸿巨罕得二三。"[3]不过，他并不认为四部是截然分割的，他说："夫小学，经也，而子错焉；诸志，史也，而经错焉；众说，子也，而实史，且经、集错焉；类书，集也，而称子，又经、史错焉。故其学各有专门也。"[4]既然四部分类只具有相对的意义，那么，小说与其他部类也就更难有截然分割的标准。他说：

---

[1] 胡应麟：《少室山房笔丛》卷29《九流绪论下》，第282页。标点有改动。
[2] 胡应麟：《少室山房笔丛》卷29《九流绪论下》，第282页。
[3] 胡应麟：《少室山房笔丛》卷38《华阳博议上》，第382页。
[4] 胡应麟：《少室山房笔丛》卷38《华阳博议上》，第385页。

小说，子书流也，然谈说理道或近于经，又有类注疏者；纪述事迹或通于史，又有类志传者。他如孟启（棨）《本事》，卢瓌《抒情》，例以诗话、文评，附见集类，究其体制，实小说者流也。至于子类杂家，尤相出入。[1]

在讨论具体作品时，胡氏也常常将同一作品放在不同部类进行分析。例如，他在《四部正讹下》中说"《山海经》，古今语怪之祖"[2]，显然把《山海经》归入子部小说；而在《经籍会通二》中又说"地志昉自《山海》"[3]，则是把《山海经》作为史部地理志之祖了。这在胡应麟的分类思想中其实并不矛盾。

子部小说的发展与学术的流变有直接的关系，胡应麟对此有清醒的认识。他说："秦汉前诸子，（刘）向、（刘）歆类次，其繁简固适中。以今较之，殊有不合者。夫兵书、术数、方技皆子也，当时三家至众，殆四百余部，而九流若儒、若杂，多者不过数十编，故兵书、术、伎，向、歆具别为一录，视《七略》几半之。后世三家虽代有其书，而《七略》中存者十亡一二，九流则名、墨、纵横业皆渐泯，阴阳、农圃事率浅猥，而儒及杂家渐增，小说、神仙、释梵卷以千计。叙子书者犹以昔九流概之，其类次既多遗失，其繁简又绝悬殊，余窃病焉。"[4] 又说：

古今书籍盛衰绝不侔。班氏所录九流，曰儒、曰道、曰墨、曰名、曰法、曰杂、曰农、曰阴阳、曰纵横、曰小说。而道家外别出神仙、房中，阴阳外别出天文、五行，纵横外别出兵家，而兵家又自分四类，盖汉时数

1　胡应麟：《少室山房笔丛》卷29《九流绪论下》，第283页。
2　胡应麟：《少室山房笔丛》卷32《四部正讹下》，第314页。
3　胡应麟：《少室山房笔丛》卷2《经籍会通二》，第22页。
4　胡应麟：《少室山房笔丛》卷28《九流绪论上》，第260—261页。标点有改动。

家极盛致然，实则一也。后世杂家及神仙、小说日繁，故神仙自与释典并列，小说、杂家几半九流；儒、道二家递相增减，不失旧物；兵家渐寡，遂合于纵横，视旧不能十三；阴阳与五行、天文并合于伎术，视旧不能十七；名、法间见一二；墨遂绝矣。[1]

正是由于诸子学说在汉以后有很大变化，《汉志》九流十家的分类方法已经不能适应明代文献流传的实际，所以他以为应该重新归并诸子，更定九流。他所拟订的九流是："一曰儒，二曰杂，三曰兵，四曰农，五曰术，六曰艺，七曰说，八曰道，九曰释。"[2]他的新九流中的"说"其实就是"小说"。按照他的理解，"说主风刺箴规而浮诞怪迂之录附之"，其中自然包括了六朝以来的志怪、博物小说和唐传奇一类作品。他说："说出稗官，其言淫诡而失实，至时用以洽见闻，有足采也。"[3]明确指出小说不排斥虚构，甚至可以说其基本特点就是"淫诡而失实"。这样，小说就与追求真实的历史著述划清了界限。

在胡应麟看来，小说的繁盛与诸子务博尚怪的风习有关：

子之浮夸而难究者莫大于众说，众说之中又有博于怪者、妖者、神者、鬼者、物者、名者、言者、事者。《齐谐》、《夷坚》博于怪，《虞初》、《琐语》博于妖，令昇、元亮博于神，之推、成式博于鬼，曼倩、茂先博于物，湘东、鲁望博于名，义庆、孝标博于言，梦得、务观博于事，李昉、曾慥、禹锡、宗仪之属又皆博于众说者也。总之，賸谈隐迹，巨细兼该，广见洽闻，惊心夺目，而淫俳间出，诡诞错陈。张、刘诸子世推博极，此仅一斑，至郭宪、王嘉全构虚词，亡征实学，斯班氏所以致讥、子玄因之

---

[1] 胡应麟：《少室山房笔丛》卷2《经籍会通二》，第23页。标点有改动。
[2] 胡应麟：《少室山房笔丛》卷28《九流绪论上》，第261页。
[3] 胡应麟：《少室山房笔丛》卷28《九流绪论上》，第261页。

绝倒者也。[1]

从以上论述可以看出，胡应麟认为小说的繁盛是诸子学说演变的结果，因此，他的小说分类也就局限在子部小说的分类。

从小说为"众说之博"的认识出发，胡应麟对子部小说所分六类显然是偏重于作品内容上的考量。概括地讲，志怪类小说博于怪，包括神、鬼、怪、异，以《搜神记》、《述异记》、《宣室志》、《酉阳杂俎》为代表；传奇类小说博于奇，"奇"谓男女之奇情奇事，以《赵飞燕外传》、《长恨歌传》、《莺莺传》、《霍小玉传》为代表；杂录类小说博于言，以《世说》、《语林》、《琐言》、《因话录》为代表，这些作品"以玄韵为宗，非纪事比"；丛谈类小说博于事，"巨细兼该，广见洽闻"，以《容斋随笔》、《梦溪笔谈》、《东谷随笔》、《道山清话》为代表；辨订类小说博于辨，辨证源流，考订真伪，以《鼠璞》、《鸡肋编》、《资暇录》、《辨疑志》为代表；箴规类小说博于劝，劝人自省，修心养性，以《颜氏家训》、《世范》、《劝善录》、《省心录》为代表。这几类划分考虑了子部小说的客观存在，符合当时人们对小说的基本认识。

需要特别说明的是，在胡应麟的时代，通俗小说已经在社会上广泛流行，胡应麟在小说分类中虽然没有将通俗小说考虑在内，但他显然意识到了这一问题的存在，并对此做了相应的探讨。他在《少室山房笔丛·庄岳委谈下》中说：

> 《武林旧事》所记社会甚夥，以杂剧为绯绿社、唱赚为遏云社、耍词为同文社、清乐为清音社、小说为雄辩社、影戏为绘革社、撮弄为云机社、吟叫为律华社，右八种皆骈集一处者。然当时唱赚之外又有吟叫，耍词之外又有小说，不知何以别之？撮弄盖元人院本所从出也，今自戏文外，惟

---

[1] 胡应麟：《少室山房笔丛》卷38《华阳博议上》，第384页。

小说、影戏社会尚有之。[1]

这里提到的小说显然不是子部小说，而是通俗小说。而戏文、通俗小说是宋以来颇为流行的文学艺术形式，胡应麟在指出子部小说影响戏文发展的同时，却对通俗小说采取了贬抑的立场。他说："今世俗搬演戏文，盖元人杂剧之变，而元人杂剧之类戏文者，又金人词说之变也"，"凡传奇以戏文为称也，亡往而非戏也"，元杂剧和明传奇中有许多作品出自小说，如《西厢记》出自唐人小说《莺莺传》，"《倩女离魂》事亦出唐人小说"，"《绣襦记》事出唐人《李娃传》"，"《王仙客》亦唐人小说"，"红拂、红绡、红线三女子皆唐人，皆见小说"，"今传奇有所谓《董永》者，词极鄙陋，而其事实本《搜神记》"。而"今世传街谈巷语有所谓演义者，盖犹在传奇、杂剧下，然元人武林施某所编《水浒传》特为盛行，世率以为凿空无据，要不尽尔也。余偶阅一小说序，称施某尝入市肆，细阅故书，于敝楮中得宋张叔夜禽贼招语一通，备悉其一百八人所由起，因润饰成此编，其门人罗本亦效之为《三国志演义》，绝浅陋可嗤也"[2]。

尽管胡应麟对《水浒传》、《三国演义》等通俗小说持贬抑态度，并将通俗小说排斥在小说分类之外，认为它是另类小说，不在四部之内，然而，对于通俗小说所取得的成就，胡应麟并没有完全抹杀。他在《少室山房笔丛·庄岳委谈下》中谈到："嘉、隆间一巨公案头无他书，仅左置《南华经》，右置《水浒传》各一部；又近一名士听人说《水浒》，作歌谓奄有丘明、太史之长。"[3] 人们之所以对《水浒传》有浓厚兴趣和很高评价，在胡应麟看来，是因为《水浒传》有深刻的用意和高超的写作技巧。他说：

今世人耽嗜《水浒传》，至缙绅文士亦间有好之者，第此书中间用意

---

[1] 胡应麟：《少室山房笔丛》卷41《庄岳委谈下》，第427页。
[2] 胡应麟：《少室山房笔丛》卷41《庄岳委谈下》，第424—436页。
[3] 胡应麟：《少室山房笔丛》卷41《庄岳委谈下》，第437页。

非仓卒可窥，世但知其形容曲尽而已。至其排比一百八人，分量轻重纤毫不爽，而中间抑扬映带、回护咏叹之工，真有超出语言之外者。余每惜斯人以如是心用于至下之技，然自是其偏长，政使读书执笔未必成章也。此书所载四六语甚厌观，盖主为俗人说，不得不尔。余二十年前所见《水浒传》本尚极足寻味，十数载来为闽中坊贾刊落，止录事实，中间游词余韵、神情寄寓处一概删之，遂几不堪覆瓿，复数十年无原本印证，此书将永废矣。余因叹是编初出之日，不知当更何如也。[1]

尽管《水浒传》有深刻的用意和高超的写作技巧，但通俗小说属"主为俗人说"的"至下之技"，不能登大雅之堂，当然也不能进入胡应麟的小说分类视野。因此，我们讨论的胡应麟小说分类思想是不包括通俗小说的。

第三节　刘知几与胡应麟小说分类思想比较

比较刘知几和胡应麟的小说分类思想，不仅能够加深对二人小说分类思想的认识，而且能够把握由唐至明小说文体发展和小说观念变化的轨迹。

从总体上看，刘知几和胡应麟的小说分类对象都是传统小说，即为正统文化所接纳的史志子部小说，而对新兴的小说文体都较少关注。刘知几的小说分类中没有唐传奇的影子，胡应麟的小说分类中也将通俗小说排除在外。

在刘知几的时代，唐传奇还处于早期发展阶段，仅有《古镜记》和《补江总白猿传》等少数几篇带有志怪痕迹的传奇作品，而《搜神记》《述异记》《幽明录》等后世所谓小说作品，六朝以来一直以为实录，唐人都把它们当作史书看待[2]，这正适合了史学家刘知几阐述史学理论的需要。他在《史通》中不

1　胡应麟：《少室山房笔丛》卷41《庄岳委谈下》，第437页。
2　例如，魏徵等所撰《隋书·经籍志》便将《搜神记》《述异记》《幽明录》等作品著录在史部杂传类，房玄龄等所撰《晋书》，也多引刘义庆《世说》和刘孝标注。

谈唐传奇，是因为唐传奇在当时还没有成为一种成熟的有影响的小说文体，从史学的角度谈论唐传奇只会徒增枝蔓，自找麻烦而已。而在胡应麟的时代，唐传奇早已被纳入正史《艺文志》中[1]，不仅被公认为唐代最有代表性的小说文体，而且其影响已及于元杂剧、明传奇以及通俗小说等多种文体，因而在胡应麟的小说分类中，唐传奇占有了重要地位。然而，明代新兴的历史演义、英雄传奇等通俗小说尽管在社会上产生了广泛影响，但正统文化并没有接纳它，胡应麟能够在《少室山房笔丛》中予以关注已经很不容易，他的小说分类没有考虑给予通俗小说应有的地位是可以理解的，也是当时人对小说文体的一般看法。这种现象说明，无论是刘知几还是胡应麟，他们的小说分类虽然代表了他们时代具有正统思想的文人的普遍看法，但都没有能够完全反映当时小说发展的实际，他们的小说分类标准都是以正统文化为基本依据的。

刘知几和胡应麟的小说分类思想虽然所持文化立场相近，但二人的观察视角和切入点却大不相同。刘知几是用史学家的眼光从史料学的角度切入来分析小说的，其要害在于分析这些小说能够为"勒成删定"的典范史书发挥怎样的作用，故其对小说作品的评价始终紧扣"真实"和"雅正"这两大史学要素。胡应麟则是用文学家的眼光从诸子学的角度切入来分析小说的，其要害在于分析诸子流变对小说文体风格的影响，故其对小说作品的分析多集中在"语言"与"词章"这些写作要素。例如，对于刘义庆《世说》和刘孝标注，刘知几都评价不高，他说：

> 自魏、晋以降，著述多门，《语林》、《笑林》、《世说》、《俗说》，皆喜载啁谑小辨，嗤鄙异闻，虽为有识所讥，颇为无知所说。而斯风一扇，国史多同。至如王思狂躁，起驱蝇而践笔，毕卓沉酒，左持螯而右杯，刘邕

---

[1] 最早著录唐传奇作品的正史是欧阳修所撰《新唐书·艺文志》，著录有《补江总白猿传》一篇以及一些传奇作品集。

榜吏以膳痴，龄石戏舅而伤赘，其事芜秽，其辞猥杂。而历代正史，持为雅言。苟使读之者为之解颐，闻之者为之抚掌，故异乎记功书过，彰善瘅恶者也。[1]

在刘知几看来，刘义庆《世说》等书不是著作正途，而刘孝标的《世说注》更是"留情于委巷小说，锐思于流俗短书"的"劳而无功、费而无当"之作[2]。显然，刘知几认为《世说》及注对于修史没有多大价值，不值得肯定。

然而，胡应麟却认为：

刘义庆《世说》十卷，读其语言，晋人面目气韵恍忽生动，而简约玄澹，真致不穷，古今绝唱也。孝标之注博赡精核，客主映发，并绝古今。考隋、唐《志》，义庆又有《小说》十卷，孝标又有《续世说》十卷，今皆不传。怅望江左风流，令人扼腕云。《世说》以玄韵为宗，非纪事比，刘知几谓非实录，不足病也。唐人修《晋书》，凡《世说》语尽量采之，则似失详慎云。[3]

毫无疑问，胡应麟是从文学表达和文体风格上推崇《世说》及注，以为它们充分发挥了文学作品用语言创造形象的功能，能够给人以美的享受，因而"并绝古今"。至于它们是否符合历史"真实"和"雅正"的要求，并不是首先需要考虑的事，因为《世说》的主要成就在文学而非史学。

正是由于刘知几和胡应麟对小说文体在大类的归属上存在分歧，前者把小说当作杂史归入史部，后者把小说当作文学归入子部，从而影响了他们对于小说的叙事策略和文体风格的基本判断。例如，对于六朝以来的志怪小说，刘知

---

[1] 刘知几撰，浦起龙通释，吕思勉评：《史通》卷8《书事》，第166页。
[2] 刘知几撰，浦起龙通释，吕思勉评：《史通》卷5《补注》，第96页。
[3] 胡应麟：《少室山房笔丛》卷29《九流绪论下》，第285页。

几和胡应麟的认识就很不相同。刘知几说：

> 抑又闻之，怪力乱神，宣尼不语；而事鬼求福，墨生所信。故圣人于其间，若存若亡而已。若吞燕卵而商生，启龙漦而周灭，厉坏门以祸晋，鬼谋社而亡曹，江使返璧于秦皇，圯桥授书于汉相，此则事关军国，理涉兴亡，有而书之，以彰灵验，可也。而王隐、何法盛之徒所撰晋史，乃专访州闾细事，委巷琐言，聚而编之，目为鬼神传录，其事非要，其言不经。异乎《三史》之所书，《五经》之所载也。范晔博采众书，裁成汉典，观其所取，颇有奇工。至于《方术》篇及诸蛮夷传，乃录王乔、左慈、廪君、槃瓠，言唯迂诞，事多诡越。可谓美玉之瑕，白圭之玷。惜哉！无是可也。[1]

刘知几反对将无关紧要的奇闻怪事写入历史，自然有他的道理。作为一个历史学家，他的要求也是合理的。

然而，胡应麟则说：

> 凡变异之谈，盛于六朝，然多是传录舛讹，未必尽幻设语。至唐人乃作意好奇，假小说以寄笔端，如《毛颖》、《南柯》之类尚可，若《东阳夜怪录》称成自虚、《玄怪录》元无有，皆但可付之一笑，其文气亦卑下亡足论。宋人所记乃多有近实者，而文采无足观。本朝《新》、《余》等话本出名流，以皆幻设而时益以俚俗，又在前数家下。惟《广记》所录唐人闺阁事咸绰有情致，诗词亦大率可喜。[2]

---

[1] 刘知几撰，浦起龙通释，吕思勉评：《史通》卷8《书事》，第166页。
[2] 胡应麟：《少室山房笔丛》卷36《二酉缀遗中》，第371页。标点有改动。

在胡应麟看来，六朝小说并非有意虚构，而"多是传录舛讹"，唐人才自觉虚构，故富有情致和文采。他显然更肯定唐人小说，因为这种小说更富有文学性。正是由于胡应麟重视小说的文学性，所以他对某些通俗小说也有所肯定，如说："《水浒》余尝戏以拟《琵琶》，谓皆不事文饰而曲尽人情耳。然《琵琶》自本色外，'长空万里'等篇即词人中不妨翘举，而《水浒》所撰语，稍涉声偶者辄呕哕不足观，信其伎俩易尽，第述情叙事针工密致，亦滑稽之雄也。"[1] 无论肯定或否定《水浒》，他都是采用了文学的标准。

需要指出的是，胡应麟并不完全否认小说作品具有某些历史价值，刘知几也不反对历史著述需要有文学技巧。然而，在这些方面，二人的分歧也是明显的。例如，胡应麟说："小说者流，或骚人墨客游戏笔端，或奇士洽人搜罗宇外，纪述见闻无所迥异，覃研理道务极幽深，其善者足以备经解之异同、存史官之讨核，总之有补于世，无害于时。"[2] 显然并未排除小说对于史学的价值。他甚至说："裴松之之注《三国》也，刘孝标之注《世说》也，偏记杂谈旁收博采，迨今藉以传焉，非直有功二氏，亦大有造诸家乎？若其综核精严，缴驳平允，允哉史之忠臣、古之益友也。"[3] 刘知几则说："昔夫子有云：'文胜质则史。'故知史之为务，必藉于文。""夫饰言者为文，编文者为句，句积而章立，章积而篇成。篇目既分，而一家之言备矣。"[4] 应该说，刘知几是十分重视历史著述的文学技巧的。然而，对于文学因素对史著的渗透，刘知几总体上是持批评态度的。他说："昔文章既作，比兴由生，鸟兽以媲贤愚，草木以方男女，诗人骚客，言之备矣。洎乎中代，其体稍殊，或拟人必以其伦，或述事多比于古。当汉氏之临天下也，君实称帝，理异殷、周；子乃封王，名非鲁、卫。而作者犹谓帝家为王室，公辅为王臣。盘石加建侯之言，带河申俾侯之誓。而史臣撰录，

---

[1] 胡应麟：《少室山房笔丛》卷41《庄岳委谈下》，第437页。
[2] 胡应麟：《少室山房笔丛》卷29《九流绪论下》，第283页。
[3] 胡应麟：《少室山房笔丛》卷13《史书占毕一》，第133页。
[4] 刘知几撰，浦起龙通释，吕思勉评：《史通》卷6《叙事》，第131、126页。

亦同彼文章，假托古词，翻易今语。润色之滥，萌于此矣。"[1]

应该承认，用文学的方法去撰写历史著作无论如何是不对的，同时也要看到，没有文学技巧的历史著作也不会是好的历史著作。胡应麟便指出：

> 刘知几之论史也，晰于史矣。吾于其论史而知其弗能史也，其文近浅猥而远雅驯，其识精琐屑而迷远大，其衷饶讦迫而乏端平。善乎，子京曰："呵古则工而自为则拙也。"……《史通》之为书，其文刘勰也而藻绘弗如，其识王充也而轻讦殆过。其所指摘虽多中昔人，然第文意之粗，体例之末，而自以为穷王道、掞人伦，括万殊、吞千有，然哉？[2]

尽管胡氏对刘的批评有些尖刻，但仔细一想，也不无几分道理。文学家之谈史与史学家之谈文，其间的差异往往不可以道里计。

更有意味的是，刘知几虽然是历史学家，但他对小说文体的认识却较少历史发展的眼光；胡应麟虽然是文学家，但他对小说文体的认识则更具历史眼光。刘知几在《史通·杂述》中对小说的分类基本上是静态的，其十类小说也是平行的，看不出小说文体的发展线索。尽管他提到"子之将史，本为二说。然如《吕氏》、《淮南》、《玄晏》、《抱朴》，凡此诸子，多以叙事为宗，举而论之，抑亦史之杂也，但以名目有异，不复编于此科"[3]，认识到了杂史与子书的关联性，但同样缺少对其历史发展的清理和观照。胡应麟则不然，他在对小说分类前不仅梳理了诸子九流的发展脉络，重定九流，而且指出《汉志》小说家之小说与后世博物、志怪的子部小说的区别与联系[4]，并注重揭示不同时期小说文体风格

1　刘知几撰，浦起龙通释，吕思勉评：《史通》卷6《叙事》，第129—130页。
2　胡应麟：《少室山房笔丛》卷13《史书占毕一》，第133页。
3　刘知几撰，浦起龙通释，吕思勉评：《史通》卷10《杂述》，第195页。
4　胡应麟在《少室山房笔丛·九流绪论下》中虽然指出"汉《艺文志》所谓小说，虽曰街谈巷语，实与后世博物、志怪等书迥别"，但同时又指出："盖《七略》所称小说惟此（指《虞初周说》——引者）当与后世同，方士务为迂怪以惑主心，《神异》《十洲》之祖袭有自来矣。"可见他认为后世小说与《汉志》小说也有联系。

的不同特点。例如他说：

> 小说，唐人以前纪述多虚而藻饰可观，宋人以后论次多实而彩艳殊乏。盖唐以前出文人才士之手，而宋以后率俚儒野老之谈故也。[1]

如果把这段论述当作是对唐、宋传奇的总体评价，应该说是不刊之论。前引胡氏对六朝志怪和唐以后小说的比较，也是具有历史眼光的深刻认识。即使对于历史与文学的关系，胡应麟也能够用发展的眼光来看待，例如他说："唐以前作史者专精于史，以文为史之余波；唐以后能文者泛滥于文，以史为文之一体。惟赋与诗亦然，故赋迄于左思，史穷于陈寿，皆汉之余也。故曹、刘、李、杜、韩、柳氏出，而宇宙耳目又一观矣。"[2] 又说："唐文章近史者三焉：退之《毛颖》之于太史也，子厚《逸事》之于孟坚也，紫薇《燕将》之于《国策》也。宋而下蔑闻矣。"[3] 无论这些认识正确与否，他是在用发展变化的眼光观察问题，分析问题，这是难能可贵的。

当然，胡应麟之所以能够运用发展变化的历史眼光来分析小说文体，与小说发展到明代已经众体皆备、足以提供各方面的资料供他研究和比较有关。小说发展到明代，不仅传统子部小说如博物、志怪仍有市场，传奇小说已蔚为大观，辨订、箴规等笔记小说也异军突起，甚至连不为正统文化所接纳的通俗小说也风靡社会，使他有可能站在比刘知几更全面更深刻的高度来观察小说、研究小说、给小说分类，尽管他的小说分类也仍然不能令人满意，但他的认识是明人对小说分类中最有代表性的认识之一，值得我们重视。

---

[1] 胡应麟：《少室山房笔丛》卷29《九流绪论下》，第283页。
[2] 胡应麟：《少室山房笔丛》卷13《史书占毕一》，第131页。
[3] 胡应麟：《少室山房笔丛》卷13《史书占毕一》，第135页。标点有改动。

第十五章
欧阳修的小说观念

现代小说观念以故事性和虚构性为小说的基本特性，然而，中国古代的小说观念与此大相径庭。《汉书·艺文志》将小说家列入"诸子略"，旨在强调它的"近子而浅薄"，《隋书·经籍志》和《旧唐书·经籍志》基本承袭《汉志》，也只认为小说是"街谈巷议"、"道听途说"的"丛残小语"，它们虽未排斥小说作品的故事性，但都不承认小说作品的虚构性。欧阳修在《新唐书·艺文志》中，不仅第一次将《搜神记》之类的志怪作品由史部杂传类移录入子部小说家类，而且第一次将大批唐传奇作品著录于正史《艺文志》小说家类，并将虚构与否作为区分史传与小说的基本标准，从而开启了具有近代意识的小说观念的先河。欧阳修是北宋时期著名的政治家、文学家、史学家，他所领导的"诗文革新运动"开辟了宋代文学健康发展的道路，在中国文学史上发挥了承先启后、继往开来的积极作用，他所撰写的《新五代史》是唐以后唯一一部私人撰写的正史，"褒贬祖《春秋》，故义例谨严；叙述祖《史记》，故文章高简"[1]，受到史学界很高评价。他在文学和史学上的成就和贡献，历来为人们所称道，苏轼说他"论大道似韩愈，论事似陆贽，记事似司马迁，诗赋似李白"[2]，的确不是溢美之辞。然而，关于欧阳修对中国小说发展所作的贡献，却绝少有人提及。这一

---

[1] 永瑢等：《四库全书总目》卷46，中华书局，1965，第411页。
[2] 苏轼：《六一居士集叙》，曾枣庄、舒大刚主编《苏东坡全集》六文集卷83，中华书局，2021，第2359页。

方面是由于小说在古代不受社会重视，另一方面也是由于欧阳修在其他方面的杰出成就遮挡了人们的视线，很少有人从这方面去观察和思考。本章试图从欧阳修的小说观念入手，论述他对中国小说和小说思想发展的贡献。

第一节 《新唐志》与《旧唐志》小说著录之比较

欧阳修（1007—1072），字永叔，号醉翁，晚号六一居士，吉州庐陵（今江西吉安）人。北宋著名政治家、文学家、史学家。累赠太师、楚国公，谥号"文忠"，世称"欧阳文忠公"。在政治上，早年支持范仲淹"庆历新政"，晚年反对王安石"熙宁变法"，是一个具有独立思想的政治家。在文学上，赞成唐代韩愈的"古文运动"，积极领导和推动北宋"新古文运动"，成为"唐宋八大家"中重要一家，在古文、诗、词等方面成就卓著。在史学上，参与编撰《新唐书》，独立完成《新五代史》，此二史均被朝廷列入正史。

欧阳修并没有关于小说的系统论述，他的小说观念主要体现在他所修撰的《新唐书·艺文志》中。《新唐书》为欧阳修与宋祁等奉敕编纂，其中的《艺文志》出自欧阳修之手，它是在后晋刘昫（887—946）等所撰《旧唐书·经籍志》的基础上调整补充而成。分析《旧唐志》和《新唐志》著录小说的异同，可以帮助我们了解欧阳修的小说观念。

《旧唐志》在子部小说家类著录小说家13家作品14部凡98卷，其分类标准主要依据《隋志》。《隋志》不仅有划分四部的基本理论，而且有各部具体分类的详细说明（即随类小序），《旧唐志》尽管"改旧传之失者三百余条，加新书之目者六千余卷"，但对各部类的认识基本沿袭《隋志》而无甚改变，所谓"卷部相沿，序述无出前修"[1]，表明了作者墨守成规的编写态度。不过，由于文化的

---

[1] 刘昫等：《旧唐书》卷46《经籍志·序》，《二十五史》本，上海古籍出版社、上海书店，1986年影印，第3713页。

发展，特别是唐代作家著述情况的变化，《旧唐志》对经籍的分类如完全依照《隋志》，已经不能适应文献著录的需要，因而不能不有所调整或变更。就子部小说家类而言，《隋志》著录作品共25部合155卷，《旧唐志》除当时已佚的14部未予著录外，其余11部中有8部仍保留在小说家类，《古今艺术》20卷录入子部杂艺术类，《鲁史欹器图》1卷录入子部儒家类，另有《器准图》1部未予著录，可能著者当时未见此书。这些调整仍然坚持了"小说家以纪刍辞舆诵"的基本观念。值得注意的是《旧唐志》增录的几家。《旧唐志》将《隋志》录入子部杂家类的张华《博物志》十卷和《隋志》未予著录的侯白《启颜录》十卷以及刘义庆《小说》十卷[1]，著录入子部小说家类，似乎说明著录者较为重视小说作品的故事性。然而，《旧唐志》将《隋志》录入子部道家类的《鬻子》和录入杂家类的《释俗语》以及未予著录的《酒孝经》著录入子部小说家类，又说明著录者的小说观念仍未脱离《汉书·艺文志》所谓"街谈巷语、道听途说之所造"，"闾里小知者之所及，亦使缀而不忘，如或一言可采，此亦刍荛狂夫之议"的传统认识的藩篱。

《新唐志》是在《旧唐志》的基础上编撰而成的。其四部分类基本遵循《旧唐志》，而在书目归类方面作了较大调整。调整方向主要是将史部的一部分作品移入子部。就子部而言，《隋志》分为14家，《旧唐志》分为17家，《新唐志》分类全同《旧唐志》，也分为17家。从著录的作品看，17家中变动最大的则是小说家类。《旧唐志》子部17家共著录作品753部，计15637卷，《新唐志》著录967部，计17152卷，《新唐志》比《旧唐志》部卷分别增加28.4%和9.7%，而小说家类的部卷分别增加215%和242%。小说家类作品之所以增加如此之多，并不是欧阳修发现了《旧唐志》漏著的多少书目，其实属于漏著的仅有裴子野《类林》三卷和无名氏《杂语》五卷两种，《新唐志》所增书目全部是从《旧唐

---

1 《隋书·经籍志》未著录刘义庆《小说》十卷，却著录有《小说》五卷，不题撰人。这两种《小说》究竟有何关系，目前尚难以判断。

志》史部杂传类移录过来的，如祖冲之《述异记》十卷、干宝《搜神记》三十卷、梁元帝《妍神记》十卷、祖台之《志怪》四卷、刘义庆《幽明录》三十卷、东阳无疑《齐谐记》七卷、王延秀《感应传》八卷、王琰《冥祥记》十卷等，说明欧阳修所理解的小说比较偏重于"近史而悠缪"。也就是说，欧阳修的小说观念中有比较浓厚的史传意识，只是这种史传不能与于正史，而只是一些野史传说之类。尽管小说不可作为信史，但它对人物、情节、叙事的要求却与史传是一致的。正因为欧阳修心目中的小说与儒家、道家等诸子著作有明显差异，所以便将《旧唐志》小说类著录的《鬻子》一卷按照《隋志》的归类重新列入道家类。[1]

需要说明的是，在编撰《新唐志》之前，欧阳修参加编撰了由王尧臣主持的《崇文总目》，该总目于宋仁宗庆历元年（1041年）编撰完成。欧阳修草拟了《崇文总目》叙释，阐述他对各部类的理解，这为他后来编撰《新唐志》奠定了重要基础。《崇文总目叙释》收在欧阳修文集中，证明这些叙释为欧阳修所撰。在讨论《新唐志》的分类和序例时，结合欧阳修所撰《崇文总目叙释》，可以帮助我们理解他对子部小说家类的认识。

欧阳修在《新唐志》序言中说：

> 自《六经》焚于秦而后出于汉，其师传之道中绝，而简编脱乱讹缺，学者莫得其本真，于是诸儒章句之学兴焉。其后传注、笺解、义疏之流，转相讲述，而圣道粗明，然其为说，固已不胜其繁矣。至于上古三皇五帝以来世次，国家兴灭终始，僭窃伪乱，史官备矣。而传记、小说，外暨方言、地理、职官、氏族，皆出于史官之流也。自孔子在时，方修明圣经以

---

[1] 《鬻子》和《鬻子说》在《汉书·艺文志·诸子略》中分别著录于道家类和小说家类，说明它们是不同的两种书。而《隋书·经籍志》子部道家类著录的《鬻子》，究竟是《汉志》著录的道家《鬻子》还是小说家《鬻子说》，或者是二者的结合，已经无从确证。因此，《旧唐书·经籍志》子部小说家著录的《鬻子》很难说是误录。参见拙作《〈汉志〉著录之小说家〈伊尹说〉〈鬻子说〉考辨》《武汉大学学报》（人文科学版）2006年第5期。

绌缪异，而老子著书论道德。接乎周衰，战国游谈放荡之士，田骈、慎到、列、庄之徒，各极其辩；而孟轲、荀卿，始专修孔氏，以折异端。然诸子之论，各成一家，自前世皆存而不绝也。夫王迹熄而《诗》亡，《离骚》作而文辞之士兴。历代盛衰，文章与时高下。然其变态百出，不可穷极，何其多也。[1]

这里，欧阳修将经、史、子、集四部做了一个概括性的描述，明确将小说列入"史官之流"。

既然小说"出于史官之流"，其作品理应著录于史部，那么，欧阳修为什么又将原本列入《隋志》和《旧唐志》史部杂传类的一大批作品移录入子部小说家类呢？究其原因，恐怕主要基于他对史传和小说的独特理解。在欧阳修看来，正史应该记载"其君臣善恶之迹"，"要其治乱兴废之本，可以考焉"[2]，而传记"或详一时之所得，或发史官之所讳，参求考质，可以备多闻焉"[3]。总之，历史著作应以真实为其生命，其基本事实是可考的。而《搜神记》《幽冥录》之类的著作显然不符合这个标准。至于子部小说家的著作，则有另外的标准。欧阳修在《崇文总目叙释·小说类》中说：

《书》曰："狂夫之言，圣人择焉。"又曰："询于刍荛。"是小说之不可废也。古者惧下情之壅于上闻，故每岁孟春，以木铎徇于路，采其风谣而观之。至于俚言巷语，亦足取也，今特列而存之。[4]

即是说，在欧阳修看来，子部小说家类的小说作品可以不受真实性的限制，只

---

1 欧阳修等：《新唐书》卷57，《二十五史》本，第4282页。
2 欧阳修：《欧阳修全集·崇文总目叙释·正史类》，中国书店影印世界书局本，1986，第1000页。
3 欧阳修：《欧阳修全集·崇文总目叙释·传记类》，第1002页。
4 欧阳修：《欧阳修全集·崇文总目叙释·小说类》，第1004页。

要能使下情上闻，不管是"狂夫之言"还是"俚言巷语"，都可以择取而存，甚至可以说，合于古代治国之道的统治者还应该主动去采集这些刍荛狂夫之议来了解自己为政的得失。从这个意义上说，《搜神记》、《幽冥录》之类这些被《隋志》和《旧唐志》著录进史部杂传类的作品，应该更合于子部小说家作品的要求，因此，欧阳修将这些作品著录进《新唐志》子部小说家类中。

以上是就两《唐志》作品归类不同的比较。除此之外，《新唐志》子部小说家类尚著录有《旧唐志》未曾著录的小说作品78家327卷[1]。这些作品都是唐人的创作，其中有许多是传奇和志怪作品。比较著名的传奇小说集有：薛用弱《集异记》三卷，李玫《纂异记》一卷，谷神子《博异志》三卷，牛肃《纪闻》十卷，牛僧孺《玄怪录》十卷，李复言《续玄怪录》五卷，袁郊《甘泽谣》一卷，陈邵《通幽记》一卷，裴铏《传奇》三卷以及佚名《补江总白猿传》一卷等。比较著名的志怪小说集有：沈如筠《异物志》三卷，张荐《灵怪集》二卷，戴少平《还魂记》一卷，赵自勤《定命论》十卷，吕道生《定命录》二卷，段成式《酉阳杂俎》三十卷，李隐《大唐奇事记》十卷等。这些著录既客观地反映了唐代小说创作的实际，同时也进一步印证了欧阳修的小说观念，这种观念就是：小说虽然具有史传文学的某些特点，但它采自刍荛狂夫之议，不能入于史传，而只能作为小说家言以广见闻。

通过两《唐志》的比较，可以清楚地看到欧阳修的小说观念在刘昫等人的基础上有所发展和前进。特别是在对唐人小说创作实际的如实反映和正确认识方面，欧阳修大大超过刘昫等人。

第二节 欧阳修对传统小说观念的变革

要真正正确认识欧阳修的小说观念对于中国小说发展的影响，必须把它放

---

[1] 实为81家335卷，卢子《史录》卷亡。

在中国小说思想史上进行考察。

在中国,最早提到小说这个概念的是庄子,然而,《庄子·杂篇·外物》所谓"饰小说以干县令,其于大达亦远矣"[1],与《荀子·正名篇》所说"故知者论道而已矣,小家珍说之所愿皆衰矣"[2]含义略同,他们所云"小说"或"小家珍说"均指浅薄琐屑的言论,虽然含有一定的文体意味,但并不指某一种特定文体。真正将小说作为一种文体来理解并对它加以研究,应该说是从汉代开始。西汉末年的学者刘向、刘歆父子校理秘阁典籍,刘歆总群书而奏《七略》,分类编目,在《诸子略》中列有十家,小说家为诸子十家之一;东汉班固撰《汉书·艺文志》便以《七略》为蓝本而"删其要",而《七略》则采自《别录》[3],因此,《汉志》对各类书目的解说主要承袭的是刘向、刘歆等人的意见。《汉志》在解释"小说家"时说:

> 小说家者流,盖出于稗官。街谈巷语、道听途说者之所造也。孔子曰:"虽小道,必有可观者焉,致远恐泥,是以君子弗为也。"然亦弗灭也。闾里小知者之所及,亦使缀而不忘。如或一言可采,此亦刍荛狂夫之议也。[4]

这里对小说家的解释,与对儒家、道家、法家等诸子百家的解释一样,也是从他们的学术特点及其与政教的关系方面着眼的。从"闾里小知者之所及"、"刍荛狂夫之议"可以看到庄子的"小说"和荀子的"小家珍说"思想的影响,而从"街谈巷语、道听途说者之所造"、"亦使缀而不忘"则可以了解刘向、刘歆、

---

[1] 郭庆藩:《庄子集释》卷9上《杂篇·外物第二十六》,《新编诸子集成》本,第925页。
[2] 王先谦:《荀子集解》卷16《正名篇第二十二》,《新编诸子集成》本,中华书局,1988,第429页。
[3] 张舜徽《汉书艺文志通释》指出:"盖(刘)歆当时以《别录》为底本,删繁存简,撰为《七略》。《隋》、《唐志》咸著录刘向《七略别录》二十卷、刘歆《七略》七卷,明二书详略不同。方之《四库全书》,《别录》为《总目提要》,《七略》乃《简明目录》也。"(华中师范大学出版社,2004,第175页。)
[4] 班固撰,颜师古注:《汉书》卷30《艺文志》,中华书局,1962,第1745页。

班固对于小说家的作品从内容到形式的基本认识。由于《汉志》首开正史著录文献典籍之先河，对人们的文化观念和嗣后的图书分类学产生了巨大而深远的影响，因而刘向、刘歆、班固等人的小说观念也就成了中国古代最正统最基本的小说观念。

刘向、刘歆、班固等人的小说观念继承了先秦诸子发端的"小说"思想，将《夏书》的"工执艺事以谏"、周代的"工诵箴谏""士传言而庶人谤"的历史经验整合进"学必出于王官"的学术理念之中，并从秦汉"稗官"执掌中寻绎出社会言论制度演变的历史联系，提出了著名的"小说家出于稗官"说，形成了具有历史底蕴和汉代特点的小说观念，这是应该引起我们足够重视的。[1]需要指出的是，《汉志》的小说观念具有深厚的历史底蕴和鲜明的理论色彩，这是毋庸置疑的，而就《汉志》所著录的小说家而言，却并不能完全反映他们的小说观念，这也是客观存在的。因为《汉志》著录的这些小说家，多数不是"稗官"而是"方士"。《汉志》著录小说家15家，作品共1380篇。其中6家1133篇为汉武帝时或武帝后方士所作，占著录作品总数的82%；其余9家《汉志》注明依托的就有6家，很可能仍是方士所为。仅《周考》、《青史子》、《宋子》3家151篇或为近古，它们或"近史而悠缪"，或"近子而浅薄"，与《汉志》的小说理论概括较为一致。[2]当然，"方士"与"稗官"也不是完全不能相通，因为他们其实都利用"街谈巷议"和"道听途说"的材料来服务于君主。因此，"方士"也可说是广义的"稗官"。正如东汉张衡（78—39）《西京赋》所说："匪为玩好，乃有秘书；小说九百，本自虞初。从容之求，寔俟寔储。"[3]虞

---

[1] 参见本书第八章和第九章。

[2] 参见拙作《〈汉志〉著录之小说家〈伊尹说〉〈鬻子说〉考辨》，《武汉大学学报》（人文科学版）2006年第5期；《〈汉志〉著录之小说家〈封禅方说〉等四家考辨》，《兰州大学学报》（社会科学版）2007年第5期；《〈汉书·艺文志〉著录之小说家〈虞初周说〉探佚》，《南开学报》（哲学社会科学版），2005年第3期；《〈汉志〉著录之小说家〈青史子〉〈师旷〉考辨》，《中国文学研究》第八辑，中国文联出版社，2007；《〈汉书·艺文志〉著录之小说家〈务成子〉等四家考辨》，《南京师范大学文学院学报》2008年第1期。以上论文收入拙著《稗官与才人——中国古代小说考论》，岳麓书社，2010。

[3] 张衡：《西京赋》，见萧统编《文选》卷2，中华书局，1977年影印胡克家刊本，第45页。

初是汉武帝时的一个颇为得宠的方士,《汉志》著录的《虞初周说》943篇便出自他之手。[1]汉武帝喜好方术,宠信方士,于是许多方士便用心收集奇闻异事编成"秘书",以便满足皇帝的需求。这些"秘书"当然离不了海上仙山、不死之药、黄白之术等等皇帝最感兴趣的内容,同时也还有天文地理、博物风俗、百工技艺等等方面的知识,方士们也需掌握这些秘籍,以备皇帝顾问。这些方士的"秘书"就是汉人的所谓"小说"。正如王瑶《小说与方术》所说:

> 无论方士或道士,都是出身民间而以方术知名的人,他们为了想得到帝王贵族们的信心,为了干禄,自然就会不择手段地夸大自己方术的效异和价值。这些人是有较高的知识的,因此志向也就相对地增高了;于是利用了那些知识,借着时间空间的隔膜和一些固有的传说,援引荒漠之世,称道绝域之外,以吉凶休咎来感召人;而且把这些来依托古人的名字写下来,算是获得的奇书秘籍,这便是所谓小说家言。[2]

《汉志》小说家类中著录的小说多数便是这类"小说家言"。

张衡所云"小说九百,本自虞初",就是说小说起于方士,虞初是方士小说的代表作家。桓谭在《新论》中也说:"若其小说家合丛残小语,近取譬论,以作短书,治身理家,有可观之辞。"[3]在同书中,桓谭还说:"庄周寓言乃言尧问孔子,《淮南子》云共工争帝地维绝,亦皆为妄作,故世人多云'短书'不可用,然论天间莫明于圣人,庄周等虽虚诞,故当采其善,何云尽弃耶?"[4]桓谭在这里所提到的"短书"与张衡所说的"秘书"一样,都是指当时的小说作品,

---

[1] 参见拙作《〈汉书·艺文志〉著录之小说家〈虞初周说〉探佚》《南开学报》(哲学社会科学版)2005年第3期),收入拙著《稗官与才人——中国古代小说考论》,岳麓书社,2010。

[2] 王瑶:《中古文学史论集》,上海古籍出版社,1982,第91页。

[3] 萧统编:《文选》卷31江文通《拟李都尉从军诗》李善注引,中华书局,1977年影印胡克家刻本,第444页。

[4] 李昉:《太平御览》卷602《著书下》引,商务印书馆,1935,第3页。

实即方士小说。这些小说"合丛残小语，近取譬论"，有虚诞的故事和人物，和神话寓言有某些联系，与汉人的其他著述有明显的区别。显然，这样理解小说比较符合汉代小说发展的实际。[1]

然而，《汉志》的小说观念远比桓谭、张衡的小说观念影响巨大而深远。这是因为，张衡等人的小说观念虽然是对汉代方士小说的正确理解和描述，但并不能回答小说的来源及其历史，且缺少历史文化和学术理论的必要张力，而刘、班等人的小说观念则在历史文化和学术理论方面做了深入挖掘，因而具有相当深厚的历史底蕴和理论张力，它可以包容张衡等人的思想和观念，而张衡等人的小说观念则不能包容刘、班等人的思想和观念。事实上，后人谈到汉人的小说观念，常常自觉地将张衡、桓谭的小说思想整合进《汉志》的小说观念之中，便很好地证明了我们的判断。

魏晋南北朝时期，小说创作有较大发展，人们的小说观念也有所变化，唐初魏徵等所撰《隋书·经籍志》便对小说有了一些新的认识，只是其基本观念仍然不脱《汉志》的藩篱。《隋志》云：

> 小说者，街谈巷语之说也。《传》载舆人之诵，《诗》美询于刍荛。古者圣人在上，史为书，瞽为诗，工诵箴谏，大夫规诲，士传言而庶人谤。孟春，徇木铎以求歌谣，巡省观人（民）诗，以知风俗，过则正之，失则改之，道听途说，靡不毕纪。《周官》，诵训"掌道方志以诏观事，道方慝以诏辟忌，以知地俗"；而训方氏"掌道四方之政事，与其上下之志，诵四方之传道而观衣物"，是也。孔子曰："虽小道，必有可观者焉，致远恐泥。"[2]

---

[1] 参见拙作《中国小说起源探迹》，《文学遗产》1985年第1期。收入拙作《古典小说初探》，浙江古籍出版社，1993。

[2] 魏徵等：《隋书》卷34，《二十五史》本，第3373页。

《隋志》吸收了《国语》关于"献诗听政"和《汉书》关于"采诗观风"的记载，并将它与周官"诵训"和"训方氏"所掌联系起来，以此来划定小说的范围，这无疑扩大了小说的外延。因为"诵训"掌四方之遗事、古籍、方言、风俗，"训方氏"掌四方之政治、历史、教育、民情。当然，《隋志》将小说作了"街谈巷语之说"的限定，也就与记载军国大事的历史著作和发挥正论宏旨的理论著作以及风骚儒雅的诗文创作区别开来。因此，在《隋志》著录的小说25部155卷中，既有刘义庆《世说》八卷、刘孝标《世说（注）》十卷、殷芸《小说》十卷等反映魏晋以来小说创作发展变化的作品，又有《古今艺术》《杂书钞》、《座右方》、《器准图》之类具有方士小说特点的一些作品。而对于干宝《搜神记》、祖台之《志怪》、刘义庆《幽明录》、东阳无疑《齐谐记》等志怪小说，《隋志》一律著录于史部杂传类，从而反映出《隋志》小说观念仍然有较强的保守倾向。[1]

欧阳修不仅首次将魏晋时期的《搜神记》、《志怪》、《幽明录》、《齐谐记》等志怪小说从《隋志》和《旧唐志》的史部杂传类移录入子部小说家类，而且首次将唐人创作的《补江总白猿传》、《纂异记》、《博异志》、《纪闻》、《甘泽谣》、《通幽记》、《传奇》等传奇作品著录于正史《艺文志》并纳入子部小说家类，这不仅扩大了小说的范围，而且强化了小说长于虚构的艺术特点，对后来的小说创作无疑具有指导作用，有利于小说文体的发展成熟。此后的正史《艺文志》多采用欧阳修的分类方法，充分说明了欧阳修小说观念的积极影响。《四库全书总目提要》在子部小说家类杂事之属的按语中说："纪录杂事之书，小说与杂史最易相淆，诸家著录，亦往往牵混。今以述朝政军国者入杂史，其参以里巷闲谈词章细故者，则均隶此门。"[2]这里所使用的分类标准便明显受到了欧阳修小说观念的启发，由此可进一步证明欧阳修的小说观念在中国小说思想史上

---

1 参见本书第十一章。
2 永瑢等：《四库全书总目》卷141，中华书局，1965年影印，第1204页。

的重要地位。

第三节 欧阳修小说观念的思想价值

如果以现代小说观念为参照，我们就能更加清楚地认识欧阳修变革小说观念的思想价值。

一般说来，现代小说观念有两个基本点，一为故事性，一为虚构性。曾获英国皇家文学勋位的著名英国当代小说家福斯特在被誉为"二十世纪分析小说艺术的经典之作"《小说面面观》中引用法国文学批评家谢括利的话给小说下的定义便是：

> 小说是用散文写成的某种长度的虚构故事。[1]

西方现代的这种小说观念，通过日本传入中国，由鲁迅《中国小说史略》而定型，成为了今人判断小说的基本观念，指导着中国古代小说的研究。

然而，早期的中国古代小说观念中并没有关于小说具有故事性和虚构性的明确意识。《汉志》将小说家列入"诸子略"，显然是从政治角度作出的评判，不过是认为小说家"近子而浅薄"而已。《隋志》根据魏晋南北朝小说创作的实际，对《汉志》的小说观念作了部分调整。从其著录刘义庆《世说新语》、殷芸《小说》以及《燕丹子》来看，《隋志》编纂者似乎对小说的故事性有了朦胧的认识。然而，他们对小说的虚构性却缺乏最起码的认识。这一点可以从两个方面得到证实：一是《隋志》在小说类著录《燕丹子》后附注："《语林》十卷，东晋处士裴启撰。亡。"裴启著《语林》曾风靡一时，因记谢安语不实为安所诋而终于不传，《世说新语》对此已有记载，《隋志》作者不会不知，附注已经亡

---

[1] E·M·福斯特：《小说面面观》，人民文学出版社，2009，第3页。

佚的《语林》，可以强化人们对小说必须征实的记忆；二是《隋志》将以干宝《搜神记》为代表的一批志怪作品不收入子部小说类而收入史部杂传类，也表明编纂者还没有认识到小说作品的虚构性特点，甚至也没有认识到《搜神记》之类具有虚构性，因为《搜神记》作者干宝曾声称"苟有虚错，愿与先贤前儒分其讥谤"，[1]并因此被誉为"鬼之董狐"。在《隋志》的著录中，小说只是"道听途说"、"丛残小语"，虽不排斥故事性，却并不一定需要故事性；而虚构性却是根本不存在的，或者说这些学者还根本没有区分虚构和非虚构作品的意识。正如鲁迅所说：

> 中国本信巫，秦汉以来，神仙之说盛行，汉末又大畅巫风，而鬼道愈炽；会小乘佛教亦入中土，渐见流传。凡此，皆张皇鬼神，称道灵异，故自晋迄隋，特多鬼神志怪之书。其书有出于文人者，有出于教徒者。文人之作，虽非如释道二家，意在自神其教，然亦非有意为小说，盖当时以为幽明虽殊途，而人鬼乃皆实有，故其叙述异事，与记载人间常事，自视固无诚妄之别矣。[2]

欧阳修对小说理论的最大贡献，就是在肯定小说具有史传特点即具有故事性的同时，较为明确地意识到了小说具有虚构性即具有与史传相区别的特点，这种认识不仅使《搜神记》一类作品与史部杂传类划清了界限，被名正言顺地归入小说类，而且使一大批唐传奇作品得以著录入小说类，从而极大地丰富了小说体裁，改变了小说为"丛残小语"文体特征，促进了小说的繁荣和发展。当然，也应该看到，真正代表唐传奇艺术成就的一大批经典作品，如《任氏传》、《柳毅传》、《霍小玉传》、《南柯太守传》、《李娃传》、《长恨歌传》、《莺莺传》等并

---

[1] 干宝：《〈搜神记〉自序》，丁锡根编著《中国历代小说序跋集》上，人民文学出版社，1996，第50页。
[2] 鲁迅：《中国小说史略》，人民文学出版社，1973，第29页。

未收入《新唐志》小说类中，说明欧阳修的小说观念并未完全脱离传统小说观念的窠臼。尽管用近代眼光来看，欧阳修的小说观念是不很成熟也不够自觉的，然而，从某种意义上说，它的小说观念仍然开启了具有近代意识的小说观念的先河，也是毋庸置疑的。

当然，我们也应当承认，中国古代小说观念自汉代以来就颇为羼杂，始终不够明晰。宋代学者郑樵（1103—1161）曾说：

> 古今编书所不能分者五：一曰传记，二曰杂家，三曰小说，四曰杂史，五曰故事，凡此五类之书，足相紊乱。[1]

欧阳修的小说观念虽然在前人基础上有较大发展，但仍未能摆脱含混不清的困扰，《新唐志》小说家类中不仅保留了《旧唐志》著录的《释俗语》(《隋志》入子部杂家类)、《酒孝经》、《座右方》等作品，而且著录了《旧唐志》未曾著录的李恕《诫子拾遗》、姚元崇《六诫》、刘孝孙《事始》、李浩《刊误》、范摅《云溪友议》、尉迟枢《南楚新闻》、刘轲《牛羊日历》、陆羽《茶经》、张又新《煎茶水歌》、封演《续钱谱》等笔记、杂史、杂著作品。这一方面说明欧阳修的小说观念的内涵还不十分明确，另一方面也反映出中国古代小说在北宋时代也还不是一种十分稳定的文体。人的认识不可能超越社会存在，因此，我们对欧阳修也不应该苛求。

---

[1] 郑樵：《通志》卷71《校雠略·编次之讹论》，中华书局，1987，志第834页。

第十六章
从《山海经》归类看中国古代小说观念的演变

《山海经》来源甚古，刘歆《〈山海经〉叙录》、王充《论衡·谈天篇》皆以为禹、益所作。其书至迟在西汉前期即已流行，司马迁《史记·大宛列传》称："言九州山川，《尚书》近之矣。至《禹本纪》、《山海经》所有怪物，余不敢言之也。"[1] 此后，《山海经》代有著录，研究者不乏其人。在这些研究或著录中，往往涉及对这部著作性质的认定和部类的划分，而这些认定和划分其实和中国古代小说观念有着千丝万缕的联系。《山海经》最早著录于《汉书·艺文志》数术略形法类，《隋书·经籍志》则归入史部地理类，直到《四库全书总目》才将其归入子部小说家类。从《山海经》在不同时期的不同归类可以看出，学缘与职事是唐以前人对载籍理解和知识分类的依据，真实和虚构则是宋以后人对载籍理解和知识分类的依据，而学术价值和政教作用则始终作为评价标准。这一现象与各时段的社会思想和知识结构直接关联，也与中国传统文化的核心价值相一致。《新唐书·艺文志》开启了将难以"考质"的原史部杂传退置于子部小说类的先河，突显了古代文献分类的内在紧张与冲突。四库馆臣对史部和子部的清理和总结并非解决了原有矛盾，而是进一步突显了这种紧张与冲突。从这一个案可以看出，中国古代小说并非亘古不变的文体概念，对它的认识始终处在发展变化之中，其核心内涵在不同时期并不完全相同，必须具体地历史地加

---

[1] 司马迁撰，裴骃集解，司马贞索隐，张守节正义：《史记》卷123《大宛列传》，中华书局，2014，第3858页。

以讨论。本章试图从《山海经》归类来探讨中国古代小说观念的演变,以期对中国古代小说观念有更符合历史实际的真切了解。

第一节 《汉志》和《隋志》对《山海经》的认识与归类

《山海经》最早著录于班固(32—92)《汉书·艺文志》。不过,它没有被列入《诸子略》小说家类,而是被列入《数术略》形法类。这当然不是东汉班固一个人的意见,而是西汉刘向(前79—前8)、刘歆(前50—23)等人共有的看法,因为《汉志》是以刘向《别录》、刘歆《七略》为基础编撰而成。在刘、班等人看来:"小说家者流,盖出于稗官。街谈巷语,道听途说者之所造也。孔子曰:'虽小道,必有可观者焉,致远恐泥,是以君子弗为也。'然亦弗灭也。闾里小知者之所及,亦使缀而不忘。如或一言可采,此亦刍荛狂夫之议也。"[1]《山海经》显然不是"街谈巷语,道听途说者之所造",也并非为统治者施政提供可资参考的"刍荛狂夫之议",与"述道见志"的诸子百家相去甚远,自然不能归入《诸子略》小说家类。

刘、班等人为何要将《山海经》归入数术略形法类呢?刘歆(秀)以为:

> 《山海经》者,出于唐、虞之际。昔洪水洋溢,漫衍中国,民人失据,崎岖于邱陵,巢于树木。鲧既无功,而帝尧使禹继之。禹乘四载,随山刊木,定高山大川。盖与伯翳主驱禽兽,命山川,类草木,别水土,四岳佐之,以周四方。逮人迹之所希至,及舟舆之所罕到,内别五方之山,外分八方之海,纪其珍宝奇物异方之所生,水土草木禽兽昆虫麟凤之所止,祯祥之所隐,及四海之外,绝域之国,殊类之人。禹别九州,任土作贡,而益等类物善恶,著《山海经》,皆圣贤之遗事,古文之著明者也。其事质明

---

[1] 班固撰,颜师古注:《汉书》卷30《艺文志》,中华书局,1962,第1745页。

有信。[1]

显然，刘歆是根据《山海经》的性质，将其归入数术略形法类的。而"数术者，皆明堂羲和史卜之职也"，为巫史所掌之专门技艺，故《汉志》数术略下分天文、历谱、五行、蓍龟、杂占、形法各类。"形法者，大举九州之势以立城郭室舍形，人及六畜骨法之度数、器物之形容以求其声气贵贱吉凶"[2]，《汉志》此类著录有《山海经》《国朝》《宫宅地形》《相人》《相宝剑刀》《相六畜》六部。这六部书可分两小类：前三部记山川大势和宫宅地形，有类堪舆；后三部谈骨相度数、器物形容，有类相面。按照数术大类划分，《山海经》为巫史之作，后人称《山海经》为古巫书自有其道理；按照形法小类划分，《山海经》举九州大势，以山海为中心，后人称为地理书之祖也同样有其道理。正因为它具有巫书性质，故司马迁说其中"所有怪物，余不敢言之"；又因为其确有地理书性质，故司马迁在"言九州山川"时，很自然便想到了它。

《汉志》注重"辨章学术，考镜源流"，其六略均以学术为指向。《诸子略》所著录各家"皆起于王道既微，诸侯力政"，他们"各引一端，崇其所善，以此驰说，取合诸侯"，"各推所长，穷知究虑，以明其指，虽有蔽短，合其要归，亦六经之支与流裔"[3]，提供的是"君人南面之术"，其目的都是为了服务于时君世主的政教。诸子是春秋时期兴起的学术，是六经的支流，所以刘勰才说："诸子者，入（一作述）道见志之书。"[4]小说家的小说虽然不在《汉志》所云"可观者"之列，但也符合诸子书的一般要求。桓谭所谓"若其小说家，合丛残小语，

---

[1] 严可均辑：《全上古三代秦汉三国六朝文·全汉文》卷40刘歆（秀）《上〈山海经〉表》，上海古籍出版社，2009，第338页。刘歆于汉哀帝建平元年（前6年）为避讳（与哀帝刘欣同音）改名秀，字颖叔（原字子骏），故其《上〈山海经〉表》署名刘秀。
[2] 班固撰，颜师古注：《汉书》卷30《艺文志》，第1775页。
[3] 班固撰，颜师古注：《汉书》卷30《艺文志》，第1746页。
[4] 刘勰著，范文澜注：《文心雕龙注》卷4《诸子第十七》，人民文学出版社，1958，第307页。

近取譬论，以作短书，治身治家，有可观之辞"[1]，便概括了小说家作品在形式和内容上的主要特点。而《山海经》纪山川草木、珍宝奇物，多参以神怪，并不具备诸子百家以言论政、述道见志、上说下教的学术特点，自然不能作为小说家的作品归入《汉志·诸子略》小说家类。

东汉以降，随着学术的普及和文化的发展，今古文学呈合流之势，官失学守，学派散乱，家法不行，至"梁武敦悦诗书，下化其上，四境之内，家有文史"[2]，巫书急剧萎缩，文学蓬勃生长，史书大量产生，文集渐成风习，社会思想和知识结构发生显著变化，《汉志》六略之分已经不能适应学术发展和文籍构成的现状。因此，西晋学者荀勖编撰《晋中经簿》时便将图书分为四类，东晋学者李充则在此基础上调整次第，形成后来的经、史、子、集四部。其操作方法是，以《汉志》六艺略为经置于四部之首，将原附著于《春秋》类的史书扩充为与经部并列的史部，《汉志》的诸子、兵书、数术、方技四略合著于子部，在《汉志》诗赋略基础上增加文集形成集部。唐初魏徵等编纂的《隋书·经籍志》继承了这种分类方法，成为中国传统知识结构和文籍分类的基本体制。在这一新体制下，原属《汉志》数术略下的天文、历数、五行等均成为子部下的小类，而原在《汉志》数术略形法类著录的《山海经》，却并没有归入子部，更没有归入小说家类，而是归入史部地理类，成为地理书之首。这就告诉我们，当时学者并不认为《山海经》符合子部小说家著作的标准，反而认为它符合史部地理类著作的标准。这样的归类不是随意的，而是与当时人们的历史地理观念和小说观念直接关联的。

《隋志》文籍分类虽然改六略为四部，但这种分类与《汉志》分类一样，不是文体分类而是学术分类，仍然贯彻了以政教为中心、以学术评价为标准的著

---

[1] 桓谭撰，朱之谦校辑：《新辑本桓谭新论》卷1《本造篇》，《新编诸子集成续编》本，中华书局，2009年，第1页。

[2] 魏徵等：《隋书》卷32《经籍志一》，《二十五史》本，上海古籍出版社、上海书店，1986年影印，第3363页。

录原则,所谓"夫仁义礼智所以治国也,方技数术所以治身也,诸子为经籍之鼓吹,文章乃政化之黼黻,皆为治之具也。故列之于此志"[1]。与《汉志》不同的是,由于当时学派散乱,家法不行,《隋志》已经无法"辨章学术,考镜源流",只能以部类统领子目,形成四部内的分类格局。正因为如此,所以《隋志》并不以"学缘""家法"和对应的"王官之学"以排列诸子,也不刻意强调"小说家出于稗官",而是更偏重于注意联系周官职事,强调其政教作用。如《隋志》史部地理类小序云:

> 昔者先王之化民也,以五方土地风气所生,刚柔轻重,饮食衣服,各有其性,不可迁变。是故疆理天下,物其土宜,知其利害,达其志而通其欲,齐其政而修其教。故曰广谷大川异制,人居其间异俗。《书》录禹别九州,定其山川,分其圻界,条其物产,辨其贡赋,斯之谓也。周则夏官司险掌建九州之图,周知山林川泽之阻,达其道路。地官诵训掌方志以诏观事,以知地俗。春官保章以星土辨九州之地所封之域,以观祆祥。秋[夏]官职方掌天下之图地,辨四夷八蛮九貉五戎六狄之人,与其财用九谷六畜之数,周知利害,辨九州之国,使同其贯。司徒掌邦之土地之图,与其人民之教,以佐王扰邦国,周知九州之域,广轮之数,辨其山林川泽丘陵坟衍原隰之名物,及土会之法,然则其事分在众职。而冢宰掌建邦之六典,实总其事。太史以典逆冢宰之治,其书盖亦总为史官之职。汉初,萧何得秦图书,故知天下要害。后又得《山海经》,相传以为夏禹所记。武帝时,计书既上太史,郡国地志固亦在焉。而史迁所记,但述河渠而已。其后刘向略言地域,丞相张禹使属朱贡条记风俗,班固因之作《地理志》。其州国郡县山川夷险,时俗之异,经星之分,风气所生,区域之广,户口之数,

---

[1] 魏徵等:《隋书》卷32《经籍志一》,《二十五史》本,第3364页。

各有攸叙,与古《禹贡》、《周官》所记相埒。[1]

显然,《山海经》被著录于《隋志》史部地理类,是因其记录了山川物产、土地风气,便于统治者"周知九州之域,广轮之数,辨其山林川泽丘陵坟衍原隰之名物,及土会之法"。这里虽然没有强调"其事质明有信",但显然是相信刘歆所做出的这一判断的。当然,所谓"其事质明有信"并非指具体纪录的内容真实可信,而是指王官职掌及其记述之事是有历史依据的,可以信从。这与《隋志》史部起居注类著录《穆天子传》、旧事类著录《汉武帝故事》、杂传类著录《搜神记》一样,当时学者并不认为这些作品是不真实的虚构小说,反而认为他们是历史的一部分,可以提供历史的材料和历史的经验。唐太宗主持编撰《晋书》,在人物传记中大量采用《搜神记》的材料,便强力地证明了这一点。

《隋志》不将《山海经》著录于子部小说类,与其对小说的认识有关。《隋志》虽然在形式上继承了《汉志》的小说概念,而其具体内涵又有所不同。从形式上看,《汉志》以小说家为诸子之一家,《隋志》接受了这一观念,将小说继续保留在子部。不过,由于东汉以后学派散乱,家法不明,《隋志》只能舍弃"家"的概念而改为"者",以"儒者"、"道者"、"小说者"等来称呼原来的各家,这便使得对诸子尤其是对小说内涵的理解与《汉志》出现了差异。最明显的差异是,《汉志》小序是在给"小说家"下定义,而《隋志》小序则是直接给"小说"下定义。《隋志》子部小说小序云:

> 小说者,街说巷语之说也。《传》载舆人之诵,《诗》美询于刍荛。古者圣人在上,史为书,瞽为诗,工诵箴谏,大夫规诲,士传言而庶人谤。孟春,徇木铎以求歌谣,巡省观人诗以知风俗,过则正之,失则改之,道听途说,靡不毕纪。《周官》诵训"掌道方志以诏观事,道方慝以诏辟忌;

---

[1] 魏徵等:《隋书》卷33《经籍志二》,《二十五史》本,第3371页。

以知地俗"；而职（训）方氏"掌道四方之政事，与其上下之志，诵四方之传道而观衣物"，是也。孔子曰："虽小道，必有可观者焉，致远恐泥。"[1]

《隋志》删除《汉志》"小说家出于稗官"之说，与其不辨家法的著录体系相一致，而将"小说"与"采诗"、"献诗"等量齐观，强调小说内容即《周官》诵训、训方氏所掌的四方风俗、民情政事等，则突出了"小说"在体制内的政教作用，抬高了小说的社会地位。《汉志》以为"诸子十家，其可观者九家而已"[2]，不大认可其学术价值和政教作用。而《隋志》子部总序则云：

> 《易》曰："天下同归而殊途，一致而百虑。"儒、道、小说，圣人之教也，而有所偏；兵及医方，圣人之政也，所施各异。世之治也，列在众职。下至衰乱，官失其守，或以其业游说诸侯，各崇所习，分镳并骛。若使总而不遗，折之中道，亦可以兴化致治者矣。[3]

序言明确将小说与儒、道并称，认为它们都是"圣人之教也，而有所偏"，同样可以为"兴化致治"发挥作用。《隋志》的这种认识，既与小说在魏晋以来的发展有关，更与这一时期小说作者地位的变化有关。例如，《隋志》子部小说著录有晋中郎郭澄之《郭子》、宋临川王刘义庆《世说》、梁安右长史殷芸《小说》、梁兰台治书伏揎《迩说》、后魏丞相士曹参军信都芳《器准图》等作品，这些作品已经不是"刍荛狂夫之议"，而是文化精英所为，它们对于古人格物致知、博识洽闻、修身养性、清言隽议具有不容否定的价值。从《隋志》小说著录来看，编纂者魏徵等人并不以小说家为对象，而是以小说作品为对象，因此，其所著录的小说，不是以小说家身份来认定其作品，而是以作品的性质来确定其为小

---

[1] 魏徵等：《隋书》卷34《经籍志三》，《二十五史》本，第3373页。
[2] 班固撰，颜师古注：《汉书》卷30《艺文志》，《二十五史》本，第1746页。
[3] 魏徵等：《隋书》卷34《经籍志三》，《二十五史》本，第3376页。

说。这样一来，小说的文体特征便凸显出来，而学术流派的性质则暗淡下去。如果说汉代学者从学术渊源和身份认同的角度为小说确定了位置，安排了一定的发展空间，那么，唐代学者则从政教作用和文体认同的角度为小说再次确定了位置，认可了小说的学术价值和社会价值。当然，《隋志》所反映的小说观念与《汉志》一样，主要强调它是一种言说方式，其内容具有琐碎性、通俗性和民间性特点，并不包括"虚构的故事"的内涵。或者换一种说法，他们都不强调小说一定要有故事，尽管不排斥故事；也不主张小说需要虚构，甚至根本排斥虚构。而《山海经》并不具备小说的言说特点，也不是东周以来服务诸侯政教的产物，自然不可归入子部小说类。

第二节 宋以后对《山海经》认识的发展与归类变化

《隋志》的小说观念影响着唐五代人们对于小说的认识，五代刘昫所撰《旧唐书·经籍志》文献分类沿袭《隋志》，"相沿序述，无出前修"[1]，很少变化。直到北宋欧阳修编撰《新唐书·艺文志》，这一局面才发生改变。

欧阳修是著名文学家，也是著名史学家，他对历史和小说自然有比常人更为深入的理解。《新唐志》的部类划分虽然与《旧唐志》相同，但对小说的著录却很不一样，表明其小说观念已经发生变化。《旧唐志》子部小说家类著录小说14部[2]，全部是唐以前作品，而《新唐志》著录小说123部，唐前39部，唐代84部。[3]《新唐志》所增录的小说作品主要不是《旧唐志》失载的作品，而多是从《旧唐志》史部杂传类移来的。如唐前39部小说中，有《旧唐志》著录的13

---

1 刘昫等：《旧唐书》卷46《经籍志·序》，《二十五史》本，第3713页。

2 《旧唐书》自云"小说家十三部凡九十卷"，实际著录14部98卷，《鹖子》一卷《新唐志》改入子部道家类。需要说明的是，新旧《唐志》所云小说家类只是袭用《汉志》之名以为分类依据，并无家法之实，与《隋志》分类标准一致。后世正史艺文经籍志分类或以小说家名类，或以小说名类，其编纂思想并无实质性改变。

3 《新唐志》云"小说家类三十九家四十一部三百八卷。失姓名二家；李恕以下不著录七十八家，三百二十七卷"，与实际著录作品部数卷数均有不合，疑有脱误，这里依实际著录统计。

部,《旧唐志》失载的2部,其余24部都是从《旧唐志》史部杂传类移入的。欧阳修为何要将史部杂传类的作品移入小说家类呢?这当然与他对历史和小说的观念有关。在编撰《新唐志》之前,欧阳修参加了王尧臣主持的《崇文总目》编撰,该总目于宋仁宗庆历元年(1041年)完成。欧阳修草拟了《崇文总目叙释》,阐述他对各部类的理解,这为他后来编撰《新唐志》奠定了基础。结合《崇文总目》叙释和《新唐志》序例,可以了解他对史部杂传类和子部小说家类的认识。

在欧阳修看来,正史应载"君臣善恶之迹","要其治乱兴废之本,可以考焉"[1];而传记"或详一时之所得,或发史官之所讳,参求考质,可以备多闻焉"[2]。一句话,史书应以真实为生命,基本事实是可考的。而小说则不同:"《书》曰'狂夫之言,圣人择焉';又曰'询于刍荛',是小说之不可废也。古者惧下情之壅于上闻,故每岁孟春以木铎徇于路,采其风谣而观之。至于俚言巷语,亦足取也。今特列而存之。"[3]即是说,子部小说家之小说是"俚言巷语",可以不受真实的限制,只要下情能够上达,提供统治者参考,就有其存在价值。因此,欧阳修把他认为不符合史书标准却符合小说标准的作品从《旧唐书》史部杂传类移入子部小说家类,如干宝《搜神记》、祖冲之《述异记》、刘义庆《幽冥录》、牛僧孺《玄怪录》、裴铏《传奇》、段成式《酉阳杂俎》之类,从而极大地增加了小说作品的数量,也极大地改变了传统小说观念的内涵。如果说在欧阳修之前,人们心目中的小说虽有民间性、通俗性、琐碎性等内涵,但总体上仍然重视其言论的学术价值和政教作用,以为小说"近子而浅薄",那么,从欧阳修开始,人们就更加自觉地认识到小说具有故事性和虚构性的特点,以为其"近史而悠缪"了。

---

1 王尧臣等:《崇文总目》卷2正史类,《宋元明清书目题跋丛刊》宋代第一册,中华书局,2006年影印,第37页。
2 王尧臣等:《崇文总目》卷2传记类下,《宋元明清书目题跋丛刊》本,第76页。
3 王尧臣等:《崇文总目》卷3小说类下,《宋元明清书目题跋丛刊》本,第98—99页。

不过，欧阳修并没有在《新唐志》子部小说类著录《山海经》，而是在史部地理类著录了郭璞注《山海经》二十三卷、《山海经图赞》二卷、《山海经音》二卷。这便告诉我们，在欧阳修眼里，《山海经》并不具备他心目中的小说的特点。《新唐志》序云：

> 自六经焚于秦而复出于汉，其师传之道中绝，而简编脱乱讹缺，学者莫得其本真，于是诸儒章句之学兴焉。其后传注、笺解、义疏之流，转相讲述，而圣道粗明，然其为说，固已不胜其繁矣。至于上古三皇五帝以来世次，国家兴灭终始，僭窃伪乱，史官备矣。而传记、小说，外暨方言、地理、职官、氏族，皆出于史官之流也。[1]

在欧阳修看来，除六经和儒家章句之学外，上古以来载籍皆出于史官之流，其中有正史，也有传记、小说、方言、地理等。而传记、小说偏于故事，方言、地理等偏于博物；传记补史之阙，"参求考质，可以备多闻"，小说乃俚言巷语，"狂夫之言，圣人择焉"。于是他将可以"考质"者入史部杂传记，不能"考质"者入子部小说家。所谓"考质"，就是考证其内容是否真实，是否可以为其他史料所质证。不能"考质"者不能入史传，只能退置入小说类，这便是《新唐志》将《旧唐志》中的众多史部杂传记移入子部小说类的原因。而方言、地理等原本为史官所掌，重在博物与知识，不在言论与故事，因此不适用于传记与小说的判类标准。欧阳修为《崇文总目》史部地理类所撰叙释云："昔禹去水害，定民居而别九州之名，记之《禹贡》。及周之兴，画为九畿而宅其中，内建五等之封，外抚四荒之表，职方之述备矣。"[2]《崇文总目》将《山海经》列于史部地理类著作之首，强调它是古职方所述，反映着山川疆域历史变迁，这也是《隋志》

---

[1] 欧阳修：《新唐书》卷57《艺文志上》，《二十五史》本，第4282页。
[2] 王尧臣等：《崇文总目》卷2地理类，《宋元明清书目题跋丛刊》本，第63页。

和《旧唐志》的旧观念，《新唐志》仍然沿袭这一思路将《山海经》著录于史部地理类，自然有充足的理由。

不过，欧阳修的历史观和小说观并非完全谐和，其观念之间其实存在一定的紧张与冲突，这在《山海经》归类中已经体现出来。如果按照可以"考质"者入史部、不能"考质"者入子部的理念，《山海经》显然应该退出史部地理类而入子部小说类，因为该书所记很难"考质"。陈振孙《直斋书录解题》云：

> 《山海经》……世传禹、益所作，其事见《吴越春秋》，曰："禹东巡，登南岳，得金简玉字，通水之理，遂行四渎，与益共谋，所至使益疏而记之，名《山海经》。"此其为说，恢诞不典。司马迁曰……可谓名言，孰曰多爱乎！故尤（袤）跋明其为非禹、伯翳所作，而以为先秦古书无疑。然莫能名其为何人也。洪庆善补注《楚辞》，引《山海经》、《淮南子》以释《天问》，而朱晦翁则曰："古今说《天问》者，皆本此二书，今以文意考之，疑此二书本皆缘解《天问》而作。"可以破千载之惑。古今相传既久，姑以冠地理书之录。[1]

显然，根据《山海经》的性质特点，陈氏并非以为将其归入地理类是稳妥的，只是"古今相传既久，姑以冠地理书之录"。虽然《山海经》入地理类并不稳妥，而如果将《山海经》退置于小说类，又会出现新的问题，至少与《山海经》类似著作的归类就需要重新考虑。例如，被《崇文总目》和《新唐志》著录在史部杂史类的《吴越春秋》、《大业拾遗》、《明皇杂录》、《大唐新语》等，传记类的《穆天子传》、《列女传》、《高士传》、《高僧传》等，被《新唐志》著录在史部故事类的《秦汉以来旧事》、《汉武故事》、《三辅旧事》、《西京杂记》等，就应该由史部移入子部小说类。如果真这样做，不仅上古史书都成了小说，其

---

[1] 陈振孙：《直斋书录解题》卷8地理类，上海古籍出版社，1987，第237—238页。

他许多史书也有小说嫌疑，甚至连正史也难幸免。南宋朱熹便说："《南》《北史》除了《通鉴》所取者，其余只是一部好笑底小说。"[1] 明王世贞也说："《晋书》、《南》《北史》、《旧唐书》，稗官小说也。"[2] 欧阳修将史部传记类作品移入小说类，显然打开了潘多拉盒子，已经无法阻止史部著作拥入子部小说了，《山海经》进入小说类只是早晚的事。

宋人对《山海经》归类的疑窦虽肇端于欧阳修，但深入讨论却是后人完成的。南宋薛季宣以为："《左氏传》称'大禹铸鼎象物，以知神奸，入山林者，不逢不若，魑魅魍魉，莫能逢之'，《山海》所述，不几是也。"[3] 怀疑《山海经》是述禹鼎之图像，同时的朱熹也有此疑[4]。朱熹又以为"古今说《天问》者，皆本《山海经》、《淮南子》，今以文意考之，疑此二书皆缘《天问》而作"[5]。明人杨慎在薛季宣认识的基础上进一步推论，以为：

> 神禹既锡玄圭以成水功，遂受舜禅以家天下，于是乎收九牧之金以铸鼎，鼎之象则取远方之图，山之奇，水之奇，草之奇，木之奇，禽之奇，兽之奇。说其形，著其生，别其性，分其类。其神奇殊汇，骇世惊听者，或见，或闻，或恒有，或时有，或不必有，皆一一书焉。盖其经而可守者，具在《禹贡》；奇而不法者，则备在九鼎。九鼎既成，以观万国，同彼象而魏之，日使耳而目之，脱輶轩之使，重译之贡，续有呈焉。固以为恒而不怪矣，此圣王明民牖俗之意也。夏后氏之世，虽曰尚忠，而文反过于成周，太史终古藏古今之图。至桀焚黄图，终古乃抱之以归殷。又史官孔甲，于黄帝姚姒盘盂之铭，皆绎之以为书。则九鼎之图，其传固出于终古、孔甲

---

[1] 朱熹撰，黎靖德编：《朱子语类》卷134《历代一》，中华书局，1986，第3204—3205页。

[2] 王世贞撰，罗仲鼎校注：《艺苑卮言校注》卷3，齐鲁书社，1992，第151页。

[3] 薛季宣：《浪语集》卷30《叙〈山海经〉》，《四库全书》本。

[4] 王应麟考证《山海经》引朱熹语云："记异物飞走之类，多云东向，或云东首，皆为一定之形，疑本依图画为之。"（氏著《汉艺文志考证》卷10《形法》，中华书局，2011，第307页。）

[5] 胡应麟：《少室山房笔丛》卷32《四部正讹下》引《楚辞辨证》，上海书店出版社，2009，第315页。

之流也,谓之曰《山海图》,其文则谓之《山海经》。至秦而九鼎亡,独图与经存。[1]

这种认识显然是要坐实《山海经》乃上古舆地之实录,维护其史部地理之归类,只是没有坐实《山海经》作者是禹和益。

然而,胡应麟的看法却与上述看法不同,他说:

> 盖是书(指《山海经》——引者)也,其用意一根于怪,所载人物、灵祇非一,而其形则若魑魅魍魉之属也。考王孙之对,虽一时辨给之谈,若其所称图象百物之说必有所本。至于周末,《离骚》、《庄》、《列》辈,其流遂不可底极,而一时能文之士,因假《穆天子传》之体,纵横附会,勒成此书,以傅于图象百物之说,意将以禹、益欺天下后世,而适以诬之也。[2]

他的结论是:"《山海经》,古今语怪之祖。"[3] 按照这一结论,《山海经》自然不是禹、益之实录,而是志怪之书,成书应在战国之末。

清乾隆年间编纂《四库全书》,四库馆臣接受了胡应麟的意见,认为《山海经》虽然"《隋志》以来皆列地理之首,然侈谈神怪,百无一真,是直小说之祖耳,入之史部未允也"[4],于是将其移入子部小说家类异闻之属。其提要有云:

> (《山海经》)书中序述山水,多参以神怪,故《道藏》收入太元部竞字号中。究其本旨,实非黄、老之言。然道里山川,率难考据,按以耳目

---

1 杨慎:《升庵集》卷2《〈山海经〉后序》,上海古籍出版社,1993年影印,第8—9页。
2 胡应麟:《少室山房笔丛》卷32《四部正讹下》,第315—316页。标点有改动。
3 胡应麟:《少室山房笔丛》卷32《四部正讹下》,第314页。
4 永瑢等:《四库全书简明目录》卷14子部十二小说家类,上海古籍出版社,1985,第551页。

所及，百不一真，诸家并以为地理书之冠，亦为未允。核实定名，实则小说之最古者尔。[1]

四库馆臣之所以认为《山海经》不应列入史部，缘于其对史书的认知。《四库全书总目·史部总叙》云："史之为道，撰述欲其简，考证则欲其详。莫简于《春秋》，莫详于《左传》。鲁史所录，具载一事之始末，圣人观其始末，得其是非，而后能定以一字之褒贬，此作史之资考证也。"[2]而《山海经》所记"道里山川，率难考据，按以耳目所及，百不一真"，所以不能入史部，这与欧阳修将《旧唐志》著录在史部杂传记中的许多作品移入《新唐志》子部小说家类中所持的理由是一致的。当然，四库馆臣们的小说观念与欧阳修的小说观念并非完全一致，欧阳修强调小说可发挥下情上达的作用，并不完全以是否真实作为小说质量的评价标准，而四库馆臣们却把"资考证"作为了小说质量的重要的评价指标。《四库全书总目》子部小说家类小序云：

> 张衡《西京赋》曰："小说九百，本自虞初。"《汉书·艺文志》载《虞初周说》九百四十三篇，注称"武帝时方士"。则小说兴于武帝时矣。故《伊尹说》以下九家，班固多注依托也。然屈原《天问》，杂陈神怪，多莫知所出，意即小说家言。而《汉志》所载《青史子》五十七篇，贾谊《新书·保傅篇》中先引之，则其来已久，特盛于虞初耳。迹其流别，凡有三派：其一叙述杂事，其一记录异闻，其一缀辑琐语也。唐宋而后，作者弥繁，中间诬谩失真、妖妄荧听者固为不少。然寓劝戒、广见闻、资考证者，亦错出其中。班固称："小说家流，盖出于稗官。"如淳注谓："王者欲知闾巷风俗，故立稗官，使称说之。"然则博采旁搜，是亦古制，固不必以

---

[1] 永瑢等：《四库全书总目》卷142子部小说家类三，中华书局，1965年影印，第1205页。
[2] 永瑢等：《四库全书总目》卷45史部正史类一，第397页。

冗杂废矣。今甄录其近雅驯者，以广见闻。惟猥鄙荒诞、徒乱耳目者，则黜不载焉。[1]

四库馆臣们所列小说"叙述杂事"、"记录异闻"、"缀辑琐语"三派，是以"寓劝戒、广见闻、资考证"为标准的，排斥那些"诬谩失真、妖妄荧听者"，这固然与乾隆时期考证之风有关，但也与他们对小说与历史关系的认知有关。《四库全书总目·史部总叙》在谈到史书编撰时，赞扬《资治通鉴》"一事用三四出处纂成，用杂史诸书凡二百二十二家……今观其书，如淖方成祸水之语，则采及《飞燕外传》，张象冰山之语，则采及《开元天宝遗事》，并小说亦不遗之"[2]。显然，四库馆臣们所说小说的"资考证"是服务于历史的，但与史书需要记载史实的要求又有所不同，小说可以"博采旁搜"，故不避冗杂和俚俗。根据他们对历史书和小说书的不同理解，他们不仅将《山海经》由史部地理类移入子部小说类，而且将《新唐志》史部实录类的《穆天子传》、故事类的《汉武故事》、《西京杂记》、杂史类的《大唐新语》、《明皇杂录》、《开天传信记》等都归入小说类，使小说的内涵进一步扩大，小说的民间性、琐碎性、故事性、虚构性特点也就更加突出了。

第三节 《山海经》归类变化反映着古代小说观念的发展

《山海经》究竟是一部什么性质的书：是古巫书？古地理书？还是古小说书？古往今来虽无固定的看法，但从不同时期人们对其进行的归类来看，仍然有规律可循。

《汉志》将《山海经》归入数术略形法类，是从巫史所掌"王官之学"的角

---

[1] 永瑢等：《四库全书总目》卷140子部小说家类一，第1182页。
[2] 永瑢等：《四库全书总目》卷45史部正史类一，第397页。

度进行的学术分类，隐含着畴官家法的思维逻辑。其不在《诸子略》小说家类著录《山海经》，是因为诸子是王纲解纽、官学失守后的产物，《山海经》既不诞生在这一时代，又没有诸子"述道见志"、"上说下教"的特点，更非"刍荛狂夫之议"，当然不属于诸子之列，自然也就不是小说家的作品。《汉志》这种"辨章学术，考镜源流"的著录理念，与汉人流行的学出王官、各信师承的学术背景相谐调，在西汉时期尤其如此，东汉班固不过继承了西汉刘氏父子的学术理念而已。

《隋志》并不"辨章学术，考镜源流"，其将史部独立、将子部和集部扩充，都是顺应了魏晋以来的文化发展和学术变异。自汉武帝"罢黜百家，独尊儒术"以来，儒家学术定于一尊，尽管南北思想文化的整合直到东汉后期才真正完成[1]，但儒家的独尊地位越来越巩固，世俗政治的权威越来越强大，巫史的文化作用也逐渐为世俗精英文化所取代。这一时期，统治者并不缺少统治思想，儒家传授的"六经"就摆在那儿，他们更需要的是统治经验，经书的独尊、史书的繁盛和子书的萎缩便是在这样的社会背景下同时发生的[2]，《汉志》所集中反映巫史文化的数术略和方技略也从"王官之学"向民间转移，而作为精英文化的文学艺术却蓬蓬勃勃发展起来。不过，作为中国文化基础的巫史意识仍然顽强地存在人们的头脑里，并未根本改变，更不会彻底根除。《春秋》好言灾异，《左传》喜叙怪诞，汉人以为是真实的历史，并不以为是虚构，自然不会考虑《山海经》是否虚构的问题。

魏晋时期，人们同样也不以鬼神怪异为虚构。东晋郭璞便为《山海经》的"闳诞迂夸、奇怪俶傥"辩护，他在《〈山海经〉序》中说：

---

[1] 参见拙作《王逸与〈楚辞章句〉》，《文学遗产》1987年第2期。收入拙著《中国文学观念论稿》，改题为《王逸〈楚辞章句〉与南北文学思想的融合》，湖北教育出版社，2004。

[2] 《汉志》仅在六艺略春秋类著录史书23家948篇，而梁阮孝绪《七录》除在经典录著录春秋类著作111种1153卷外，在记传录著录史书1020种14888卷，史书种数增加8.4倍（如以《汉志》1家为1种计），卷数增加近17倍（如以《汉志》1篇为1卷计），史书繁胜可以想见。《汉志·诸子略》著录诸子总共189家4546篇，《七录》子兵录著录子书232种3649卷，种数虽略有增加，卷数则明显减少（约减少20%），子学衰微可见一斑。

世之所谓异，未知其所以异；世之所谓不异，未知其所以不异。何者？物不自异，待我而后异。异果在我，非物异也。故胡人见布而疑鼛，越人见罽而骇毲。夫玩所习见，而奇所希闻，此人情之常蔽也。今略举可以明之者：阳火出于冰水，阴鼠生于炎山，而俗之论者莫之或怪。及谈《山海经》所载而咸怪之，是不怪所可怪，而怪所不可怪也。不怪所可怪，则几于无怪矣；怪所不可怪，则未始有可怪也。[1]

干宝《搜神记序》也说："今之所集，设有承于前载者，则非余之罪也。若使采访近世之事，苟有虚错，愿与先贤前儒分其讥谤。及其著述，亦足以明神道之不诬也。"[2] 干宝也因此被誉为"鬼之董狐"。

唐初的史学家仍然秉持干宝一样的理念，他们将《搜神记》作为历史资料予以采信，编入《晋书》。《隋志》将《搜神记》著录于史部杂传类，与其将《山海经》著录于史部地理类一样，不存在以"虚构的故事"作为小说标准的观念。唐人的小说观念，仍然是学术的观念，不是文体的观念，只是由于魏晋以来，家法散乱，师承不明，魏徵等才抛弃了以小说家源于"王官之学"的旧观念，而代之以作品形态和社会功能来确定小说书目的新思路，使得小说的文体形态得到彰显。这种彰显是对小说文体的一次解放，其意义不可小觑。

当然，唐人的小说观念总体上仍然是传统的，这种传统从根本上说是尊经重史，它反映着汉代以来传统文化的基本价值取向，而小说难以依附于经，也就只有依附于史才能确定其价值。即使如刘知几强调史书的特点是"征信"，批评《晋书》采用《搜神记》材料入史，"虽取悦于小人，终见嗤于君子"[3]，但也仍然认为，偏记、小录、逸事、琐语、郡书、家史、别传、杂记、地理书、都

---

[1] 郭璞：《〈山海经〉序》，丁锡根编著《中国历代小说序跋集》上，人民文学出版社，1996，第5页。
[2] 干宝：《〈搜神记〉序》，丁锡根编著《中国历代小说序跋集》上，第50页。
[3] 刘知几撰，浦起龙通释，吕思勉评：《史通》卷5《采撰》，上海古籍出版社，2008，第85页。

邑簿等都是史氏流别，都可以采择入史。所谓"街谈巷议，时有可观，小说卮言，犹贤于已，故好事君子，无所弃诸"；"刍荛之言，明王必择；葑菲之体，诗人不弃。故学者有博闻旧事，多识其物，若不窥别录，不讨异书，专治周、孔之章句，直守迁、固之纪传，亦何能自致于此乎"[1]。其所举偏记、小录等著作包括《西京杂记》、《琐语》、《世说》、《语林》、《志怪》、《搜神记》、《幽冥录》、《异苑》等。在刘氏看来，"大抵偏记、小录之书，皆记即日当时之事，求诸国史，最为实录。然皆言多鄙朴，事罕圆备，终不能成其不刊，永播来叶，徒为后生作者削稿之资焉。逸事者，皆前史所遗，后人所记，求诸异说，为益实多。及妄者为之，则苟载传闻，而无铨择。由是真伪不别，是非相乱。如郭子横之《洞冥》，王子年之《拾遗》，全构虚辞，用惊愚俗。此其为弊之甚者也"[2]。这即是说，好的小说是可以供史书采撰的，而完全虚构的作品则价值不大。这自然是站在史家的立场来看小说，而认为小说并不具备独立的学术价值，也是一望可知的。

真正认可小说可以虚构、具有独立学术价值的，还是北宋的欧阳修。他在《崇文总目》叙释中从下情上达的角度承认"小说之不可废"，将小说定义为"狂夫之言"、"刍荛"之议、"俚言巷语"[3]，实际上是从作品内容和形式两方面阐释了新的小说观念。他在《新唐志》里著录众多以前被认为是史部杂传类的作品，表明了他认为小说需要有故事，而且这种故事可以是虚构的。这是小说观念的又一次解放，它实际开启了中古小说观念向近代小说观念转变的演进之路。[4]如果没有这一启动，西方现代小说观念可能不会那样顺利地被中国文学界所接纳，从而形成中国现代小说观念。

欧阳修之所以能够有这样的认识，与北宋理学兴起，学者们的理性思维能

---

[1] 刘知几撰，浦起龙通释，吕思勉评：《史通》卷10《杂述》，第193—194页、第195—196页。
[2] 刘知几撰，浦起龙通释，吕思勉评：《史通》卷10《杂述》，第194页。
[3] 王尧臣等：《崇文总目》卷3小说类下，《宋元明清书目题跋丛刊》本，第98—99页。
[4] 参见本书第十五章。

力显著增强有极大关系；同时也与俗文学迅猛发展，文学想象空间进一步扩大存在关联。北宋初年的疑经思潮使人们不再墨守成规，对实与虚的判断与汉唐人明显有别。科学技术的进步促进着社会知识体系的更新[1]，欧阳修无疑是得风气之先者。当然，观念的转变常常是艰难的，对旧有学术体系的突破往往是渐进的，不会一蹴而就。《山海经》之所以仍然保留在《新唐志》史部地理类，而没有被调整到子部小说类，显然是传统思想发挥了作用。因为人们在当时还无法对上古载籍做出其是真实还是虚构的准确判断。

《四库全书总目》完成了这一判断，它认为《山海经》"侈谈神怪，百无一真"，不应该被归入史部，而应该根据其虚构的特点，将其移录入子部小说类。这一改变其实与《新唐志》将以前的史部杂传类部分作品移录入子部小说类为同一方向，持同样的理由。《新唐志》没有这样做而《四库全书总目》这样做，表明四库馆臣们比欧阳修更为理性，更强调史学的真实性，这与乾隆年间朴学大兴、考据成风有直接关系。他们在《山海经提要》里说书中"道里山川，率难考据"，成为他们将《山海经》逐出史部，退置于子部小说类的充足理由。《海内十洲记》退置的理由也一样。《〈穆天子传〉提要》云：

> 《穆天子传》旧皆入起居注类。徒以编年纪月，叙述西游之事，体近乎起居注耳。实则恍惚无征，又非《逸周书》之比。以为古书而存之可也，以为信史而录之，则史体杂，史例破矣。今退置于小说家，义求其当，无庸以变古为嫌也。[2]

其实，这种"变古"是对《新唐志》以来小说观念接纳故事与虚构内涵的符合逻辑的演进，尽管对史书需要"真实""征信"的要求连带影响对小说价值的评

---

[1] 人们熟知的"中国四大发明"就有三大发明（指南针、火药、活字印刷）发生在北宋。
[2] 永瑢等：《四库全书总目》卷140子部小说家类三，第1205页。

判,但小说的虚构特点及其故事性形态却被进一步肯定下来,完成了中古以来小说观念由古代向近代小说观念的转换。

不过,需要指出的是,《四库全书总目》的小说观念并不具备现代小说观念的核心内涵,它不承认小说作为一种文学文体和文化形态,与五经、诸史具有同样的文化价值,而只是认可其作为史学附庸的价值。即使史部的杂史,在四库馆臣眼里,其价值也高于小说。《四库全书总目》杂史类小序云:

> 杂史之目,肇于《隋书》。盖载籍既繁,难于条析。义取乎兼包众体,宏括殊名。故王嘉《拾遗记》、《汲冢琐语》得与《魏尚书》、《梁实录》并列,不为嫌也。然既系史名,事殊小说,著书有体,焉可无分。今仍用旧文,立此一类。凡所著录,则务示别裁。大抵取其事系庙堂,语关军国。或但具一事之始末,非一代之全编;或但述一时之见闻,只一家之私记。要期遗文旧事,足以存掌故,资考证,备读史者之参稽云尔。若夫语神怪,供诙啁,里巷琐言,稗官所述,则别有杂家小说家存焉。[1]

而在小说家类杂事之属有按语云:

> 纪录杂事之书,小说与杂史最易相淆。诸家著录,亦往往牵混。今以述朝政军国者入杂史;其参以里巷闲谈、词章细故者,则均隶此门。《世说新语》古俱著录于小说,其明例矣。[2]

按照上述分类标准,《汉武帝内传》、《飞燕外传》、《大唐新语》、《开元天宝遗事》、《南唐近事》、《癸辛杂识》、《南村辍耕录》等一大批具有杂史性质的作品

---

[1] 永瑢等:《四库全书总目》卷51史部杂史类,第460页。
[2] 永瑢等:《四库全书总目》卷140子部小说家类二,第1204页。

被退置于小说家类。甚至对那些叙述朝政军国大事，只是间涉神怪、颇嫌琐碎、稍近稗官的作品，如宋代朱彧《萍洲可谈》、王铚《默记》、邵氏《闻见录》、王巩《甲申杂记》、叶绍翁《四朝闻见录》等，四库馆臣都毫不犹豫地将之退置于小说家类。这对小说的故事性、琐碎性、虚构性、民间性特点都是有意无意的加强。

《四库全书总目》的分类，无疑是对传统四部分类的一次清理，也是一次总结。《山海经》归入子部小说家类，似乎走完了中国古代小说观念的演进的路程，准备着现代小说观念的兴起。然而，传统小说观念的内在冲突并未就此结束，这从《山海经》是真实还是虚构的话题中顽强地表现出来。与纪昀同时的毕沅在《〈山海经新校正〉序》中说：

> 《山海经》作于禹、益，述于周、秦，其学行于汉，明于晋，而知之者魏郦道元也。……刘秀之《表山海经》云："可以考祯祥变怪之物，见远国异人之谣俗。"郭璞之注《山海经》云："不怪所可怪，则几于无怪矣；怪所不可怪，则未始有可怪也。"秀、璞此言，足以破疑《山海经》者之惑，而皆不可谓知《山海经》。何则？《山海经·五藏山经》三十四篇，古者土地之图，《周礼·大司徒》用以周知九州之地域广轮之数，辨其山林川泽丘陵坟衍原隰之名物。《管子》："凡兵主者，必先审知地图轘辕之险。"滥车之水，名山通谷经川陵陆丘阜之所在，苴草林木蒲苇之所茂，道里之远近，皆此经之类。故其书世传，不废其言，怪与不怪皆末也。……郦道元作《水经注》，乃以经传所纪方土旧称，考验此经山川名号，案其涂数，十得者六，始知经云东西道里，信而有征，虽今古世殊，未尝大异，后之撰述地里者多从之，沅是以谓其功百倍于璞也。然郦书所著，仅述水道所迳，而其他山水纪传所称，足为经证者，亦间有焉。……案《西次三经》有弱水注洛，其川流既同，又名弱水，合于不胜船筏之说，亦必其水也。

《海内经》凌门之山，当即龙门之山，今陕西韩城是。杨汧之山，当即秦之杨纡，今陕西潼关是。而古今地里家疑其域外，是由汉魏以来，不知声转，斯为谬也。凡此诸条，皆郭璞所不详，道元所未取，又沅之有功于此经者也。又《山海经》未尝言怪，而释者怪焉。经说鸱鸟及人鱼，皆云人面。人面者，略似人形，譬如经云鹦母狌狌能言，亦略似人言，而后世图此，遂作人形。此鸟及鱼，今常见也。又崇吾之山有兽焉，其状如禺而文臂，豹虎而善投，名曰举父。郭云："或作夸父。"案之《尔雅》，有"玃父善顾"，是既猿猱之属，举、夸、玃三声相近。郭注二书，不知其一，又不知其常兽，是其惑也。以此而推，则知《山海经》非语怪之书矣。又经所言草木治疾，多足证发《内经》。沅虽未达是，知非后人所及也。[1]

毕氏提出《山海经》为"古者土地之图"，而"非语怪之书"，从学术层面否定了四库馆臣所谓《山海经》所记"道里山川，率难考据，按以耳目所及，百不一真"的结论。而郝懿行《〈山海经笺疏〉叙》更云："《五藏山经》五篇，主于纪道里、说山川，真为禹书无疑矣。而《中次三经》说青要之山，云南望墠渚，禹父之所化。《中次十二经》说天下名山，首引禹曰，一则称禹父，再则述禹言，亦知此语必皆后人所羼矣。然以此类致疑本经，则非也。"[2] 则从成书过程解释前人对书中叙述年代的怀疑，以维护《山海经》主体部分为禹、益实录的结论。这便告诉我们，即使在传统学术背景下，《山海经》是否虚构的问题也是一个没有完全解决的问题。[3]

民国年间，为了回应西方学者所宣传的中华民族西来说，一批学者投入到上古历史地理学的研究之中，创办《禹贡》、《地学杂志》等刊物，发表研究成

---

[1] 毕沅：《〈山海经新校正〉序》，丁锡根编著《中国历代小说序跋集》上，第14—17页。
[2] 郝懿行：《〈山海经笺疏〉叙》，丁锡根编著《中国历代小说序跋集》上，第20页。标点有改动。
[3] 《山海经》所记道里山川是否缺乏现实依据，至今仍是没有解决的问题。近年四川广汉三星堆出土文物有可以印证《山海经》记载的材料，使得《山海经》真伪问题更加复杂。

果。他们研究《穆天子传》的古地名，揭示西周时期的疆域以及周穆王所到之西域山川地理与其地之民族，《山海经》的真实与虚构问题又被提出。顾实的《汉书艺文志讲疏》对《山海经》的理解可以作为代表，顾氏认为：

> 据刘歆（《山海经叙录》）、王充（《论衡·谈天篇》）、赵晔（《吴越春秋》卷六）皆云"禹、益作《山海经》"，其书颇似《禹贡》，当作在舜世禹治水之时也。惟《五藏山经》后有禹曰天下名山云云，亦见《管子·地数篇》（又见伪《列子·汤问篇》），确为禹、益作。（郝懿行以此禹曰及《中次三经》青要之山，言"南望墠渚，禹父之所化"，疑非禹书。此不知古人作书之例，若以《史记》称太史公，褚先生例之，可爽然自失矣。）《海外》以下等经，则非禹、益书，多为图说之辞，其图盖即禹鼎。（《左·宣三年》王孙满说。）《海外》、《海内》二经，有周时说山海图之文，以其有汤、文王葬所也；又有汉所传图，以其有余暨、彭泽、朝阳、淮浦等汉县也。《大荒经》以下五篇，则更为释《海外》、《海内》二经之文，本不在《汉志》十三篇，又无刘歆校进款识，其文体亦为图说，当为汉时所传之图，出刘歆等所述也。后人往往据图说杂出周、汉地名，以疑此经。颜之推所谓"《山海经》，禹、益所记，而有长沙、零陵、桂杨、诸暨"（《颜氏家训·书证篇》），此由未尝分别观之也。[1]

如果不纠缠顾氏所论《山海经》的具体问题，仅从真实或虚构的角度看，顾氏显然持《山海经》主体部分为禹、益实录的观念。中国现代学者的这种认识，其实是在中西文化比较中得出的，或可补古代学者认识之偏。而《山海经》的归类，又成了一个仍然没有解决的问题。尤其是近年来四川广汉三星堆遗址所出土的大量文物，印证了《山海经》的一些记载，使得《山海经》可能真实记

---

[1] 顾实：《汉书艺文志讲疏》六数术略形法，上海古籍出版社，1987，第234页。标点有改动。

载了上古历史地理的问题凸显出来。这样，《四库全书总目》对《山海经》性质的判断及其归类便受到了强有力挑战，其所总结的小说观念也同时面临严峻挑战。

其实，从《山海经》归类可以看出，学缘与职事是唐以前人对载籍理解和知识分类的依据，真实和虚构则是宋以后人对载籍理解和知识分类的依据，而学术价值和政教作用则始终作为其共同的评价标准。这一现象与各时段的社会思想和知识结构直接关联，也与中国传统文化的核心价值相一致。各时期的小说观念都有其合理性，也都有其局限性。《新唐志》将难以"考质"的史传退置于小说，突显了古代文献分类的内在紧张与冲突。《四库全书总目》将《山海经》从史部地理类退置于子部小说家类，对史部文献进行了清理和总结，其实并未解决原有矛盾，而是进一步突显了古代文献分类的内在紧张与冲突。从这一个案来观察中国古代小说观念，就应该承认，小说并非亘古不变的文体概念，且始终处在发展变化之中，其核心内涵在不同时期并不完全相同，必须具体地历史地加以讨论。即使清人似乎已经明确了小说的故事性、虚构性等质素，在当时和后来的学术界也没能形成共识。如果将其放在西方后现代的语境中，故事性、虚构性更是无法说清楚的问题。因此，《山海经》究竟是一部什么性质的古书，可能还需要永远讨论下去。而如果回到具体的历史语境中，则又是一个可以说清楚的问题，因为它与各个历史时期的知识结构、社会思潮和学术状况密切关联，反映着一个时代的具体的历史观念与小说观念。

第三编
通俗小说观念的发生与演变

第十七章
曹植"诵俳优小说"发覆

本书第二编重点讨论了史志子部小说观念的发生与发展，这是中国古代小说观念的主流，也主导着中国古代小说和小说观念的发展，所以需要特别关注。不过，在中国小说发展史上，俳优也发挥过重要作用，本书第一编第四、五章已有较为充分的讨论。需要进一步说明的是，"俳优小说"不仅是中国古代小说的重要组成，而且影响了后世通俗小说的发展，同样需要关注。当然，俳优的创作是即兴的，其作品主要是即兴表演。而作为文本流传的"俳优小说"，其实非常少见，这与俳优的社会地位不高、没有社会话语权有直接关系。虽然"俳优小说"保存下来的不多，但仍然有蛛丝马迹可寻。据有关史料记载，著名文学家曹植在邯郸淳面前曾经"胡舞五椎锻、跳丸击剑、诵俳优小说数千言"。结合其他文献和相关出土文物，可以得出结论：此事发生在建安二十一年（216年），年轻的曹植为了在"博学有才章"的名士长者邯郸淳面前展示才华，进行了这些属于俳优伎艺的表演。"胡舞五椎锻"是针对五椎的一种健身舞蹈，通过拍打、按摩、运动五椎，调理脏腑功能，从而健康体魄。"跳丸击剑"也称"跳丸剑"，是用手或脚同时抛接玩弄多个丸铃和多把短剑的高难度杂技表演。"诵俳优小说数千言"，则是诵类似于敦煌佚书《韩朋赋》、《燕子赋》、《晏子赋》的民间俗赋，江苏尹湾西汉晚期墓出土的《神乌傅（赋）》便是这种俗赋，曹植本人创作的《鹞雀赋》则是文人拟俗赋，上述作品被视为"俳优小说"也未尝不可。了解了这一点，对于理解史志小说家的小说与民间通俗小说的关系，认识中国古代小说和小说观念的发生和演变，具有十分重要的意义。下面试做具体论述。

第一节 有关记载的历史背景

曹植（192—232）字子建，沛国谯（今安徽亳州市）人。是曹操第三子，生前为陈王，死后谥"思"，故又称陈思王。魏文帝曹丕之弟。三国时期著名文学家、音乐家，对五言诗发展作出了杰出贡献，是建安诗坛的领军人物；所作散文和辞赋成就巨大，对后世文学影响深远。其诵"俳优小说"事，见于《三国志·魏书·王粲传》裴松之（372—451）注"邯郸淳"所引《魏略》。仔细分析此记载中包含的所有文化信息，或许可以为我们了解曹植所诵"俳优小说"究为何物找到一些有价值的线索，同时帮助我们清理中国古代小说观念的发展。

《魏略》有云：

（邯郸）淳，一名竺，字子叔，博学有才章，又善《苍》、《雅》、虫、篆、《许氏字指》。初平时，从三辅客荆州，荆州内附，太祖（曹操）素闻其名，召与相见，甚敬异之。时五官将（曹丕）博延英儒，亦宿闻淳名，因启淳欲使在文学官属中。会临菑侯（曹）植亦求淳，太祖遣淳诣植。植初得淳甚喜，延入坐，不先与谈。时天暑热，植因呼常从取水，自澡讫，傅粉，遂科头拍袒，胡舞五椎锻、跳丸击剑、诵俳优小说数千言讫，谓淳曰："邯郸生何如邪？"于是乃更着衣帻，整仪容，与淳评说混元造化之端，品物区别之意。然后论羲皇以来贤圣名臣烈士优劣之差，次颂古今文章赋诔，及当官政事宜所先后，又论用武行兵倚伏之势。乃命厨宰酒炙交至，坐席默然，无与伉者。及暮，淳归，对其所知叹植之材，谓之天人。

而于时世子未立，太祖俄有意于植，而淳屡称植材。由是五官将颇不悦。及黄初初，以淳为博士给事中。淳作《投壶赋》千余言奏之，文帝（曹丕）以为工，赐帛千匹。[1]

《魏略》作者鱼豢，魏末晋初京兆（今陕西西安）人，具体生卒年不详。仕魏为博士给事中，是当时著名学者、史学家。刘知几（661—721）《史通·古今正史》云："魏时京兆鱼豢私撰《魏略》，事止明帝。"[2] 不过，据《三国志·魏志·三少帝纪》裴松之注引《魏略》记嘉平六年（254年）九月司马师废齐王曹芳及郭太后议立高贵乡公曹髦事甚详，则《魏略》记事已至三少帝，非止于明帝。据近人张鹏一《魏略辑本》考辩，晋代魏后，鱼豢未再仕，大概在晋太康（280—289）后去世。其《魏略》可谓当时人记当时事，有的甚至是作者亲历，且为私撰，所受约束较少，故有相当的可信度。晋史学家陈寿（233—297）撰《三国志》虽有采择，但受体例及行文限制，《魏略》的许多材料未被采用。刘宋裴松之注《三国志》引用汉晋间书百余种，其录魏事引用最多者为《魏略》，可见其对《魏略》的重视。宋人高似孙（1158—1231）称"鱼豢《魏略》特为有笔力"，"亦一时记载之隽也"[3]，充分肯定其史料价值；清人钱大昕（1728—1804）谓《魏略》"诸传标目，多与他史异"，也肯定其体例的创新。

上引《魏略》记邯郸淳与曹植的一段逸事应该可信，因为它与史实吻合。事件发生的时间在建安十三年至二十二年之间。建安十三年（208年）九月，曹操进军荆州（今湖北襄阳），荆州守刘琮举州降曹，曹操入襄阳，召见邯郸淳。同年底，赤壁之战曹操战败，邯郸淳随之北还。建安十六年（211年），曹操（155—220）以次子曹丕（187—226）为五官中郎将，置属官，故有曹丕"因

---

[1] 陈寿著，裴松之注：《三国志·魏书》卷21《王粲等传》，《二十五史》本，上海古籍出版社、上海书店，1986年影印，第1138—1139页。

[2] 刘知几著，浦起龙通释，吕思勉评：《史通》卷12《古今正史》，上海古籍出版社，2008，第247页。

[3] 高似孙：《高似孙集》上册《史略》卷2《三国志·魏氏别史》，浙江古籍出版社，2017，第276—277页。

启淳欲使在文学官属中"之举。不过，这时曹操还在立太子之事上犹豫不决，由于长子曹昂已死，他对最有才华的第三子曹植（192—232）颇为属意，几欲立其为太子，故有"会临菑侯植亦求淳，太祖遣淳谒植"之事，此事曾令曹丕"颇不悦"。而建安二十二年（217年），曹操最终立曹丕为太子，曹植失宠。延康元年（220年）正月，曹操死，曹丕袭魏王爵，酝酿以魏代汉，邯郸淳在曹丕的高压下离开曹植，到曹丕帐下效命。离开曹植时写有《答赠诗》给友朋。据此诗，邯郸淳跟随曹植有四年（"四祀"）之久，而离开曹植并非自愿，而是"被命"[1]。依此，邯郸淳初见曹植的时间应该是建安二十一年（216年）。邯郸淳到曹丕帐下的第一件工作就是为曹丕撰写禅代受命述表，《艺文类聚》卷十载有其所作述、表各一通。曹丕称帝后，以邯郸淳为博士给事中，时在黄初（220—226）初年。后邯郸淳作《投壶赋》千余言奏上，受到曹丕奖赏。此时的曹植受到曹丕排斥，惶惶不可终日，三人的关系发生了根本性改变。

仅仅了解了故事发生的政治背景还不够，必须对邯郸淳其人也有所了解，才能对曹植初见邯郸淳的心态有更深刻的体会，从而理解他的言谈举止。邯郸淳，汉魏之际的书法家、文学家、游艺家。鲁迅指出："《隋志》又有《笑林》三卷，后汉给事中邯郸淳撰。淳一名竺，字子礼，颍川人，弱冠有异才，元嘉元年（151年），上虞长度尚为曹娥立碑，淳者尚之弟子，于席间作碑文，操笔而成，无所点定，遂知名，黄初初（约221年），为魏博士给事中，见《后汉书·曹娥传》及《三国志·魏书·王粲传》等注。《笑林》今佚，遗文存二十余事，举非违，显纰缪，实《世说》之一体，亦后来诽谐文字之权舆也。"[2] 邯郸淳不仅在小说史上有不容忽视的地位，在书法方面也是代表性人物。唐张怀瓘称其"志行清洁，才学通敏，初为临淄王傅，累迁给事中，书则八体悉工，师于

---

[1] 邯郸淳《答赠诗》云："我受上命，来随临菑。与君子处，曾末盈期。……余惟薄德，既局且鄙。见养贤侯，于今四祀。……今也被命，我在不俟。瞻念我侯，又慕君子。行道迟迟，体逝情止。岂无好爵，惧不我与。圣主受命，千载一遇。攀龙附凤，必在初举。"（欧阳询：《艺文类聚》卷31人部十五《赠答》，上海古籍出版社，1965，第546页。）

[2] 鲁迅：《中国小说史略》第七篇，人民文学出版社，1973，第50页。

曹喜，尤精古文、大篆、八分、隶书"[1]。魏正始二年（241年）将古文经用古文、小篆、汉隶三体书写刊石，立于洛阳太学熹平石经之西，史称"正始石经"，其书写者历来有邯郸淳之说[2]。他还著有《艺经》，载弹棋、投壶、藏钩、击壤、米夹、掷砖、马射等诸般游艺，是中国最早的游戏专著。邯郸淳成名甚早，曹操"素闻其名"，拿下荆州后，便"召与相见，甚敬异之"，曹丕、曹植都争相延揽，其社会影响之大，由此可见一斑。

既然曹丕和曹植都在延揽人才，邯郸淳又是他们争取延揽的对象，而邯郸淳长曹植一甲子（60岁），甚至比其父曹操也年长20余岁，又是具有多方面才干的名士，因此，年轻的曹植在初见邯郸淳时的心态就可以揣摩了。一方面，他对邯郸淳的到来非常高兴，《魏略》云"植初得淳甚喜"便揭示了他此时的心情。另一方面，为了得到邯郸淳的尊重和信任，他自然要在邯郸淳面前尽量展示自己的才华，以征服这位"博学有才章"的名士长者。从《魏略》的记载来看，曹植在邯郸淳面前展示了"大俗"和"大雅"两方面的才华，完全征服了邯郸淳，以致邯郸淳日暮回家后"对其所知叹植之才，谓之天人"。曹植的"大雅"之才涉及天文、地理、历史、政治、文学、军事等，这里不去说它[3]。其"大俗"之才涉及"胡舞五椎锻、跳丸击剑、诵俳优小说"数项，需要细致辨析，才能明了此"俳优小说"究属何物。

第二节　俳优与俳优表演

据《魏略》记载，在"胡舞五椎锻、跳丸击剑、诵俳优小说"之前，时天

1　张怀瓘：《书断》卷中"妙品"，《历代书法论文选》，上海书画出版社，1979，第183页。
2　如果按邯郸淳元嘉元年（151年）"弱冠"（20岁）、正始二年（241年）书石计算，他应该活了110岁以上。此事虽属可疑，却并非无此可能，新中国佛教协会第一任荣誉会长虚云法师（1840—1959）便活了120岁，而在其110多岁时还遭人暴打几死，不然，其寿命可能更长。
3　《三国志·魏书·曹植传》对其才学有颇充分的记述，南朝文学家谢灵运有"天下才有一石，曹子建独占八斗"（宋无名氏《释常谈·八斗之才》）之说，大家耳熟能详，故不赘。

暑热，曹植"因呼常从取水，自澡讫，傅粉"，然后才开始这几项活动。曹植之所以要取水洗澡，是因为要"傅粉"，而由于天热，头上脸上难免出汗，不洗澡则不能"傅粉"。为何要"傅粉"？在一般人看来，只有女子才要"傅粉"（也作"敷粉"），因为它是化妆的基础，男子不必化妆，自然不需要"傅粉"。其实，西汉时期已有男子傅粉，起初只是幸臣所为，"孝惠时，郎侍中皆冠鵔䴊，贝带，傅脂粉"[1]；到东汉末年，士人也开始傅粉，只是尚不普遍，李固的政敌便污蔑李固："大行在殡，路人掩涕，固独胡粉饰貌，搔头弄姿，盘旋偃仰，从容冶步，曾无惨怛伤悴之心。"[2]显然，当时人对士人傅粉仍有物议。不过到了魏晋，傅粉之风就已经普遍存在于社会上层士族中间了。曹植会见邯郸淳事在东汉末，他的傅粉自然不是赶时髦，而是表演"胡舞五椎锻、跳丸击剑、诵俳优小说"的需要。如果仅仅是接待客人，尤其是与自己尊敬的人接谈，则不仅不需要傅粉，还需要正式着装，以显示对客人的尊重。下文写曹植与邯郸淳接谈前"乃更着衣帻，整仪容"，已经说明了这一点。

曹植"傅粉"化妆后，"遂科头拍袒"。"科头"者，不着巾帻也。"拍袒"者，指拍打自己露出的上体；敞开或脱去上衣都可说"袒"，这里是指光着上身（因下文有"乃更着衣帻"语）。曹植的这番化妆打扮，使我们很容易联想到近几十年出土的汉俳优俑和汉墓砖（石）上的俳优百戏画像。仅以四川出土汉代俳优俑为例，如1954年羊子山2号汉墓出土的俳优俑，1957年成都天回山东汉崖墓出土的俳优坐俑，1963年郫县宋家岭东汉墓中出土的俳优立俑，1974年金堂县青江公社东汉崖墓出土的俳优立俑，1979年新都县马家山东汉崖墓出土的俳优立俑，等等，都是成年男子，上身赤裸，下身着裤，未见有衣冠整齐者。

曹植为何要做俳优打扮，"胡舞五椎锻、跳丸击剑、诵俳优小说"，在邯郸淳面前显示自己"大俗"的才华呢？这应该从俳优的特点及其在汉魏时期的遭

---

[1] 班固撰，颜师古注：《汉书》卷93《佞幸传》，中华书局，1962，第3721页。
[2] 范晔撰，李贤等注：《后汉书》卷63《李固传》，中华书局，1965，第2084页。

际来理解。

关于俳优，王国维、冯沅君、任半塘等前辈学者做了很好的研究，虽然还有一些问题存在争议，但其开拓之功不可抹杀。笔者撰有《论古优的来历及其分化》一文[1]，希望对此问题的研究有所推进，本书第四章便是讨论此问题，读者可以参看。俳优古称"优"，后亦称"倡优"或"俳优"。许慎《说文解字》："优，饶也。从人，忧声。一曰倡也。""倡，乐也。从人，昌声。"段玉裁注："汉有黄门名倡、常从倡、秦倡，皆郑声也。《东方朔传》有幸倡郭舍人，则倡即俳也。"《说文解字》："俳，戏也。从人，非声。"段注："以其戏言之谓之俳；以其音乐言之谓之倡，亦谓之优。其实一物也。"[2]"俳优"之称首见于《荀子·王霸》："乱世不然，污漫突盗以先之，权谋倾覆以示之，俳优、侏儒、妇女之请谒以悖之。"[3] 说明俳优当时已能进入社会政治生活。先秦著名俳优有优施（《国语·晋语》）、优孟、优旃（《史记·滑稽列传》）、优莫（《新序·刺奢》）等，都是利用调笑对当时政治进行过干预的人物。有人认为俳优出于侏儒，但楚国的优孟身长八尺，自然不是侏儒。俳优不仅善为调戏之言，也善歌舞杂戏，侏儒只能前者而无力后者，故称俳优可包括侏儒，而称侏儒却不能涵盖所有俳优，这也是先秦两汉文献常常俳优、侏儒并称的原因。

实际上，自西周以来，朝廷就有雅乐、俗乐（散乐、夷乐）之分。宋郭茂倩梳理散乐发展线索云："《周礼》曰：'旄人教舞散乐。'郑康成云：'散乐，野人为乐之善者，若今黄门倡。'即《汉书》所谓黄门名倡丙强、景武之属是也。汉有黄门鼓吹，天子所以宴群臣。然则雅乐之外，又有宴私之乐焉。《唐书·乐志》曰：'散乐者，非部伍之声，俳优歌舞杂奏。'秦汉已来，又有杂伎，其变非一，名为百戏，亦总谓之散乐。自是历代相承有之。"[4] 先秦本有俳优表演杂

1　见本书第四章。参见拙作《论古优的来历及其分化》，《南京大学学报》（哲学·人文科学·社会科学）2015年第4期。
2　段玉裁：《说文解字注》第八篇上《人部》，上海古籍出版社，1981，第375—380页。
3　王先谦：《荀子集解》卷7《王霸篇》，《诸子集成》本，第147页。
4　郭茂倩：《乐府诗集》卷56《舞曲歌辞五·散乐附》，中华书局，1979，第819页。

戏，如《左传》便载有马夫模仿俳优表演马戏："陈氏、鲍氏之圉人为优。庆氏之马善惊，士皆释甲束马，饮酒，且观优，至于鱼里。"[1] 秦代又有角抵，宋章如愚云："始皇并天下，聚郡县兵器于咸阳，销为钟镰，谋武之礼，罢为角抵。"[2] 散乐与角抵合流于宫廷始于秦，后发展为包括各种技艺的综合百戏娱乐表演。在汉代，百戏散乐（也称"角抵"）为统治者所喜爱。《后汉书·礼仪志》李贤注引蔡质《汉仪》详细记载了汉代元旦散乐：

> 正月旦，天子幸德阳殿，临轩……悉坐就赐。作九宾（彻）[散]乐。舍利[兽]从西方来，戏于庭极，乃毕入殿前，激水化为比目鱼，跳跃嗽水，作雾鄣日。毕，化成黄龙，长八丈，出水遨戏于庭，炫耀日光。以两大丝绳系两柱（中头）间，相去数丈，两倡女对舞，行于绳上，对面道逢，切肩不倾，又踯局出身，藏形于斗中。钟磬并作，[倡]乐毕，作鱼龙曼延。小黄门吹三通，谒者引公卿群臣以次拜，微行出，罢。卑官在前，尊官在后。[3]

唐杜佑云："大抵散乐杂戏多幻术，皆出西域，始于善幻人至中国。汉安帝时天竺献伎，能自断手足、刳剔肠胃，自是历代有之。"[4] 又云："汉魏以来，（杂舞）皆以国之贱隶为之，惟雅舞尚选用良家子。"[5] 而所谓"国之贱隶"，则俳优是当。

不仅朝中散乐用俳优，统治者平日生活中也喜欢使用俳优来娱乐。《史记·平津侯主父列传》载徐乐上书汉武帝，提及只要天下无土崩之势，人主"金石丝竹之声不绝于耳，帷帐之私、俳优侏儒之笑不乏于前，而天下无宿

---

[1] 杜预注，孔颖达疏：《春秋左传正义》卷38《襄公二十八年》，《十三经注疏》本，中华书局，1980年影印，第2000页。
[2] 章如愚：《群书考索后集》卷38《兵门》，《四库全书》本。陈傅良《历代兵制》卷1《秦》所记略同。
[3] 范晔撰，李贤等注：《后汉书》志第五《礼仪志中·朝会》，第3131页。
[4] 杜佑：《通典》卷146《乐》六《散乐》，中华书局，1988年影印，第3729页。
[5] 杜佑：《通典》卷146《乐》六《清乐》，第3718页。

忧"¹,说明俳优供笑于人主已是当时常态。据《汉书》载,景帝之子广川王刘去"好文辞、方技、博弈、倡优……数置酒,令倡俳裸戏坐中以为乐"²;武帝之子燕刺王刘旦"壮大就国,为人辩略,博学经书杂说,好星历数术倡优射猎之事"³;广陵王刘胥"好倡乐逸游,力扛鼎,空手搏熊彘猛兽"⁴;大将军霍光废弃昌邑王罪状之一就是:"大行在前殿,发乐府乐器,引内昌邑乐人,击鼓歌吹作俳倡。"⁵西汉末年,孝元皇后内弟们"列于三公,而五侯群弟,争为奢侈,赂遗珍宝,四面而至;后庭姬妾,各数十人,童奴以千百数,罗钟磬,舞郑女,作倡优,狗马驰逐"⁶。上有所好,下必甚焉,民间的俳优也很活跃。例如,"中山地薄人众,犹有沙丘纣淫地余民,民俗儇急,仰机利而食。丈夫相聚游戏,悲歌忼慨,起则相随椎剽,休则掘冢作巧奸冶,多美物,为倡优。女子则鼓鸣瑟,跕屣,游媚贵富,入后宫,遍诸侯。"⁷而到了东汉,奢侈享乐之风更甚,俳优之戏更形成普及之势。

受世风濡染,曹氏家族也喜爱俳优。"太祖(曹操)为人佻易无威重,好音乐,倡优在侧,常以日达夕。被服轻绡,身自佩小鞶囊,以盛手巾细物,时或冠帢帽以见宾客。每与人谈论,戏弄言诵,尽无所隐,及欢悦大笑,至以头没杯案中,肴膳皆沾污巾帻,其轻易如此。"⁸曹操堂弟曹洪也颇轻脱,在出征击败马超后,"令女倡著罗縠之衣,蹋鼓,一座皆笑。(杨)阜厉声责洪曰:'男女之别,国之大节,何有于广座之中裸女人形体?虽桀、纣之乱,不甚于此。'遂

---

1 司马迁撰,裴骃集解,司马贞索隐,张守节正义:《史记》卷112《平津侯主父列传》,中华书局,2014,第3581页。
2 班固撰,颜师古注:《汉书》卷53《景十三王传·广川惠王刘去》,第2428—2431页。
3 班固撰,颜师古注:《汉书》卷63《武五子传·燕刺王刘旦》,第2751页。
4 班固撰,颜师古注:《汉书》卷63《武五子传·广陵厉王刘胥》,第2760页。
5 班固撰,颜师古注:《汉书》卷68《霍光传》,第2940页。
6 班固撰,颜师古注:《汉书》卷98《孝元皇后传》,第4023页。
7 司马迁撰,裴骃集解,司马贞索隐,张守节正义:《史记》卷129《货殖列传》,中华书局,2014,第3960页。
8 陈寿:《三国志·魏书》卷1《武帝纪》裴松之注引《曹瞒传》,《二十五史》本,第1074页。

奋衣辞出"[1]。而曹丕之放诞，又甚于其父辈。例如，王忠归顺曹操后，拜为中郎将，从征讨，"五官将（曹丕）知忠尝啖人，因从驾出行，令俳取冢间髑髅系著忠马鞍，以为欢笑"[2]。可见曹丕身边常有俳优。

鉴于当时的社会风气和曹氏家族的传统，曹植化妆做俳优来表演俳优的各种绝技，以显示自己的才华，是完全可以理解的。更何况他所接待的邯郸淳，又是一个对民间伎艺特别爱好且修养深厚并著有《艺经》的海内名士呢！

第三节　"胡舞五椎锻、跳丸击剑"与"俳优小说"

那么，"胡舞五椎锻、跳丸击剑、诵俳优小说"又是怎样的表演呢？下面分别讨论。

关于"胡舞五椎锻"，人们大都不知其详。匈奴自称"胡人"，其舞自是"胡舞"。但"胡舞"也通指西北少数民族舞蹈，有健舞和软舞之分；有时也特指胡旋舞。关于胡旋舞，据唐段安节《乐府杂录·俳优》称："舞有骨鹿舞、胡旋舞，俱于一小圆毯子上舞，纵横腾踏，两足终不离于毯子上，其妙如此也。"[3] 唐代胡旋舞风行，汉末是否有此舞尚不清楚。据《后汉书·五行志》："灵帝好胡服、胡帐、胡床、胡坐、胡饭、胡空侯（箜篌）、胡笛、胡舞，京都贵戚皆竞为之。"[4] 汉灵帝喜欢的"胡舞"，恐怕是通指西北少数民族的各种舞蹈。而曹植"胡舞五椎锻"则应是一种用于保健的少数民族舞蹈，从"五椎锻"之名即可推知。"五椎"乃人体部位名，指第五胸椎，亦指第五脊椎。《黄帝内经素问》："五椎下间主肝热。"[5] 此五椎是指第五胸椎。《类经图翼》："心居肺管之下，膈膜

1　陈寿：《三国志·魏书》卷25《杨阜传》，第1151页。
2　陈寿：《三国志·魏书》卷1《武帝纪》裴松之注引《魏略》，第1070页。
3　段安节：《乐府杂录》，《丛书集成初编》本，商务印书馆，1936，第22页。
4　范晔撰，李贤等注：《后汉书》志第十三《五行志一》，第3272页。
5　田代华整理：《黄帝内经素问》卷9《刺热篇》，人民卫生出版社，2017，第62页。

之上，附着脊之第五椎。"¹《针灸甲乙经》："神道在第五椎节下间。……心俞在第五椎下两傍各一寸五分。……神堂在第五椎下两傍各三寸。"²此五椎均指第五脊椎。而无论胸椎、脊椎，均是人体重要部位，"五椎锻"应该是针对五椎的一种舞蹈，通过拍打、按摩、运动五椎，调理脏腑功能，从而健康体魄。有人认为"胡舞五椎锻"，就是将胡舞跳五段，这是没有根据的想当然之说。马薇、马维丽通过研究，认为它是一种"拍胸舞"³，其结论基本可信。需要指出的是，"胡舞五椎锻"应该是一种有一定难度的健身舞蹈，不然，曹植就不会在邯郸淳面前露上这一手了。

关于"跳丸击剑"，人们一般将二者断开作"跳丸、击剑"，这其实并不妥当。本来，古代杂技有"跳丸"，也叫"弄丸"，指杂技艺人用手抛接玩弄丸铃，一个在手上，多个在空中，如今之杂耍表演。《庄子》所载"市南宜僚弄丸，而两家之难解"⁴，说的就是这种表演。此种表演并不限于俳优，宜僚为"楚勇士"，乃其证。而"击剑"本为武术项目，也一直是贵胄子弟们喜爱的体育运动，达官贵人也有好此者，他们在酒席宴上常有即兴"击剑"表演。这是显示他们身份和修养的活动，一般都会有正式装束，不会像曹植这样"科头拍袒"去表演。因此，曹植的"跳丸击剑"也应是模仿俳优所进行的一项表演，而在东汉这样的俳优表演是一种时髦。据东汉张衡（78—139）《西京赋》："跳丸剑之挥霍，走索上而相逢。"李善注："挥霍，谓丸剑之形也。"⁵这里的"跳丸剑"，是指同时跳弄丸和剑，其难度很大也很精彩，故用"挥霍"来形容。东汉末年的李尤（生卒年不详）在《平乐观赋》中也提到"飞丸跳剑，沸渭回扰"。⁶正如"跳丸"可称"飞丸"、"弄丸"一样，"跳剑"也可称"弄剑"、"击剑"。

---

1 张介宾：《类经图翼》卷3《经络》，《四库全书》本。
2 皇甫谧：《针灸甲乙经》卷3，《四库全书》本。孙思邈《千金翼方》卷26《针灸上》同。
3 马薇、马维丽：《中国少数民族舞蹈发展史》，人民音乐出版社，2007。
4 王先谦：《庄子集解》卷6《徐无鬼》，《诸子集成》本，第161页。
5 萧统编：《文选》卷2《西京赋》，中华书局，1977年影印胡克家本，第48页。
6 欧阳询等：《艺文类聚》卷63《观·赋》，上海古籍出版社，1982，第1134页。

"弄剑"的最早记载见于《列子·说符》：

> 宋有兰子者，以技干宋元。宋元召而使见其技。以双枝长倍其身，属其胫，并趋并驰，弄七剑，迭而跃之，五剑常在空中。元君大惊，立赐金帛。[1]

单独的"跳丸"（"飞丸"、"弄丸"）、"跳剑"（"弄剑"、"击剑"）虽也考验水平，一般为跳三至五丸（或剑），能够跳七丸（或七剑）就是超一流水平了，但将丸、剑一齐跳，即《西京赋》所谓"跳丸剑"，则更体现了汉代俳优的创造和水平。"跳丸剑"在汉代颇为流行，这在20世纪下半期出土的汉墓画像砖（石）中可以得到证明。四川出土的汉代杂技画像砖，有一人跳三丸、二剑者。山东安邱韩家王村汉墓画像石刻中，有一人双手飞四丸、三剑，膝盖、右脚尖、左脚跟同时各跳一丸者。最能表达"跳丸剑"绝技的要数山东沂南北寨村汉墓石画像，在墓石左上角，一个长须艺人，赤裸上身，下穿短裤，双腿微蹲，屈膝仰身，一剑在手里，三剑在空中，另一手作张开接剑状，足下放着五个丸铃，似乎在以两足迭次受丸。这绝对是一个擅长"跳丸击剑"的高手，自然也可能有艺术的夸张。邯郸淳见多识广，曹植既然敢在邯郸淳面前"跳丸击剑"，一定有不同寻常的水平，只是我们无法知道他跳的究竟是几丸几剑。

我们之所以不赞成曹植的"击剑"为武术表演，还有一个重要理由，因为作为武术的"击剑"是曹丕的强项而非曹植的强项，这有曹丕《典论·自叙》为证。曹丕说：

> 余又学击剑，阅师多矣。四方之法各异，唯京师为善。桓、灵之间，有虎贲王越善斯术，称于京师。河南史阿言昔与越游，具得其法。余从阿

---
[1] 张湛注：《列子》卷8《说符》，《诸子集成》本，第94页。

学之,精熟。尝与平虏将军刘勋、奋威将军邓展等共饮。宿闻展善有手臂,晓五兵,又称其能空手入白刃。余与论剑良久,谓言:"将军法非也。余顾尝好之,又得善术。"固求与余对。时酒酣耳热,方食竽蔗,便以为杖。下殿数交,三中其臂,左右大笑。展意不平,求更为之。余言:"吾法急属,难相中面,故齐臂耳。"展言:"愿复一交。"余知其欲突以取交中也,因伪深进,展果寻前,余却脚鄡,正截其颡,坐中惊视。余还坐,笑曰:"昔阳庆使淳于意去其故方,更授以秘术。今余亦愿邓将军捐弃故伎,更受要道也。"一坐尽欢。[1]

由此可见,曹丕的击剑水平相当高超,远非常人可及,千万不可因"三曹七子"的固定思维以为曹丕只是个有成就的文学家或长于文学的帝王。作为弟弟的曹植肯定是清楚其兄之所长的。有善于击剑的曹丕做参照,曹植断然不会在邯郸淳面前自暴己短以显曹丕之长的,何况他们兄弟之间正在为争夺邯郸淳而暗中较劲呢。

了解了"胡舞五椎锻"、"跳丸击剑",再来讨论"诵俳优小说数千言",我们的认识就可能更加清晰到位。有人将"俳优小说"解释为俳优讲说的笑话故事,这自然是由于将俳优理解为"俳谐"、将小说理解为"故事"而得出的符合逻辑的结论。然而,需要回答的问题是:笑话故事何以要"诵"?什么样的笑话可以有"数千言"?当时是否真有"数千言"的笑话故事?时至今日,还没有人能够对这些问题给大家以满意的回答。笔者的意见是,曹植的"诵俳优小说数千言"应该诵的是"俗赋"。理由如下:

其一,从体制上看,在东汉末年的俗体文艺中,只有俗赋才可以有"数千言"的篇幅,而笑话故事的篇幅一般都很短小。"赋者,铺也,铺采摛文,体物

---

[1] 曹丕:《典论·自叙》,郁沅、张明高编选《魏晋南北朝文论选》,人民文学出版社,1996,第12页。

写志也"[1]。正因为赋的主要特点是铺陈，所以容易形成较大的篇幅。以前我们知道，敦煌佚书《韩朋赋》、《燕子赋》、《晏子赋》是民间俗赋，这些赋采用对话形式，有一定情节，对话部分多用四言，基本押韵，语言通俗，风格诙谐幽默，以为是唐代的产物。《燕子赋》最长，3000余字，《韩朋赋》近3000字，《晏子赋》较短，不足1000字。1979年甘肃文物工作队在敦煌西北的马圈湾汉代烽燧遗址发现了一批散残木简，其中有《韩朋赋》早期传本残简，可证敦煌佚书俗赋来源甚古，并非始于唐代。1993年江苏连云港市东海县尹湾西汉晚期墓出土了《神乌傅（赋）》，用对话的形式，以四言为主，基本押韵，与敦煌写本《燕子赋》如出一辙，这样就将俗赋的上限提早到了西汉后期。2009年北京大学收藏海外捐赠的抄写于汉武帝时的竹书中发现有《妄稽》一篇，共100余枚简，3000余字，叙述一个士人家庭因妻妾矛盾而引发的故事；另有一篇《反淫》是用赋体写成的魂与魄的对话，也是俗赋一类。[2] 其实，俗赋起源甚早，在汉代已颇流行。汉代学者仿制俗赋的作品不少，如王褒的《僮约》、《责须髯奴辞》、扬雄的《逐穷赋》、《酒赋》、傅玄的《鹰兔赋》、束晳的《饼赋》、蔡邕的《短人赋》等，都是模仿俗赋之作。曹植"少而好赋"，是作赋高手，他不仅写有《洛神赋》、《神龟赋》等文人赋，也作有《鹞雀赋》等俗赋。因此，他在邯郸淳面前诵"数千言"俗赋来展示其俗文学的才华，自是情理之中事，也是他的强项。

其二，从表演上看，在俗体文艺中，俗赋是需要"诵"的，而笑话、故事则只需要讲说，佛教的俗讲虽有说有唱，但都不称做"诵"，只称做"讲"或"唱"。本来，早期的"诗"都配乐演唱，而"不歌而诵谓之赋"，自古即是如此。春秋中叶以后，"诗"脱离"乐"而独立，形成"赋诗言志"的风气，故"诗"也可以"诵"。不过，《汉志·诗赋略》著录的汉代歌诗则都是配乐歌唱的，而需要"诵"的就是"赋"。章学诚有云：

---

[1] 刘勰著，范文澜注：《文心雕龙注》卷2《诠赋》，人民文学出版社，1958，第134页。
[2] 参见北京大学出土文献研究所编《北京大学藏西汉竹书》（四），上海古籍出版社，2015。

古之赋家者流，原本《诗》、《骚》，出入战国诸子：假设问对，《庄》、《列》寓言之遗也；恢廓声势，苏、张纵横之体也；排比谐隐，韩非《储说》之属也；征材聚事，《吕览》类辑之义也。虽其文逐声韵，旨存比兴，而深探本源，实能自成一子之学。[1]

正是因为赋吸收了诸多文体之长，故形成了诗体赋、骚体赋、散体赋等各种体式，内容上也有体物、抒情、叙事、寓言、谐隐等诸多种类，而俗赋则多以叙事类、寓言类、谐隐类诗体赋和散体赋为主。曹植的《鹞雀赋》便是一篇寓言类的诗体赋名作。至于他在邯郸淳面前所"诵"的"数千言"俳优小说，则很可能是像《鹞雀赋》一类的寓言诗体赋，因为这样的赋一般有情节，容易形成较大篇幅，语言简短，多为四字句，且基本押韵，便于记忆。当然，也有可能是像敦煌佚书《韩朋赋》一类的叙事散体赋。即使是这类赋，也以四言为主，有较宽泛的押韵，便于记诵。

其三，从语源上考察，俗赋可以称之为"俳优小说"。《汉志·诸子略》小说家序云："小说家者流，盖出于稗官。"关于"稗官"，汉魏之际的如淳释云："稗音锻家排。《九章》'细米为稗'。街谈巷说，其细碎之言也。王者欲知闾巷风俗，故立稗官，使称说之。今世亦谓偶语为稗。"[2] "锻家排"指锻铁工匠的排风箱。《三国志·韩暨传》"冶作马排"裴松之注"（排）蒲拜反，为排以吹炭"[3]，可证。如淳释"稗"音"排"，是汉魏的读音，实兼释义，"排"与"俳"通[4]。"偶语"可释为对偶语或排偶语，不过，如淳所云"偶语"非李斯所言"有敢偶语《诗》、《书》者弃市"之私偶语，而应如蔡邕上灵帝十事中所云"高者

---

1 章学诚著，叶瑛校注：《文史通义校注》附《校雠通义》卷3，中华书局，1994，第1064页。
2 班固撰，颜师古注：《汉书》卷30《艺文志》，第1745页。
3 陈寿：《三国志·魏书》卷24《韩暨传》裴松之注，《二十五史》本，第1147页。
4 例如，《庄子·在宥》"日心排下而进上"陆德明释文："排，崔本作俳。"《潜夫论·浮侈》"或作泥车瓦狗、马骑倡排"汪继培笺："排，何本作俳。按俳、排古亦通用。"

颇引经训风喻之言，下则连偶俗语，有类俳优"[1]的"偶俗语"。这种"偶俗语"与俗赋之语相类，正是俳优所喜欢使用的语言。刘勰《文心雕龙》云"张衡《讥世》，韵似俳说；孔融《孝廉》，但谈嘲戏"[2]；又称"魏文因俳说以著笑书"[3]，可见六朝人将排偶语视为"俳说"，此"俳说"正与"稗官小说"相通。事实上，汉代帝王视赋家如俳优，赋家也常常感叹自己有类俳优，如《汉书》论赋家云："其尤亲幸者，东方朔、枚皋、严助、吾丘寿王、司马相如。相如常称疾避事。朔、皋不根持论，上颇俳优畜之。"[4]枚皋甚至自言"为赋不如（司马）相如，又言为赋乃俳，见视如倡，自悔类倡也。"[5]因此，时人将多用"俳说"的俗赋称做"俳优小说"，是再自然不过的事了。

其四，从词义上考察，汉魏也无称故事为小说者，故"俳优小说"也不能释为笑话故事。东汉许慎《说文解字》云："说，释也，从言，兑声。一曰谈说。"清段玉裁注："说释即悦怿，说、悦、释、怿皆古今字，许书无悦怿二字也。说释者，开解之意，故为喜悦。采部曰：释，解也。"[6]在先秦两汉文献中，"说"主要有开解义、愉悦义和言论义，却并无故事义。而《庄子》所云"小说"和《荀子》所云"小家珍说"，都是指他们所不赞成的其他诸子学说，也不指故事。[7]西汉末年扬雄所云："好书而不要诸仲尼，书肆也；好说而不要诸仲尼，说铃也。"[8]又云："视日月而知众星之蔑也；仰圣人而知众说之小也。"[9]也是视孔子以外的其他学说为"小说"。至于《汉志·诸子略》著录小说家及其作品，目的是"辨章学术，考镜源流"，其要旨在于学术，并非着意于故事。事

---

[1] 范晔撰，李贤等注：《后汉书》卷60下《蔡邕列传》，第1996页。
[2] 刘勰著，范文澜注：《文心雕龙注》卷4《论说》，第327—328页。
[3] 刘勰著，范文澜注：《文心雕龙注》卷3《谐隐》，第271页。
[4] 班固撰，颜师古注：《汉书》卷64上《严助传》，第2775页。
[5] 班固撰，颜师古注：《汉书》卷51《枚乘传附子皋》，第2367页。
[6] 段玉裁：《说文解字注》第三篇上《言部》，上海古籍出版社，1981，第93页。
[7] 参见本书第六章、第七章。
[8] 汪荣宝：《法言义疏》四《吾子卷第二》，《新编诸子集成》本，中华书局，1987，第74页。
[9] 汪荣宝：《法言义疏》一《学行卷第一》，《新编诸子集成》本，第21页。

实上，这15家小说颇为芜杂，《汉志》所云"街谈巷语，道听途说者之所造"，桓谭所云"合丛残小语，近取譬论，以作短书"[1]，大体概括了这些小说的特点。这些小说可以有故事，但言事是为了说理；而许多小说只是杂记，可以是礼仪，是民俗，是野史，是逸闻，是论议，是解说，是考证。正如清人翟灏所说："古凡杂说短记，不本经典者，概比小道，谓之小说，乃诸子杂家之流。"[2]而将"小说"与故事联系起来，应该是北宋以后的事。因此，曹植所诵的"俳优小说"虽不排斥其中有故事，但其并不因有故事而命名为"小说"，也是可以肯定的。

第四节　俳优小说的小说史地位

如果曹植所诵"俳优小说"是俗赋的推断可以成立，那么，它在小说史上的地位和价值也就可以论定了。

《汉志·诸子略》著录诸子百家，主要是为统治者提供"君人南面之术"。尽管《汉志》以为"今异家者各推所长，穷知究虑，以明其指，虽有蔽短，合其要归，亦六经之支与流裔。使其人遭明王圣主，得其所折中，皆股肱之材已"，但仍然认为"诸子十家，其可观者九家而已"[3]，将小说家排除在可观者之外，不大认可小说家的地位。然而，《汉志》毕竟又说："小说家者流，盖出于稗官。街谈巷语，道听途说者之所造也。孔子曰：'虽小道，必有可观者焉！致远恐泥，是以君子弗为也。'然亦弗灭也。闾里小知者之所及，亦使缀而不忘。如或一言可采，此亦刍荛狂夫之议也。"[4]仍然为小说家保留了一席之地。这种保

---

[1] 萧统编：《文选》卷31江文通《拟李都尉从军诗》李善注引《桓子新论》，中华书局，1977年影印，第444页。
[2] 翟灏：《通俗编》卷7《文学》，中华书局，2013，第94页。
[3] 班固撰，颜师古注：《汉书》卷30《艺文志》，第1746页。
[4] 见《汉书·艺文志》。《汉书·艺文志》是班固在刘歆所编《七略》的基础上"删其要"而成，而《七略》来自刘向所编《别录》，因此，这一看法是汉代学者的普遍看法。

留,从另一角度来看也是束缚。《汉志·诸子略》著录的小说家及其作品,或托名于帝王(如天乙、黄帝),或托名于名臣(如鬻子、务成子),或托名于史官(如青史子),或托名于诸子(如宋子),其余则多为汉武帝待诏方士(如待诏臣饶、安成、虞初),不管其言论来自何方,它已经过社会体制的过滤,并被纳入史官文化的系统之中,成为正统文化的组成部分,被局限在正统文化的范围之内。

关于《汉志》所云"小说家者流,盖出于稗官",前人多有讨论。本书第九章在进行学术史回顾的基础上,详细讨论了"小说家出于稗官"的定义,指出:余嘉锡所作《小说家出于稗官说》,认为稗官即小官,指"天子之士";近年出土秦汉简书证明稗官乃指县令长及长吏以下之属官,传世文献也证明稗官为小官之通称,并不局限于"天子之士"。上古"稗"音"排",秦汉以"偶语为稗",西周传留有"官师相规,工执艺事以谏"的言谏制度和"士传言,庶人谤"的社会言论管理制度,而师、瞍、瞽、矇、百工等即是为君主管理和提供"排语"、"诽语"或"偶语"服务的"稗(音排)官"。小说家所从出之稗官则是春秋时期服务于诸侯公卿的"稗官",师旷是其杰出代表。"小说家出于稗官"说不仅揭橥了小说家与师、瞍、瞽、矇、百工等的身份联系,也提示了小说与歌谣、赋诵、笑话、寓言等文体上的关联。由于俳优也是稗官,因此,"俳优小说"后来也成为了小说发展的一个重要方向。《汉志》对小说家的定义,表明以正史著录为标志的小说家及其作品虽然被纳入正统文化体系,但却被定义为没有多少地位、多大价值的"君子弗为"的"小道",这也就决定了中国古代小说在正统文化体系中始终处于被忽视、被边缘化的尴尬境地。这种境遇,一直延续到近代的"新小说",情况才有了改变。不过,那时重视的小说,是通俗白话小说,而非正史艺文经籍志所著录的古体小说。

当然,以上所述并非中国古代小说的全部。1985年,笔者曾在《文学遗产》撰文指出:正史著录的子部小说与民间流行的通俗小说是两个不同的系统,其中虽互有影响，但从作品内容到语言表达形式以至作者队伍、创作目的、审美期待、传播方式、社会影响都有很大不同。前者为正统文化所接纳，史志目录均予以著录；后者则被正统文化所排斥，史志目录从来不予著录。因此，应该分别清理子部小说和通俗小说的各自起源。人们常常将神话、寓言、史传、诸子等作为中国古代小说的起源，这其实是不科学的，它们都只是古代小说的"来源"。而"来源并不等于起源，正如我们不能把马克思主义的三个来源当作它的三个起源一样，因为这里有着本质的区别：起源标示着某一事物的诞生，而来源却只表明构成这一事物的某种因素，这种因素完全可以来自不同性质的别一事物"[1]。因此，笔者当时将史志子部小说的起源确定为以虞初为代表的汉代方士小说，而将通俗小说的起源确定为唐宋话本。

上述看法并不全是笔者的创见，古人对小说的两个序列其实早有分别，例如，清人梁章钜云：

> "小说九百，本自虞初"，此子部之支流也。而吾乡村里，辄将故事编成七言，可弹可唱者，通谓之"小说"。据《七修类稿》云起于宋时。宋仁宗朝，太平盛久，国家闲暇，日欲进一奇怪之事以娱之，故小说兴。如云"话说赵宋某年"，又云"太祖太宗真宗帝，四帝仁宗有道君"。瞿存斋诗所谓"陌头盲女无愁恨，能拨琵琶说赵家"。则其来亦古矣。[2]

俞樾亦云：

> 《永乐大典》有"平话"一门，所收至夥，皆优人以前代轶事敷衍而口说之。见《四库全书提要》杂史类附注。按《七修类稿》云："小说起宋

---

[1] 参见拙作《中国小说起源探迹》，《文学遗产》1985年第1期。收入拙著《古典小说初探》，浙江古籍出版社，1993。

[2] 梁章钜：《归田琐记》卷7《小说》，中华书局，1981，第132页。

仁宗时，国家闲暇，日欲进一奇怪之事以娱之，故小说得胜头回之后，即云'话说赵宋某年'云云，此即平话也。"《永乐大典》所收必多此等书。[1]

清代学者们显然都把通俗小说的起源追溯到宋人的"说话"，这样的看法其实始于明人，郎瑛《七修类稿》首发其端。笔者在四十年前也持同样的意见。现在看来，这些意见应该有所修正。因为曹植"诵俳优小说数千言"的典型案例给予我们极大启发，使我们意识到，通俗小说的起源其实也很早，它不应该是"说话"或"话本"，而应该是"俗赋"。

俗赋诞生甚早，与先秦俳优关系密切。俳优们常常利用隐语或俳语进行优谏，"谈言微中，亦可以解纷"[2]，颇受统治者们喜爱，其中尤以齐、楚两国俳优们的表演最具代表性，《史记·滑稽列传》所记几乎全是他们。齐国的淳于髡虽然不是俳优，但他以"大鸟"隐语说齐威王，其谏言多用俳语，实与楚国的优孟用俳语进谏楚庄王异曲同工。俳优们使用俳语常常喜爱铺陈，有类赋作，或者说就是俗赋，故西汉扬雄本是赋家，后来以为赋家"颇似俳优淳于髡、优孟之徒，非法度所存"，于是"辍不复为"[3]。而楚国辞赋大家宋玉创作了许多著名赋篇，他的身份仅是"言语侍从之臣"，楚王"以俳优畜之"，故北朝颜之推说："自古文人，多陷轻薄……宋玉体貌容冶，见遇俳优。"[4]此言颇有依据，宋玉的不少赋作以文为戏，如《大言赋》、《小言赋》、《钓赋》、《登徒子好色赋》等都有游戏之意，与俳优以俳谐言语娱乐君王实无二致。战国末年的大儒荀况也有赋作，《汉书·艺文志》诗赋略将其赋作定为赋家之一类，著录有《孙卿赋》十篇，孙卿即荀况。顾实云："《荀子》有《赋篇》、《成相篇》，《成相》亦赋之流也。《赋篇》有《礼》、《知》、《云》、《蚕》、《箴》五篇，又有《佹诗》一篇，凡

---

[1] 俞樾：《九九消夏录》卷12《平话》，中华书局，1995，第140—141页。
[2] 司马迁撰，裴骃集解，司马贞索隐，张守节正义：《史记》卷126《滑稽列传》，第3885页。
[3] 班固撰，颜师古注：《汉书》卷87下《扬雄传下》，第3575页。
[4] 颜之推：《颜氏家训·文章第九》，《诸子集成》本，上海书店，1986年影印，第19页。

六篇。《成相篇》……五篇。和《赋篇》之六篇，实十有一篇。"[1]《汉志·诗赋略》杂赋类还著录有《成相杂辞》十一篇、《隐书》十八篇，证明汉人是将"成相"、"隐语"、"佹诗"等也看作赋。有学者指出：

> 荀子生活于战国后期，游历主要在齐楚两国，而齐楚乃先秦隐语游戏的两个中心，这为荀子以隐语形式写作提供了基础。《成相》和《佹诗》具有鲜明的民间文学色彩，那么，荀子吸收隐语技法制作《赋篇》，当然是十分自然的了。[2]

其实，荀子以隐语作赋，与先秦俳优以隐语优谏和用俳语为赋略同，其所作都是俗赋，这使我们有理由相信先秦俳优是俗赋的创造者和应用者，且影响到先秦诸子。而汉代赋家多为"言语侍从之臣"，"不根持论，上颇俳优畜之"，本是不争的事实，故《汉书·枚皋传》有云："皋不通经术，诙笑类俳倡，为赋颂，好嫚戏，以故得媟黩贵幸，比东方朔、郭舍人等，而不得比严助等得尊官。"[3]而严助、吾丘寿王能得尊官，也是因其俳谐之语讨得汉武帝喜欢的结果。这些汉赋家的赋作中，其实是不缺少模仿俳优的俗赋之作的。

尹湾汉墓出土的《神乌傅（赋）》证实了俗赋在西汉的存在。此赋1993年于江苏东海县尹湾出土，虽有残缺和漫漶，但首尾整体完整。据墓中木椟所载，墓主人下葬时间为西汉成帝元延三年（前10年），赋作之成自然早于此年。墓主人将此赋作为随葬品，可见对它的喜爱。赋中铺陈了一对好行仁义的乌鸦的悲惨遭遇：

---

[1] 班固编撰，顾实讲疏：《汉书艺文志讲疏》四《诗赋略·荀赋之属》，上海古籍出版社，1987，第177页。

[2] 胡学常：《文学话语与权力话语——汉赋与两汉政治》，刘泽华主编《中国政治文化丛书》，浙江人民出版社，2000，第19页。

[3] 班固撰，颜师古注：《汉书》卷51《枚乘传附子皋》，第2366页。

阳春三月，激活众鸟，乌鸦夫妇，仁义勤劳，备下材料，准备筑巢。可惜不久，材料被盗。雌乌发怒，追而呼之："咄，盗还来！吾自取材，于彼深菜。趾胕胱腊，毛羽坠落。子不作身，但行盗人。虽就官埘，岂不殆哉？"盗鸟不服，反怒作色。雌乌再劝："吾闻君子，不行贪鄙。天地纲纪，各有分理。悔过迁臧，至今不晚。"盗鸟大怒，反唇相讥。雌乌怫然，与之搏击。结果雌乌受创，落入捕鸟之器。雄乌赶来，爱莫能助，徒呼苍天，愿与同死。雌乌泣曰："死生有期，各不同时。今虽随我，将何益哉？见危授命，妾志所持。以死伤生，圣人禁之。疾行去矣，更索贤妇。毋听后母，愁苦孤子……"遂缚两翼，投于污厕。肢躬折伤，卒以死亡。雄乌大哀，踯躅徘徊，倘佯其旁，涕泣纵横，长叹太息，忧懑嚄呼，毋所告愬。盗反得免，亡乌被患。遂弃故处，高翔而去。[1]

这是一篇具有悲剧色彩的寓言俗赋，曲折地反映了西汉社会人们的生存环境和生活诉求，情感真实而充沛，如让俳优来表演，一定是颇为动人的。尤其需要注意的是，墓主人乃西汉东海郡功曹史师饶，在汉代官制中，属于"少吏"（小官），秩百石，主要负责郡内事务性工作，具体包括管理属吏的考课，直接接受中央指令传达诏书，以及随太守出巡等，所以墓中随葬有各种书写工具和公文档案。据出土报告称，《神乌傅》简长22.5至30厘米，属于"短书"，符合桓谭所云"小说"标准。此简落款有"兰陵游徼卫宏"和"□沂县功曹□□"等，他们都是"少吏"，乃秦汉人所云之"稗官"。不管此简是卫宏等人记录后上报给墓主，还是墓主本人记录准备上报给朝廷，都可以作为汉代"稗官小说"的一个实例，让我们了解汉代小说的一个侧面，以及认识俳优小说与俗赋之关系。

　　除《神乌傅（赋）》外，西汉还有其他许多俗赋在社会上流传，如北京大

---

[1] 此赋颇有缺损，释读存在争议，这里用李零校读文，撮其大意。赋文见李零《简帛古书与学术源流》第十讲，生活·读书·新知三联书店，2004，第351—355页。

学收藏的抄写于汉武帝时的竹书《妄稽》，就是比《神乌傅（赋）》更早的俗赋。有这些出土俗赋作证，我们不仅找到了汉代赋家拟俗赋的真正母本，而且也知道了先秦已经存在俗赋这种文体形式，它们其实是中国最早的"俳优小说"。而曹植所诵的"数千言"的"俳优小说"，则是汉代通俗小说的口头表达形式。至于两汉所出现的文人拟俗赋，则是在民间俗赋（即民间通俗小说）已经相当流行后文人们的模拟之作，是我们观察民间俗赋巨大社会影响的一个重要窗口。这里以曹植的拟俗赋《鹞雀赋》为例，作为文人学习民间俗赋的证据，以帮助我们深刻理解曹植"诵俳优小说数千言"的真实内涵。其赋云：

> 鹞欲取雀。雀自言："雀微贱，身体些小。肌肉瘠瘦，所得盖少。君欲相啖，实不足饱。"鹞得雀，初不敢语："顷来辘轲，资粮乏旅。三日不食，略思死鼠。今日相得，宁复置汝！"雀得鹞言，意甚怔营："性命至重，雀鼠贪生；君得一食，我命是倾。皇天降鉴，贤者是听。"鹞得雀言，意甚恒慨："当死毙雀，头如果蒜。不早首服，烈颈大唤。行人闻之，莫不往观。"雀得鹞言，意甚不移。依一枣树，藂薆多刺。目如擘椒，跳萧二翅。"我当死矣，略无可避。"鹞乃置雀，良久方去。二雀相逢，似是公姁。相将入草，共上一树。仍叙本末，辛苦相语："向者近出，为鹞所捕。赖我翻捷，体素便附。说我辨语，千条万句。欺恐舍长，令儿大怖。我之得免，复胜于兔。自今徙意，莫复相妒。"

《鹞雀赋》和《神乌赋》一样，也是寓言俗赋，以四言为主，铺叙一个故事。如果将《鹞雀赋》与《神乌赋》做一对比，就不难发现，它们在立意、铺陈、语言表达和审美风格等方面，都有许多相似处。显然，曹植的拟俗赋汲取了民间俗赋的创作经验，模仿了俳优的语言习惯，也符合普通民众的审美趣味。相信他所诵"数千言"的"俳优小说"应该就是这一类型的作品，只是口语化的程度可能比《鹧雀赋》会更突出一些而已。这些俗赋大概在当时是可诵可唱的[1]，便于俳优的表演，因此，胡士莹认为：

> 讲说和唱诵结合的艺术形式，在秦汉时代可能叫做赋，是民间的文艺，也就是今天称为民间赋的作品。而在汉代盛极一时的文人赋，主要就是采取了民间赋的形式和技巧，也吸收了前代各种文体的特点，溶合而成的一种新的文学样式，所以它最接近于民间带说带唱的艺术形式。[2]

这种判断因近年出土的民间俗赋而增强了说服力。需要补充的是，这种民间俗赋汉人也叫做"俳优小说"，曹植所诵"俳优小说"可能就是这种民间俗赋。

如果俗赋可称为"俳优小说"，"俳优小说"也是早期的通俗小说，那么，中国通俗小说史乃至中国小说史就应该重新书写。以前人们将中国小说的发生追寻到神话、寓言、史传等，固然是混淆了"来源"与"起源"的界限；而将通俗小说起源追寻到"俗讲"或"说话"，则主要是受到了传世文献的限制。现在既然有大量出土文献文物能够证明汉代已有成熟的俗赋，而我们又能够利用传世文献和出土文献文物的互证说明"俳优小说"与俗赋的关系，那么，我们对中国小说史的认识就应该从新检讨。就俗赋的发生而言，其时间并不晚于《汉志·诸子略》所著录的小说家的小说。因为汉武帝时期已经有民间俗赋和文人拟俗赋存在，它们的来源同样可以追溯到先秦。笔者以前将通俗小说的起源定为唐宋"话本"，主要看重的是佛教"俗讲"对于通俗小说的影响，现在看来，俳优的文化活动和言说方式对于古代通俗小说的产生可能具有更为重要的意义。而以民间俗赋作为通俗小说的起源，不仅将通俗小说的成立提前了数百

---

[1] 据《汉书·王褒传》载：宣帝时，"征能为'楚辞'九江被公，召见诵读"。此"诵读"应该是用楚声吟诵，似歌唱又非歌唱，需要有特殊技能，非一般朗读可比。而"楚辞"在汉代也是被称作赋的。"俳优小说"的"诵"大概也类似于"楚辞"的吟诵吧。

[2] 胡士莹：《话本小说概论》第一章《"说话"的起源和演变》，中华书局，1980，第9页。

年，而且使得我们有可能从新思考文人与俳优的互动以及"稗官小说"和"俳优小说"的关系，从新思考古代小说与古代戏曲的关系，更深入地理解古代小说的文体特征和文学观念。这样，民间通俗小说与史志子部小说的互动，也就不是唐宋以后的事，而应该发生在小说的初始阶段。

在本书第一编中，我们已经论证，处于萌芽状态的小说观念已经包含了俳优所创作的小说，亦即包含有通俗小说观念的因子；在第二编中，我们又指出，《汉志》所定义的小说家及其小说也隐含有通俗小说的内容，只是在后来的发展中，史志小说只关注文言小说而忽视了通俗小说，造成了人们对于传统小说观念的误解。我们之所以不厌其烦地揭示曹植所诵"俳优小说"的真实内涵，就是为了揭开这层遮蔽人们视线的纱幕，以便更好地认识中国古代小说尤其是古代通俗小说的性质和特点，把握其发展规律，理解中国古代小说观念的多样性和复合性，不要简单化地对待中国古代小说观念，这对建立中国古代小说观念的正确认知和历史逻辑，无疑具有非常重要的意义。2015年，武汉大学出版社出版了笔者撰写的《中国通俗小说史》，系统清理了中国通俗小说的历史线索，可以深化对中国通俗小说和通俗小说观念发展的认识，读者如有兴趣，可以参看。

第十八章
宋代"说话"家数再探

在史志子部小说发展的同时,以"俳优小说"为代表的民间讲唱伎艺也在发展,其中包括以俳谐为主的通俗笑话和以故事为主的民间俗赋,还有滥觞于佛教的"唱导"和衍生于佛教的"俗讲"。王国维曾经将1900年甘肃敦煌藏经洞发现的一批有故事性的写本卷子称之为"通俗小说",这些"通俗小说"除通俗笑话和俗赋外,还有以讲经文和俗讲文为主的"变文"、"话本"、"词文"等。宋代"说话"是在隋唐五代"说话"的基础上发展而来的,其规模、成就和影响远远超过隋唐五代。"说话"作为讲唱伎艺的代称,无论在北宋还是南宋,其种类均十分丰富,尤以南宋最为繁盛。这与宋代社会经济发展、城市人口膨胀、"坊市"制度废除、市民阶层独立、文化生活活跃等有密切关系。在"说话"伎艺繁荣发展的同时,一批著名的"说话"艺人诞生,出现了"说话"的不同名目和各方面的专家。南宋耐得翁在《都城纪胜》中明确提出当时"'说话'有四家",吴自牧《梦粱录》也有"说话""四家数"之说,百余年来,学者们围绕"说话四家"有过许多讨论,但迄今未能达成一致意见。事实上,南宋人谈"说话四家"不是要指称"说话"的四种具体名目,而是要划分整个讲唱伎艺的部类,以比附当时居于文化正统地位的经、史、子、集四部,这在当时的相关文献中可以得到证明。这一方面说明通俗文化在宋代发展相当繁盛,已经可以与传统文化的四部分庭抗礼,另一方面也说明"通俗小说"正在茁壮成长,已经获得与传统子部小说同等的文化地位。因此，宋代"说话"家数问题并不是一个简单的"说话"伎艺的分类问题，而是一个文化思想和小说观念的转型问题，甚至是一个社会文化转型与文化发展的重大问题。如果这样认识，前贤们的分歧可以冰释。希望本章的研究有助于对宋代"说话"家数问题的彻底解决。

第一节 学界认识的分歧

1912年成书的王国维《宋元戏曲史》提到："灌园耐得翁《都城纪胜》谓说话有四种：一小说，一说经，一说参请，一说史书。《梦粱录》（卷二十）所纪略同。"[1] 而1923年出版的鲁迅《中国小说史略》（上）则据《梦粱录》和《都城纪胜》定宋代"说话"四家为"小说"、"说经"、"讲史书"、"合生"[2]。两位学术大家根据相同的材料，却得出了不大相同的结论，分歧的原因虽然涉及对文献资料的理解，但主要还是他们的思路有所不同。王国维、鲁迅的不同意见引起后来许多学者对这一问题的兴趣。赞成王国维之说者有之，赞成鲁迅之说者也有之，而不赞成二说另提新说者同样有之。

1930年，孙楷第撰《宋朝人说话的家数问题》文，赞成鲁迅对"说话"四家的分法，只是结合其他文献资料对这一分法进行了补充和说明，姑定"说话"四家之纲目为：（一）小说，即银字儿。包括烟粉、灵怪、传奇、说公案、说铁骑儿。（二）说经。包括说参请、说诨经、弹唱因缘。（三）讲史书。讲说《通鉴》汉唐历代书史文传兴废争战之事。专门有说三分、说五代史。（四）合生、商谜（说诨话拟附此科）。[3] 后来严敦易《水浒传的演变·说话的源流和家数》虽然也赞成孙楷第的补充说明，但认为第四家仍用鲁迅"合生"一说为妥，不

---

[1] 王国维：《宋元戏曲史》，中华书局，2010，第34页。
[2] 鲁迅：《中国小说史略》第十二篇《宋之话本》，人民文学出版社，1973，第89—90页。
[3] 孙楷第：《沧州集》卷1《宋朝说话人的家数问题》，中华书局，2009，第57—66页。

同意增加"商谜"。[1]新中国成立以来,鲁迅对"说话"四家的分法被众多文学史和小说史所采用,影响自然最大。

王国维的四家分法也得到部分学者赞成。如1934年出版的胡怀琛《中国小说概论》,其第五章有专节论《宋代平话的名称及种类》,认为鲁迅分类错误,因为"说经"和"说参请"不能并为一类;"合生"也不能自成一类,倒是王国维的分法比较符合实际。[2]1940年,赵景深撰文指出,从《都城纪胜》文意上看,王国维和胡怀琛的意见较为合理,但他又认为"说经"、"说参请"可以合并,"实际说话只有三家,那就是小说、说经(附说参请)和讲史,如果不是灌圃耐得翁漏列了一家,就是他也误认说经和说参请为二家了(因为说经为僧,说参请兼僧、道)";"倘若真的漏到了一家的话,那末这一家该是'说诨话'"。他的结论是:"灌圃耐得翁《都城纪胜》原意该是以小说、说经、说参请以及讲史为四家;按理,则应以小说、说经(附说参请)、讲史以及说诨话为四家。"[3]

1935年,上海光明书局出版谭正璧《中国小说发达史》,作者认为:"我以为说话有四家者,即指小说、说铁骑儿、说经、说参请,因为这四家名字中恰巧都有一'说'字,定非偶然巧合。至于'讲史书'乃与'说话'平行,故云'最畏小说人'。'小说'为四家之首,故举以代表'说话人'。大概说话全凭虚造,讲史书须有根据,故又云:'小说者,能以一朝一代故事,顷刻间提破。'而讲史书便不能。至'讲史书'与'说铁骑儿'的分别,讲史书以一个朝代或一个皇帝为主,说铁骑儿则以一家英雄或一个名将为主……其他'合生'、'商谜',亦与'说话''讲史书'并列,皆为当时'瓦舍众伎'之一。"[4]

1936年,上海中华书局出版陈汝衡《说书小史》,书中列有"说话四家"一表,内容为:一、小说(银字儿,烟粉、灵怪、传奇);二、说公案(朴刀杆

---

[1] 严敦易:《水浒传的演变·说话的源流和家数》,作家出版社,1957,第58—60页。
[2] 胡怀琛:《中国小说概论》第五章《宋人的平话》,世界书局,1934,第72—77页。
[3] 赵景深:《中国小说丛考·南宋说话人四家》,齐鲁书社,1980,第78—79页。
[4] 谭正璧:《中国小说发达史》第五章《宋元话本·说话发达的社会背景及其家数》,上海古籍出版社,2012,第159页。

棒、发迹变泰之事），说铁骑儿（士马金鼓之事）；三、说经（说佛书），说参请（宾主参禅悟道等事），说诨经；四、讲史书（讲说《通鉴》，汉、唐历代书史文传、兴废战争之事）。并有附注云：一、二两项总称"小说"。[1] 日本学者青木正儿和中国学者李啸仓都同意陈汝衡的看法[2]。这种分法认为，《都城纪胜》中"说话有四家"不包括"最畏小说人"以后的一段文字，故不取"合生"为一家；而"小说"则包括"银字儿"和"说公案"二家。

王古鲁总体上赞成陈汝衡的四家分法，但对细目有所调整。他认为"说公案"与"说铁骑儿"不能混为一家，因为在罗烨《醉翁谈录》中"公案"是与"灵怪"、"烟粉"、"传奇"并列的，所以"说公案"应属于"银字儿"项下；而"说铁骑儿"可以独立成家，且"说铁骑儿"与"银字儿"是相对的名称。他将《都城纪胜》中的"说话有四家"一段文字标点为：

> 说话有四家。一者小说：谓之银字儿，如烟粉灵怪传奇说公案，皆是朴刀杆棒及发迹变态之事；说铁骑儿，谓士马金鼓之事。说经谓演说佛书，说参请谓宾主参禅悟道等事。讲史书，讲说前代书史文传兴废争战之事，最畏小说人，盖小说者，能以一朝一代故事，顷刻间捏破。

这样标点，就"很可以明白看出'如……事'，'谓……事'，'谓……谓……等事'，以及'讲说……事'四句，即为说明四家性质的文字。同时可以明白'小说'之中，实包含'银字儿''铁骑儿'两家。再按'铁骑儿'一家所讲的范围，颇与讲史书一家相似，所不同者，前者因属于小说类，系短篇性质，大致短小精彩，能将较长的一朝一代故事，顷刻间捏破，实为讲演冗长故事的讲史书者营业上的劲敌，故文中所称讲史书者之最畏小说人者，实即畏'说铁骑儿

---

[1] 陈汝衡：《说书史话》第四章《南宋说书·论南宋说话四家》，人民文学出版社，1987，第50页。
[2] 青木正儿：《中国文学概说》第五章《戏曲小说学·白话小说》，重庆出版社，1982，第148页。李啸仓：《宋元伎艺杂考》，上杂出版社，1953，第90页。

者'与之争夺听众罢了"[1]。

胡士莹受到王古鲁之说影响，改变了他在《古代白话短篇小说选》序言中曾将合生、商谜列入"说话"四家的看法，他在《话本小说概论》中说："最合理的是王古鲁对《都城纪胜》这段文字的读法，他的确已把纷乱的头绪理清楚。我基本上同意他的四家的分法，但也不同意他把银字儿和铁骑儿合起来称为小说。"[2]他认为"银字儿"即"小说"，而"说铁骑儿"应单列一类。这样，四家的分类是：1.小说（即银字儿）——烟粉、灵怪、传奇、说公案，皆是朴刀杆棒及发迹变泰之事。2.说铁骑儿——士马金鼓之事。3.说经——演说佛书；说参请——宾主参禅悟道等事；说诨经。4.讲史书——讲说前代书史文传兴废争战之事。

改革开放以来，学界对宋代"说话"四家仍然没有统一意见。有学者赞成胡士莹的分法，如程千帆、吴新雷的《两宋文学史》[3]，石昌渝的《中国小说源流论》[4]，陈大康的《明代小说史》[5]。也有学者仍然坚持鲁迅的意见，如章培恒、骆玉明主编的《中国文学史》[6]，孙望、常国武主编的《宋代文学史》[7]，袁行霈主编的《中国文学史》[8]，程毅中的《宋元小说研究》[9]。还有学者提出新见，不承认四家之说，认为"当时说话主要有三种，这就是所谓说话的家数：'讲史'、'小说'、'说经'（另有'合生'，恐非完全说书）。"[10]而"'说话有四家'之说，不过是耐得翁、吴自牧的一己看法，是他们对当时'说话'的粗略分类，耐得翁的

---

1 王古鲁：《王古鲁小说戏曲论集·南宋说话人四家的分法》，中华书局，2013，第186—187页。
2 胡士莹：《话本小说概论》第四章《说话的家数·南宋"说话"四家数》，中华书局，1980，第107页。
3 程千帆、吴新雷：《两宋文学史》，上海古籍出版社，1991，第571页。
4 石昌渝：《中国小说源流论》，生活·读书·新知三联书店，1994，第228页。
5 陈大康：《明代小说史》，上海文艺出版社，2000，第69—70页。
6 章培恒、骆玉明：《中国文学史》下卷，复旦大学出版社，1996，第132页。
7 孙望、常国武：《宋代文学史》，人民文学出版社，1996，第415页。
8 袁行霈主编：《中国文学史》第三卷，高等教育出版社，1999，第204页。
9 程毅中：《宋元小说研究》第八章《说话与话本》，江苏古籍出版社，1999，第226页。
10 吴组缃、沈天佑：《宋元文学史稿》第十章《宋代传奇和宋元话本》，北京大学出版社，1989，第225页。

记载含混不清，反映他自己对所谓'四家'之说尚在犹疑之中，并非不遵循不可的科学法则。"[1]他们认为宋人"说话"可分为讲史、小说（也叫银字儿，分烟粉、灵怪、公案、铁骑儿等科）、说经（含说参请、说诨经）三家，这样分类更合乎历史实际，也更科学。这种意见是肯定大家都承认的三家，放弃有争议的第四家。然而，只提三家又不足以概括宋人的"说话"全貌，于是有学者提出多于四家的意见，认为"说话不止四家"，"宋人说话应当有不下十家之数"[2]，在小说、讲史、说经、说参请、说诨经几家之外，还可另列出说三分、说五代史、合生、商谜、说浑话、诸宫调、唱赚、覆赚、弹唱因缘八家，或者再增加说铁骑儿、学乡谈两家[3]。

通过以上清理可以看出，宋代"说话"家数问题至今仍然是困扰学界的问题，有再进行探讨之必要。

第二节 两宋"说话"的实际

清理历史事实，应具历史眼光，并在历史语境里来讨论。作为讲唱伎艺的宋人"说话"在南北两宋存在着差异，我们在讨论宋人"说话"家数时是需要予以考虑和参照比较的。

首先要注意的是，北宋并无"说话"四家之说，却已经有了专门伎艺之分。据孟元老《东京梦华录》载：

> 崇、观以来，在京瓦肆伎艺，张廷叟、孟子书主张。小唱，李师师、徐婆惜、封宜奴、孙三四等，诚其角者。嘌唱弟子，张七七、王京奴、左

---

[1] 萧相恺：《宋元小说史》上编第二章《"说话"伎艺的繁荣及其多元因素》，浙江古籍出版社，1997，第37—38页。
[2] 冯保善：《宋人说话家数考辨》，《明清小说研究》，2002年第4期。
[3] 冯保善：《宋人说话家数再辨》，《明清小说研究》，2007年第3期。

小四、安娘、毛团等。教坊减罢并温习，张翠盖、张成，弟子薛子大、薛子小、俏枝儿、杨总惜、周寿奴、称心等。般杂剧：杖头傀儡，任小三，每日五更头回小杂剧，差晚看不及矣；悬丝傀儡，张金线、李外宁；药发傀儡，张臻妙、温奴哥、真个强、没勃脐。小掉刀筋骨上索杂手伎，浑身眼。李宗正、张哥，毬杖踢弄。孙宽、孙十五、曾无党、高恕、李孝详，讲史。李慥、杨中立、张十一、徐明、赵世亨、贾九，小说。王颜喜、盖中宝、刘名广，散乐。张真奴，舞旋。杨望京，小儿相扑。杂剧、掉刀、蛮牌，董十五、赵七、曹保义、朱婆儿、没困驼、风僧奇、俎六姐。影戏，丁仪。瘦吉等弄乔影戏。刘百禽弄虫蚁。孔三传耍秀才诸宫调。毛详、霍伯丑商谜。吴八儿合生。张山人说诨话。刘乔、河北子、帛遂、胡牛儿、达眼五重明、乔骆驼儿、李敦等杂㗲。外入孙三神鬼，霍四究说三分，尹常卖五代史，文八娘叫果子，其余不可胜数。不以风雨寒暑，诸棚看人，日日如是。[1]

这里记载的北宋末年汴京瓦肆伎艺种类繁多，除歌舞、杂剧、傀儡、杂技、影戏、诸宫调外，还有"讲史"、"小说"、"商谜"、"合生"、"说诨话"等。"讲史"甚至有专门家"霍四究说三分，尹常卖五代史"。因此，孙楷第指出："最可注意的是，说故事在宋朝，已经由职业化而专门化。宋以前和尚讲经，本不是单为宣传教义，而是为生活。唐五代的转变，本不限于和尚，所以吉师老有《看蜀女转昭君变》诗。但唐朝的变场、戏场，还多半在庙里，并且开场有一定日子。而宋朝说话人则在瓦肆开场，天天演唱。可见说故事在宋朝已完全职业化。"[2]

需要指出的是，《东京梦华录》所记汴京瓦肆伎艺并没有提及南宋人所常提

---

[1] 孟元老撰，邓之诚注：《东京梦华录注》卷5《京瓦伎艺》，中华书局，1982，第132—133页。伊永文笺注本断句与邓注本多有不同，本引文择善而从。

[2] 孙楷第：《沧州集》卷1《中国短篇白话小说的发展》，第55页。

的"说经"、"说参请"、"说诨经"等名目，可见当时此等伎艺并不发达，甚至可能在瓦肆中根本就没有。郑振铎曾说："变文在实际上销声匿迹的时候，是在宋真宗的时代（998—1022），在那时候，一切的异教，除了道、释之外，竟完全的被禁止了。而僧侣们的讲唱变文，也连带的被明令申禁。但变文的名称虽不存，她的躯体虽已死去，她虽不能再在寺院里被讲唱，但她却幻身为宝卷，为诸宫调，为鼓词，为弹词，为说经，为说参请，为讲史，为小说，在瓦子里讲唱着，在后来的通俗文学的发展上遗留下最重要的痕迹。"[1]郑氏之说较为含混，不能反映出南北两宋讲唱伎艺的实际。车锡伦详考宋代瓦子里的说经与宝卷后，得出的结论是：

> 说经等伎艺在瓦子中的出现，最早是南宋中叶以后的事。宋亡后的《武林旧事》中所载说经等伎艺人数目最多，则说明这类伎艺是在南宋后期逐渐发展起来的。因此，它不可能是一百多年前即被"禁断"的"变文"的直接继承，而是一种新出现的民间讲唱伎艺。[2]

即是说，"说话"中的"说经"一家在南宋时才发展成熟起来，北宋之前还只有寺院的"讲经"和"俗讲"，因此，北宋无"说话四家"之说。显然，车氏之说比郑氏之说更接近历史的真实。

尽管"说经"、"说参请"、"说诨经"等不是"变文"的直接继承，但是，郑氏将讲唱变文与宋代瓦子里的诸宫调、鼓词、弹词、说经、说参请、讲史、小说等联系起来，也自有其道理。因为它们有一个共同点，即都是讲唱伎艺。这就涉及如何理解宋人"说话"的问题。如果将"说话"理解为讲唱伎艺，那么，《东京梦华录》所载"在京瓦肆伎艺"除杂技、舞蹈、游戏外，其他都可

---

[1] 郑振铎：《中国俗文学史》（上）第六章《变文》，岳麓书社，2011，第217—218页。
[2] 车锡伦：《宋代瓦子中的"说经"与宝卷》，台北《书目季刊》34卷2期，2009年9月。

归入。讲史、小说自不必说,诸如杂剧、傀儡、影戏、诸宫调、商谜、合生、说诨话等也都可以被视为广义的"说话"。这不仅从该文本的叙述中可以体会出来,也可以在南宋的有关文献中得到证明。例如,成书于宋理宗端平二年(1235年)的耐得翁(真实姓名不详)《都城纪胜·瓦舍众伎》云:

> 弄悬丝傀儡、杖头傀儡、水傀儡、肉傀儡,凡傀儡敷演烟粉灵怪故事,铁骑公案之类,其话本或如杂剧,或如崖词,大抵多虚少实,如巨灵神、朱姬大仙之类是也。影戏,凡影戏乃京师人初以素纸雕镞,后用彩色装皮为之。其话本与讲史书者颇同,大抵真假相半,公忠者雕以正貌,奸邪者与之丑貌,盖亦寓褒贬于市俗之眼戏也。说话有四家:一者小说,谓之银字儿,如烟粉、灵怪、传奇;说公案,皆是搏刀赶棒及发迹变泰之事;说铁骑儿,谓士马金鼓之事。说经,谓演说佛书;说参请,谓宾主参禅悟道等事。讲史书,讲说前代书史文传、兴废争战之事,最畏小说人,盖小说者能以一朝一代故事顷刻间提破。合生,与起令、随令相似,各占一事。商谜,旧用鼓板吹〔贺圣朝〕,聚人猜诗谜、字谜、戾谜、社谜,本是隐语。有道谜、正猜、下套、贴套、走智、横下、问因、调爽。[1]

文中云"凡傀儡敷演烟粉灵怪故事,铁骑公案之类",与后面所云"小说"讲唱内容相同,而"其话本或如杂剧,或如崖词",即杂剧、崖词的讲唱内容也颇类"小说"。文中又云"凡影戏乃京师人初以素纸雕镞,后用彩色装皮为之,其话本与讲史书者颇同",其实是说,影戏的内容近于讲史,只是表演形式不同罢了。这是因为傀儡、影戏也需要艺人讲唱,观众并非只看这些偶人和影像,同时也要听操弄傀儡、影戏的艺人讲唱。鲁迅依据这里的描述,将"话本"释

---

[1] 耐得翁:《都城纪胜·瓦舍众伎》,中国商业出版社,1982,第11—12页。

为"说话人"作为"凭依"的"底本"[1]，应该说是符合历史语境的。有人因不理解弄傀儡、影戏也可以归入广义的"说话"，便以为这里的"话本"只可解释为"故事"而不能解释为"说话人的底本"[2]，其实存在误解。如果理解了弄傀儡、影戏也可以归入广义的"说话"，就能理解为何作者紧接着要谈"说话"四家了，因为"说话"四家主要是就讲唱内容进行的分类，并非仅是对讲唱形式的分类。如果就内容而言，"傀儡"颇近"小说"，"影戏"颇近"讲史"。当然，这种分类也涉及形式，如前面所云"傀儡"、"影戏"，后面所云"合生"、"商谜"，其区别就主要在形式。

有人不赞成"合生"、"商谜"是作者所云四家之一，主要疑虑有二：一是认为"合生"、"商谜"并不一定讲故事，不能称之为"说话"；二是二者是有分别的两种伎艺，同意它们入选"说话"便突破了"四家"之数。

关于第一点，罗烨《醉翁谈录·小说引子》云："有说者纵横四海，驰骋百家。以上古隐奥之文章，为今日分明之议论。或名演史，或谓合生，或称舌耕，或作挑闪，皆有所据，不敢谬言。"[3] 已经明确将"小说"、"演史"、"合生"等联系在一起，认可它们都是"说话"。《繁胜录》、《都城纪胜》、《梦粱录》等在记载南宋说话时，也都肯定"合生"等是"舌辩"伎艺之一。这里不妨举一个实例。据南宋洪迈《夷坚支志》乙集《合生诗词》载：

> 江浙间，路岐伶女有慧黠知文墨，能于席上指物题咏，应命辄成者，谓之合生，其滑稽含玩讽者谓之乔合生，盖京都遗风也。张安国守临川，王宣子解庐陵郡印，归次抚，安国置酒郡斋，招郡士陈汉卿参会。适散乐一妓，言学作诗，汉卿语之曰："太守呼为五马，今日两州使君对席，遂成

---

[1] 鲁迅：《中国小说史略》第十二篇《宋之话本》，第90页。
[2] 见增田涉《论"话本"一词的定义》，原载《人文研究》1965年16卷第5期，汉译载《中国古典小说研究专集》第三集，台湾联经出版事业公司，1981，第49—62页。
[3] 罗烨：《醉翁谈录》甲集卷1《小说引子》，古典文学出版社，1957，第2页。

十马;汝体此意,做八句。"妓凝立良久,即高吟曰:"同是天边侍从臣,江头相遇转情亲。莹如临汝无瑕玉,暖作庐陵有脚春。五马今朝成十马,两人前日压千人。便看飞诏催归去,共坐中书秉化钧。"安国为之嗟赏竟日,赏以万钱。[1]

戴不凡根据这一故事以及《新唐书·武平一传》、宋人高承《事物起源·合生》、张贤齐《洛阳缙绅旧闻记·少师佯狂》等相关记载,得出结论为:"合生即捻词,衡之上引几条主要材料,那是完全切合的。这是一种多由主人出题目命艺人即席吟诗作词的一种玩艺;往往可以显示艺人的才智敏捷。合生,特别是'滑稽含玩讽'的'乔合生',大约是可以即席歌唱的,所以后来南戏曲牌有〔乔合生〕的名目。"[2]即是说,"合生"是艺人即席吟唱诗词的一种游戏,因有出题目到吟唱几个环节,所以说它是一种说唱伎艺自然是可以的。"合生"有时也作"合笙",表明这一游艺活动中常常用笙管伴奏,形式是比较活泼的。我们当然不能无视宋代亲历者们的这些记载而不承认"合生"是说唱伎艺、实为宋人"说话"之一种,何况"说话"亦并非今人所理解的一定要讲述故事。释慧琳《一切经音义》云:"话,胡快反。《广雅》:话,调也。谓调戏也。《声类》:话,讹言也。"[3]依此,"说话"虽然可以是讲唱故事,但一切用言语调笑、嘲戏娱乐的伎艺便都可以称之为"说话","合生"属于此类绝无问题,它是否与故事有关其实是无需讨论的。

至于"商谜",也是与说唱有关的一种娱乐活动。"商"即商略、商量、商讨,"谜"指谜语,也称廋词、隐语。灌园耐得翁《都城纪胜》云:"商谜旧用鼓板吹〔贺圣朝〕,聚人猜诗谜、字谜、戾谜、社谜,本是隐语。"[4]商谜只不过

---

[1] 洪迈:《夷坚支志》乙集卷第六《合生诗词》,《全宋笔记》第五十册,大象出版社,2019,第159—160页。
[2] 戴不凡:《小说见闻录》之《合生》,浙江人民出版社,1980,第286页。
[3] 释慧琳:《一切经音义》卷70,大通书局,1985,第21519页。
[4] 耐得翁:《都城纪胜·瓦舍众伎》,中国商业出版社,1982,第11页。

是以猜谜语为核心的文化娱乐活动的代称。这种活动在宋代不仅深受市民喜爱，也得到许多著名文人的青睐。以诗谜为例，宋嘉祐年间，苏轼、王安石、黄庭坚、秦观等便擅长此道，当时流行的《文戏集》四卷中便收录有他们的作品。当然，他们所做诗谜是雅化了的商谜，而民间商谜自然要比他们所作通俗得多。而勾栏瓦舍的商谜，有许多固定的程式，如鼓吹、道谜、正猜、下套、贴套、走智、问因、调爽等，形式活泼，有说有唱，还有商谜艺人与观众的互动。因此，从本质上看，说民间商谜是说唱艺术之一种应该没有问题，它自然也应该包含在宋人"说话"之中。商谜在宋代不仅吸引了许多爱好此艺的市民，也诞生了不少著名的商谜艺人。孟元老《东京梦华录》载有北宋商谜艺人毛详、霍伯丑，西湖老人《繁胜录》载有南宋商谜艺人胡六郎，吴自牧《梦粱录》载有商谜艺人有归和尚、马定香，周密《武林旧事》更载有胡六郎等商谜艺人十三人。民间商谜在宋代如此发达，我们没有理由忽视这一伎艺。

关于第二点，涉及对"四家"的理解，留待后文再说。

说唱伎艺在南宋得到迅猛发展，有行会组织"雄辩社"，有专事创作的"书会"，书会写手被称为"才人"，专业分工愈来愈细，伎艺水平不断提高。绍兴三十一年（1161年）省废教坊之后，每遇大宴，则拨差临安府衙前乐人充应。朝廷特设供奉局采访和挑选著名艺人，有些"说话"艺人因演技高超，被招去供奉内廷，作为御用"说话"艺人，如王六大夫、李奇、王防御、史惠英、陆妙慧、陆妙净等，这在客观上也刺激了"说话"伎艺的普及与提高。据南宋周密在元初撰写《武林旧事》回忆，南宋时临安城内的说唱伎艺名目有"演史"、"说经（诨经）"、"小说"、"影戏"、"唱赚"、"小唱"、"嘌唱赚色"、"鼓板"、"杂剧"、"杂扮"、"弹唱因缘"、"唱京词"、"诸宫调"、"唱耍令"、"唱《拨不断》"、"说诨话"、"商谜"、"覆射"、"学乡谈"、"傀儡"、"合笙"等，知名艺人有200多人。而成书于宋宁宗时期（1195—1224）的西湖老人（真实姓名不详）《繁胜录·瓦市》亦载：

南瓦、中瓦、大瓦、北瓦、蒲桥瓦。惟北瓦大，有勾栏一十三座。常是两座勾栏专说史书，乔万卷、许贡士、张解元。背做蓬花棚，常是御前杂剧，赵泰、王葵喜、宋邦宁、河晏清、锄头段子贵。……说经，长啸和尚、彭道安、陆妙慧、陆妙净。小说，蔡和、李公佐，女流史惠英。小张四郎一世只在北瓦占一座勾栏说话，不曾去别瓦作场，人叫做小张四郎勾栏。合生，双秀才。覆射，女郎中。踢瓶弄碗，张宝歌。杖头傀儡，陈中喜。悬丝傀儡，炉金线。……杂班，铁刷汤、江鱼头、兔儿头、菖蒲头。背商谜，胡六郎。……水傀儡，刘小仆射。影戏，尚保仪、贾雄卖。嘌唱，樊华。唱赚，濮三郎、扁李二郎、郭四郎。说唱诸宫调，高郎妇、黄淑卿。……谈诨话，蛮张四郎。散耍，杨宝兴、陆行、小关西。装秀才，陈斋郎。学乡谈，方斋郎。分数甚多，十三应勾栏不闲，终日团圆。……城外有二十座瓦子……[1]

其所记名目与《武林旧事》大同小异，证实南宋临安瓦肆伎艺远较北宋汴京繁胜，且兴旺发达延续了一个多世纪，"说话"名目"分数甚多"，难以详述。这一客观事实是促使时人对其进行分类的现实基础，而"四家"之说则是时人整合"说话"名目后所给出的一个方便的说法。或者换一种说法，"说话四家"反映出时人对"说话"伎艺的肯定、喜爱、理解和尊重，他们认可"说话"也是专门之学，是可以和传统知识类别相比拟的。

第三节 宋人"说话四家"新释

从上文的梳理可以看出，无论是北宋还是南宋，"说话"作为讲唱伎艺的

---

[1] 西湖老人：《繁胜录·瓦市》，文化艺术出版社，1998，第108—109页。

代名词，其名目种类均十分丰富，尤以南宋为繁胜。如果就广义而言，南宋的"说话"名目当不下20种，假如每种可称作一家，那就不下20家；北宋自然也不只4家。即使从狭义角度而言，南宋人所说的"说话四家"也不能按照目前的理解去落实。人们即使对于"说经"、"讲史"、"小说"三家能够达成一致（事实上还存在一定的分歧，如"说参请"与"说经"是否可以合为一家，"说铁骑儿"是否可以归入"小说"，就认识迥异），却无论如何对第四家难以形成共识。问题的关键是，只有跳出原来的思维路径，从整体上去把握宋人划分"说话四家"的真实意图，才能为目前的分歧找到解决办法。

笔者以为，如果从内容和形式两方面考察，南宋临安城中瓦肆里的"说经"、"说参请"、"说诨经"、"讲史"、"小说"、"影戏"、"唱赚"、"小唱"、"嘌唱赚色"、"鼓板"、"杂剧"、"杂扮"、"弹唱因缘"、"唱京词"、"诸宫调"、"唱耍令"、"唱《拨不断》"、"说诨话"、"商谜"、"覆射"、"学乡谈"、"傀儡"、"合笙"等无一不可以认定为"说话"之一家，甚至"说铁骑儿"也可以是一家，不然，它们就不会有专门的名称和专业的艺人。南宋人之所以要说"说话有四家"，其实是从整体把握说唱伎艺而比附传统知识分类所做的大类划分，并非具体指称四项"说话"名目。大家知道，自晋人荀勖编撰《晋中经簿》将传统文献分为甲、乙、丙、丁四大类，李充调整乙、丙顺序，到《隋书·经籍志》确定为经、史、子、集四大类之后，中国知识分类一直以此为标准，建立起中国传统文献分类标准和知识结构体系，规范并指导着中国文化建设和发展，民间文艺和通俗文学受其影响是自然而难免的事。"说话"伎艺在北宋虽已繁荣，但远不如南宋门类齐全，而到南宋后期，各类"说话"伎艺都发展成熟且有代表性专业艺人，因此，以经、史、子、集四大类来比附"说话"类别就成为可能。如"说经"（"谈经"）、"说参请"、"说诨经"等类于"经"，"演史"（"讲史书"）、"说三分"、"说五代史"等类于"史"，"小说"（"银字儿"）、"说铁骑儿"等类于"子"，"合生"（"合笙"）、"商谜"、"说诨话"等类于"集"。所谓

"'说话'有四家",不过是说"说话"可以仿照经、史、子、集分为四大类而已。这样分类当然不可能将"说话四家"逐一落实到四种具体"说话"名目上,而是要涵盖南宋已有的全部讲唱伎艺。然而,南宋讲唱伎艺品种众多,名目繁杂,且一直处在不断发展变化之中,因此,当时人在解释"说话四家"时或举成说,或述异称,或列名目,或释内涵,不一而足。其实,每一种解说都是举例式而非穷尽式的,都可以增加一些名目,这也是学界始终难以达成统一意见的根本原因。如果以历史的眼光,把问题放在当时的语境去考察,那么,不仅学者们提到的"说经"、"说参请"、"说诨经"、"讲史"、"小说"、"说铁骑儿"、"合生"、"商谜"、"说诨话"等应该归入"说话四家"中,"影戏"、"唱赚"、"小唱"、"鼓板"、"杂剧"、"傀儡"、"弹唱因缘"、"诸宫调"、"学乡谈"等当时也被称为"说话"(详下),自然也都可以归入上述四家。而北宋没有可与四部"经"类相比拟的"说经""说参请"之类的"说话"名目,因而也就没有"说话四家"之说。

我们这样理解,并非凭借想象和推理,而是有文献作为依据的。罗烨(生卒年不详)《醉翁谈录·小说引子》云:

> 世有九流者,略为题破:一、儒家者流,出于司徒之官,遂分六经词赋之学。二、道家者流,出于典史之官,遂分三境清净之教。三、阴阳者流,出于羲和之官,遂分五行占步之术。四、法家者流,出理刑之官,遂分五行胥吏之事。五、名家者流,出于礼仪之官,遂分五音乐艺之职。六、墨家者流,出于清庙之官,遂分百工技事之众。七、纵横者流,出于行人之官,遂分四方趋容之辈。八、农家者流,出于农稷之官,遂分九府财货之任。九、小说者流,出于机戒之官,遂分百官记录之司。由是有说者纵横四海,驰骋百家。以上古隐奥之文章,为今日分明之议论。或名演史,或谓合生,或称舌耕,或作挑闪,皆有所据,不敢谬言。言其上世之贤者

可为师，排其近世之愚者可为戒。言非无根，听之有益。[1]

这里明显将"小说"置于传统四部分类的"子"类中，表达了比附正统知识分类的基本思路和理论立场。作者特予本节题下注明："演史、讲经并可通用。"在同卷《小说开辟》最后，作者有诗云：

> 小说纷纷皆有之，须凭实学是根基。开天辟地通经史，博古明今历传奇。藏蕴满怀风与月，吐谈万卷曲和诗。辨论妖怪精灵话，分别神仙达士机。涉案枪刀并铁骑，闺情云雨共偷期。世间多少无穷事，历历从头说细微。[2]

可以看出，罗烨不仅将作为"说话"伎艺的"小说"放进了作为正统知识分类的"子"类中，这固然是借助了四部分类的子类中确有"小说"一类的便利（但此"小说"非彼"小说"也是显然的），而且他还将"经"、"史"与"说话"伎艺的"演史"、"讲经"联系起来，表明南宋人对"说话"的认识确实存在将正统知识分类作为参照的认识自觉。这足以说明南宋人所谓"说话四家"之说是一个宏观的视野，他们比附四部分类不仅是在为自己喜爱的伎艺寻找根据，也是在为"说话"伎艺争取地位。当然，任何比附都是蹩脚的，这种比附也不例外，我们应该取"同情之理解"的立场，不必去苛求他们的不严谨、不科学。

这里顺便说明，罗烨在诗中明确将"铁骑"归入"小说"一类，在"小说"细目中又说"有灵怪、烟粉、传奇、公案，兼朴刀、杆棒、妖术、神仙"等各小类，而《都城纪胜·瓦舍众伎》所云其"话本"与小说相类的弄傀儡是"敷演烟粉、灵怪故事，铁骑、公案之类"，证明"铁骑、公案"是一类，"小说"

---

[1] 罗烨：《醉翁谈录》甲集卷1《小说引子（演史讲经并可通用）》，第1—2页。
[2] 罗烨：《醉翁谈录》甲集卷1《小说开辟》，第5页。

应该包括"说铁骑儿",强行把"说铁骑儿"作为"说话四家"之一家是不能成立的。这样看来,"说话四家"还是鲁迅和孙楷第的分类比较稳妥,只是需要补充说明:第四家无论是指"合生"或"合生、商谜",还是再加上"说诨话"等等,其实都只是举其代表而已,并非穷尽式的列举,因为拟于"集"类的多是说笑、嘲戏一类的小型说唱伎艺,正如集类有总集、别集、诗文评等一样,内容丰富,形式丛杂,风格不一,难以举某一种来代表。

在结束讨论之前,尚有一点需要说明,以免读者产生误会。

在讨论"说话"家数时,不少学者讨论过"小说"名"银字儿"的问题。孙楷第指出:"说话第一类之小说,既以银字儿命名,必与音乐有关,大概说唱时以银字管和之。银字外也许还有其他乐器,可惜现在不能详考。"[1] 既然"小说"要"以银字管和之",那就说明"小说"不仅有说,也有唱,现存宋元小说话本也是有散说有歌唱的,正好作为证明。叶德均认为:

> 宋代瓦市勾栏伎艺人的"说话",在做场时大抵有音乐和歌唱,如合生的歌咏讴唱(《洛阳缙绅旧闻记》卷一,《夷坚支志》乙集卷六);商谜用鼓板吹〔贺圣朝〕(《都城纪胜》)。所谓"鼓板"是用鼓、笛、拍板(《武林旧事》卷六)合奏。这两类都不是讲唱文学,但和它们有密切关系。至于讲唱文学更不能离开音乐和歌唱而独立存在。如宋代说话的小说又名"银字儿",是因讲唱时用银字笙、银字觱篥乐器配合歌唱而得名;鼓子词用管弦乐和鼓伴奏(《侯鲭录》卷五);赚词用鼓、笛、拍板(《事林广记》戊集卷二)和弦索(《癸辛杂识·别集》下)。说唱诸宫调,宋代以"鼓板之伎"的众乐伴奏(《梦粱录》卷二十)。[2]

---

[1] 孙楷第:《沧州集》卷1《宋朝说话人的家数问题》,第63页。
[2] 叶德均:《戏曲小说丛考》卷下《宋元明讲唱文学》,中华书局,1979,第630页。

显然，叶氏将"合生"、"商谜"排除在讲唱文学之外（这里涉及对"文学"的理解，不拟展开讨论），但又将它们都算在"说话"伎艺里头，而且他也赞成鲁迅"说话"四家的分类，将"合生"作为"说话"之一家[1]。因为"合生"也作"合笙"，讲唱时同样有乐器伴奏。这就启发我们，在讨论宋人"说话"家数时，不仅不应该将"合生"、"商谜"排除在外，也不应该将杂剧、影戏、诸宫调等排除在外。《都城纪胜·瓦舍众伎》在谈"说话有四家"之前，先谈弄傀儡、影戏，并非逻辑混乱，而是当时人的认识就是如此。两宋之交，金人曾向宋朝廷索要"杂剧、说话、弄影戏、小说"等艺人150余家[2]，也是将这些讲唱艺人混称，并未如今人分别出戏曲和小说来。由于宋人"小说"既要求"说话人"生动地讲述故事，又要求其按照"银字儿"节律歌唱某些内容，它和戏曲在内容与形式上有密切联系，它们之间的主要区别是叙述体和代言体之不同。加之当时的"小说"讲唱对"说话人"艺术素养要求最高，其发展成熟占据瓦肆的时间也最长，人们有时就用"小说"作为讲唱故事伎艺的通称。中国古代小说和戏曲长期混杂，一直延续到20世纪初，通过"小说革命"和"戏曲改良"，二者才逐渐形成为两种不同的文学文体。民国初年，蒋瑞藻作《小说考证》和钱静方作《小说丛考》，仍然将戏曲、小说、弹词等一起统称为小说。真正对小说、戏曲明确进行文体分别，是"五四"新文化运动以后的事，鲁迅撰写的《中国小说史略》不再阑入戏曲，成为小说和戏曲彻底分家的标志。明白了其中的原因，我们对宋人"说话"四家就会有更加宏阔的视野和更加包容的心态，至于选取哪些具体名目作为各类家数的代表性伎艺倒在其次了。

最后，需要强调的是，南宋人分"说话四家"以比附当时居于文化正统地位的经、史、子、集四部，其意义十分重大。一方面，它说明通俗文化在宋代尤其是南宋已经发展得相当繁盛，完全可以与传统文化的经、史、子、集四部

---

[1] 叶德均：《戏曲小说丛考》卷下《宋元明讲唱文学》，第631页。
[2] 徐梦莘：《三朝北盟会编·金人来索诸色人》，上海古籍出版社，1987，第583页。

分庭抗礼；另一方面，也说明"通俗小说"正在茁壮成长，已经获得与传统子部小说同等的文化地位（指在民间，非指官方）。因此，南宋人分"说话四家"在文化思想和小说观念上是一项重要突破，它宣示着通俗文化和通俗小说发展的新时代已经到来。

如此来看，宋代"说话"家数问题并不是一个简单的"说话"技艺的分类问题，而是一个文化思想和小说观念的转型问题，甚至是一个社会文化转型与文化发展的重大问题，切不可等闲视之。宋人讲学包括讨论儒家经典喜欢使用俗语（朱熹《朱子语类》是其典型代表），宋文在"新古文运动"之后偏于平易流畅（欧阳修、苏轼的散文是其典型代表），宋代曲子词长盛不衰（以致宋词成了宋代文学的代表性文体），宋金杂剧取得长足发展（元杂剧便在此基础上发展成熟为"一代之文学"），凡此种种，无不显示出中国文学由以传统士人文学为中心向新兴市民文学为中心的转变，而中国传统文化也在朝着由精英文化向通俗文化转型的方向迅猛发展，小说观念由士人小说观念向平民小说观念转变只是传统文学观念转变的一个典型代表而已。

第十九章
《三国演义》与明人小说观念

中国通俗小说在宋代有了很大发展，宋人"说话"在南宋已经出现相当完备的流派和家数，"说话四家"充分反映出"说话"技艺的成熟程度，《醉翁谈录·小说开辟》代表了这一时期人们对通俗小说的认识水平。元人则将"说话"底本整理成供人阅读的"平话"，完成了从讲唱文学的场上技艺向案头文学的纸质文本的转换，为通俗小说的普及做出了突出贡献。尽管明初执行朱元璋的文化高压政策，通俗小说受到抑制，但永乐以降，通俗小说又活跃起来。1967年上海嘉定小墓出土的北京永顺堂于明成化年间刊行的说唱词话十余种，很好地证明了这一点。不过，当时还没有人对通俗小说进行理论探讨，以致我们无法了解时人的小说观念。弘治年间，朝廷下诏征集图书，其中包括小说戏曲，《三国演义》开始在社会上流行，引起轰动；嘉靖初年，《水浒传》刊行，受到热捧，以致朝廷司礼监和都察院也刊刻《三国演义》和《水浒传》，与坊间刻本争利。一时间，创作和阅读通俗小说成为时尚，揄扬和评论通俗小说也就成为时髦。在通俗小说强势崛起的背景下，人们开始对通俗小说进行理论探讨，通俗小说观念正是在这种探讨中不断成长和成熟起来，并对通俗小说发展产生影响。明代最有代表性的通俗小说是被称为"四大奇书"的《三国演义》、《水浒传》、《西游记》、《金瓶梅》，明人的小说观念往往通过对这些作品的评论来体现。本章不可能全面检讨明人对各类通俗小说评论中所体现的小说观念，拟通过明人对以《三国演义》为代表的历史通俗演义的评论,来简要清理明代通俗小说观念发展的轨迹。

第一节 从"羽翼信史"到"并传不朽"

宋代"说话"有"讲史"一家,而元人整理的"讲史"文本——"平话"(一作"评话"),其实并不能代表"讲史"艺人所达到的技艺水平,因为书场的讲说不是案头文本所可以比拟和规范的,它要靠艺人的演出水平和临场发挥。然而,正是这些比较粗糙的"讲史平话"开启了中国长篇通俗小说的先河。"讲史"艺人们分场次讲说史书以及"讲史平话"分节衍绎历史,成为后来章回体通俗小说的滥觞。《三国演义》便是在"说三分"和《三国志平话》等通俗技艺和"讲史平话"文本的基础上由文人创作而成的中国第一部章回体长篇通俗小说,也是中国小说发展史上第一部杰出的历史演义小说。对于它的成书时间,学术界至今虽然还没有完全一致的意见,但根据现存文献判断,它在社会上流传并引起人们关注是从明代弘治年间开始的[1]。它的出现不仅影响了中国古代小说特别是历史演义小说的发展,而且改变了明代人们对于小说的看法,带来了明代小说观念的重大变化。因此,探讨《三国演义》对明人小说观念的影响,可以帮助我们清理明代小说思想的发展线索,认识中国小说观念在明代的发展。

《三国演义》现存最早刊本是明嘉靖本《三国志通俗演义》,其卷首有蒋大器写于弘治甲寅(1494年)的《序》和张尚德写于嘉靖壬午(1522年)的

---

[1] 现存反映《三国演义》流传信息的最早文献是庸愚子写于弘治甲寅(1494年)的《〈三国志通俗演义〉序》,序中提到"书成,士君子之好事者,争相誊录",说明《三国演义》刊刻前是以钞本流传。万历己未(1619年)刊本杨慎评点《隋唐志传》有正德时官僚林瀚序文,清褚人获《隋唐演义》也刊有是序,落款日期为"时正德戊辰(1508年)仲春花朝后五日",序中提到《三国演义》和《水浒传》"二书并行世远矣",时间也不早于弘治,但孙楷第《日本东京所见中国小说书目》疑此序"盖依托耳"。而弘治以前,至今没有发现有关《三国演义》的任何记载和评论。笔者撰有《〈三国志演义〉成书时间新探——兼论世代累积型作品成书时间的研究方法》,载《中山大学学报》(社会科学版)2014年第1期,可参看。另参见拙著《中国通俗小说史》第五章第二节《〈三国志演义〉的成书与作者》,武汉大学出版社,2015。

《引》,这两篇文献尽管是针对《三国志通俗演义》而发,却代表了《三国演义》流传初期明人对通俗小说特别是对历史演义小说的基本认识。蒋大器《〈三国志通俗演义〉序》云:

> 夫史非独纪历代之事,盖欲昭往昔之盛衰,鉴君臣之善恶,载政事之得失,观人才之吉凶,知邦家之休戚,以至寒暑、灾祥、褒贬、予夺,无一而不笔之者,有义存焉。吾夫子因获麟而作《春秋》。《春秋》,鲁史也,孔子修之,至一字予者褒之,否者贬之。……此孔子立万万世至公至正之大法,合天理,正彝伦,而乱臣贼子惧。……然史之文,理微义奥,不如此,乌可以昭后世?语云:"质胜文则野,文胜质则史。"此则史家秉笔之法。其于众人观之,亦尚病焉。故往往舍而不之顾者,由其不通乎众人,而历代之事,愈久愈失其传。前代尝以野史作为评话,令瞽者演说,其间言辞鄙谬又失之野,士君子多厌之。若东原罗贯中,以平阳陈寿《传》,考诸国史,自汉灵帝中平元年,终于晋太康元年之事,留心损益,目之曰《三国志通俗演义》,文不甚深,言不甚俗,事纪其实,亦庶几乎史。盖欲读诵者,人人得而知之,若诗所谓里巷歌谣之义也。书成,士君子之好事者,争相誊录,以便观览,则三国之盛衰治乱,人物之出处臧否,一开卷,千百载之事,豁然于心胸矣。其间亦未免一二过与不及,俯而就之,欲观者有所进益焉。[1]

从序言可以看出,蒋大器对《三国志通俗演义》的基本特点及其价值判断是以正史和评话为参照的。在蒋氏看来,正史"非独纪历代之事",其中有孔子所立"万万世至公至正之大法"。不过,正史也有缺欠,即其"不通乎众人"。而据野

---

[1] 庸愚子:《〈三国志通俗演义〉序》,丁锡根编著《中国历代小说序跋集》中,人民文学出版社,1996,第886—887页。此序落款署名为"庸愚子",序文后有"金华蒋氏"和"大器"二印章,故知"庸愚子"即蒋大器。

史演说的评话，虽然能够吸引大众，却"言辞鄙谬又失之野"，不受士君子喜欢。《三国志通俗演义》之所以可贵，就在于它既能够依据正史，又能够通乎众人，"文不甚深，言不甚俗，事纪其实，亦庶几乎史"，所以它受到了包括士君子在内的"众人"的欢迎。

表面看来，蒋大器的序言对正史和评话各有肯定也各有批评，以为《三国志通俗演义》兼有二者之长。然而，细读序言，我们还是不难发现蒋氏所坚持的文化立场和所采用的文化策略，而这正是了解其小说观念需要特别注意的。序言一开始便提出孔子所立正史乃"万万世至公至正之大法"，在谈到《三国志通俗演义》时也强调其依据正史，这已经清楚表明了作者的文化立场。至于序言指出正史不能"通乎众人"，并肯定通俗演义的特点正是"通乎众人"，这只是反映了一种文化策略。而立场是根本的，是灵魂；策略则是灵活的，是形式。正如《诗经》里面能够容纳"里巷歌谣"而并不改变其为儒家经典一样，史书也可以容纳通俗演义而不背离孔子之"大法"。蒋氏之所以欣赏《三国志通俗演义》，就在于这一作品既葆有正史的灵魂，又选择了"通乎众人"的形式。也就是说，《三国志通俗演义》不仅能够使"读诵者人人得而知之"，而且遵守了孔子为正史所立的"万万世至公至正之大法"，所以《三国志通俗演义》"亦庶几乎史"。从这里可以看出，蒋氏虽然认识到了通俗演义作为大众文化形式或文学形式的实际社会价值，也看到了"士君子之好事者争相誊录"社会现实，但他并没有能够完全放弃儒家正统历史观念和传统小说观念，他对"以野史作为评话"评价不高已经说明了问题。而将通俗演义的成功归结为正史的通俗化，通俗演义实际上也就成了正史的附庸。

蒋大器对通俗演义的认识在明代前中期具有代表性，张尚德《〈三国志通俗演义〉引》也表达了与他类似的观点。张尚德说：

> 史志所志，事详而文古，义微而旨深，非通儒硕学，展卷间，鲜不便

思困睡。故好事者，以俗近语，檃栝成编，欲天下之人，入耳而通其事，因事而悟其义，因义而兴其感，不待研精覃思，知正统必当扶，窃位必当诛，忠孝节义必当师，奸贪谀佞必当去，是是非非，了然于心目之下，裨益风教，广且大焉。[1]

这里，张尚德同样将通俗演义理解为对正史的通俗化，认为演义与正史的差别只在文辞而不在义旨。高儒《百川书志》著录《三国志通俗演义》称："晋平阳侯陈寿史传，明罗本贯中编次，据正史，采小说，证文辞，通好尚，非俗非虚，易观易入，非史氏苍古之文，去瞽传诙谐之气，陈叙百年，该括万事。"[2] 强调的也是正史对于演义的决定性作用以及演义对于正史的通俗化特点。张尚德还在《引》文中借客人之口指出：《三国志通俗演义》"是可谓羽翼信史而不违者矣"。他们心中所谓"信史"，实际上是指正史。应该说，"羽翼信史而不违"非常凝练地概括了这一时期人们对通俗演义的基本认识。

既然通俗演义只是"羽翼信史"，那么它的地位当然不能与信史等量齐观。尽管张尚德在《〈三国志通俗演义〉引》中不无动情地说："於戏！牛溲马勃，良医所珍，孰谓稗官小说，不足为世道重轻哉？"但"羽翼信史"的定位，使稗官小说至多只能成为"二等公民"，而"牛溲马勃"之喻，实在不比"虽小道必有可观者焉"的传统小说观念高明多少。

这样说来，蒋大器、张尚德的小说观念是否毫无新意呢？答案是否定的。蒋、张二人都不讳言普通读者对"理微义奥"的正史的厌倦，都认识到了典籍文化越来越没有市场的现实，都把能否"通乎众人"作为衡量作品成功与否的重要因素，他们的文化视点已经从主要关注"士君子"转移到主要关注"众

---

[1] 修髯子：《〈三国志通俗演义〉传》，丁锡根编著《中国历代小说序跋集》中，第888页。此引落款署名为"修髯子"，文末有"尚德"、"小书庄"、"关西张子词翰之记"三印章，故知"修髯子"即张尚德。

[2] 高儒：《百川书志》卷6《史部·野史》，《宋元明清书目题跋丛刊》明代卷第一册，中华书局，2006，第738页。

人",这种文化视点的变化为提高通俗小说的社会地位、促进小说观念的发展开辟了道路。

当然,小说地位的提高、小说观念的改变,主要还是取决于小说作品自身的成就及其对社会的实际影响。《三国演义》作为中国第一部长篇通俗小说,不仅开创了中国小说发展的新纪元[1],其杰出的文学成就和实际的社会影响,也的确起到了提高小说的文化地位、改变人们的小说观念的积极作用。

《三国演义》一面世,立刻受到社会的普遍欢迎。一是人们争相刊刻这部作品,仅嘉靖年间《三国演义》便被多次刊行。不仅有武定侯郭勋的家刻本"武定板"[2];还有朝廷司礼监和都察院分别刊刻的官刻本[3];坊刻本因无人著录而不得其详,但可以肯定的是这类版本必然很多。朝廷和勋贵们刻印《三国演义》,正是要和这些坊刻本争夺市场。现存的大量明代坊刻本能够证明这一点。[4]另一方面,模仿《三国演义》编写的历史演义小说大量涌现。"嘉靖十六年,郭勋欲进祀其立功之祖武定侯英于太庙,乃仿《三国志》俗说及《水浒传》为《国朝英烈记》,言生擒士诚,射死友谅,皆英之功。传说宫禁,动人听闻。"[5]这种模

---

[1] 杨尔曾《〈东西晋演义〉序》云:"一代肇兴,必有一代之史,而有信史有野史。好事者聚取而演之,以通俗娱人,盖自罗贯中《水浒传》《三国传》始也。"此《三国传》即《三国通俗演义》。而按作品成书和流传情况来看,《三国通俗演义》应在《水浒传》之先。

[2] 晁瑮:《晁氏宝文堂书目》中子杂:"《三国通俗演义》,武定板。"(《宋元明清书目题跋丛刊》明代卷第一册,中华书局,2006,第656页)

[3] 分见周弘祖《古今书刻》上编和刘若愚《酌中志》卷18。[英]魏安《三国演义版本考》怀疑上海图书馆残叶即嘉靖时期的经厂库所藏的司礼监刊本。

[4] 中国古代小说版本历来不受藏书家重视,保存下来的明代坊刻本通俗小说只是沧海一粟。即便如此,据[英]魏安统计,现存《三国演义》明代坊刻本也有近30种,如明嘉靖二十七年(1548年)建阳叶逢春刊本、万历十九年(1591年)南京仁寿堂周曰校刊本、万历二十年(1592年)建阳双峰堂余象斗刊本、万历二十四年(1596年)建阳诚德堂熊清波刊本、万历三十一年(1603年)建阳忠正堂熊佛贵刊本、万历三十三年(1605年)建阳郑少垣联辉堂刊本、万历三十八年(1610年)建阳杨闽斋刊本、万历三十九(1611年)建阳郑云林翻印本,还有具体刊刻时间不详的杭州夷白堂翻徽州原刊本、苏州宝翰楼刊本、集庆堂刊本、苏州藜光楼翻印本、前溪堂夏振宇翻印本、建阳宝善堂郑以祯翻印南京国子监原刊本、建阳余象斗刊评林本、建阳乔山堂刘龙田刊本、建阳藜光堂刘荣吾刊本、建阳黄正甫刊本、建阳杨美生刊本、建阳魏氏刊本、建阳熊飞英雄谱合刻本、建阳吴观明翻印本、建阳刊汤宾尹校正本,以及建阳刊北京藏本、天理藏本、魏玛藏本等。(见魏著《三国演义版本考》,上海古籍出版社,1996)

[5] 郑晓:《今言》卷1,中华书局,1984。

仿虽然是想利用通俗演义以达到其政治目的，但它说明王公贵族已认识到通俗小说的巨大社会影响。至于精明的书商，更是看到了这种文学样式的广阔市场前景，于是也按照将正史通俗化的思路来编写历史演义小说，熊大木可为代表。从嘉靖三十一年（1552年）开始，熊大木连续编写刊行了《大宋中兴通俗演义》、《唐书志传通俗演义》、《全汉志传》、《南北两宋志传》等多部历史演义小说。他的这些历史演义小说，模仿《三国志通俗演义》，将正史通俗化。如《大宋中兴通俗演义》写岳飞行事，"以王本传行状之实迹，按《通鉴纲目》而取义"，"庶使愚夫愚妇亦识其意"[1]。熊氏编写的通俗演义其艺术性虽不如《三国志通俗演义》，但它们的出版，壮大了通俗演义的阵营，扩大了通俗小说的影响，对通俗小说的发展发挥了积极作用，明后期通俗演义的大量涌现证明了这一点。明末可观道人《〈新列国志〉叙》云："小说多琐事，故其节短。自罗贯中《三国志》一书，以国史演为通俗演义，汪洋百余回，为世所尚。嗣是效颦日众，因而有《夏书》、《商书》、《列国》、《两汉》、《唐书》、《残唐》、《南北宋》诸刻，其浩瀚几与正史分签并架。"[2] 所列通俗演义虽很不完全，却也真实地反映了《三国演义》对历史通俗演义的巨大影响。

《三国演义》不仅促进了通俗演义的繁荣，也促进了明代小说思想的进步。例如，对通俗演义作出重要贡献的熊大木对正史和通俗演义关系的认识，就在蒋大器和张尚德的基础上有了新的发展。他在《〈大宋武穆王演义〉序》中说：

> 至于小说与本传互有同异者，两存之以备参考。或谓小说不可紊之以正史，余深服其论。然而稗官野史实记正史之未备，若使的以事迹显然不泯者得录，则是书竟难以成野史之余意矣。如西子事，昔人文辞往往及之，

---

[1] 熊大木：《〈大宋武穆王演义〉序》，丁锡根编著《中国历代小说序跋集》中，人民文学出版社，1996，第980—981页。《大宋中兴通俗演义》别题《大宋演义中兴英烈传》、《大宋武穆王演义》、《武穆精忠传》等。

[2] 可观道人：《〈新列国志〉叙》，丁锡根编著《中国历代小说序跋集》中，第864页。

而其说不一。……质是而论之，则史书小说有不同者，无足怪矣。[1]

熊大木虽然在价值取向上仍然以正史的义旨为归，但他同时认为"稗官野史实记正史之未备"，提出"小说与本传互有同异者，两存之以备参考"，这显然与"羽翼信史而不违"的小说思想拉开了距离。因为熊大木承认稗官小说所讲述的故事也有自身的真实性，并不需要获得正史的支持；而蒋大器对《三国演义》中与正史不合的部分，尽管也承认其对读者会有所帮助，却仍然以正史为依据，认为不合正史就是"过与不及"。虽然熊大木在其所编的历史演义小说中大量抄撮正史材料，自觉的文学创造并不很多，但他对稗官小说地位的认识比蒋大器等人已经有了明显的进步。

由《三国演义》所引发的对正史和稗官野史、通俗演义的关系的认识及其各自地位的评价，不仅是明代小说理论关注的一个焦点，也是明代小说思想的核心内容。随着《三国演义》的影响进一步扩大，随着历史演义小说的大量编写，熊大木之后，人们对正史和通俗演义的理解不断深入，其认识也慢慢发生了质的变化。

大体说来，明代后期对于稗官野史、通俗演义地位的认识可以分为两类：一类是平等论，一类是优劣论；前者比较平和，后者倾向激进。

所谓平等论，即把正史和稗官野史、通俗演义放在一个平等的地位加以比较，肯定稗官野史、通俗演义具有与正史平等的文化地位，可以并传不朽。如陈继儒《叙〈列国传〉》云：

> 顾以世远人湮，事如棋局，《左》《国》之旧，文彩陆离，中间故实，若存若灭，若晦若明。有学士大夫不及详者，而稗官野史述之；有铜螭木简不及断者，而渔歌牧唱能案之。此不可执经而遗史，信史而略传也。……

---

[1] 熊大木：《〈大宋武穆王演义〉序》，丁锡根编著《中国历代小说序跋集》中，第981页。

是《列传》亦世宙间之大帐簿也，如是虽与经史并传可也。[1]

周之标《〈残唐五代史传〉叙》亦云："夫五代自有五代之史，附于残唐后者，野史非正史也。……然则五代之史虽谓野史，非正史也亦可。"[2]这是从史事的互补性说明稗官野史、通俗演义与正史各有特点，各有独立的价值，不必是此非彼。

余邵鱼《题〈全像列国志传〉引》谓：

士林之有野史，其来久矣，盖自《春秋》作而后王法明，自《纲目》作而后人心正。要之：皆以维持世道，激扬民俗也。故董、丘以下，作者叠出。是故三国有志，水浒有传，原非假设一种孟浪议论以惑世诬民也。[3]

《〈隋炀帝艳史〉凡例》则云："历代明君贤相，与夫昏主佞臣，皆有小史。或扬其芳，或播其秽，以劝惩后世。如《列国》、《三国》、《东西晋》、《水浒》、《西游》诸书，与二十一史并传不朽，可谓备矣。"[4]这是从社会功能上论证稗官野史、通俗演义具有与正史一样的社会作用，可以与正史"并传不朽"。

优劣论者与平等论者有别，他们不仅充分肯定稗官野史、通俗演义的文化地位，而且激烈批判正史，以为稗官野史、通俗演义比正史更优秀，应该在正史之上。例如，明人张墡《〈廿一史识余〉发凡》激烈批判正史云：

兰台之掌畸贵，名山之藏日湮，历祀相沿，廿一史尊与十三经等。夫腐令《史记》，未更笔削之经也，以固睥迁，《太玄》之拟《易》乎！过此，

---

[1] 陈继儒：《叙〈列国传〉》，丁锡根编著《中国历代小说序跋集》中，第863页。
[2] 周之标：《〈残唐五代史传〉叙》，丁锡根编著《中国历代小说序跋集》中，第971页。
[3] 余邵鱼：《题〈全像列国志传〉引》，丁锡根编著《中国历代小说序跋集》中，第861页。
[4] 明崇祯人瑞堂刊本《〈隋炀帝艳史〉凡例》，丁锡根编著《中国历代小说序跋集》中，第953页。

> 惟平阳兼有史家诸长。蔚宗、休文，畔逆操觚，恶能定是非准？然范犹小佳，沈芜陋矣。晋、齐五朝，骈俪乏风骨，而事多浮夸。《北书》冗弗伦，失均鲁、卫。李延寿二史，识者訾其南略北详，以世家体作列传，厥制未允，犹彼善也。《新唐》事增文省，谓胜于旧，然晦而不达，虽省何贵？欧公史笔，义严秋霜，惜是时事半禽行，人皆盗贼，否亦悍卒呆竖，取姗（删）有余，轨法不足。《宋史》成于鞮译之世，庸熟支离，怒不能指人发，喜不堪解人颐，真邸报之极烂者。《金》《辽》《元史》，名号未雅，事亦庸碌，蒙气满纸矣。[1]

这样激烈批判正史，当然不是客观公正的态度。然而，"不破不立"，要想确立稗官野史、通俗演义的独立文化地位，又不能不打破对正史的迷信，挣脱传统历史观念和小说观念的双重羁绊。从这一角度来看，对正史的激烈批判又是合理的，必须的。当然，要想提高小说的地位，仅仅停留在对正史的过激批判是不够的，必须阐明稗官野史、通俗演义的独立价值，才能争取它们的独立地位。

在明代后期的人们看来，稗官野史、通俗演义与正史比较，至少有如下重要价值：

一是补正史所未备。甄伟《〈西汉通俗演义〉序》云：

> 盖迁史诚不可易也。予为通俗演义者，非敢传远示后，补史所未尽也。不过因闲居无聊，偶阅西汉卷，见其间多牵强附会，支离鄙俚，未足以发明楚汉故事，遂因略以致详，考史以广义；越岁，编次成书。[2]

作者表面上推崇司马迁的《史记》，而实际上却批评其记载西汉事"多牵强附

---

[1] 张燧：《〈廿一史识余〉发凡》，丁锡根编著《中国历代小说序跋集》上，第426页。
[2] 甄伟：《〈西汉通俗演义〉序》，丁锡根编著《中国历代小说序跋集》中，第878页。

会，支离鄙俚，未足以发明楚汉故事"，而自己的通俗演义则可以"补史所未尽"。织里畸人《〈南宋志传〉序》谈到五代野史传志所记之奇事正史多不载，于是指出"一人之见斯狭，一史之据几何，若其失而求之于野，传志可尽薄乎"[1]。玉茗主人《〈北宋志传〉序》亦云："志传所言，则尽杨氏之事，史鉴俱不载。岂其无关政纪，近于稗官曲说乎？虽然樵叟，然博雅君子每藉以稽考，而王元美先生近考小史、外传，往往出于伶官，杨氏尤悉，盖亦为此书一证。"[2] 稗官野史可补正史所未备，前人虽有类似议论，但不像明人这样从否定正史出发来进行论证，这反映了正史在明后期小说思想家心目中的地位已经降低，而稗官野史的地位则显著上升。

一是纠正史之失实。憨憨子《〈绣榻野史〉序》云：

> 余自少读书成癖。余非书若无以消永日，而书非予亦无以得知己。尝于家乘野史尤注意焉。盖以正史所载，或以避权贵，当时不敢刺讥；孰知草莽不识忌讳，得抒实录，斯余尚友之意也。[3]

指出正史因避讳权贵而不敢刺讥，故不得其实，而野史因不知忌讳反而"得抒实录"，这是对真伪标准的新界定，是对野史为"实录"的有力辩护。显然，这不是儒家传统的历史真伪观，而是人民大众的历史真伪观。有了这样的新的历史观，对正史和稗官野史的看法也就和传统的看法完全不同了。例如，李云翔《〈钟伯敬评封神演义〉序》便云："孟夫子尚曰'尽信书不如无书'，况三代以来，所谓曰文，曰武，曰孝，曰庄，曰敬，曰神，曰懿，曰徽，曰德，种种美词，不过皆史臣为之粉过饰非，写一代信史。其中可信不可信明甚，又何怪后儒曰：'三代之下无书。'……语云：'生为大（上）柱国，死为阎罗王。'自

---

[1] 织里畸人：《〈南宋志传〉序》，丁锡根编著《中国历代小说序跋集》中，第974页。
[2] 玉茗主人：《〈北宋志传〉序》，丁锡根编著《中国历代小说序跋集》中，第974页。
[3] 憨憨子：《〈绣榻野史〉序》，丁锡根编著《中国历代小说序跋集》下，第1340页。

古及今，何代无之？而至斩将封神之事，目之为迂诞耶？书成，其可信不可信，又在阅者作如何观，余何言哉！"[1]对正史作为信史的怀疑自然导致对稗官野史和通俗小说能够反映人民心声的肯定，而通俗小说的巨大成功也促进了小说思想和小说观念的发展。

从明前中期的以通俗演义为正史的通俗化，强调"羽翼信史而不违"，到明后期的以通俗演义为补正史所未备，或纠正史之失实，主张通俗演义和稗官野史可以与正史"并传不朽"，甚至能够比正史更真实地反映历史面貌和民众心声，这是中国小说思想和小说观念的重要发展。

第二节　从"裨益风教"到"疗俗圣药"

对于通俗演义文体与正史和其他文类的关系及其文化地位的认识固然是小说思想和小说观念的重要内容，同样，对通俗演义文体特点及其所发挥的社会作用的认识也是小说思想和小说观念的重要内容。

《三国演义》刊行之初，人们对通俗演义的认识大体还停留在明代前期的思想水平。蒋大器告诉人们阅读《三国演义》："若读到古人忠处，便思自己忠与不忠；孝处，便思自己孝也不孝。至于善恶可否，皆当如此，方是有益。"[2]张尚德则认为读《三国演义》，"知正统必当扶，窃位必当诛，忠孝节义必当师，奸贪谀佞必当去，是是非非，了然于心目之下，裨益风教，广且大焉"[3]。他们都是从伦理道德、政治教化的角度来认识通俗小说的文化作用和社会价值，与正史一样，"劝善惩恶"、"裨益风教"同样是通俗小说作品的价值追求。然而，当《三国演义》广泛流传，各种通俗演义大量涌现之后，人们对通俗小说自身特点及其所发挥的社会作用的认识也随之发生了变化。这些变化在某些方面可以说

1　李云翔：《〈钟伯敬评封神演义〉序》，丁锡根编著《中国历代小说序跋集》中，第1491页。
2　蒋大器：《〈三国志通俗演义〉序》，丁锡根编著《中国历代小说序跋集》中，第887页。
3　张尚德：《〈三国志通俗演义〉引》，丁锡根编著《中国历代小说序跋集》中，第888页。

是带根本性的转变。尽管以政治教化来评论作品的声音仍然不绝于耳，但新的声音显然更能够引起人们的关注，更能够反映出这一时期小说思想和小说观念的发展。

首先，人们从通俗演义《三国演义》和正统史书《三国志》的比较中认识到，通俗演义的突出特点是"通俗"。只有从"通俗"的角度才能确立通俗小说的社会价值和文化地位，才能与圣经贤传"并传而不朽"，真正与之划清界限。托名李贽的《序〈批评三国志通俗演义〉》云：

> 摛词而俗，取青紫如拾芥；治家而俗，积藏谷如聚尘；居官而俗，名不挂于弹章；居乡而俗，宣庙一块生猪肉，死去享受；器具而俗，适市者翘值以售；燕会而俗，设糖饼五牲，唱弋阳四平腔，戏宾以为敬；园囿而俗，卉木比偶，石狮瓦兽，松塔柏球，游人解颐，叹未曾有；写字而俗，姜立纲法帖一熟，胥史衙门；作画而俗，汪海云、张平山等笔，肉眼珍收，重于石田、伯虎。识得此意，便知《批评三国志通俗演义》。[1]

这篇序文无疑具有调侃性质，主要强调了"俗"是《三国演义》的叙事特点，然而，正是这种调侃说出了通俗演义的大实话，瓦解了人们对于圣经贤传的迷信，让人们能够从世俗的角度重新审视通俗小说的特点和价值。并且这种思想，与李贽所说的"穿衣吃饭，即是人伦物理；除却穿衣吃饭，无伦物矣。世间种种皆衣与饭类耳，故举衣与饭而世间种种自然在其中；非衣与饭之外更有所谓种种绝与百姓不相同者也"[2]，确有精神上的联系。从这些思想可以看出，尚"俗"已经不只是一种文化策略，它无疑上升为一种社会思潮，一种文化精神；《三国演义》是这种社会思潮和文化精神的代表作品，也是通俗小说已经站稳历

---

[1] 李贽：《序〈批评三国志通俗演义〉》，丁锡根编著《中国历代小说序跋集》中，第894页。
[2] 李贽：《焚书》卷1《答邓石阳》，张建业主编《李贽文集》第一卷，社会科学文献出版社，2000，第4页。

史文化舞台而带给人们充分自信的一种表现。

如果说明代前中期人们把通俗演义理解为正史的通俗化，以为它的主要文化意义和基本社会功能来自正史。那么，明后期人们则把通俗演义理解为可以脱离正史而存在，甚至是与正史相对立的一种文化形态，它的基本文化特点是"通俗"，主要社会功能是满足普通民众的文化需求。也就是说，明代前中期的小说思想和小说观念还有比较明显的精英文化本位意识，而明后期的小说思想和小说观念真正站在了大众文化的立场。上引托名李贽的《序〈批评三国志通俗演义〉》要求人们从"俗"的角度理解《三国演义》已经说明了这一点。署名绿天馆主人的冯梦龙《〈古今小说〉序》更从文化发展的角度论证了小说通俗的时代特点，他说：

> 史统散而小说兴。……若通俗演义，不知何昉。按南宋供奉局，有说书人，如今说书之流。其文必通俗，其作者莫可考。……暨施、罗两公，鼓吹胡元，而《三国》、《水浒》、《平妖》诸传，遂成巨观。……皇明文治既郁，靡流不波。即演义一斑，往往有远过宋人者。而或以为恨乏唐人风致，谬矣。食桃者不废杏，缔縠麑锦，惟时所适。以唐说律宋，将有以汉说律唐，以春秋、战国说律汉，不至于尽扫羲圣之一画不止。可若何？大抵唐人选言，入于文心；宋人通俗，谐于里耳。天下之文心少而里耳多，则小说之资于选言者少，而资于通俗者多。试令说话人当场描写，可喜可愕，可悲可涕，可歌可舞。再欲捉刀，再欲下拜，再欲决脰，再欲捐金。怯者勇，淫者贞，薄者敦，顽钝者汗下。虽日诵《孝经》、《论语》，其感人未必如是之捷且深也。噫，不通俗而能之乎？[1]

在冯氏看来，自宋代以来的通俗文化是历史发展的结果，而以小说为代表的通俗文学并不比以唐代诗文为代表的雅文学逊色，甚至比儒家经典更能够打动人

---

[1] 绿天馆主人：《〈古今小说〉序》，丁锡根编著《中国历代小说序跋集》中，第773—774页。

心。通俗小说之所以有如此作用和效果，根本原因就在于它的通俗，"小说之资于选言者少，而资于通俗者多"，本来就是面向大众的。冯氏这样认识通俗演义，肯定通俗小说，固然是为他自己的《古今小说》造势，但其思想却具有普遍意义。他对文化发展趋势的分析，对小说特点的把握，给小说的文化定位，以及对小说价值的肯定，均得益于宋代以来的"说话"艺术的发展，得益于《三国演义》《水浒传》为代表的一大批通俗小说所取得的杰出成就和日益扩大的社会影响，也得益于当时已经得到相当充分发展的市民文化。

冯梦龙在《〈太平广记钞〉小引》中还说：

> 宋人云："酒饭肠不用古今浇灌，则俗气熏蒸。"夫穷经致用，真儒无俗学；博学成名，才士无俗名。凡宇宙间龌龊不肖之事，皆一切俗肠所构也。故笔札自会计簿书外，虽稗官野史，莫非疗俗之圣药，《广记》独非药笼中一大剂哉！[1]

像这样公开打出"疗俗"的旗帜与圣经贤传和正统文学叫板，这在明中期以前是不可想象的。他在《〈警世通言〉叙》中还举过《三国演义》影响普通民众的一个实例：里中儿代庖而创其指，不呼痛，或怪之。曰："吾顷从玄妙观听说《三国志》（指《三国演义》——引者）来，关云长刮骨疗毒，且谈笑自若，我何痛为！"于是他总结说：

> 夫能使里中儿有刮骨疗毒之勇，推此说孝而孝，说忠而忠，说节义而节义，触性性通，导情情出。视彼切磋之彦，貌而不情；博雅之儒，文而丧质，所得而未知孰赝而孰真也。[2]

---

[1] 冯梦龙：《〈太平广记钞〉小引》，丁锡根编著《中国历代小说序跋集》下，第1776页。
[2] 冯梦龙：《〈警世通言〉叙》，丁锡根编著《中国历代小说序跋集》中，第777页。

在冯梦龙看来，《三国演义》等通俗小说作为"疗俗之圣药"，其对普通民众的影响是多方面的，它可以是伦理的、道德的，也可以是情感的、心理的，还可以是意志的、品质的。总之，这些影响是真切的，实在的，"触性性通，导情情出"，与所谓"切磋之彦，貌而不情；博雅之儒，文而丧质"的精英文化判然有别。从这里可以看到，明代小说思想和小说观念在《三国演义》等通俗小说流行之后，发生了多么显著而深刻的变化。

在明后期的小说思想家们看来，《三国演义》为代表的通俗小说作为"疗俗之圣药"，不仅在于它以通俗的形式沟通了与普通民众的思想情感，"触性性通，导情情出"，而且因为它具有符合民众期待的正确的历史观念，并且塑造出了反映这一正确历史观念且受民众欢迎的代表性人物。如梦藏道人（姓名未详）《〈三国志演义〉序》便说：

> 夫贯中有良史才，以小说自隐耳。……按国志创于著作，而意有偏属，故于正闰贤愚之评断，屡为昔贤所纠。晋习凿齿作《汉晋春秋》，谓蜀以宗室为正，至晋文平蜀，乃为汉亡晋兴。唐李德林谓曹贼罪百田常，祸千王莽，而陈寿依违其事，遂以魏为正朔之国。合参二家，寿之正闰失归大略具见矣。北魏毛修之谓陈寿曾为武侯书佐，得挞百下，故其论武侯言多挟恨。即德林亦谓陈寿由父辱受髡，故厚诬诸葛。合参二家，寿之贤愚失品，又大略可见矣。贯中合三而一，而模写诸葛独至。盖其意明以古今之正统属章武，以古今之一人属诸葛也。能作是观，思过半矣。愚夫妇与是非之公矣。不者，正其舛讹不发其意指，吾安知世之肉眼，不以良史许寿，而以说家薄贯中也。[1]

---

[1] 梦藏道人：《〈三国志演义〉序》，丁锡根编著《中国历代小说序跋集》中，第896—897页。

序者以为《三国志》撰者陈寿并非良史，而《三国演义》撰者罗贯中才真有良史之才。他的依据是，《三国志》以曹魏为正统的历史观是错误的，其对诸葛亮的评价也是怀有偏见、暗藏私心的；而《三国演义》以蜀汉为正统的历史观是正确的，其对诸葛亮的形象描写也是客观公正、符合民心的。这里，没有必要去纠缠魏与蜀究竟哪家才是正统，不然就会掉进传统价值观的陷阱。值得我们注意的是，序者抓住究竟谁是正统这一当时人所关心的重大话题，来否定陈寿《三国志》，而肯定罗贯中《三国演义》，并且将《三国演义》塑造得最为成功的诸葛亮与《三国志》对诸葛亮的某些批评加以对比，来凸显《三国演义》的历史价值和认识价值，为历史演义争取社会文化地位，其用心是良苦的。如果说正统问题在不同人那里可能会有不同认识，例如，北宋司马光《资治通鉴》便以曹魏为正统，而南宋朱熹《通鉴纲目》却以蜀汉为正统，很难得出谁对谁错且令所有人都赞成的结论。那么，"以古今之一人属诸葛"，或者如毛宗岗所说将诸葛亮看作"古今来贤相中第一奇人"[1]，大概不会有多少人反对。而这一结论，只有阅读《三国演义》才能得出，阅读《三国志》却很难得出，因为这是"愚夫妇与是非之公"。这就说明，通俗演义是通过成功塑造人物形象来吸引读者，影响读者的情感认知，塑造读者的历史观念的。

通俗演义主要不是为了宣传某种思想，或者说不是为了讲述历史故事，而是为了描写人物，塑造能够吸引人、感动人的人物形象，人们阅读小说，打动其内心的也主要是作品中的人物。这一点，在《三国演义》及一大批通俗小说流行之后，逐渐为人们所认识。署名李贽的《〈三国志〉叙》谈自己阅读感受云：

> 乃吾所喜《三国》人物，则高雅若孔北海，狂肆若祢正平，清隐若庞德公，以至卓行之崔州平，心汉之徐元直，玄鉴之司马德操，皆未效尽才

---

[1] 毛宗岗：《读〈三国志（演义）〉法》，丁锡根编著《中国历代小说序跋集》中，第919页。

于时。然能不为者,乃能大有为,而无所轻用者,正其大有用也。若人而可作,吾愿与为莫逆交。若诸葛公之矫矫人龙,则不独予向慕之,虽三尺竖子,皆神往之耳。世之阅《三国》者,倘尚古人,将无同志乎?敢以质之知者。[1]

在福建建阳吴观明刻本《李卓吾先生批评三国志》卷首还有一篇《读三国史答问》,以主客对话的形式讨论了关羽、张飞、赵云、诸葛亮、刘备、王允、孔融、庞统、魏延、姜维、祢衡、马谡、刘巴、许慈、胡潜等人物。评论小说人物是读者的权力,却不一定是评论家的义务。蒋大器在谈到如何阅读《三国志通俗演义》时说:"若读到古人忠处,便思自己忠与不忠;孝处,便思自己孝也不孝。至于善恶可否,皆当如此,方是有益。"[2]他要人们像读正史一样,从善恶褒贬、劝善惩恶的角度来阅读小说,仍然把通俗小说当作历史教科书和道德普及读物。而明后期的小说理论家们则开始把小说作为描写人物的艺术作品来对待,书商们愿意拿出许多篇幅来刊登小说理论家们对作品人物的评论,不惜增加印刷成本,承担商业风险,说明这时的读者已经十分关注作品人物,有了这方面的审美需求。对通俗小说塑造人物形象、刻画典型人物的自觉认识,是明代后期小说观念的又一重要发展。这是以前小说理论未曾达到的。

阅读小说关注作品中的人物,这既是读者审美要求的正常反映,也是作品能否打动读者的关键所在,作品的文学意义和社会价值也从这里得到体现。受这一观念影响,明后期的小说理论特别重视作品中的人物塑造,例如,王思任在《〈世说新语〉序》中说:

今古风流,惟有晋代。至读其正史,板质冗木,如工作瀛洲学士图,

---

[1] 李贽:《〈三国志〉叙》,丁锡根编著《中国历代小说序跋集》中,第895页。
[2] 蒋大器:《〈三国志通俗演义〉序》,丁锡根编著《中国历代小说序跋集》中,第887页。

面面肥晳，虽略具老少，而神情意态，十八人不甚分别。前宋刘义庆撰《世说新语》，专罗晋事，而映带汉、魏间十数人。门户自开，科条另定，其中顿置不安，微传末的，吾不能为之讳。然而小摘短拈，冷提忙点，每奏一语，几欲起王、谢、桓、刘诸人之骨，一一呵活眼前，而毫无追憾者。[1]

在王氏看来，《世说新语》的成功，就在于它注意刻画人物的神情意态，写活了人物，而正史"板质冗木"，"神情意态，十八人不甚分别"，自然不能达到感染读者的目的。胡应麟亦云："刘义庆《世说》十卷，读其语言，晋人面目气韵恍忽生动，而简约玄澹，真致不穷，古今绝唱也。"[2]这种要求小说塑造鲜活生动的人物形象的思想，使得志人小说和通俗小说找到了契合点。学者们从通俗小说塑造鲜活人物影响读者情感的大量事实中，进一步认识到《世说新语》也同样是通过塑造人物而感染读者的；或者说他们意识到，从《世说新语》等志人小说中通俗小说家们也可以学习塑造鲜活人物形象的写作方法。从这里可以看到，文言笔记小说和白话通俗小说确实常常相互吸引，相互借鉴，相互渗透，这只不过是一个典型的例证而已。

由于明后期小说家们对于通俗演义有了更为清醒的文体意识，知道塑造鲜活的人物形象才是小说成功与否的关键，自觉地在其作品中予以呈现，因此，小说理论家们也往往强调只有通过成功的小说人物形象才能发挥小说"疗俗之圣药"的社会作用，才能够与正统史书分庭抗礼，通俗小说才有其他作品不能替代的文化价值。吉衣主人袁于令《〈隋史遗文〉序》论述正史与演义的差别时说：

---

[1] 王思任：《〈世说新语〉序》，丁锡根编著《中国历代小说序跋集》上，第415页。
[2] 胡应麟：《少室山房笔丛》卷29《九流绪论下》，上海书店出版社，2001，第285页。

> 史以遗名者何？所以辅正史也。正史以纪事，纪事者何？传信也。遗史以搜逸，搜逸者何？传奇也。传信者贵真：为子死孝，为臣死忠，摹圣贤心事，如道子写生，面面逼肖。传奇者贵幻：忽焉怒发，忽焉嬉笑，英雄本色，如阳羡书生，恍惚不可方物。苟有正史，而无逸史，则勋名事业，彪炳天壤者，固属不磨；而奇情侠气，逸韵英风，史不胜书者，卒多湮没无闻。[1]

尽管作者对正史、遗史（这里主要指通俗演义）的概括不一定很准确，但其对正史、遗史的明确区分以及对各自特点的把握，仍然颇有理论内涵和思想特色。而周之标《〈残唐五代史传〉叙》则认为正史与野史可以互相转化，他说：

> 夫五代自有五代之史，附于残唐后者，野史非正史也。正史略，略则论之似难；野史详，详则论之反易。何也？略者犹存阙文之遗，而详者特小说而已。……至若五代迭更，朝成暮败，如儿童演戏，胡乱妆扮，便尔登场，可以臣乱君，可以子乱父，可以夷乱华，可以卒乱将，亦可以婿乱翁：总之，作儿童戏。然则五代之史虽谓野史，非正史也亦可。[2]

周氏认为，正史、野史之分不在它们的名称，而在它们的实质，故事性强的就是野史，故事性不强的就是正史。如《五代史》具有颇强的故事性，即使名为正史其实也是野史。这种以作品性质（故事性）作为判断正史、野史标准的意见，正是深受通俗演义小说观念发展变化影响的结果，也反映出明后期通俗小说观念的成熟。

关于通俗小说的性质、文体、作用等的认识，尤其是通俗小说应该塑造具有鲜明个性特点的典型人物以及典型人物塑造的方法，明末金圣叹通过评点

---

[1] 吉衣主人：《〈隋史遗文〉序》，丁锡根编著《中国历代小说序跋集》中，第956页。
[2] 周之标：《〈残唐五代史传〉叙》，丁锡根编著《中国历代小说序跋集》中，第971页。

《水浒传》时进行了全面阐述，将其提升为人物形象个性化的杰出理论，从而形成了中国古代小说思想的一座高峰。我们在下一章将专门讨论，这里不拟多说。需要指出的是，金圣叹的小说理论是在总结《水浒传》的创作经验的基础上提出的，但这种经验是在通俗小说大量涌现，通过各种类型的小说作品的比较研究而获得的，其中就有《水浒传》和《三国演义》的比较。例如他说："《三国》人物事体说话太多了，笔下拖不动，蹔不转，分明如官府传话奴才，只是把小人声口，替得这句出来，其实何曾自敢添减一字。"[1]便十分准确而形象地指出了《三国演义》按照"羽翼信史而不违"的原则将正史通俗化所带来的文学缺陷，即太拘泥于正史而影响了小说人物的塑造。没有各种类型的通俗小说所获得的经验教训，也就不会有金圣叹为代表的明末小说思想的辉煌成就。正是在这一点上，我们不能忘了《三国演义》作为中国古代长篇通俗小说的首创之功，以及它对明代小说思想和小说观念所产生的重要影响。

第三节　明后期小说虚构观念的茁长

自《三国演义》在明中期流传以来，通俗小说观念就进入了一个快速发展的时期。人们开始思考正统史书与通俗演义的联系和区别，逐渐找准了通俗演义自身的位置，也进一步明确了通俗小说应有的观念。前文已经说明，小说家们从"羽翼信史"到"并传不朽"的认识转变，实现了将通俗演义视为正统史书附庸到具有与正统史书分庭抗礼的思想飞跃；从"裨益风教"到"疗俗圣药"的社会期待，产生了将小说创作由眼光向上转变为眼光向下的自觉意识，这在中国古代小说观念发展史上具有里程碑意义。

在《三国演义》的巨大影响下，历史演义小说创作蔚然成风。孙楷第《中国通俗小说书目》明清讲史部所著录的明代作品，除去已经失传加上新发现的

---

[1] 人瑞：《读〈第五才子书〉法》，丁锡根编著《中国历代小说序跋集》下，第1488页。

《列国前编十二朝传》、《续英烈传》和《镇海春秋》(残)等等之外，现存的约有四十余种。重要者如《大宋中兴通俗演义》、《唐书志传通俗演义》、《全汉志传》(包括《西汉志传》、《东汉志传》)、《列国志传》(《新列国志》)、《东汉十二帝通俗演义》(又名《东汉演义传》)、《东西晋演义》、《隋唐两朝志传》、《隋史遗文》、《残唐五代史演义》、《列国前编十二朝传》、《盘古至唐虞传》(一名《盘古志传》)、《有夏志传》、《有商志传》、《七十二朝人物演义》(一名《七十二朝四书人物演义》)等。这些历史演义小说的出现，极大地促进了中国通俗小说观念的发展。尽管有的历史演义小说仍然依据正统史书来演绎人物故事，但稍有历史常识的人都知道，这些所谓历史演义有的史实依据并不多，不少还只是传说中的人物故事，如《盘古志传》、《有夏志传》、《有商志传》等，必须加以想象和虚构，才能完成演绎。这就自然带来一个观念性问题，即虚构是否可以作为历史演义小说的创作元素，通俗小说观念是否应该接纳虚构甚或提倡虚构？或者换一种说法，虚构究竟在通俗小说中应该占据何种位置？这一问题，成为明后期小说作家和小说思想家需要正面回答的问题。事实上，他们中不少人都给出了直接而肯定的回答，促进了通俗小说虚构观念的茁壮成长。

明后期的小说家和小说思想家首先看到的自然是通俗演义与正统史书分庭抗礼的客观现实，这自然是对通俗小说发展极为有利的局面，因而使得他们信心剧增，敢于为通俗小说争取地位。如陈继儒便说："往自前后汉、魏、吴、蜀、唐、宋咸有正史，其事文载之不啻详矣，后是则有演义。演义，以通俗为义也者。故今流俗节目不挂司马、班、陈一字，然皆能道赤帝，诧铜马，悲伏龙，凭曹瞒者，则演义之为耳。演义固喻俗书哉，义意远矣！"[1] 正史与演义，一雅一俗，泾渭分明，它们在明代后期已经形成各自的体系，有自己特定的服务对象，人们不再将演义视为正史的附庸，而是看作与正史旗鼓相当的竞争对

---

[1] 陈继儒：《〈唐书演义〉序》，萧相恺辑校《中国古代通俗小说序跋题记汇编》二，人民文学出版社，2024，第456页。

手，甚至觉得历史演义在实际上比正统史书在社会上更具竞争力。余象斗《〈列国志〉叙》云："兹编（指《列国志》——引者）更有功于学者，浸假两汉以下以次成编，与《三国志》（指《三国演义》）汇成一家言，称历代之全书，为雅俗之巨览，即与《二十一史》并列邺架，亦复何愧？"[1]演义不仅不是正史的附庸，能够与正史"并列邺架"而无愧，而且正史只供雅人阅读，演义则"为雅俗之巨览"，能够获得更广泛读者的青睐，其价值自然更高。

在明后期一些具有进步思想的学者那里，他们不仅欢迎历史演义的蓬勃发展，而且为那些成功的小说作品摇旗呐喊，积极推动这些作品的普及。例如，王学左派思想家、文学家李贽（字卓吾）便亲自评点《水浒传》，还撰有《〈忠义水浒传〉序》，收入自己的文集，充分肯定通俗小说的社会价值。《水浒传》成书于嘉靖三年至九年间（1524—1530）[2]，是在《三国演义》影响下诞生的英雄传奇小说[3]。宋江起义虽然是北宋末年发生的一次真实的历史事件，但史书并未记载他们的多少事迹，其故事主要流传于民间，自然无法据正史来演绎。然而，我们却不能因此说它与历史演义没有关联。事实上，《水浒传》所开创的在真实历史背景下去描写英雄传奇的创作路径，深刻影响了许多历史演义小说的创作，如《皇明英烈传》、《大宋中兴通俗演义》、《隋史遗文》、《残唐五代史演义》等，都能够看到《水浒传》的影子。明末金圣叹对《水浒传》的评点，成为明清时期最具代表性的通俗小说理论，对通俗小说思想和小说观念的发展有重要贡献，我们将在下章专题讨论，这里不赘。在金圣叹之前，不仅有李贽对《水浒传》的评点，还有"公安派"旗手袁宏道的摇旗呐喊，他说：

> 人言《水浒传》奇，果奇。予每检十三经或二十一史，一展卷，即忽

1　三台山人：《〈列国志〉叙》，萧相恺辑校《中国古代通俗小说序跋题记汇编》二，第605页。
2　参见王齐洲等《〈水浒传〉成书时间研究——以〈水浒传〉早期传播史料为中心》，湖北人民出版社，2022年。
3　参见拙作《〈三国志演义〉成书时间新探——兼论世代累积型作品成书时间的研究方法》，《中山大学学报》（哲学社会科学版）2014年第1期。

忽欲睡去，未有若《水浒》之明白晓畅，语语家常，使我捧玩不能释手者也。若无卓老（指李贽——引者）揭出一段精神，则作者与读者千古俱成梦境。今天下自衣冠以至村哥里妇，自七十老翁以至三尺童子，谈及刘季起丰沛、项羽不渡乌江、王莽篡位、光武中兴等事，无不能悉数颠末，详其姓氏里居。自朝至暮，自昏彻旦，几忘食忘寝，聚讼言之不倦。及举《汉书》《汉史》示人，毋论不能解，即解亦多不能竟，几使听者垂头，见者却步。噫！今古茫茫，大率尔尔，真可怪也，可痛也。则《两汉演义》之所为继《水浒》而刻也。文不能通，而俗可通，则又通俗演义之所由名也。虽然，吾安得起龙湖老子（指李贽——引者）于九原，借彼舌根，通人慧性；假彼手腕，开人心胸，使天下共以信卓老者，信演义；爱卓老者，爱演义也。不得已，聊为拈出，以供天下之好读书。[1]

这是袁宏道为《东西汉演义》所作序言，他明确将《水浒传》与历史演义关联起来。在袁宏道看来，历史演义和《水浒传》一样，作为通俗小说，它能够向社会大众宣讲历史故事，普及历史知识，培养审美情感，从而提高他们的文化修养，开通他们的灵根慧性，其文化意义和社会价值比正史要大得多，也强得多。在史志文言小说被一部分正统文人视为"闲书"的时代，在历史演义、英雄传奇等通俗小说被他们认为"不能登大雅之堂"的作品时代，袁宏道的振臂疾呼是激动人心的，也具有振聋发聩的效果。

应该承认，历史演义、英雄传奇等通俗小说虽然为大众所喜爱，但其中的人物故事并不真的就是历史上的人物故事，有许多都是作者的想象和虚构。如何看待这种现象、理解这些人物故事呢？或者说，读者是应该更相信正史，还是应该更相信这些通俗小说呢？徐渭的回答是：

---

[1] 袁宏道：《〈东西汉演义〉序》，萧相恺辑校《中国古代通俗小说序跋题记汇编》二，第782—783页。

> 自中古而下，事不尽在正史，而多在稗官小说家，故辎轩之记载，青箱之采掇，所谓求野多获者矣。说者谓非圣之书不可读，矧小说家俚而少文，奚取乎？不知史故整而裁正，如崔琰饰为魏武，雅望非不楚楚，苦无英雄气；而不衫不履，裼裘而来者，风神自王。故欲简编上古人，一一呵活眼前，无如小说诸书为最优也。[1]

徐氏以为，正史虽然整饬庄严，衣冠楚楚，让人觉得书中记载真实可信，其实却并非如此。尤其是书中人物缺少鲜活生命的气息，就像崔琰装扮成汉丞相曹操会见匈奴使臣一样，远望觉得威风凛凛，气势轩昂，可惜装扮者体现不出真正的英雄气概。然而，稗官小说虽然穿着朴素，少有修饰，却能够神气活现，将真相呈现出来，"风神自王"。就此而论，正史不如通俗小说优秀。至于说通俗小说难免虚构人物故事，这并非通俗小说的缺憾，因为正统史书也难免"幻渺""幽晦"，并不完全真实，难以成为"信史"，根本不能作为判断二者优劣的依据。余象斗《题〈列国志〉》便云："粤自混元开辟以来，不无记载，若十七史之作，班班可睹矣。然其序事也或出幻渺，其意义也或至幽晦。何也？世无信史，则疑信之传固其所哉。于是吊古者未免簧鼓而迷惘矣，是传讵可少哉！"[2]李云翔《〈封神演义〉序》更云："孟夫子尚曰'尽信书不如无书'，况三代以来，所谓曰文，曰武，曰孝，曰庄，曰敬，曰神，曰懿，曰徽，曰德，种种美词，不过皆史臣为之粉过饰非，写为一代信史。其中可信不可信明甚，又何怪后儒曰：'三代以下无书。'"[3]的确，正史中那些能够打动人心的人物故事，都难免有虚构和想象成分。因此，虚构不仅不是通俗小说的缺陷，反而是它的强项，因为通俗小说的虚构是自觉的、全面的，是为塑造典型人物形象服务的。金圣叹对此有十分深入的思考和论述，我们下章再论。

---
1 徐渭：《点校〈隋唐演义〉序》，萧相恺辑校《中国古代通俗小说序跋题记汇编》二，第459页。
2 余象斗：《题〈列国志〉》，萧相恺辑校《中国古代通俗小说序跋题记汇编》二，第592页。
3 李云翔：《〈封神演义〉序》，萧相恺辑校《中国古代通俗小说序跋题记汇编》二，第731页。

经过历史演义、英雄传奇的洗礼，明后期学者普遍认识到，虚构是通俗小说创作的重要特征，也是其能够力压正史而普及于民间的主要手段。他们对过于拘泥正统史书而不敢大胆创作的一些历史演义提出批评，认为这些作品没有达到理想的效果，其中包括《三国演义》。例如，张誉《〈平妖传〉序》云："小说家以真为正，以幻为奇。……《三国志》（指《三国演义》——引者）人矣，描写亦工，所不足者幻耳。"[1]谢肇淛《五杂俎》更云：

> 小说野俚诸书，稗官所不载者，虽极幻妄无当，然亦有至理存焉。如《水浒传》无论已……惟《三国演义》与《钱唐记》、《宣和遗事》、《杨六郎》等书，俚而无味矣。何者？事太实则近腐，可以悦里巷小儿而不足为士君子道也。[2]

谢氏肯定通俗小说需要虚构的同时批评《三国演义》等书"事太实则近腐"，显然超越了明中期学者对《三国演义》的认知。因为谢氏已经懂得："凡为小说及杂剧戏文，须是虚实相半，方为游戏三昧之笔，亦要情景造极而止，不必问其有无也。古今小说家，如《西京杂记》、《飞燕外传》、《天宝遗事》诸书，《虬髯》、《红线》、《隐娘》、《白猿》诸传，杂剧家如《琵琶》、《西厢》、《金钗》、《蒙正》等词，岂必真有是事哉？"[3]"虚实相半""游戏三昧"才是通俗小说创作者应有的观念，也是通俗小说创作成功与否的关键。因为通俗小说面向大众，需要利用这些人物故事来吸引读者或听众，让他们在赏心悦目中受到审美熏陶，获得审美愉悦，以解除生活中的烦闷忧愁，所以虚构是必须的。酉阳野史《〈新刻续编三国志〉引》云：

---

1 张誉：《〈平妖传〉序》，丁锡根编著《中国历代小说序跋集》下，第1347页。
2 谢肇淛：《五杂俎》卷15《事部三》，上海书店出版社，2009，第312页。
3 谢肇淛：《五杂俎》卷15《事部三》，第313页。

夫小说者，乃坊间通俗之说，固非国史正纲，无过消遣于长夜永昼，或解闷于烦剧忧愁，以豁一时之情怀耳。……客或有言曰：书固可快一时，但事迹欠实，不无虚诞渺茫之议？予曰：世不见传奇戏剧乎？人间日演而不厌，内百无一真，何人悦而众艳也？但不过取悦一时，结尾有成，终始有就尔。诚所谓乌有先生之乌有者哉。大抵观是书者，宜作小说而览，毋执正史而观，虽不能比翼前书（指《三国演义》——引者），亦有感追踪前传（指《西游》、《西洋》、《北游》、《华光》等传——引者），以解颐世间一时之通畅，并豁人世之感怀君子云。[1]

毫无疑问，虚构人物故事正是小说戏曲能够风行社会的根本原因，关键是这些人物故事是否贴近现实生活，是否得到广大人民群众的喜爱，是否可以让他们获得审美愉悦，是否可以解除他们的烦闷忧愁。这样理解小说虚构，的确抓住了通俗小说创作和欣赏的关键，有利于通俗小说观念的发展。正是因为通俗小说虚构观念的确立为通俗小说的蓬勃发展开辟了道路，通俗小说作者们可以放飞思想，大胆探索，不断创作出类型新颖的通俗小说，将小说虚构理念发挥到极致。《西游记》等一大批神魔小说在明后期的涌现，便是小说虚构观念推动小说创作发展的典型案例[2]。而神魔小说的涌现，又反过来促进着通俗小说观念的发展。它们互为因果，共同推动着中国古代通俗小说和通俗小说观念的成长。

学者们对于《西游记》的认识，可以作为通俗小说虚构观念成熟的标本。例如陈元之《刊〈西游记〉序》云：

---

[1] 酉阳野史：《〈新刻续编三国志〉引》，萧相恺辑校《中国古代通俗小说序跋题记汇编》二，第777—778页。

[2] 例如，明万历年间，余象斗创作有《北方真武玄天上帝出身志传》（一名《北游记》）、《五显灵官大帝华光天王传》（一名《南游记》），刊行有《八仙传出处东游记》（一名《东游记》）等；邓志谟创作有《许仙铁树记》、《萨真人咒枣记》、《吕仙飞剑记》等，罗懋登创作有《三宝太监西洋记通俗演义》等。此外，尚有朱开泰的《达摩出身传灯录》、朱鼎臣的《唐三藏西游释厄传》《南海观世音菩萨出身修行传》、朱星祚的《二十四尊得道罗汉传》等以佛教题材为主的神魔小说，由此可见神魔小说创作之繁荣。

此其书直寓言者哉。彼以为大丹之数也，东生西成，故西以为纪。彼以为浊世不可以庄语也，故委蛇以浮世。委蛇不可以为教也，故微言以中道理。道之言不可以入俗也，故浪谑笑虐以恣肆。笑谑不可以见世也，故流连比类以明意。于是其言始参差，而俶诡可观；谬悠荒唐，无端崖涯涘，而谭言微中。有作者之心，傲世之意，夫不可没已。[1]

陈氏对神魔小说的认识，不再围绕真实与虚构的话题展开讨论，而是直截了当地讨论作者之用心，这表明小说虚构已经是大家默认的常识，不必刻意关注，而需要关注的是作者虚构这些故事是为了什么，或者说是想表达什么？这样的问题，当时有不少不同的回答，而谢肇淛的解说最为明白直截，他说：

《西游记》曼衍虚诞，而其纵横变化，以猿为心之神，以猪为意之驰，其始之放纵，上天下地莫能禁制，而归于紧箍一咒，能使心猿驯伏，至死靡他，盖亦求放心之喻，非浪作也。[2]

不管《西游记》作者是否如谢氏所说，其创作目的是"求放心"，但作品通过富有激情的丰富想象，虚构出一个无父无母，无生无死，能够上天、入地、下海，可以腾云驾雾，有着七十二般变化，水火不能伤害的孙悟空形象，"其言虽幻，可以喻大；其事虽奇，可以证真；其意虽游戏三昧，而广大神通具焉"[3]。这样一来，通俗小说创作就有了更为广阔的天地，作者的主观能动性就能够得到更为充分的发挥。当然，作者即使天马行空，他也仍然会以现实生活为参照，从而投射出现实生活的影子。因此，幔亭过客袁于令《〈李卓吾评本西游记〉题

---

[1] 陈元之：《刊〈西游记〉序》，萧相恺辑校《中国古代通俗小说序跋题记汇编》二，第484—485页。
[2] 谢肇淛：《五杂俎》卷15《事部三》，上海书店出版社，2009，第312页。
[3] 尤侗：《〈西游真诠〉序》，萧相恺辑校《中国古代通俗小说序跋题记汇编》二，第504页。

辞》说：

> 文不幻不文，幻不极不幻。是知天下极幻之事，乃极真之事；极幻之理，乃极真之理。故言真不如言幻，言佛不如言魔。魔非他，即我也。我化为佛，未佛皆魔。魔与佛力齐而位逼，丝发之微，关头匪细。摧挫之极，心性不惊。此《西游》之所以作也。[1]

月满则亏，物极必反，当虚构成为通俗小说创作的基本观念，当小说家沉浸在神魔幻相的想象之中难以自拔，尤其是当《东游记》、《南游记》、《西游记》、《北游记》、《达摩出身传灯录》、《南海观世音菩萨出身修行传》、《二十四尊得道罗汉传》、《三教开迷演义》等众多神魔小说广泛传播开来之时，有部分小说家便酝酿着突破，他们转变思路，抛弃幻想，将眼光"寄意于时俗"，去描写日常世俗生活，开辟出通俗小说的另一局面。《金瓶梅》是其杰出代表，"此一传者，虽市井之常谈，闺房之碎语，使三尺童子闻之，如饫天浆而拔鲸牙，洞洞然易晓，虽不比之集理趣、文墨，绰有可观"[2]。这种世情小说所描写的人物故事，虽不一定是历史上所实有，但一定是生活中所常见，读者可从中认识社会，认识生活，认识自我。这样一来，直面现实生活，描写现实人物，又成为一些小说作者的追求。除模仿《金瓶梅》而出现的大量"世情小说"外，明末清初出现的一大批时事政治小说，如描写朝廷镇压原播州宣慰使杨应龙的《征播奏捷传演义》、描写戚继光抗倭的《戚南塘剿平倭寇志传》、描写东林党与阉党斗争的《魏忠贤小说斥奸书》[3]、描写辽东战时的《辽东传》、《辽海丹忠录》、《近报丛谭平虏传》、描写李自成起义始末的《剿闯通俗演义》（后改订名《新世鸿勋》），

1　幔亭过客：《〈李卓吾评本西游记〉题辞》，萧相恺辑校《中国古代通俗小说序跋题记汇编》二，第491页。

2　欣欣子：《〈金瓶梅词话〉序》，萧相恺辑校《中国古代通俗小说序跋题记汇编》二，第609页。

3　描写魏忠贤事件的小说有很多，如《警世阴阳梦》、《魏忠贤轶事》（一名《皇明中兴圣烈传》）、《逆珰事略》（一名《玉镜新谭》）、《玉闺红全传》、《梼杌闲评》等。

以及《皇明通俗演义七曜平妖传》、《樵史通俗演义》、《七峰遗编》、《台湾外史》等，便是"写实"小说观念的产物。这些小说主要依据当时朝廷的奏疏、邸报和文人笔记等基本材料加以敷衍，以期真实反映各事件的来龙去脉，其中虽难免想象和虚构，但作者却以"征实"为主要创作取向[1]，因此可视为对明后期神魔小说主要采用虚构幻想为基本创作方法的一种反拨。

明代后期的小说虚构观念经过了"正—反—合"的变动，到明末由冯梦龙做了一个颇具理论色彩的总结。他在《〈警世通言〉叙》中说：

> 野史尽真乎？曰：不必也。尽赝乎？曰：不必也。然则去其赝而存其真乎？曰：不必也。……人不必有其事，事不必丽其人。其真者可以补金匮石室之遗，而赝者亦必有一番激扬劝诱、悲歌感慨之意。事真而理不赝，即事赝而理亦真，不害于风化，不谬于圣贤，不戾于诗书经史，若此者其可废乎！[2]

冯氏在这里提出的"人不必有其事，事不必丽其人"，"事真而理不赝，即事赝而理亦真"，是对通俗小说真假虚实理论的深刻阐述，抓住了小说创作的艺术特点。这样一来，真与赝、实与虚就可以相互转化了，通俗小说作者也就不必拘泥于真实和虚构的思想束缚，可以自由地进行小说创作。而野史不必尽真，不必尽赝，也不必去其赝而存其真，这样理解"真"与"赝"，已经涉及生活真实与艺术真实的辨证关系，从中能够看出明后期通俗小说虚构观念的不断成熟的足迹。至于清初所掀起的一股强调历史演义也应该写实的思潮，如蔡元放撰《〈东周列国志〉读法》云："《列国志》与别本小说不同，别本多是假话，如

---

[1] 例如，七峰樵道人《〈七峰遗编〉序》云："此编止记常熟福山自四月至九月半载事实，皆据见闻最著者敷衍成回，其余邻县并各乡镇异变颇多，然止得之传闻，仅仅记述，不敢多赘。"（萧相恺辑校《中国古代通俗小说序跋题记汇编》三，第1027页）《樵史通俗演义》（一名《樵史》）则主要采自《颂天胪笔》《酌中志略》、《寇营纪略》、《甲申纪事》等历史笔记，所谓"久而樵之以成野史，不樵草、樵木，而樵书史，因负之以售于爨者"（樵子《〈樵史〉序》，萧相恺辑校《中国古代通俗小说序跋题记汇编》三，第1033页）。

[2] 无碍居士：《〈警世通言〉序》，萧相恺辑校《中国古代通俗小说序跋题记汇编》二，第802—803页。

《封神》《水浒》《西游》等书，全是劈空撰出，即如《三国志》最为近实，亦复有许多做造在于内；《列国志》却不然，有一件说一件，有一句说一句，连记实事也记不了，那里还有工夫去添造？故读《列国志》全要把作正史看，莫作小说一例看了。"[1]这股思潮只是明末写实小说观念在清初历史演义观念中的投射，这种投射并非主流，只要看看褚人获的《隋唐演义》就不难明白。我们清理明人的通俗小说观念，是就这种观念发展的历史脉络而言，并不表明一个时期只有一种纯粹的小说观念在流行，这是考察整个通俗小说观念发展时必须首先明确的，对清人通俗小说观念的考察自然也是如此。

总之，《三国演义》在明代流行所引发的小说家们对正统史书和通俗演义关系的思考，不仅完成了明代通俗小说观念的理论建构，也推动了明代通俗小说的迅猛发展。通俗小说观念在明代前中期与明代后期有显著差别，具体表现为由强调"资治"和"教化"转向重视"通俗"和"娱情"，即从要求通俗演义"羽翼信史"到肯定通俗演义与正史"并传不朽"，从要求通俗演义"裨益风教"到鼓吹通俗演义为"疗俗圣药"，从强调通俗演义"征实"到鼓动通俗演义"虚构"，最后归结为要在通俗演义中塑造普通民众喜闻乐见的典型人物形象。明代通俗小说观念的成熟改变了中国小说观念的基本格局。虽然传统史志小说观念仍然顽强占据着思想文化的统治地位，但明人建构的通俗小说观念却已有与其并驾齐驱之势，其在民间的影响则远远超过正统小说观念。正是因为有了明人通俗小说观念和大量通俗小说作品的存在，尤其是有了代表明代通俗小说最高成就的"四大奇书"及其相关评论的影响，胡适等人才能理直气壮地提倡白话文，反对文言文，才有了1919年的"五四"新文化运动，因为明人已经为他们准备了极好的文学样品和思想武器。因此，我们应该珍惜明代通俗小说观念这笔宝贵的文化遗产，肯定其在中国小说观念发展史上的重要地位，切不可等闲视之。

---

1 蔡元放：《〈东周列国志〉读法》，萧相恺辑校《中国古代通俗小说序跋题记汇编》三，第1457页。

第二十章
金圣叹的小说思想与小说观念

明代"四大奇书"(《三国演义》、《水浒传》、《西游记》、《金瓶梅》)的诞生,将中国通俗小说的发展推向高峰。这些作品在获得巨大社会反响的同时,也引起一些有创新精神的文学家的关注,他们试图从思想上和理论上对这些优秀作品进行总结,以推动通俗小说的进一步发展。自从著名思想家、文学家、"王学左派"学者李贽借用宋人创造的诗文评点来批评通俗小说《水浒传》,并撰写《〈忠义水浒传〉序》将其收入个人文集以后,评点和评论通俗小说便蔚然成风。"公安派"旗手袁宏道、"竟陵派"领袖钟惺等都有对通俗小说的评论,产生了广泛的社会影响。其中最杰出、最有代表性的文学批评家和通俗小说评点家,非明末清初的金圣叹莫属。金圣叹没有系统的小说理论著作,他的小说思想和小说观念主要是在明末通过对《水浒传》"心绝气尽"的评点来表达的。虽然,由于八股时文的影响和评点形式的限制,金圣叹在批文中常常出现牵强附会和琐屑迂阔的毛病,但是,瑕不掩瑜,从他对《水浒传》的系统评点中,从他撰写的充满激情和智慧的几篇序言中,我们首先发现的还是他敏锐的文学眼光和惊人的艺术胆识,以及无与伦比的创新精神。他对《水浒传》所作的许多精湛的艺术分析以及结合着具体作品对小说思想和小说观念所作的深入探讨,发前人所未发,不仅对当时的读者阅读《水浒传》给予指导,而且给当时的通俗小说创作和小说批评以巨大影响,即使今天也仍然能够给小说家和小说理论工作者以多方面的有益启示。本章拟就金圣叹小说思想和小说观念的几个重要方面进行探讨，以丰富人们对中国古代小说思想和小说观念的认识，尤其是认识中国通俗小说思想和小说观念在明代末年的成熟程度及其独特价值。

第一节　塑造人物形象是通俗小说的本质特点

明代中叶，由宋元"说话"发展而来的通俗小说创作进入一个新阶段，产生了供读者阅读的长篇章回体通俗小说《三国志演义》、《水浒传》。[1]嘉靖时期，士人们对这两部作品给予了充分的关注，甚至有人认为"《水浒传》委曲详尽，血脉贯通，《史记》而下，便是此书"[2]；小说家们以这两部作品为典范，掀起了创作历史演义和英雄传奇通俗小说的高潮[3]；书商们自然不会放过这一赚钱的机会，纷纷出版这些通俗小说作品，连朝廷都察院也出版《三国志演义》、《水浒传》与书商们争夺市场。到万历年间，《西游记》、《金瓶梅》的诞生，为神魔小说和世情小说提供了新范例，通俗小说的品种更加丰富多样，社会影响也更加扩大。这些被称为"四大奇书"的通俗小说大大提高了通俗小说在文学领域的地位，使得通俗小说这一文学样式占据了文学舞台的中心位置，鲜明地显示出自己的艺术面貌和文体特征，足以与"唐诗""宋词"等传统士人文学相抗衡。而此前小说的代表作是志怪、志人和传奇等文言小说，这些小说被正统文人认

1　《三国志演义》和《水浒传》的成书时间，通行的说法是元末明初。不过，这种说法至今没有可信的事实证据加以证实。笔者以为，《三国志演义》成书于明弘治七年（1494年），见拙作《〈三国志演义〉成书时间新探——兼论世代累积型作品成书时间的研究方法》，《中山大学学报》（哲学社会科学版）2014年第1期；《水浒传》成书于明嘉靖三年至九年（1524—1530），见拙著《〈水浒传〉成书时间研究——以〈水浒传〉早期传播史料为中心》，湖北人民出版社，2022。

2　李开先：《一笑散》，文学古籍刊行社，1955，第10页。

3　例如，嘉靖时期，武定侯郭勋仿《三国志俗说》（即《三国志通俗演义》）及《水浒传》为《国朝英列记》（又名《英烈传》），熊大木编刊《大宋中兴通俗演义》（又名《大宋中兴岳王传》）、《唐书志传通俗演义》、《南北两宋志传》（后改编为《杨家府世代忠勇通俗演义》）等。

为是"君子弗为"的"小道",难登大雅之堂。通俗小说更是地位低下,未能进入正统文人的文化视野。

社会的文化需求为通俗小说创作的繁荣提供了深厚的土壤,而通俗小说的繁荣也为小说思想和小说观念的发展准备了全新的条件。明末清初的金圣叹,正是在研究了大量通俗小说创作实践和吸取了前人的几乎全部通俗小说理论精华的基础上,建构起富有独创性的通俗小说理论的。

金圣叹(1608—1661)字若采,明亡后改名人瑞,字圣叹。吴县(今江苏苏州)人,明末秀才,因评点《水浒传》、《西厢记》等而富有盛名。清顺治皇帝去世,圣叹率士人聚集孔庙,借悼念顺治之名,抗议吴县新任县令任维初残暴吴县百姓。清廷为震慑江南士族,逮捕金圣叹等七名士人,以叛逆罪将他们斩首示众,是为"哭庙案"。由此可见,金圣叹是一位有才情有正义感且对文学艺术和社会生活都相当敏感的士人。在文学上,他接受了李贽、袁宏道等人的进步文学观[1],一反那种以为小说"不本经传,比于小道",是"君子弗为"的"雕虫小技",充分肯定通俗小说的文学地位和社会作用。崇祯十四年(1641年),他评点的《贯华堂第五才子书施耐庵水浒传》(简称《第五才子书》)刊行,引起巨大社会反响,以致次年即遭受朝廷禁毁。整个清代,《第五才子书》都在被禁毁之列。他把通俗小说代表作《水浒传》与《庄子》、《离骚》、《史记》、《杜诗》并列,称为《第五才子书》,并认为"天下之文章,无有出《水浒》右者"[2],"《水浒传》真为文章之总持"[3],"子弟极要看,及至看了时,却凭空使他胸中添了若干文法"[4]。甚至说"读《大学》、《中庸》、《论语》、《孟子》等

---

[1] 例如,李贽《忠义水浒传序》认为:"《水浒传》者,发愤之所作也。……施、罗二公身在元,心在宋;虽生元日,实愤宋事。是故愤二帝之北狩,则称大破辽以泄其愤;愤南渡之苟安,则称灭方腊以泄其愤。敢问泄愤者谁乎?则前日啸聚水浒之强人也,欲不谓之忠义不可也。是故施、罗二公传《水浒》,而复以忠义名其传焉。"袁宏道《与董思白书》则说:"《金瓶梅》从何处来?伏枕略观,云霞满纸,胜于枚乘《七发》多矣。"

[2] 陈曦钟、侯忠义、鲁玉川辑校:《水浒传会评本·各本序言总论·序三》,《中国古典小说戏曲研究资料丛书》本,北京大学出版社,1981,第9页。

[3] 陈曦钟、侯忠义、鲁玉川辑校:《水浒传会评本·各本序言总论·序三》,第11页。

[4] 陈曦钟、侯忠义、鲁玉川辑校:《水浒传会评本·读第五才子书法》,第22页。

书，意惛如也"，而读《水浒传》，"无晨无夜不在怀抱"[1]。他的这些见解，虽然并没超过李贽和袁宏道很远，然而，由于批改《水浒传》的成功，使得"第五才子书"成为《水浒传》三百多年来的主要通行本，它"打倒了、湮没了一切流行于明代的繁本、简本、一百回本、一百二十回本、余氏本、郭氏本……使世间不知有《水浒传》全书者几三百年"[2]，故其在通俗小说领域的影响远远超出李贽和袁宏道等人。清初毛宗岗评点《三国志演义》和张竹坡评点《金瓶梅》，都明显受其影响，其他评点者就不用多说了。

当然，金圣叹的贡献不仅在于他促进了《水浒传》的广泛传播，影响了后来的通俗小说评点，而且在于他第一次明确地揭示了通俗小说的本质特点，深入地探讨了通俗小说创作的艺术规律，建立起以人物形象为中心的通俗小说创作理论和欣赏理论，将中国古代小说思想和小说观念尤其是通俗小说观念提升到一个崭新的高度。

通俗小说的本质特点是什么？应该用什么标准来评价通俗小说？这无疑是通俗小说思想和观念中一个最为核心的问题。明万历时期，胡应麟在评价《水浒传》时曾说：

> 今世人耽嗜《水浒传》，至缙绅文士亦间有好之者，第此书中间用意非仓卒可窥，世但知其形容曲尽而已。至其排比一百八人，分量重轻纤毫不爽，而中间抑扬映带、回护咏叹之工，真有超出语言之外者。余每惜斯人以如是心用于至下之技，然自是其偏长，政使读书执笔未必成章也。此书所载四六语甚厌观，盖主为俗人说，不得不尔。余二十年前所见《水浒传》本尚极足寻味，十数载来为闽中坊贾刊落，止录事实，中间游词余韵、神情寄寓处一概删之，遂几不堪覆瓿，复数十年无原本印证，此书将永

---

[1] 陈曦钟、侯忠义、鲁玉川辑校：《水浒传会评本·各本序言总论·序三》，第8页。
[2] 郑振铎：《中国文学研究》上册《水浒传的演化》，人民文学出版社，2000，第142页。

废矣。[1]

在胡氏看来,《水浒传》的立意和写作技巧是高妙的,但作者的文学功底其实并不深厚,最能看出写作水平的"四六语"(即赋体文)写得很差,如果要让作者写作传统诗文,"执笔未必成章"。显然,胡氏只是从文章学的角度肯定了通俗小说《水浒传》的布局谋篇,却用传统诗赋韵律修养的不足否定了《水浒传》作者的文学水平。并且,胡氏还以为,即使这种通俗小说写得再好,也是"至下之技",不能登大雅之堂。由此可见,胡氏其实是站在正统文化的立场,还没有承认通俗小说应有的文学地位,更没有认识到通俗小说的本质特点,无法从思想上理论上对其本质进行深入分析和研究。

金圣叹则不同,他对《水浒传》所体现的通俗小说的本质特点有深刻认识,他认为人物形象塑造才是通俗小说的本质特点。在《读第五才子书法》中,他对《水浒传》的人物形象作了如下的分析,他说:

> 《宣和遗事》具载三十六人姓名,可见三十六人是实有。只是七十回中许多事迹,须知都是作书人凭空造谎出来。如今却因读此七十回,反把三十六个人物都认得了。任凭提起一个,都似旧时熟识,文字有气力如此。[2]

金圣叹的主要意思是:通俗小说中的人物形象来源于实际生活,在历史上可能实有;但书中的人物又不是历史人物的简单摹拟,而是一种艺术虚构——"凭空造谎出来"。或者如他所说:"一部书皆从才子文心捏造而出,愚夫则必谓真有其事。"[3]也就是说,通俗小说人物即使在历史上"实有",小说人物也不是历

---

[1] 胡应麟:《少室山房笔丛》卷41《庄岳委谈下》,上海书店出版社,2001,第437页。
[2] 陈曦钟、侯忠义、鲁玉川辑校:《水浒传会评本·读第五才子书法》,第17页。
[3] 陈曦钟、侯忠义、鲁玉川辑校:《水浒传会评本·第三十五回》,第660页。

史人物，而是虚构的人物。然而，这种虚构的人物却又有着历史的客观依据和普遍的社会意义，概括着生活中一类人的共同本质，因而"任凭提起一个，都似旧时熟识"。这就把通俗小说人物作为艺术形象的主要特征揭示出来，使得他以人物形象为中心的小说思想和小说观念有了较为科学的理论基础。

如果仅仅限于对艺术形象作一般性说明，那我们大可不必为金圣叹鼓吹。金圣叹的理论好就好在不一般化，不因袭陈说。他第一次结合着具体作品把人物性格描写在作品中的地位和作用提到了前所未有的认识高度，他说：

> 别一部书，看过一遍即休，独有《水浒传》，只是看不厌，无非为他把一百八个人性格，都写出来。
>
> 《水浒传》写一百八个人性格，真是一百八样。若别一部书，任他写一千个人，也只是一样，便只写得两个人，也只是一样。[1]

金圣叹这样评价《水浒传》塑造的人物形象，虽不无夸饰，但他能够认识到塑造人物形象的中心内容是性格描写，而人物性格描写得成功与否是通俗小说作品能否吸引读者的关键，小说教育人、感染人的作用主要是通过它所创造的具有鲜明性格的人物形象的潜移默化的影响来实现的。这一小说思想和小说观念正好揭示了通俗小说与其它文学样式（包括史志子部小说）相区别的最显著的特点，抓住了通俗小说的艺术本质，进一步丰富和发展了传统的艺术形象理论，是通俗小说思想和观念的巨大进步。这一进步使得通俗小说思想观念比正统小说思想观念更注重小说本身的艺术特色，更贴近文学发展的客观实际，更适应明清社会的时代精神。

对于通俗小说如何描写人物性格，成功塑造人物形象，金圣叹也没有作一般化的理解，而是进行了深入的理论阐释。他认为：

---

[1] 陈曦钟、侯忠义、鲁玉川辑校：《水浒传会评本·读第五才子书法》，第17页。

《水浒》所叙，叙一百八人，人有其性情，人有其气质，人有其形状，人有其声口。[1]

　　三十六个人，便有三十六样出身，三十六样面孔，三十六样性格。[2]

在金圣叹看来，人物性格同这一人物的各个方面密切相关，性格的刻画离不开对这些与性格相联系的各方面，如性情、气质、形状、声口，甚至包括出身、面孔等进行全方位描写。通俗小说作家只有充分注意这一点，才能塑造出具有不同性格的人物形象。

　　不仅如此，金圣叹还认识到，通俗小说作品中的人物性格应该是有发展的，同时又是前后联系、完整统一的。《水浒传》描写林冲性格就有发展，金圣叹充分注意到这一点。林冲发配到沧州向差拨送银行贿并赔上笑脸，金圣叹批道："虽是摇出奇文，然亦是林冲身分。"在林冲雪夜杀了富安、陆谦后逃到柴进东庄草屋向火、强讨酒食并用花枪挑火烧了老庄家的胡须一段文字下又批道："前面大火，不曾烧得林冲，此处小火，林冲烧了人，绝世奇文，妙绝奇情。"[3]暗示了林冲性格的发展变化。在王伦不纳晁盖一行而林冲有了杀王伦之心并要"众好汉且请宽心"时，金圣叹批道："七字是林冲一篇结煞语"[4]，强调林冲性格已经转变。等到林冲火并王伦，"把王伦首级割下来提在手里"时，金圣叹又批道："林冲能。"[5]这就把林冲性格发展的脉络及前后联系揭示得一清二楚，分析得鞭辟入里。

　　人物性格发展有其客观规律，小说作品刻画人物要反映出其性格发展的必然逻辑，做到"文字都有身分"，不能前后矛盾，性格分裂。根据这一原则，金

1　陈曦钟、侯忠义、鲁玉川辑校：《水浒传会评本·各本序言总论·序三》，第9页。
2　陈曦钟、侯忠义、鲁玉川辑校：《水浒传会评本·读第五才子书法》，第15页。
3　陈曦钟、侯忠义、鲁玉川辑校：《水浒传会评本·第七回》，第217页。
4　陈曦钟、侯忠义、鲁玉川辑校：《水浒传会评本·第十八回》，第356页。
5　陈曦钟、侯忠义、鲁玉川辑校：《水浒传会评本·第十八回》，第359页。

圣叹对原作的不少地方作了修改，大都加强了人物形象的完整性。改动最大的要算鲁智深救史进一节。他认为原作"鄙恶至不可读"，因为这节文字完全没有写出那个"拳打镇关西"、"大闹野猪林"的鲁达（智深）的个性特点。因为鲁智深粗中有细而又性急，一旦被事先有准备的公人拿下，他就会明白事情已经败露，自己上了贺太守的圈套，定会以凛然正气压倒对方，不至于那样忍气吞声地让贺太守任意叱骂，滥逞威风。金圣叹把这节改为鲁智深被捉后，"太守不及勘向，鲁达反先发怒"，使贺太守闻言丧胆。当然，改得好坏，可以见仁见智，但他要求作品中人物性格的完整统一无疑是正确的。这一要求进一步充实了他的以性格为核心的小说人物塑造理论，也加深了人们对《水浒传》人物形象的认识。

应当指出，金圣叹在批文中也曾反复强调过《水浒传》的文法，极力赞赏《水浒传》"字有字法，句有句法，章有章法，部有部法"[1]，似乎并不一定最重人物形象。其实，他谈论文法是以分析人物形象为其核心的。他说：

> 夫文字，人之图像也。观其图像，知其好恶，岂有疑哉？[2]
> 没毛牛之必至于死者，不死不弄出杨志也；踢杀羊之一直逃去者，只此已足显杨雄也。[3]

这就是说，小说作品的文字描写和情节安排都是为塑造小说人物服务的。由此可见，金圣叹把描写人物性格、塑造人物形象作为小说最本质、最核心的内容看待。这正是他比前人和同辈们高明的地方，也是他的小说思想和小说观念超出前贤和时侪的地方。

正是由于金圣叹对小说的本质特点有深刻的认识，因而他一眼就看出了历

---

[1] 陈曦钟、侯忠义、鲁玉川辑校：《水浒传会评本·各本序言总论·序三》，第10页。
[2] 陈曦钟、侯忠义、鲁玉川辑校：《水浒传会评本·第五十九回》，第1096页。
[3] 陈曦钟、侯忠义、鲁玉川辑校：《水浒传会评本·第四十三回》，第822页。

史著作（包括史传文学）与通俗小说的区别。他认为《史记》是"以文运事"，《水浒传》是"因文生事"。"以文运事，是先有事生成如此如此，却要算计出一篇文字来"，作者受真人真事的限制，要创造理想的人物形象"毕竟是吃苦事"；而"因文生事"则不然，它"只是顺着笔性去，削高补低都由我"[1]，创造理想的人物形象就自由得多。在历史著作中，作者所注重的是"事"；在通俗小说作品中，作者所注重的是"文"，而"文字"乃"人物之图像"，归根结底所注重的是人物形象。金圣叹就武松醉打蒋门神沿途吃酒一段与宋祁作《新唐书》做对比，指出：

> 武松为施恩打蒋门神，其事也；武松饮酒，其文也。……如以事而已矣，则"施恩领却武松去打蒋门神，一路吃了三十五六碗酒"，只依宋子京例，大书一行足矣，何为乎又烦耐庵撰此一篇也哉？[2]

小说作者之所以不厌其烦地写武松沿途吃酒，不是为了记"事"，而是为了写"文"，即为了多方面地细致刻画武松的性格、塑造武松的英雄形象。这样对比，正确地揭示出作为文学形式的通俗小说与历史著作的本质区别。这一认识无疑是十分深刻的，它不仅纠正了那种认为通俗小说应"佐经书史传之穷"[3]的错误观念，使通俗小说概念更趋明确，而且奠定了我国通俗小说理论发展的坚实基础，是通俗小说观念发展到明末完全成熟的重要标志。

第二节　典型化是通俗小说人物塑造的成功关键

通俗小说是通过典型形象来反映社会生活，表明各种复杂的社会关系的。

1　陈曦钟、侯忠义、鲁玉川辑校：《水浒传会评本·读第五才子书法》，第16页。
2　陈曦钟、侯忠义、鲁玉川辑校：《水浒传会评本·第二十八回》，第540页。
3　无碍居士：《〈警世通言〉序》，冯梦龙《警世通言》卷首，人民文学出版社，1956，第1页。

金圣叹不仅正确地揭示了人物形象对通俗小说创作的本质意义，而且细心地探讨了如何使人物形象典型化的基本理论。

金圣叹认为，小说作者应该把人物形象放在典型的社会环境中去理解，反映出这一人物与其他人物之间的社会关系，揭示这一人物形象的全部社会意义。成功的小说作品所描绘的不同阶级不同阶层的各色各样的人物形象，总是在典型的社会矛盾中展示和形成各自不同的性格，而这些人物的性格及其命运正揭示了一定历史时期的社会生活中人们复杂而广泛的联系，作者的思想倾向也就在他所描写的小说人物的性格及其命运中自然而然地流露出来。这样理解小说人物与社会环境的关系，就能避免没有典型环境、缺乏典型意义的自然主义的"恶劣的个性化"[1]。

金圣叹在《第五才子书》第一回开篇即批道：

> 一部大书七十回，将写一百八人也，乃开书未写一百八人，而先写高俅者，盖不写高俅，便写一百八人，则是乱自下生也；不先写一百八人，先写高俅，则是乱自上作也。[2]

在第五十一回又批道：

> 夫一高俅，乃有百高廉；而一一高廉，各有百般直阁，然则少亦不下千般直阁矣！是千般直阁也者，每一人又各自养其狐群狗党二三百人，然则普天之下，其又复有宁宇乎哉！[3]

---

[1] 马克思，恩格斯：《马克思恩格斯全集》第29卷，中共中央马克思恩格斯列宁斯大林著作编译局译，人民出版社，1972，第583页。
[2] 陈曦钟、侯忠义、鲁玉川辑校：《水浒传会评本·第一回》，第54页。
[3] 陈曦钟、侯忠义、鲁玉川辑校：《水浒传会评本·第五十一回》，第948页。

这就告诉我们：高俅、高廉、殷天锡不仅作为各具性格的单个人出现在《水浒传》里，而且作为奸臣、赃官、恶少的典型代表反映出宋徽宗时代政治腐败的社会特点，并与梁山泊众好汉相对立，构成众好汉性格发展的典型环境的重要部分。因此，作品人物之间的关系，反映着一种复杂的社会关系，具有普遍的社会意义。金圣叹通过对《水浒传》具体人物的深刻而细致的分析，讲清了艺术典型中个性与共性的关系。

然而，他对小说人物个性化的创造性的理解绝不只是要求通俗小说中人物各有其性情、气质、形状、声口，而是进一步认为典型性格与典型环境有着密不可分的联系，通俗小说作品应该自觉地反映这种联系，塑造出真实可信的艺术典型来。

武松为兄报仇杀死西门庆、潘金莲而主动投案后，府尹陈文昭哀怜他，"把招稿卷宗都改得轻了"，金圣叹认为，这是因为"武松既写得异常，则写四边人定不得不都写得异常。譬如画虎者，四边草木都须作劲势，不然，便衬不起也"[1]。而林冲打陆虞候家时，"四边邻舍都闭了门"，"只八个字，写林冲面色、衙内势焰都尽。盖为藏却衙内，则立刻齑粉，不藏衙内，则即日齑粉，既怕林冲，又怕衙内。"[2] 正是由于武松不像林冲那样直接生活在高俅的爪牙下，他四边的人也不像林冲的邻舍那样终日惶恐，提心吊胆，因而武松报仇就不像林冲那样顾虑、迟缓，而是干脆利落、痛快淋漓。共同的社会政治环境最终把他们都逼上梁山，而不同的具体生活环境却培养了他们不同的性格特质。

金圣叹对于人物性格特质的差异有着细心的体会，对人物形象个性化有着十分严格的要求。他不仅强调作者描写不同性格的人物要差异明显，而且要求作者描写同类性格人物也要写出他们性格的不同特质。在金圣叹看来，只有这样，才能创造出真正成功的艺术典型。对艺术典型的这种要求，使得他的通俗

---

[1] 陈曦钟、侯忠义、鲁玉川辑校：《水浒传会评本·第二十六回》，第513页。
[2] 陈曦钟、侯忠义、鲁玉川辑校：《水浒传会评本·第六回》，第158页。

小说人物形象典型化的理论明确而深刻，并最终摆脱了类型化理论的影响，成为通俗小说人物典型化的经典理论。他说：

> 《水浒传》只是写人粗卤处，便有许多写法。如鲁达粗卤是性急，史进粗卤是少年任气，李逵粗卤是蛮，武松粗卤是豪杰不受羁靮，阮小七粗卤是悲愤无说处，焦挺粗卤是气质不好。[1]

金圣叹还在批文中用比较的方法具体说明人物的性格差异。他说："写武松打虎，纯是精细；写李逵杀虎，纯是大胆"；"武松有许多方法，李逵只是蛮戳"[2]；"写鲁达不顾事之不济，写武松必求事之必济，活提出两个人"[3]；"鲁达自知粗卤，李逵不然"[4]等等。这些意见表明：通俗小说塑造人物形象只有充分个性化了，只有不仅同与他不同类型的人物迥然有别，而且同与他同类型的人物也区别显明，才能成为艺术典型。

一般来说，人物的性格要通过他的举止言谈来表现。在通俗小说中，人物形象的个性化总是通过具体的情节和生动的细节来刻画的。因此，人物形象的典型化与情节和细节的典型化息息相关。金圣叹不仅注意到了这一点，而且通过对通俗小说的情节或细节的具体而精辟的分析，烛幽显微，揭示出它们对于通俗小说人物形象的典型化所起的巨大作用。例如：

江州劫法场时，"众多好汉拖转黑旋风"，这一细节描写把李逵的勇猛而粗蛮的性格凸现出来。金圣叹批道："'拖'字妙，非旗可令，非金可收，画出铁牛情性。"[5]

武松景阳岗打虎棒折，不仅表现了武松的急与狠，而且使文章波澜起伏，

---

[1] 陈曦钟、侯忠义、鲁玉川辑校：《水浒传会评本·读第五才子书法》，第18页。
[2] 陈曦钟、侯忠义、鲁玉川辑校：《水浒传会评本·第四十二回》，第802页。
[3] 陈曦钟、侯忠义、鲁玉川辑校：《水浒传会评本·第五十七回》，第1066页。
[4] 陈曦钟、侯忠义、鲁玉川辑校：《水浒传会评本·第三回》，第101页。
[5] 陈曦钟、侯忠义、鲁玉川辑校：《水浒传会评本·第四十回》，第752页。

增添了紧张气氛，以便更好地表现武松的武勇和神力而又使人觉得真实可信。金圣叹批道："有此一折，反越显出武松神威。不然，便是三家村中说子路，不近人情极矣。"[1]

在渭州潘家酒楼上，由于鲁达的逼促，李忠从身边摸出二两银子来送金老，金圣叹批道："虽与鲁达同是一'摸'字，而一个摸得快，一个摸得慢，须知之。"[2]经他提示，鲁达与李忠的神情举止和性格差异便都活现出来，一个是慷慨豪爽，一个吝啬鄙陋，性格两两分明。

情节和细节的典型与真实是不可分的，如果小说描写失真，就会损害以至破坏人物形象，达不到典型化的效果。《水浒传》原作就有一些情节安排失当和细节描写失真的地方。金圣叹用批或改的办法作了纠正。例如，鲁智深初上五台山，刚躺上床，就说什么"团鱼洒家也吃，甚么'鳝哉'？""团鱼大腹，又肥甜了，好吃，那得苦也？"之类的话，这对塑造鲁智深形象并没有什么好处，反而让人觉得他像个小丑，这完全是说书人取乐听众的噱头。金圣叹批道："此等世人以为佳，予独不取。"[3]

再如，《水浒传》第四十二回写李逵在沂岭杀虎，在曹太公庄上吃酒时被李鬼老婆认出，金圣叹批评说："无昨日其夫被杀，次日其妻看虎之礼。"[4]正是由于李逵杀虎的某些情节安排和细节描写不尽合理，有些失真，因而也就没有武松打虎那样真实可信，动人心魄。

如果把李逵刀劈罗真人一段的原本与金圣叹的改本相比较，我们一定会更深刻地理解金圣叹的典型化理论并惊叹其把握人物性格特质的准确性的卓越才能。原本写李逵乘着月夜去杀罗真人，直至松鹤轩前——

---

[1] 陈曦钟、侯忠义、鲁玉川辑校：《水浒传会评本·第二十二回》，第423页。
[2] 陈曦钟、侯忠义、鲁玉川辑校：《水浒传会评本·第二回》，第90页。
[3] 陈曦钟、侯忠义、鲁玉川辑校：《水浒传会评本·第三回》，第107页。
[4] 陈曦钟、侯忠义、鲁玉川辑校：《水浒传会评本·第四十二回》，第805页。

>　　只听隔窗有人看诵玉枢宝经之声。李逵爬上来，舐破窗纸张时，见罗真人独自一个坐在云床上，面前桌儿上烧着一炉好香，点着两枝画烛，朗朗诵经。

金圣叹批道："俗本作玉枢宝经，谁知之，谁记之乎？""云床也，乃自戴宗眼中写之，则曰云床；自李逵眼中写之，则曰东西。"[1]而"香"和"画烛"同样也非李逵所知，"舐破窗纸"全不是李逵的动作。因此，他将此段文字改为：

>　　只听隔窗有人念诵什么经号之声。李逵爬上来，搠破纸窗张时，见罗真人独自一个坐在日间这件东西上；面前桌儿上烟煴煴地，两枝腊（蜡）烛点得通亮。[2]

这才是李逵眼中所见到的景物，符合人物的身份地位和性格特点。金圣叹反对作品脱离人物孤立地去写景物，而要求景物与人物有机统一，景物也和人物一样地个性化、典型化了。看了金圣叹改动后的这一段描写，景物似乎没有原本那么明确具体了，但从景物中却十分传神地写出了人物，而景物在人物个性的光辉照耀下闪烁摇曳、生动多趣，反而显得更加真实和具体。这样，景物和人物全部活了起来，真乃"出神入化矣"。

金圣叹正是像这样通过对《水浒传》的具体批评、改写，将人物形象的典型化理论扎扎实实地建立在通俗小说创作的成功经验的基础上，不仅便于理解，而且宜于实践，形成了他的通俗小说典型理论的特有风格。

金圣叹十分欣赏《水浒传》作者能够通过对比描写来凸显小说人物的性格特质，尤其敢于对同类性格人物的不同性格特质作深入刻画，从而使之成为艺

---

[1] 陈曦钟、侯忠义、鲁玉川辑校：《水浒传会评本·第五十二回》，第978页。
[2] 陈曦钟、侯忠义、鲁玉川辑校：《水浒传会评本·第五十二回》，第978页。

术典型。为了实现这一目标,他提出了"将欲避之,必先犯之"的理论。他在《第五才子书》第十一回总评说:

> 吾观今之文章之家,每云我有避之一诀,固也,然而吾知其必非才子之文也。夫才子之文,则岂惟不避而已,又必于本不相犯之处,特特故自犯之,而后从而避之。此无他,亦以文章家之有避之一诀,非以教人避也,正以教人犯也。犯之而后避之,故避有所避也。若不能犯之而但欲避之,然则避何所避乎哉?是故行文非能避之难,实能犯之难也。譬诸奕棋者,非救劫之难,实留劫之难也。将欲避之,必先犯之。夫犯之而至于必不可避,而后天下之读吾文者,于是乎而观吾之才、之笔矣。犯之而至于必不可避,而吾之才、之笔,为之踌躇,为之四顾,耷然中窾,如土委地,则虽号于天下之人曰:"吾才子也,吾文才子之文也。"彼天下之人,亦谁复敢争之乎哉?故此书于林冲买刀后,紧接杨志卖刀,是正所谓才子之文,必先犯之者,而吾于是始乐得而徐观其避也。[1]

在一般论者看来,小说创作应该尽量避免人物故事情节和细节的雷同,以利于塑造人物形象。然而,金圣叹却认为,真正的"才子"所追求的是人物形象的充分个性化、典型化,他所极力避免的不是故事情节和细节的雷同,而是人物性格特质的模糊或雷同。为了充分刻画人物形象及其性格特质,可以甚至应该有意识地通过某些似乎雷同的故事情节和细节的对比描写,来凸显个性相近的人物的不同性格特质,这样反而能够更清晰地展现同类小说人物的不同个性特质,创作出独特的艺术典型。因此,小说典型形象的塑造,"非能避之难,实能犯之难也"。金圣叹举例说:"今前回初以一口宝刀照耀武师者,接手便又以一

---

[1] 陈曦钟、侯忠义、鲁玉川辑校:《水浒传会评本·第十一回》,第232页。

口宝刀照耀制使,两位豪杰,两口宝刀,接连而来,对插而起"[1];"鲁达、武松两传,作者意中却欲遥遥相对,故其叙事亦多仿佛相准。"[2]在他看来,"对插而起"、"仿佛相准"看似雷同,但都是为了更好地刻画人物性格,展现同类人物的不同个性特质。

在《第五才子书》第二回的批语中,金圣叹说:

> 此回方写过史进英雄,接手便写鲁达英雄;方写过史进粗糙,接手便写鲁达粗糙;方写过史进爽利,接手便写鲁达爽利;方写过史进刬直,接手便写鲁达刬直。作者盖特地走此险路,以显自家笔力,读者亦当处处看他所以定是两个人,定不是一个人处,毋负良史苦心也。[3]

小说描写同类人物,"对插而起"、"仿佛相准",不怕性格相近,不避故事情节和细节的雷同,却能够"处处看他所以定是两个人,定不是一个人处",这是小说人物描写的最高境界,也是艺术典型塑造的本质要求。金圣叹通过对"避"与"犯"的辩证思考,深刻阐释了他对通俗小说人物典型化的理解和路径选择,对通俗小说理论做出了巨大贡献!

金圣叹的通俗小说典型人物塑造理论,还有一点需要特别提出,就是他强调小说人物典型化需要放在全书的人物关系中来处理,放在小说的结构布局中去处理,"有全局在胸而始下笔著书"。他在《第五才子书》第十三回回评中说:

> 一部书共计七十回,前后凡叙一百八人,而晁盖则其提纲挈领之人也。晁盖提纲挈领之人,则应下笔第一回便与先叙,先叙晁盖已得停当,然后从而因事造景,次第叙出一百八个人来,此必然之事也。乃今上文已

---

[1] 陈曦钟、侯忠义、鲁玉川辑校:《水浒传会评本·第十一回》,第232页。
[2] 陈曦钟、侯忠义、鲁玉川辑校:《水浒传会评本·第四回》,第123页。
[3] 陈曦钟、侯忠义、鲁玉川辑校:《水浒传会评本·第二回》,第81页。

放去一十二回，到得晁盖出名，书已在第十三回，我因是而想：有有全书在胸而始下笔著书者，有无全书在胸而姑涉笔成书者。如以晁盖为一部提纲挈领之人，而欲第一回便先叙起，此所谓无全书在胸而姑涉笔成书者也。若既已以晁盖为一部提纲挈领之人，而又不得不先放去一十二回，直至第十三回方与出名，此所谓有全书在胸而后下笔著书者也。夫欲有全书在胸而后下笔著书，此其以一部七十回一百有八人轮回拥叠于眉间心上，夫岂一朝一夕而已哉！[1]

晁盖是梁山泊头领，自然应该放在显著位置来叙述，来描写。然而，刻画这一典型人物，并不必然要在开篇就描写他，反而是应该将他放在小说对当时社会有了比较充分的揭露，对其他次要人物有了一定的描写之后，让主要人物在一出场就置身于矛盾的漩涡中，置身于斗争的最前线，这样，主要人物才能吸引读者的目光，性格刻画才能立竿见影。他在《读五才子书法》中曾说："《水浒传》不是轻易下笔，只看宋江出名，直在第十七回，便知他胸中已算过百十来遍。若使轻易下笔，必要第一回就写宋江，文字便一直帐，无擒放。"[2]这里的思想与第十三回回评是一致的。即是说，小说人物何时出场，如何刻画，小说作者会有通盘考虑，其重要原则是有利于塑造小说人物形象，有利于人物性格刻画，能够吸引读者的关注，调动读者的阅读兴趣。当然，其中也有文学表达的技巧，以及作品结构的需要，金圣叹对这些都有论述，这里就不多说了。

第三节 "因缘生法"是通俗小说创作的基本方法

围绕着典型形象的塑造，金圣叹还对通俗小说的创作方法进行了深入研究，

---

[1] 陈曦钟、侯忠义、鲁玉川辑校：《水浒传会评本·第十三回》，第258页。
[2] 陈曦钟、侯忠义、鲁玉川辑校：《水浒传会评本·读五才子书法》，第16页。

提出了"格物"、"忠恕"、"因缘生法"等一整套理论。

金圣叹认为，通俗小说的典型形象不是作者主观的幻影而是作者在长期观察和体验生活的基础上进行的艺术概括。他说：

> 夫以一手而画数面，则将有兄弟之形；一口而吹数声，斯不免再哄也。施耐庵以一心所运，而一百八人各自入妙者，无他，十年格物而一朝物格，斯以一笔而写百千万人，固不以为难也。[1]

这里的"格物"，是指作家主观对客观的观察、认识；这里的"物格"，是指作家主观与客观的统一、融合。即是说：一个通俗小说作家如果能对社会实际生活中的各种人物和事物有长期的认真而细致的观察与认识，一旦他真正熟悉了人情事理，掌握了人物性格发展的客观规律，他就有了创造艺术典型的自由，就能得心应手，在其通俗小说中毫无滞碍地创造出各种各样的典型人物来。

金圣叹十分重视生活经验与感受对于创作的巨大作用，认为《水浒传》是"在无文墨处结撰停当，然后发而为文墨"[2]；"看来作文，全要胸中先有缘故。若有缘故时，便随手所触，都成妙笔；若无缘故时，直是无动手处，便作得来，也是嚼蜡。"[3]这些都与"格物"的精神相一致。

但是，"格物"只是手段，"物格"才是目的；而"物格"并不神秘，"格物"亦有方法。他说：

> 格物之法，以忠恕为门。何为忠？天下因缘生法，故忠不必学而至于忠，天下自然无法不忠。火亦忠，眼亦忠，故吾之见忠；钟忠，耳忠，故闻无不忠。吾既忠，则人亦忠，盗贼亦忠，犬鼠亦忠。盗贼犬鼠无不忠者，

---

[1] 陈曦钟、侯忠义、鲁玉川辑校：《水浒传会评本·各本序言总论·序三》，第9页。
[2] 陈曦钟、侯忠义、鲁玉川辑校：《水浒传会评本·第十三回》，第258页。
[3] 陈曦钟、侯忠义、鲁玉川辑校：《水浒传会评本·读第五才子书法》，第18页。

所谓恕也。夫然后物格，夫然后能尽人之性，而可以赞化育，参天地。[1]

如果说，"格物"提出的是创作与生活的关系问题，那么，"忠恕"便提出了作家在创作过程的各个环节中的态度与情感问题。

在观察和体验生活的时候，"忠"即是客观，即是真实，即是自己的耳闻目见；"恕"即是"澄怀格物"[2]，即对周围发生的一切悉心收取，认真揣摩，不嗜其所好，不厌其所恶，所谓"心清如水，故物来毕照"[3]，真正熟悉描写对象。只有这样，通俗小说作家才能创造出既符合生活的必然逻辑，又能够反映出生活的本质真实的艺术形象来。

金圣叹认为，在塑造典型形象的时候，"中心之谓忠也，如心之谓恕也"；"盖忠之为言，中心之谓也。喜怒哀乐之未发，谓之中；发而为喜怒哀乐之中节，谓之心；率我之喜怒哀乐自然诚于中形于外，谓之'忠'。知家国天下之人率其喜怒哀乐无不自然诚于中形于外，谓之'恕'。知喜怒哀乐无我无人无不自然诚于中形于外，谓之'格物'。能无我无人无不任其自然喜怒哀乐，而天地以位，万物以育，谓之'天下平'。"[4]即是说，通俗小说作家描写人物的一言一行一举一动，都要符合这一人物的性格特点，是这一人物的内心情感的必然表露，即所谓"率我之喜怒哀乐自然诚于中形于外"，"喜即盈天地之间止一喜，怒即盈天地之间止一怒，哀乐即盈天地之间止一哀、止一乐，更无旁念得而副贰之也"[5]。通俗小说作者不能用自己的感情去影响作品中人物的感情，更不能以自己的喜怒哀乐代替作品中人物的喜怒哀乐。这样才算做到了"忠"。"恕"就是"自然"。"自然之为言，天命也。天命圣人，则无一人而非圣人也；天命至诚，则无善无不善而非至诚也"；"虽圣人亦有下愚之德，虽愚人亦有上智之德"。因

---

[1] 陈曦钟、侯忠义、鲁玉川辑校：《水浒传会评本·各本序言总论·序三》，第9页。
[2] 陈曦钟、侯忠义、鲁玉川辑校：《水浒传会评本·各本序言总论·序三》，第9页。
[3] 陈曦钟、侯忠义、鲁玉川辑校：《水浒传会评本·第六十一回》，第1133页。
[4] 陈曦钟、侯忠义、鲁玉川辑校：《水浒传会评本·第四十二回》，第789页。
[5] 陈曦钟、侯忠义、鲁玉川辑校：《水浒传会评本·第四十二回》，第788—789页。

此，通俗小说作家在描写人物的时候，要"无党无偏"；"知家国大下之人率其喜怒哀乐无不自然诚于中形于外"；"圣人无所增，愚人无所减"[1]；既不掩善，也不溢美，这样创造出来的人物形象自然是活生生的、真实可信而毫无概念化的。做到了"忠恕"，也就达到了"物格"的境界，就有了创造典型形象的自由。

金圣叹为了更清楚地说明小说作家与作品中人物之间的复杂关系，探讨典型形象塑造的秘密，进一步提出了"因缘生法"的理论。他说：

> 盖耐庵当时之才，吾直无以知其际也。其忽然写一豪杰，即居然豪杰也；其忽然写一奸雄，即又居然奸雄也；甚至忽然写一淫妇，即居然淫妇。今此篇写一偷儿，即又居然偷儿也。……经曰："因缘和合，无法不有。"自古淫妇无印板偷汉法，偷儿无印板做贼法，才子亦无印板做文字法也。因缘生法，一切具足。是故龙树著书，以破因缘品而弁其篇，盖深恶因缘。而耐庵作《水浒》一传，直以因缘生法，为其文字总持，是深达因缘也。夫深达因缘之人，则岂惟非淫妇也，非偷儿也，亦复非奸雄也，非豪杰也。何也？写豪杰、奸雄之时，其文亦随因缘而起，则是耐庵固无与也。或问曰：然则耐庵何如人也？曰：才子也。何以谓之才子也？曰：彼固宿讲于龙树之学者也。讲于龙树之学，则菩萨也。菩萨也者，真能格物致知者也。[2]

龙树菩萨是大乘佛教论师，被誉为"第二代释迦"，首创空性中观学说，著有《中论》和《大智度论》等。金圣叹爱谈龙树之学，用佛教大乘空宗的教义来阐发和比附通俗小说理论，正如宋人严羽"以禅喻诗"一样，能够给人耳目一新之感，也确实能够启发人的思考。当然，任何比附都有其不可避免的局限。"因缘生法"很容易使人联想到龙树《中论》的"因缘所生法，我说即是空，亦为

1　陈曦钟、侯忠义、鲁玉川辑校：《水浒传会评本·第四十二回》，第788页。
2　陈曦钟、侯忠义、鲁玉川辑校：《水浒传会评本·第五十五回》，第1018页。

是假名，亦名中道义"，从而将这一小说理论当作没有固定内涵的唯心主义命题。其实，龙树所论是主客观之间的关系，否定外界事物质的规定性，其所谓"因缘"不过是主观的幻设，而金圣叹不仅不是在讨论哲学命题，也不是一般地谈论通俗小说与社会生活的关系，他谈的是小说作品典型人物塑造过程中的思维特征，自然不是唯物或唯心的问题。

在金圣叹看来，小说作家塑造作品中的人物，就如"夫妻因缘，是生其子"[1]，而其子性格又各异一样，小说作品中的人物形象就是作者主观体验与客观存在的生活逻辑相结合的产儿，并无固定的刻板的写法，"因缘生法，一切具足"。因此，他认为小说作者在描写作品中的人物时，必须将自己的全部身心深入到这一人物的内心世界中去，尽量排除主观意识对于作品人物的影响，"严格的按着自己的主人公的本性去说完要说的话，做完应做的事"[2]。这就是金圣叹所说的"此书处处设身处地而后成文"[3]。做到了这一点，小说作品中的人物就会成为"一定的单个人"，就会有自己的性情、气质、形状、声口等，不会是作者手中的一具木乃伊。当然，高明的作者在让他的小说作品的人物行动的时候，总是能深刻揭示出这一人物之所以这样做而不那样做的必然逻辑，并把眼光集中在这些人物身上，用感情的光焰去照亮他们和他们周围的一切。

金圣叹借用佛经术语，正如他借用儒家术语一样，阐明的是深刻的小说思想和小说观念。"因缘生法"即阐明了创作过程中思维形式的基本特征和基本规律，他虽然没有使用形象思维这个词，却明显地意识到这一思维形式的生动的内容，这正是熟悉小说创作过程，懂得通俗小说艺术规律的文学家和文学批评家的真知灼见。

---

[1] 陈曦钟、侯忠义、鲁玉川辑校：《水浒传会评本·各本序言总论·序三》，第9页。
[2] 高尔基：《我的创作经验》，见苏联文艺选丛编辑委员会编《苏联作家谈创作经验》，大东书局，1949，第36页。
[3] 陈曦钟、侯忠义、鲁玉川辑校：《水浒传会评本·第十八回》，第348页。

第四节 "动心"是作者刻画人物的理想状态

在金圣叹看来,《水浒传》作者施耐庵是一个"千古独有"的才子,他的伟大就在于他用那支鬼斧神工之笔,刻画出了一系列性格各异而又真实可信的小说人物。金圣叹在《第五才子书》第五十五回总批中说:"盖耐庵当时之才,吾直无以知其际也。其忽然写一豪杰,即居然豪杰也;其忽然写一奸雄,即又居然奸雄也;甚至忽然写一淫妇,即居然淫妇。今此篇写一偷儿,即又居然偷儿也。"小说刻画人物如此成功的奥秘究竟是什么呢?他的回答是:

> 人亦有言:非圣人不知圣人。然则非豪杰不知豪杰,非奸雄不知奸雄也。耐庵写豪杰,居然豪杰,然则耐庵之为豪杰可无疑也。独怪耐庵写奸雄,又居然奸雄,则是耐庵之为奸雄又无疑也。虽然,吾疑之矣。夫豪杰必有奸雄之才,奸雄必有豪杰之气;以豪杰兼奸雄,以奸雄兼豪杰,以拟耐庵,容当有之。若夫耐庵之非淫妇、偷儿,断断然也。今观其写淫妇居然淫妇,写偷儿居然偷儿,则又何也?噫嘻,吾知之矣!非淫妇定不知淫妇,非偷儿定不知偷儿也。谓耐庵非淫妇、非偷儿者,此自是未临文之耐庵耳。夫当其未也,则岂惟耐庵非淫妇,即彼淫妇亦实非淫妇;岂惟耐庵非偷儿,即彼偷儿亦实非偷儿。经曰:"不见可欲,其心不乱。"群天下之族,莫非王者之民也。若夫既动心而为淫妇,既动心而为偷儿,则岂惟淫妇、偷儿而已。惟耐庵于三寸之笔,一幅之纸之间,实亲动心而为淫妇,亲动心而为偷儿。既已动心,则均矣,又安辩泚笔点墨之非入马通奸,泚笔点墨之非飞檐走壁耶?经曰:"因缘和合,无法不有。"自古淫妇无印板偷汉法,偷儿无印板做贼法,才子亦无印板做文字法也。因缘生法,一切具足,吾直无以知其际也。[1]

---

[1] 陈曦钟、侯忠义、鲁玉川辑校:《水浒传会评本·第五十五回》,第1018页。

小说作者与作品中人物的关系是十分复杂的，要对作者塑造小说作品中人物形象的思维活动进行理论概括，自然不是一件容易的事。金圣叹从人物的一言一行一举一动无不受其思想支配这一前提出发，提出了自己的独到见解。一方面，他承认小说作者的自我心理体验对塑造小说人物形象有着巨大的影响，所谓"将心比心"、"推己及人"、"非圣人不知圣人，非豪杰不知豪杰"，正如演员扮演与自己性格气质接近的角色容易成功一样，作家也容易写好与自己性格气质较为接近的小说人物，因为有自我心理体验做基础。另一方面，他又认为，小说作者可以而且应该突破自身生活经验和思维习惯的局限，在作品中创造出各色各样的人物形象来。所谓"因缘和合，无法不有"。"因缘"主要指作者的心理体验与作品人物的内心活动之间的关系，"和合"是指二者之间的协调一致，"无法不有"就是说，一旦作者能够在创作中准确地把握作品人物的内心活动，进而形象生动地描写他们的一言一行一举一动，他就有了塑造各色各样人物的自由。当然，"因缘生法"的关键在于"动心"。没有"动心"，则无所谓"因缘生法"。

金圣叹所说的"动心"，用今天的说法，就是"深入角色"。所谓"深入角色"，就是要求小说作者从内心世界、精神面貌、性格特征等方面去把握作品人物，与作品中的人物同呼吸，共忧乐，达到"均"的境界。这种"均"，不是统一于作者的主观想象，而是统一于作品人物的客观逻辑。这就要求作者在描写某一人物时，必须将自己的全部身心深入到这一人物的精神世界中去，将自己的思想感情融化到这一人物的思想感情中去，"喜即盈天地之间止一喜，怒即盈天地之间止一怒，哀乐即盈天地之间止一哀、止一乐，更无旁念得而副贰之也"[1]。

---

[1] 陈曦钟、侯忠义、鲁玉川辑校：《水浒传会评本·第四十二回》，第788页。

金圣叹高度赞扬"《水浒传》写一百八人性格,真是一百八样"[1],"人有其性情,人有其气质,人有其形状,人有其声口"[2]。批评"《三国》人物事体说话太多了,笔下拖不动,踅不转,分明如官府传话奴才,只是把小人声口替得这句出来";批评"《西游》又太无脚地了,只是逐段捏捏撮撮,譬如大年夜放烟火,一阵一阵过,中间全没贯串"[3]。这些评点,表明了他对人物性格描写特别重视的立场。他的"动心"说正是建立在小说人物形象充分个性化的理论基础之上,而"因缘生法"也是为这一小说思想和小说观念服务的。

然而,小说的人物形象毕竟是小说作者创造的,是从作者笔下走出来的,自然容易受到作者主观认识的制约和影响,况且小说人物与作者之间的性格差异也会造成作者创作上的困难。如果金圣叹仅仅强调"动心",却找不到"动心"的客观依据,我们很可以怀疑这套小说理论是虚幻的,不切实际的。金圣叹的"动心"说好就好在并不玄虚,而是很接地气。在金圣叹看来,小说人物性格有其自身的逻辑,他的言论和行动也就有深刻的思想根源,有其所以那样说和那样做的主观条件和客观环境,所谓"不见可欲,其心不乱";小说作者应该从他们性格特征出发,注意分析和体会这些人物的思想活动和心理状态,并进而"寻求这种心理状态在一定的环境里使得这个人必定完成的行为和举止"[4],"设身处地而后成文"[5]。人,总是社会的人,小说中的人也不例外,因而他们的任何思想和行为都是可以被生活在社会中的作者认识和理解的。只要作者尊重自己笔下的人物,从他们的性格着眼,注意表现环境与性格的联系,作者就可以设身处地"动心"地描写这一人物的言行举止,成功地完成对这一人物形象的塑造。

金圣叹在分析《水浒传》里林冲因王伦不纳晁盖一行而"双眉剔起,两眼

1　陈曦钟、侯忠义、鲁玉川辑校:《水浒传会评本·读第五才子书法》,第17页。
2　陈曦钟、侯忠义、鲁玉川辑校:《水浒传会评本·各本序言总论·序三》,第9页。
3　陈曦钟、侯忠义、鲁玉川辑校:《水浒传会评本·读第五才子书法》,第16页。
4　莫泊桑:《谈"小说"》,宇清、信德编《外国名作家谈写作》,北京出版社,1980,第157页。
5　陈曦钟、侯忠义、鲁玉川辑校:《水浒传会评本·第十八回》,第348页。

圆睁,坐在交椅上大喝"的一段描写时说:

> 此处若便立起,却起得没声势;若便踢倒桌子立起,又踢得没节次。故特地写个坐在交椅上骂,直到骂到分际性发,然后一脚踢开桌子,抢起身来,刀亦就势掣出。有节次,有声势,作者实有设身处地之劳也。[1]

这就告诉我们,通俗小说作者"动心"塑造小说人物是有客观依据的,这一依据就是要符合小说人物的性格特质和事物发展的内在规律,要善于体会小说人物的心理状态及其在特定环境里的表现形式。

需要强调的是,金圣叹关于通俗小说作者"动心"塑造作品人物的基本原理,也适合作者在小说中对其他事物的描写。例如,金圣叹在《第五才子书》第二十二回谈到"说虎"与"说鬼"的区别时说:

> 天下莫易于说鬼,而莫难于说虎。无他,鬼无伦次,虎有性情也。说鬼到说不来处,可以意为补接;若说虎到说不来时,真是大段着力不得。所以《水浒》一书,断不肯以一字犯着鬼怪,而写虎则不惟一篇而已,至于再,至于三。[2]

虽然,文学艺术作品包括通俗小说作品中鬼的世界无非是人的世界的折光反映,好的鬼神世界的描写也是要符合事物的内在规律和基本生活逻辑,不可以"意为补接"的。金圣叹对"说鬼"的抨击未免有些偏颇。但是,他反对"以意为补接",主要强调要依据人物性格和事物特点进行描写,不能由着作者的性子随意敷衍,即使描写老虎也要依据老虎的性情,符合老虎的行动规律。这样要求

---

[1] 陈曦钟、侯忠义、鲁玉川辑校:《水浒传会评本·第十八回》,第357页。
[2] 陈曦钟、侯忠义、鲁玉川辑校:《水浒传会评本·第二十二回》,第415页。

作者，其实是认识到了小说描写对象对于小说作者具有相对的独立地位和制约作用。这一认识，从理论上扭转了自魏晋以来"搜奇记逸"的志怪传统，也打破了唐传奇小说和宋元话本小说重情节轻人物的叙事格局，是中国古代小说思想和小说观念的重大突破，也是通俗小说理论成熟的反映。

金圣叹的"动心"说内涵极为丰富，照他的说法，要真正达到"动心"的境界，必须要有"十年格物"的生活体验和"一朝物格"的艺术功力，还要有正确的创作态度和情感，即所谓"无党无偏"，"无不诚于中而形于外"，"圣人无所增，愚人无所减"[1]的"忠恕"之道。这样，"动心"说就构成了金圣叹通俗小说理论体系中不可分割的重要组成部分。

显然，"动心"说以通俗小说创作的主要任务和中心内容是塑造人物这一理论为基础，以创造具有典型性格的艺术形象为目标，颇为科学地阐明了小说作者进行典型创造的艺术思维特征，完全符合通俗小说创作的特点和艺术典型的创造规律，为后世通俗小说创作的繁荣和通俗小说理论的发展起到了奠定基础和指明方向的重要作用。

中国文学向来是以诗文为正宗的，史志子部小说的文化地位本来不高，通俗小说更可以说没有地位，它主要在民间传播，受到市民大众的喜爱。然而，金圣叹在通俗小说创作取得极大繁荣与发展，正统士人对它也不能不刮目相看的情势下，系统总结了通俗小说的文学成就并上升到理论高度，彻底改变了传统文学思想和文学观念，也改变了人们的小说思想和小说观念。因此，作为文学批评家的金圣叹在中国文学批评史上不能不占有重要地位；作为通俗小说理论家，他更是前无古人的。他第一次从小说生产和艺术欣赏的角度较为全面地探讨了通俗小说理论的方方面面，并取得了瞩目的成就。尽管有些概念过于陈旧，有些论点不甚明晰，有些提法不尽妥善，但他的确比他的前辈提供了许多新的东西，他的通俗小说理论在许多方面具有开创和奠基的意义，他的小说思

---

[1] 陈曦钟、侯忠义、鲁玉川辑校：《水浒传会评本·第四十二回》，第788页。

想和小说观念在明清之际是最前卫也是最进步的。我们应该努力整理和研究这一份宝贵的小说理论和小说批评遗产，以促进今天的小说理论和小说创作的发展，不能永远用习惯和偏见把它压在五行山下！

第二十一章
中国通俗小说观念的成熟与发展

中国通俗小说是中国古代小说的组成部分，通俗小说观念自然也是古代小说观念的组成部分。这是了解中国古代小说的读者们都知道的，也是研究中国古代小说和小说观念的学者们都承认的。由《庄子》所发端，至《汉书·艺文志》而论定的古代小说观念，后来成为中国史志子部小说观念的圭臬。这一小说观念，其实是士人的小说观念，也是居于正统的小说观念。这一观念也内涵着通俗小说（俳优小说、市民小说、白话小说）观念的早期萌芽，并制约着通俗小说观念的发展，本书第八、九章也做过分析。由于从《汉书·艺文志》、《隋书·经籍志》到《四库全书总目》、《清史稿·艺文志》的学术分类体系体现的是中国传统知识结构和社会上层建筑，上层知识分子要维护这一建筑和结构，以确保统治阶级的根本利益，他们所定义的小说观念因此始终偏重于士人小说，留给通俗小说的空间极为有限。这种正统小说观念主导着中国小说和小说观念的发展，以致通俗小说观念在大部分历史时期一直若隐若现，难以得到充分有效的表达，留给大家的印象自然比较模糊。今人谈论中国古代小说观念，常常受正统小说观念影响，不能准确把握通俗小说观念的发展脉搏。即使人们承认明末清初的金圣叹的小说思想和小说观念具有很高的理论水平和指导意义，也仍然不能清晰地阐明这些思想观念是如何历史地形成并日臻完善的。笔者曾撰《中国通俗小说史》一书系统梳理过中国通俗小说的发展，这里再对通俗小说观念的发展做一粗略梳理，以弥补上面几章对通俗小说观念研究的不足，从而建立起更加全面系统的通俗小说观念发展的历史框架，也供关心这一问题的同仁参考。

第一节　宋代是通俗小说观念的成熟期

中国古代通俗小说在宋代已经成熟，这是明清学者和当今学人都承认的。而通俗小说的成熟是否意味着通俗小说观念也已经成熟了呢？这个问题是需要我们正面回答的。

在明代，几乎所有关心民间文学的学者都将通俗小说的成熟定在了宋代。例如，郎瑛《七修类稿》云：

> 小说起宋仁宗，盖时太平盛久，国家闲暇，日欲进一奇怪之事以娱之。故小说"得胜头回"之后，即云"话说赵宋某年"；闾阎"陶真"之本之起，亦曰"太祖太宗真宗帝，四帝仁宗有道君"；国初瞿存斋《过汴》之诗有"陌头盲女无愁恨，能拨琵琶说赵家"，皆指宋也。若夫近时苏刻几十家小说者，乃文章家之一体，诗话、传记之流也，又非如此之小说。[1]

郎氏这里所说的"小说起宋仁宗"之"起"，虽然不一定是"成熟"之义，应该是"开启"之义，但是，其所说"小说"是指用于娱乐的讲说奇怪之事的"说话"和讲唱故事的"陶真"，与作为文章家之一体的"诗话"、"传记"之"小说"是不同的一类，却是肯定的。这样区分，也就确认了以宋人"说话"为标志而开启的新"小说"具有文体意义，这种小说文体能够与传统小说文体分庭抗礼，其实也就表明了它在某种程度上的成熟。

---

[1] 郎瑛：《七修类稿》卷22《辩证类·小说》，上海书店出版社，2001，第229页。标点有调整。

郎瑛认为小说实际应该区分为两类，这一思想在署名绿天馆主人的冯梦龙的《〈古今小说〉叙》中说得更加明白，他说：

> 史统散而小说兴。始乎周季，盛于唐，而浸淫于宋。韩非、列御寇诸人，小说之祖也。《吴越春秋》等书，虽出炎汉，然秦火之后，著述犹希。迨开元以降，而文人之笔横矣。若通俗演义，不知何昉？按南宋供奉局，有说话人，如今说书之流。其文必通俗，起作者莫可考。泥马倦勤，以太上享天下之养，仁寿清暇，喜阅话本，命内珰日进一帙，当意，则以金钱厚酬。于是内珰辈广求先代奇迹及闾里新闻，倩人敷演进御，以怡天颜。然一览辄置，卒多浮沉内庭，其传布民间者，什不一二耳。[1]

冯序明确区分了两类小说：一类是承诸子、史传而来的史志子部小说，起源于战国，韩非、列子为其祖；一类是承"说话"艺术而来的通俗小说，起源于南宋初年，南宋供奉局说话人开其端。这一认识正确与否姑且不论[2]，但作为著名通俗小说家的冯梦龙对两类小说的区分却代表了明人的普遍认识。与郎氏不同的是，冯氏将"说话"产生的通俗小说直接称为"通俗演义"，并将其起始时间定在了南宋初年。

要确认中国通俗小说和通俗小说观念的成熟究竟是在北宋还是在南宋，需要我们对"说话"艺术的缘起和宋代"说话"的状况做一鸟瞰，才能作出比较准确的判断。

笔者在《中国通俗小说史》第三章《宋元"说话"与话本小说》中，对宋代"说话"有详细描述，并指出：

---

[1] 冯梦龙：《古今小说》卷首《叙》，人民文学出版社，1958，第1页。
[2] 关于中国古代小说应该分为两类，以及两类的起源问题，参见拙作《中国小说起源探迹》，《文学遗产》1985年第1期，收入《古典小说新探》，浙江古籍出版社，1993。

隋唐兴起的"说话"在宋代得到快速发展，成为市民文化生活的重要内容，这与宋代城市经济的发展和市民阶层的扩大有直接的关系。不断壮大的市民文化市场冲击着原有的社会文化格局，原本依附于寺院的"俗讲"萎缩，其说唱伎艺则与"说话"合流，使得"说话"门类更加丰富，"说话"艺人的专业水平也迅速提高，书会的成立和书会才人的涌现，成为"说话"艺术繁荣发展的主要条件和重要推动力量。"说话"家数的出现和"说话"专门家的诞生，显示了"说话"伎艺已经发展到巅峰状态。受"说话"伎艺影响并由"说话"艺术培育的话本小说的发展也进入一个前所未有的新阶段。[1]

北宋时期对"说话"艺术产生重要影响的有两件大事最值得重视。一是北宋真宗天禧三年（1019年），朝廷为便于管理城市人口，重新建立户籍制度，将城市居民列为"坊廓户"，单独列籍定等。这是中国历史上第一次用户籍制度将城市居民与农村居民分离开来，这一分离标志着中国市民阶层的真正崛起。北宋末年，京城汴梁（今河南开封）列籍住户已达26万户，人口当在100万以上。[2]庞大的市民人口的文化消费刺激着市民文化的繁荣，于是大量演出民间文艺的"勾栏瓦舍"应运而生，促进了"说话"艺术的成长和普及。二是宋仁宗庆历时期，朝廷正式取消了唐代以来一直奉行的"坊市"制度，夜晚不再实行宵禁，所谓"不闻街鼓之声，金吾之职废矣"[3]，市民可以自由地享受城市文化的夜生活，市民文化消费极大地刺激着通俗文化的发展，"说话"艺术发展臻于成熟。据徐梦莘《三朝北盟会编》记载，金人于靖康二年（1127年）曾向宋朝廷索要"杂剧、说话、弄影戏、小说"等各类著名艺人150余家，"说话"是其中

---

[1] 参见拙著《中国通俗小说史》，武汉大学出版社，2015，2002年重印，第104页。

[2] 据吴松弟研究，北宋汴梁人口极盛时达150万人左右。见吴松弟《中国人口史》第三卷，复旦大学出版社，2005，第574页。

[3] 宋敏求：《春明退朝录》卷上，商务印书馆，1936，第9页。

最有影响的伎艺之一[1]，这说明宋人"说话"不仅在国内而且对周边国家产生了重要影响。在"说话"伎艺繁荣发展的同时，一批著名的"说话"艺人也诞生了，出现了各方面的专门家，孟元老《东京梦华录》有明确记载，如"孙宽、孙十五、曾无党、高恕、李孝详，讲史。李慥、杨中立、张十一、徐明、赵世亨、贾九，小说。……杂剧、掉刀、蛮牌，董十五、赵七、曹保义、朱婆儿、没困驼、风僧哥、俎六姐。影戏，丁仪。瘦吉等弄乔影戏。刘百禽弄虫蚁。孔三传耍秀才诸宫调。毛详、霍伯丑商谜。吴八儿合生。张山人说诨话。刘乔、河北子、帛遂、胡牛儿、达眼五重明、乔骆驼儿、李敦等杂哑。外入孙三神鬼，霍四究说三分，尹常卖五代史，文八娘叫果子，其余不可胜数。"因此，孙楷第指出：

> 最可注意的是，说故事在宋朝，已经由职业化而专门化。宋以前和尚讲经，本不是单为宣传教义，而是为生活。唐五代的转变，本不限于和尚，所以吉师老有《看蜀女转昭君变》诗。但唐朝的变场、戏场，还多半在庙里，并且开场有一定日子。而宋朝说话人则在瓦肆开场，天天演唱。可见说故事在宋朝已完全职业化。[2]

不过，北宋"说话"的主要门类是"讲史"和"小说"，未见"说经"成为专门，说明"说经"还局限于寺院僧尼，没有进入城市市民文化市场。而据西湖老人《繁胜录》记载，南宋"说话"艺人则有"说史书"、"说经"、"小说"、"合生"、"背商谜"、"说诨话"等专业区分[3]。南宋"说话"主要门类是"讲史书"（简称"讲史"）、"说经"（含"说参请"）和"小说"，说明"说经"已经成

---

[1] 徐梦莘《三朝北盟会编》卷77《靖康中帙·起靖康二年正月一日辛卯尽十五日乙巳》："金人求索诸色人金银，求索御前祗候方脉医人、教坊乐人、内侍官四十五人，露台祗候妓女千人。……又要……杂剧、说话、弄影戏、小说、嘌唱、弄傀儡、打金斗、弹筝琵琶、吹笙等艺人一百五十余人，令开封府押赴军前。"

[2] 孙楷第：《沧州集》卷1《中国短篇白话小说的发展》，中华书局，2009，第55页。

[3] 西湖老人：《繁胜录·瓦市》，文化艺术出版社，1998，第108—109页。

为"说话"的专门行当,并进入市民文化市场,而"小说"和"讲史"仍然在蓬勃发展,"合生"、"商谜"等其他艺术门类也雨后春笋般地诞生。南宋民间学者有"说话四家"之说,他们以"说经"、"讲史"、"小说"对应传统文化中的"经"、"史"、"子",而将"合生"、"商谜"等拟于"集"部,既有明显模仿正统文化四部分类的痕迹,也有与正统文化分庭抗礼的意味。[1]这一切表明,宋人"说话"艺术在南宋才达致巅峰。更为重要的是,在"说话"基础上诞生了专门供读者阅读的"话本小说",这是通俗小说的文本形态,明人的"拟话本"便是受到它的影响。因此,冯梦龙在谈论通俗小说起源时,特意强调"泥马倦勤,以太上享天下之养。仁寿清暇,喜阅话本,命内珰日进一帙,当意,则以金钱厚酬。于是内珰辈广求先代奇迹及闾里新闻,倩人敷演进御,以怡天颜",明确其所指的通俗小说是"话本"文本,而非"说话"伎艺。因为太上皇喜阅"话本",上行下效,供读者阅读的"话本"自然兴盛起来。这样看来,以"说话"为代表的通俗小说文体的成熟可以确定为北宋仁宗时期,而以"话本小说"为代表的通俗小说文本则成熟于南宋高宗时代,一个是民间文艺的表演形态,一个是民间文学的文本形态,郎瑛之说和冯梦龙之论各有道理,这样的认识是符合通俗小说的发展实际的。

与通俗小说发展相一致,通俗小说观念的成熟也在宋代。这符合一般的认知逻辑,因为任何观念都是事物存在的反映,没有无通俗小说存在的通俗小说观念,当然也不存在没有通俗小说观念的通俗小说,小说与小说观念如车之两轮,鸟之双翼,相辅而相成,互促而共进。它们的差别,主要是隐显之不同。小说处于显性状态,而小说观念往往处于隐性状态,小说观念要从隐性转为显性,则需经历比小说发展更为漫长的时间。

通俗小说在北宋已经成熟,而通俗小说观念在北宋还处于隐性状态,它们主要存在于"说话"人的头脑里,通过他们的表演反映出来,如讲求通俗,强

---

[1] 见本书第十八章。参见拙文《宋代"说话"四家再探》,《天津社会科学》2017年第2期。

调技艺，面向市民，运用口语，娱乐观众，等等。而通俗小说对社会文化的影响则是客观存在的，通俗小说观念对于部分敏感士人也自然会有所影响。欧阳修的小说观念，便明显有着通俗小说影响的痕迹，或者说其小说观念中也包含有通俗小说观念的某些内核。欧阳修在《崇文总目叙释·小说类》中说：

> 《书》曰："狂夫之言，圣人择焉。"又曰："询于刍荛。"是小说之不可废也。古者惧下情之壅于上闻，故每岁孟春，以木铎徇于路，采其风谣而观之。至于俚言巷语，亦足取也，今特列而存之。[1]

尽管这里论述的是史志子部小说，而且这种论述也受到《汉书·艺文志》和《隋书·经籍志》的影响，然而，欧阳修强调小说可以是民间"风谣"，可以是"俚言巷语"，就没有排除"说话"这一特殊的表达形式，因为它们正是"俚言巷语"。如果将欧阳修对正史和传记的要求与对小说的要求加以对照比较，就更能看出他的小说观念中对民间文艺和通俗小说的包容。他强调，正史应该记载"其君臣善恶之迹"，"要其治乱兴废之本，可以考焉"[2]，传记则"或详一时之所得，或发史官之所讳，参求考质，可以备多闻焉"[3]。即是说，历史著作应以真实为其生命，其基本事实是可考的。而小说则可以不受政治性的约束和真实性的限制，只要能使下情上闻，不管是民间歌谣还是俚言巷语，都可以择取而存，所谓"狂夫之言，圣人择焉"。甚至可以说，合于古代治国之道的统治者还应该主动去采集这些"刍荛狂夫之议"来了解自己为政的得失。

当然，我们应该承认，欧阳修的小说观念不是通俗小说观念，只是受到了通俗小说和通俗小说观念影响的正统小说观念，尽管这一观念具有开辟近代小

---

[1] 欧阳修：《欧阳修全集·居士集》卷15《崇文总目叙释·小说类》，中国书店影印世界书局本，1986，第1004页。

[2] 欧阳修：《欧阳修全集·居士集》卷15《崇文总目叙释·正史类》，第1000页。

[3] 欧阳修：《欧阳修全集·居士集》卷15《崇文总目叙释·传记类》，第1002页。

说观念先河的积极作用。[1]而真正明确阐述通俗小说观念的，是南宋时期的一批热心民间文艺的下层学者，罗烨是其代表，他所作《醉翁谈录》也反映出当时民间学者对通俗小说的认知水平。

《醉翁谈录》卷一《舌耕叙引》有《小说引子》和《小说开辟》两篇，集中代表了罗氏对通俗小说的理性认知。《舌耕叙引》将小说放在九流中加以定位，其有云：

> 世有九流者，略为题破：一、儒家者流，出于司徒之官，遂分六经词赋之学。二、道家者流，出于典史之官，遂分三境清静之教。三、阴阳者流，出于羲和之官，遂分五行占步之术。四、法家者流，出理刑之官，遂分五刑胥吏之事。五、名家者流，出于礼仪之官，遂分五音乐艺之职。六、墨家者流，出于清庙之官，遂分百工技事之众。七、纵横者流，出于行人之官，遂分四方趋客之辈。八、农家者流，出于农稷之官，遂分九府财货之任。九、小说者流，出于机戒之官，遂分百官记录之司。由是说者纵横四海，驰骋百家。以上古隐奥之文章，为今日分明之议论。或名演史，或谓合生，或称舌耕，或作挑闪，皆有所据，不敢谬言。言其上世之贤者可为师，诽其近世之愚者可为戒。言非无根，听之有益。[2]

罗氏所述"九流"，形式上虽沿袭《汉书·艺文志·诸子略》十家的分类，但对各家定义实际上与《汉志》迥然有别。且《汉志》以为"诸子十家，其可观者九家而已"[3]，这"可观"的九家是不包括小说家的，罗氏的"九流"则是包括小说家的，这就与《汉志》对小说家的定位有了重大的区别。更值得注意的是，《汉志》论各家要旨所强调的是官守和政教，而《舌耕叙引》论各家要旨强

---

[1] 见本书第十五章。参见拙作《论欧阳修的小说观念》，《齐鲁学刊》1998年第2期。
[2] 罗烨：《醉翁谈录》甲集卷1，《全宋笔记》七十二册，大象出版社，2019，第71—72页。
[3] 班固撰，颜师古注：《汉书》卷30《艺文志》，中华书局，1962，第1746页。

调的是职业和技术。尤其是将小说定义为"说者"的"以上古隐奥之文章,为今日分明之议论",而这种议论"或名演史,或谓合生,或称舌耕,或作挑闪",其实就是指当时的整个"说话"艺术,或者说是用"说话"艺术的特点来定义"小说"。罗氏在《小说引子》题下特意注明"演史、讲经并可通用",就是明确表示小说是"说话"的代表样式,其对"小说"的定义可以通用于一切"说话"艺术。

在对"小说"定义的同时,罗烨还在《小说开辟》中对小说的艺术特征进行了描述,如云"夫小说者,虽为末学,尤务多闻。非庸常浅识之流,有博览该通之理。……举断模按,师表规模,靠敷演令看官清耳。只凭三寸舌,褒贬是非;略咽万余言,讲论古今。说收拾寻常有百万套,谈话头动辄是数千回。……讲论处不佛搭、不絮烦;敷演处有规模、有收拾。冷淡处提掇得有家数,热闹处敷演得越久长。曰得词,念得诗,说得话,使得砌。言无诋诃,遭高士善口赞扬;事有源流,使才人怡神嗟讶。"[1] 罗氏还对小说的各个门类及其代表作品进行了详细介绍,并以诗总结说:

> 小说纷纷皆有之,须凭实学是根基。开天辟地通经史,博古明今历传奇。藏蕴满怀风与月,吐谈万卷曲和诗。辨论妖怪精灵话,分别神仙达士机。涉案枪刀并铁骑,闺情云雨共偷期。世间多少无穷事,历历从头说细微。[2]

这种对小说的理解,与传统小说观念大相径庭,因为它不是对士人小说的描述,而是对以"说话"为标本的通俗小说的认识。

罗烨的通俗小说观念可以概括为一句话:"小说者,但随意据事演说。"[3] 即

---

[1] 罗烨:《醉翁谈录》甲集卷1,《全宋笔记》七十二册,第73—75页。
[2] 罗烨:《醉翁谈录》甲集卷1,《全宋笔记》七十二册,第75页。
[3] 罗烨:《醉翁谈录》甲集卷1,《全宋笔记》七十二册,第72页。

是说，通俗小说就是随意演说故事："演说"者，口语化的讲述（包括讲唱）也；"据事"者，需要有故事贯串其中也；"随意"者，讲述者可以大胆创造也。这三点，正是通俗小说的核心内容。这样的通俗小说观念，不谓其已经成熟，是无论如何都说不通的。

第二节　宋以前通俗小说观念的孕育

通俗小说观念在宋代的成熟，并不是一蹴而就的，而是经历了漫长的孕育过程，这一孕育过程在先秦时期即已开始。

《汉书·艺文志·诸子略》著录了先秦至西汉的小说家及其作品，并给小说家下定义云：

> 小说家者流，盖出于稗官。街谈巷语，道听途说者之所造也。孔子曰："虽小道，必有可观者焉，致远恐泥，是以君子弗为也。"然亦弗灭也。闾里小知者之所及，亦使缀而不忘。如或一言可采，此亦刍荛狂夫之议也。[1]

这里不仅追溯了小说家的来历，而且概括了他们作品的特征及其价值，成为后来史志子部小说观念的理论基础。其实，这一观念中也包含有通俗小说观念的某些因子，这种因子不仅体现在小说乃"街谈巷语，道听途说者之所造"、"此亦刍荛狂夫之议也"这些对小说作品特征的描述中，而且从小说家所从出的"稗官"的职掌中也能够反映出其与通俗小说的联系。

"小说家出于稗官"之说对中国传统小说观念的影响是巨大而深远的，然而，人们对这一说法的认识一直存在分歧，这种分歧至今也没有消弭。章太炎、

---

[1] 班固撰，颜师古注：《汉书》卷30《艺文志》，第1745页。

胡适、傅斯年、吕思勉、余嘉锡等都参与过讨论，观点各不相同。章太炎是肯定论的宗主，胡适是否定论的代表。余嘉锡则作《小说家出于稗官说》力主《汉志》之说可信，认为稗官即小官，指"天子之士"。他们的讨论到今天仍然有重要影响。本书第九章有详细讨论，这里不再赘述。

笔者曾撰《稗官新诠》和《小说家出于稗官新说》二文讨论"小说家出于稗官"之说，试图弥合分歧，以解决这一长期困扰学界的难题。[1]笔者指出，魏初学者如淳释"稗"音"排"，是汉魏读音，实兼释义。"稗"即"偶语"，亦即"排语"、"俳语"、"诽（音排）语"，也称"偶俗语"，其表现为民间与朝政相关的谤言、谣谚、赋诵等。"稗官"可释为"小官"，但并非指某一实际官职，而是指卿士之属官，或指县乡一级官员之属官。先秦两汉"以偶语为稗"，提供"偶语"服务的小官自可称为"排官"，亦即"稗官"。根据近年出土的秦汉简书，可以证明稗官乃指县令长及长吏以下之属官，传世文献也证明稗官为小官之通称，并不局限于"天子之士"。上古"稗"音"排"，秦汉以"偶语为稗"，西周传留有"官师相规，工执艺事以谏"的言谏制度和"士传言，庶人谤"的社会言论管理制度，而师、瞍、瞽、矇、百工等即是为君主管理和提供"排语"、"诽语"或"偶俗语"服务的"稗官"。小说家所从出之稗官则是春秋时期服务于诸侯公卿的"稗官"。"小说家出于稗官"说不仅揭橥了小说家与师、瞍、瞽、矇、百工等的身份联系，也提示了小说与歌谣、赋诵、笑话、寓言等文体上的关联。

由于"俳优"也是"稗官"，而"俳优"在中国通俗文学史上具有重要地位。一些小说史家以"俳优小说"作为古代小说的重要类型，一些戏剧史家则以"优孟衣冠"作为中国戏剧的主要源头。"俳优"省称为"优"，其中又细分为俳优、伶优、倡优等类型。有关"优"的传说可以追溯至很早，至少可以追

---

[1] 参见拙作《"稗官"新诠》(《南京大学学报》(哲学·社会科学·人文科学）2013年第3期)和《"小说家出于稗官"新说》(《湖北大学学报》(哲学社会科学版) 2015年第6期)。

溯至舜帝时的乐正夔。'古优'在后来的发展中有过两次重要的分化，对其发展产生了重大影响。一次是巫觋与乐人的分化，一次是乐人内部旧乐人与新乐人的分化。前者使得乐人的社会地位降低，成为巫觋的附庸；后者使得乐人的结构改变，形成雅乐与俗乐的对立。"[1]

《汉志》"小说家出于稗官"的判定，实际上囊括了师、瞍、瞽、矇、百工等人的创造，承袭了俳优自西周以来不断积累的伎艺经验，包含有民间文艺和通俗文学的丰富内容，使得后来的通俗小说家们也能够从《汉志》对小说家的定义中找到其阐述通俗小说观念的理论依据。宋人罗烨《醉翁谈录》对小说的定义有《汉志》的明显影响，就是很好的例证。

"俳优"在春秋、战国时期非常活跃，他们通过诙谐幽默的语言和各种滑稽表演，进行讽谏或提供娱乐，丰富了统治者的文化生活。由于其"俳语"多是"街谈巷语、道听途说者之所造"，本质上带有民间文化的色彩，因此成为中国通俗文学的源头。中国通俗小说和戏曲都可以从这里找到其滥觞。事实上，通俗小说和戏曲在中国古代长期被看作是一家，并不强行作出分别，直到近代早期也仍然如此。春秋、战国时期俳优的表演，极大地促进了通俗文艺的发展，"俳优小说"也就成为了小说发展的一个重要分支。"俳优小说"不仅受到民众的青睐，而且得到一批追求创新的正统文学家的喜爱，这从曹植见邯郸淳时"诵俳优小说数千言"可以窥见端倪。邯郸淳是汉魏之际的书法家、文学家、游艺家，曹植初见邯郸淳，向其展示才艺，包括"胡舞五椎锻、跳丸击剑、诵俳优小说数千言"[2]，说明"俳优小说"是他们的共同爱好。有人说，"俳优小说"就是说笑话，这一看法可能并不正确，因为笑话都是简短的，从来没有笑话达"数千言"，且笑话只会是"讲"或"说"，而不需要"诵"。其实，曹植所

---

[1] 见本书第四章。参见拙作《论古优的来历及其分化》，《南京大学学报》（哲学·社会科学·人文科学）2015年第4期。

[2] 陈寿著，裴松之注：《三国志·魏书·王粲传》注引《魏略》云："太祖（曹操）遣（邯郸）淳谒（曹）植，植初得淳甚喜，延入坐，不先与谈。时天暑热，植因呼常从取水，自澡讫，傅粉，遂科头拍袒，胡舞五椎锻、跳丸击剑、诵俳优小说数千言讫，谓淳曰：'邯郸生何如邪？'"

诵"俳优小说"是俗赋,是早期通俗小说的一种重要样式。

俗赋从先秦至两汉,一直在民间流行着,除了俳优的俗赋表演,还有文人的俗赋拟作,其发展未尝中断。例如,尹湾汉墓出土的《神乌傅（赋）》就是民间流传的俗赋文本。北京大学收藏的抄写于汉武帝时期的竹书《妄稽》是比《神乌傅（赋）》更早的俗赋文本,共100余枚简,3000余字,叙述一个士人家庭因妻妾矛盾而引发的故事。敦煌佚书《韩朋赋》、《燕子赋》、《晏子赋》也是民间俗赋,这些赋采用对话形式,有一定情节,对话部分多用四言,叙述多有六言,基本押韵,语言通俗,风格诙谐幽默。《燕子赋》最长,3000余字,《韩朋赋》近3000字。王国维曾将敦煌藏经洞发现的这些作品称之为"通俗小说"[1],向大家做介绍,是十分正确的。原来人们都以为它们都是唐代的产物,而1979年甘肃文物工作队在敦煌西北的马圈湾汉代烽燧遗址发现了一批散残木简,其中有《韩朋赋》早期传本残简,可证敦煌佚书俗赋来源甚古,可能早到汉代。其实,俗赋在汉代不仅受到普通民众的喜爱,也受到部分正统文学家的欢迎,汉代学者仿制俗赋的作品也不少,如王褒的《僮约》、《责须髯奴辞》,扬雄的《逐贫赋》,傅玄的《鹰兔赋》,束晳的《饼赋》,蔡邕的《短人赋》等,都是模仿俗赋之作。而曹植自己就创作过拟俗赋《鹞雀赋》。因此,曹植所诵的有"数千言"的"俳优小说"应该就是俗赋,而"诵"俗赋是俳优表演的重要内容之一,也可说是汉代通俗小说的口头表达形式之一。曹植在邯郸淳面前用"诵俳优小说"以显示自己的才华,也表明"俳优小说"在这些关心民间文艺和通俗小说的学者们心目中是有相当分量的。[2]

"赋"是汉代的代表性文学样式,它吸收了诸多文体之长,形成了诗体赋、骚体赋、散体赋等各种体式,内容上也有体物、抒情、叙事、寓言、谐隐等诸多种类。而俗赋则以叙事类、寓言类、谐隐类诗体赋和散体赋为主,运用日常

---

[1] 参见王国维《敦煌发见唐朝之通俗诗及通俗小说》,《东方文库》第七十一种《考古学零简》,商务印书馆,1923。

[2] 见本书第十七章。参见拙作《曹植"诵俳优小说"发覆》,《学术研究》2013年第5期。

生活的素材，采用口语化的表达，形成了自己的文体特色。以俗赋为主体的汉魏"俳优小说"延续了先秦"稗官"利用"排语"、"俳语"、"诽（音排）语"以反映民间对于朝政的谤言、谣谚、赋诵等的传统，又汲取了汉赋的艺术经验，使通俗小说得到很大的发展，也酝酿着通俗小说观念的突破。

佛教传入中国后，魏晋时期，出现了"唱导"等讲经形式，"或杂序因缘，或傍引譬喻"[1]，有讲有唱。这种转变了佛经原典形式的讲经文，当时人称之为"变态"，隋唐人称之为"转变"，也称其文为"变文"。"变文"采用了佛经用散文叙说、用偈赞歌唱的文本形式，也吸收秦汉以来流行的俗赋和南朝的俗曲（变歌）的表达技巧，达到了使佛经通俗化、故事化、民间化的效果，促进了佛教的传播。"唱导"最初是由高僧大德向出家人讲唱经文传授教义，故也称为"僧讲"或"尼讲"。后来僧人利用"唱导"向俗众讲唱佛经故事或通俗故事以邀布施，那当然就是"俗讲"了。因为"俗讲"是由"僧讲"演化而来，它有自己的一套程序。为了吸引信众，照顾男女老少的需要，俗讲僧在俗讲时一般都要把所讲故事画成图画，然后根据图画来讲解。由于俗讲本不在于"类谈空有"，而是"就缘修之，只会男女，劝之输物，充造寺资"[2]，所以世俗的内容越来越多，以至后来有不少故事与佛教毫无联系，只是一些街谈巷议的新奇故事，如文溆僧所讲"假托经论，所言无非淫秽鄙亵之事"[3]，这就与当时流行的"俳优小说"、"市人（民）小说"没有什么差别了。俗讲僧为了吸引信众，多聚寺资，自然要想方设法把故事讲得生动，适合普通信众的文化需求和欣赏习惯，而各寺院之间的竞争也必然激烈，这就促进了"俗讲"艺术的发展。受其影响，民间"说话"伎艺也迅速地发展成熟起来。

汉魏以来通俗小说的发展，使得人们对小说的认识也发生了变化。这一认

---

[1] 释慧皎：《高僧传》卷13《唱导论》，中华书局，1992，第249页。
[2] 释圆珍：《佛说观音普贤菩萨行法经纪》，《大正新修大藏经》卷56，新文丰出版公司，1983，第227页。
[3] 赵璘：《因话录》，上海古籍出版社，1979，第94页。

识变化在《隋书·经籍志》中有了清晰的反映。《隋志》子部没有像《汉志》那样给"小说家"下定义，而是直接给"小说"下定义，因为这时创作小说的已经不是"稗官"，或者说不能用"稗官"来囊括，故很难为"小说家"下定义。而"小说"作品形式多样，内容丰富多彩，倒是需要加以定义。于是，《隋志》将"小说"定义为：

> 小说者，街说巷语之说也。《传》载舆人之诵，《诗》美询于刍荛。古者圣人在上，史为书，瞽为诗，工诵箴谏，大夫规诲，士传言而庶人谤。孟春，徇木铎以求歌谣，巡省观人诗，以知风俗。过则正之，失则改之，道听途说，靡不毕纪。《周官》，诵训"掌道方志以诏观事，道方慝以诏避忌，以知地俗"；而职（训）方氏"掌道四方之政事，与其上下之志，诵四方之传道而观衣物"，是也。孔子曰："虽小道，必有可观者焉，致远恐泥。"[1]

《隋志》不再坚持《汉志》的"小说家出于稗官"之说，而是直接将小说定义为"街说巷语之说"。这样定义"小说"虽然与《汉志》并不矛盾，且"史为书，瞽为诗，工诵箴谏，大夫规诲，士传言而庶人谤"也有解释小说出于"稗官"之意，但是，《汉志》所强调的是王官之学对社会言论的有效管理，而《隋志》则更注重民间言论的多样化表达，并且特意将这种表达与《周官》的诵训和训方氏执掌联系起来，因为他们所掌管的正是小说所要反映的内容，即地方历史风情和民间风俗。这样一来，《隋志》所定义的小说，其实就包含了汉魏以来的"俗赋"、"俳优小说"、"俗讲"、"说话"等各种民间伎艺，至少在观念上不排斥这些通俗文学，自然也就等于可以接纳通俗小说为其成员。[2]

---

[1] 魏徵等：《隋书》卷34《经籍志三》，中华书局，1973，第1012页。
[2] 见本书第十一章。参见拙作《〈汉书·艺文志〉与〈隋书·经籍志〉小说观念之比较》，《河北学刊》2017年第6期。

当然，我们也必须承认，《隋志》虽然对汉魏以来的通俗小说在观念上有所回应，但是，《隋志》小说观念仍然主要体现的是士人小说观念，而非通俗小说观念，它与《汉志》一脉相承，都强调诸子之学来源于王官，服务于政教。《隋志》子部总序云："《易》曰：'天下同归而殊途，一致而百虑。'儒、道、小说，圣人之教也，而有所偏。兵及医方，圣人之政也，所施各异。世之治也，列在众职，下至衰乱，官失其守。或以其业游说诸侯，各崇所习，分镳并骛。若使总而不遗，折之中道，亦可以兴化致治者矣。"[1] 明确将小说与儒、道并称，认为它们都是"圣人之教也，而有所偏"，这正是正统小说观念的核心内涵。直到南宋罗烨等人，才将通俗小说定义为用日常口语演说故事，娱乐大众，完成了通俗小说观念的理论建构。此点上面一节已经说明。

第三节　通俗小说观念在明清的发展（上）

宋人揭橥的通俗小说观念在明清有了全面发展。本书第十九章清理了以《三国演义》为代表的通俗演义在明代所引起的通俗小说观念的发展变化，这不仅是因为《三国演义》是明代最早诞生的长篇通俗小说，而且有关通俗演义的讨论贯串整个明代，可以由此看到明代通俗小说观念发展的一个缩影。然而，明代"四大奇书"中的《水浒传》、《西游记》、《金瓶梅》所引起的通俗小说观念的发展变化是多方面的，远远超出历史通俗演义所涉及的范畴，我们必须加以补充。

大体而言，明清通俗小说观念的发展主要体现在以下三个方面：

第一，明清时期人们都能够明确区分子部文言小说和民间通俗小说这两类不同类型的小说，并对通俗小说具有清晰的文体意识。

明人对于文言小说和通俗小说是两种不同类型的小说的认识，前文已举郎

---

[1] 魏徵等：《隋书》卷34《经籍志三》，第1051页。

瑛和冯梦龙的观点作为代表，这里再看看笑花主人（姓名不详）的意见，他在《〈今古奇观〉序》中说：

> 小说者，正史之余也。《庄》、《列》所载化人、伛偻丈人，其事不列于史；《穆天子传》、《四公传》、《吴越春秋》，皆小说之类也。《开元遗事》、《红线》、《无双》、《香丸》、《隐娘》诸传，《睽车》、《夷坚》各志，名为小说，而其文雅驯，间阎罕能道之。优人黄繙绰、敬新磨等搬演杂剧，隐讽时事，事属乌有，虽通于俗，其本不传。至有宋孝皇以天下养太上，命侍从访民间奇事，日进一回，谓之"说话人"，而通俗演义一种，乃始盛行。然事多鄙俚，加以忌讳，读史嚼蜡，殊不足观。元施、罗二公大笔斯道，《水浒》、《三国》奇奇正正，河汉无极，论者以二集配《伯喈》、《西厢》传奇，号四大书，厥观伟矣！[1]

这里，论者同样将文言小说和通俗小说这两类不同的小说加以分别，举出各自的代表作家作品，并指出"通俗演义"虽盛行于宋，但优人杂剧已开其端。需要注意的是，作者的通俗小说观念中是包括优人杂剧和文人传奇（指南曲戏文）的，而杂剧、传奇在古代通俗小说观念中本就与"说话"伎艺是一家，它们之间有区别更有联系，直到近代仍然如此。[2] 明刊本《水浒传》天都外臣《叙》便称：

> 小说之兴，始于宋仁宗。于时天下小康，边衅未动。人主垂衣之暇，命教坊乐部，篡取野记，按以歌词，与秘戏优工，相杂而奏。是后盛行，

---

[1] 笑花主人：《今古奇观》卷首《〈今古奇观〉序》，人民文学出版社，2007，第1页。标点有所调整。
[2] 见本书第十八、第二十二章。参见拙作《宋代"说话"四家再探》，《天津社会科学》2017年第2期；《中国小说观念在近代的演变》，《江西师范大学学报》（哲学社会科学版）2021年第1期。

遍于朝野，盖虽不经，亦太平乐事，含哺击壤之遗也。[1]

在叙言作者看来，"说话"和"演剧"都是"小说"的范畴，这个"小说"无疑是指通俗小说。

清人梁章钜云：

"小说九百，本自虞初"，此子部之支流也。而吾乡村里，辄将故事编成七言，可弹可唱者，通谓之"小说"。据《七修类稿》云起于宋时。宋仁宗朝，太平盛久，国家闲暇，日欲进一奇怪之事以娱之，故小说兴。如云"话说赵宋某年"，又云"太祖太宗真宗帝，四帝仁宗有道君"。瞿存斋诗所谓"陌头盲女无愁恨，能拨琵琶说赵家"。则其来亦古矣。[2]

梁氏不仅将作为子部支流的小说与乡村里弹唱故事的小说明确地加以区分，指出它们是两种不同类型的小说，而且引用郎瑛之说以加强自身论点的说服力，并同意将通俗小说的起源追溯到宋人的"说话"。

翟灏则说：

古凡杂说短记，不本经典者，概比小道，谓之小说，乃诸子杂家之流，非若今之秽诞言也。[3]

崔氏在这里虽然是对史志子部文言小说的理论概括，其中也含有对通俗小说的鄙薄之意，思想是保守的，但是，他准确地抓住了汉人尤其是以《汉志》为代

---

[1] 天都外臣：《〈水浒传〉叙》，丁锡根编著《中国历代小说序跋集》下，人民文学出版社，1996，第1462页。
[2] 梁章钜：《归田琐记》卷7《小说》，中华书局，1981，第132页。
[3] 翟灏：《通俗编》卷7《文学》，中华书局，2013，第94页。

表的小说观念的本质特点（"诸子杂家之流"），并将其与通俗小说（"今之秽诞言"）区分开来。到了晚清，这种区分两种小说的意识更加自觉和明晰，本书下章将详细讨论。

第二，在对通俗小说的认识中，明清学者有了更为深刻的理论概括，诞生了具有理论概括力的独立的通俗小说定义。

南宋罗烨《醉翁谈录·小说引子》关于小说的定义，是中国古代通俗小说最早的定义，由于受《汉志·诸子略》分类的影响，罗氏在"九流"的框架内定义小说，也就难免受到一些限制，他在对通俗小说定义时未能完全站在民间文学的本位立场，来独立地表达对通俗小说的认识，而是借用了正统文化的分类表达方式，使得其对通俗小说观念的表达不够纯粹和清晰。而明代胡应麟对"九流"和通俗小说的认识就比罗烨纯粹得多，也清晰得多。他在《少室山房笔丛·九流绪论》中说：

> 刘向《七略》叙诸子凡十家，班氏取其有补世道者九而诎其一小说家，九流之名所自昉也。统曰诸子，所以别于六经，亦以六经所述古先哲皇大道，历世咸备，学业源流揆诸一孔，非一偏之见、一曲之书。周室既衰，横议塞路，春秋、战国诸子各负隽才，过绝于人而弗获自试，于是纷纷著书，人以其言显暴于世而九流之术兴焉。其言虽歧趣殊尚，推原本始各有所承，意皆将举其术措之家国天下，故班氏谓使遇明王折衷辅拂，悉股肱之材。非如后世文人艺士，苟依托空谈，亡裨实用者也。[1]

胡氏对"九流"的理解，依据的是《七略》（即《汉志》），而又考虑到汉以后诸子的发展以及它们在明代的实际状况，于是"更定九流：一曰儒，二曰杂，三曰兵，四曰农，五曰术，六曰艺，七曰说，八曰道，九曰释"，并进一步指出：

---

[1] 胡应麟：《少室山房笔丛》丙部卷27《九流绪论上》，上海书店出版社，2001，第260页。

"说出稗官,其言淫诡而失实,至时用以洽见闻,有足采也。"[1]胡氏的"九流"理论是在遵循传统思想的同时寻求突破,因此,他在《九流绪论》中"更定九流"时有沿袭更有调整。其论述"九流"小说时则只及史志子部小说,不涉通俗小说,而是将通俗小说放在《庄岳委谭》中加以论述,完全作为另外一类来看待。如云:"《武林旧事》所记社会甚夥,以杂剧为绯绿社、唱赚为遏云社、耍词为同文社、清乐为清音社、小说为雄辩社、影戏为绘革社、撮弄为云机社、吟叫为律华社,右八种皆骈集一处者。然当时唱赚之外又有吟叫,耍词之外又有小说,不知何以别之?撮弄盖元人院本所从出也。今自戏文外,惟小说、影戏社会尚有之。"[2]这里论述的小说,便是作为"说话"伎艺之一的通俗小说,是一种独立的小说形态,并不在其"更定"的"九流"之内。

对于通俗小说究竟有何特点,如何定义,明清学者确有比宋人更为深入的思考。例如,冯梦龙在《〈古今小说〉叙》中说:

> 大抵唐人选言,入于文心;宋人通俗,谐于里耳。天下之文心少而里耳多,则小说之资于选言者少,而资于通俗者多。试令说话人当场描写,可喜可愕,可悲可涕,可歌可舞,再欲捉刀,再欲下拜,再欲决胆,再欲捐金;怯者勇,淫者贞,薄者敦,顽钝者汗下。虽小诵《孝经》《论语》,其感人未必如是之捷且深也。噫!不通俗而能之乎?[3]

冯氏这里所说的"通俗",应该包括语言的浅显,内容的浅近,审美的浅俗。而这正是通俗小说的基本要素。冯氏所强调的这些通俗小说的要素,实际上是从宋人"说话"艺术中概括出来的。这种概括,具有鲜明的理论色彩。尤其是将这种特点与传统文化加以比较,就更凸显其别具一格。

---

[1] 胡应麟:《少室山房笔丛》丙部卷27《九流绪论上》,第261页。
[2] 胡应麟:《少室山房笔丛》辛部卷41《庄岳委谈下》,第427页。
[3] 冯梦龙:《古今小说》卷首《叙》,人民文学出版社,1958,第1—2页。

清人罗浮居士（姓名不详）《〈蜃楼志〉》序》对通俗小说进行了更为全面的理论概括，可以作为通俗小说的经典定义，其有云：

> 小说者何？别乎大言言之也。一言乎小，则凡天经地义，治国化民，与夫汉儒之羽翼经传，宋儒之正心诚意，概勿讲焉。一言乎说，则凡迁、固之瑰玮博丽，子云、相如之异曲同工，与夫艳富、辨裁、清婉之殊科，宗经、原道、辨骚之异制，概勿道焉。其事为家人父子日用饮食往来酬酢之细故，是以谓之小；其辞为一方一隅男女琐碎之闲谈，是以谓之说。然则，最浅易、最明白者，乃小说正宗也。[1]

罗浮居士所说的"小说"，其实就是通俗小说。他主要强调了通俗小说的三个特点：一是在类别上，它与正统文化中的经、史、子、集不同，原则上不属于正统文化范畴，因而不能归入其中的任何类别，它实际属于独立的民间文化的一部分；二是在内容上，它与正统文化爱讲"治国化民"和"正心诚意"的大事、正事也不同，只讲"家人父子日用饮食往来酬酢之细故"，关注的是老百姓的日常生活，写的是小事、琐事，更贴近普通民众的实际感受；三是在语言上，它与正统文化受"宗经、原道、辨骚"约束、寻求"瑰玮博丽"更不同，所使用的是"最浅易、最明白"的语言，"其辞为一方一隅男女琐碎之闲谈"，即人们日常生活中所说的"白话"。如果对以上认识加以概括，大体可以说，通俗小说属于不能被纳入正统文化的民间文化，它主要描写和表现社会日常生活，使用普通民众都能理解的通俗语言，具有民间性、故事性、趣味性、审美性、娱乐性及口语化等特点。这样定义通俗小说，应该说抓住了通俗小说的主要特点。而这种通俗小说，其渊源虽是宋元"说话"，而其标本则是明清话本小说和章回小说，因为它们在当时已经成为通俗小说的主体。

---

[1] 罗浮居士：《〈蜃楼志〉序》，丁锡根编著《中国历代小说序跋集》下，第1201页。

第三，明清时期产生了许多关于通俗小说的理论，包括本体论、功用论、创作论、艺术论，并诞生了小说评点这一颇具特色的小说批评形式，促进着通俗小说的繁荣发展。

通俗小说本体论是关于通俗小说本体的认识，与通俗小说观念直接相关，但更倾向于对其体式的认知。明清学者的通俗小说本体论非常丰富，这里只举几例，以概其余。例如，明即空观主人（凌濛初）说：

> 宋、元时有小说家一种，多采闾巷新事为宫闱应承谈资，语多俚近，意存劝讽。虽非博雅之派，要亦小道可观。[1]

这是对宋、元话本文体的整体描述。

雉衡山人（杨尔曾）说：

> 一代肇兴，必有一代之史，而有信史，有野史。好事者聚取而演之，以通俗谕人，名曰演义，盖自罗贯中《水浒传》、《三国传》始也。[2]

这是对演义文体的清晰定义。

清烟水散人（徐震）说：

> 客有远方来者，其舶中所载，凡珊瑚玳瑁夜光木难之珍，璀璨陆离，靡不毕备。故以宝之多者称为上客。至于小说家搜罗闾巷异闻，一切可惊可愕可欣可怖之事，罔不曲描细叙，点缀成帙，俾观者娱目，闻者快心，则与远客贩宝何异？……殊不知天下有正史，亦必有野史。正史者，纪千

---

[1] 即空观主人：《〈拍案惊奇〉自序》，丁锡根编著《中国历代小说序跋集》中，第785页。
[2] 雉衡山人：《〈东西两晋演义〉序》，丁锡根编著《中国历代小说序跋集》中，第939页。

古政治之得失；野史者，述一时民风之盛衰。譬之于《诗》，正史为《雅》、《颂》，而野史则《国风》也。[1]

这是对通俗小说本体的文化定位。

江东老蟫（缪荃孙）说：

"诗话"二字，初以为评话。而日本流传平话，均作诗话。因悟各小说无不从"诗曰"起，诗在前，话在后，谓之诗话，谁谓不然？[2]

这是对"诗话"、"平话"文体的领悟。

俞樾则说：

《永乐大典》有"平话"一门，所收至夥，皆优人以前代轶事敷衍而口说之。见《四库全书提要》杂史类附注。按《七修类稿》云："小说起宋仁宗时，国家闲暇，日欲进一奇怪之事以娱之，故小说得胜头回之后，即云'话说赵宋某年'云云，此即平话也。"《永乐大典》所收必多此等书。[3]

这是对"平话"文体的历史溯源。如此等等，不一而足。

通俗小说功用论是关于通俗小说社会作用的认识，也是通俗小说观念的重要内容，明清学者同样有深刻的论述。例如，明可一居士（冯梦龙）说：

六经国史而外，凡著述皆小说也。而尚理或病于艰深，修词或伤于藻绘，则不足以触俚耳而振恒心。此《醒世恒言》四十种所以继《明言》、

---

[1] 烟水散人：《〈珍珠舶〉自序》，丁锡根编著《中国历代小说序跋集》中，第828—829页。
[2] 江东老蟫：《〈醉醒石〉跋》，丁锡根编著《中国历代小说序跋集》中，第799页。标点有所调整。
[3] 俞樾：《九九消夏录》卷12《平话》，中华书局，1995，第140—141页。标点有所调整。

《通言》而刻也。明者，取其可以导愚也；通者，取其可以适俗也；恒则习之而不厌，传之而可久。三刻殊名，其义一耳。[1]

冯氏阐明了通俗小说的功用是"触俚耳而振恒心"，可以"导愚"，可以"适俗"，可以"传久"。事实上，冯氏"三言"的确在社会上产生了很大影响，尤其是对普通市民和社会大众的文化生活、审美情趣和精神健康起到了培育和引导的作用。因此，清苎斋主人（姓名不详）《〈二刻醒世恒言〉序》说：

墨憨斋所纂《喻世》、《警世》、《醒世》三言，备拟人情世态、悲欢离合，穷工极变，不惟见闻者相与惊愕，且使善知劝，而不善亦知惩，油油然共成风化之美。斯言之有裨于斯世为何如乎？[2]

如果说以"三言"为代表的话本和拟话本小说是短篇通俗小说，其主要反映的是市井细民的日常生活，也主要影响他们的价值观念和生活态度。而以历史演义为代表的通俗小说则是长篇小说，其主要反映的是历史人物、历史事件和历史变迁，其社会功用在于向普通民众普及历史知识，塑造他们的历史观念，从而影响他们的现实行为。如果没有逸史演义，我们对历史的认知就是残缺不全的。因此，通俗小说有历史认知作用，也是不应该被忽视的。明陈继儒便说：

往自前后汉、魏、吴、蜀、唐、宋咸有正史，其事文载之不啻详矣，后世则有演义。演义，以通俗为义也者。故今流俗节目不挂司马、班、陈一字，然皆能道赤帝，诧铜马，悲伏龙，凭曹瞒者，则演义为之耳。演义

---

[1] 冯梦龙：《醒世恒言》卷首《〈醒世恒言〉叙》，人民文学出版社，1994，第1页。
[2] 苎斋主人：《〈二刻醒世恒言〉序》，萧相恺辑校《中国古代通俗小说序跋题记汇编》三，人民文学出版社，2024，第1386页。

固喻俗书哉，义意远矣！[1]

演义作为通俗读物，确实影响了普通读者的历史认知，这是谁都不能否认的。

上面所谈主要是对话本小说和历史演义的社会作用的认识。其他类型通俗小说也都有它们的特殊作用，限于篇幅，这里就不一一列举了。

需要特别提出的是，明清通俗小说家认为通俗小说的社会作用很大程度上取决于读者。如西湖钓史（姓名不详）说："小说始于唐宋，广于元，其体不一。田夫野老，能与经史并传者，大抵皆情之所留也。情生则文附焉，不论其藻与俚也。……夫得道之精者，糟粕已具神理；得道之粗者，金石亦等瓦砾，顾人之眼力浅深耳。"[2] 东吴弄珠客（姓名不详）说："读《金瓶梅》而生怜悯心者，菩萨也；生畏惧心者，君子也；生欢喜心者，小人也；生效法心者，乃禽兽也。"[3] 这里实际上提出了读者可能重塑作品并定义作品价值的问题，可以促进对作者—作品—读者三者关系的探讨，其理论意义也是应该肯定的。

第四节 通俗小说观念在明清的发展（下）

在明清通俗小说观念中，还有一些需要特别关注的，就是关于通俗小说创作和通俗小说艺术方面的独特理解。这些独特理解不仅丰富了明清通俗小说观念的内涵，而且成为中国小说观念发展史的有机组成，为中国古代小说发展提供了宝贵的思想资源。

通俗小说创作论是对如何创作通俗小说的论说，明清通俗小说家们也有许多很好的意见。尽管通俗小说家在明清时期的社会地位不高，但确有一些作家

---

[1] 陈继儒：《〈唐书演义〉序》，丁锡根编著《中国历代小说序跋集》中，第961页。
[2] 西湖钓史：《〈续金瓶梅集〉序》，萧相恺辑校《中国古代通俗小说序跋题记汇编》三，第1054—1055页。
[3] 弄珠客：《〈金瓶梅〉序》，丁锡根编著《中国历代小说序跋集》中，第1079页。

将通俗小说创作作为一种事业来追求,他们成了促进通俗小说繁荣发展的核心力量。如清初钟离濬水(杜濬)说:

> 道人尝语余云:"吾于诗文非不究心,而得志愉快,终不敢以稗史为末技。"嗟呼!诗文之名诚美矣。顾今之为诗文者,岂诗文哉!是曾不若吹箎蹴鞠,而可以傲入神之艺乎!吾谓与其以诗文造业,何如以小说造福;与其以诗文贻笑,何如以小说名家。[1]

这里所说"道人",是指清初著名通俗文学家李渔,他创作通俗小说的确是自觉而用心的,因而能"以小说名家"。

通俗小说应该写什么,也是明清小说家们常常讨论的话题。在他们看来,小说乃是为写心而作,不然就不能动人。明临海逸叟(姓名不详)说:

> 人心一天地。春夏秋冬,天地之时也则首春,非春不足以宰发育收藏之妙;喜怒哀乐,人心之情则鼎喜,非喜无以胚悲愤欢畅之根。天地和调,则万物昭苏;人心悦恺,则四肢睟盎。风光艳丽,不独千古同情,天地人心,所不可死之性理也。夫小道可规,职此故耳。[2]

而真正做到写心,最好是融入自身的经历和情感,这样的小说会更有内涵,也更能动人。如马从善谈文康创作《儿女英雄传》说:

> 先生少席家世余荫,门第之盛,无有伦比。晚年诸子不肖,家道中落,先时遗物,斥卖略尽。先生块处一室,笔墨之外无长物,故著此书以

---

[1] 钟离濬水:《〈十二楼〉序》,丁锡根编著《中国历代小说序跋集》中,第825页。
[2] 临海逸叟:《〈鼓掌绝尘〉叙》,丁锡根编著《中国历代小说序跋集》中,第803页。

自遣。其书虽托于稗官家言,而国家典故,先世旧闻,往往而在。且先生一生亲历乎盛衰升降之际,故于世运之变迁,人情之反复,三致意焉。先生殆悔其已往之过,而抒其未遂之志欤?[1]

天目山樵(张文虎)论董说《西游补》创作之旨云:

> 南潜本儒者,遭国变,弃家事佛,是书虽借径《西游》,实自述平生阅历了悟之迹,不与原书同趣,何必为悟一子之诠解?且读书之要,知人论世而已。今南潜之人与世,予既考而得之矣,则参之是书,性情趣向,可以默契,得失离合之间,盖几希矣。若夫不尽之言,不尽之意,邈然于笔墨之外者,此则其别有寄托而不得已于作书之故,岂可以穿凿附会,而自谓尽之?[2]

《儿女英雄传》和《西游补》,表面看来,一写儿女,一写妖精,而实际上却都是在书写作者自己。作者将自己的得失离合、性情趣向融铸在作品中,使得作品缠绵悱恻,光怪陆离,而又似曾相识,得其寰中,不仅让作品具有深厚的社会内涵和文化底蕴,而且能够让读者获得生活体验和生命感悟。这样的通俗小说,就更有文学价值。

一部优秀的通俗小说,往往会融入作者的思想情感,抒发作者的胸中垒块,表达作者的审美追求,寄托作者的良好愿望。因此,中国文学"发愤著书"的传统观念自然成为通俗小说作者创作小说作品的深层动因,也成为明清小说家们的重要小说观念。事实也是如此,明清通俗小说作者,或在自己的小说作品中,或通过撰写小说序言跋语,来表达这种创作思想和小说观念。例如,曹雪

---

[1] 马庆善:《〈儿女英雄传〉序》,丁锡根编著《中国历代小说序跋集》下,第1592页。
[2] 天目山樵:《〈西游补〉序》,萧相恺辑校《中国古代通俗小说序跋题记汇编》三,人民文学出版社,2024,第972页。

芹在《红楼梦》第一回开卷便说：

> 此开卷第一回也。作者自云：因曾历过一番梦幻之后，故将真事隐去，而借"通灵"之说此《石头记》一书也，故曰"甄士隐"云云。但书中所记何事何人？自又云：今风尘碌碌，一事无成，忽念及当日所有之女子，一一细考较去，觉其行止见识，皆出我之上。何我堂堂须眉，诚不若彼裙钗哉？实愧则有余、悔又无益之大无可如何之日也！当此日则自欲将已往所赖天恩祖德、锦衣纨裤之时，饫甘餍肥之日，背父兄教育之恩，负师友规训之德，以致今日一技无成，半生潦倒之罪，编述一集，以告天下。知我之负罪固不免，然闺阁中本自历历有人，万不可因我之不肖，自护己短，一并使其泯灭也。虽今日之茅椽蓬牖，瓦灶绳床，其晨夕风露，阶柳庭花，并不足妨我襟怀；况那晨风夕月，阶柳庭花，更觉得润人笔墨。虽我不学，下笔无文，又何妨用假语村言，敷衍出一段故事来，亦可使闺阁昭传，复可悦世之目，破人愁闷，不亦宜乎？故曰"贾雨村"云云。更于篇中间用"梦"用"幻"等字，是提醒阅者眼目，亦是此书本旨。[1]

天花藏主人（姓名不详）《〈平山冷燕〉序》则说：

> 予虽非其人，亦尝窃执雕虫之役矣。顾时命不偶，即间掷金声，时裁五色，而过者若罔闻罔见，淹忽老矣。欲人（合刻本作"入"）致其身，而既不能；欲自短其气，而又不忍。计无所之，不得已而借乌有先生以发泄其黄粱事业。有时色香援引，儿女相怜；有时针芥关投，友朋爱敬；有时影动龙蛇，而大臣变色；有时气冲牛斗，而天子改容。凡纸上之可喜可惊，

---

[1] 曹雪芹、高鹗原著，王齐洲、王丽娟解读：《红楼梦》第一回《甄士隐梦幻识通灵　贾雨村风尘怀闺秀》，岳麓书社，2008，第1页。

皆胸中之欲歌欲哭。吾思人纵好忌，或不与淡墨为仇；世多慕名，往往于空言乐道。矧此书白而不玄，上可佐邹衍之谈天，下可补东坡之说鬼，中亦不妨与玄皇之梨园杂奏，岂必俟诸后世？[1]

曹雪芹正话反说，以抒发其抑郁不平之气；天花藏主人反话正说，以发泄其无可奈何之感。前者本无意于功名利禄，自然取批判立场，损己即损追求功名利禄之男子，此男子实为贾宝玉口中的"国贼禄鬼"；后者却有意于功名利禄，自然会做黄粱美梦，思人实思自己那不肯绝望之功名，《平山冷燕》中的平如衡和燕白颔只不过是作者理想之化身。尽管二书作者出发点完全不同，思想境界也高下立判，但对现实的批判则颇为一致，其中熔铸的强烈情感也很相似。由此可见，"发愤著书"并非只是正统文学家创作诗文的专利，其实也是明清通俗小说家创作小说的自觉意识。所谓"太史公曰：诗三百，大抵圣贤发愤之所作也。经传且然，何况稗官野史？"[2]吴璿创作《飞龙全传》也同样有这样的意识，他说：

> 今戊子岁，复理故业，课习之暇，忆往无聊，不禁瞿然有感，以为既不得遂其初心，则稗官野史，亦可以寄郁结之思，所谓发愤之所作，余亦窃取其义焉。[3]

通俗小说家们"发愤著书"，读者也自然这样理解他们的作品。例如，金和就是这样理解《儒林外史》作者吴敬梓的创作意识的，他说：

> 是书则先生嬉笑怒骂之文也。盖先生遂志不仕，所阅于世事者久，而

---

[1] 天花藏主人：《〈平山冷燕〉序》，萧相恺辑校《中国古代通俗小说序跋题记汇编》三，第1043页。
[2] 月岩氏：《〈雪月梅〉读法》，萧相恺辑校《中国古代通俗小说序跋题记汇编》四，第1888页。
[3] 吴璿：《〈飞龙全传〉序》，萧相恺辑校《中国古代通俗小说序跋题记汇编》四，第1865页。

所忧于人心者深，彰阐之权，无假于万一，始于是书焉发之，以当木铎之振，非苟焉愤时寄俗而已。书中杜少卿乃先生自况，杜慎卿为青然先生。[1]

如果说"发愤著书"还只是借鉴传统诗文理论的既有思想，算不上戛戛独创，那么，明清时期通俗小说家们强调小说创作要塑造典型人物，要从生活中去汲取创作典型人物的素材，让自己笔下的人物鲜活起来，从而感动读者，影响社会。这些创作经验被当时小说理论家们所关注，提出了富有创造性的小说人物典型化理论，推动了小说思想和小说观念的发展。李卓吾、金圣叹、毛宗岗、张竹坡、脂砚斋等都对小说塑造典型人物有精彩论述，大家耳熟能详，前人已做过许多讨论，我们在上一章对金圣叹的小说思想也做了全面探讨，这里就不重复。仅再举明清有关论述各一例，以概其余。明谢肇淛《〈金瓶梅〉跋》云：

> 书凡数百万言，为卷二十，始末不过数年事耳。其中朝野之政务，官私之晋接，闺阃之媟语，市里之猥谈，与夫势交利合之态，心输背笑之局，桑中濮上之期，尊罍枕席之语，驵狯之机械意智，粉黛之自媚争妍，狎客之从臾逢迎，奴佁之稔（稳）唇淬（誶）语，穷极境象，贼意快心。譬之范工抟泥，妍媸老少，人鬼万殊，不独肖其貌，且并其神传之。信稗官之上乘，炉锤之妙手也。[2]

通俗小说描写社会生活，最终还是要写人，而写人"不独肖其貌，且并其神传之"才是写作妙手。

清西泠散人（姓名不详）说：

---

[1] 金和：《〈儒林外史〉跋》，萧相恺辑校《中国古代通俗小说序跋题记汇编》四，第1507页。
[2] 谢肇淛：《小草斋文集》卷24《〈金瓶梅〉跋》，丁锡根编著《中国历代小说序跋集》中，第1080—1081页。

呜呼，小说岂易言哉？其为文也俚，一话也必如其人初脱诸口，摹绘以得其神；其为事也琐，一境也必如吾身亲历其中，曲折以达其见。夫天下之人不同也，则天下之事不同也。以一人之笔写一人之事易，以一人之笔写众人之事难；以一人之笔写一人之事之不同者易，以一人之笔写众人之事之不同者难。况乎以事之不可同者而从同写之，以人之本可同者而不同写之，则是书之为难能而可贵也。……吾益知著书之难，非胸罗数百辈之人谱，身历数十年之世故，则嬉笑怒骂，一事有一事之情形；贞淫正邪，一人有一人之体段，安能荟萃于一人之书一人之笔而唯妙唯肖邪！[1]

这里实际上涉及通俗小说源于生活而又高于生活以及如何塑造典型人物的话题，延续的是金圣叹典型塑造理论，其内涵是深刻的。这样理解通俗小说，就把通俗小说要塑造人物，而人物塑造得是否形象生动和独具特色就是成功与否的关键，在理论上解说得清清楚楚。天目山樵张文虎谈《儒林外史》人物塑造亦云："《外史》用笔不离《水浒传》、《金瓶梅》范围，魄力则不及远甚，然描写世事，实情实理，不必确指其人，而遗貌取神，皆酬接中所频见，可以镜人，可以自镜。"[2] 通俗小说要塑造典型环境中的典型人物是金圣叹为代表的明清小说理论家们对通俗小说思想和小说观念的杰出贡献，上印各家论述也可作为佐证。

通俗小说艺术论则是对通俗小说艺术特征的理解与追求，不仅体现在明清通俗小说中，也体现在阅读者对通俗小说艺术的理解上。明清小说家和小说理论家们对此有比较全面的认识，推动着明清通俗小说观念的发展。如对"真"、"假"、"虚"、"实"、"奇"、"幻"的理解，明清小说家和小说理论家便有过许多讨论。例如，明谢肇淛说：

---

[1] 西泠散人：《〈熙朝快史〉序》，丁锡根编著《中国历代小说序跋集》下，第1665—1666页。
[2] 天目山樵：《〈儒林外史〉识语》，萧相恺辑校《中国古代通俗小说序跋题记汇编》四，第1510页。

小说野俚诸书，稗官所不载者，虽极幻妄无当，然亦有至理存焉。如《水浒传》无论已，《西游记》曼衍虚诞，而其纵横变化，以猿为心之神，以猪为意之驰，其始之放纵，上天下地莫能禁制，而归于紧箍一咒，能使心猿驯伏，至死靡他，盖亦求放心之喻，非浪作也。……凡为小说及杂剧戏文，须是虚实相半，方为游戏三昧之笔，亦要情景造极而止，不必问其有无也。[1]

睡乡居士（姓名不详）说：

演义一家，幻易而真难，固不可相衡而论矣。即如《西游》一记，怪诞不经，读者皆知其谬；然据其所载，师弟四人各一性情，各一动止，试摘取其一言一事，遂使暗中摹索，亦知其出自何人，则正以幻中有真，乃为传神阿堵，而已有不如《水浒》之讥。岂非真不真之关，固奇不奇之大较也哉![2]

清李渔说：

尝闻吴郡冯子犹赏称宇内四大奇书，曰《三国》《水浒》《西游》及《金瓶梅》四种。余亦喜其赏称为近是。……至于《三国》一书，因陈寿一志，扩而为传，仿佛左氏之传麟经……而演此传者，又与前后演列国、七国、十六国、南北朝、东西魏、前后梁各传之手笔亦大相径庭。传中模写人物情事，神彩陆离，瞭若指掌，且行文如九曲黄河，一泻直下，起结虽

---

[1] 谢肇淛：《五杂俎》卷15《事部三》，上海书店出版社，2009，第312—313页。
[2] 睡乡居士：《〈二刻拍案惊奇〉序》，丁锡根编著《中国历代小说序跋集》中，第788页。

有不齐，而章法居然井秩，几若《史记》之列本纪、世家、列传，各成段落者不侔。是所谓奇才奇文也。[1]

金丰更说：

> 从来创说者，不宜尽出于虚，而亦不必尽出于实。苟事事皆虚，则过于诞妄，而无以服考古之心；事事皆实，则失于平庸，而无以动一时之听。[2]

所有这些认识，都是对当时通俗小说创作经验的总结，有利于小说艺术理论的发展，极大地丰富了通俗小说观念。

明清通俗小说家们对写实理论的强调，对白话文的提倡，也是通俗小说观念发展成熟的重要标志，直接影响了近代小说观念的发展。如惺园退士论《儒林外史》说：

> 《儒林外史》一书，摹绘世故人情，真如铸鼎象物，魑魅魍魉，毕现尺幅，而复以数贤人砥柱中流，振兴世教。其写君子也，如睹道貌，如闻格言；其写小人也，窥其肺肝，描其声态。图画所不能到者，笔乃足以达之。[3]

突出强调了《儒林外史》逼真描写世情的写作特点，尤其是对小说人物的描写。袁载锡评《〈雨花香〉序》则说：

---

[1] 李渔：《〈三国志演义〉序》，丁锡根编著《中国历代小说序跋集》中，第902—903页。
[2] 金丰：《〈说岳全传〉序》，丁锡根编著《中国历代小说序跋集》中，第987页。
[3] 惺园退士：《〈儒林外史〉序》，萧相恺辑校《中国古代通俗小说序跋题记汇编》四，第1513—1514页。

> 兹观《雨花香》一编，并不谈往昔旧典，是将扬州近事，取其切实而明验者，汇集四十种，意在开导常俗，所有不为雅训之语，而为浅俚之言，令读之者，无论贤愚，一闻即解，明见眼前之报应，如影随形，乃知祸福自召之义，一予一取，如赠答焉。神为之悚惧，心为之憬悟，志行顿然自新。[1]

袁氏除了强调通俗小说应该描写身边发生的近事外，还强调通俗小说语言要浅近俚俗，以适合大众阅读的要求。关于通俗小说语言选择，丁耀亢《〈续金瓶梅后集〉凡例》也说："小说以《水浒》、《西游》、《金瓶梅》三大奇书为宗，概不宜用'之乎者也'等字句。近观时作，半用书柬活套，似失演义正体，故一切不用。间有采用'四六'等句法仿唐人小说者，亦即时改入白话，不敢粉饰寒酸。"[2]用白话代替文言或浅近文言，这是明清时期多数通俗小说作者的自觉选择，也为现代白话文运动提供了成功的经验。至于有人为了通俗，用方言土语创作小说，如黄岩用粤语撰写《岭南逸史》，也对近代方言小说产生了影响。这自然是强调通俗小说要语言通俗的极端表现，其小说观念也肇始于明清。

明清通俗小说家们还自觉追求小说创作要形成各自特有的风格，这也是通俗小说艺术论的重要内容，同样值得重视。如清人麟嶐子（姓名未详）《〈林兰香〉序》云："近世小说脍炙人口者，曰《三国志》，曰《水浒传》，曰《西游记》，曰《金瓶梅》，皆各擅其奇，以自成为一家。惟其自成一家也，故见者从而奇之。"[3]序者以"明代四大奇书"为例，强调好的小说要"各擅其奇"，"自成一家"，这一要求无疑是合理的。华约渔《〈儒林外史〉题记》更说：

> 世传小说，无有过于《水浒传》、《红楼梦》者，余尝比之画家：《水

---

[1] 袁载锡：《〈雨花香〉序》，萧相恺辑校《中国古代通俗小说序跋题记汇编》三，第1427页。
[2] 丁耀亢：《〈续金瓶梅后集〉凡例》，萧相恺辑校《中国古代通俗小说序跋题记汇编》三，第1056页。
[3] 麟嶐子：《〈林兰香〉序》，萧相恺辑校《中国古代通俗小说序跋题记汇编》三，第1431页。

浒》是倪、黄派，《红楼》则仇十洲大青绿山水也。此书于画家之外别出机绪，其中描写人情世态，真乃笔笔生动，字字活现，盖又似龙眠山人白描手段也。[1]

这种将画家的风格流派来比拟通俗小说风格流派，确实能够给人以启发。

至于以评点为形式的明清通俗小说批评，更是成就卓著，特色鲜明。著名的有李卓吾对《忠义水浒传》的评点，金圣叹对《第五才子书施耐庵水浒传》的评点，毛宗岗对《三国志演义》的评点，张竹坡对《金瓶梅》的评点，以及脂砚斋对《石头记》的评点等等，涉及小说主题、结构、人物、语言、描写技巧、叙事方法等方方面面，形成了独具特色的中国特色小说批评范式。前人讨论甚多，笔者也参与过讨论，这里就不重复了。

从以上的粗略描述中，可以得出结论，明清时期不仅是通俗小说创作的高峰，也是通俗小说理论发展的高峰，传统通俗小说观念也于这一时期臻于完善。到了近现代之交，这一理论才逐渐被现代小说理论所替代，通俗小说观念也同时被现代小说观念所替代。

---

[1] 华约渔：《〈儒林外史〉题记》，萧相恺辑校《中国古代通俗小说序跋题记汇编》四，第1523页。

第二十二章
中国小说观念在近代的演变

　　自《汉书·艺文志·诸子略》小说家著录小说以来，士人们对小说的认识一直保持着相对稳定的状态。《隋书·经籍志》虽然强调了小说的文体价值并提升了小说作者的地位，但其诸子末流的定位并未改变。《新唐书·艺文志》虽然将《旧唐书·经籍志》史部杂传的不少作品转移到子部小说类，突出了小说故事性和虚构性的特征，但仍认为小说家"出于史官之流"，小说的作用就是"参求考质，可以备多闻"。《四库全书总目》以为小说叙述杂事、记录异闻、缀辑琐语，可以"寓劝戒、广见闻、资考证"。所有这些正统的说法，其实都是指士人们所创作的子部文言小说。而宋人所论"说话四家"中的小说，则是指以民间讲唱艺术为基础的通俗小说，这种小说以日常白话为语言特色，以休闲娱乐为主要目的，以"劝善惩恶"为宣传手段，是与子部文言小说不同的另一类小说。虽然，中国传统文化并不重视通俗小说，正史艺文经籍志也从不著录通俗小说，但是，通俗小说的社会影响却客观存在，在明清时期更形成了与子部文言小说分庭抗礼和后来居上之势，同样影响着小说观念的发展。以宋人罗烨为代表的下层文人对"说话"艺术的理论总结，以明人金圣叹为代表的小说理论家对通俗小说创作经验的全面总结，极大地补充或修正了中国正统小说思想和小说观念，是不容忽视的宝贵文学理论遗产。到了近代，由于社会形态的急剧变动，东西方文化的激烈冲突，民族矛盾和阶级矛盾激化，传统帝制和支撑它的意识形态解体，使得传统小说和与之相关联的小说观念也发生了极其深刻的变化，而通俗小说也在这种变化中不断提升自己的地位，促进着通俗小说观念从古代向近代的演变。这些变化是全方位的，值得认真研究。本章试从几个主要方面分别加以探讨。

第一节　由"闲书"提升为"教科书"

1919年1月，《东方杂志》发表君实（周默）《小说之概念》一文，总结近代以来的小说观念与传统小说观念的差别，他说：

> 吾国人对于小说之概念，可以一般人所称之"闲书"二字尽之。所谓"闲书"之意义有二：其一，作者为闲人，以消闲之目的而作；其一，读者为闲人，以消闲之目的而读之也。《汉书·艺文志》溯小说之起源，谓其出于稗官，街谈巷议道听途说之所造。清代《四库书目》析小说之目为三：曰杂事，叙述旧闻者属之；曰异闻，记录神怪者属之；曰琐语，缀辑琐屑者属之。要而言之，皆所谓"游戏笔端资助谈柄"而已。故自古以来，小说之著作汗牛充栋，大都用以消闲，无关宏旨。通人硕儒，所不屑道。其中或有寓傲世之微意，具劝俗之苦心者，无论惩一劝百，收效綦难。即作者精神之所专注，亦不尽在是。惟元代以曲取士，文人学士多专心从事于此，其所著作，较含有文学的意味。然曲为词之变，本非小说之正宗，况其大多数俱惟雕琢字句、斟酌宫商是务，固未足侪于文学之高深者乎。近年自西洋小说输入，国人对于小说之眼光，始稍稍变易。其最称高尚而普遍者，莫如视小说为通俗教育之利器。但质言之，仍不过傲世劝俗之意味而已。[1]

---

[1] 君实：《小说之概念》，《东方杂志》第16卷第1号，1919。

君实认为近代小说观念与传统小说观念最重要的差别,是传统小说观念视小说为"闲书",而近代小说观念则视小说为"通俗教育之利器"。尽管他认为这一目标在近代小说的实践中并未完全达到,然而,他的这一总结准确抓住了近代小说观念与传统小说观念的主要区别,可谓独具只眼。

近代小说观念的这种转变是从19世纪末期开始的。

19世纪中期英国发动的鸦片战争,用大炮轰开了清朝紧闭的国门,外国列强纷纷进入中国划分势力范围,中国进入半封建半殖民地社会,民族矛盾、阶级矛盾空前尖锐。到19世纪末期,社会弥漫着浓厚的维新思潮,一部分维新派人士自觉地利用小说来宣扬维新思想,以期促进社会变革。严复、康有为、梁启超等为得风气之先者。

1895年,严复便在天津《直报》连续发表政论,主张维新变法,救亡图存,并着手翻译赫胥黎《天演论》,强调"物竞天择,适者生存"。

1896年,黄遵宪、梁启超等在上海创办《时务报》,以宣传"变法图存"为宗旨。梁启超任主笔,他在《变法通议·论幼学第五·说部书》中首倡小说革新,要求小说为揭露时弊、激发国耻、振兴末俗、改革政治服务,主张将小说列入幼学教科书。

1897年,梁启超的老师康有为刊印《日本书目志》,将小说作为独立门类与理学、宗教、政治、法律并列,小说类收日本小说书目1058种,其《识语》说:"仅识字之人,有不读经,无有不读小说者。故六经不能教,当以小说教之;正史不能入,当以小说入之;语录不能谕,当以小说谕之;律例不能治,当以小说治之。"[1]同年,严复、夏曾佑在《国闻报》上发表《本馆附印说部缘起》指出:

---

[1] 任公:《译印政治小说序》引,《清议报》第一册,中华书局编辑部《中国近代期刊汇刊》本,中华书局,2006,第53页。

> 说部之兴，其入人之深，行世之远，几几出于经史上，而天下之人心风俗，遂不免为说部之所挟。……且闻欧、美、东瀛，其开化之时，往往得小说之助。[1]

他们所说的"小说"，其实都是指通俗白话小说而不是指传统子部文言小说。

1898年，梁启超创办《清议报》，发表《译印政治小说序》，以为"小说为国民之魂"，并指出：

> 在昔欧洲各国变革之始，其魁儒硕学，仁人志士，往往以其身之所经历，及胸中所怀，政治之议论，一寄之于小说。于是彼中缀学之子、黉塾之暇，手之口之，下而兵丁，而市侩，而农民，而工匠，而车夫马卒，而妇女，而童孺，靡不手之口之。往往每一书出，而全国之议论为之一变。彼美、英、德、法、奥、意、日本各国政界之日进，则政治小说为功最高焉。[2]

梁氏还在《清议报》译载西方政治小说。在此期间，林纾用文言翻译《巴黎茶花女遗事》面世，为世人了解西方小说打开了一扇重要的窗口，也促进了人们对中国传统小说的反思。

同年，康有为"戊戌变法"失败后潜逃国外，游历日本、欧美，反思变法失败的原因，愈益认识到用小说唤醒民众的重要。他在1900年曾作诗鼓励邱炜萲创作小说："闻君董狐托小说，以敌八股功最深。衿缨市井皆快睹，上达下达真妙音。方今大地此学盛，欲争六艺为七岑。……或托乐府或稗官，或述前事

---

[1] 几道、别士：《本馆附印说部缘起》，陈平原、夏晓虹编《二十世纪中国小说理论资料》第一卷，北京大学出版社，1997，第27页。

[2] 任公：《译印政治小说序》，《清议报》第一册，《中国近代期刊汇刊》本，第54页。

或后觉。拟出一治与一乱,普问人心果何乐?庶俾四万万国民,茶余睡醒用戏谑。以君妙笔为写生,海潮大声起木铎。乞放霞光照大千,十日为期速画诺。"[1] 他希望大家用小说来宣传改良,实现他的政治理想。

1902年,梁启超在《新小说》杂志创刊号上发表《论小说与群治之关系》,以为"小说为文学之最上乘","欲新一国之民,不可不先新一国之小说。故欲新道德,必新小说;欲新宗教,必新小说;欲新政治,必新小说;欲新风俗,必新小说;欲新学艺,必新小说;乃至欲新人心、欲新人格,必新小说","故今日欲改良群治,必自小说界革命始;欲新民,必自新小说始"[2],第一次提出了"小说界革命"和"新小说"的口号。他甚至亲自动手创作政治小说《新中国未来记》,"专欲发表区区政见",刊载于同年出版的《新小说》上。他所说的"文学",虽然仍然是传统意义上的文治教化之学(见下节),但其真实意图是用传统的语言来为小说"正名",以提高小说的文化地位。

次年,《新小说》杂志发表梁启超、狄葆贤、麦孟华、麦仲华、于定一、吴沃尧、周树奎等人的《小说丛话》,阐述各自的小说理念,呼应"小说界革命"。狄葆贤明确提出:

> 今日通行妇女社会之小说书籍,如《天雨花》、《笔生花》、《再生缘》、《安邦志》、《定国志》等,作者未必无迎合社会风俗之意,以求取悦于人。然人之读之者,目濡耳染,日累月积,酝酿组织而成今日妇女如此如此之思想者,皆此等书之力也,故实可谓之妇女教科书。[3]

既然弹词小说可谓"妇女教科书",以此类推,其他小说自然也可作为某类人甚至全社会的教科书。正是在改良派的积极宣传和强力推动下,轻视小说的传

---

[1] 新小说社社员:《小说丛话》饮冰(梁启超)引,《新小说》1903年第7号。
[2] 梁启超:《论小说与群治之关系》,《新小说》1902年第1卷第1号。
[3] 新小说社社员:《小说丛话》平子(狄葆贤)语,《新小说》1903年第8号。

统观念被彻底颠覆，通俗小说被提升到前所未有的高度，被小说家看作是暴露旧社会、宣传新思想、改良社会与人生的有力武器。四五年间，先后有《新小说》、《绣像小说》、《新新小说》、《二十世纪大舞台》、《新世界小说报》、《月月小说》、《小说林》、《小说世界》等小说杂志面世，不少报纸副刊也登载新小说，新小说创作形成高潮，十年间便有千余种新小说作品问世。

然而，1898年康、梁的"戊戌变法"失败，尤其是1900年的"庚子国难"[1]，让国人彻底看清了清廷的腐朽不堪，无可救药，也粉碎了维新派残留的那些余梦，维新派小说逐渐丧失了市场，而宣传革命反而成为当时最时髦的思想，革命小说应运而生。虽然这时出现的以《官场现形记》、《二十年目睹之怪现状》、《老残游记》、《孽海花》等为代表的"谴责小说"的作者多是原来的维新派人士，但他们此时的思想都或多或少有了改变。如《二十年目睹之怪现状》描绘清帝国混乱社会图景所反映的是改良主义理想的破产，《孽海花》对帝国主义侵略野心的揭露和对封建统治合法性的质疑也客观地反映出维新思想的式微和革命思想的崛起。"庚子国难"后，各种革命团体如雨后春笋般涌现。

1905年，由众多革命团体联合而成的"中国同盟会"的成立，标志着中国资产阶级民主革命走向高潮。与之相伴随，革命家也用小说来鼓动群众，宣传革命，如罗普的《东欧女豪杰》、张肇桐的《自由结婚》、孙景贤的《轰天雷》、彭俞的《泡影录》、睡狮的《革命魂》、叶楚伧的《新儿女英雄》、黄世仲的《洪秀全演义》等，尤其是陈天华的《猛回头》、《警世钟》、《狮子吼》，以其澎湃的革命激情和通俗的语言而传诵一时，成为宣传革命思想的最有效的"国民教科书"。同盟会会员黄世仲便说：

> 各国民智之进步，小说之影响于社会者钜矣。……近来中国士夫，稍

---

[1] 光绪庚子（1900年），慈禧听信"义和团"能够刀枪不入，杀光洋人，便于五月二十五日对英、美、法、俄、德、日、意、奥八国宣战。次月，由英国海军中将西摩尔率领，从天津租界出发进犯北京，慈禧西窜，八国联军洗劫北京，史称"庚子国难"。

> 知小说重要者尽能言之矣。自风气渐开,一切国民知识,类皆由西方输入。……就灌输知识开通风气之一方面而立说,则一切群书,其功用诚不可与小说同年语也。晚近以来,莫不知小说为瀹导社会之灵符。顾其始也,以吾国人士,游历外洋,见夫各国学堂,多以小说为教科书,因之究其原,知其故,活然知小说之功用。[1]

洋人学堂多以小说为教科书,启发了革命派,他们自觉利用小说来宣传革命,形成了与维新派人士一样主张将小说作为教科书的认识。

"辛亥革命"之前,立宪派也有人提出用小说来教育民众。他们给小说的定义是:"小说者,依自然的之方法手段,从情的方面以牖发人心灵中之各力之一种特殊文字也。"[2] 因此提出:

> 今日非豫备立宪之时乎?豫备立宪以教育国民为最急。教育国民宜分二等:一专教成年以上之人,一专教未成年之人。教成年以上之人重在智育,教未成年之人重在德育。顾道德之言多庄论,与彼未成年者之心理恒病格而莫入,故以童话寓言为宜,且自然的之教育既适于儿童,而感情之富,大人亦不如赤子。从生理心理两方面而观察之,则依吾前所下小说之定义,作小说以教育儿童,在余固甚信其有效也。且余之定义不特宜于儿童小说,即今之编纂小说教科书,亦宜依此定义。诸君试读美人所著《理想之学校》,当知余言非臆造也。[3]

可见将小说作为教科书看待,甚至应该编写儿童小说作为教材,已经为全社会所认可。当然,还有既不赞成革命,也不赞成改良的保皇党,他们受到新小说

---

[1] 世:《小说风尚之进步以翻译说部为风气之先》,《中外小说林》第2卷第4期,1908年。
[2] 樊:《小说界之评论及意见》(二续),《申报》1910年1月22日。
[3] 樊:《小说界之评论及意见》(三续),《申报》1910年1月23日。

的刺激，也同样用小说来宣传自己的保皇主张，如古润野道人的《捉拿康梁二逆演义》、旅生的《痴人说梦记》、虎林真小人的《一字不识之新党》、马仰禹的《新孽镜》，以及佚名的《新党升官发财记》等，说明他们已经接受了以小说为教科书的新小说观念。

毫无疑问，无论维新派还是革命派，也无论是立宪派还是保皇派，他们都将小说作为宣传思想之媒介和"通俗教育之利器"，希望成为民众的教科书，这与汉代以来的士人文言小说和宋代以来的通俗白话小说所反映的传统小说观念明显不同。

1906年，吴沃尧在《〈月月小说〉序》中说：

> 吾人丁此道德沦亡之时会，亦思所以挽此浇风耶？则当自小说始。是故吾发大誓愿，将遍撰译历史小说，以为教科之助。历史云者，非徒记其事实之谓也，旌善惩恶之意实寓焉。旧史之繁重，读之固不易矣；而新辑教科书，又适嫌其略。吾于是欲持此小说，窃分教员一席焉。[1]

吴氏希望用小说发挥教科书的作用，用以启蒙民众。次年，王钟麒也在《月月小说》撰文说：

> 夫小说者，不特为改良社会、演进群治之基础，抑亦辅德育之所不逮者也。吾国民所最缺乏者，公德心耳。惟小说则能使极无公德之人，而有爱国心，有合群心，有保种心。有严师令保所不能为力，而观一弹词、读一演义，则感激流涕者。……夫欲救亡图存，非仅恃一二才士所能为也；必使爱国思想，普及于最大多数之国民而后可。求其能普及而收速效者，

---

[1] 吴沃尧：《月月小说序》，《月月小说》1906年第1卷第1期。

莫小说若。[1]

王氏不仅认识到小说特有的普及教育作用，而且认为小说可以改善大多数民众的公德，也同样是希望小说能够发挥教科书的作用。

陶祐曾甚至认为：

> 欲革新支那一切腐败之现象，盍开小说界之幕乎？欲扩张政法，必先扩展小说；欲提倡教育，必先提倡小说；欲振兴实业，必先振兴小说；欲组织军事，必先组织小说；欲改良风俗，必先改良小说。[2]

陶氏将小说推到了无所不能的地位，自然属于夸饰，但也反映出时人对于小说发挥启蒙作用的重视和期待。民国初期，教育部所属通俗教育会曾聘人自编小说，企图将之列入学校教材。而余青心甚至列出了小学、中学、大学国文课程可以收入作为教材的小说类别和例目，并提出了教授的方法。[3] 尽管这些举措和主张没得到有效实施，但其所反映的时人小说观念的转变却是实实在在的。虽然一般来说，中国传统小说观念也有"劝善惩恶"、"辅翼教化"的诉求，但那只是休闲娱乐的副产品，有的甚至只是小说作者避祸的挡箭牌或书商们牟利的门面语，从来没有人主张小说可以作为学生读物，更没有人赞成将小说作为学校教科书。而新小说观念则将小说的宣传政治主张、引导社会思潮、改良社会、改善人格作为了主要目的，不仅不视其为"闲书"，而且认其为"通俗教育之利器"，甚至还主张将其作为学校"教科书"，这在此前小说观念中是从来没有过的。

---

1 天僇生：《论小说与改良社会之关系》，《月月小说》1907年第1卷第9期。
2 陶祐曾：《论小说之势力及其影响》，《游戏世界》1907年第10期。
3 参见余青心《说小说应列入学校国文课程中及其教授方法》，《时事新报》1919年4月11、12日副刊《学灯》。

需要指出的是，将历来视为"闲书"的小说提升为启蒙国民的"通俗教育之利器"和学校"教科书"，的确改变了人们对小说的认知，极大地提高了小说的文化地位。然而，这样理解新小说的社会功用，其基本思路仍然是传统的，不过是将过去对于经史的文化价值期待移植到了新小说上。因此，小说观念的近代转变，仅靠宣传其社会功用、提升其文化地位是不够的，还需要有其他的认识来补充和完善，才不会遮蔽小说本身的文学属性，发挥其应有的作用。

第二节　从子部类别转移到文学学科

1903年，狄葆贤（楚卿）在《新小说》撰文称：

> 吾昔见东西各国之论文学家者，必以小说家居第一，吾骇焉。吾昔见日人有著《世界百杰传》者，以施耐庵与释迦、孔子、华盛顿、拿破仑并列，吾骇焉。吾昔见日本诸学校之文学科，有所谓《水浒传》讲义、《西厢记》讲义者，吾益骇焉。继而思之，何骇之与有？小说者，实文学之最上乘也。世界而无文学则已耳，国民而无文学思想则已耳，苟其有之，则小说家之位置，顾可等闲视哉！[1]

狄氏的论述固然受到梁启超《论小说与群治之关系》的启发，但他以小说在日本学校的分科情况来说明小说是文学学科之一种，以中国的小说家施耐庵在日本被列为世界百杰人物来肯定小说家的社会地位，是很值得关注的。事实上，中国传统小说一直在四部分类的子、史之间徘徊，基本定位为子部的一个类别。[2] 而按照日本学校对《水浒传》、《西厢记》的学科分类，小说则是文学学科

---

[1] 楚卿：《论文学上小说之位置》，《新小说》1903年第7号。
[2] 见本书第十三章。参见拙作《在子史之间寻找位置——史志所反映的中国传统小说观念》，《国学研究》第十卷，北京大学出版社，2002。收入拙著《中国文学观念论稿》，湖北教育出版社，2004。

的一种,这与中国的传统小说观念是很不一样的。当然,日本人的小说观念其实是从西方引进的,其文学观念也是西方的。

1912年,管达如在《说小说》中试图对小说做一次全面的系统的理论总结,其第四章《小说在文学上之位置》说:

> 文学者,美术之一种也。小说者,又文学之一种也。人莫不有爱美之性质,故莫不爱文学,即莫不爱小说,斯言是矣。然文学之美者亦多矣,而何必斤斤焉惟小说之是好也?夫物不可偏废者,必其具有一种特别性质者也。惟然,则小说在文学上之位置,可以研究矣。[1]

管氏列举小说与他种文学之异点有:"通俗的而非文言的也","事实的而非空言的也","理想的而非事实的也","抽象的而非具体的也","复杂的而非简单的也"。管氏的小说观念中最可注意的是四点:一是认为小说是文学之一种,其本质是审美;二是强调小说要用通俗的白话来描写,不能用文言来表达;三是指出小说不是对现实世界的模仿,而是对理想世界的描写;四是认为小说靠塑造理想的形象感染读者,与其他文学形式有异。这几点认识在当时颇具代表性,且与当时知识界的知识结构和学校的学科结构的衍变密切相关,所以尤其值得注意。

大家知道,中国自古即有文学的概念,然而,管达如这里所谈文学绝不是孔子所说"文学子游子夏"(《论语·先进》)之文学,也不是史学家笔下《文学列传》中的文学,而是从日本引进的西方现代学科分类中的文学,即金天翮所说"日本诸学校之文学科"。在近代以前的中国,自晋人荀勖、李充等将传世文献分为甲、乙、丙、丁四类,唐人魏徵《隋书·经籍志》确立为经、史、子、集四部之后,中国士人的知识结构就固定下来,形成以经学为核心的"四部"

---

[1] 管达如:《说小说》,《小说月报》1912年第3卷第9号。

之学。传统的学校教育也以经学为核心，并没有学科的概念。因此，古代的文学并非学科，而是指文治教化之学[1]，孔子的"文学子游子夏"是其始，汉代各郡设文学官是其证。现代学者多以为四部中的集部就是文学，这种理解其实是有问题的。集部文献其实可以包括经、史、子的内容，并不限于今人的所谓文学。例如，宋人欧阳修别集《欧阳文忠公集》就既有属于经学的《易童子问》、《诗本义》，又有属于史学的碑铭、墓志、书目、谱录，也有属于子学的《归田录》、《集古录》、《笔说》，还有大量的内制、外制、表奏、书启等，今日所说的诗、词、赋等文学作品，其实只是其别集中的很少一部分。这样的例子不胜枚举。然而，这种四部之学在近代却发生了根本性的改变，其改变始于第二次鸦片战争，成为中国近代文化、教育、学术、思想的一个重要转折点。

从1856年开始的第二次鸦片战争，以1860年签订屈辱卖国的中英、中法《北京条约》而结束。中国赔偿英、法军费各增至八百万两白银，开放天津为商埠，割让九龙于英国，准许英、法在中国招募劳工，退还以前没收的天主教资产，等等。这次战争，让清廷从"天朝大国"的美梦中惊醒，一部分看到中国落后的士大夫有感于国耻，企图借鉴洋人的科学技术来重振大清帝国，"洋务运动"因此展开。江南制造局、福州船政局、轮船招商局、开平矿务局、天津电报局、上海机器织布局等先后兴办，一时似有复兴气象。随着西学的传播和洋务运动的发展，自然科学开始为士人所重视，清廷于1888年设算学科取士，打开了科举改革的一扇窗户。然而，1894年中日"甲午海战"爆发，最终中国战败，洋务派苦心经营的北洋海军全军覆没，士大夫失去了最后残存的一点复兴希望，认识到明治维新的日本已经走在了中国前面，除了学习日本的经验，改革中国的政治体制，改良中国的教育制度，树立新风，培养新人，中国已别无出路。于是，维新思潮勃然兴起，废科举、兴学校成为维新派的重要诉求。"戊戌变法"中，康有为奏疏说："中国之割地败兵也，非他为之，而八股致之

---

[1] 参见拙著《中国古代文学观念发生史》，人民文学出版社，2014。

也……皇上睿虑，内断于心，请勿下部议，特发明诏，立废八股。"[1]他建议清廷废黜八股改试策论，以时务策命题。这些建议还来不及实施，"戊戌维新"百日失败，清廷又恢复了八股取士，废除新设的经济特科。1900年"庚子国难"后，慈禧在国内外压力下，实行"新政"。1901年，各地封疆大吏纷纷上奏重提改革科举，清廷不得已恢复经济特科，并确定次年科举考试中加试中国政史和各国政治、艺学策。"壬寅学制"、"癸卯学制"颁布后，张之洞、袁世凯、张百熙等接连上疏，请求废除科举、推广学校。1903年，清廷同意递减科举，增加特科。1905年，迫于社会压力和形势发展，朝廷举行了最后一次会试后，慈禧下诏停科举以广学校，下令自光绪三十二年（1906年）起，将育才、取才合于学校一途。从此，实行了一千三百多年的科举正式退出历史舞台。

"壬寅学制"和"癸卯学制"是管学大臣、吏部尚书张百熙主持制定的为京师大学堂恢复办学的学制纲要，具有现代学制意义，或者说是旧学制转为新学制的纲领。1902年8月15日（旧历光绪二十八年壬寅年七月十二日）颁布的由张百熙主持制定的《钦定京师大学堂章程》"略仿日本例"，以政治、文学、格致、农业、工艺、商务、医术七科教学生，"文学"成为一门独立的学科。不过，这时的"文学"学科包括了经学、史学、理学、诸子学、掌故学、词章学、外国语言文字学七目，是一个很宽泛的概念。而1904年1月13日（旧历光绪二十九年癸卯年十一月二十六日）颁布的《奏定大学堂章程（附同儒院章程）》则将经学、理学等从"文学"学科中独立出去，但"文学"科目中仍然包括了史学以及文字、音韵、训诂、辞章、文法等内容。这时人们的文学观念，已经与中国传统文学观念很不相同，正逐步向西方现代文学观念靠近。1910年，京师大学堂开办分科大学，具体分为经科、法政科、文科、格致科、农科、工科、商科共七科十三门，经科有诗经、周礼、春秋左氏传，法政科有政治、法律，

---

[1] 康有为：《请废八股试帖楷法试士改用策论折》，原载《戊戌奏稿》。转引自徐中玉主编《中国近代文学大系》第1集第1卷《文学理论集》，上海书店，1994，第90页。

文科有中国文学、中国史学，格致科有地质、化学，农科有农学，工科有土木、矿冶，商科有银行保险。这时的文学与史学已经分家，学科特征逐渐明晰。到1913年1月12日中华民国政府教育部在其公布的《大学规程》中将大学文科分为哲学、文学、历史学、地理学四门，文学才真正与史学、哲学在学科上完全划清界线，文学观念也朝着更加西方化的方向演变。[1]不过，对于应用文体和审美文体的明确区分，则一直到"五四"新文化运动前后才为人们所重视。

将小说视为追求美的文学之一种，是近代才有的观念，而学校学制改革将文学作为一个学科以后，这一观念才得到加强而被大家普遍接受。这种观念不是源自本土，而是来自西方。在近代中国，则主要依靠那些较早认识和了解西方的学者，通过他们的宣传介绍以及他们的小说论著，人们才逐渐认识小说是属于文学学科的。或者换一种说法，他们是通过西方的文学学科，才认识到了小说的文学特性的。

1903年，夏曾佑撰《小说原理》指出：

> 人生既具灵明，其心中常有意念，展转相生，如画如话，自窃彻寐，未曾暂止。……盖人心之所乐者有二：甲曰不费心思，乙曰时刻变换。……惟人生所历之境，至实亦至琐。……如在目前之事，以画为最，去亲历一等耳，其次莫如小说。且世间有不能画之事，而无不能言之事，故小说虽稍晦于画，而其广过之。史亦与小说同体，所以觉其不若小说可爱者，因实有之事常平淡，诳设之事常秾艳，人心去平淡而即秾艳，亦其公理，此史之处于不能不负者也。……人使终日常为一事，则无论如何可乐之事，亦生厌苦，故必求刻刻转换之境以娱之。……于是乎小说遂为独一无二可娱之具。[2]

1　参见璩鑫圭、唐良炎编《中国近代教育史资料汇编·学制演变》，上海教育出版社，1991；戴燕《文学史的权力》，北京大学出版社，2002。

2　别士：《小说原理》，《绣像小说》1903年第3期。

这是从小说的艺术特点和美感作用方面来理解小说，认识到小说可以描画"转换之境"，其主要作用是娱心。这与梁启超利用小说进行政治宣传所体现的小说观念是有区别的，梁氏提到的"小说是文学之最上乘"其实是偏于政教的，而夏氏对小说的理解是偏于艺术和美学的。

1904年，王国维在《教育世界》发表《〈红楼梦〉评论》，以叔本华的悲剧理论解析《红楼梦》，开创了小说审美批评的先河。

1907年，徐念慈在《〈小说林〉缘起》中提出："所谓小说者，殆合理想美学、感情美学，而居其最上乘者乎？"他所理解的美学包括：醇化于自然——"满足吾人之美的欲望，而使无遗憾"；个性化——"美之究竟，在具象理想，不在于抽象理想"；形象性——"美的快感，谓对于实体之形象而起"；理想化——"由感性的实体，于艺术上除去无用分子，发挥其本性"[1]等。徐氏强调小说是通过塑造个性化的实体形象来给读者以审美感受，这比夏氏对小说艺术性的解析更为清楚明白。

在《小说林》同期，黄人也撰文指出：

> 小说者，文学之倾于美的方面之一种也。……一小说也，而号于人曰：吾不屑屑为美，一秉立诚明善之宗旨，则不过一无价值之讲义、不规则之格言而已。恐阅者不免如听古乐，即作者亦未能歌舞其笔墨也。[2]

黄氏不仅明确指出小说是文学之一种，而且特别强调小说对于美的追求，它不是靠道德说教去征服读者，而是靠文学的美感去感染读者。这些认识，都是在西方现代美学思想和文学观念的指引下来理解小说的，是一种新的小说观念。

---

[1] 觉我：《〈小说林〉缘起》，《小说林》1907年第1期。
[2] 摩西：《〈小说林〉发刊词》，《小说林》1907年第1期。

这样理解小说，是对主张小说为宣传工具或要求小说做教科书使用的一种补充，而且是基于小说的文学性和艺术审美特性的补充，对完善小说观念的丰富内涵具有重要作用。

《小说林》是由曾朴、黄人、徐念慈等创办的小说杂志，他们没有追随梁启超主编的《新小说》强调以"政治小说"新民的主张，而是强调"个性化"、"形象性"、"艺术审美"、"理想化"等观念，对新小说的发展和小说观念的影响有着积极的意义。1908年，周作人说："夫小说为物，务在托意写诚而足以移人情，文章也，亦艺术也。欲言小说，不可不知此义。"[1]接受的就是《小说林》的小说观念。

1914年，吕思勉在《中华小说界》撰文指出："人类之好恶，不能一成而不变。其变也，导之以情易，喻之以理难。能感人之情者，文学也。小说者，文学之一种，以其具备近世文学之特质，故在中国社会中，最为广行者也。则其有诱导社会，使之改变之力，使中国今日之社会，几若为小说所铸造也，不亦宜乎！"[2]更明确地指出小说是"文学之一种"，不是靠"喻之以理"，而是靠"导之以情"，所以能够"诱导社会，使之改变"。这一认识正是近代知识分子在西方文学观念和小说观念启发下所形成的普遍认识，与传统文学观念和小说观念判然有别。正如许指严所说：

> 夫以小说为街谈巷语、道听途说者之所为，乃纯系独裁政治、统一学术时代之代表言论，绝对与现今共和群治、学术竞争之主旨不同。故欧美之小说，即文学也。一切记载诗文，无不可纳之小说中。其范围殆即曾湘乡所谓"词章一门"者是也，而又兼有义理、考据之长。其影响普及，与戏剧相表里，有风动人心之效。社会之对于小说家，咸崇拜趋奉之，举国

---

[1] 独应：《论文章之意义暨其使命因及中国近来论文之失》，《河南》1908年第5期。
[2] 成：《小说丛话》，《中华小说界》1914年第3期。

若狂。其态度甚于唐人之绘图十八学士，明清人之爱慕状元郎。人人心目中，固以为文学家与小说家二而一之，未尝强为分判而歧视者也。[1]

许氏强调属于子部的传统小说观念是专制时代的产物，而从欧美引进的属于文学的新小说观念却是现今"共和群治、学术竞争"的产物，二者在本质上是不同的。这一认识十分深刻。他不仅强调了小说与文学的关系，而且强调了小说与社会政治生活和民众心理的联系，尽管其所提到的文学的学科概念和小说的文体概念仍然不是十分清晰，但意识到新小说与旧小说是在不同的社会政治文化环境下的产物却是非常明确的。

1918年出版的谢无量《中国大文学史》第一章讨论"文学之定义"，以为文学有广义、狭义之分，而西方狭义之文学"专为述作之殊名，惟宗主情感以娱志为归者乃足以当之。……世之文书，名曰科学者，非其伦也。虽恒用历史科学之事实，然必足以导情陶性者而后采之，斥厥专知，撷其同味，有以挺不朽之盛美焉。此于文学，谓之狭义，如诗歌、历史、传记、小说、评论等是也"[2]。

1920年，朱希祖为其四年前所编《中国文学史要略》作叙称："此编所讲，乃广义之文学，今则主张狭义之文学矣。以为文学必须独立，与哲学、史学及其他科学可以并立，所谓纯文学也。"[3]说明文学学科的意识在1916年后已经逐渐明确。后来曾毅修订出版《中国文学史》时也感叹：

> 但至今日，欧美文学之稗贩甚盛，颇摭拾其说，以为我文学之准的，谓诗歌曲剧小说为纯文学，此又今古形势之迥异也。[4]

---

[1] 许指严：《说林扬觯》，《小说新报》第五年第四期，1919年。
[2] 谢无量：《中国大文学史》第一编《绪论》第一章，中州古籍出版社，1992年影印，第4页。
[3] 朱希祖：《中国文学史要略》卷首《中国文学史要略叙》，陈平原辑《早期北大文学史讲义三种》，北京大学出版社，2005，第241页。
[4] 曾毅：《订正中国文学史》，上海泰东书局，1932，第21页。

曾氏所论文学已经具有清晰的学科概念和文体概念，以为文学有纯文学和杂文学之分，而小说属于纯文学。这一认识，就比许氏清晰得多。即是说，到1920年代，具有现代意义的文学观念和小说观念在人们的知识系统中已经牢固地确立下来。[1]

由于古人与近人对文学的基本认识存在巨大差异，古代知识结构和学科分类与近代知识结构和学科分类也有显著区别，因此，人们对小说的认识也存在很大差异。以《汉书·艺文志》为代表的士人小说观念是一种学术的视野，小说以"丛残小语"的笔记形态呈现，采用文言表达，其内容或"近子而浅薄"，或"近史而悠缪"；[2]以《醉翁谈录·小说引子》为代表的市民小说观念是一种伎艺的视野，小说乃"说话"之一家并成为讲唱伎艺的代表，采用日常的白话表达，其内容或为"市井之常谈"，或为"野史之传说"[3]；而近代小说观念是一种学科的视野，小说以文学学科的一种体裁呈现，采用文学的语言和文学的手法，依靠形象和美感去感染读者，其内容主要关注现实社会和现实人生，试图引导社会发展和改善人生状况。

正是因为近代小说家已经自觉地以西方现代文学学科标准来要求小说，所以他们对小说的理解与中国古代学者们的理解就有着显著的不同。虽然，这一时期也有人讲究小说文法，甚至对金圣叹的《水浒》评点给以很高评价，然而，更多学者还是从文学的角度来理解小说，尤其是理解宋以来的通俗小说。

1907年，黄人在《小说林》撰文称：

> 小说之描写人物，当如镜中取影，妍媸好丑令观者自知。最忌挽入作者论断，或如戏剧中一脚色出场，横加一段定场白，预言某某若何之善，

---

[1] 关于中国文学观念现代化的过程，参见拙作《对中国文学现代化的检讨——以中国文学学科的现代发展为例》，《人文论丛》2000年卷（现代化进程研究专题），武汉大学出版社，2000。

[2] 见本书第九、第十章。参见拙作《汉人小说观念探赜》，《南京大学学报》（哲学·人文科学·社会科学）2011年第4期。

[3] 见本书第十八章。参见拙作《宋代"说话"家数再探》，《天津社会科学》2017年第2期。

> 某某若何之劣，而其人之实事，未必尽肖其言。即先后绝不矛盾，已觉叠床架屋，毫无余味。故小说虽小道，亦不容着一我之见，如《水浒》之写侠，《金瓶梅》之写淫，《红楼梦》之写艳，《儒林外史》之写社会中种种人物，并不下一前提语，而其人之性质、身份，若优若劣，虽妇孺亦能辨之，真如对镜者之无遁形也。[1]

这是以人物形象塑造这一小说的主要手段来论述小说描写人物与历史记载人物的差异，既不能用史述赞的形式在小说中评价人物，也不能像戏剧定场白那样来定型人物，必须尊重小说自身的文学描写技巧，让小说人物自己呈现自己。这一思想是对金圣叹小说思想的继承和发展。

吕思勉则认为，作小说"第一理想要高尚"，"第二材料要丰富"，"第三组织要精密"，并且指出：

> 理想者，小说之质也。质不立，犹人而无骨干，全体皆无所附丽矣。……有其悲天闵人之衷，自有其移易天下之志；有其移易天下之志，自有其芳芬悱恻不能自言之情；发之咏歌，遂能独绝千古。惟其真也，惟其善也，惟其美也，作小说亦犹是也。无悲天闵人之衷，决不能作《红楼梦》；无愤世嫉俗之心，决不能作《水浒传》。胸无所有，而漫然为之，无论形式如何佳妙，而精神不存焉。犹泥塑之神，决不足以威人；木雕之美女，终不能以动人之情也。此作小说之根本条件也。[2]

这里提到的作小说的根本条件，正是时人所理解的小说主要特点，尤其是对真、善、美的强调，更是近代文学学科的鲜明特征。至于君实所说："盖小说本为一

---

[1] 蛮：《小说小话》，《小说林》1907年第1期。
[2] 成之：《小说丛话》，《中华小说界》1914年第8期。

种艺术。欧美文学家，往往殚精竭虑，倾毕生之心力于其中，于以表示国性，阐扬文化。读者亦由是以窥见其精神思想，尊重其价值。不特不能视为游戏之作，而亦不敢仅以儆世劝俗目之。其文学之日趋高尚，时辟新境，良非无故。"[1] 则是对强调小说是"游戏笔墨"的休闲娱乐和以"儆世劝俗"为目的的小说理论的纠偏，而纠偏的手段就是强化小说的文学艺术特性，这是通俗小说观念在近代的重要发展。

第三节 由"羽翼信史"到观照社会人生

1897年，严复和夏曾佑在《本馆附印说部缘起》中说：

> 举古人之事，载之文字，谓之书。书之为国教所出者，谓之经；书之实欲创教而教不行者，谓之子；书之出于后人，一偏一曲，偶有所托，不必当于道，过而存之，谓之集：此三者，皆言理之书，而事实则涉及焉。书之纪人事者，谓之史；书之纪人事而不必果有此事者，谓之稗史：此二者，并纪事之书，而难言之理则隐寓焉。……有人身所作之史，有人心所构之史，而今日人心之营构，即为他日人身之所作，则小说者又为正史之根矣。若因其虚而薄之，则古之号为经史者，岂尽实哉！岂尽实哉！[2]

他们不仅将视为稗史的通俗小说归入传统的四部体系中，并且认为虚与实不是判别小说与正史高下的依据，因为经史也不尽实。在他们看来，由于小说描写人类的"公性情"——"一曰英雄，一曰男女"，反而比正史更易于流传，从而影响人心和社会的发展，因此，小说反而"为正史之根"。他们从心灵史的角度

---

[1] 君实：《小说之概念》，《东方杂志》第16卷第1号，1919年。
[2] 几道、别士：《本馆附印说部缘起》，见陈平原、夏晓虹编《二十世纪中国小说理论资料》第一卷，第25—27页。

来理解小说，挣脱了从虚实角度判定小说作品与历史著作高下的传统思想羁绊，同时也从根本上否定了小说"羽翼信史"的传统小说观念。

"羽翼信史"是明人张尚德在《〈三国志通俗演义〉引》里提出的，他认为《三国志演义》能够"羽翼信史而不违"[1]，这与蒋大器在《〈三国志通俗演义〉序》里所说《三国志演义》"事纪其实，亦庶几乎史"[2]同义，他们所说的"史"或"信史"其实是指"正史"。明清学者大多是赞成这一认识的。熊大木在《〈大宋武穆王演义〉序》中说："或谓小说不可紊之以正史，余深服其论。然而稗官野史实记正史之未备，若使的以事迹显然不泯者得录，则是书竟难以成野史之余意矣。"[3] 余氏将演义作为正史的补充，以为它丰富了正史所不备的故事情节，所以可以成为野史。这些认识，仍然是以正史为核心建构的。即使到明代后期，有人主张通俗演义和稗官野史可以与正史"并传不朽"，但他们仍然坚持小说家为史官之流，所谓"小说者，正史之余也"[4]，说的就是这样的意思。

近代学者多不赞成小说"羽翼信史"或为"正史之余"。如果说严复和夏曾佑仍然想在传统四部之学里为小说争地位，不承认小说"羽翼信史"，而是认为小说"为正史之根"，虽然是惊世之论，但还没有跳出传统知识结构的窠臼，那么，在他们之后的许多学者则跳出了这一窠臼，认为小说的地位远高于那些所谓的正史。例如，黄世仲认为：

> 中国旧史氏之所谓史，平心而论，迨不过一皇族政治之得失林耳。社会之特征，人物之俊杰，不获附录，是不求野之遗义也。不知文章之感人，以性灵之力为最巨。小说者，陶熔人之性灵者也。凡历史、战争、艳情、怪异、诙谐、因果、侦探、传奇，语其体，则有章回、短篇、歌曲、南音、

---

1 张尚德：《〈三国志通俗演义〉引》，丁锡根编著《中国历代小说序跋集》中，人民文学出版社，1996，第888页。
2 庸愚子：《〈三国志通俗演义〉序》，丁锡根编著《中国历代小说序跋集》中，第887页。
3 熊大木：《〈大宋武穆王演义〉序》，丁锡根编著《中国历代小说序跋集》中，第981页。
4 笑花主人：《〈今古奇观〉序》，丁锡根编著《中国历代小说序跋集》中，第792页。

写真、白话，事愈奇则笔愈警，事愈妙则笔愈佳，事愈繁则笔愈简。其中铺排煊染，曲折回环，起伏照应，穿插线索，相承一气，使论者心目，为之爽然，神情活现。[1]

这是从传统历史著作的局限性和新小说的开放性着眼，来论证小说"陶熔人之性灵"的独特作用，彻底否定了小说"羽翼信史"的传统观念。侠人甚至认为："孔子之所谓见诸行事者，不过就鲁史之成局，加之以褒贬而已。材料之如何，固系于历史上之人物，非吾之所得自由者也。小说则不然，吾有如何之理想，则造如何之人物以发明之，彻底自由，表里无碍，真无一人能稍掣我之肘者也。若是乎由古经以至《春秋》，不可不谓之文体一进化；由《春秋》以至小说，又不可谓之非文体一进化。使孔子如生于今日，吾知其必不作《春秋》，必作一最良之小说，以鞭辟人类也。"[2]这里不仅不承认小说"羽翼信史"，而且认为小说相比于历史著作是文体的一种进步，因为小说能够更自由地表达，抒发国民的理想。这一结论是否科学暂且不论，但其对小说价值（社会价值和文体价值）的认可无疑是前无古人的。

中国是个重史的国度，传统通俗小说"喜录陈言"，历史演义是其主要门类，以致二十四史皆有演义。即使是英雄传奇，也多借助历史人物和历史事件，以增强其"羽翼信史"的效果。所谓"盖吾国之小说，多追述往事，泰西之小说，多描写今人"[3]，即是指此。然而，近代"小说界革命"主要强调小说对社会的影响，以之作为启蒙民众的工具，因而多不主张大量撰写历史演义，而主要强调撰写政治小说、社会小说、科学小说、侦探小说、军事小说、冒险小说等，以达到"改良群治"和"新民"的目的。这便涉及小说与社会的关系问题。

小说固然可以影响社会，然而，社会实为小说之源，这是不争的事实。因

---

[1] 亚荛：《小说之功用比报纸之影响为更普及》，《中外小说林》第1年第11期，1907年。
[2] 梁启超等：《小说丛话》，《新小说》第2年第1号。
[3] 饮冰等：《小说丛话》曼殊语，《新小说》1904年第11号。

此，近代学者在讨论小说与社会的关系时，有不少人主张小说应关注现实社会，客观描写现实社会，甚至认为小说应成为"今社会"的"见本"或"调查录"。如曼殊便以为：

> 小说者，"今社会"之见本也。无论何种小说，其思想总不能出当时社会之范围，此殆如形之于模，影之于物矣。虽证诸他邦，亦固不如是。……近来新学界中之小说家，每见其所以歌颂其前辈之功德者，辄曰"有导人游于他境界之能力"，然不知其先辈从未有一人能自游于他界者也。岂吾人根性太棉薄，尝为今社会所围而不能解脱乎？虽然，苟著者非如此，则其所著亦必不能得社会之欢迎也。[1]

曼殊甚至还声称："欲觇一国之风俗，及国民之程度，与夫社会风潮之所趋，莫确于小说。盖小说者，乃民族最精确、最公平之调查录也。"[2] 王钟麒也认为："欲以新小说为国民倡者乎，不可不自撰小说，不可不择事实之能适合于社会之情状者为之，不可不择体裁之能适宜于国民之脑性者为之。"[3]

明确要求小说成为"今社会"之"见本"或"调查录"，要求小说反映国民风俗和社会风潮，以适应中国社会和国民的现实需求。这不仅是近代小说理论家的意见，也是小说作者的自觉追求。例如，吴沃尧创作《老残游记》，他在《自叙》中便说：

> 吾人生今之时，有身世之感情，有家国之感情，有社会之感情，有种教之感情。其感情愈深者，其哭泣愈痛；此鸿都百炼生所以有《老残游记》之作也。棋局已残，吾人将老，欲不哭泣也得乎？吾知海内千芳，人间万

---

[1] 饮冰等：《小说丛话》曼殊语，《新小说》第2年第1号。
[2] 饮冰等：《小说丛话》曼殊语，《新小说》第2年第1号。
[3] 天僇生：《中国历代小说史论》，《月月小说》第1年第11号，1907年。

艳，必有与吾同哭同悲者焉！[1]

要求小说创作与现实生活息息相关，在作品中自觉融入作者的思想感情，在这样的小说观念指导下创作小说，小说自然与社会和人生贴得更近，更容易引起读者的共鸣，这就避免了因强调小说的社会影响而向壁虚构的偏差，有利于小说发挥应有的作用。所谓"过去之世界，以小说挽留之；现在之世界，以小说发表之；未来之世界，以小说唤起之。政治焉，社会焉，侦探焉，冒险焉，艳情焉，科学与理想焉，有新世界乃有新小说，有新小说乃有新世界"[2]，成为当时小说家们的追求。后人对于这一时期揭露社会丑恶现象的作品往往评价不高，以为它们"笔无藏锋"，"过甚其辞"，这主要是从艺术角度进行的观察，如果从社会与小说的关系来看，这一时期的小说获得了广大读者的支持，不仅刊载这些小说的报纸杂志销路畅通，而且不少小说单行本一版再版[3]，说明这些小说适应了当时读者的阅读需求，影响了社会人心，这又是不能不承认的事实。还应该看到的是，近代新小说理论和创作实绩事实上成为了后来发动新文化运动的重要文学准备和思想资源，仅从艺术水平单方面否定近代新小说尤其是"谴责小说"其实并不合适。

事实上，近代社会的急剧变化，阶级矛盾与民族矛盾的复杂交集，新旧学术的对峙与攻防，东西方文化的冲突与融合，为小说创作提供了丰富的思想资料和生活素材，所谓"官场之现形，奇奇怪怪；学堂之风潮，滔滔汩汩。新党之革命排满也，而继即升官发财矣；新乡愿之炫道学、倡公理也，而继即占官地、遂私计矣。人心险于山川，世路尽为荆棘，则其余之实行奸盗邪淫，与夫诈伪撞骗者，更不足论矣。耳所闻，目所见，举世皆小说之资料也"[4]。正是因

---

[1] 吴沃尧：《老残游记》卷首《自叙》，人民文学出版社，1979，第2页。
[2] 无名氏：《〈新世界小说社报〉发刊辞》，《新世界小说社报》1906年第1期。
[3] 例如，《孽海花》出版四五年，"重印至六七版，已在二万部左右"（《小说时报》1911年第9期《小说新语》）。
[4] 无名氏：《〈新世界小说社报〉发刊辞》，《新世界小说社报》1906年第1期。

为现实社会的丰富多彩,为小说家提供了生动的创作素材,而读者也希望小说家能够关注现实,为推动社会改良、引导国民进步发挥作用,因此,新小说多以现实为题材,以适应社会的需要和读者的要求。周瘦鹃说:"西方小说,以能描写社会者为工。"[1]这种对西方小说的观察,也强化了新小说应该描写现实的要求。

1903年,楚卿在《论文学上小说之位置》中比较了历史题材、现实题材和未来题材的差别,认为:"若夫寻常人,则皆住现在、受现在、感现在、识现在、想现在、行现在、乐现在者也。故以过去、未来导人,不如以现在导人。佛之所以现种种身说法,为此而已。小说者,专取目前人人共解之理,人人习闻之事,而挑剔之、指点之者也。惟其为习闻之事也故易记,惟其为共解之理也故易悟。故读他书如战,读小说如游;读他书如算,读小说如语;读他书如书,读小说如画;读他书如作客,读小说如家居;读他书如访新知,读小说如逢故人。"[2]麦孟华也说:"小说之妙,在取寻常社会上习闻习见、人人能解之事理,淋漓摹写之,而挑逗默化之,故必读者入其境界愈深,然后受其感刺也愈剧。"[3]这便说明了新小说关注现实社会、描写现实题材的重要性。只有适应和满足读者关注现实的要求,新小说才能真正占据其应有的位置,发挥其应有的作用。正是在这一基本点上,中国传统小说与西方现代小说存在差距,需要予以革命。因此,管达如说:

> 中国小说之所短,第一事即在不合实际。无论何事,读其纸上所述,一若著者曾经身历,情景逼真者然,然按之实际,则无一能合者。此由吾国社会,缺于核实之思想,凡事皆不重实验致之也。西洋则不然。彼其国之科学,已极发达,又其国民崇尚实际,凡事皆重实验,故决无容著述家

---

[1] 瘦鹃:《小说杂谈》(15),《申报·自由谈》,1919年12月1日第4版。
[2] 楚卿:《论文学上小说之位置》,《新小说》1903年第7号。
[3] 饮冰等:《小说丛话》蜕庵语,《新小说》1903年第7号。

向壁虚造之余地。著小说者，于社会上之一事一物，皆不能不留心观察，其关涉各种科学处，亦不能作外行语焉。夫小说者，社会之反映也。若凡事皆可向壁虚造，则与社会之实际之情形，全不相合，失其本旨矣。敬告我国小说家，于此点不可不再三注意也。[1]

这样要求小说描写社会现实，强烈呼吁他们改变"向壁虚造"的陋习，这是新小说观念中最为重要的思想之一。

小说应该反映现实社会生活，然而，这种反映不应该是简单的摹拟，而应该是一种文学创造。这一点，近代学者已经有很好的认识。例如，1912年，管达如在《小说月报》撰文指出："夫小说者，社会心理之反映也。使社会上无此等人物，此等事实，则小说诚无由成。然社会者，又小说之反映也。因有小说，而此等心理，益绵延于社会。然则社会也，小说也，殆又一而二，二而一者矣。"[2] 吕思勉在1914年发表的《小说丛话》中也说：

> 凡小说，必有其所根据之材料。其材料，必非能臆造者，特取天然之事实，而加之以选择变化耳。取天然之事物，而加之以选择变化，而别造成一新物，斯谓之创造矣。然其所谓选择变化者，又非如以盐投水，一经化合，遂泯然尽亡其迹象也。往往有一部分，仍与原来之形质状态，丝毫无异者，特去其他部分，而别取他一体之他部分，或臆造一部分以配之耳。质而言之，则混合物，而非化合物也。夫如是，故无论何种小说，皆有几分写实之主义存。特其宗旨，不在描写当时之社会现状，而在发表自己所创造之境界者，皆当认之为理想小说。……盖自文学上论之，此体本小说

---

[1] 管达如：《说小说》第五章，《小说月报》1912年第3卷第10号。
[2] 管达如：《说小说》，见徐中玉主编《中国近代文学大系》第1集第2卷《文学理论集》，上海书店，1995，第456页。

中之正格也。[1]

这样理解小说，就将写实主义和理想主义有机结合起来，避免了简单摹拟现实或者如新闻报道之类的非文学倾向，确保了小说的艺术价值。按照吕氏的理解，"凡文学，必经选择及想化二阶段。小说所举之代表人物，必缩小其范围者，以小则便于想象，大则不便于想象，作者读者，皆如此也。所以必加重几层者，则基于选择之作用。盖有所加重于此，必有所割弃于彼，正所谓去其不美之点，而存其美点也"[2]。这种依靠"小"和"深"来塑造人物形象，反映社会生活，借以表现其美学理想的小说观念，实际上总结了1907年创办《小说林》的一批小说家如曾朴、黄人、徐念慈等人的小说观念，只是更系统，更明确。这一小说观念是对单纯强调小说为"今社会之见本"或以小说为政治工具的补充和纠偏。

由于近代学者对小说与社会的关系有了新观念，他们对传统小说的认识，也常常从社会学和美学的角度加以评论，出现了新的视角和新的理解。例如，管达如认为：

夫人类之性质，向上者也。惟其向上也，故无论何时，均不能以其现在所处之境为满足，必求一更上之境，以满足其欲望。而社会上之组织，则又时时足以阻碍人类之进行，使之不能满足其欲望者也。故人类之对于社会，必不能无觖望不平之时。不平则鸣，而著述之事兴焉。小说者，亦著述中之一种也。如专制之淫威，人所同恶者也，虽恶之而无如之何，然其恶之情，固未尝或忘也。于斯时也，而有若《水浒传》者出，助阨塞不平之英雄以张目，而排斥社会上种种有权力之人，则其为社会所欢迎，无待言矣。又如婚姻不自由，亦人所同恶者也。虽恶之而无可如何，然其恶

---

[1] 成：《小说丛话》，《中华小说界》1914年第4期。
[2] 成：《小说丛话》，《中华小说界》1914年第6期。

之之心，亦未尝或忘也。于斯时也，而有若《红楼梦》者出，助一般之痴男怨女以张目，而排斥阻碍其爱情者之非，则其为社会所欢迎，又无待言矣。夫人类之性质，乐群者也。惟其乐群也，故必时时求同情之人于社会。此同情之人，不必其能助我也，但使其与我同乐，与我同患，即欣然引为同调，把臂入林矣。小说者，社会上之一人，自鸣其所苦痛，自述其所希望，以求同情于社会者也。[1]

这种对于《水浒传》和《红楼梦》的理解，正是从小说与社会的关系切入，得出了与传统思想不一样的认识。这对激活传统小说资源，使之发挥现实社会作用，无疑是有益和有效的。

有人甚至将《水浒传》与民权思想联系起来，也与他们接受了近代思想启蒙和新小说观念有关。例如，眷秋就认为："世之读《水浒》者，多喜其痛快淋漓，为能尽豪放之致。《水浒》之叙事雄快，令人读之块磊俱消，自是其长处。然《水浒》之能冠古今诸作者，正不在此，实以其思想之伟大，见地之超远，为古今人所不能及也。……施耐庵乃独能破除千古习俗，甘冒不韪，以庙廷为非，而崇拜草野之英杰。此其魄力思想，真足令小儒咋舌。民权发达之思想，在吾国今日，独未能普及，耐庵于千百年前，独能具此卓识，为吾国文学界放此异彩，岂仅以一时文字之长，见重于后世哉！"[2] 黄人也说："《水浒》一书，纯是社会主义。其推重一百八人，可谓至矣。自有历史以来，未有以百余人组织政府，人人皆有平等之资格而不失其秩序，人人皆有独立之才干而不枉其委用者也。山泊一局，几于乌托邦矣。"[3]

当然，也有人不同意这样理解《水浒传》，如吴趼人便说："轻议古人固非

---

[1] 管达如：《说小说》，《小说月报》1912年。见徐中玉主编《中国近代文学大系》第1集第2卷《文学理论集》，第456—457页。
[2] 眷秋：《小说杂评》，《雅言》第1卷第1期，1913年。
[3] 蛮：《小说小话》，《小说林》1907年第1期。

是，动辄索引古人之理想，以阑入今日之理想，亦非是也。吾于今人之论小说，每一见之。如《水浒传》志盗之书也，而今人每每称其提倡平等主义，吾恐施耐庵当日断断不能作此理想，不过彼叙此一百八人聚义梁山泊，恰似一平等社会之现状耳。吾曾反复读之，意其为愤世之作。吾国素无言论自由之说，文字每易贾祸，故忧时愤世之心，不得不托之小说。且托之小说，亦不敢明写其事也，必委曲譬喻以为寓言，此古人著书之苦况也。《水浒传》者，一部贪官污吏传之别裁也。"[1] 即使像吴趼人这样不同意说《水浒传》提倡平等主义，其实也仍然体现为近代人的学术视野，因为吴氏了解西方民权思想的内涵，而《水浒传》的确与民权思想没有关系。

第四节　从大类统说到小类分解

1897年，邱炜萲在《菽园赘谈·小说》中说：

> 本朝小说，何止数百家。纪实研理者，当以冯班《钝吟杂录》、王士禛《居易录》、阮葵生《茶余客话》、王应奎《柳南随笔》、法式善《槐厅载笔》、《清秘述闻》、童翼驹《墨海人名录》、梁绍壬《两般秋雨盦随笔》为优。谈狐说鬼者，自以纪昀《阅微草堂五种》为第一，蒲松龄《聊斋志异》次之，沈起凤《谐铎》又次之。言情道俗者，则以《红楼梦》为最，此外若《儿女英雄传》、《花月痕》等作，皆能自出机杼，不依傍他人篱下。小说家言，必以纪实研理、足资考核为正宗，其余谈狐说鬼、言情道俗，不过取备消闲，犹贤博弈而已，固未可与纪实研理者絜长而较短也。[2]

1　趼：《说小说·杂说》，《月月小说》1907年第1卷第8期。
2　邱炜萲：《客云庐小说话》卷1《菽园赘谈·小说》。转引自黄霖编著《历代小说话》第三册，第1066页。

他在《金圣叹批小说说》中又说："人观圣叹所批过小说，莫不服其畸才，诧为灵鬼转世。其实圣叹所批过小说，恰是有限，今最流传者，一部施耐庵七十回《水浒传》，一部王实甫、关汉卿正续《西厢记》，此外无有也。……尝谓天苟假圣叹以百岁之寿，将《西游记》、《红楼梦》、《牡丹亭》三部妙文一一加以批评，如《水浒》、《西厢》例然，岂非一大快事！"[1] 邱氏所论述的小说，囊括了笔记、志怪、演义、杂剧和传奇戏曲，这里反映的是包含有大、小传统的小说观念，即综合了正统小说观念和民间小说观念而成的复合性小说观念。

所谓正统小说观念，是指《汉书·艺文志》以来正统史学家和文人学士们遵奉的小说观念。例如，唐人刘知几在《史通》中说："偏记小说，自成一家，而能与正史参行，其所由来尚矣。"[2] 他将这种小说分为十类，包括偏记、小录、逸事、琐言、郡书、家史、别传、杂记、地理书、都邑簿。这是代表唐宋史学家的小说观念。由于唐宋传奇的发达，士人的小说观念后来有所发展，小说分类也出现了一些变化。如明人胡应麟在《少室山房笔丛》中将小说分为六类，包括志怪、传奇、杂录、丛谈、辨订、箴规，以为"怪、力、乱、神，俗流喜道，而亦博物所珍也；玄虚、广莫，好事偏攻，而亦洽闻所昵也。谈虎者矜夸以示剧，而雕龙者闲掇之以为奇；辨鼠者证据以成名，而扪虱〔者〕类资之以送日"。[3] 这是代表明清文学家的小说观念。从这些代表性观点来看，正统史学家和文学家的小说观念固然因观察的角度和所处时代不同而对其分类略有差异，但整体的认识和理解（文体甄别和文化定位）并无根本性差别，他们心目中的小说都是指介于子、史之间的一种知识类别。[4]

所谓民间小说观念，是指宋代以来流行于民间的一种对于小说的看法。宋

---

1 邱炜萲：《客云庐小说话》卷1《菽园赘谈·金圣叹批小说说》。转引自黄霖编著《历代小说话》第三册，第1074—1075页。

2 刘知几著，浦起龙通释，吕思勉评：《史通》卷10《杂述》，第193页。

3 胡应麟：《少室山房笔丛》卷29《九流绪论下》，上海书店出版社，2001，第282页。标点有改动。

4 见本书第十四章。参见拙作《刘知几与胡应麟小说分类思想之比较》，《江海学刊》2007年第3期。收入拙著《稗官与才人才人——中国古代小说考论》，岳麓书社，2010。

人罗烨《醉翁谈录·小说引子》说：

> 小说者流，出于机戒之官，遂分百官记录之司。由是有说者纵横四海，驰骋百家。以上古隐奥之文章，为今日分明之议论。或名演史，或谓合生，或称舌耕，或作跳闪，皆有所据，不敢谬言。言其上世之贤者可为师，排其近世之愚者可为戒。言非无根，听之有益。[1]

这是代表宋代"说话"人的小说观念，即流行于民间的通俗小说观念。宋人仿照正史艺文经籍志的经、史、子、集四部分类法将"说话"分为说经、讲史、小说、合生与商谜等四家，具体包括了演史、说经（诨经）、小说、影戏、唱赚、小唱、嘌唱赚色、鼓板、杂剧、杂扮、弹唱因缘、唱京词、诸宫调、唱耍令、唱《拨不断》、说诨话、商谜、覆射、学乡谈、傀儡、合笙等所有讲唱文学。[2]时人认为"小说"在"说话"伎艺中水平最高，可以作为讲唱艺术的代表，故常常也将"说话"统称为"小说"。这样一来，不仅在讲史基础上发展而来的历史演义可以称为"小说"，在宋金杂剧、诸宫调基础上发展而来的元杂剧、明清传奇戏曲，包括弹词、小唱等，也同样可以称为"小说"。这就是邱炜萲将《西厢记》、《牡丹亭》视为小说的原因，因为在传统的小说观念里，它们的确都是小说。1903年至1904年连载于《新小说》的小说社社员们讨论的小说，除少量翻译的西方小说外，有《水浒传》、《西游记》、《金瓶梅》、《封神榜》、《红楼梦》、《荡寇志》、《镜花缘》、《花月痕》、《儿女英雄传》、《自由结婚》、《女娲石》等通俗小说，有《聊斋》等志怪小说，有《天雨花》、《笔生花》、《再生缘》、《定国志》、《双飞凤》等弹词小说，也有《西厢记》、《牡丹亭》、《桃花扇》、《长生殿》、《虎囊弹》等传奇戏曲，他们的小说观念主要承袭的正是宋以来的民间

---

[1] 罗烨：《醉翁谈录》甲集卷1《小说引子》，《全宋笔记》本，大象出版社，2019，第71—72页。
[2] 见本书第十八章。参见拙作《宋人"说话"家数再探》，《天津社会科学》2017年第2期。

通俗小说观念。

在清代官方学者和正统文人看来，小说是一种特殊的知识类别，它统领那些不能归入史部而在子部也不入流品的作品，形成自己的类别特色。如《四库全书总目》小说类序云：

> 张衡《西京赋》曰："小说九百，本自虞初。"……则其来已久，特盛于虞初耳。迹其流别，凡有三派：其一叙述杂事，其一记录异闻，其一缀缉琐语也。唐宋而后，作者弥繁，中间诬谩失真，妖妄荧听者固为不少。然寓劝戒，广见闻，资考证者亦错出其中。班固称小说家流盖出于稗官，如淳注谓王者欲知闾巷风俗，故立稗官使称说之。然则博采旁搜，是亦古制，固不必以冗杂废矣。[1]

这种小说观念体现的便是明清以来正统士人的小说观念，它完全排除了民间通俗小说观念。因此，《四库全书》不收《三国演义》、《水浒传》、《西游记》、《金瓶梅》、《儒林外史》、《红楼梦》之类的通俗小说，也不收《西厢记》、《牡丹亭》、《长生殿》、《桃花扇》之类的杂剧、传奇类戏曲作品，当然更不收《天雨花》、《笔生花》、《再生缘》之类弹词、小唱等民间曲艺作品。

近代以来，完全秉持四库馆臣小说观念的学者越来越少，他们大都对子部文言小说存而不论，而将讨论的重点自觉不自觉地放在通俗小说上。这固然与近代学者普遍希望通过通俗小说来启迪民智、疏导民情、宣传政治主张、促进社会改良的政治文化诉求有关，但也与他们的知识结构的改变尤其是科举废除后教育制度的改变密切相关。因此，近代学者对小说的认识，主要不在正统小说观念与民间小说观念的区别，因为这种区别是显性的，明确的，他们讨论的主要问题是对通俗小说类型的分解。大体说来，早期学者多承继宋人的通俗小

---

[1] 永瑢等：《四库全书总目》卷140《小说家类序》，中华书局，1965，第1182页。

说观念及其分类,将所有章回小说和讲唱文学包括杂剧、传奇、弹词、小唱等都纳入小说的范畴,而1919年新文化运动前后,小说与戏曲及其他讲唱文学分离,小说中的长篇与短篇的区别得到凸显,中国小说观念才正式完成了由古代到现代的演变。

例如,1897年,严复、夏曾佑所撰《本馆附印说部缘起》谈到小说比正史易于流传时说:"其具有五不易传之故者,国史是矣,今所称'二十四史'俱是也;其具有五易传之故者,稗史小说是矣,所谓《三国演义》《水浒传》《长生殿》《西厢》'四梦'之类是也。"[1] 他们无疑是将杂剧和传奇看作小说的。1903年,梁启超指出:"自宋以后,实为祖国文学之大进化。何以故?俗语文学大发达故。宋后俗语文学有两大派,其一则儒家、禅家之语录,其二则小说也。小说者,决非以古语之文体而能工者也。"[2] 梁氏所关注的小说其实是宋以后的通俗小说,其中包括小说和戏曲、弹词等讲唱文学。同年,夏曾佑撰《小说原理》,指出中国小说分两派,"一以应学士大夫之用;一以应妇女与粗人之用",而"穷乡僻壤之酬神演剧,北方之打鼓书,江南之唱文书,均与小说同科者"。[3] 他所提到的需要大力发展的小说就是"应妇女与粗人之用"的通俗小说,这种小说自然也是包括戏曲和讲唱文学的。黄人《小说小话》认为:

> 平话仅有声而已,演剧则并有色矣。故其感动社会之效力,尤捷于平话。演剧除院本外,若徽腔、京腔、秦腔等,皆别有专门脚本,亦小说之支流也。[4]

---

[1] 几道、别士:《本馆附印说部缘起》,《国闻报》1897年。见陈平原、夏晓虹编《二十世纪中国小说理论资料》第1卷,第27页。
[2] 饮冰等:《小说丛话》,《新小说》1903年第7号。
[3] 别士:《小说原理》,《绣像小说》1903年第3期。
[4] 蛮:《小说小话》,《小说林》1907年。见徐中玉主编《中国近代文学大系》第1集第2卷《文学理论集》,第297—298页。

张行《小说闲话》则说：

> 今日梨园所演之剧，多取材于小说。然则小说与戏本为一体，惟一出之散文，一出之韵语，是其别耳。故吾谓小说与戏本不宜分而为二，况传奇即为剧本，可以扮演，而《桃花扇》、《燕子笺》等悉纳之小说范围之内。然则今所通行之戏本，亦当统谓之为小说也。[1]

这样，小说就不仅包括杂剧戏曲，还包括一切讲唱文艺的脚本。

1908年，陶佑曾为《月月小说》所作的广告词中提到："这《月月小说》里面，却有《悬岙猿》、《宝带缘》、《曾芳四》、《风云会》四样传奇，还有《研麈诗删剩》、《四海神交集》、《则山簃诗余》那些诗词，又有《黑奴报恩》、《邬烈士殉路》两出戏曲，更有《贾凫西鼓词》一种弹词。"[2]这里提到的小说，同样包括传奇、戏曲、弹词等。

近代早期从事小说研究的学者，也认为小说包括戏曲等讲唱文学。

例如，从1910年开始，蒋瑞藻在《神州日报》、《东方杂志》等报刊连载《小说考证》，1913年上海广益书局出版单行本，后又续编增补，1919年由商务印书馆出版合订本，影响甚大。该书共收金元以来笔记、小说108种，戏曲325种，弹词及民间小唱12种，翻译作品25种。[3]显然，戏曲是蒋氏《小说考证》的主要内容。另一小说考证大家钱静方1913年至1918年在《小说月报》连载《小说丛考》，他考证的作品同样包括演义、院本、传奇、弹词等。在《小说传奇考》中，他说：

> 小说起于宋仁宗时。按《七修类稿》云："宋仁宗时，太平盛久，国

---

[1] 张行：《小说闲话·戏本、传奇、弹词》，《古今文艺丛书》第二集，广益书局，1913。
[2] 报癖：《论看月月小说的益处》，《月月小说》第2卷第1期，1908年。
[3] 参见苗怀明《〈小说考证〉：中国古代戏曲史料的拓荒之作》，《古典文学知识》2001年第2期。

家闲暇，日欲进一奇怪之说以娱之，故小说得胜头回之后，即云'话说赵宋某年'云云。"如《今古奇观》一书，即其例也。今之小说，则纪载矣。《传奇》者，裴铏著小说，多奇异，可以传示，故号"传奇"。而今之传奇，则曲本也。张平子《两京赋》云："稗官小说，肇自虞初。"似小说于宋前久已有之。不知平子所云，乃指说部而言，非指此文不雅驯之小说。此种小说，实始于宋。[1]

钱氏所考证的是宋以来的通俗文学，通称为小说；他也知道还有更为古远的说部小说（实指子部文言小说），但他并不讨论这类小说。

1912年，管达如在《说小说》中比较系统地阐述了对小说的认识。他在《小说之分类》一章中将小说按文学分为"文言体"、"白话体"和"韵文体"，按体制分为"笔记体"和"章回体"。其"韵文体"中又分为"传奇体"和"弹词体"，"传奇体"中包括元代南北曲和明清戏曲，"弹词体"则包括一切讲唱伎艺。[2]

1914年，吕思勉在颇有总结意味的《小说丛话》中将小说分为散文、韵文两类，散文类有文言和俗语两种，韵文类有传奇和弹词两种。[3]这种分类更显学理化，更具包容性，当然也更含混，小说文体特点也就比较模糊。解弢《小说话》则以为：

> 小说分类颇难。若以其宗旨分之，纷繁太甚，社会之事，殆包举而无遗焉。且一书而兼数类，分之亦不胜其劳。若以文章分之，则不过文言与俗语，或有韵与无韵二者而已，为类复太简。莫便于以体裁分之，笔记为甲类，章回为乙类，传奇为丙类，盲词歌曲为丁类，欧美译书援《四库目

---

[1] 泖东一蟹：《小说丛考》。转引自黄霖编著《历代小说话》第七册，第2524页。
[2] 管达如：《说小说》，《小说月报》1912年第3卷第5号、7号。
[3] 成之：《小说丛话》，《中华小说界》1914年第3期。

录》不收佛教经藏例,别为戊类。[1]

这种分类是对古今小说观念的整合,包括正统小说观念和民间小说观念,与邱炜萲对小说的解说类似。

随着近代文学的发展,各体文学都呈现出新的态势,取得了各不相同的进步。其中,戏曲的发展与小说息息相关。总体上看,戏曲界与小说界一样,也是颇为活跃的。在梁启超提倡"小说界革命"的同时,学术界也提出了"戏曲改良"的口号。

1904年,陈独秀用白话在《安徽俗话报》发表《论戏曲》一文,次年改用文言在《新小说》再发,其中谈到:

> 现今国势危急,内地风气不开,慨时之士,遂创学校,然教人少而功缓。编小说,开报馆,然不能开通不识字人,益亦罕矣。惟戏曲改良,则可感动全社会,虽聋得见,虽盲可闻,诚改良社会之不二法门也。[2]

陈氏不仅明确提出"戏曲改良"的口号,而且是在与小说相比较中而提出,显然以戏曲为不同于小说的别一文体。

同年,陈去病呼吁:

> 我青年之同胞,赤手掣鲸,空拳射虎,事终不成,而热血徒冷。则曷不如一决藩篱,遁而隶诸梨园菊部之籍,得日与优孟、秦青、韩娥、绵驹之俦为伍,上之则为王郎之悲歌斫地,次之则继柳敬亭之评话惊人,要反足以发舒其民族主义,而一吐胸中之块垒;比其奏效之捷,必有过于劳心

---

[1] 解弢:《小说话》,中华书局,1919,第3页。
[2] 三爱:《论戏曲》,《新小说》第2卷第2期,1905年。

焦思，孜孜矻矻以作《革命军》、《驳康书》、《黄帝魂》、《落花梦》、《自由血》者殆千万倍。[1]

陈氏号召青年们投身到戏曲的创作和演出中来，因为戏曲可以获得比小说更好更快的社会宣传效果，这一认识与陈独秀是一致的，其对小说与戏曲的文体分疏也是一致的。

1906年冬，旅日学者在东京成立春柳社，推动中国戏剧改革，以新剧（早期话剧）的创作和演出著名于世。

1907年，一批学者在上海成立春阳社，进行戏剧改良，也演出新剧，取得了实实在在的成绩。

1908年，王钟麒在《月月小说》上刊文指出："盖戏剧者，学校之补助品也。今海上诸梨园，亦稍稍知改良戏曲矣。……吾愿吾国戏剧家咸知此义，以其一身化亿万身，以救此众生。吾尤愿吾内地十八行省，省省得志士，设剧场，收廉值，以灌输文明思想。吾更愿吾海上诸名伶，取旧日剧本而更订之，凡有害风化、窒思想者，举黜弗庸，以为我民造无量幸福。"[2]王氏希望将上海改良戏曲的实践推广到全国，以促进中国社会进步。

1911年，在北京的戏剧演员和剧作家成立了正乐育化会，开展戏剧观摩和研究活动。齐如山《观剧建言》以为："演戏本为一种美术。不像真的，不成；太像真的，也不成。就比方妇人啼哭，若真如同下边真哭一样，那有什么看头呢？所以在真的之中，又添上许多美观的姿态。……况且美观的审察，不但是人生必须的作用，且是生来本有的能力。再说演剧本关乎社会教育，但恃戏界改良，本是很难。若由观剧一方面悉心留神审察督促，则戏界进步当更较

1　陈佩忍：《论戏剧之有益》，《二十世纪大舞台》1904年第1期。
2　天僇生：《剧场之教育》，《月月小说》第2第1期，1908年。

快也。"[1]他不仅积极介绍西方戏剧现状,而且认真研究戏剧理论,著有戏剧专著《说戏》《中国剧之研究》《国剧概论》等,并与梅兰芳等演员密切配合,自编或改编剧本40余种,促进了中国戏剧的发展。

1912年,冯叔鸾在上海各报章杂志发表剧评,阐述戏的基本观念、戏的界说、戏的性质、戏的要素、戏剧与社会的关系、戏剧改良和戏剧批评等,他认为戏有广义、狭义之分,"就广义言之,则凡可以娱悦心志之游戏,皆戏也,故有京戏、昆戏、梆子戏、马戏、影戏、木人戏,以及变戏法、说书、滩簧、像生、绳戏等,戏之范围,乃至广。若就狭义论之,则惟扮演古今事实,有声而有色者,始得谓之戏。以此为鹄,则凡所谓林步青之滩簧也,大力士之武技也,幻术也,影戏也,皆不得谓之戏,以其不合于狭义的戏之界说也"。按照狭义标准,"故凡演戏者,须知演戏非说书,非卖艺,非影戏,非演说,戏之界说既定,则其格律自然谨严,而其艺术亦必缜密不苟也"。[2]同年,王国维撰写《宋元戏曲考》(后更名《宋元戏曲史》),重点论述宋、金、元戏曲的渊源、戏曲文学的特点、成就及其对后世的影响,为戏曲文体的成立提供了系统的历史依据。

同年,黄远生《新剧杂论》对新戏脚本作了专门研究,他认为,"脚本有根本要件二:第一必为剧场的,第二必为文学的"。因此,"缺乏剧场的要素之脚本,乃一冒托脚本之轮廓而成之一种文学而已。……盖永久有生命之脚本,实以文学为中心故也"。他还将戏剧脚本写作与小说作品创作进行比较,以为:

> 凡作小说,不必尽将其书中人物之颜色、形状、动作,或其室中光景、背景详情,一一描摹,成为具体的印象。叙事直写之小说固如此矣,至以心理方面为主之小说尤然。然此等外面千态万状之描摹,令所有印象一一沉浮而出,在于剧本乃为最要之需。……以故凡小说家未必即能取得脚本家之资

---

[1] 齐宗康:《观剧建言》,京师京华印书局,1911年。见梁燕主编《齐如山文集》第1卷,河北教育出版社,2010,第31—32页。

[2] 冯叔鸾:《啸虹轩剧谈·戏之界说》,中华图书馆,1914,第10—11页。

格，有如托尔斯泰为一世文豪，亦偶作剧本，而其于剧本之成功，乃不敌其在小说界成功之半，仅以《暗黑之威力》一作，沉浮生息于剧界而已。[1]

因此他认为："脚本与小说异界……须知剧场座客，与在书斋中观书者不同。此曹耳眼，无寸秒停其作用。欲令此曹集中其全体之注意力，但有厌气之生，则全局瓦解。故必须于最短时光中，以经济之方法，兴其感奋，达于高潮。"[2]

从以上梳理可以看出，"辛亥革命"以后，尽管小说界仍有一些人将戏曲包涵在小说之中，然而，由于戏曲界的不懈努力以及新剧创作演出和旧戏改良的影响不断增强，戏曲的文体独立地位得到更多人的承认，戏曲与小说和其他讲唱伎艺的文体分离也就水到渠成了。

1920年，鲁迅在北京大学和北京高等师范学校兼任讲师，讲授"中国小说史"课程，印有油印讲义《中国小说史大略》，在此基础上修改完善的《中国小说史略》分为上下两卷，于1923年和1924年先后由北京大学第一院新潮社出版发行，这本小说专门史只论子部文言小说和通俗白话小说，将其源头追溯到神话与传说，而不论杂剧、传奇等戏曲作品，也不论弹词、小唱等讲唱文学。鲁迅在《小说旧闻钞·序言》中说："昔尝治理小说，于其史实，有所钩稽。时蒋氏瑞藻《小说考证》已版行，取以检寻，颇获裨助；独惜其并收传奇，未曾理析。"[3]说明鲁迅不赞成将传奇戏曲视为小说，所以他的《中国小说史略》不包括传奇戏曲。这一历史建构以及具体分类（如汉人小说、志怪书、志人小说、传奇文、话本、拟话本、章回小说等）得到学术界普遍认可，这部小说史于是成为中国小说史的经典，也成为小说文体与戏曲文体分离的里程碑。

1932年，郑振铎在《中国通俗小说书目序》中说：

---

[1] 远生辑评：《新剧杂论》，《小说月报》第5卷第1号，1914年。
[2] 远生辑评：《新剧杂论》（续），《小说月报》第5卷第2号，1914年。
[3] 鲁迅校录：《小说旧闻钞》卷首《序言》，齐鲁书社，1997，第1页。

>　　对于中国小说的研究，乃是最近十余年来的事。商务版的《小说丛考》和《小说考证》为最早的两部专著。但其中材料甚为凌杂。名为"小说"，而所著录者乃大半为戏曲。鲁迅先生的《中国小说史略》出，方才廓清了一切谬误的见解，为中国小说的研究打定了最稳固的基础。马隅卿诸先生的提倡和传布的工作，也给学者们以多少的冲动。[1]

郑氏这一说法虽然符合历史实际，批评钱静方和蒋瑞藻的小说研究专著材料凌杂，所著录者大半为戏曲，也不是无中生有，但钱和蒋的研究采用的是近代前期的小说观念，即宋人以来的民间小说观念，而鲁迅的小说观念是从日本引进的西方现代小说观念，且这一观念在中国近代经过20多年的传衍，尤其是在戏曲界和小说界的共同努力下，才完成了这一观念的转变。从历史的角度来看，钱、蒋二人的小说观念也是时代的产物，自有其历史和现实的依据，也有其学理的依据，其实并不"凌杂"；鲁迅的小说观念实现了小说与戏曲的分离，固然是小说观念的进步，其意义自然不能低估，但同样也是时代的产物，也是文学自身发展的必然结果。我们没有必要为了肯定后者而否定前者，而应该承认小说观念的发展是历史的产物，现代小说观念既是西方现代小说观念的移植，也是中国小说观念合乎逻辑的演进，而近代则是其桥梁，如此而已。

第五节　结论与余论

　　以上从四个方面论证了中国小说观念在近代的演变，这些变化主要有：在作品性质上，由传统的视小说为"闲书"，转变为以小说为启蒙民众的"通俗教育之利器"和学校"教科书"；在知识归属上，由传统的经、史、子、集"四

---

[1] 郑振铎：《中国通俗小说书目序》，《中国文学研究》第二卷《小说研究》，人民文学出版社，2000，第434—435页。

部"之学的子部诸子之一类,改属于文、理、工、农、医等现代学科的文科之文学类;在作品内容上,从传统的强调"羽翼信史",以故事情节吸引观众,到主张"今社会之写本"和"理想世界之描写",以塑造美的形象"陶融人之性灵";在文体分类上,从士人小说观念与民间小说观念的疏离,到明确区分民间小说的不同类型,即从统称一切通俗文学和讲唱文艺之小说,到严格区分小说的散文与韵文和书面与口头,使小说、戏曲、小唱三种文体得以独立。正是这些进展,传统小说观念逐渐获得了现代小说观念的丰富内涵,于是,近代小说观念成为了传统小说观念向现代小说观念演进的桥梁。

需要说明的是,中国近代小说观念的演进主要是在明清通俗小说思想观念的基础上,在汲取明清通俗小说创作实践成功经验的过程中,通过借鉴国外现代小说思想和小说观念而逐渐形成的。同时,中国近代小说观念的演进与中国社会政治的转型、经济结构的重组、思想文化的变迁、士人社会地位的衰落等历史发展进程是基本一致的。必须承认的是,中国近代小说观念中也有传统史志子部小说观念的影响,只是子部小说观念随着士人对社会意识形态塑造和思想文化控制的话语权的逐渐丧失,子部小说观念的影响也就逐渐式微了。

当然,近代小说观念的发展绝不仅限于以上几个方面。例如,陈平原在《中国小说叙事模式的转变》一书中,通过叙事模式(叙事时间、叙事角度、叙事结构)的细致梳理和分析,论证了中国小说从古典向现代的转变。他认为:"中国小说叙事模式的转变,基本上是由以梁启超、林纾、吴趼人为代表的与以鲁迅、郁达夫、叶圣陶为代表的两代作家共同完成的。前者以1902年《新小说》的创刊为标志,正式实践'小说界革命'主张,创作出一大批既不同于中国古代小说、又不同于'五四'以后的现代小说的带有明显过渡色彩的作品,时人称其为'新小说'。后者没有小说革命之类的代表性宣言,但以1918年《狂人日记》的发表为标志,在主题、文体、叙事方式等层面全面突破传统小说的藩篱，正式开创了延续至今的中国现代小说。"[1] 叙事模式与小说观念也有关涉，近代小说叙事观念对于古代小说叙事观念已经存在一定程度的超越，我们其实也可以从这一方面清理中国近代小说观念的发展。由于陈著已经有细致深入的论述，读者可以参看，这里就没有必要再饶舌了。

---

[1] 陈平原：《中国小说叙事模式的转变》第一章《导言》，北京大学出版社，2003，第6页。

第二十三章
重评梁启超的小说理论

梁启超是清末民初重要政治家、文学家和思想家，他的小说理论对晚清小说思想和小说观念乃至小说创作和小说批评有着巨大而深刻的影响，历来为学术界所重视。因此，清理中国古代小说观念（含近代小说观念）不能不对他的小说理论予以特别关注，这也是在上章我们讨论了近代小说观念后为何要专设一章来讨论梁启超小说理论的缘故。对于梁启超的小说理论，不少学者给予了积极的正面评价，如有的认为他"已经谈到了小说以形象反映生活的特点，涉及现实主义和浪漫主义的创作方法等问题"，有的断定他"比较明确地揭示了小说形象化和典型化这一基本艺术规律"，甚至认为他"代表着当时先进文学思想的最高水平"[1]。当然，也有人不同意这样的判断，认为梁启超提出"小说界革命"的口号，对于提高小说文化地位，促进小说繁荣发展等方面确有贡献，但在小说思想和小说观念方面却并无多少建树，甚至还有错误的引导，不应该给予过高的评价。这样看来，究竟该如何评价梁启超的小说理论，确实有认真讨论之必要。讨论梁启超的小说理论，必须将其放在清末民初这一历史大背景下，放在中国通俗小说思想发展的历史进程中，放在同时代小说理论家的理论环境中，并结合他的小说创作实践来理解。只有这样，才能对其小说理论做出恰如其分的评价。本章尝试着按照以上思路，对梁启超的小说理论加以探讨，以促

---

[1] 舒芜：《舒芜文学评论选》，安徽教育出版社，1994，第171页。

进人们对清末民初小说思想和小说观念发展能够有比较客观理性的认识，达到去伪存真、去粗取精的目的。

第一节 "小说界革命"是为政治改良服务的

梁启超（1873—1929）字卓如，一字任甫，号任公，又号饮冰室主人、饮冰子、哀时客、中国之新民、自由斋主人。广州府新会县（今广东江门市）人。中国近代政治家、思想家、教育家、史学家、文学家。师从康有为，与其一起领导"戊戌变法"。失败后，一同逃亡日本。后又游历欧美，在海外推动君主立宪。辛亥革命后，一度入袁世凯政府，担任司法总长。后又反对袁世凯称帝、张勋复辟，加入段祺瑞政府。他积极提倡社会改良，倡导新文化运动，也支持"五四运动"，是一个颇有争议的历史人物。一生著作甚丰，合编为《饮冰室合集》。

梁启超重视小说，尤其重视通俗小说，是与他的政治改良思想和变法维新主张相一致的。1896年，黄遵宪、梁启超等在上海创办《时务报》，以宣传"变法图存"为宗旨，梁启超任主笔，他在《变法通议·论幼学第五·说部书》中首倡小说革新，要求小说为揭露时弊、激发国耻、振兴末俗、改良政治服务，主张将小说列入幼学教科书。1898年，梁启超创办《清议报》，发表《译印政治小说序》，以为"小说为国民之魂"，指出：

  在昔欧洲各国变革之始，其魁儒硕学，仁人志士，往往以其身之所经历，及胸中所怀，政治之议论，一寄之于小说。于是彼中缀学之子、黉塾之暇，手之口之，下而兵丁，而市侩，而农民，而工匠，而车夫马卒，而妇女，而童孺，靡不手之口之。往往每一书出，而全国之议论为之一变。彼美、英、德、法、奥、意、日本各国政界之日进，则政治小说为功最高焉。[1]

于是，梁启超在《清议报》译载西方政治小说，以推动政治改良。当然，梁氏所提倡的小说都是以普通民众为读者对象的通俗小说。

1898年6月11日至9月21日（农历四月二十三至八月初六），仅开展百日的"戊戌维新"失败，梁启超逃亡日本，在创办维新派刊物《清议报》继续宣扬改良主义思想的同时，继续宣传他的小说主张。他先是举起"政治小说"的旗帜，继而发出"小说界革命"的号召，撰写专论，裒集丛话，翻译外作，自创新构，异常活跃。在他看来，"中国群治腐败之总根源"即在于此前之小说，"故今日欲改良群治，必自小说界革命始；欲新民，必自新小说始"[2]。作为一个政治活动家，梁启超自觉地把自己的小说理论与当时的社会政治紧密联系在一起，是十分自然的。因此，我们在评价他的小说理论的时候，自然应该首先注意到这一理论在当时社会的政治作用，这不仅是历史的要求，也符合梁启超本人的愿望。

梁启超的小说专论发表于不同时期，人们普遍重视并据以立论的是他在1902年11月中旬发表于《新小说》创刊号上的名著《论小说与群治之关系》，他的最有影响的小说理论也被表述在这篇论文中。然而，这篇论文的发表，不仅不能证明他的文学思想的先进，反倒可以看出他在政治上的日趋落后与反动。如果说梁启超在"戊戌变法"运动中是一个顺应历史潮流的勇敢的弄潮儿，随着变法失败后革命形势的发展，他已经被浪潮卷到了岸边，成了落伍者，而他的小说理论正是一个落伍者留下的足迹。

经过"戊戌政变"，资产阶级改良主义运动彻底失败，清王朝的腐朽本质和反动面目得到充分暴露，特别是"庚子事变"后《辛丑条约》的订立，"清廷之

---

[1] 任公：《译印政治小说序》，《清议报》第一册，中华书局编辑部《中国近代期刊汇刊》本，中华书局，2006，第54页。

[2] 梁启超：《论小说与群治之关系》，《新小说》1902年第1卷第1期。

威信已扫地无余，而人民之生计从此日蹙。国势危急，岌岌不可终日"[1]。清政府无耻地表示"量中华之物力，结与国之欢心"[2]，完全堕落为"洋人的朝廷"，充当着帝国主义"以华治华"政策的工具。许多对朝廷原来心存幻想的人这时都从迷梦中惊醒，认识到"欲立新国，必自亡旧始"；"自非躬执大彗，以扫除其故家污俗，而望禹域之自完也，岂可得乎？"[3]改良主义思想逐渐失去了对群众的吸引力和号召力，而革命民主主义思想越来越多地掌握了群众。甚至连维新派中的一部分著名人士也转而同情革命或赞成革命。如被康有为、梁启超视为他们的"徐敬业"的唐才常，在1900年领导自立军起义的时候，虽然还没能同改良主义彻底决裂，因而有"复起光绪帝"的保皇宣言，但同时又"决定不认满洲政府有统治清国之权"，要"共进文明，而成一新政府"，"变旧中国为新中国"[4]，分明是在向革命方向转化，或者可以说是虽托名勤王，而志在革命。曾参与自立军筹划的秦力山在失败后终于斩断了与改良主义的最后一缕藕丝，在日本东京办起了旨在宣传反清革命的《国民报》。自立军的起事和失败，的确是"近代中国资产阶级改良主义让位于革命民主主义的转折点"[5]。孙中山在回忆这段历史时这样写道：

> 庚子之役（即1900年广东惠州起义——引者）为予第二次革命之失败也。经此失败而后，回顾中国之人心，已觉与前有别矣。当初次（指1895年广州起义——引者）之失败也，举国舆论莫不目予辈为乱臣贼子、大逆不道，咒诅谩骂之声，不绝于耳；吾人足迹所到，凡认识者几视为毒蛇猛兽，而莫敢与吾人交游也。惟庚子失败之后，则鲜闻一般人之恶声相

---

[1] 孙文：《孙文学说·有志竟成》，载《孙中山选集》上卷，人民出版社，2011，第208页。
[2] 光绪二十六年（1900年）十二月二十六日慈禧谕旨。见中国第一历史档案馆编《光绪朝上谕档》第26册，广西师范大学出版社，1996，第482页。
[3] 章炳麟：《正仇满论》，《国民报》1901年第4期。
[4] 杜迈之等辑：《自立会史料集》，岳麓书社，1983，第15—37页。
[5] 蔡少卿：《略论自立军起义的性质》，《光明日报》1984年1月4日。

加，而有识之士且多为吾人扼腕叹惜，恨其事之不成矣。前后相较，差若天渊。[1]

这里谈的是1900年的情况，而梁启超提出"小说界革命"口号的1902年，形势又有很大的发展。4月26日（农历三月十九日）章太炎等在日本召开"亡国二百四十二年纪念会"，掀起了组织爱国团体、出版革命报刊大力宣传反清革命的政治热潮。在国内，曾一度被慈禧所利用的"义和团"群众在血的教训中猛醒，冀南"义和团"便丢掉"扶清灭洋"的旗帜而代之以"扫清灭洋"的口号，继续斗争。至于章太炎、蔡元培等在上海发起组织的中国教育会，以及在学生罢学风潮推动下兴起的爱国学社，秦毓鎏在留日学生中发起的青年会等，都是革命思潮的产物。曾经长期为康、梁改良主义思想所支配的上海《苏报》，在革命思想影响下，也转变为公开反对清朝政府和鼓吹革命的机关报。上海耶松厂木工的罢工和广西、广东人民的起义，无不推动着革命形势的发展。资产阶级改良主义和革命民主主义在社会思想中的地位急遽变动，历史车轮驶进了资产阶级民主革命的轨道。在革命形势召唤下，1902年邹容撰写《革命军》，明确提出"除数千年之种种专制政体"，建立"自由独立"之"中华共和国"的革命主张。1903年初《革命军》出版，风行海内外，销售逾百万册，有力地证明这时民主革命的思想在人民群众中已有深厚基础；而那些从前只知有康、梁，一直受改良主义思想熏陶的青年知识分子也已经觉得革命的道理更加充分，改良主义出现了信仰危机。在革命情绪普遍高涨的形势下，改良主义便从原来的趋于进步而逐渐转向落后、保守和反动（逆历史潮流而动）。

虽然，资产阶级革命派与改良派的壁垒分明和激烈斗争是在1905年"同盟会"正式成立以后，梁启超提出"小说界革命"的口号时，资产阶级革命派与改良派在政治上还没有公开决裂。但是，这时两种思想两条路线的斗争已经在

---

[1] 孙文：《孙文学说·有志竟成》，载《孙中山选集》上卷，第208页。

或明或暗地进行，双方都尽量在做制造舆论、争取群众的工作，政治分野已经显明。从1903年开始，便逐渐公开化和尖锐化。如果说"戊戌政变"后，孙中山为首的革命派还存在着改良派可能接受教训，转而赞成革命，实现两派联合的幻想，那么，在革命形势的推动下，在被梁启超"名为保皇，实则革命"的声明所欺骗而失掉一个个革命阵地（如日本横滨中西学校、檀香山兴中会等），革命力量受到打击后，孙中山逐渐认识到"革命与保皇，理不相容，势不两立"，"如黑白之不能混淆，如东西之不能易位"[1]。1903年，孙中山转战日本横滨和美国檀香山，其中主要的活动就是揭露保皇派，宣传革命思想。而此年他在日本东京青山创办的军事学校的誓词中，第一次明确提出了"驱除鞑虏，恢复中华，创立民国，平均地权"[2]的革命纲领，反映出革命思想的成熟和政治斗争的深入。同时，梁启超赴美考察后返回日本，宣称自己"宗旨顿改，标明保王，力辟革命，且声言当与异己者宣战"[3]，从而揭开了革命派与改良派论战的序幕。

在革命形势飞速发展的时期，梁启超不像他的老师康有为那样迂拙冥顽，他知道重弹"戊戌维新"时的老调已不能争取群众。于是"为国而善变"，采用"涂其面，伸舌寸许，圆其目与之相对"[4]之术，来抵制革命思想的传播，达到宣传改良主义的目的。他抓住一切可能的宣传机会和一切可以利用的阵地，"以极端之议论出之"，借以迷惑群众。在《论小说与群治之关系》一文中劈头就是：

> 欲新一国之民，不可不先新一国之小说。故欲新道德必新小说，欲新宗教必新小说，欲新政治必新小说，欲新风俗必新小说，欲新学艺必新小

---

[1] 孙中山：《敬告同乡书》，载《孙中山全集》，中华书局，1981，第231—232页。
[2] 冯自由：《革命逸史》第三集，中华书局，1981，第199页。
[3] 梁启超：《答和事人》，载《饮冰室合集·文集之十一》，中华书局，1989，第45页。
[4] 参见梁启超：《敬告当道者》，《新民丛报》汇编，1902年。见中华书局编辑部《中国近代期刊汇刊》本，中华书局，2008，第87页。

说，乃至欲新人心，欲新人格，必新小说。[1]

而在一个月前，他耸人听闻地说过"吾国政治之或进化，或堕落，其功罪，不可不专属诸报馆"[2]。这些极端的言论下掩盖着他的"对于国体主维持现状，对于政体则悬以理想以求必达"的政治企图。既然一切社会责任都归之于小说，属之于报馆，当然无须推翻清政府，扫除封建专制制度，不必动摇他们的"旷代之圣主"光绪的君主地位。梁启超这时也谈"革命"，但他并不真正赞成革命，因为在他看来，革命就会"原野厌肉，川谷阗血，全国糜烂，靡有孑遗"[3]，何况"现在中国人连可以谈革命的资格都没有"，何以革命为？他是要"骇之以革命"，以达到"变骇为习"，"当革命论起，则并民权亦不暇骇，而变法无论矣"[4]的目的。他也谈"破坏"。但那是"无血之破坏"，即"以脑以舌而行破坏"，也即靠他们这些先觉者去教化那些"责望于贤君相者深，则自责望者必浅"的愚民而使之成为"新民"，"苟有新民，何患无新制度，无新政府，无新国家"[5]。尽管"新"口号喊得满天价响，而实质却是在为旧事物辩护。革命派要反清，他要说"新民"；革新派要搞武装暴动，他说应进行"无血之破坏"；革命派主张民主革命，他号召"小说界革命"……一句话，梁启超此时的宣传是针对革命思潮而发，核心仍是改良，这种宣传在革命思想勃兴的1902年无疑是背逆历史潮流的，我们丝毫不应为之掩饰和辩护。

梁启超的小说理论是为改良主义政治服务的，这从他的论著中也可以看得十分清楚。在《译印政治小说序》中，他宣称自己重视小说是受了老师康有为的影响，认识到"仅识字之人，有不读经无有不读小说者。故六经不能教，当以小说教之；正史不能入，当以小说入之；语录不能谕，当以小说谕之；律例

---

[1] 梁启超：《论小说与群治之关系》，《新小说》1902年第一卷第1期。
[2] 梁启超：《敬告我同业诸君》，《新民丛报》汇编，1902。《中国近代期刊汇刊》本，第80页。
[3] 梁启超：《中国历史上革命之研究》，《新民丛报》汇编，1904。《中国近代期刊汇刊》本，第412页。
[4] 梁启超：《敬靠我同业诸君》，《新民丛报》汇编，1902。《中国近代期刊汇刊》本，第81页。
[5] 梁启超：《新民说》，《新民丛报》汇编，1902。《中国近代期刊汇刊》本，第1—2页。

不能治，当以小说治之"[1]，于是"今特采外国名儒所撰述而有关切于今日中国时局者，次第译之，附于报末"[2]。这话一点不假，康有为确实有"经史不及八股盛，八股无如小说何，郑声不倦雅乐睡，人情所好圣不呵"[3]的认识，并曾鼓励梁启超等人撰写小说宣传改良主义。后来梁启超回忆这段经历时说：

> 十年前之旧社会，大半由旧小说之势力所铸成也。忧世之士，睹其险状，乃思执柯伐柯为补救之计，于是提倡小说之译著以跻诸文学之林，岂不曰移风易俗之手段莫捷于是耶？[4]

在《论小说与群治之关系》一文中，梁启超正是慨叹于小说"易入人"、"易感人"，"其性质，其位置，又如空气然，如菽粟然，为一社会中不可得屏之物，于是华士坊贾遂至握一国之主权而操纵之矣"，才骇人听闻地提出"小说界革命"的口号，决心把整个社会舆论大权操纵在自己手中。与《译印政治小说序》不同的是，他将利用小说进行政治宣传改换为以"小说界革命"代替一切社会变革了。梁启超是忘记了他的改良主义理想吗？当然不是。他在1898年写《译印政治小说序》时，"戊戌变法"虽已失败，但改良主义仍然执思想界之牛耳，改良派仍是国内外最有影响的政治势力，所以他能颇为自信地公开声称要利用小说宣传改良。同年，他所翻译的日本明治维新时期的政治小说《佳人奇遇》就是一部仇视革命宣扬改良主义的代表作。然而，到了1902年，随着革命形势的发展，改良主义日薄西山，革命思想受到普遍欢迎，梁启超已没有勇气像先

---

[1] 梁启超：《译印政治小说序》引，《清议报》1898年第1期。中华书局编辑部《中国近代期刊汇刊》本，中华书局，2006，第53页。需要说明的是，在康有为、梁启超提倡用小说教化民众之前，英国传教士傅兰雅（John Fryer）在1895年的上海《万国公报》6月号上刊登征文启事："窃以感动人心，变易风俗，莫如小说，推行广远，传之不久，辄能家喻户晓，气习不难为之一变。……兹欲请中华人士愿本国兴盛者，撰著新趣小说。"显然已经有用新小说移风易俗的主张。

[2] 梁启超：《译印政治小说序》，《清议报》1898年第1期。《中国近代期刊汇刊》本，第54页。

[3] 饮冰：《小说丛话》引，《新小说》1903年第七号。

[4] 梁启超：《告小说家》，《中华小说界》1915年第二卷第1期。

前那样理直气壮地为改良主义叫嚷了，他也明白这样的叫嚷已为普通群众所厌弃，但他又不赞成革命派主张，于是就打起"小说界革命"的旗帜，妄图用思想改良取代社会革命，抵挡汹涌澎湃的革命潮流，以挽救改良主义的彻底失败。历史的发展当然不会以梁启超的意志为转移，人们也不可能看到"小说界革命"带来社会更新的奇迹。倒是切切实实地听到了武昌起义的枪声敲响了最后一个封建王朝的丧钟。

第二节 "熏浸刺提"不全指艺术感染力

我们从政治上否定"小说界革命"的口号，无非是要还它历史的本来面目。当然，这并不意味着要全面否定梁启超小说理论的价值。

梁启超的小说理论确实有可资借鉴之处，这是谁都承认的。如"两种境界"说的提出，"理想派小说"与"写实派小说"的划分，"熏、浸、刺、提"四种力的剖析，等等，都能给我们不少启发，这证明梁启超对小说创作的某些艺术规律有一定程度的理解，对小说文体的本质特征也有相当深入的认识。在传统文化仍然占据优势地位的社会背景下，在小说仍然不受世人重视的舆论环境中，梁氏能够振臂疾呼"小说界革命"的口号，并在理论上加以论证，以提高小说在社会上的文化地位，的确值得我们高度重视并予以充分肯定。问题是应该如何正确地理解它，恰如其分地评价它。笔者认为：由于梁启超在小说与社会的关系这一根本问题上的认识是头足倒立的，因而他对小说本质特征的认识和艺术规律的理解也就不可能真正建立在科学基础之上，他所集中探讨的是小说何以能够支配人道即小说如何发挥社会作用这一小说艺术的外部规律，却并没有重视对小说创作如何塑造典型形象来集中概括地反映社会生活这一小说艺术的内部规律进行深入细致的研究；虽然他对小说外部规律的探讨不是毫无意义的，但他对小说本质特征和艺术特点的认识却并不深刻，有些其实是流于表浅化、概念化的。

梁启超认为，小说之支配人道靠的是"熏、浸、刺、提"四种力。他所说的"熏、浸、刺、提"四种力一般被理解为艺术感染力。所谓艺术感染力，当然是指形象的审美过程。也就是说，这种意见认为，梁启超明确意识到了小说的形象性是影响小说社会感知程度和读者接受效果的决定性因素。

事实并非如此。诚然，梁启超在解释"四种力"时，确乎注意到小说塑造艺术形象的问题，如谈"刺"力，便举过"林冲雪天三限"、"武松飞云浦一厄"、"晴雯出大观园'、"黛玉死潇湘馆"等为例，似乎已经认识到小说艺术形象能够刺激读者的审美感受能力，从而达到艺术审美效果。他也似乎认识到塑造成功的小说人物形象可以提升读者的人格诉求和自我期待，从而获得满意的社会效果，如他在谈到"提"力时，便说过"然则吾书中主人翁而华盛顿，则读者将化身为华盛顿；主人翁而拿破仑，则读者将化身为拿破仑"之类的话。但是，我们也必须同时看到，梁启超并不是特别注重小说的艺术形象，因为他认为宗教教义、政治纲领也一样具备"熏、浸、刺、提"四种力，同样能够达到他所描述和期待的社会传播效果。他在对"四种力"作了分析后总结说：

> 此四力者，可以卢牟一世，亭毒群伦，教主之所以能立教门，政治家所以能组织政党，莫不赖是。文家能得其一，则为文豪；能兼其四，则为文圣。[1]

这就告诉我们，梁氏所强调的"四种力"在宗教教义和政治纲领中是同样存在的，并不一定产生于艺术形象。如《楞伽经》所谓迷智为识，转识成智者"，皆持"熏"力；"我佛从菩提树下起，便说偌大一部《华严》，便以"浸"力；"禅宗之一棒一喝，皆利用此刺激力以度人者也"；"提之力，自内而脱之使出，

---

[1] 梁启超：《论小说与群治之关系》，《新小说》第1卷第1期。

实佛法之最上乘也"。并且，这四种力不是每个作家都能得到，每部作品都能具备的，"文圣"固属罕见，"文豪"也很难得。

这样看来，与其把梁启超提出的四种力理解为艺术感染力的"完整过程"，不如把它看作精神洗礼的几种形态。在解释"熏"力时，梁启超便说：由于小说的熏染，"久之而此小说之境界，遂入其灵台而据之，成为一特别之原质之种子。育此种子故，他日又更有所触所受者，旦旦而熏之，种子愈盛，而又以之熏他人"。很明显，这种"熏力"主要是精神的、道德的、伦理的教化，而不完全是艺术形象的感染。

为了帮助我们深刻理解梁启超所说的四种力的实质，有必要看看十年之后他对同一问题的再次论述。他说：

> 夫小说之力，曷为能雄长他力？此无异故，盖人之脑海如熏笼然，其所感受外界之业识如烟，每烟之过，则熏笼必留其痕，虽拂拭洗涤之，而终有不能去者存。其烟之霏袭也愈数，则其熏痕愈深固；其烟质愈浓，则其熏痕愈明显。夫熏笼则一孤立之死物耳，与他物不相联属也；人之脑海，则能以所受之熏还以熏人，且自熏其前此所受者而扩大之，而继演于无穷。虽其人已死，而薪尽火传，犹蜕其一部分以遗其子孙，且集合焉以成为未来之群众心理。[1]

显然，梁氏所谈的四种力并不专指艺术感染力，而是一种精神感化力，用他的话说是"熏染感化力"，它可以是形象的，更可以是思想的，目的是要改造群众心理，实现社会改良。印之以此前对四种力的说明，前后的认识是颇为一致的。据此，我们倒是同意这样的说法："晚清社会文艺思潮、理论强调小说'为政治

---

[1] 梁启超：《告小说家》，《中华小说界》1915年第2卷第1期。

服务'的作用,而忽略它'用形象反映社会生活'的特性"[1],自然也就认识不到形象性对于小说生命力的价值,更没有关于小说人物典型形象塑造的思想。这一结论虽然是对晚期文艺思潮和小说理论的总评价,但对梁启超的小说理论是同样适用的,且梁启超在其中起到了非常重要的引领和带动作用。

梁启超在《论小说与群治之关系》中解释"人类之普遍性,何以嗜他书不如其嗜小说"这一现象时说:

> 凡人之性,常非能以现境界而自满足者。……小说者,常导人游于他境界,而变幻其常触常受之空气者也,此其一。人之恒情,于其所怀抱之想象,所经阅之境界,往往有行之不知,习矣不察者……有人焉,和盘托出,彻底而发露之,则拍案叫绝曰:善哉善哉,如是如是。所谓"夫子言之,于我心有戚戚焉",感人之深,莫此为甚。[2]

有人认为"梁启超用人类认识生活的需要来解释人们爱读小说的原因……这实际上就是认为文学的任务在于反映生活"[3],这与毛泽东主席关于"文艺作品反映出来的生活却可以而且应该比普通的实际生活更高,更强烈,更有集中性,更典型,更理想,因此就更带普遍性"的著名论断有"很大相似之处",因而得出结论:梁启超确实发现,并在一定程度上阐发了小说典型化的艺术规律。如果仅从上面那段引文加以"合理"推论,这些评价也许不算错误。然而,只要我们接着上段引文继续读下去,我们就会发现作者并没认识小说应靠塑造典型来集中概括地反映社会生活这一小说理论中的重要问题。作者在后文谈到小说对社会的危害时说:

---

[1] 王俊年:《政治、生活、艺术修养与创作——试论晚清小说的特点及其形成的原因》,《文学遗产》1981年第1期。
[2] 梁启超:《论小说与群治之关系》,《新小说》1902年第一卷第1期。
[3] 舒芜:《舒芜文学评论选》,安徽教育出版社,1994,第169页。

吾中国人状元宰相之思想何自来乎？小说也。吾中国人佳人才子之思想，何自来乎？小说也。吾中国人江湖盗贼之思想何自来乎？小说也。……今我国民，惑堪舆，惑相命，惑卜筮，惑祈禳，因风水而阻止铁路，阻止开矿，争坟墓而阖族械斗，杀人如草，因迎神赛会，而岁耗百万金钱，废时生事，消耗国力者，曰惟小说之故。今我国民慕科第若膻，趋爵禄若鹜，奴颜婢膝，寡廉鲜耻，惟思以十年萤雪，暮夜苞苴，易其归骄妻妾、武断乡曲一日之快，遂至名节大防，扫地以尽者，曰惟小说之故。今我国民轻弃信义，权谋诡诈，云翻雨覆，苛刻凉薄，驯至尽人皆机心，举国皆荆棘者，曰惟小说之故。今我国民轻薄无行，沉溺声色，缱绻床笫，缠绵歌泣于春花秋月，销磨其少壮活泼之气……儿女情多，风云气少，甚者为伤风败俗之行，毒遍社会，曰惟小说之故。今我国民，绿林豪杰，遍地皆是，日日有桃园之拜，处处为梁山之盟，所谓"大碗酒、大块肉，分秤称金银，论套穿衣服"等思想。充塞于下等社会之脑中，遂成为哥老、大刀等会，卒至有如义和拳者起，沦陷京国，启召外戎，曰惟小说之故。[1]

既然梁启超认为小说是"中国群治腐败之总根源"，那就说明他并不承认小说是社会生活的反映，反倒认为社会生活是小说的搬演；不是社会生小说，而是小说生社会。既然他认为小说对人的毒害"其未出胎也，固已承此遗传焉"，那就是说明他并不以为小说是靠典型来感染人教育人，而是靠某种超物质的独立精神的神秘力量。梁启超在提倡"小说界革命"，大力宣传新小说的同时，对明清通俗小说采取了激烈否定态度，以为"述英雄则规画《水浒》，道男女则步武《红楼》，综其大较，不出诲盗诲淫两端"[2]。退一步讲，即使梁启超确已朦胧

---

[1] 梁启超：《论小说与群治之关系》，《新小说》1902年第一卷第1期。
[2] 梁启超：《译印政治小说序》，《清议报》1898年第1期。《中国近代期刊汇刊》本，第53页。

意识到典型化对于小说创作的意义，那也是倒立着看的，把这一认识与毛泽东主席的论述相提并论，也是不够审慎而失之过誉的。人们一看到梁文中有"境界""情状"等字眼，就把它和生活、形象相联系，其实，梁启超本人并没有那样的意思。"境界"有具象和抽象两种，它可以是艺术图景，也可以是思想王国；同样，"情状"并不仅限于生活画面，也可以是精神状态。而梁启超所注重的恰恰是思想"境界"和政治"情状"，这可以由梁启超的小说创作实践来证明。

理论是用来指导实践的。一个小说理论家的创作实践虽然不一定能达到自己的理论要求，但至少会是朝着他自己的理论目标前进的。因此，他的创作实践可以加深我们对他的理论的认识，这是毫无疑义的。梁启超的小说代表作《新中国未来记》"专欲发表区区政见"，"编中往往多载法律、章程、演说、论文等，连篇累牍，毫无趣味"，"似说部非说部，似稗史非稗史，似论著非论著，不知成何种文体，自顾良自失笑"[1]。然而，作品中反对革命，要人们寻求"平和的自由，秩序的平等，亦叫无血的破坏"，这一主旨却十分鲜明。严格说来，它实在不应该称作小说。但梁启超自己却认为："既欲发表政见，商榷国计，则其体自不能不与寻常说部稍殊。……其有不喜政谈者乎，则以兹覆瓿焉可也。"看来，除了改良主义政治宣传外，梁启超是不大留意小说形象化和典型化的艺术规律的；甚至不惜损害作品的艺术性来宣传其政治主张，使作品人物成为观念的图解；"导人所游"的是改良主义的政治"境界"，"彻底发露"的是改良派逆流而动的思想"情状"。这种"境界"，并没有现实生活的基础；这种"情状"，也不是现实生活的典型概括。它们主要是观念的东西，要把这类描写归入现实主义或浪漫主义文学实在是很困难的。他所创作的"新小说"《新中国未来记》已经很好地印证了他的理论，我们不必有意地拔高这一理论。

---

[1] 梁启超：《新中国未来记》，《新小说》1902年第1期。下引本文不再注。

第三节　梁启超小说理论的得与失

我们说梁启超的"小说界革命"的口号在政治上是为改良主义服务的，在艺术上并未注重小说以塑造典型人物为中心来反映社会生活的基本特性，相比明末清初金圣叹的小说典型人物塑造理论是有所退步的，他所阐释的"熏浸刺提"四力也不具有艺术感染力的独特内涵。这样评论，无非是要还其小说理论的历史本来面目，并不意味着要全面否定梁启超小说理论的价值。事实上，作为著名政治活动家、思想文化领袖以及文章作手，梁启超有着"一呼百应"的社会号召力和实际影响力。以梁启超的影响力和号召力，他所提出的"今日欲改良群治，必自小说界革命始；欲新民，必自新小说始"，将小说的作用提到前所未有的高度，以及其改良旧小说的强烈呼吁，对小说发展是有着毋庸置疑的积极影响和推动作用的，对转变人们的小说观念、推动小说观念向现代转型也是影响巨大的。

肯定梁启超小说理论的学者对梁启超重视小说的社会作用颇感兴趣，认为他的理论和呼吁提高了小说的社会地位和文学地位。这一看法无疑是有一定根据的。一般说来，我国文学向来以诗文为正宗，视小说为"君子弗为"的"小道"，或"壮夫不为"的"雕虫小技"，视通俗小说为不切实际、难登大雅之堂的"闲书"，教育学生远离这些"闲书"。而梁启超却认为"小说有不可思议之力支配人道"，可以左右世间的一切，不仅堪称"文学之最上乘"，而且可视为"国民之魂"。这些惊世骇俗的意见发前人所未发，确能振聋发聩。

明中叶以降，由于商品经济的发展，市民文化生活的活跃，加之外来文化的影响，小说的社会作用和文化地位已愈来愈受到进步文人的重视。李卓吾、袁宏道、冯梦龙、金圣叹等都有许多大胆而深刻的见解[1]；西洋小说的翻译也是从乾隆朝就开始了的，同治年间蠡勺居士的《〈昕夕闲谈〉小叙》以及严复、夏

1　见本书第二十章、第二十一章。

曾佑于1897年发表的洋洋万言的《〈国闻报〉附印说部缘起》等小说论文，也反映出重视通俗小说已经成为当时的一股进步文学潮流。但是，我们仍然认为：梁启超以思想界的领袖，舆论界的"骄子"的地位来推崇通俗小说，并"以极端之议论出之"，无疑起到了廓清陈见，提高小说地位的积极作用。

更为重要的是，梁启超提倡"新小说"目的是为了"新民"，他心目中的"新民"是有近代国家公民的明确内涵的。1899年，即在"戊戌变法"失败的第二年，梁启超就明确提出了"国民"的概念，他说：

> 国者，积民而成，舍民之外，则无有国。以一国之民，治一国之事，定一国之法，谋一国之利，捍一国之患，其民不可得而侮，其国不可得而亡，是之谓国民。[1]

显然，梁氏所说"国民"已经不是皇权统治下的"庶民"，而是现代国家体制下的"公民"。梁氏在这里没有使用"公民"概念而使用"国民"概念，只是用语习惯使然，其所指其实已经具有"公民"的思想内涵。在发表《论小说与群治之关系》的当年，即1902年，梁启超又发表《新民说》，详细论述现代国家理想国民的素质，要求改造中国的国民性。他认为："苟有新民，何患无新制度，无新政府，无新国家。"[2]显然，他的"小说界革命"是与"新小说"、"新国家"、"新民"统一起来的，表明了他所提倡的"新小说"是要承担起文化启蒙的责任的。如果说"戊戌变法"前的梁启超重视小说主要是为了利用小说改良传统政治，那么，"庚子事变"之后的梁启超重视小说则主要是为了利用小说改造旧"国民"成为"新民"，以缔造"新国家"。虽然这个"新国家"和日本或欧洲的君主立宪制一样，不一定排斥君主，但毕竟不同于皇权专制下的帝国。这也是

---

[1] 梁启超：《论近世国民竞争之大势及中国之前途》，《清议报》第2册，《中国近代期刊汇编》本，第1921页。

[2] 梁启超：《新民说》，《新民丛报》汇编，1902。《中国近代期刊汇编》本，第1—2页。

梁启超的"新国家"、"新民"与其改良主义思想并不冲突的根本原因。梁启超这一思想转变，正是其提出"欲新民，必自新小说始"的理论依据，也是"小说界革命"的主要文化内涵。因此，我们可以说，由梁启超提倡的"新小说"已经不是传统意义上的"旧小说"，而是开通民智，启迪民德，培养公民意识的具有启蒙精神的"新小说"。从这一意义上说，梁启超的小说理论在文化思想上又是颇为进步的。正因为如此，他所提倡的"小说界革命"才会发生极大的社会影响，其"新小说"创作也带动了当时的小说观念与小说文体的转型。这些积极的作用，我们是不应忽视，更不应否定的。

从小说艺术审美理论来看，梁启超的小说理论是存在明显缺陷的，不应该给予脱离实际的崇高评价；而从小说社会文化价值来看，梁启超的小说理论又是当时最前卫、最有影响的，对现代公民小说观念也是启发最大的，自然应该给予肯定和较高评价。我们必须历史地辨证地看待梁启超的小说理论。当然，也应该看到，通俗小说毕竟只是文学之一种，作为观念形态的文学作品，都是一定的社会生活在作家头脑中反映的产物，是社会生活决定着影响着小说家的创作，而不是相反。尽管小说家以作品作为社会存在反过来会给予一定影响于社会，但能发生积极影响的，又往往是那些深刻地真实地反映了社会生活的小说作品。并且，这些影响始终不可能成为推动或阻止社会前进的决定性力量，当然也不可能成为改造社会和改造国民的决定性力量。梁启超把小说的社会作用强调到无以复加的程度，并不像某些同志所说是"深刻地揭示了小说的性质"，正好相反，它颠倒了文艺与生活即意识与存在的关系，把小说创作引向了一条脱离现实、主题先行、闭门造车的死胡同。这一本末倒置的理论，绝不能代表"当时先进文学的最高水平"，也是客观事实。

其实，当时有学者对小说艺术审美特性的认识是超过梁启超的。例如，1903年，夏曾佑撰《小说原理》指出：

> 如在目前之事，以画为最，去亲历一等耳，其次莫如小说。且世间有不能画之事，而无不能言之事，故小说虽稍晦于画，而其广过之。史亦与小说同体，所以觉其不若小说可爱者，因实有之事常平淡，诳设之事常秾艳，人心去平淡而即秾艳，亦其公理，此史之处于不能不负者也。[1]

这是从文学审美的角度肯定小说的价值，显然比梁启超之说更贴近小说艺术审美本身。而觉我（徐念慈）对小说与社会的关系的认识，也比梁启超高明得多，他在《余之小说观》文中说：

> 小说者，文学中之以娱乐的，促社会之发展，深性情之刺戟者也。……近今译籍稗贩，所谓风俗改良，国民进化，咸惟小说是赖，又不免誉之失当。余为平心论之，则小说固不足生社会，而惟有社会始成小说者也。[2]

显然，并非历史没有提供正确认识小说与社会之间的关系的可能，徐氏的意见可以为证。当然，也不是梁启超缺乏艺术审美的头脑，他的脍炙人口的文章可以为证。梁启超之所以不承认"社会始成小说"的根本原因，固然是受了他的唯心主义世界观的影响，同时也是受了他的政治目的的制约。试想，当时正值革命思潮激荡的年代，如果强调小说创作要反映社会现实生活，要倾听时代的呼声，那岂不是号召人们去宣传革命思想，开展对改良主义的批判吗？而把小说说成是一种超社会的力量也就便于改良派抵制革命思潮，强行向人民群众灌输改良主义思想了。正是由于梁启超是从政治出发而极少考虑艺术审美的问题，因而他一下子就否定了包括《水浒传》、《红楼梦》等优秀作品在内的全部古典小说。也是从这一政治目的出发。在梁启超影响下，有人提出创作小说"宜确

---

[1] 别士：《小说原理》，《绣像小说》1903年第3期。
[2] 觉我：《余之小说观》，《小说林》1908年第9期。

定宗旨，宜划一程度，宜厘定体裁，宜选择事实之于国事有关者而译之，著之"[1]。如果真是这样，小说便成了政治教科书或语录讲义之作，必然丧失对群众的艺术感染力，从某种意义说也就取消了小说。即使从政治上考虑，它所宣扬的改良主义也是该进博物馆了的东西，从而根本不可能真正提高小说的社会地位和文学地位。

对于这一点，当时就有人指出过。黄摩西在《小说林发刊辞》中曾说：

> 昔之视小说也太轻，而今之视小说又太重也。……夫文家所忌，莫如故为关系，心理之辟，尤在昧厥本来。然吾不问小说之效力，果足改顽固脑机而灵之，祛腐败空气而新之否也？……小说者，文学之倾于美的方面之一种也。……一小说也，而号于人曰：吾不屑屑为美，一秉立诚明善之宗旨，则不过一无价值之讲义，不规则之格言而已，恐阅者不免如听古乐，即作者亦未能歌舞其笔墨也。名相推崇，而实取厌薄。[2]

无可否认，梁启超对小说的推崇具有两面性。一方面，由于他的影响，小说确实引起了社会的更加广泛的注意，不仅小说批评蔚然成风，出现了一批有一定价值的理论文章，而且小说创作也空前活跃，产生了如《官场现形记》、《二十年目睹之怪现状》等指摘时弊颇有影响的作品。另一方面，同样也是由于他的影响，这时的小说理论一般不大注意小说内部规律的探讨，片面强调小说的社会作用，导致这一时期的作品"虽命意在于匡世，似与讽刺小说同伦，而辞气浮露，笔无藏锋，甚且过甚其辞，以合时人嗜好，则其度量技术之相去亦远矣"[3]，即使其中的佼佼者也不能幸免此弊。加之对小说社会作用的理解又局限于改良主义的宣传，这就更使小说创作捉不住时代跳动的脉搏，塑造不出血肉丰

---

1 天僇生：《论小说与改良社会之关系》，《月月小说》1907年第1卷第9期。
2 黄摩西：《小说林发刊词：今之时代》，《小说林》1907年第1期。
3 鲁迅：《中国小说史略》第二十八篇《清末之谴责小说》，人民文学出版社，1973，第252页。

满，有理想、有朝气、能体现时代精神面貌的典型形象，缺乏撼人心魄的艺术魅力，晚清小说所以没能产生像《水浒传》、《红楼梦》那样的不朽之作，与这一时期小说理论的错误指导不无关系。实践证明，纯粹以政治宣传为目的而缺乏艺术性的所谓小说作品是不可能受到群众的欢迎的，它所追求的社会作用也只会是一句空话，"名相推崇，而实取厌薄"。

事实上，梁启超的小说理论并未真正促进小说的全面进步与健康发展，报癖当时就曾抱怨说：

> 《新新小说》发行未满全年，《小说月报》出版仅终二号，《新世界小说报》为词穷而匿影，《小说世界日报》因易主而停刊，《七日小说》久息蝉鸣，《小说世界》徒留鸿印，率似秋风落叶，浑如西峡残阳，盛举难恢，元音绝响，文风不竞，吾道堪悲；虽《月月小说》重张旗鼓于前秋，《小说林报》独写牢骚于此日，而势力究莫能膨涨，愚顽难遍下针砭。[1]

其实，这是必然的结果，不尊重艺术规律，就会受到艺术的惩罚。处于社会急剧变化，政治斗争风起云涌的时代，各派政治力量都把小说作为政治宣传的工具，小说作品艺术性相对削弱是不难理解的。这是社会历史条件造成的，自然不能要梁启超负责。但既然有人认为梁启超的小说理论"对当时小说界具有积极，甚至关键的作用"，我们也就不便完全推卸其责任了。

总之，梁启超的小说理论顺应了当时重视通俗文学尤其是重视通俗小说的时代风气，"小说界革命"的口号提高了小说的社会地位和文学地位，对"新小说"的产生和发展起到了引领和促进的重要作用，其利用"新小说"进行文化启蒙以造就"新国民"、"新国家"的意图也具有历史进步意义。然而，从政治

---

[1] 报癖：《〈扬子江小说报〉发刊词》，《扬子江小说报》1909年第1期。见刘勇、李怡总主编《中国现代文学编年史》第二卷，文化艺术出版社，2015，第59—60页。

的角度看，梁启超的小说理论是为了抵抗日益高涨的资产阶级民主革命思潮而提出的，目的也是要宣传改良主义思想，因而是逆社会潮流而动的。从文学的角度来看，梁启超的小说理论颠倒了文学与生活的关系；不适当地强调小说的社会政治作用，助长了小说创作中脱离现实的概念化倾向；在过分注重和强调小说如何教化群众的问题的同时，严重忽视了小说形象化和典型化的基本艺术规律的探讨；因而在理论上的价值是有限的，在实践上也是有害的。他创作的具有示范意义的"新小说"《新中国未来记》也是概念化的产物，与明清以来通俗小说审美艺术的发展也是背道而驰的。当然，这并不排斥他的小说理论中仍有某些可资借鉴的内容，也不否认他的小说理论在客观上对于小说地位的提高起过积极的作用。因此，我们对梁启超小说理论的认识与评价，必须采取历史的客观的态度，偏于一隅是不可取的。

第四编
小说观念的演进之迹与观察之维

第二十四章
中国社会结构变迁与传统小说观念之演进

前面我们对中国古代小说观念包括萌芽型小说观念（先秦小说观念）、主导型小说观念（史志小说观念）和羽翼型小说观念（通俗小说观念）进行了比较充分的讨论，期望尽可能深入地揭示"小说"的历史文化内涵，清晰地呈现其逻辑结构和发展线索。本章则尝试对古代小说观念的发展演变做一整体鸟瞰，以对前面的讨论做一总结。为了总结的方便，这里选择社会结构变迁与小说观念演进作为观察视角。所谓社会结构，一般是指构成社会的基本要素的组合状态。由于视角的不同，社会结构可以有许多维度，如社会政治结构、社会经济结构、社会文化结构、社会民族结构、社会性别结构、社会年龄结构，等等。本章所论社会结构特指社会阶层结构，以别于其他社会结构。之所以不在章目中明确标示，是因为社会阶层结构与其他社会结构多有联系，本章在论述过程中有时也会连带涉及，用社会结构为题会更有理论张力。所谓小说观念，是指对小说的基本认识，包括小说是什么和小说做什么，即何为小说和小说为何。古今中外，人们的小说观念颇不一致。古人认为是小说的作品，今人并不一定认为其是小说；古人认为不是小说的作品，今人也许认为其是小说。甚至唐人以为不是小说的作品，宋人却以为其是小说；宋人以为是小说的作品，清人却以为其不是小说；中国古人所谈论的小说，西方人并不以为都是小说，如此等等。本章所论传统小说观念，是指在传统文化语境下当时社会所流行的小说观念，如各个朝代的小说观念、各个时期的小说观念、各个不同社会阶层的小说观念、各种不同形态的小说观念，如此等等。当确认中国社会结构和传统小说观念这两个概念的定义并以之作为观察视角后，我们发现，中国社会结构的变迁与传统小说观念的演进有着十分密切的关联，社会阶层结构变动中的主体部分常常会推动中国小说观念的发展变化，或者说小说观念的发展变化往往反映出古代社会阶层变迁中主流阶层的文化诉求。这一发现，对于认识中国古代小说和小说观念发展演变的规律，可以提供较大帮助。下面试做论述，以供大家思考。

第一节 士人阶层崛起与士人小说观念

春秋以前，社会上并无所谓小说和小说观念，这只要看看《诗经》、《尚书》、《易经》、《周礼》、《春秋》等比较可靠的文献典籍就能明了。因为这些文献典籍中没有任何地方记载过小说，春秋时期也没有任何人谈论过小说。至于今人喜欢将中国小说的源头推向上古神话和传说，或者选取《左传》、《国语》中有故事情节的片段确定其为小说，那是今人用自己的标准在选定他们心目中的小说对象，并非古人有这样的认识。因此，它体现的不是古代小说观念，而是今人的小说观念，故这种观念不在本文讨论的范围之内。

传统小说观念始于《庄子》，其《杂篇·外物》有云："饰小说以干县令，其于大达亦远矣。"[1]这是今天我们所能见到的中国古人谈到"小说"的最早文献。"县令"，有人释为"高名令闻"[2]；有人以为就是一县之长，因为战国时期，秦、楚等国已经设有县级行政单位[3]。不管文中"县令"该如何理解，从《庄子》的具体表述中可以看出，"小说"是指那些不能"大达"即不能取得道家

---

[1] 郭庆藩：《庄子集释》卷9上《杂篇·外物第二十六》，《新编诸子集成》本，第925页。
[2] 郭庆藩：《庄子集释》卷9上《杂篇·外物第二十六》，《新编诸子集成》本，第926页。
[3] 周策纵：《传统中国的小说观念与宗教关怀》，《文学遗产》1996年第5期。

理想结果的言说活动及其言说效果。[1]《荀子·正名篇》也说："故知者论道而已矣，小家珍说之所愿皆衰矣。"[2]这里的"小家珍说"显然是"小说"的另一种说法，其所涉及的仍然与战国时期的言说活动有关，只是指称对象与庄子所指有所不同而已。[3]虽然，《庄子》和《荀子》中的小说观念都对小说给予了偏于负面的评价，但他们的评价中所透露的正是当时的士人对于小说的基本看法。

庄子和荀子对小说的看法代表着当时士人的小说观念，这一观念实际上反映着当时社会阶层结构变化中的主流文化诉求。只要稍微清理一下中国社会阶层结构的变迁，就不难明白这一点。

春秋之前，中国社会阶层结构主要是贵族与平民，贵族包括天子、诸侯、卿大夫、士等各个阶层，平民则包括国人和野人。然而，这一社会结构在春秋时期发生了很大变化。首先是周天子号令天下的权威迅速丧失，诸侯争霸局面逐渐形成，霸主政治成为这一时期的主要政治形态，齐桓公、晋文公、秦穆公、楚庄王等是霸主的典型代表。在诸侯称霸情势的影响下，大夫的势力也迅速膨胀，陪臣执国命在不少诸侯国轮番上演，社会阶层急剧分化。所谓"深谷为陵，高山为壑"，一部分贵族沦落为平民，一部分平民却跻身到统治者行列，某些世卿大族衰败了，某些普通贵族却执掌了国家政权。在这场社会阶层的剧变中，士人阶层的变化是最为显著的。春秋之前的士是贵族的最低等级，主要承担统驭平民、保卫王室、随王征讨等政治和军事任务。然而，诸侯争霸，有了自己的常备军，而"天子失官，学在四夷"，天子之士无所用其技，其沦落便成为宿命。一部分士人沦落为平民，失去了贵族身份；一部分则转向文化，由武士变

---

[1] 见本书第二章和第六章。参见拙作《中国古小说三音三义说》，《天津社会科学》2015年第4期；《论庄子的小说观念》，《三峡大学学报》（人文社会科学版）2012年第2期。
[2] 王先谦：《荀子集解》卷16《正名篇》，《新编诸子集成》本，中华书局，1988，第429页。
[3] 见本书第七章。参见拙作《论荀子的小说观念——以〈荀子·正名篇〉为中心》，《孝感学院学报》2011年第5期。收入拙著《裸学与乐学——王齐洲自选集》，华中师范大学出版社，2013。

为文士，参与到各国的文化教育事业中来。[1]到了春秋末年，私人办学兴起，文士开始大显身手，迎来了中国文化教育发展的黄金时代，孔子便是这一社会变革中所产生的文士的杰出代表。

经过三百来年的风云激荡，春秋时期的社会结构与春秋之前相比发生了重要变迁，社会阶层结构不再是贵族与平民的分疏，而是更有时代特点的官僚与百姓的对峙。春秋时期各国官僚中虽仍有世卿世禄制度的影响，但人们更为看重的却是立德、立言、立功的世俗成就[2]，官僚的任命也更注重实际行政能力而非个人出身；在百姓中则有"士、农、工、商"四民，"士"不再是低等级的贵族，而是"四民"之首。据《国语·齐语》记载，齐桓公将管仲从鲁国迎接回齐国，向他询问治国方略，管仲回答说："昔者圣王之治天下也，参其国而伍其鄙，定民之居，成民之事，陵为之终，而慎用其六柄焉。"[3]管仲将"定民之居，成民之事"作为治国的首要问题提了出来，而他所说的"民"正是"士、农、工、商"四民。他所主张的"定民之居"是要将"四民"分居在21乡，其中士、农居15乡，工、商居6乡。"成民之事"则是"四民者勿使杂处，杂处则其言哤，其事易（变也）"，让"士之子恒为士"，"农之子恒为农"，"工之子恒为

---

[1] 刘泽华将战国士人分为武士、文士、吏士、技艺之士、商贾之士、方术之士和其他七类，认为"由于士的成分过于繁杂，还不能把士同'文人'和'知识分子'等同起来，只有一部分人属于文人或知识分子，前边讲到的'文士'、'方术士'两大类基本上属于知识分子阶层。因为他们主要靠精神产品和智力与社会进行交换。对其他类士则应具体分析，有的属于知识分子，有的则不属于知识分子。笼统地把士都视为知识分子是不妥当的。但士的核心部分是文士、方术士。正是在这个意义上，士可称之为知识分子"。（氏著《先秦士人与社会》，天津人民出版社，2004，第13—14页。）本文所论"士人"（文士）便主要指士阶层的核心部分。而从战国中期开始流行的"士大夫"之称，则是文士与官僚的结合体，既可指具有一定官职的士人，也可指暂时没有居官而有可能入仕的士人，实际上是指一个社会阶层，与本文所说"士人阶层"同义。

[2] 据《左传》记载，鲁襄公二十四年（前547年）春，鲁大夫叔孙豹（穆叔）出使晋国，晋国大夫范宣子（名匄）迎接，宣子问穆叔："古人有言曰，死而不朽，何谓也？"穆叔未对，宣子曰："昔匄之祖，自虞以上为陶唐氏，在夏为御龙氏，在商为豕韦氏，在周为唐杜氏，晋主夏盟为范氏，其是之谓乎？"穆叔曰："以豹所闻，此之谓世禄，非不朽也。鲁有先大夫曰臧文仲，既没，其言立，其是之谓乎！豹闻之，太上有立德，其次有立功，其次有立言，虽久不废，此之谓不朽。若夫保姓受氏，以守宗祊，世不绝祀，无国无之。禄之大者，不可谓不朽！"由此可见世人价值观念的变化。

[3] 徐元诰：《国语集解·齐语第六》，中华书局，2002，第219页。

工"，"商之子恒为商"；而农"野处而不暱，其秀民之能为士者，必足赖也"[1]，即是说，"农"民之优秀者可以为"士"。这样一来，"士"民不仅依托"农"民而有了坚实的基础，而且还可从"农"民中获得源源不断的人员补充，俨然成为最重要的社会阶层。对于如何安定国家，管仲提出："修旧法，择其善者而业（创也）用之，遂（育也）滋（长也）民，与无财（贫无财者振业之也），而敬百姓，则国安矣。"[2]正是在管仲这一思想的指导下，齐国很快就国泰民安，齐桓公也因此成为春秋时代的第一代霸主。从齐国的情况推想列国，可以知道"士"在春秋中后期已经成为社会阶层结构中的重要一环，开始发挥巨大的社会作用。

许倬云曾以《汉书·古今人表》中所列春秋人物做依据，以30年为一期，具体分析了表中所列公子、卿大夫、士三个阶层在春秋时期的活动情况，他发现：春秋第一、二期没有士人活动记载；第三至六期出现活跃的士人，不过主要还是家臣和武士；第七期则出现了可以左右社会政治局面的士人，如作为邑宰的南蒯居然敢称兵张公室而反叛其主人季氏，其实力不容小觑；而到了春秋晚期，"不仅士集团在最后二期有上升现象，同时大夫集团有显著的下降趋势。这一尖锐的对比暗示部分的权力由大夫转移到士的可能倾向。阳虎和董安于的个例正可补充说明这种一般性的结论"[3]。士人在春秋中期以后逐渐成为最为活跃的社会阶层，并对当时社会的方方面面产生显著影响，这一结论已经得到历史学界的普遍认同。

春秋末期，随着社会的发展，尤其是私人办学的兴起，"农"、"工"、"商"民通过学习，也纷纷跻身"士"民的行列。孔子办学"有教无类"[4]，其"三千弟子、七十二贤人"中便很少有贵族子弟，倒是有不少"农"、"工"、"商"民

---

[1] 徐元诰：《国语集解·齐语第六》，第220—221页。
[2] 徐元诰：《国语集解·齐语第六》，第223页。
[3] 许倬云：《春秋战国间的社会变动》，载《台湾学者中国史研究论丛·社会变迁》，中国大百科全书出版社，2005，第46页。
[4] 何晏集解，邢昺疏：《论语注疏》卷15《卫灵公第十五》，《十三经注疏》本，中华书局，1980年影印阮元校刻本，第2518页。

子弟。而孔子教育的目的，并不是要他们学习各行各业的专门知识，而是要他们成为"士"人，以便进入官场，成为国家的管理者，这即是所谓"学而优则仕"[1]。儒家的教育目标是如此，后起的墨家、法家的教育目标也无不如此。由于"士"在"四民"中处于特殊地位，它不仅是民意民情的代表，而且是职业官吏的后备军，因此，士人的向背便成为争霸诸侯是否具有合法性以及能否被其他诸侯所接受的晴雨表。各诸侯国在激烈竞争中，为了掌握话语权以及利用各国智力资源，开始礼敬士人；一些执政大臣和王公贵族也招纳贤士以为己用，敬士和养士于是成为时代风气。这种风气在战国时期达到鼎盛。前者如魏文侯、燕昭王、齐宣王，后者如著名的"战国四公子"，即魏国的信陵君魏无忌、齐国的孟尝君田文、赵国的平原君赵胜、楚国的春申君黄歇。而士人们则利用自己的文化优势，"周行天下，上说下教，虽天下不取，强聒而不舍者也"[2]，形成"百家争鸣"的局面。这是一个"圣王不作，诸侯放恣，处士横议"[3]的时代，也是一个"礼崩乐坏""道术将为天下裂"[4]的时代。当然，这正是士人阶层蓬勃发展、社会地位最为显赫、其自信心和影响力最为高涨的时代。正如钱穆所说：

> 所谓诸子学者，虽其议论横出，派别分歧，未可一概，而要为"平民阶级之觉醒"，则其精神与孔子为一脉。此亦气运所鼓，自成一代潮流。[5]

孔子弟子子夏公然宣称："诸侯之骄我者，吾不为臣；大夫之骄我者，吾不复见。"[6]孟子则说："夫天未欲平治天下也，如欲平治天下，当今之世，舍我其

---

[1] 何晏集解、邢昺疏：《论语注疏》卷19《子张第十九》，《十三经注疏》本，第2532页。
[2] 郭庆藩：《庄子集释》卷10下《外篇·天下第三十三》，《新编诸子集成》本，第1082页。
[3] 赵岐注，孙奭疏：《孟子注疏》卷6下，《十三经注疏》本，第2714页。
[4] 郭庆藩：《庄子集释》卷10下《杂篇·天下第三十三》，《新编诸子集成》本，第1069页。
[5] 钱穆：《国学概论》第二章《先秦诸子》，商务印书馆，1997，第39页。
[6] 王先谦：《荀子集解》卷19《大略》，《新编诸子集成》本，中华书局，1988，第513页。

谁也？吾何为不豫哉？"[1]士人们的这种自信，只可能产生在这样的时代。而诸侯们无论是真心还是假意，无不以尊重士人为贤德，以扩大其政治影响。费惠公说："吾于子思，则师之矣；吾于颜般，则友之矣。"[2]而"邹子（衍）重于齐。适梁，惠王郊迎，执宾主之礼。适赵，平原君侧行撇席。如燕，昭王拥彗先驱，请列弟子之座而受业，筑碣石宫，身亲往师之"。[3]统治者们能够这样尊重士人，也同样空前绝后。

时代将士人推向了历史舞台的中心，而士人们要想发挥自身的作用，却必须依靠权势者们的力量。因为士人既无经济实力，更无军事实力，可以抗衡权势者的东西实在不多。因此，他们自觉地高举起"道"的旗帜，"乐其道而忘人之势"[4]，形成一道特有的社会文化风景。"道"是士人们用以抗衡诸侯政治权力和军事经济实力的最有力的思想武器，也是他们整合其思想学说的最简洁明了的理论旗帜。[5]维护"道"就是维护西周以来不断发展壮大起来的人道精神和价值理性，维护春秋中叶以来逐渐形成的士人的文化优势和社会地位。如果丢掉了"道"，也就丢掉了士人赖以立足的文化根基，丢掉了士人的理想和灵魂。从一定意义上说，"道"就是他们的社会理想、文化价值和人格尊严。[6]因此，先秦诸子都以弘"道"为己任，儒家、道家、墨家、法家无不如此，不同的只是"道"的具体内容有所区别而已。例如，孔子托尧舜而言"道"，老子托黄帝而言"道"，墨子托夏禹而言"道"。正是在对"道"的阐释和维护中，在诸子百

---

[1] 赵岐注，孙奭疏：《孟子注疏》卷4下《公孙丑下》，《十三经注疏》本，第2699页。
[2] 赵岐注，孙奭疏：《孟子注疏》卷10上《万章下》，《十三经注疏》本，第2742页。
[3] 司马迁撰，裴骃集解，司马贞索隐，张守节正义：《史记》卷74《孟子荀卿列传》，中华书局，2014，第2849页。
[4] 赵岐注，孙奭疏：《孟子注疏》卷13上《尽心上》，《十三经注疏》本，第2764页。
[5] 《淮南子·修务训》云："世俗之人多尊古而贱今，故为道者必托之于神农、黄帝，而后能入说。乱世暗主，高远其所从来，因而贵之。"这种分析有一定道理。不过，乱世暗主尊奉某一学说，常常是从他们自身利益出发，同时也是为了在理论上寻找自己的合法性，并不能完全归结为尊古贱今。
[6] 参见拙作《"君子谋道"：中国古代文学观念的主体意识——兼论中国早期知识分子的来历和特点》，《中山大学学报》（社会科学版）2009年第1期。收入拙著《椟学存稿——王齐洲自选集》，华中师范大学出版社，2013。

家的激烈争鸣中,才诞生了"小说"的概念。庄子所谓"小说",是指不能达于道家"大道"或"至道"的其他诸子学说;荀子所谓"小家珍说",是指不符合儒家"正道"的其他诸子学说。之所以要对他们不赞成的学说有所贬抑,是为了宣传他们心目中的理想之"道",以争夺社会的政治话语权。他们的小说观念,正是"百家争鸣"中产生的对某类学说的价值判断,代表了战国时期士人对当时社会意识形态和文化样式的基本看法。

战国时期士人的小说观念得到汉代学者的继承和发展。如果说战国时期士人们还只有对小说的学术价值判断,且各家各派所指称的小说对象也不一致,未能形成大家都能接受的稳定的观念形态,或者说,先秦小说观念还是处于萌芽状态,那么,汉人则在他们认识的基础上加以抽象化、概念化,形成了具有学术依据和理论价值的成熟小说观念。这便是《汉书·艺文志》所揭示的小说观念。《汉志·诸子略·小说家》有小序云:

> 小说家者流,盖出于稗官。街谈巷语,道听途说者之所造也。孔子曰:"虽小道,必有可观者焉,致远恐泥,是以君子弗为也。"然亦弗灭也。闾里小知者之所及,亦使缀而不忘。如或一言可采,此亦刍荛狂夫之议也。[1]

《汉志》源于西汉刘向的《别录》和刘歆的《七略》,代表着两汉学者的普遍看法。这种看法结合《汉志》的其他论述,可以归纳出如下几点:一、"小说"是"小说家"的作品;二、"小说家"是诸子百家之一家,其作品与诸子作品同一类型;三、"小说家"出于"王官"中的"稗官",也是体制性的产物;四、"小说"是"街谈巷语,道听途说者之所造",乃"刍荛狂夫之议",与其他诸子来源有异;五、"小说家"的"小说"只是"小道",虽有"可观",却不能"致

---

[1] 班固撰,颜师古注:《汉书》卷30《艺文志》,中华书局,1962,第1745页。

远"，因此"君子弗为"。可以看出，这样的小说观念，正是先秦诸子小说观念的延续，代表的是士人对于小说的文化定位和价值判断，只是这种定位和判断超越了先秦诸子的学派之争而有了相对固定的指称对象，即将"小说家"看作是与儒家、道家、阴阳家、法家、名家、墨家、纵横家、杂家、农家一样的诸子百家之一家。就文体而言，小说家的"小说"与诸子之说一样，都是说体文[1]，以"述事言理"为主，并不强调故事性。如《汉志·诸子略·小说家》著录的15家小说中的《伊尹说》、《鬻子说》、《青史子》、《师旷》、《务成子》、《宋子》、《天乙说》、《黄帝说》等，无不如此。[2] 就内容而言，小说家的"小说"只是"街谈巷语，道听途说者之所造"的"小道"，与儒家、道家、法家、墨家等其他诸子"虽有蔽短，合其要归，亦《六经》之支与流裔"[3]有别。就形式而言，小说家"合丛残小语，近取譬论，以作短书"[4]，具有琐碎丛杂而贴近生活的特征。这种小说观念，由庄子所发端，至《汉志》而论定，成为中国正统的小说观念。[5]

钱穆在谈到汉代选举制度时说："自从武帝以后，汉代逐渐形成了一种一年一举的郡国孝廉，至少每年各郡要新进两百多个孝廉入郎署，十几年就要有两千个。从前皇宫里的郎官侍卫本也有二千左右。自此制度形成，二三十年后，皇宫里的郎官，就全都变成郡国孝廉，而那些郡国孝廉，又多半是由太学

---

[1] 见本书第一章。参见拙作《说体文的产生及其对传统小说观念的影响》，"小说文献与小说史国际研讨会"论文，北京香山，2003年。收入《中国文学观念论稿》，湖北教育出版社，2004。

[2] 参见拙作《〈汉书·艺文志〉著录小说家〈伊尹说〉〈鬻子说〉考辨》《武汉大学学报》（人文科学版）2006年第5期），《〈汉书·艺文志〉著录小说家〈青史子〉〈师旷〉考辨》（复旦大学中国古代文学研究中心《中国文学研究》第八辑，中国文联出版社，2007），《〈汉书·艺文志〉著录小说家〈务成子〉等四家考辨》（《南京师范大学文学院学报》2008年第1期），《〈汉书·艺文志〉著录小说家〈封禅方说〉等四家考辨》（《兰州大学学报》（社会科学版）2007年第5期），《〈汉书·艺文志〉著录小说家〈虞初周说〉探佚》（《南开学报》（哲学社会科学版）2005年第3期）。以上论文收入拙著《稗官与才人——中国古代小说考论》，岳麓书社，2010。

[3] 班固撰，颜师古注：《汉书》卷30《艺文志》，第1746页。

[4] 桓谭撰，朱谦之校辑：《新辑本桓谭新论》卷1《本造篇》，中华书局，2009，第1页。

[5] 见本书第八章、第九章。参见拙作《汉人小说观念探赜》《南京大学学报》（哲学·人文科学·社会科学）2011年第4期）和《小说家出于稗官新说》（《湖北大学学报》（哲学社会科学版）2015年第6期）。

毕业生补吏出身的。如是则皇帝的侍卫集团，无形中也变质了，全变成大学毕业的青年知识分子了。于是从武帝以后，汉代的做官人渐渐变成都是读书出身了。……这样的政府，我们只能叫它做读书人的政府，或称士人政府。"[1]由于士人事实上掌握了汉代以降的学术生产和文化话语权，因而所谓正统小说观念其实就是士人的小说观念。这种小说观念隋唐以后虽有某些细微的变化，如《隋书·经籍志》将《汉志》对小说家的定义改换为对小说的定义，进一步凸显了小说的文体特征，而对小说作者的身份地位以及小说作品的价值的认识也有所提升[2]，但总的来看，承袭《汉志》小说观念还是主要的。[3]《世说新语》《殷芸小说》等固然是魏晋南北朝的小说标本，而《杂语》、《琐语》、《笑林》、《笑苑》等也同样是这一时期的小说标本，甚至《古今艺术》、《座右方》、《鲁史欹器图》、《器准图》等也仍然还是这一时期标准的小说。正如清人翟灏所云：

　　古凡杂说短记，不本经典者，概比小道，谓之小说，乃诸子杂家之流，非若今之秽诞言也。[4]

翟氏对小说的定义正是抓住了汉人尤其是以《汉志》为代表的小说观念的本质特点。今人程毅中也说："这个观念根深柢固，陈陈相因，历来史家艺文志的小说家小序都沿袭了这种说法。直到《四库全书总目》，基本上也还是如此。"[5]士人小说观念之所以根深蒂固，是因为掌握着文学与文化话语权的官僚们既是道统的继承者，也是道统的维护者和传播者，他们有着自觉的士人文学与文化意

1　钱穆：《中国历代政治得失》，生活·读书·新知三联书店，2012，第15~16页。
2　如《隋书·经籍志》子部总序云："《易》曰：'天下同归而殊途，一致而百虑。'儒、道、小说，圣人之教也，而有所偏；兵及医方，圣人之政也，所施各异。世之治也，列在众职。下至衰乱，官失其守，或以其业游说诸侯，各崇所习，分镳并骛。若使总而不遗，折之中道，亦可以兴化致治者矣。"对小说价值的认可明显高于《汉书·艺文志》。
3　见本书第十一章。参见拙作《〈汉志〉与〈隋志〉小说观念之比较》，《河北学刊》2016年第5期。
4　翟灏：《通俗编》七《文学》，中华书局，2013，第94页。
5　程毅中：《古小说简目》前言，中华书局，1981，第2页。

识，轻易不会做出改变。并且，传统的四部之学的知识结构也使得士人小说观念具有很强的稳定性和很大的影响力。因此，士人小说观念也就成为了中国古代具有正统性质的小说观念，始终居于主导地位。

士人小说观念具有很强的稳定性和很大的影响力，这是问题的一个方面，需要我们重视。然而，士人阶层在不同历史时期的结构内涵并不完全相同，势必会影响士人小说观念发生一些变化，这是问题的另一方面，也需要引起我们足够的重视。

从人员构成来看，先秦士人多由低等级贵族和高层次平民转化而来，而两汉士人多由太常署博士官及各地方学校（包括私人学校）所培养的经生组成，儒家经学教育在其中发挥着关键性的作用。从春秋中后期开始的以传承文化传统和引领社会思潮为己任的士人精神在两汉得到巩固和弘扬，经学成为士人们的晋升之阶，而以今古文学为代表的学术门派之争又将士人的注意力引向利禄之途，士人精神出现异化。正如《汉书·儒林传》所言：

> 自武帝立《五经》博士，开弟子员，设科射策，劝以官禄，讫于元始，百有余年，传业者寖盛，支叶蕃滋。一经说至百余万言，大师众至千余人，盖禄利之路然也。[1]

所谓"禄利之路"，公孙弘以《春秋》公羊学由布衣而为宰相即是显例。而经学的"师法"和"家法"更造就了经学世家，所谓《鲁诗》、《齐诗》、《韩诗》、欧阳《尚书》、大小夏侯《尚书》、杨何《易》、后仓《礼》、大小戴《礼》、公羊《春秋》、穀梁《春秋》等等。汉武帝"罢黜百家，独尊儒术"之后，统治者不再需要士人提供统治思想，"禄利之路"自然越走越窄，士人们或严守师说，画地为牢，或窜入歧路，醉心谶纬，使得两汉士人缺少先秦士人的思想活力和创

---

[1] 班固撰，颜师古注：《汉书》卷88《儒林列传》，第3620页。

新精神，更没有"乐道忘势"的胆量和"舍我其谁"的气概。经学的形式化和繁琐化与文学的私人化和情感化成为汉代士人既无奈而又主动的选择，小说与经学的疏离以及与文学的贴近就在不知不觉的状态下同时进行着。

到了魏晋南北朝时期，"纯学术性之儒学虽未尝中断，而以经国济世或利禄为目的之儒教则确然已衰。士大夫于如何维系社会大群体之统一与稳定既不甚关切，其所萦怀者遂唯在士大夫阶层及士大夫个体之社会存在问题"[1]，"名教"与"自然"之争折射出的是政治的残酷和污浊，清谈避世或醉心艺文便成为大部分士人的无奈选择。在曹丕"文章经国之大业，不朽之盛事"[2]和萧子良"文章者，盖性情之风标，神明之律吕"[3]等文学思想影响下，在"二汉求贤，率先经术；近世取人，多由文史"[4]的现实政治驱动下，士人的关注点从经学转向文史，文学的创作与欣赏成为社会热点。所谓"今之士俗，斯风炽矣。才能胜衣，甫就小学，必甘心而驰骛焉。于是庸音杂体，人各为容。至使膏腴子弟，耻文不逮，终朝点缀，分夜呻吟"[5]，便是对这一现象的生动描述。从政治的层面看，由于实行九品中正制取士，士族对政权的垄断态势加强，造成"上品无寒门，下品无势族"[6]的局面，朝廷显宦多出身于士族。[7]毛汉光在对两晋南北朝主要文官的士族成分进行详细统计分析与比较后得出结论："一般而论，各种主要官吏士族均占绝对多数。士族、小姓、寒素三者的比例，最高为85：11：5；最低为57：23：20；主要官吏的平均比较约为70：20：10。"[8]在这一时期，王、谢等士

---

1 余英时：《士与中国文化》六《汉晋之际士之新自觉与新思潮》，上海人民出版社，1987，第379页。
2 郁沅、张明高：《魏晋南北朝文论选》，人民文学出版社，1996，第14页。
3 萧子显：《南齐书》卷52《文学传论》，《二十五史》本，第2005页。
4 姚思廉：《梁书》卷14《江淹列传》，《二十五史》本，第2048页。
5 钟嵘著，陈延杰注：《诗品注》卷首《总论》，人民文学出版社，1980，第3页。
6 房玄龄等：《晋书》卷45《刘毅列传》，《二十五史》本，第1391页。
7 "士人"是就个体而言，"士族"乃就家族而言。汉魏以来，从政士人相对集中于某些家族并世代不绝，形成所谓"士族"。因"士族"往往以郡望区别于他族，且世代拥有权势，故"士族"也称"世族"或"势族"。
8 毛汉光：《两晋南北朝主要文官士族成分的统计分析与比较》，原载《中研院史语所集刊》第三十六本下（1966年），中华书局编辑部《中研院历史语言研究所集刊论文类编》历史编魏晋隋唐五代卷，中华书局，2009年影印，第1609页。

族长期把持朝政和铨选,而他们又凭借其在文化上的优势巩固着他们的社会地位,王羲之、王献之、谢灵运、谢朓等人的文学艺术才华也足以让他们成为士林翘楚,被士人仰慕和追逐。南朝的著名文学集团大多是皇室成员做领袖,如宋临川王刘义庆,齐文惠太子萧长懋、竟陵王萧子良,梁昭明太子萧统、简文帝萧纲、元帝萧绎,陈后主陈叔宝等,他们实际上引领了当时的士人风气。这种家族传衍、士宦合流的态势虽然有利于文学经验的积累和文学地位的提升,但也助长了文学对民生的冷漠和与民众的隔阂,而绮靡之风和清谈之旨便成为主流。陈寅恪说:

> 《世说新语》记录魏晋清谈之书也。其书上及汉代者,不过追溯原起,以期完备之意,惟其下迄东晋之末刘宋之初迄于谢灵运,固由其书作者只能述至其所生时代之大名士而止,然在吾国中古思想史,则殊有重大意义。[1]

就文学而言,这一时期的小说不再追求"述事言理"的学术价值,而是注重文学审美趣味与个人闲情逸致的表达。《世说新语》是其典型代表。这种追求一直延续到中唐以后,才受到蓬勃兴起的市民文学的冲击而逐渐得到改变。

由隋文帝创始至唐代而定型的科举制度,从根本上改变了士人阶层的结构。如果说魏晋南北朝的士人阶层主要是由势族大家子弟组成,寒门士子只有少量补充,士庶界线还比较清晰的话;那么,通过科举成为士人进入仕途到唐代则已经成为主流,士庶界限也就比较模糊了。正如《唐摭言》所说:

> 三百年来科第之设,草泽望之起家,簪绂望之继世。孤寒失之,其族

---

[1] 陈寅恪:《陶渊明之思想与清谈之关系》,刘梦溪主编《中国现代学术经典·陈寅恪卷》,河北教育出版社,2002,第591页。

馁矣；世禄失之，其族绝矣。[1]

魏晋南北朝时期士族倚靠门第即可平步青云，而唐代士族却必须通过科举才能进入仕途，有士族背景的人不过比常人升迁得更快而已。唐长孺通过对唐代三次官修姓氏书《氏族志》、《姓氏录》、《大唐姓族系录》的研究，得出"唐代士庶界线已不在于族望等第"，而是更"崇重今朝冠冕"[2]，便指明了这种变化。而这种变化正是唐代社会结构需要和官方努力推动的结果。毛汉光《从士族籍贯迁移看唐代士族之中央化》一文详细考证了士族十姓十三家八十三个著房支在唐代的迁移情况，从而得出结论：

> 唐代官僚制度中的选制对地方人物产生巨大的吸引力，使郡姓大族疏离原籍、迁居两京，以便于投身官僚层；科举入仕者以适合官僚政治为主，地方代表性质较低，士族子弟将以大社会中的知识分子求取晋升，大帝国由此获得人才以充实其官吏群。如果将具有地方性格的郡姓"新贯"于中央地区并依附中央的现象，称为中央化；而又将代表性的性格转变为纯官吏性格的现象，称为官僚化；则士族在中古时期的演变，一直在中央与官僚化的螺旋进程中交互推移，最后成为纯官僚而失去地方性，一旦大帝国崩溃，将受重大影响，此所以士族在晋朝永嘉乱后仍然兴盛，而在唐亡之后就一蹶不振也。[3]

因此，唐人小说中有许多庶族子弟通过科举发迹变泰的故事，便客观地反映着这一时代精神。而唐诗与唐传奇的互补，如《莺莺传》与《莺莺歌》、《长恨歌

---

[1] 王定保：《唐摭言》，上海古籍出版社，1978，第97页。
[2] 唐长孺：《魏晋南北朝隋唐史三论——中国封建社会的形成和前期的变化》，武汉大学出版社，1992，第378—393页。
[3] 毛汉光：《从士族籍贯迁移看唐代士族之中央化》，原载《中研院史语所集刊》第五十二本第三分（1981年），《中研院历史语言研究所集刊论文类编》历史编魏晋隋唐五代卷，第2445页。

传》与《长恨歌》等，更使得唐代小说在叙事与抒情上兼容"史才、诗笔、议论"，其想象和文采可与唐诗相媲美，一大批影响深远的中唐传奇小说将士人小说的发展推向高峰，从而影响着人们的小说观念。

实际上，唐传奇并非唐人的戛戛独造，它的源头可以追溯到六朝。正如鲁迅所说：

> 六朝人也并非不能想象和描写，不过他不用于小说，这类文章，那时也不谓之小说。例如阮籍的《大人先生传》，陶潜的《桃花源记》，其实倒和后来的唐代传奇文相近；就是嵇康的《圣贤高士传赞》（今仅有辑本），葛洪的《神仙传》，也可以看作唐人传奇文的祖师的。[1]

事实上，不仅唐传奇可以追溯到六朝，唐代的其他士人小说也大多可以追溯到六朝，唐人小说正是在六朝小说的基础上发展壮大起来的，无论志怪、传奇、博物、琐语、杂录、异闻、丛谈、辨订、箴规、笑话，各种小说类型唐人都有成熟的作品。它是士人小说发展的一次大总结，也是士人小说观念的进一步巩固与提高。而加强小说作品的故事性、虚构性和娱乐性便是这种巩固与提高的具体表现形式。中唐时期的大量传奇作品，如陈玄佑的《离魂记》、沈既济的《任氏传》和《枕中记》、李朝威的《柳毅传》、白行简的《李娃传》、元稹的《莺莺传》、陈鸿的《长恨歌传》、蒋防的《霍小玉传》、李公佐的《谢小娥传》和《南柯太守传》、沈亚之的《秦梦记》、陈鸿祖的《东城老父传》等，则成为士人小说观念浸润的成熟样品，士人小说创造了又一次辉煌。

当然，传奇小说在宋代仍有发展，但那只是唐传奇的余波而已。至于志怪、博物、琐语、杂录、异闻、丛谈、辨订、箴规、笑话等小说文体，同样在唐以后仍然发展着，甚至到了清代还出现了纪昀《阅微草堂笔记》和蒲松龄《聊斋

---

[1] 鲁迅：《且介亭杂文二集·六朝小说和唐代传奇文有怎样的区别》，人民文学出版社，2006，第115页。

志异》这样可以和六朝小说相媲美的作品。就像士人阶层在整个封建时代都始终存在一样，士人小说的各种形态在整个封建时代也一直顽强地存在着，并有不同程度的发展，《聊斋志异》"以传奇手法志怪"就是一个鲜明的例证。不过，明清的小说主流文体早已是白话通俗小说的天下，这时的士人小说也就不能再作为它的时代的小说的代表性文体了。而士人小说观念也同样不再能代表主流的小说观念，尽管它的官方主导色彩仍然强烈，但实际的社会影响力已经是每况愈下了。

第二节 市民阶层独立与通俗小说观念

在士人们醉心于传奇小说创作的同时，一种由僧人向信仰佛教的俗众讲唱通俗故事以邀布施的"俗讲"在寺院里吸引着大量民众，成为中唐以后一道靓丽的社会文化景观。据唐人段安节《乐府杂录》："长庆（821—824）中，俗讲僧文溆善吟经，其声宛畅，感动里人。"[1]《资治通鉴》载敬宗宝历二年（826年）"六月己卯，上幸兴福寺观沙门文溆俗讲"。胡三省注："释氏讲说，类谈空有，而俗讲者又不能演空有之义，徒以悦俗邀布施而已。"[2] 俗讲僧文溆的讲说耸动视听，甚至吸引到皇上亲自去寺院观听，可见其影响之大。"俗讲"的兴盛不仅与唐代社会经济的繁荣、市民文化的需求相关联，也与寺院经济的发展、宗教文化的普及相关联，特别是中唐兴起的民间信仰组织"社邑"对寺院"俗讲"一类活动的支持，对"俗讲"的繁盛起到了推波助澜的作用。"俗讲"僧为了吸引信众，多邀布施，自然要想方设法将故事讲得丰满生动有趣，这些故事并不限于佛经故事，一切有利于招徕俗众的故事都会被"俗讲"僧所利用，而各寺院争夺信众的竞争也必然激烈，促进着"俗讲"艺术的发展。这种讲唱艺术自然

---

[1] 段安节：《乐府杂录·文溆子》，《历代史料笔记丛刊》本，中华书局，2012，第146页。
[2] 司马光：《资治通鉴》卷243，中华书局，2011，第6564页。

而然地影响了民间的讲唱活动，一些民间艺人也加入到这一行列，如晚唐吉师老在《看蜀女转昭君变》诗中提到讲王昭君故事的蜀女便是民间艺人，她所讲唱的王昭君故事却采用的是佛经"变文"的形式。而民间原本有"说话"伎艺在发展，如隋代侯白的"说话"已经具有成熟的形态。这一伎艺在唐代有更大的发展。唐京城长安北里"其中诸妓多能谈吐，颇有知书言话者"[1]，"言话"即是"说话"，北里可能有专门"说话"的艺人。"上元元年（760年）七月，太上皇（指唐玄宗——引者）移仗西内安置……每日上皇与高公（高力士——引者）亲看扫除庭院，芟薙草木。或讲经、论议、转变、说话，虽不近文律，终冀悦圣情"[2]，表明民间"说话"与佛教"俗讲"很早就进入唐朝宫廷，为统治者所喜爱。这些"说话"有时也被称为"民间小说"或"市民小说"，为士人阶层所喜好。宪宗元和十年（815年），"韦绶罢侍读，绶好谐戏，兼通人间小说"[3]，"人间小说"即"民间小说"；文宗太和（827—835）末，段成式"因弟生日观杂戏，有市人小说"，"市人小说"即"市民小说"，均因避唐太宗李世民讳而改称。士人们观听"民间小说"或"市民小说"，对传统小说观念必然带来冲击，也或多或少会影响士人的小说创作和小说观念。

中唐"民间小说"或"市民小说"的兴盛是与这一时期的城市商业、手工业的繁荣以及城市居民的文化消费联系在一起的。初唐全国人口尚不足300万户，而到玄宗天宝元年（742年）全国人口已近900万户，是初唐的3倍。长安、洛阳的作坊和店铺鳞次栉比，仅长安东西两市就有220行，经营着不同的商品，可见商品流通规模空前。中唐以降，南方城市发展超过北方，扬州、润州（今江苏镇江）、成都等地尤为发达。以扬州为例，这里不仅是江南转运枢纽，豪商大贾皆聚于此，而且外国商人也往来于此，仅大食、波斯商人就成千上万。世俗生活吸引许多士人不愿离去，而市民文学也影响着士人文学的发展。

---

[1] 孙棨：《北里志》卷首《〈北里志〉序》，《续百川学海》本，人民出版社，2012年影印，第353页。
[2] 郭湜：《高力士外传》，李时人编校《全唐五代小说》外编卷4，中华书局，2014，第3673—3674页。
[3] 王溥等：《唐会要》卷4，中华书局，1955，第47页。

这只要看看晚唐诗人杜牧在扬州的诗歌，就不难体会当时士人的境遇与心情。在城市，市民文化一直蓬勃生长着，俗讲、转变、说话、市民小说、曲子词等说唱文学不仅丰富着市民的文化生活，也对士人文学产生潜移默化的影响，这从新乐府运动、古文运动、文人曲子词中可以感受到，从中唐传奇中更可以感受得到。

不过，值得注意的是，中晚唐的市民文化由于受体制的限制，并没有得到很好的发展。这主要是因为城市居民多为达官贵人，或是流动性很强的商人，市民阶层还没有形成稳定的社会力量，难以对城市文化产生决定性影响。唐代城市一直实行坊市制度，城门早开晚闭，夜晚实行宵禁，犯禁者会给以严厉处罚，重者可以杖杀，这大概是唐代城市没有形成独立的市民文化的重要原因。而寺院里的"俗讲"也只是在佛教固定的节日开讲，并非随时可以进行。达官贵人固然可以在自己庭院内通宵达旦地娱乐，但那只是少数人的消遣，不可能产生多大的社会辐射效应。例如，元稹在《酬翰林白学士代书一百韵》诗中谈到"翰墨题名尽，光阴听话移"，注明"乐天每与予游从，无不书名屋壁。又尝于新昌宅说《一枝花话》，自寅至巳犹未毕词也"[1]。"说《一枝花话》"即讲说李娃的故事，这个故事从寅时讲到巳时，即从凌晨3点讲到接近中午，讲了七八个小时仍然没有讲完，可见这一故事的曲折动人以及说唱人的说唱水平。元稹、白居易等人以如此方式欣赏"说话"，正好说明这种文化消费因受到体制性限制而具有不确定性和随机性。而要改变这种状况，使得城市的夜生活不受限制，人们可以随时随地自由地消费各种通俗文化，就必须有城市文化的更大发展和市民阶层的真正成熟。这些条件直到北宋时期才完全具备，真正的市民文化及其消费因此也蓬蓬勃勃地开展起来。

由于中唐以来由授田制向庄田制的过渡已经完成，佃农对地主的人身依附关系有所减弱，带动了农业生产力的发展；手工业生产技术显著提高，生产规

---

[1] 元稹：《元氏长庆集》卷10《酬翰林白学士代书一百韵》，上海古籍出版社，1994，第55—56页。

模进一步扩大；水陆交通更加发达，商品流通更加便捷。这一切，都促进了北宋经济和城市的繁荣。加上宋太祖赵匡胤利用"陈桥兵变"夺取后周政权后，对后周皇室和大臣采取羁縻策略，鼓励其功臣"多置歌儿舞女，厚自娱乐"，同时将"守内虚外"、"偃武修文"作为基本国策，大规模增加京师和城市驻军，城市规模迅速扩大，城市人口急剧膨胀。宋真宗时期，因京师人口激增，朝廷于新城外特置八厢，并设厢吏，命京府统辖。天禧三年（1019年），朝廷重新建立户籍制度，将城市居民列为坊廓户，单独列籍定等，即所谓均定"坊廓居民等"[1]，从洛阳开始施行然后向全国推广。坊廓户分为主户和客户，主户定为十等，客户一般是城市无产者，依附于主户。由于宋代朝廷允许商人入仕，商人地位明显提升，成为城市坊廓户的重要组成部分，出现了"富民巨贾萃于廛市"[2]的景象，与城市商业和手工业的繁荣恰成互助之势。"坊廓户的出现是中国古代户籍制度发展过程中的一个具有重要历史意义的标志"[3]，在中国历史上第一次将城市居民与农村居民分离开来，形成户籍管理的城乡二元结构，这种结构在中国维持了千年之久，直到当下也仍未结束。这一分离意义十分重大，它标志着中国市民阶层在社会结构中的真正崛起。即是说，从北宋真宗朝开始，中国社会才有了真正实质意义上的市民阶层。

北宋极盛时，都城汴京（今河南开封）列籍住户13.7万户，这不包括京师周边的一二十万大军，也不包括庞大的皇室和官府机构人员以及官属工匠、看管兵校等，还有十多万僧尼道士和数以万计的官私妓女，另有为数不少的无业游民和暂住人口，其城市总人口当在150万左右。[4]他如洛阳、扬州、杭州、成都等城市，也同样得到了很大的发展。大量人口定居在城市，文化生活不可缺少，由于白天需要劳作，市民的文化生活多集中在晚上，唐代实行了近300年

---

[1] 徐松：《宋会要辑稿·食货六九》，上海古籍出版社，2014，第8094页。
[2] 徐松：《宋会要辑稿·方域八》，第9427页。
[3] 王威海：《中国户籍制度——历史与政治的分析》，上海文化出版社，2006，第145页。
[4] 参见吴松弟《中国人口史》第三卷，复旦大学出版社，2005，第573—574页。

的坊市制度早已名存实亡，于是在仁宗时期朝廷正式废除宵禁[1]，允许人们夜间出来娱乐，市民文艺因市民的文化需求而茁壮成长起来。在汴京和其他城市，到处是进行文艺演出的勾栏瓦舍（又称瓦子、瓦肆）。汴京的新门瓦子、桑家瓦子、朱家桥瓦子、州西瓦子、保康门瓦子、州北瓦子等，都是著名的演出场所，"不以风雨寒暑，诸棚看人，日日如是"。除上演歌舞、杂技、杂剧、傀儡、散乐、影戏、诸宫调等外，还有讲史、小说、商谜、合生、说诨话等说唱，甚至在讲史类还有"霍四究说三分，尹常卖五代史"这样的专门家。[2]宋人的市民文化不仅惠及国内，甚至影响到周边国家，成为他们艳羡和追逐的对象。北宋靖康二年（1127年），战胜宋军的金人向宋朝廷索要"杂剧、说话、弄影戏、小说、嘌唱、弄傀儡、打金斗、弹筝琵琶、吹笙等艺人一百五十余家，令开封府押赴军前"[3]。因为金人也想享受这些文化，这从侧面证明了北宋市民文化的辐射面和影响力。

到了南宋，说唱伎艺得到更迅猛发展，出现了行会组织"雄辩社"，有专门从事说唱艺术创作的"书会"，书会写手被称为"才人"。高宗三十一年（1161年）省废教坊之后，每遇大宴，则拨差临安府衙前乐人充应。朝廷特设供奉局采访和挑选著名艺人，有些"说话"艺人因演技高超，被招去供奉内廷，作为御用"说话"艺人，如王六大夫、李奇、王防御、史惠英、陆妙慧、陆妙净等，这在客观上也刺激了"说话"伎艺的普及与提高。据南宋周密在元初撰写《武林旧事》回忆，南宋时临安城内的说唱伎艺名目有演史、说经（诨经）、小说、影戏、唱赚、小唱、嘌唱赚色、鼓板、杂剧、杂扮、弹唱因缘、唱京词、诸宫调、唱耍令、唱《拨不断》、说诨话、商谜、覆射、学乡谈、傀儡、合笙等，知

---

[1] 宋敏求《春明退朝录》卷上："京师街衢，置鼓于小楼之上，以警昏晓。太宗时，命张公洎制坊名，列牌楼上。按唐马周始建议置冬冬鼓，惟两京有之。后北都亦有冬冬鼓，是则京都之制也。……二纪以来，不闻街鼓之声，金吾之职废矣。"《春明退朝录》始作于宋神宗熙宁三年（1070年），"二纪以来"应指宋仁宗庆历（1041—1049年）以来。

[2] 孟元老撰，邓之诚注：《东京梦华录注》卷5《京瓦伎艺》，中华书局，1982，第132—133页。

[3] 徐梦莘：《三朝北盟会编》卷77《靖康中帙》，上海古籍出版社，1987，第583页。

名艺人达二百多人。[1]孙楷第曾指出：

> 最可注意的是，说故事在宋朝，已经由职业化而专门化。宋以前和尚讲经，本不是单为宣传教义，而是为生活。唐五代的转变，本不限于和尚，所以吉师老有《看蜀女转昭君变》诗。但唐朝的变场、戏场，还多半在庙里，并且开场有一定日子。而宋朝说话人则在瓦肆开场，天天演唱。可见说故事在宋朝已完全职业化。[2]

当然，"说话"并非只包括讲故事，而是包括所有说唱文学在内。释慧琳《一切经音义》云："话，胡快反。《广雅》：话，调也。谓调戏也。《声类》：话，讹也。"[3]一切用言语调笑、嘲戏的说唱伎艺都是广义的"说话"。《武林旧事》所提南宋临安城内瓦子里的那二十多种说唱伎艺其实都是"说话"。宋人所谓"说话有四家"之说，其实是仿照正史艺文经籍志经、史、子、集四部分类法为说唱伎艺进行的一种分类，表达了一部分关心说唱伎艺的士人对于市民文化的接纳态度。即是说，"'说话四家'反映出时人对'说话'伎艺的肯定、喜爱、理解和尊重，他们认可'说话'也是专门之学，是可以和传统知识类别相比拟的"[4]。这是文学思想的巨大进步，也是文化发展的客观要求，"小说"在其中扮演着代表性的角色。

由于"说话四家"中，"最畏小说人，盖小说者能以一朝一代故事，顷刻间提破"[5]，故人们谈论宋人"说话"便常常以"小说"为代表。例如，宋人罗烨《醉翁谈录·小说引子》便利用传统诸子九流的成说，给小说重新定义为：

1　泗水潜夫：《武林旧事》卷6《诸色伎艺》，西湖书社，1981，第105—114页。
2　孙楷第：《沧州集》卷1《中国短篇白话小说的发展》，中华书局，2009，第55页。
3　释慧琳：《一切经音义》卷70，大通书局，1985，第21519页。
4　见本书第十八章。参见拙作《宋人"说话"家数再探》，《天津社会科学》2017年第2期。
5　耐得翁：《都城纪胜·瓦舍众伎》，中华商业出版社，1982，第11页。

> 小说者流，出于机戒之官，遂分百官记录之司。由是有说者纵横四海，驰骋百家。以上古隐奥之文章，为今日分明之议论。或曰演史，或曰合生，或称舌耕，或作挑闪，皆有所据，不敢谬言。言其上世之贤者可为师，排其近世之愚者可为戒。言非无根，听之有益。[1]

这是一种新的小说观念，罗氏在本节题注说明："演史、讲经并可通用。"即是说，他对"小说"的理解是对宋人"说话"的理论概括，可通用于其他说唱艺术。在同书的《小说开辟》中，作者还以诗论道：

> 小说纷纷皆有之，须凭实学是根基。开天辟地通经史，博古明今历传奇。藏蕴满怀风与月，吐谈万卷曲和诗。辩论妖怪精灵话，分别神仙达士机。涉案枪刀并铁骑，闺情云雨共偷期。世间多少无穷事，历历从头说细微。[2]

这里谈论的小说，已经不是秦汉士人所谈论的小说，也不是唐宋文人所谈论的小说，而是宋代"说话"中的"小说"。这种小说主要是讲唱神怪、公案、铁骑和男女风情故事，这些故事虽然有经和史的修养，也需要诗和曲的配合，但它是市民文学而不是士人文学，是毫无疑义的。尽管罗氏谈论"小说"时想方设法要往诸子九流身上靠，千方百计要和正统文化拉上关系，但那只是拉大旗做虎皮，以壮市民文艺的声威，以期提高"小说"的地位而已，二者属于不同的文化系统，其实是泾渭分明的。

由于宋人"说话"影响巨大，所以后人多将"说话"当作"市民小说"的源头，以与《汉志》等著录的"士人小说"相区别。例如，明人郎瑛便说："小

---

[1] 罗烨：《醉翁谈录》甲集卷1《小说引子》，古典文学出版社，1957，第2页。
[2] 罗烨：《醉翁谈录》甲集卷1《小说开辟》，第5页。

说起宋仁宗,盖时太平盛久,国家闲暇,日欲进一奇怪之事以娱之,故小说得胜头回之后,即云'话说赵宋某年',间阎陶真之本之起亦曰'太祖太宗真宗帝,四帝仁宗有道君',国初瞿存斋过汴之诗有'陌头盲女无愁恨,能拨琵琶说赵家',皆指宋也。若夫近时苏刻几十家小说者,乃文章家之一体,诗话、传记之流也,又非如此之小说。"[1] 郎瑛对两类小说的明确区分,主要是从文体着眼,已经清楚地划分了两类小说的界限。

而冯梦龙则有更为深刻的认识,他说:

> 大抵唐人选言,入于文心;宋人通俗,谐于里耳。天下之文心少而里耳多,则小说之资于选言者少,而资于通俗者多。试今说话人当场描写,可喜可愕,可悲可涕,可歌可舞;再欲捉刀,再欲下拜,再欲决脰,再欲捐金;怯者勇,淫者贞,薄者敦,顽钝者汗下。虽日诵《孝经》《论语》,其感人未必如是之捷且深也。噫!不通俗而能之乎?[2]

冯梦龙所提到的唐人小说显然以"传奇"为代表,他所提到的宋人小说则无疑是以"说话"为代表,冯氏认为这两种小说的重大区别体现在表现形式和服务对象的不同,由此造成文雅与通俗的风格差异:"谐于里耳"的说唱小说比"入于文心"的文言小说更容易为普通民众所接受,因而更具有感动人心的艺术效果。冯氏之所以强调"说话"的"谐于里耳",是因为明人所见宋元"话本"的艺术水平与宋人"说话"的艺术水平是存在明显差距的,加上当时市民多不识字,他们的文化消费不是靠阅读"话本",而是靠听"说话人"现场"说话"。因此,我们对宋元"说话"的认识绝不能局限在今天所见的极为有限的几种宋元"话本"上。

---

[1] 郎瑛:《七修类稿》卷22《辩证类·小说》,上海书店出版社,2001,第229页。
[2] 冯梦龙:《古今小说》卷首《叙》,人民文学出版社,1958,第1—2页。

应该承认，宋人的"说话"根本改变了秦汉以来的士人小说观念[1]，重新建立起属于市民的小说观念。凌濛初说：

> 宋、元时有小说家一种，多采闾巷新事为宫闱承应谈资，语多俚近，意存劝讽。虽非博雅之派，要亦小道可观。[2]

尽管士人小说观念在明清时期仍然具有重大影响力，但这种影响力主要限于正统士大夫，普通市民和下层知识分子接受的却是宋代兴起的市民小说观念。这种小说观念在清人罗浮居士的《〈蜃楼志〉序》里做了颇为全面的概括：

> 小说者何？别乎大言言之也。一言乎小，则凡天经地义，治国化民，与夫汉儒之羽翼经传，宋儒之正心诚意，概勿讲焉。一言乎说，则凡迁、固之瑰玮博丽，子云、相如之异曲同工，与夫艳富、辨裁、清婉之殊科，宗经、原道、辨骚之异制，概勿道焉。其事为家人父子日用饮食往来酬酢之细故，是以谓之小；其辞为一方一隅男女琐碎之闲谈，是以谓之说。然则，最浅易、最明白者，乃小说之正宗。[3]

从这一定义中可以抽绎出如下要点：第一，市民小说是市民文学，不属于正统文化的范畴，与传统的经、史、子、集无关，也不属于文人文学的范围；第二，市民小说的内容主要是描写普通人的日常生活，"为家人父子日用饮食往来酬酢之细故"，不讲"治国化民"的大事，也不讲"正心诚意"的学问；第三，市

---

[1] 需要指出，宋人"说话"其实也有渊源，由先秦时期的俳优传衍而来的汉末魏初的"俳优小说"、"说肥瘦"等，便可视为"说话"的早期源头；俗讲自然也是其来源之一。参见拙著《中国通俗小说史》第一章《中国通俗小说的成长》，武汉大学出版社，2015，第24—64页。
[2] 即空观主人：《〈拍案惊奇〉序》，丁锡根编著《中国历代小说序跋集》中，人民文学出版社，1996，第785页。
[3] 罗浮居士：《〈蜃楼志〉序》，丁锡根编著《中国历代小说序跋集》中，第1201页。

民小说采用市民日常生活的语言,"为一方一隅男女琐碎之闲谈",不用文人诗词歌赋的雅言;第四,"最浅易、最明白"的小说是市民小说的正宗。这样的小说,其实就是我们今天所说的白话通俗小说。明清时期占据小说中心地位的正是这种小说,如明代"四大奇书"、"三言二拍",清代《儒林外史》、《红楼梦》、《再生缘》、《镜花缘》之类。就其基本文体形态和语言风格而言,这些小说是符合市民小说的特征而不符合士人小说的特征的。因此,它们所代表的不是士人小说的成就,而是市民小说的成就,其所反映的小说观念就其本质而言当然是市民小说观念。尽管这些小说的作者同时也会受到传统士人小说观念的某些影响,但他们选择的不是向士人小说靠拢而是向市民小说靠拢,则是明白无误的。

就整体而言,市民小说主要是为市民的休闲娱乐服务,它最重视的自然是其休闲娱乐功能,而非政治教化功能。由宋人"说话"底本演变而来的话本小说,以及在明代发展成熟的拟话本和章回小说,同样讲求休闲娱乐功能,所谓"资于通俗,谐于里耳",因此,士人多视其为"闲书",并不对它们寄寓"治国化民"的期望。在话本小说、拟话本小说和章回小说中,那些纯粹娱乐性的作品自不必说,即使是那些略显"高雅"的经典性的作品,士人们也主要是肯定它们的表达方法和写作技巧,并不肯定其思想价值和教育价值。例如,明嘉靖时期的崔铣、熊过、唐顺之、王慎中、陈束等才子们肯定《水浒传》,是认为"《水浒传》委曲详尽,血脉贯通,《史记》而下,便是此书;且古来更未有一事而二十册者"[1]。明末金圣叹肯定《水浒传》,认为"《水浒传》章有章法,句有句法,字有字法";"别一部书看过一遍即休,独有《水浒传》只是看不厌,无非为他把一百八个人性格都写出来"[2]。《红楼梦》的写法虽然得到许多读者的激赏,但他们似乎更相信该作品一定掩藏着一段史实,于是像"猜谜"一样去寻找作品的"本事"。而作者却说:"虽我不学,下笔无文,又何妨用假语村言,

---

[1] 李开先撰,叶枫校订:《一笑散》,文学古籍刊行社,1955,第10页。
[2] 金圣叹评点:《第五才子书施耐庵水浒传》卷3《读第五才子书法》,中华书局,1975年影印,第5a页。

敷演出一段故事，亦可使闺阁昭传，复可悦世之目，破人愁闷，不亦宜乎？"[1]无论作者说的是真话还是假语，至少在门面上与人们所理解的通俗小说的传统功用是符合的。而从社会教育层面，反倒是有不少士人批评《水浒传》和《红楼梦》，甚至给它们扣上"诲盗""诲淫"的大帽子。即是说，明清士人对《水浒传》和《红楼梦》的评价，在政教价值方面多是负面的，在艺术价值方面则倾向于正面。即使是那些思想比较激进的学者，它们肯定《水浒传》和《红楼梦》的政教价值，也往往采用传统的伦理价值标准。如明人普遍认为《水浒传》宣传的是"忠义"思想，故明代《水浒传》刻本多冠以"忠义"二字，甚至直接名为《京本忠义传》，具有叛逆精神的明代著名思想家李贽撰《〈忠义水浒传〉序》，也极力肯定《水浒传》的"忠义"。即使如明末金圣叹"削忠义而仍《水浒》"，他也仍然秉持传统道德观念，特在小说作品前加《宋史纲》和《宋史目》予以申说，以为《宋史》"宋江虽降而必书曰'盗'，此《春秋》谨严之志，所以昭往戒，防未然，正人心，辅王化也"。[2]由此可见，明清士人对通俗小说的认识，在艺术表达和审美趣味上确有突破，但在政教伦理方面却未能完全脱离传统士人小说观念的藩篱。因此，如果有士人将一生精力用于通俗小说创作，是不被当时读书人所赞赏的。例如，明胡应麟便说：

> 今世人耽嗜《水浒传》，至缙绅文士亦间有好之者，第此书中间用意非仓卒可窥，世但知其形容曲尽而已。至其排比一百八人，分量轻重纤毫不爽，而中间抑扬映带、回护咏叹之工，真有超出语言之外者。余每惜斯人以如是心用于至下之技，然自是其偏长，政使读书执笔未必成章也。[3]

胡氏虽然承认士人创作通俗小说未必能够达到《水浒传》的艺术水准，但他并

---

[1] 曹雪芹、高鹗原著，王齐洲、王丽娟解读：《红楼梦》第一回，岳麓书社，2018，第1页。
[2] 金圣叹评点：《第五才子书施耐庵水浒传》卷2，中华书局，1975年影印，第2b页。
[3] 胡应麟：《少室山房笔丛》卷41《庄岳委谈下》，上海书店出版社，2001，第437页。

不赞成士人们去做这样下贱的工作。明代"四大奇书"的作者至今无法确定，正反映着白话通俗小说的市民文化性质和不被正统文化接纳的客观事实。清康熙年间吴敬梓创作了《儒林外史》，虽然其艺术水平没有人能够否定，但他的朋友们却为他因通俗小说而出名而深表惋惜。吴氏死后，其友程晋芳在怀念他的诗中说："外史纪儒林，刻画何工妍。吾为斯人悲，竟以稗说传！"[1]正是在这样的社会文化环境里，《红楼梦》的作者根本不敢公开自己的真实姓名，只能在开篇云山雾罩地谈到本书的作者，并没有确实而肯定的结论，让学者们至今还在争论不休。《儒林外史》和《红楼梦》虽然都是已经文人化了的通俗小说，但同样不能为正统士人所接纳，当时接纳程度明显不如王士禛的《池北偶谈》和纪昀的《阅微草堂笔记》。由此可见，市民小说与士人小说的文化壁垒其实比我们想象的要森严得多。

第三节　公民社会成长与近现代小说观念

明清以来士人们对通俗小说的认识和所采取的态度，在近代社会的转型中发生了翻天覆地的变化，小说和小说家的地位被提升到前所未有的高度，让人感到惊讶。例如，狄葆贤说：

> 吾昔见东西各国之论文学家者，必以小说家居第一，吾骇焉。吾昔见日人有著《世界百杰传》者，以施耐庵与释迦、孔子、华盛顿、拿破仑并列，吾骇焉。吾昔见日本诸学校之文学科，有所谓《水浒传》讲义、《西厢记》讲义者，吾益骇焉。继而思之，何骇之与有？小说者，实文学之最上乘也。世界而无文学则已耳，国民而无文学思想则已耳，苟其有之，则小

---

[1] 程晋芳：《勉行堂诗集》卷9《哭吴敬轩》，《续修四库全书》本，上海古籍出版社，1995年影印，第161页。

说家之位置，顾可等闲视哉！[1]

徐念慈也说：

> 伟哉！近年译籍东流，学术西化，其最歆动吾新旧社会，而无有文野智愚，咸欢迎之者，非近年所流行之新小说哉？夫我国之于小说，向所视为鸩毒，悬为厉禁，不许青年子弟稍一涉猎者也，乃一反其积习，而至于是。果有沟而通之，以圆其说者耶？抑小说之道，今昔不同，前之果足以害人，后之实无愧益世耶？岂人心之嗜好，因时因地而迁耶？抑于吾人之理性（Vernunft），果有鼓舞与感觉之价值耶？[2]

狄氏的认识是基于西方尤其是日本的经验，而徐氏提出的问题则的确值得我们思考。

实际上，小说和小说家在近代社会地位的提高，与近代中国社会结构的急剧变化尤其是士人阶层的社会地位和价值观念的根本转变有着极大的关联。

众所周知，"鸦片战争"之后，中英签订《南京条约》，中国割让香港、开放通商口岸，协定海关税则，其他帝国主义国家也趁机涌入中国划分势力范围，中美《望厦条约》、中法《黄埔条约》、中俄《瑷珲条约》、中日《天津条约》等相继签订，中国进入半殖民地半封建社会。"天朝大国"美梦彻底破灭，亡国灭种危机摆在国人面前。"太平天国"起义，沉重打击了清朝政府。1860年，"八国联军"攻入北京，洗劫圆明园，并放火焚烧，使这座经营了一百多年、聚集了古今艺术珍品、综合了中外建筑艺术而享誉世界的皇家园林成为废墟。一部分开明士大夫有感于国耻，企图借鉴洋人的科学技术来重振大清帝国，"洋务运动"因此展开。江南制造局、金陵制造局、天津制造局、福州船政局、轮船招

---

[1] 楚卿：《论文学上小说之位置》，《新小说》1903年第7期。
[2] 觉我：《〈小说林〉缘起》，《小说林》1907年第1期。

商局、开平矿务局、天津电报局、兰州织呢局、上海机器织布局等先后兴办，一时似有复兴气象。然而，1894年至1895年的中日海战，洋务派苦心经营的北洋海军全军覆没，士大夫残存的一点复兴希望最终破灭。一批先进的知识分子认识到"明治维新"后的日本已经走在了中国前面，除了学习日本经验，改革中国的政治体制，改良中国的教育制度，树立新风，培养新人，中国已别无出路。于是，维新思潮勃然兴起。1895年，严复在天津《直报》连续发表《论世变之亟》、《原强》、《救亡决论》等政论，鼓吹"物竞天择，适者生存"，为"救亡图存、强国保种"呼吁维新变法，废科举、兴学校成为维新变法的重要诉求。他说："天下理之最明而势所必至者，如今日中国不变法则必亡是已。然则变将何先？曰莫亟于废八股。夫八股非自能害国也，害在使天下无人才。"[1] 1898年"戊戌变法"中，康有为上奏说：

> 中国之割地败兵也，非他为之，而八股致之也……夫皇上既深知其无用矣，何不立行废弃之乎？此在明诏一转移间耳，而举国数百万人士，立可扫云雾而见青天矣。从此内讲中国文学，以研经义、国闻、掌故、名物，则为有用之才；外求各国科学，以研工艺、物理、政教、法律，则为通方之学。以中国之大，求人才之多，在反掌间耳。[2]

康有为的这些建议还来不及实施，"戊戌维新"百日失败，八股取士照常进行。1900年"庚子国难"[3]后，慈禧在国内外压力下，实行"新政"。1901年，各地封

---

[1] 严复：《救亡决论》，原载《严几道文钞》卷2。转引自徐中玉主编《中国近代文学大系》文学理论集，上海书店，1994，第63页。

[2] 康有为：《请废八股试帖楷法试士改用策论折》，原载《戊戌奏稿》。转引自徐中玉主编《中国近代文学大系》文学理论集，上海书店，1994，第90页。

[3] "戊戌变法"失败后，慈禧打算废黜光绪另立皇帝，却遭到各国一致反对，慈禧怀恨在心。光绪庚子（1900年），慈禧听信"义和团"能够刀枪不入，杀光洋人，便于五月二十五日对英、美、法、俄、德、日、意、奥八国宣战。次月，由英国海军中将西摩尔率领，从天津租界出发进犯北京，慈禧西窜，八国联军洗劫北京，史称"庚子国难"或"庚子国变"。

疆大吏纷纷上奏重提改革科举，清廷不得已恢复经济特科，并确定次年科举考试中加试中国政史和各国政治、艺学策。"壬寅学制"、"癸卯学制"先后颁布后，张之洞、袁世凯、张百熙等接连上疏，请求废除科举、推广学校。1903年，清廷同意递减科举，增加特科。1905年，迫于社会压力和形势发展，朝廷进行了最后一次会试后，慈禧下诏停科举以广学校，下令自光绪三十二年（1906年）起，将育才、取才合于学校一途。从此，实行了一千三百多年的科举正式退出历史舞台。

封建制度的腐朽，亡国灭种的危机，士人风气的堕落，民族矛盾的尖锐，阶级冲突的复杂，使得整个社会处于空前的动荡和焦虑之中。原有的社会阶层结构在迅速地变动着，原有的社会意识形态也处在迅速解体中。"戊戌变法"以前，维新思想是社会的主流思想，士人仍然梦想着做帝王师，以发挥其在"道统"中的作用。"戊戌变法"失败后，社会主流思想迅速转变，国人多倾向于革命排满。孙中山曾回忆说：

> 庚子之役（指广东惠州起义——引者），为予第二次革命之失败也。经此失败而后，回顾中国之人心，已觉与前有别矣。当初次（指1895年广州起义——引者）之失败也，举国舆论莫不目予辈为乱臣贼子大逆不道，诅咒谩骂之声不绝于耳，吾人足迹所到，凡认识者，几视为毒蛇猛兽，而莫敢与吾人交游也。惟庚子失败之后，则鲜闻一般人恶声相加，而有识之士且多为吾人扼腕叹息，恨其事之不成矣。前后相较，差若天渊。[1]

1900年以后，社会思想的变化不仅是急剧的，而且是根本性的，人们的国家观念已经发生了实质性的改变，个体意识也随之发生着实质性的改变。这种改变对于人们对小说的认识也是带有根本性的。科举废除后，士人失去了原来的制

---

[1] 孙中山：《治国方略一》，《民国丛书》第二编《总理全集》第一集，上海书店，1990，第529页。

度依托和文化优势，也断绝了通过科举进入统治阶层的仕途，成为社会上最不稳定的群体。有的转入新式学堂做老师，有的进入官府做幕僚，有的办厂经商做买卖，有的投身新兴文化产业，或开书局报馆办杂志，更有的游走江湖，沦入社会底层。他们中的大多数，其实已经成为自由职业者。士人阶层的地位分化使得他们的思想也空前分化，原有的儒家意识形态被残酷的现实需求所解构，他们需要寻找新的思想文化，重构价值体系。正是在这样的背景下，小说作为新时期各类知识分子都关注的对象进入人们的视野，而启发他们的是西方小说在社会政治、思想、文化建设中的作用。

在"戊戌变法"之前，维新派人士试图利用小说宣传维新思想，促进社会改良。1897年，刚翻译完赫胥黎《天演论》而声名大噪的严复，与夏曾佑在天津《国闻报》上发文指出：

> 说部之兴，其入人之深，行世之远，几几出于经史上，而天下之人心风俗，遂不免为说部之所持。……且闻欧、美、东瀛，其开化之时，往往得小说之助。[1]

同年，梁启超在《时务报》上发表《〈蒙学报〉〈演义报〉合叙》也指出：

> 日本之变法赖俚歌与小说之力，盖以悦童子，以导愚氓，未有善于是者也。[2]

他们所说的"小说"，都指通俗小说。也在这一年，裘廷梁在《中国官音白话

---

[1] 严复、夏曾佑：《本馆附印说部缘起》，《国闻报》1897年10月16日。最早提倡"新小说"的是英国传教士傅兰雅（John Fryer），他在上海《万国公报》1895年6月号上刊登征文启事："窃以感动人心，变易风俗，莫如小说，推行广速，传之不久，辄能家喻户晓，气习不难为之一变。……兹欲请中华人士愿本国兴盛者，撰著新趣小说。"

[2] 梁启超：《〈蒙学报〉〈演义报〉合叙》，《时务报》1897年第44期。

报》发表《论白话为维新之本》,有理有据地阐述了"崇白话而废文言"的重要意义,指出"愚天下之具,莫文言若;智天下之具,莫白话若";"文言兴而后实学废,白话行而后实学行;实学不兴,是谓无民"[1],成为近代提倡白话文的纲领,影响深远。次年,梁启超创办《清议报》,发表《译印政治小说叙》,以为"小说为国民之魂","在昔欧洲各国变革之始,其魁儒硕学,仁人志士,往往以其身之所经历,及胸中所怀,政治之议论,一寄之于小说"[2],并在《清议报》译载西方政治小说。维新派对小说的这些认识,将小说的政教作用放在了头等重要的位置,与传统士人小说和市民小说观念颇不一致。不过,维新派抬高小说地位,利用小说宣传改良,还只是从策略的角度将经史的地位与小说做了调换,目的则是想挽救大清王朝,其基本思路仍然不脱传统思想的窠臼。

然而,"戊戌变法"失败之后,尤其是"庚子国难"之后,人们谈论小说,已经注意将小说与社会改造、培养公民意识结合起来,其隐含的是对清廷的绝望,甚至是势不两立。例如,1902年,梁启超在《新民丛报》发表《新民说》,详细论述现代国家理想国民的品质,要求改造中国的国民性,他认为:"苟有新民,何患无新制度,无新政府,无新国家。"[3]在同年的《新小说》杂志创刊号上,梁启超发表《论小说与群治之关系》,严厉批判中国旧小说,以为旧小说是"吾中国群治腐败之总根源",因此,"今日欲改良群治,必自小说界革命始;欲新民,必自新小说始"[4],将"小说界革命"与"新小说"、"新国家"、"新民"统一起来,表明了他所提倡的"新小说"要承担起文化启蒙的责任。他自己还带头撰写政治小说《新中国未来记》,抒发自己对"新中国"的理想。如果说"戊戌变法"前的梁启超重视小说主要是为了利用小说改良传统政治,那么,"庚子事变"之后的梁启超重视小说则主要是为了利用小说改造"国民"成为"新

---

[1] 裘廷梁:《论白话为维新之本》,《中国官音白话报》1898年第20期。
[2] 任公:《译印政治小说序》,《清议报》第1册。《中国近代期刊汇刊》本,第54页。
[3] 梁启超:《新民说》,《新民丛报》汇编,1902。《中国近代期刊汇刊》本,第1—2页。
[4] 梁启超:《论小说与群治之关系》,《新小说》1902年第1卷第1期。

民",以缔造"新国家"。当然,这只是政治目标的改变,文化启蒙仍一如既往。本来,严复在"甲午之战"后的1905年,就在天津《直报》发表《原强》,指出"民智、民力、民德"是强国之本,是"今日至切之务"[1],不过,他还没有提出"国民"的概念,也没有把"新民""新中国"和"新小说"结合起来。而梁启超在"戊戌变法"失败的第二年,就明确提出了"国民"的概念,他说:

> 国者,积民而成,舍民之外,则无有国。以一国之民,治一国之事,定一国之法,谋一国之利,捍一国之患,其民不可得而侮,其国不可得而亡,是之谓国民。[2]

显然,这种"国民"已经不是皇权统治下的"庶民",而是现代国家体制下的"公民"。梁氏在这里没有使用"公民"概念而使用"国民"概念,只是用语习惯使然,其所指其实已经具有"公民"的思想内涵还是清楚的。这一思想转变,正是梁启超提出"欲新民,必自新小说始"的理论依据。因此,我们可以说,由梁启超提倡的"新小说"已经不是传统意义上的小说,而是开通民智,启迪民德,培养公民意识的具有启蒙精神的小说。王钟麒便认为:

> 昔欧洲十五、六世纪,英帝后雅好文艺。至伊丽沙白时,更筑文学之馆,凡当时之能文章者,咸不远千里致之,令诸人撰为小说戏曲,择其有益心理者,为之刊行,读者靡弗感动,而英国势遂崛起,为全球冠。……夫小说者,不特为改良社会、演进群治之基础,抑亦辅德育之所不逮者出。吾国民所最缺乏者,公德心耳。惟小说则能使极无公德之人,而有爱国心,有合群心,有保种心,有严师令保所不能为力,而观一弹词、读一演义,

---

[1] 严复:《原强》,《严复集》上册,中华书局,1986,第15页。
[2] 梁启超:《论近世国民竞争之大势及中国前途》,《清议报》第2册。《中国近代期刊汇刊》本,第1921页。

则感激流涕者。[1]

这样理解西方小说，其实是根据中国现实的需要，希望学习西方小说来培养"国民"的"公德心"，将培养公民意识放在小说作用的最突出位置。所谓"文化日进，思潮日高，群知小说之效果，捷于演说报章，不视为遣情之具，而视为开通民智之津梁，涵养民德之要素；故政治也，科学也，实业也，写情也，侦探也，分门别派，实为新小说之创例，此其所以绝有价值也"[2]，说的即是此意。

尽管梁启超的启蒙教育所重视的是政治小说，但真正能够"新民"的"新小说"绝不限于政治小说，西方小说能够感动读者的更不只是政治小说，这便启发了各政治派别、各艺术团体、各小说作者和小说理论家对小说的重新思考。无论维新派还是革命派，也无论是立宪派还是保皇派，他们都将小说作为宣传思想之媒介和"通俗教育之利器"，纷纷创作小说来宣传自己的政治主张[3]，这与汉代以来的士人文言小说和宋代以来的通俗白话小说所反映的传统小说观念已然明显不同。正如黄世仲所说：

> 昔之以读小说为废时失事、误人心术者；今则书肆之中，小说之销场，百倍于群书。昔之墨客文人，范围于经传，拘守夫绳尺；而今之所谓小说家者，如天马行空，隐然于文坛上独翘一帜。观阅者之所趋，而知著作之所萃。盛矣哉其小说乎！然苟非于转移社会具龙象力，于瀹智上有绝大关系者，又乌能有是！然而风尚之所由起，如译本小说者，其真社会之导师哉！一切科学、地理、种族、政治、风俗、艳情、义侠、侦探，吾国

---

[1] 天僇生：《论小说与改良社会之关系》，《月月小说》1907年第9期。
[2] 无名氏：《〈新世界小说社报〉发刊辞》，《新世界小说社报》1906年第1期。
[3] 如革命派的《东欧女豪杰》《自由结婚》《轰天雷》《泡影录》《革命魂》《新儿女英雄》《洪秀全演义》以及《猛回头》《警世钟》《狮子吼》等，立宪派和保皇派的《捉拿康梁二逆演义》《痴人说梦记》《一字不识之新党》《新孽镜》《新党升官发财记》等。

未有此瀹智灵丹者，先以译本诱其脑筋；吾国著作家于是乎观社会之现情，审风气之趋势，起而挺笔研墨以继其后。观此而知新风过渡之有由矣。[1]

黄世仲认为中国近代小说观念的转变是西方小说引导的结果，这一说法符合实际。从1899年起，林纾翻译的《巴黎茶花女遗事》《黑奴吁天录》《迦因小传》《撒克逊劫后英雄略》等西方小说先后问世，掀起了翻译和阅读西方小说的热潮。"林氏以古文名家而倾动公卿的资格，运用他的《史》《汉》妙笔来做翻译文章，所以才大受欢迎，所以才引起上中级社会读外洋小说的兴趣，并且因此而抬高小说的价值和小说家的身价。"[2]周作人后来直言："我们（指他和鲁迅——引者）几乎都因了林译才知道外国有小说，引起一点对于外国文学的兴味。"[3]于是他们仿林氏笔调翻译西方小说，取名《域外小说集》印行。

以西方小说为参照，人们对小说的文化地位和社会价值有了新的认识，对中国传统小说也有了新的认识。1901年，留学日本的蔡锷在《清议报》上撰文指出："欧美之小说，多系公卿硕儒，察天下之大势，洞人类之赜理，潜推往古，豫揣将来，然后抒一己之见，著而为书，用以醒齐民之耳目，励众庶之心志。或对人群之积弊而下砭，或为国家之危险而立鉴，然其立意，则莫不在益国利民，使勃勃欲腾之生气，常涵养于人间世而已。至吾邦之小说，则大反其是。其立意则在消闲，故含政治思想者稀如麟角，甚至遍卷淫词罗列，视之刺目者。盖著者多系市井无赖辈，故无足怪焉耳。小说界之腐坏，至今日而极矣。夫小说为振民之一巨端，立意既歧，则危害深，是不可不知也。"[4]由于当时翻译的西方小说多与社会政治相关联，且宣传西方小说的学者有维新、革命、保皇等种种政治倾向，故人们多从政治的角度来评论小说，蔡锷将"用以醒齐民之

---

[1] 世：《小说风尚之进步以翻译说部为风气之先》，《中外小说林》1908年第4期。
[2] 寒光：《林琴南》，薛绥之、张俊才《林纾研究资料》，福建人民出版社，1983，第207页。
[3] 周作人：《林琴南与罗振玉》，《语丝》1924年第3期。
[4] 衡南劫火仙：《小说之势力》，原载1900年《清议报》。转引自黄霖编著《历代小说话》第3册，凤凰出版社，2018，第1123页。

耳目，励众庶之心志"作为西方小说的突出特点，并以此否定中国传统小说，便反映着时人对小说价值的重新认识和对中国旧有通俗小说"立意则在消闲"的整体批评。知新主人周树奎则说：

> 外国小说中，无论一极下流之人，而举动一切，身分自在，总不失其国民之资格。中国小说，欲著一人之恶，则酣畅淋漓，不留余地，一种卑鄙龌龊之状态，虽鼠窃狗盗所不肯为者，而学士大夫，转安之若素。此岂小说家描写逼真之过欤？要亦士大夫不自爱惜身分，有以使之然也。故他日小说，有改良之日乎，则吾社会必进一步矣。[1]

同样认为中国传统小说没有外国小说所具有的"国民"意识，这往往是小说家们自己没有公民意识造成的。这一认识应该说抓住了问题的要害，表现出论者的远见卓识。

王国维在系统学习和研究西方哲学、美学、文学的同时，独立思考着中国的小说与文学，形成了相当独特的美学观念、小说观念和文学观念。他在1904年发表《〈红楼梦〉评论》，用尼采哲学和叔本华的悲剧理论解析《红楼梦》，认为"《红楼梦》一书，与一切喜剧相反，彻头彻尾之悲剧也"[2]。开启了小说审美研究之先河。1906年，他在《文学小言》中说："昔司马迁推本汉武时学术之盛，以为利禄之途使然。余谓一切学问皆能以利禄劝，独哲学与文学不然。……餔餟的文学，决非真正之文学也。"他所理解的文学是："文学者，不外知识与感情交代之结果而已。苟无锐敏之知识与深邃之感情者，不足与于文学之事。此其所以但为天才游戏之事业，而不能以他道劝者也。"[3] 王国维所谓文学是"游戏之事业"，没有利禄追求，与康德强调审美的本质是"无目的的合目的性"同

---
[1] 知新主人：《小说丛话》，《新小说》1904年第20期。
[2] 王国维：《〈红楼梦〉评论》，《教育世界》1904年第78期。
[3] 王国维：《文学小言》，《教育世界》1906年第139期。

义。当年寅半生在杭州创办《游戏世界》半月刊,其发刊词说:

> 西人有三大自由,曰思想自由、言论自由、出版自由,吾则请增为四,曰游戏自由。[1]

这种游戏自由的思想虽然是模仿西方的自由思想提出,但它与文学审美却是相通的,而自由的要求正是对传统思想文化和意识形态的解构,是对新的社会文化环境的期盼,反而是启蒙的正道。基于文学是"游戏之事业"的理解,王国维不赞成小说有太多功利目的,因为这不符合文学审美的要求。他说:

> 吾人谓戏曲小说家为专门之诗人,非谓其以文学为职业也。以文学为职业,餬饡的文学也。职业的文学家,以文学得生活;专门之文学家,为文学而生活。今餬饡的文学之途,盖已开矣。吾宁闻征夫思妇之声,而不屑使此等文学嚣然污吾耳也。[2]

王国维以文学审美的"纯粹"性要求小说和小说家,对梁启超为代表的新小说理论家隐含着批评,这在当时也许有些另类而不合时宜,然而,正是这样基于文学审美特性的独立思考,深化了人们对于小说的本质认识,也为中国近现代小说美学提供了一条崭新的思路和独特的语言。

在译介西方小说的过程中,曾朴、黄人、徐念慈等主办的《小说林》发挥了重要作用,而他们对小说的理解也与王国维一样,更接近西方的现代小说观念。如黄人便说:

---

[1] 寅半生:《〈游戏世界〉发刊辞》,《游戏世界》1906年第1期。
[2] 王国维:《文学小言》,《教育世界》1906年第139期。

> 小说者，文学之倾于美的方面之一种也。……一小说也，而号于人曰：吾不屑屑为美，一秉立诚明善之宗旨，则不过一无价值之讲义、不规则之格言而已。恐阅者不免如听古乐，即作者亦未能歌舞其笔墨也。[1]

因此，他对小说有"国民进化之功"持保留态度。徐念慈也说："所谓小说者，殆合理想美学、感情美学，而居其最上乘者乎？"他所理解的美学包括：醇化于自然——"满足吾人之美的欲望，而使无遗憾"；个性化——"美之究竟，在具象理想，不在于抽象理想"；形象性——"美的快感，谓对于实体之形象而起"；理想化——"由感兴的实体，于艺术上除去无用分子，发挥其本性"等。[2] 这种将小说置于文学艺术的范畴，从美学层面挖掘和肯定其价值，强调小说是通过塑造个性化的理想形象来感动读者，都很好地把握住了小说文体的文学审美特性。至于黄世仲所说：

> 中国旧史氏之所谓史，平心而论，迨不过一皇族政治之得失林耳。社会之特征，人物之俊杰，不获附录，是不求野之遗义也。不知文章之感人，以性灵之力为最巨。小说者，陶熔人之性灵者也。[3]

黄氏指斥正史只是"皇族政治得失"史，传统通俗演义并非"野史之遗义"，因为演义小说旨在演说正史，没有注意"陶冶人之性灵"；小说应该是公民的心灵史、社会史、风俗史。

以上这些认识，对于梁启超等的小说可以"新国家""新民"的理论起到了补充和纠偏作用，丰富了近代小说思想。而曾朴的长篇小说创作，更是树立了由传统通俗小说尤其是通俗演义向具有现代意识的新小说（历史小说）迈进的

---

[1] 摩西：《〈小说林〉发刊词》，《小说林》1907年第1期。
[2] 觉我：《〈小说林〉缘起》，《小说林》1907年第1期。
[3] 亚荛：《小说之功用比报纸之影响为更普及》，《中外小说林》1907年第11期。

重要里程碑。正如杨联芬所论："《孽海花》历史叙事的现代性体现在：它摆脱了一般历史小说以重大历史事件或重要历史人物为中心的模式，不是演义'正史'，而是展现一种由世俗生活构成的'风俗史'；它塑造的人物，是一种可能更多借助于虚构的，而且在道德品性、行为方式、经历和业绩上都不带崇高色彩的'非英雄'。"[1]曾朴的《孽海花》，直接影响了具有成熟的现代意识的李劼人的长篇历史小说《死水微澜》（1935年）、《暴风雨前》（1936年）、《大波》（1937年）的创作，他们共同完成了长篇历史小说由古代向现代的转型。

短篇小说在近代的发展也同样值得关注。传统的子部文言小说都是短篇，它们或依附于"子"，缀集琐语，述事言理；或依附于"史"，杂记见闻，搜奇记逸，或者受先秦诸子学术的影响，或者受《史记》、《汉书》叙事的启发，并无自身独立的理论支撑和独特的写作技巧。宋以后的通俗小说虽然没有"子""史"的束缚，并且受制于市民的欣赏习惯和审美嗜好，但同样有传统文化作为依托或背景，而近代短篇小说却是在新文学学科的视野下，由小说作者自觉创造的新文学文体。1909年，包天笑就在《小说时报》上大力提倡短篇小说，周瘦鹃也翻译了不少欧美短篇小说，左拉、莫泊桑的短篇小说引起小说界极大兴趣，大家认为从十九世纪中叶起，工艺思潮受了科学万能的影响，造成了一种"写实主义"或称"自然主义"的新文学，短篇小说便是这种新文学的结晶。胡适《论短篇小说》将短篇小说定义为：

> 短篇小说是用最经济的文学手段，描写事实中最精采的一段，或一方面，而能使人充分满意的文章。[2]

---

[1] 杨联芬：《晚清至五四：中国文学现代性的发生》第七章《曾朴、李劼人与长篇历史小说的转型》，北京大学出版社，2003，第261—262页。

[2] 胡适：《论短篇小说》，原载1918年《新青年》第4卷第5号。收入《胡适学术文集·新文学运动》，中华书局，1993，第475页。

1921年，张舍我在《申报·自由谈》系统论述了短篇小说的有关问题，他指出：

> 中国古籍中无小说。"小说"之名，始自《汉书·艺文志》，然《艺文志》所谓之小说，非吾所谓之小说，非文学上所能承认为小说者也。此犹指小说之名而统言之耳。若夫今世所谓之"短篇小说"，则未尝一见。有之，其自胡适之《论短篇小说》始乎！[1]

按照张氏的理解，"短篇小说"是现代才有的小说形式，不是《汉书·艺文志》著录的中国传统小说，《汉书·艺文志》所谓小说只是一种统类名，并非近代文学上所承认的小说。显然，近代人们所称为"短篇小说"，是指符合西方现代文学标准和小说意味的作品，与中国传统四部之学的子部类别不是一个概念，因而其内涵也就完全不同，人们不承认那些子部文言小说和笔记小说，是有充分理由的。张舍我认为短篇小说的要素"有不可或缺者三：一曰情节，二曰人物，三曰单纯的情感"[2]。如果说上述小说论述体现了现代小说观念，那么，鲁迅的短篇小说创作则树立了现代短篇小说的思想和艺术高标。《呐喊》《彷徨》以人道主义为旗帜，彻底地反叛传统，猛烈抨击"吃人"的礼教，控诉社会黑暗和政府腐败，沉痛描写底层民众的"非人"生活及其精神病态，"哀其不幸，怒其不争"，将对民众的大爱融入深挚而恳切的忧愤之中，体现出强烈的"五四"人文精神。它们已经不是传统意义上的中国旧小说，而是接受了西方现代小说观念又延续着近代小说血脉的现代新短篇小说。

从上面的梳理可以看出，20世纪以来，"新小说"的倡导是与"救亡图存，强国保种"的文化启蒙联系在一起的，它的强烈的政治诉求和文化姿态在瓦解

---

[1] 张舍我：《短篇小说之定义》，原载1921年1月9日《申报·自由谈》。转引自黄霖编著《历代小说话》第9册，第3756—3757页。

[2] 张舍我：《短篇小说之要素》，原载1921年1月23日《申报·自由谈》。转引自黄霖编著《历代小说话》第9册，第3759页。

传统知识结构和意识形态话语方面是成功的，也实实在在提高了小说和小说家的社会文化地位，而它所忽视的对文学审美的艺术追求，在一部分非主流的小说家和小说理论家的坚守下，也得到一定程度的发展。尤其是在废除科举制度后，传统士人演变为自由职业知识分子，小说家也可以靠自己的创作获得稿酬来养活自己[1]；"辛亥革命"推翻帝制后，知识分子的"新国民"（实即现代国家的公民）意识显著增强，加上产业工人和商人阶层的壮大，文化传媒的蓬勃发展，公民社会快速成长。在公民意识的驱动下，人们将新小说与旧小说做了明确的区分，赋予新小说以新形式和新内涵，从而推进了中国小说观念的迅速发展。正如吕思勉所说：

> 小说者，近世的文学，而非古代的文学也。此小说所以有势力之总原因，而其他皆其分原因也。何谓近世文学？近世文学者，近世人之美术思想，而又以近世之语言达之者也。凡人类莫不有爱美之思想，即莫不有文学之思想。然古今人好尚不同，古人所以为美者，未必今人皆以为美也；即以为美矣，而因所操之言语不同，古人所怀抱之美感，无由传之今人，则不得不以今文学承其乏。今文学则小说具代表也……人类之好恶，不能一成而不变。其变也，导之以情易，喻之以理难。能感人之情者，文学也。小说者，文学之一种，以其具备近世文学之特质，故在中国社会中，最为广行者也。则其有诱导社会，使之改变之力，使中国今日之社会，几若为小说所铸造也，不亦宜乎！[2]

吕氏所论，强调小说是近世文学，采用近世语言，注重艺术审美和以情感人，

---

[1] 1907年《小说林》刊登"募集小说"启事，开出的稿酬标准是：甲等千字五元、乙等千字三元、丙等千字二元。此后，稿酬制度逐渐完善，成为近现代社会的重要制度。近现代不少小说作者是可以不做其他工作而靠稿酬生活的，如李伯元、曾朴、徐枕亚、张恨水、鲁迅、老舍等。

[2] 成之：《小说丛话》，原载1914年《中华小说界》。收入《吕思勉全集》第11册《论学丛稿上》，上海古籍出版社，2016，第25—27页。

达到诱导社会使之改变的目的。这样认识和理解小说，则此小说就既不是汉以来正史子部著录的士人小说，也不是宋以来以"说话"为基础的市民小说，而是近代社会所需要的体现时人社会理想和公民意识的新小说。

对于如何创作这样的小说，吕氏也有自己的理论，他认为，作小说有三法："第一理想要高尚"，"第二材料要丰富"，"第三组织要精密"。而"理想者，小说之质也。质不立，犹人而无骨干，全体皆无所附丽矣。然则理想如何而能高尚乎？曰是则视人之道德为进退。凡人之道德心富者，理想亦必高；道德心缺乏者，理想亦必低。所谓善与美相一致也。……惟其真也，惟其善也，惟其美也，作小说亦犹是也。无悲天悯人之衷，决不能作《红楼梦》；无愤世嫉俗之心，决不能作《水浒传》。胸无所有，而漫然为之，无论形式如何佳妙，而精神不存焉。犹泥塑之神，决不足以威人；木雕之美女，终不能以动人之情也。此作小说之根本条件也"；"盖小说者，以其体例之特殊故，凡理想皆须以事实达之，故不能作一空语。又以其为近世的文学故，其书中所述之事物，皆须为现社会之所有"；"书中之人物，孰为主人翁，代表作者之理想，孰为副人物，代表四周之境遇，不可不极为明确，使人一望而知，然后读者知作者主意之所在，乃能读之，而有所感动"。[1] 这便将作者的道德修养与小说创作自然地联系起来，将小说与社会、读者与作者的互动关系有效地结合起来，将继承小说优良传统与创作新小说逻辑地链接起来，将追求真、善、美与小说文体意识有机地统一起来，完成了现代小说"作者—作品—读者—社会"的多维理论建构。这种小说观念，显然是在引进和消化吸收现代西方小说和小说思想之后而形成的新小说观念。其观念主体是一批非传统士人的近代知识分子，"这些人有一个共同点，就是自觉抛弃传统知识分子科名仕途的价值认同，追求实际而有活力的生存。一个不能忽略的事实是，20世纪初以上海为中心的江南沿海城市的商业化，

---

[1] 成之：《小说丛话》，原载1914年《中华小说界》。收入《吕思勉全集》第11册《论学丛稿上》，第57—58页。

以及报刊和印刷业的繁荣，为这批离经叛道的读书人，创作了谋生与价值实现的另一个空间，使他们在科举应试之外，可以有另一种人生选择"[1]，即以创作受社会欢迎的小说为人生目标的选择——以生活为小说和以小说为生活。从社会阶层结构来看，这些或自愿或被迫抛弃传统士人生活的读书人，已经是新兴商业社会的新公民，是具有自由思想和人文精神的自由职业者，在"辛亥革命"推翻帝制以后，就更是如此。因此，他们的小说观念，其实就是成长中的公民社会的公民小说观念。

我们说近代小说观念是成长中的公民小说观念，是因为它所强调的"新民""写实""白话""情感""形象""审美"等等，不仅是近代小说观念的核心内容，而且也是现代小说观念的核心内容，"五四"以来的小说家们提倡"立人""改造国民性""现实主义"和"人的文学"以及"为人生而艺术"等等，都是这一观念的合乎逻辑的演进。鲁迅在《我怎么做起小说来》中说：

> 说到"为什么"做小说罢，我仍抱着十多年前的"启蒙主义"，以为必须是为"人生"，而且要改良这人生。[2]

鲁迅对做小说所抱持的态度，其实是从近代新小说家那里继承和发展而来的；他所坚持的眼睛向下，关心底层民众，"揭出病苦，引起疗救的注意"，也是从近代以来就有的观念。而小说关注社会底层、真实地描写他们、为他们鸣不平的思想，正是近现代小说观念中公民权利意识最明确的宣誓。正如俞颖云所说：

> 文学的定义，是很复杂的。但在文学（Literature）加民众（Folk）这个字就容易解释，因为民众文学是专门替民众——一切社会下级的朋友

---

[1] 杨联芬：《晚清至五四：中国文学现代性的发生》第二章《晚清新小说论》，第80—81页。
[2] 鲁迅：《南腔北调集·我为什么做起小说来》，《鲁迅全集》第4卷，人民文学出版社，1981，第512页。

们——作不平之鸣的。……譬如我国，近年来写实的文学大兴，小生意店的徒弟，拉黄包车的车夫，也居然被新文学家所宠爱，做他们作品——诗与小说——的重心了。其所以如此发达的，一则以自法兰西革命而后，平民主义的思想已深入人心，在政治上、经济上既要自由平等，在文学上自然也非民众化不可了。……再则以作者拿文学当作牢骚的发泄品，与读者拿文学当作无聊的消遣品的观念，都在写实文学大盛的时候消失了。[1]

近现代小说正是在法国平民主义思想的启发下发展的，曾朴是如此，李劼人是如此，鲁迅更是如此。要求小说如实描写社会现实，要求作者自觉为底层民众鸣不平，鼓励人们去追求人人应该享有的平等生存权利和发展权利；它不是为了发泄，也不是为了消遣，而是要让小说成为能够关注每一个人尤其是社会底层民众的"民众文学"，这是近现代小说观念中最有价值的思想，也是中国社会结构自近代以来不断演进发展的必然要求。正是在这一关键点上，成长着的公民社会的小说观念超越了以"辅翼经学"、"厕身诸子"为标榜的士人小说，也超越了"羽翼信史"、"休闲娱乐"为目的的市民小说。整个２０世纪，成长着的公民社会的小说观念一直在顽强地生长着，即使在当下，也仍然没有丧失其不可忽视的思想价值和文学价值，因为当下的我们仍然处在公民社会的成长之中。

---

[1] 俞牗云：《评民众文学》，原载1921年《申报·自由谈》。转引自黄霖编著《历代小说话》第9册，第3813页。

第二十五章
中国古代小说观念的两种视角

　　现代学者研究中国古代小说，往往是在接受西方现代小说观念的基础上，从故事性、虚构性等方面来寻找中国古籍中与这些要素相关的材料，从而确定中国小说的起源或小说文体的成立，并进而描述中国小说的发展，理解中国古代小说观念。这种"以今律古"的思维模式，好处是做到了古今的统一，缺点是忽视了古人对小说的真实理解，有强拉古人屈从今人之嫌，也不利于今人从古代小说思想和小说创作中吸取营养。更何况今人对小说要素的理解也存在分歧，先锋派小说家和实验小说都不接受现代小说的定义，"非虚构小说"的崛起也对现代小说观念形成冲击，这就更增加了用现代小说观念规范古人可能带来的歪曲小说历史和阻挠推陈出新的双重风险。观察中国古代小说观念其实有两种视角。《汉书·艺文志》是从"辨章学术，考镜源流"的角度著录小说家的，其判断标准是政教与学术，而非文学或文体。在"俳优小说"和"说话"伎艺基础上发展而来的通俗小说，则是以审美娱情作为追求的一种新文体，有比较明显的文学文体意识。当然，学术视角与文体视角并非截然对立与隔离，其所对应的文本形式常有交叉。而作为"大传统"的学术视角，可以《新唐书·艺文志》著录为标志，前后侧重点有所不同，前此以为小说"似子而浅薄"，后此以为小说"近史而悠缪"。体现"小传统"的文体视角则不分案头与场上，包容了一切民间讲唱艺术及其衍生品和仿制品。而这两种传统、两种视角的相互撞击与融会,使得中国小说观念错综复杂。明清士人所称之小说常常将学术小说与文体小说混称,仍然与现代小说观念有很大不同。古代小说研究固然可以按照学者们各自的理解去进行,但小说史研究却应该在尊重古人认识的基础上如实反映不同历史时期小说观念的具体内涵及其发展变化。这里,我们想采用另一种思路,即以古人的小说思想成果为基础,尝试着分析他们是从何种角度观察和思考小说,何以要这样观察和思考,各个时代有何联系与差别,然后再做出较为客观的评价,以便对中国古代小说观念的当代研究做一小结。

第一节 古代小说和古典学术之关系

中国史书最早著录小说作品的是班固的《汉书·艺文志》,而《汉志》是在刘向《别录》和刘歆《七略》的基础上"删其要"而成,它代表了两汉学者的普遍认识,我们的讨论先从这里开始。

研究中国古代小说的学者对《汉志》著录的小说作品是否具有小说文体特征颇有争议,而对《汉志》开辟了著录中国小说书目之先河却没有异议。然而,从目录学角度理解《汉志》对小说的著录,正是清代以来研究中国古代小说的主要误区之一,影响直达今日。著名文献学家张舜徽先生曾指出,《汉志》并非后人所言图书目录,而实是刘向等人"校雠"文献之成果。"目录、版本、校勘,皆校雠家事也。但举校雠,自足该之。语其大用,固在辨章学术,考镜源流。后世为流略之学者,多不识校雠,而好言目录,此大谬也。"[1]他特别引用章学诚和全祖望的意见以加强己说,其有云:

> 目录二字连称,昉于汉世,以此名学,则实始于宋人。……特举此以当专门之业,取径窘隘,而自远于校雠流别之义,自清儒始耳。……章学

---

[1] 张舜徽:《广校雠略》卷1,《张舜徽集》第一辑,华中师范大学出版社,2004,第8页。

诚尝斥其失曰："校雠之学，自刘氏父子，渊源流别，最为推见古人大体，而校订字句，则其小焉者也。绝学不传，千载而后，郑樵始有窥见，特著《校雠》之《略》，而未尽其奥，人亦无由知之。世之论校雠者，惟争辨于行墨字句之间，不复知有渊源流别矣。近人不得其说，而于古书有篇卷参差叙例同异考辨者，乃谓古人别有目录之学，真属诧闻。"（《遗书外编·信摭》）全祖望亦曰："今世所谓书目之学者，记其撰人之时代，分帙之簿翻，以资口给，即其有得于此者，亦不过以为拎扯獭祭之用。"（《丛书楼书目序》）两家所论，至为明快。夷考世俗受病之由，盖原于名之不正耳。夫目录既由校雠而来，则称举大名，自足统其小号。自向、歆父子而后，惟郑樵、章学诚深通斯旨，故郑氏为书以明群书类例，章氏为书以辨学术流别，但以校雠标目，而不取目录立名，最为能见其大。李兆洛为顾广圻墓志铭，反谓郑氏之书惟言类例，无涉校雠，此则囿于世俗之见，而犹未足以测斯道之浅深也。[1]

张先生反对称《汉志》为目录学著作，曾被一些学者误解，以为张先生反对建立目录学学科。其实，张先生已指出，宋代即有目录学之称，见于苏魏公《谭训》，非自清人始。他之所以反对目录立学，是因为时人所云目录学，大都只是图书登记，既不明群书类例，又不辨学术流别，"不过以为拎扯獭祭之用"，对学术帮助不大。《隋书·经籍志》簿录类序论曾指出："古者史官既司典籍，盖有目录以为纲纪，体制湮灭，不可复知。孔子删书，别为之《序》，各陈作者所由。韩、毛二《诗》，亦皆相类。汉时刘向《别录》、刘歆《七略》，剖析条流，各有其部，推寻事迹，疑则古之制也。自是之后，不能辨其流别，但记书名而已。"[2]而《汉志》所继承的正是刘向《别录》、刘歆《七略》的学术传统。《汉志》

---

[1] 张舜徽：《广校雠略》卷1，《张舜徽集》第一辑，第8—9页。
[2] 魏徵等：《隋书》卷33，《二十五史》本，上海古籍出版社、上海书店，1986年影印，第3371页。

之所以不是目录学著作，而是校雠学著作，就在于它以"辨章学术，考镜源流"为宗旨，而非简单的图书编目，以此去学习和利用《汉志》，才能真正理解《汉志》，也才能真正发挥《汉志》的学术作用。

具体到小说家，《汉志》同样是以"辨章学术，考镜源流"为宗旨。即是说，《汉志》著录的小说家是以"学术"为视角，而非以"文体"为视角。而当时的所谓"学术"也非今日之学术，它所关注的是社会政治教化和伦理秩序，故其实为政教之术，亦可称为"人君南面之术"[1]。以此为视角去考察《汉志·诸子略》，就会对《汉志》"辨章学术，考镜源流"的书目著录特点和学术价值有正确的认识。[2]《汉志·诸子略》对儒家、道家、墨家、法家等的书目著录是按照各家各派学术发展的历史线索来编排的，它所关注的是其学术思想，而非其文体形式。例如，语录体的《论语》和论说体的《荀子》都列儒家，同样语录体的《老子》和论说体的《庄子》都列道家，而《荀子》中有论说文和诗歌《成相》及《赋篇》，《庄子》中则多寓言。如果从文体角度观察，我们会觉得它们既杂且乱，而从学术史考虑，则自然眉目清晰。《汉志》之所以将小说家列入诸子第十家，也同样是从其学术特点考虑的。其有小序云：

> 小说家者流，盖出于稗官。街谈巷语，道听途说者之所造也。孔子曰："虽小道，必有可观者焉，致远恐泥，是以君子弗为也。"然亦弗灭也。闾里小知者之所及，亦使缀而不忘。如或一言可采，此亦刍荛狂夫之议也。[3]

---

[1]《汉志》以为《老子》为"君人南面之术"（王念孙以为"君人"为"人君"之讹），其实，无论是以老子为代表的道家，还是以孔子为代表的儒家，都吸收了春秋及以前的思想传统，都是为政教服务的。参见张舜徽《周秦道论发微》，《张舜徽集》第二辑，华中师范大学出版社，2005。

[2] 参见拙作《张舜徽〈汉书艺文志通释〉蠡测——以〈诸子略〉为中心》，《齐鲁学刊》2010年第5期。

[3] 见《汉书·艺文志》。《汉书·艺文志》是班固在刘歆所编《七略》的基础上"删其要"而成，而《七略》来自刘向所编《别录》。

这里所云"小道可观"、"一言可采",都是从政教的角度考虑的,而"小说家出于稗官"说,更是点明小说与政教的关系。关于"稗官",唐颜师古释为小官,后人多因之,今人顾实、余嘉锡力主之。而新近出土的秦简记载有"稗官",证明颜注成立。[1]《汉志·诸子略》在提到各家学术时追溯了他们各自的渊源,提出了"诸子出于王官"说,如"儒家之徒,盖出于司徒之官"、"道家者流,盖出于史官"、"阴阳家者流,盖出于羲和之官"、"法家者流,盖出于理官"等等。此说是否可信,前贤意见分歧。章太炎赞成此说,胡适则坚决反对,傅斯年以为"战国诸子除墨子外皆出于职业",则是偏向章氏之说。[2]吕思勉则在章氏之说基础上进一步指出:"诸家之学,《汉志》谓皆出王官;《淮南·要略》则以为起于救时之弊,盖一言其因,一言其缘也。近人胡适之,著《诸子不出于王官论》,力诋《汉志》之诬。殊不知先秦诸子之学,极为精深,果其起自东周,数百年间,何能发达至此?且诸子书之思想文义,皆显分古近,决非一时间物,夫固开卷可见也。"[3]而无论"诸子出于王官"说能否成立,它们反映出《汉志》是从"学术"即政教之术的角度来著录小说家及其作品的却毋庸置疑。

在《诸子略》大序中,班固则进一步强调了诸子学术和政教的关系,他说:

> 诸子十家,其可观者九家而已。皆起于王道既微,诸侯力政,时君世主,好恶殊方。是以九家之术蜂出并作,各引一端,崇其所善,以此驰说,取合诸侯。其言虽殊,辟犹水火,相灭亦相生也。仁之与义,敬之与和,相反而皆相成也。《易》曰:"天下同归而殊途,一致而百虑。"今异家者各推所长,穷知究虑,以明其指,虽有蔽短,合其要归,亦六经之支与流裔。使其人遭明王圣主,得其所折中,皆股肱之材已。仲尼有言:"礼失而求诸

---

[1] 见本书第九章。参见拙作《稗官新诠》,《南京大学学报》(哲学·人文科学·社会科学)2013年第3期;《"小说家出于稗官"新说》,《湖北大学学报》(哲学社会科学版)2015年第6期。

[2] 见章太炎《诸子学略说》和《国故论衡·原学》,胡适《诸子不出王官论》,傅斯年《论战国诸子除墨子外皆出于职业》。

[3] 吕思勉:《先秦学术概论》上编,云南人民出版社,2005,第16页。

野。"方今去圣久远,道术缺废,无所更索,彼九家者,不犹愈于野乎?若能修六艺之术,而观此九家之言,舍短取长,则可以通万方之略矣。[1]

尽管《汉志》将小说家排除在"可观者"之列,但并未否定它与其他九家具有同样的性质。《隋志》赞成《汉志》的观点,其论析诸子云:"《易》曰:'天下同归而殊途,一致而百虑。'儒、道、小说,圣人之教也,而有所偏。兵及医方,圣人之政也,所施各异。世之治也,列在众职,下至衰乱,官失其守。或以其业游说诸侯,各崇所习,分镳并骛。若使总而不遗,折之中道,亦可以兴化致治者矣。"[2] 很准确地把握了小说家也是诸子之一家以及其为政教服务的学术特点。

从"辨章学术,考镜源流"的角度来看《汉志》著录的小说家,我们发现,这十五家小说家多为黄老道家和汉代方士。《汉志》以"说"名书者有三类:一类为解说儒家经典"六艺"者,归入"六艺略"。如"六艺略"著录"诗"类有《诗经》二十八卷,而解说《诗经》的则有《鲁说》二十八卷、《韩说》四十一卷;"礼"类有《明堂阴阳》三十三篇,而解说《明堂阴阳》的则有《明堂阴阳说》五篇;"孝经"类有《孝经》一篇,而解说《孝经》的则有《长孙氏说》二篇、《江氏说》一篇、《翼氏说》一篇、《后氏说》一篇、《安昌侯说》一篇;"论语"类有《论语》古二十一篇、齐二十一篇、鲁二十篇,而解说《论语》的则有《齐说》二十九篇、《鲁夏侯说》二十一篇、《鲁安昌侯说》二十一篇、《鲁王骏说》二十篇、《燕传说》三卷。一类为解说诸子学说者,其中解说荀子者归入儒家类,解说老子者归入道家类。如辩难(辩难是别一形式之解说)《荀子》的有《虞丘说》一篇,解说《老子》的有《老子傅氏经说》三十七篇、《老子徐氏经说》六篇、《刘向说老子》四篇。其他诸子《汉志》未著录有解说者。一

---

[1] 班固撰,颜师古注:《汉书》卷30《艺文志》,第1746页。
[2] 魏徵等:《隋书》卷34,《二十五史》本,第3376页。

类为解说其他道家学说者，归入小说家。如道家有《伊尹》五十一篇、《鬻子》二十二篇、《黄帝四经》四篇，小说家有《伊尹说》二十七篇、《鬻子说》十九篇、《黄帝说》四十篇。汉武帝"罢黜百家，独尊儒术"以后，儒家经、说受到重视，自在情理之中，故解说儒家者不入小说家，而入六艺或儒家。汉初推崇黄老之学，道家亦尊宠一时，故不独《老子》有多家解说，其他道家亦多有解说者。《老子》为可靠文献，道家尊之为《道德经》，故其解说可自成家，《汉志》仍在道家类著录；《伊尹》、《黄帝》乃集合道家传说而成，本不如《老子》之有系统条理，其解说者只能是道听途说，不本经传，故《伊尹说》、《黄帝说》列入小说家。《鬻子说》也复如是。至于《封禅方说》、《虞初周说》等，都是武帝时方士所撰。而武帝前不以说名书者，班固则注为"非古语"或"依托"。《宋子》班固注云"孙卿道宋子，其言黄老意"。证明小说家确与汉初的黄老道家和汉代方士关系密切。[1]因此《四库全书总目提要》云：

> 张衡《西京赋》曰："小说九百，本自虞初。"《汉书·艺文志》载《虞初周说》九百四十三篇，注称武帝时方士，则小说兴于武帝时矣。故《伊尹说》以下九家，班固多注依托也。[2]

而无论黄老道家或方士，他们准备的这些小说并不是供自己审美娱乐，而是"持此秘术，储以自随，待上所求问，皆常具也"[3]。即是说，这些小说家的小说也都是用来从政干禄的，它们具有学术特点是必然的，因为方士的方术当时也

---

[1] 参见拙作《〈汉志〉著录之小说家〈伊尹说〉〈鬻子说〉考辨》，《武汉大学学报》（人文科学版）2006年第5期；《〈汉志〉著录之小说家〈青史子〉〈师旷〉考辨》，《中国文学研究》第八辑，中国文联出版社，2007；《〈汉书·艺文志〉著录之小说家〈务成子〉等四家考辨》，《南京师范大学文学院学报》2008年第1期；《〈汉志〉著录之小说家〈封禅方说〉等四家考辨》，《兰州大学学报》（社会科学版）2007年第5期；《〈汉书·艺文志〉著录之小说家〈虞初周说〉探佚》，《南开学报》（哲学社会科学版），2005年第3期。以上论文收入拙著《稗官与才人——中国古代小说考论》，岳麓书社，2010。

[2] 永瑢等：《四库全书总目》卷140《小说家类》一，中华书局，1965年影印，第1182页。

[3] 萧统编：《文选》卷2张衡《西京赋》薛综注，中华书局，1977年影印胡克家本，第45页。

是学术之一种。

理解了这一点，我们就能明白为什么小说家在《汉志》中被列入诸子而又不在"可观者"之列，为什么后人总是在子部著录小说而又不给予和其他子书同等的地位。这种从学术价值判断所带来的对于小说的贬低，的确深刻地影响了小说的发展，但我们却又不能说这种判断没有根据，或说是出于偏见，因为古人的判断标准是学术，是政教，而并非文学或文体。而从这一基点出发，史学家和目录学家就把一些不本经传的杂说短记归于小说或小说家，其实是很自然的事。今人对于古人著录的小说，不是从学术上去理解，而是从文体上去理解，自然就无法与古人沟通了。

第二节　古代小说与古代文体之关系

《汉志》著录小说家之小说为"学术"之小说而非"文体"之小说已如上述。那么，是否可以说，中国古代史志著录的小说都是"学术"之小说而与"文体"无关呢？事实也不尽然。

《隋志》的编者魏徵等人已经指出，刘、班之后，史志"不能辨其流别，但记书名而已"，故包括《隋志》在内的后世史志目录已不再具有学术史意义，而主要是书目分类。这种书目分类既与当时的书籍现状、知识体系相一致，也与当时的知识生产、学术状况和社会需求相契合。西汉以前，学术重师承、守家法，谱系清晰，故能够进行学术源流清理。东汉以后，师承、家法不举，学术谱系模糊，史家们已无法按照学术史编目。而魏晋以来，统治者注重历史经验的借鉴，却不关注思想的创新，史书繁荣，子书衰微，加上个人诗文创作的勃兴，刘歆《七略》分类法已不能适应图书分类的要求，新的分类方法应运而生。东晋李充在西晋荀勖《晋中经簿》将图书分为甲、乙、丙、丁四部的基础上，调整乙、丙次序，而《隋志》继承后形成经、史、子、集四部分类，中国古代图书分类至此定型。这种分类虽然考虑了图书的内容和形式，却并没有考虑学术的源流，事实上也不可能再去"辨章学术，考镜源流"[1]。

不过，就小说著录而言，《隋志》虽然没有"辨章学术，考镜源流"，但仍然继承了《汉志》对小说的基本看法。其小序云：

> 小说者，街谈巷语之说也。《传》载舆人之诵，《诗》美询于刍荛。古者圣人在上，史为书，瞽为诗，工诵箴谏，大夫规诲，士传言而庶人谤。孟春，徇木铎以求歌谣，巡省观人诗以知风俗，过则正之，失则改之。道听途说，靡不毕纪。《周官》诵训"掌道方志以诏观事，道方慝以诏避忌，以知地俗"。而职（训）方氏"掌道四方之政事，与其上下之志，诵四方之传道而观衣物"，是也。孔子曰："虽小道，必有可观者焉，致远恐泥。"[2]

这里虽然没有提出"小说家"而只提"小说"，也没有提及"稗官"，但将小说与《周官》（《周礼》）诵训、训方氏所掌联系起来，实际上保留了《汉志》"小说家者流，盖出于稗官"的思想。即是说，小说所具有的仍然是其学术政教价值。正因为如此，《隋志》仍然将小说列入传统诸子类的子部，而没有列入新创的主要是文学作品的集部。

当然，《隋志》将小说列入子部，并非表示小说只是"学术"而不涉"文体"。即使《汉志》著录诸子，也不纯粹是学术概念，其中也有文体意味，只是不够显豁而已。关于诸子著述体例，近人余嘉锡在解释《庄子·天下篇》所云"上说下教"时说：

> 夫上说者，论政之语也，其体为书疏之类；下教者，论学之语也，其

---

[1] 见本书第十三章。参见拙作《在子史之间寻找位置——史志所反映的中国传统小说观念》，《国学研究》第十卷，北京大学出版社，2002。

[2] 魏徵等：《隋书》卷33，《二十五史》本，第3373页。

体为论说之类。凡古人自著之文，不外此二者。其他记载言行，解说义理者，则后学之所附益也。[1]

"说"之为文体，有广义、狭义之分，广义说体文可以指先秦一切诸子杂说，也可以指一切以辩说为特征的言论著述，而狭义说体文则专指以说名体之文。作为文体的说体文"述事言理"，具有解说性、譬喻性、夸饰性、情感性和灵活性等特征。先秦诸子文多是广义说体文。[2] 从语源学的角度看，《庄子·外物》："饰小说以干县令，其于大达亦远矣。"[3]《荀子·正名》："故知者论道而已矣，小家珍说之所愿皆衰矣。"[4] 都是将自己所推崇的学说之外的其他学说贬称为"小说"或"小家珍说"。因此，"小说"是先秦诸子在对各家之说的评价中产生的观念，这一观念主要是学术价值判断，当然也隐含有文体判断，因为它们都是"说体文"。《汉志》沿袭这一观念，称儒、道、阴阳、法、名、墨、纵横、杂、农九家之外的不入流的学说为"小说"，完全符合先秦至两汉的学术分类习惯。扬雄《法言·学行》所云"视日月而知众星之蔑也，仰圣人而知众说之小也"[5]，代表西汉末期学者对"小说"的认识。《后汉书·蔡邕传》"致远恐泥"李贤注引郑玄所说"小道，如今诸子书也；泥，谓滞陷不通"[6]，以为九流百家皆是"小能小善"，可名为"小说"，则代表着东汉经学家们"宗经征圣"而轻视诸子的思想倾向，也从侧面说明视小说家为诸子百家、视小说为子书是汉人的共识。

汉人不仅将先秦诸子自著论政、论学之语视为子书，而且将后学记载先贤言行、解说诸子义理的著述也视为子书。刘向等人创立"小说家"，著录"小

---

[1] 余嘉锡：《古书通例》，上海古籍出版社，1985，第66页。
[2] 见本书第一章。参见《说体文的产生及其对中国传统小说观念的影响》，"小说文学与小说史国际研讨会"论文，北京香山，2003年；收入拙著《中国文学观念论稿》，湖北教育出版社，2004。
[3] 郭庆藩：《庄子集释》卷9上《杂篇·外物第二十六》，《新编诸子集成》本，中华书局，1961，第925页。
[4] 王先谦：《荀子集解》卷16《正名篇第二十二》，《新编诸子集成》本，中华书局，1988，第429页。
[5] 扬雄：《法言》卷1《学行》，《诸子集成》本，上海书店影印，1986，第2页。
[6] 范晔撰，李贤等注：《后汉书》卷60下《二十五史》，中华书局，1986，第1997页。

说"作品,赋予了"小说"概念一定的文体信息。他们描述"小说"的特征是:"街谈巷语,道听途说者之所造","刍荛狂夫之议","闾里小知者之所及,亦使缀而不忘"。这就强调了小说的民间性、琐碎性,与"儒"、"道"等九家诸子著述在文体特征上划分出了比较明晰的界限,也与汉代产生的其它有经典可本的说体文划清了界限。而这种划分既是文献分类的需要,也是学术评价的需要。当然,"小说"既然称"说",也就仍然保留有先秦以来所形成的说体文的共同文体特征。东汉学者桓谭在《新论》中也表达了类似的看法,他说:"若其小说家,合丛残小语,近取譬论,以作短书,治身理家,有可观之辞。"[1]《隋志》显然继承了这一传统,所以在其小说作品著录中,将《杂语》、《古今艺术》、《杂书钞》、《座右方》、《座右法》、《鲁史欹器图》、《器准图》、《水饰》等阑入,于是,小说便成为了杂说短记的渊薮,从而使小说作品在思想理论和表达形态上与其他诸子著作的距离愈来愈远。清人翟灏说:"古凡杂说短记,不本经典者,概比小道,谓之小说,乃诸子杂家之流,非今之秽诞言也。"[2]十分简洁地概括了导源于汉人的正统小说观念的基本思路,这也是史志著录的子部小说中何以有大量的笔记杂著的根本原因。

史志子部著录小说虽然自《汉志》以来成为惯例,但各家对小说的理解并不完全相同。如果说《汉志》、《隋志》的主要倾向是"学术"之甄别,那么,欧阳修《新唐书·艺文志》便开始有了"文体"区分的意味。这只要比较一下《新唐志》与《隋志》、《旧唐书·经籍志》著录唐前小说的情况就清楚了。例如,《新唐志》的子部小说家类不仅保留了《隋志》和《旧唐志》著录的《郭子》、《笑林》、《世说》等传统小说作品,而且将《隋志》、《旧唐志》著录入史部杂传类的《甄异传》、《古异传》、《述异记》、《近异录》、《搜神记》、《神录》、《妍神记》、《志怪》、《灵鬼志》、《鬼神列传》、《幽冥录》、《齐谐记》、《续齐谐

---

1 萧统编:《文选》卷31江文通《拟李都尉从军诗》李善注引《桓子新论》,中华书局影印胡克家本,1977,第444页。

2 翟灏:《通俗编》卷7《文学》,中华书局,2013,第94页。

记》、《感应传》、《冥祥记》、《续冥祥记》、《因果记》、《冤魂志》等一大批作品，全部作为小说作品予以著录，使小说作品总量成倍增加。欧阳修之所以将《隋志》和《旧唐志》著录的史部杂传类作品改录入小说类，根本原因是他的历史观念和小说观念发生了变化。欧阳修认为，正史应该记载"君臣善恶之迹"，"要其治乱兴废之本，可以考焉"[1]，传记"或详一时之所得，或发史官之所讳，参求考质，可以备多闻焉"[2]。也就是说，无论是正史还是传记，它们都能经得起考证，是以事实为依据的。而小说则不同：

> 《书》曰："狂夫之议，圣人择焉。"又曰："询于刍荛。"是小说之不可废也。古者惧下情之壅于上闻，故每岁孟春以木铎徇于路，采其风谣而观之。至于俚言巷语，亦足取也。[3]

欧阳修以为，小说为"俚言巷语"、"刍荛"之议，可以使下情上达，强调的当然不是传言的真实，而是情志的表达。正因为如此，《新唐志》在子部小说家类著录了《旧唐志》未曾著录的大量唐人传奇和志怪，其中较著名的有薛用弱《集异记》、李玫《纂异记》、谷神子《博异记》、沈如筠《异物志》、牛肃《纪闻》、张荐《灵怪志》、戴少平《还魂记》、牛僧孺《玄怪录》、李复言《续玄怪录》、赵自勤《定命论》、袁郊《甘泽谣》、段成式《酉阳杂俎》、李隐《大唐奇事记》、陈邵《通幽记》、裴铏《传奇》及无名氏《补江总白猿传》等。传奇和志怪这些原本列入史部杂传类的作品，唐人撰史常以之为采择对象，而现在却正式列入子部小说类，既反映了当时人们对历史真实的理性要求，同时也反映了他们对小说虚构性和故事性的认识，这是历史观念的进步，也是小说观念的进步，同时也带动了小说文体观念的发展。

---

1 欧阳修：《欧阳修全集·崇文总目叙释·正史类》，中国书店影印世界书局本，1986，第1000页。
2 欧阳修：《欧阳修全集·崇文总目叙释·传记类》，第1002页。
3 欧阳修：《欧阳修全集·崇文总目叙释·小说类》，第1004页。

需要特别指出的是，欧阳修并未完全将小说和历史划清界线，他反而认为："传记、小说，外暨方言、地理、职官、氏族，皆出于史官之流也。"[1]说小说"出于史官之流"，不仅肯定了小说与历史的联系，而且强调了小说的叙事性特点，这对转变人们对小说文体特征的认识（之前主要强调"述事言理"）当然是重要的。不过，这样一来，小说在子史之间的位置也就不能完全确定。具体到一部作品，到底是应归入子部，还是应归入史部，也就只能由著录者主观判断了。并且，无论是史部、子部，还是传记、小说，其分类仍然秉持的是学术理念，而不是文体标准。或者换一种说法，《新唐志》的小说著录即使有文体的判断，也是局限在传统四部分类的学术框架之内的，它的视角就其主导倾向而言也仍然是学术的而非文体的。当然，这种学术视角与《旧唐志》及以前的学术视角是有明显不同的，其隐含的文体判断也有差异。如果说此前的小说观念偏重于"似子而浅薄"的话，那么，自《新唐志》开始，小说观念就偏重于"近史而悠缪"了。[2]这种差异隐含的文体判断也是需要关注的。

到清乾隆时期，《四库全书》的编纂者们总结清以前小说观念，其理论视角仍然以学术为主体，而兼及文体。其《总目提要》子部小说家类小序云：

> 张衡《西京赋》曰："小说九百，本自虞初。"《汉书·艺文志》载《虞初周说》九百四十三篇，注称"武帝时方士"。则小说兴于武帝时矣。故《伊尹说》以下九家，班固多注依托也。然屈原《天问》，杂陈神怪，多莫知所出，意即小说家言。而《汉志》所载《青史子》五十七篇，《贾谊新书·保傅篇》中先引之，则其来已久，特盛于虞初耳。迹其流别，凡有三派：其一叙述杂事，其一记录异闻，其一缀辑琐语也。唐宋而后，作者弥繁，中间诬谩失真、妖妄荧听者固为不少。然寓劝戒、广见闻、资考证者，

---

[1] 欧阳修等：《新唐书》卷57《艺文志·序》，《二十五史》本，第4282页。
[2] 见本书第十五章。参见拙作《试论欧阳修的小说观念》，《齐鲁学刊》1998年第2期。收入拙著《中国文学观念论稿》，湖北教育出版社，2004。

亦错出其中。班固称"小说家流，盖出于稗官"，如淳注谓"王者欲知闾巷风俗，故立稗官，使称说之"。然则博采旁搜，是亦古制，固不必以冗杂废矣。今甄录其近雅驯者，以广见闻。惟猥鄙荒诞、徒乱耳目者，则黜不载焉。[1]

这里清理小说源头仍以诸子、方士发端，以小说"似子而浅薄"之意已明，传承的是《汉志》以来的小说观念；然而，其又以"叙述杂事"、"记录异闻"、"缀辑琐语"三者分派，则所关注作品之重点却在"近史而悠缪"，显然是吸收了《新唐志》以来对小说的新认识，其中包含有文体的判断。说《四库全书总目》（以下简称《总目》）编纂者总结和继承了传统小说观念，无疑符合事实；而批评他们顽固保守，罔顾小说发展实际，却多少有些隔靴搔痒，郢书燕说。或说《总目》是对《新唐志》的倒退，也只是皮相之论，因为他们二者所坚持的都是学术的立场和传统的视角。而在对历史要求真实而小说可以虚构的理解上，《总目》比《新唐志》反而更加彻底。例如，《新唐志》将《山海经》著录入史部地理类，将《穆天子传》著录入史部实录类，将《汉武故事》、《拾遗记》、《大唐新语》、《开天传信录》、《明皇杂录》等则分别著录入史部故事类和杂史类。而《四库全书》则将它们全部改录入子部小说家类。《总目》编者认为：

> 书（指《山海经》——引者）中叙述山水，多参以神怪，故《道藏》收入太玄部竟字号中，究其本旨，实非黄老之言。然道里山川，率难考据，案以耳目所及，百不一真。诸家并以为地理书之冠，亦为未允。核实定名，实则小说之最古者尔。[2]

---

[1] 永瑢等：《四库全书总目》卷140《小说家类》一，中华书局，1965年影印，第1182页。
[2] 永瑢等：《四库全书总目》卷142《小说家类》三，第1205页。

《穆天子传》旧皆入起居注类……实则恍惚无征,又非《逸周书》之比。以为古书而存之可也,以为信史而录之,则史体杂,史例破矣。今退置于小说家,义求其当,无庸以变古为嫌也。[1]

用"真"、"信"和"有征"、"无征"的标准来区分宋以后的历史著作和小说作品,也许还算合理;而用它来衡量唐前特别是先秦著述,就有点圆凿方枘了。因为先秦作者的思维方式和"真""信"概念与后人实在相距太远,语言文化背景又极不相同,把古人奉若神明而今人暂时还不理解的东西指为虚妄,将神话传说一律斥为荒诞,也不是最佳解决方案。所以,余嘉锡批评《总目》编者"自我作古,变易刘、班以来之旧例,可谓率尔操觚者矣"[2]。如果严格贯彻《总目》编者提出的"真"、"信"的标准,恐怕还有相当一部分史书也要退置于小说家类,甚至连一些正史也难以幸免。《四库全书》再一次将部分史部作品退置于子部小说家类,目的是为了保障史体和史例的纯正,同时也使小说的故事性和虚构性得到进一步凸显,这除了说明清人对历史真实的要求比宋人更加严格外,在小说观念上,二者并无本质差别,小说在子史之间的缠混也仍然没能根本解决。这也启发我们,以是否虚构来区分史著和小说,其实是危险的,操作上也是办不到的。

第三节 观察古代小说观念的两种视角

在讨论中国古代小说观念时,历代正统史学家的学术视角固然重要,因为它们代表主流意识形态规范着社会认识,但通俗小说家对小说的理解同样不容忽视,因为这些理解也是构成古代小说观念的文化环境的组成部分。如果说正

---

[1] 永瑢等:《四库全书总目》卷142《小说家类》三,第1205页。
[2] 余嘉锡:《四库提要辨证》卷18《小说家类》三,中华书局,1980,第1121页。

史代表的是左右社会舆论的"大传统"的话,那么,通俗小说所反映的"小传统"则与之竞争和互动,对中国小说观念的发展也有一定影响,讨论古代小说观念也不能不予以注意。或者可以说,不正视小说观念的"小传统",也无法厘清中国古代小说观念。

概括地讲,中国史志目录所著录的子部小说是被正统文化所接纳的小说,它有自身的发展线索;而被正统文化所排斥的通俗小说则是另一条系统,也有自身的发展线索。尽管二者互有影响,却不应相混。[1]

通俗小说源于说唱艺术,而说唱艺术与优伶有紧密联系。在先秦,已有优伶活跃于君王左右,靠机智灵活的表演、幽默诙谐的说词打动君王,楚国的"优孟衣冠"即其典型例子。它既是中国戏剧的源头,也是通俗小说的源头。[2] 优伶在民间的活动一直都很活跃,汉代的百戏中便有他们的身影。汉人所称杂赋可视为接近民间说唱艺术的嘲戏、俳谐之流,"从它用对话以叙事的手法看,可以说是古代小说的一体"[3]。汉末曹植在邯郸淳面前所诵"俳优小说",便是这一传统的延续。[4] 唐代也有"人(民)间小说"、"市人(民)小说"的表演。而这一传统与佛教"俗讲"结合,便孕育出唐宋"说话"("转变")的新形式。[5] 随着"说话"伎艺的发展,南宋"说话人"在北宋"说话"分科的基础上逐渐形成"家数",各家因为讲说的内容不同,故在讲说方法、技巧上也有所差别,形成了各自的讲说风格。如"讲史书者,谓讲说《通鉴》、汉、唐历代书史文传,兴废争战之事","盖小说者,能讲一朝一代故事,顷刻间捏合"[6]。

---

[1] 参见拙作《中国小说起源探迹》,《文学遗产》1985年第1期,收入《古典小说新探》,浙江古籍出版社,1993。

[2] 见本书第四章。参见拙作《论古优的来历及其分化》,《南京大学学报》(哲学·人文科学·社会科学)2015年第4期。

[3] 程毅中:《敦煌俗赋的渊源及其与变文的关系》,收入《程毅中文存》,中华书局,2006,第101页。

[4] 见本书第十七章。参见拙作《曹植"诵俳优小说"发覆》,《学术研究》2013年第5期。

[5] 孙楷第云:"大概转变、说话,细分则各有名称,笼统的说则不加分别。唐朝转变风气盛,故以说话附属于转变,凡是讲故事不背经文的本子,一律称为变文。宋朝说话风气盛,故以转变附属于说话,凡伎艺讲故事的,一律称为说话。"(氏著《沧州集》卷1《中国短篇白话小说的发展》,中华书局,2009,第55页。)

[6] 吴自牧:《梦粱录》卷20《小说讲经史》,浙江人民出版社,1980,第196页。

"说话"是有说有唱的表演艺术，主要靠说唱者的当场发挥来吸引观众。[1] 在"说话四家"中，"小说家"需要有良好的艺术修养，因为小说最需要艺术创新能力："夫小说者，虽为末学，尤务多闻。非庸常浅识之流，有博览该通之理。幼习《太平广记》，长攻历代史书。烟粉奇传，素蕴胸次之间；风月须知，只在唇吻之上。《夷坚志》无有不览，《琇莹集》所载皆通。动哨中哨，莫非《东山笑林》；引倬底倬，须还《绿窗新话》。论才词有欧、苏、黄、陈佳句；说古诗是李、杜、韩、柳篇章。举断模按师表规模，靠敷演令看官清耳。只凭三寸舌褒贬是非；略喝万余言讲论古今。说收拾寻常有百万套，谈话头动辄是数千回。说重门不掩底相思，谈闺阁难藏底密恨。辨草木山川之物类，分州军县镇之程途。讲历代年载废兴，记岁月英雄文武。有灵怪、烟粉、传奇、公案，兼朴刀、杆棒、妖术、神仙。自然使席上风生，不枉教座间星拱。"[2] 正是由于小说伎艺要求高，表演难度大，不仅类目繁多，而且做到了将传统说唱和子部小说有机结合，因而最受群众欢迎，在当时的影响也最大，有所谓"最畏小说人"[3]之说。人们也因此以"小说"来统称说话艺术或用它来代表"说话"艺术，甚至以为其他"说话"门类乃是"小说"之分化。如罗烨《醉翁谈录·小说引子》便说：

> 小说者流，出于机戒之官，遂分百官记录之司。由是有说者纵横四海，驰骋百家。以上古隐奥之文章，为今日分明之议论。或名演史，或谓合生，或称舌耕，或作挑闪，皆有所据，不敢谬言。言其上世之贤者可为

---

[1] 郑振铎因清平山堂话本《刎颈鸳鸯会》每逢插入《醋葫芦》小令处便有"奉劳歌伴，再和前声"，认为："这是一个极其重要的消息，可以使我们知道，当时'书场'的组织，是很复杂的。于主讲人或说书先生之外，还有所谓'歌伴'者，专以弹唱'插词'为事。但'歌伴'云云，仅见《刎颈鸳鸯会》，未见他证。更有可能的事，在场面较小的书场上，似乎说书先生他自己便更担负着'歌伴'的责任。"(《中国文学研究》上册第二卷《明清二代的平话集》，人民文学出版社，2000，第332页)

[2] 罗烨：《醉翁谈录》甲集卷1《小说开辟》，古典文学出版社，1957，第3—4页。

[3] 耐得翁：《都城纪胜》，《东京梦华录》(外四种)，古典文学出版社，1957，第98页。

师，排其近世之愚者可为戒。言非无根，听之有益。[1]

作者还特意注明其书中有关小说的说明"演史、讲经并可通用"，并强调"如有小说者，但随意据事演说"。[2]

为了供说唱艺人传习或表演参考，当时就有简略的文字脚本在艺人中流传，人们称之为"话本"。敦煌石室发现的唐写本《庐山远公话》、《韩擒虎画本》等，可以看作早期话本。仅存残页的元刊《新编红白蜘蛛小说》也基本保留了宋代小说话本的原始面貌。宋人不仅称说话的底本为话本，也称傀儡戏、影戏、杂剧、崖词、诸宫调等的脚本为话本。[3] 由于小说话本最具代表性，后来人们将那些加工过或未加工过的话本都称为"小说"。如明嘉靖年间洪楩选编的宋元明话本集便取名《六十家小说》（今人以洪楩堂号更名《清平山堂话本》），其中收有插入大量诗歌的《张子房慕道记》、有被郑振铎称为"俗韵文"的《快嘴李翠莲记》和类似宋人鼓子词的《刎颈鸳鸯会》等，它们可能都不是小说家的话本，但却被统称为"小说"。他如明末冯梦龙编辑的"三言"，包括宋元说话旧本、改编本和拟话本，其总名即为《古今小说》。宋元以来，以说唱艺术为基础发展而来的"小说"并非专指"说话"，它其实也可指称一切说唱艺术。如传为明新安刻本《水浒传》所谓天都外臣序称："小说之兴，始于宋仁宗。于时天下小康，边鄙未动。人主垂衣之暇，命教坊乐部，纂取野记，按以歌词，与秘戏优工，相杂而奏。是后盛行，遍于朝野。"[4] 明末通俗文学家凌濛初

---

[1] 罗烨：《醉翁谈录》甲集卷1《小说引子》，古典文学出版社，1957，第2页。

[2] 罗烨：《醉翁谈录》甲集卷1《小说引子》，第1—3页。

[3] 耐得翁《都城纪胜·瓦舍众伎》云："凡傀儡敷演烟粉灵怪故事、铁骑公案之类，其话本或如杂剧，或如崖词。……凡影戏乃京师人初以素纸雕镞，后用彩色装皮为之，其话本与讲史书者颇同，大抵真假相半。"《东京梦华录》（外四种），古典文学出版社，1957，第97—98页。

[4] 天都外臣：《〈水浒传〉叙》，黄霖、韩同文选注《中国历代小说论著选》，江西人民出版社，1985，第124页。美籍华裔学者马幼垣认为，此本为清康熙石渠阁补刊本，"天都外臣叙"及所署时间"万历己丑孟冬"是吴晓铃、戴望舒"擂读"（猜想）出来的，并不可靠。（见氏著《问题重重的所谓天都外臣序本水浒传》，载《水浒二论》，生活·读书·新知三联书店，2007，第101—102页）

也说："宋元时，有小说家一种，多采闾巷新事，为宫闱承应谈资，语多俚近，意存劝讽。虽非博雅之派，要亦小道可观。"[1]他们所说的"小说"，其实就包括了所有说唱艺术。一直到20世纪初期，这一认识仍未改变。郑振铎曾不无感慨地说：

> 商务版的《小说丛考》和《小说考证》为最早的两部专著。但其中材料甚为凌杂。名为"小说"，而所著录者乃大半为戏曲。鲁迅先生的《中国小说史略》出，方才廓清了一切谬误的见解，为中国小说的研究打定了最稳固的基础。[2]

由此看来，作为说唱伎艺及其脚本演变而来的"小说"文本，显然是一种有着新的小说观念、新的审美趣味、新的表达方式的新文体。它的主要阅读对象不是士大夫，而是市井细民，正如说唱艺术主要面向市井细民一样；其文字也主要不用文言，而用白话或浅近文言，与正统史志子部小说在形式上迥然有别；其作品并不用来说理，而是用来娱情，与子部小说追求学术价值也大不一样。总之，它是服务于普通民众的以通俗和娱情作为艺术追求的一种新兴文体。正如罗浮居士所说：

> 小说者何？别乎大言言之也。一言乎小，则凡天经地义，治国化民，与夫汉儒之羽翼经传，宋儒之正心诚意，概勿讲焉；一言乎说，则凡迁固之瑰玮博丽，子云相如之异曲同工，与夫艳富、辨裁、清婉之殊科，宗经、原道、辨骚之异制，概勿道焉。其事为家人父子日用饮食往来酬酢之细故，

---

[1] 凌濛初：《〈拍案惊奇〉序》，黄霖、韩同文选注《中国历代小说论著选》，江西人民出版社，1985，第256页。

[2] 郑振铎：《中国文学研究》第二卷《小说研究·中国通俗小说书目序》，人民文学出版社，2000，第434—435页。

是以谓之小；其辞为一方一隅男女琐碎之闲谈，是以谓之说。然则，最浅易、最明白者，乃小说正宗也。[1]

需要特别注意的是，这种浅易、明白的小说是不为正统文化所接纳的民间文学，它没有进入学术殿堂的资格，因而四部分类中没有它的位置，正史《艺文志》或《经籍志》是不予著录的，正统文人通常也是不予重视的。然而，正是"大传统"的这种轻忽，使得它摆脱了政教的纠缠和学术的羁绊，从而凸显出其通俗娱情的文体特征，人们在指称这类小说时，也常常是以文体为视角而非以学术为视角。尽管这类小说的内涵和外延也十分含混复杂，但它与正统史志子部小说的分野却是清楚明确的。

当然，在看到"说话"艺术基础上发展而来的通俗小说与传统子部小说的差别的同时，我们也应该看到，二者并非水火不容。前文已说明，宋代"说话"艺人在其活动中实际上大量参考了传统子部小说，其人物故事固然是他们取材的主要对象，但其中的思想观念也不会不对他们产生影响，这势必会影响他们对于小说的认识。而明清以降，由于通俗小说广受欢迎，而传统子部小说观念也在发生变化，故明清学者往往将这两类小说混而称之。如明人谢肇淛便云：

> 凡为小说及杂剧戏文，须是虚实相半，方为游戏三昧之笔。亦要情景造极而止，不必问其有无也。古今小说家，如《西京杂记》《飞燕外传》《天宝遗事》诸书，《虬髯》《红线》《隐娘》《白猿》诸传，杂剧家如《琵琶》《西厢》《荆钗》《蒙正》等词，岂必真有是事哉？近来作小说，稍涉怪诞，人便笑其不经，而新出杂剧，若《浣纱》《青衫》《义乳》《孤儿》等作，必事事考之正史，年月不合、姓字不同，不敢作也，如此则

---

[1] 罗浮居士：《〈蜃楼志〉序》，黄霖、韩同文选注《中国历代小说论著选》，第525页。

看史传足矣，何名为戏？[1]

清人西湖钓叟也说：

> 小说始于唐、宋，广于元，其体不一。田夫野老能与经史并传者，大抵皆情之所留也。情生则文附焉，不论其藻与俚也。"[2]

这些看法，大抵强调小说的虚构性、故事性、审美性、娱乐性，与唐前小说观念判然有别。说他们所强调的是小说作为文学的文体特征，也并无不妥。

值得注意的是，明清学者们的所谓小说并非只指通俗小说，也包括正史所著录的子部文言小说，如谢肇淛所云《西京杂记》、《飞燕外传》、《天宝遗事》等便是，洪楩选编的《六十家小说》中也有文言小说《蓝桥记》和《风月相思》。同时还要看到，目录家们受时代风气影响，也开始关注通俗小说。如明人高儒《百川书志》按传统四部分类，在史部传记类著录了《赵飞燕外传》、《长恨传》、《虬髯客传》、《莺莺传》等，在野史类著录了《三国志通俗演义》、《忠义水浒传》等，在外史类著录了《西厢记》、《蔡伯喈琵琶记》、《王十朋荆钗记》等，在小史类著录了《剪灯新话》、《效颦集》、《娇红记》等，这就突破了传统史志书目不著录通俗小说的藩篱。其后的《宝文堂书目》、《赵定宇书目》、《澹生堂藏书目》等都著录了通俗小说，清人钱曾的《也是园书目》甚至还在子部小说之外另立戏曲小说一类，在在显示出士人小说观念的新变化。明清士人的小说观念已经有了文学文体意识，而这种意识主要是受通俗小说观念的影响，上述材料可以为证。

不过也应该指出，明清士人所称的小说与现代小说观念仍然有很大不同，

---

[1] 谢肇淛：《五杂俎》卷15，上海书店出版社，2001，第313页。
[2] 西湖钓叟：《〈续金瓶梅集〉序》，黄霖、韩同文选注《中国历代小说论著选》，第326页。

这也是必须予以承认的。

首先，他们仍然坚持小说家为史官之流、小说补正史所未备的观念，而这正是唐宋以来就有的小说观念。例如，明人熊大木说："或谓小说不可紊之以正史，余深服其论。然而稗官野史实记正史之未备，若使的以事迹显然不泯者得录，则是书（指《大宋中兴通俗演义》——引者）竟难以成野史之余意矣。"[1] 蒋大器则称《三国志通俗演义》"文不甚深，言不甚俗，事纪其实，亦庶几乎史"[2]。嘉靖才子们则说《水浒传》"委曲详尽，血脉贯通，《史记》而下，便是此书。且古来更无有一事而二十册者。倘以奸盗诈伪病之，不知序事之法，史学之妙者也"[3]。冯梦龙将这一现象概括为"史统散而小说兴"[4]，而笑花主人所说"小说者，正史之余也"[5]，也是同样的意思。

其次，他们也未抛弃传统子部小说观念，而这种观念自汉以来就一直被沿袭。例如，明人胡应麟云："小说者流，或骚人墨客游戏笔端；或奇士洽人搜罗宇外。纪述见闻无所回忌，覃研理道务极幽深，其善者足以备经解之异同、存史官之讨核，总之有补于世，无害于时。"[6] 汤显祖则称："《虞初》一书，罗唐人传记百十家，中略引梁沈约十数则，以奇僻荒诞、若灭若没、可喜可愕之事，读之使人心开神释、骨飞眉舞。虽雄高不如《史》、《汉》。简澹不如《世说》，而婉缛流丽，洵小说家之珍珠船也。"[7] 清人许乔林也说："班《志》称'小说家流出于稗官'，如淳注谓'王者欲知闾巷风俗，立稗官使称说之'，此古义也。乃坊肆所行杂书妄题为第几才子，其所描写不过浑敦穷奇面目。即或阐扬盛节，点缀闲情，又类土饭尘羹，味同嚼蜡。余尝目为不才子，似非过论。昔王临川

---

[1] 熊大木：《新刊〈大宋演义中兴英烈传〉序》，黄霖、韩同文选注《中国历代小说论著选》，第117页。
[2] 庸愚子：《〈三国志通俗演义〉序》，黄霖、韩同文选注《中国历代小说论著选》，第104页。
[3] 李开先：《词谑》，黄霖、韩同文选注《中国历代小说论著选》，第115页。
[4] 冯梦龙：《〈古今小说〉序》，黄霖、韩同文选注《中国历代小说论著选》，第217页。
[5] 笑花主人：《〈今古奇观〉序》，黄霖、韩同文选注《中国历代小说论著选》，第263页。
[6] 胡应麟：《少室山房笔丛》卷29《九流绪论下》，上海书店出版社，2001，第283页。
[7] 汤显祖：《点校〈虞初志〉序》，黄霖、韩同文选注《中国历代小说论著选》，第179页。

《答曾南丰书》谓：'小说无所不读，然后能知大体。'而《续文献通考·经籍》一门，亦采《琵琶》、《荆钗》，岂非以其言孝言忠，宜风宜雅，正人心，厚风俗，合于古者稗官之义哉！"[1]他们都自觉不自觉地用传统子部小说的观念来对通俗小说进行价值评判。而在他们的通俗小说观念中，一般也都将戏曲传奇包含在内，各种民间说唱艺术如弹词、宝卷、鼓子词、子弟书之类，也同样被视为小说。小说的范围被无限地扩大了，其文体特征又模糊起来。那种以为宋以后的小说观念已是纯粹的文学性文体观念的说法，其实也是不太符合中国小说和小说观念发展的实际的。

还应该看到，人们将各种民间说唱艺术一股脑儿称作"小说"，也是受了史志传统小说观念的影响。因为《汉志》强调小说是"街谈巷语，道听途说者之所造"，"刍荛狂夫之议"，"闾里小知者之所及"，而这些民间说唱正体现了传统观念所揭示的小说的民间性、琐碎性，自然应该称之为小说。文人们将它们称为小说，其实也包含有轻视和鄙薄的成分，隐含着学术价值判断。从这一角度观察，说宋以后的小说观念中并未蜕尽学术评价的意味，并非毫无根据。这只要看看《四库全书总目提要》的子部小说类序就一清二楚了。事实上，即使是通俗小说，包括各种民间说唱艺术，它们同样也以"寓劝戒、广见闻"相标榜。如甄伟称《西汉通俗演义》"言虽俗而不失其正，义虽浅而不乖于理；诏表辞赋，模仿汉作；诗文论断，随题取义"[2]。冯梦龙更说：

> 《六经》、《语》、《孟》，谭者纷如，归于令人为忠臣，为孝子，为贤牧，为良友，为义夫，为节妇，为树德之士，为积善之家，如是而已矣。经书著其理，史传述其事，其揆一也。理著而世不皆切磋之彦，事述而世不皆博雅之儒。于是乎村夫稚子，里妇估儿，以甲是乙非为喜怒，以前因

---

[1] 许乔林：《〈镜花缘〉序》，黄霖、韩同文选注《中国历代小说论著选》，第552页。
[2] 甄伟：《〈西汉通俗演义〉序》，黄霖、韩同文选注《中国历代小说论著选》，第199页。

后果为劝惩,以道听途说为学问,而通俗演义一种,遂足以佐经书史传之穷。[1]

正因为在通俗文学家们心中仍然横亘着政治教化的观念,因此,他们改编或创作的通俗小说在追求审美、娱乐的同时,也常常喜欢离开人物或情节,来一段劝善惩恶的说教,这不能说与史志子部小说家"述事言理"服务于政教的传统没有关系。不正视这些事实,就无法合理解释中国古代小说的思想倾向、文本形式、表达方式、语言技巧等一系列特殊现象,而仅将小说文体按照西方观念简化为虚构的故事,其实是不符合中国古代小说发展的实际的。

综上所述,中国古代小说观念其实有两种视角:一种是"大传统"的学术视角,偏重于文化价值判断;一种是"小传统"的文体视角,偏重于审美娱乐追求。正史《艺文志》或《经籍志》代表着前一种视角,所著录的小说文本主要是文人著述,其显性特征是学术的而非文体的;民间艺人则代表着后一种视角,所关注的小说文本主要是民间创作,其显性特征是文体的而非学术的。当然,这两种视角并非完全对立与隔离,其所对应的文本形式也常有交叉,而所谓隐显更处于不断发展变动之中,不可作绝对化理解。"大传统"的学术视角以《新唐志》为标志,前后侧重点有所不同,前此以为小说"似子而浅薄",后此以为小说"近史而悠缪"。"小传统"的文体视角自宋人"说话"开始,则不分案头与场上,包容了一切民间说唱艺术及其衍生产品和仿制品。而这两种传统、两种视角的相互撞击与融会,使得中国小说观念错综复杂,几乎是"剪不断,理还乱",人们往往只好望洋兴叹,无可奈何。正如清代刘廷玑所言:"盖小说之名虽同,而古今之别则相去天渊。"[2]

---

[1] 无碍居士:《〈警世通言〉叙》,黄霖、韩同文选注《中国历代小说论著选》,第222页。
[2] 刘廷玑:《在园杂志》卷2,中华书局,2005,第82—83页。

现在的问题是，面对如此复杂的情况，今天的研究者该如何处理。如果用今人的标准来选择和评价古代小说，无疑会忽视古代小说自身的特点，遮蔽古代小说发展的真实历史，使我们无法对古代小说的内容和形式做出正确的判断，自然不利于今人批判地继承古代文学遗产。如果采用古人的标准，古人的标准一直在发展变化，唐人与汉人不同，明人与宋人有异，如何制定统一标准？有人主张用"纯小说"或"文学小说"的标准来整合古今小说观念，这恐怕是不切实际的美好愿望。首先是"纯小说"无法定义，今天的小说仍然处在发展变化之中，其次是已有的小说本来不"纯"，如何能够构建"纯小说"的历史？"文学"也同样是一个无法统一的概念，今人的文学观念与古人的文学观念不啻天壤，同样不能用一个固定的思维来定义它。[1]

笔者以为，古代小说研究固然可以按照学者们各自的理解去进行，研究者按照自己对小说的理解去解读古代小说既是他们的权利，也是激活传统文化资源的一种手段，自然无可厚非。然而，小说观念史研究却应该在尊重古人认识和创作实际的基础上，如实反映不同历史时期小说观念的具体内涵及其发展变化，而不应该强迫古人屈从自己，否则，我们所建构的小说观念史就只是今人小说思想的演绎，而非古人小说思想的描述，不可能经受得住历史事实的检验，反而会造成思想的混乱。因此，小说观念史研究不必先为小说下定义，与其去讨论这些难以形成共识的棘手问题，不如尊重历史，去了解各个时期的人们将哪些东西视为小说，他们创作了哪些被他们视为小说的作品，这些作品在当时和后世发挥了怎样的作用，后人又在哪些方面修改了前人对小说的认识，这些认识是如何发生的，是什么促进了这些观念的发生与转变，今人的小说观念与古人的小说观念的差别是什么，造成这种差别原因有哪些，相互的关联是什么，何以有这些关联，古代小说对当下小说有无意义，如何批判地吸收古人的小说思想成果，如此等等。回答了这些问题，中国古代小说观念发展演变的问题也

---

[1] 参见拙著《中国古代文学观念发生史》，人民文学出版社，2014。

就回答了,小说的分类标准也就产生了。当然,这些标准不会放之四海而皆准,而只会是一定历史时期的一些人的标准,因为小说的内容与形式永远会随着社会的发展而变化,小说观念也会不断地发展下去。这是被两千多年中国小说和小说观念发展演变所证明了的历史事实,我们不可能改变它,只能客观地研究它,正确地评论它。

结语：方法、路径、逻辑与结论

一

小说观念是小说思想的核心，它回答小说是什么（本体论）和小说做什么（功用论），并指导小说怎么做（创作论）和怎么读（批评论）。而小说思想则是小说存在的反映，有什么样的小说存在就会有什么样的小说思想。因此，是小说存在决定着小说观念而不是小说观念决定着小说存在。由于现实的小说存在不断地发展着变化着，人们的小说观念也会随之发展变化，直到今天也仍然如此。当然，小说观念一旦形成，就具有相对的稳定性，会反作用于小说存在，制约或影响小说的发展变化，这已为中国小说发展的历史所证明。从一定意义上说，小说的发生、发展、演变与小说观念的发生、发展、演变有如车之两轮，鸟之双翼，构成了中国古代小说的整体面貌，不能也不应将它们截然分开。

自鲁迅打破"中国之小说自来无史"的局面撰写《中国小说史略》以来，中国古代小说史的编撰就未曾停歇，有关著作汗牛充栋，成绩斐然。而对中国古代小说观念史的清理却较少有人关注，专题著作更属罕见。[1]这种状况其实是很不合理的。因为不进行小说观念史的清理，我们就无法判断各个时代究竟有哪些小说作品，就不能保证我们在小说史中所描述和评论的作品一定都是当时

---

[1] 例如，罗宁《汉唐小说观念论稿》（巴蜀书社，2009）讨论了汉唐小说的一些基本概念，却没有进行小说观念史的建构。谭帆等《中国古代小说文体文法术语考释》（上海古籍出版社，2013）虽然对古代小说的一些概念进行了颇为细致的学术考察，但还不是系统的小说观念史著作。郝敬《建构小说——中国古体小说观念流变》（中华书局，2020）则试图建构中国古代古体小说观念的发展史，体现出学界在这一方面的努力，但此类著作现在还很少。

的小说作品，自然也就无法准确判断小说在当时的文学艺术和思想文化中处于何种地位，发挥了怎样的作用。我们虽然可以说"一切历史都是当代史"，主张撰著者有权按照今人的标准选取合适的作品来建构小说史，从而为曲解古人找到理论依据。然而，中国是一个重视历史的国度，历史的第一要义是事实，而事实并不依赖今人的主观判断，"有是事而如是书，斯谓事实"[1]。即使是主张"一切真历史都是当代史"[2]的贝奈戴托·克罗齐，他所强调的也主要是历史与当代生活的联系以及历史与思想活动的一致性，并不反对"历史事件的完整性、叙述与文献的统一性和发展的内在性"这些"历史观念"[3]。主张"一切历史都是思想史"的柯林武德，也承认"一切科学都基于事实"，"历史学是关于res gestae（活动事迹）的科学，即企图回答人类在过去的所做所为的问题"，"历史学是通过对证据的解释而进行的：证据在这里是那些个别地就叫做文献的东西的总称"[4]，他实际上是要求史学家努力从那些历史事实和现象中透彻理解隐藏在其背后的思想。因此，用历史的眼光去清理中国古代小说观念，探寻其发生、发展、演变的轨迹，科学地说明何以会有如此小说观念的主客观原因，不仅是中国古代小说学科发展的内在需要，也是科学地撰写中国古代小说史的理论基础和现实要求。

清理中国古代小说观念的发生、发展和演变，应该秉持"实事求是"的态度，全面地占有材料，将这些材料放在历史的语境中，进行具体的科学的分析，予以正确的描述和评价。由于我们所面对的是古人的思想材料，而真正成熟的思想往往是明晰的，加之古人的小说思想来源于小说实践，我们可以将古人的小说思想和小说创作的实践结合起来，使自己的研究更贴近历史的真实。虽然，由于时代背景不同，文化环境迥异，语言习惯的差别也很大，我们对古人的思

---

1 吴缜：《新唐书纠缪》卷首《新唐书纠缪序》，《丛书集成初编》本，商务印书馆，1936，第3页。
2 贝奈戴托·克罗齐：《历史学的理论和实际》，商务印书馆，1982，第2页。
3 贝奈戴托·克罗齐：《历史学的理论和实际》，第230页。
4 柯林武德：《历史的观念》，商务印书馆，2003，第37页。

想难免会产生误解或曲解，但是，只要我们能够真正站在历史的角度，尊重古人，"具了解之同情"，还是可以准确理解和认识古人的小说观念的。正如陈寅恪所说：

> 凡著中国古代哲学史者，其对于古人之学说，应具了解之同情，方可下笔。盖古人著书立说，皆有所为而发。故其所处之环境，所受之背景，非完全明了，则其学说不易评论，而古代哲学家去今数千年，其时代之真相，极难推知。吾人今日可依据之材料，仅为当时所遗存最小之一部，欲借此残余断片，以窥测其全部结构，必须备艺术家欣赏古代绘画雕刻之眼光及精神，然后古人立说之用意与对象，始可以真了解。所谓真了解者，必神游冥想，与立说之古人，处于同一境界，而对于其持论所以不得不如是之苦心孤诣，表一种之同情，始能批评其学说之是非得失，而无隔阂肤廓之论。[1]

陈氏所论虽是关于中国哲学史的撰写，但其基本原理也适用于研究中国古代小说观念的历史。"设身处地"、"感同身受"和"同情了解"无疑是我们与古人进行思想对话的最好心态，也是建构中国古代小说观念史的较为科学的方法。

清理中国古代小说观念的发生、发展和演变，切忌带入今人的"成见"，避免出现"以今例古"、"以西律中"等通病，使得中国古代小说观念史的清理变成今人小说思想的演绎。20世纪30年代，金岳霖在《冯友兰〈中国哲学史〉审查报告》中肯定冯著的同时，批评了胡适《中国哲学史大纲》的研究方法，提出了"哲学要成见，而哲学史不要成见"的著名论断。他说：

---

[1] 陈寅恪：《冯友兰〈中国哲学史〉（上册）审查报告》，载《中国现代学术经典·陈寅恪卷》，河北教育出版社，2002，第838—839页。

我们可以根据一种哲学的主张来写中国哲学史，我们也可以不根据任何一种主张而仅以普通哲学形式来写中国哲学史。胡适之先生的《中国哲学史大纲》就是根据于一种哲学的主张而写出来的。我们看那本书的时候，难免一种奇怪的印象，有的时候简直觉得那本书的作者是一个研究中国思想的美国人；胡先生于不知不觉间所流露出来的成见，是多数美国人的成见。在工商实业那样发达的美国，竞争是生活的常态，多数人民不免以勤作为生命，以变迁为进步，以一件事体之完了为成功，而思想与汽车一样也就是后来居上。胡先生既有此成见，所以注重效果，既注重效果，则经他的眼光看来，乐天安命的人难免变成一种达观的废物。对于他所最得意的思想，让他们保存古色，他总觉得不行，一定要把他们安插到近代学说里面，他才觉得舒服。同时西洋哲学与名学又非胡先生之所长，所以在他兼论中西学说的时候，就不免牵强附会。哲学要成见，而哲学史不要成见。哲学既离不了成见，若再以一种哲学主张去写哲学史，等于以一种成见去形容其他的成见，所以写出来的书无论从别的观点看起来价值如何，总不会是一本好的哲学史。[1]

金岳霖有很深厚的西方哲学修养，但他却并不认可胡适用"美国人的成见"来解说中国哲学和撰写中国哲学史。他认为，撰写中国哲学史有两种思路和方法：一种是"根据一种哲学的主张来写中国哲学史"，即按照一种"成见"来写中国哲学史，像胡适的《中国哲学史大纲》那样；一种是"不根据任何一种主张而仅以普通哲学形式来写中国哲学史"，即不抱任何"成见"只按照中国哲学本来面目来写中国哲学史，像冯友兰的《中国哲学史》那样。他显然赞成后者而反对前者，因为前者意在表达一种"成见"，即宣传美国人的哲学思想，完全忽视

---

[1] 金岳霖：《冯友兰〈中国哲学史〉审查报告》，冯友兰《中国哲学史》卷首，生活·读书·新知三联书店，2009，第453—454页。

了研究对象自身的特点和所具有的价值，这是对中国古代思想文化的不重视和不尊重。我们清理中国古代小说观念的发生、发展、演变的历史，同样也不能采用胡适的思路和方法，而应该采用冯友兰的思路和方法。也就是说，我们不能按照今人所熟悉的以"小说是用散文写成的某种长度的虚构故事"[1]为理论视点，从历史文献中筛选和组织材料，按照这一"成见"来描述中国古代小说观念的所谓历史，而是要按照中国古代小说观念现有材料的本来面目，去客观地描述中国古代小说观念的发生、发展和演变的历史。因为按照"成见"描述的中国古代小说观念史，除了证明"成见"的正确外，并不能为我们提供新的思想，更不能增进我们对中国古代小说和小说思想的真实了解。而按照中国古代小说思想的本来面目去描述中国古代小说观念史，才能让人们真实地了解中国古代小说和小说观念，深入认识传统与现实的内在联系，这样的中国古代小说观念史才算是中国古代小说观念自身的历史。

二

依据现存中国古代传世文献和出土文献，我们只能承认，第一个揭橥中国古代"小说"概念的是《庄子·外物》，所谓"饰小说以干县令，其于大达亦远矣"[2]，其"小说"是指不能达致道家"至道"的诸子学说。[3]稍后的《荀子·正名篇》所谓"故知者论道而已矣，小家珍说之所愿皆衰矣"[4]，其"小家珍说"则是指不符合儒家思想的其他各家学说。无论是庄子的小说观念，还是荀子的小

---

[1] E·M·福斯特：《小说面面观》，人民文学出版社，2009，第3页。

[2] 郭庆藩：《庄子集释》卷9上《杂篇·外物第二十六》，《新编诸子集成》本，中华书局，1961，第925页。

[3] 美籍华人学者周策纵曾指出："许多人以为，'县令'是秦统一天下后才有的官名。我曾有些考证，认为至迟在战国时代已有县令。'达'字似乎就是'穷达'的'达'。《庄子》这句的意思，应该是：装饰'小说'去干进县官，也不会有大的通达，做不到大官，不会有大的成就。"(《传统中国的小说观念和宗教关怀》，《文学遗产》1996年第5期) 这一理解也可以成立。

[4] 王先谦：《荀子集解》卷16《正名篇第二十二》，《新编诸子集成》本，中华书局，1988，第429页。

说观念，都是一种学术价值判断而非文体判断，这是阅读这些文献很自然得出的结论。然而，庄子、荀子所进行的学术判断，针对的都是先秦诸子学说，而先秦诸子是在"王纲解纽"、"官失学守"、"道术将为天下裂"的春秋战国时代出现的一个群体，他们"周行天下，上说下教，虽天下不取，强聒而不舍也"[1]，孟子称之为"圣王不作，诸侯放恣，处士横议"[2]。先秦诸子"百家争鸣"，其思想学说虽各不相同，但都以"上说下教"、"述道见志"[3]为言说方式，其作品都是广义的"说体文"，具有解说性、譬喻性、夸饰性、情感性、箴谏性等特点。而中国小说观念的发生，与先秦诸子的言说活动、言说效果以及记录他们言说的文字密切相关。[4]因此，庄子、荀子的小说观念中包含有文体因素是毫无疑问的，不能说他们的小说观念与文体没有关联。[5]而考察《汉书·艺文志·诸子略》小说家著录的《师旷》、《宋子》和《隋书·经籍志》子部小说注录的《宋玉子》，可以确证，小说家之小说是以"街谈巷议""道听途说"为言说内容的一种"说体文"，这些言说其实主要是小说家作为音乐侍奉之士或言语侍从之臣服侍君王的产物，对君王有娱乐或讽谏作用，但没有儒家、道家、墨家、法家等以政教为中心的系统理论，不为士人所重。[6]而儒家、道家、墨家、法家等则视自家学派之外的其他诸子百家为小说，则主要是一种价值判断，目的是争夺学术话语权。这样看来，先秦小说尚处于没有固定指称的模糊阶段，而先秦小说观念则处于尚未发展成熟的萌芽时期。不过，这时的小说和小说观念中已经

---

1 郭庆藩：《庄子集释》卷10下《杂篇·天下第三十三》，《新编诸子集成》本，第1082页。

2 赵岐注，孙奭疏：《孟子注疏》卷6下《滕文公章句下》，《十三经注疏》本，中华书局，1980，第2714页。

3 刘勰著，范文澜注：《文心雕龙注》卷4《诸子篇》，人民文学出版社，1958，第307页。

4 见本书第一、第二章。参见拙作《说体文的产生及其对传统小说观念的影响》，"小说文献与小说史国际研讨会"论文，北京香山，2003年（收入拙著《中国文学观念论稿》，湖北教育出版社，2004）；《古"小说"三音三义说》，《天津社会科学》2015年第4期。

5 见本书第六章、第七章。参见拙作《论庄子的小说观念》，《三峡大学学报》（人文社会科学版）2012年第2期；《论荀子的小说观念》，《孝感学院学报》2011年第5期。收入拙著《裸学与乐学——王齐洲自选集》，华中师范大学出版社，2013。

6 见本书第三、第五章。参加拙作《中国小说之祖师旷探论》，《澳门理工学报》2015年第2期；《宋玉〈小说家〈宋玉子〉试探》，《齐鲁学刊》2015年第1期。

包含有后世小说和小说观念中的一切重要因子，则又毋庸置疑。

西汉末年，刘向、刘歆等人在整理皇家藏书时，在所著《别录》、《七略》中借鉴庄子、荀子指称不入流的学说为"小说"或"小家珍说"的思路，将不能列入儒家、道家、阴阳家、法家、名家、墨家、纵横家、杂家、农家的其他诸子学说者归入小说家，称他们的作品为小说，以为"诸子十家，其可观者九家而已"[1]，将小说家的作品排除在"可观者"之外，坚持的仍然是学术价值判断的理念。为了"辨章学术，考镜源流"[2]，刘向、刘歆等人自然要追溯先秦诸子的文化渊源并探寻其制度依据，这正是校雠学的要求和历史的眼光，而"学必出于王官"成为他们考察后得出的基本结论。在这一思想指导下，先秦诸子都与"王官之学"发生了联系，如"儒家者流，盖出于司徒之官，助人君顺阴阳明教化者也"；"道家者流，盖出于史官，历记成败存亡祸福古今之道，然后知秉要执本，清虚以自守，卑弱以自持，此君人南面之术也"；"阴阳家者流，盖出于羲和之官，敬顺昊天，历象日月星辰，敬授民时"；"法家者流，盖出于理官，信赏必罚，以辅礼制"；"名家者流，盖出于礼官，古者名位不同，礼亦异数"；"墨家者流，盖出于清庙之守"；"纵横家者流，盖出于行人之官"；"杂家者流，盖出于议官"；"农家者流，盖出于农稷之官"。[3]自然，对于小说家也需要追寻其文化渊源和制度依据，以阐明其作品的社会文化价值。于是，他们为小说家及其作品做出了如下定义：

> 小说家者流，盖出于稗官，街谈巷语，道听途说之所造也。孔子曰："虽小道，必有可观者焉，致远恐泥，是以君子弗为也。"然亦弗灭也。闾里小知者之所及，亦使缀而不忘。如或一言可采，此亦刍荛狂夫之议也。[4]

---

[1] 班固撰，颜师古注：《汉书》卷30《艺文志》，中华书局，1962，第1746页。
[2] 章学诚著，叶瑛校注：《文史通义校注》附《校雠通义》卷1，中华书局，1994，第945页。
[3] 班固撰，颜师古注：《汉书》卷30《艺文志》，第1728—1743页。
[4] 班固撰，颜师古注：《汉书》卷30《艺文志》，第1745页。

东汉班固撰《汉书·艺文志》，全盘接受了这一认识。刘、班等人对小说家及其作品的这种认识，除"小说家出于稗官"之说外，包括其所引述的"虽小道，必有可观者焉，致远恐泥，是以君子弗为也"的价值评判，以及"闾里小知者之所及，亦使缀而不忘。如或一言可采，此亦刍荛狂夫之议也"[1]的功用定位，构成了对小说作者、本体、价值和功用的系统认识，不仅代表了两汉学者们普遍接受的小说观念，也成为了中国古代小说思想史上最权威、最稳定、最有影响的小说观念。

尽管现代学者如胡适等不赞成《汉志》所表述的小说观念，尤其不承认"小说家出于稗官"说，胡适撰有《诸子不出于王官论》，力诋《汉志》之诬。然而，诸子之学确为"官失学守"后的产物，且先秦诸子大多遵从古学，托古而言事，而古学都是"王官之学"，为畴官所掌。正如章学诚所云，在王官时代，"有官斯有法，故法具于官；有法斯有书，故官守其书；有书斯有学，故师传其学；有学斯有业，故弟子习其业。官守学业皆出于一，而天下以同文为治，故私门无著述文字"[2]，因此，诸子学说的来源不能说与"王官之学"没有关联。章太炎便认为："九流皆出王官，及其发舒，王官不能与；官人守要，而九流究宣其义，是以滋长。"[3]吕思勉分析学者们之所以出现认识分歧的原因时指出："诸家之学，《汉志》谓皆出王官；《淮南·要略》则以为起于救时之弊，盖一言其因，一言其缘也。"[4]胡适只言其"缘"而不究其"因"，难以服古人之心；而章太炎顾及到"因"与"缘"，故"其说实最持平"。其后，余嘉锡撰《小说家出于稗官说》，力主刘、班旧说，廓清了对于"稗官"理解的许多迷雾。然而，由于有关"稗官"的传世文献太少，学界对于"小说家出于稗官"说也就疑者

---

[1] 班固撰，颜师古注：《汉书》卷30《艺文志》，第1745页。
[2] 章学诚著，叶瑛校注：《文史通义校注》附《校雠通义》卷1，第951页。
[3] 章太炎：《国故论衡》下卷《原学》，上海古籍出版社，2006，第84—85页。
[4] 吕思勉：《先秦学术概论》上编，云南人民出版社，2005，第16页。

自疑，信者自信。近年出土的《睡虎地秦墓竹简》《云梦龙岗秦简》《张家山汉墓竹简》等秦汉竹简都载有关于"稗官"的材料，为解决此问题提供了重要文献依据，使我们能够对"小说家出于稗官"之说有更全面的认识，能够更深刻理解《汉志》小说观念的文化内涵和学术价值。[1]

"稗官"既有"天子之士"，也有"诸侯之士"，在秦汉时指称县乡以下令长或长吏之属官，其秩禄仅为"百六十石"或"百石以下"，唐颜师古注《汉书》时将其释为"小官"是准确的。由于"稗官"有"采传言于市而问谤誉于路"的职责，即将街谈巷议、道听途说的民间政治议论上传给施政者，让他们了解民意，掌握民情。而民间的政治议论多爱使用谣谚、俗语、诽言、谤语[2]，这些言说往往采用对偶、排比等形式，既便于上口，也便于记忆，更便于传诵，当时人叫做"偶语"或"偶俗语"，秦汉时"稗"读音为"排"，与"俳""诽"（古无轻唇音，此字古音读排）音同义通，直到曹魏时仍然"亦谓偶语为稗"[3]。因此，小说家所出之"稗官"，不仅表明了其社会地位不高，也表明了其言论为"街谈巷语，道听途说之所造"的客观事实。[4] 如果从制度层面追溯，周代的"士传言，庶人谤"则开其先河；而"史为书，瞽为诗，工诵箴谏"[5]，以及《夏书》所言"官师相规，工执艺事以谏"[6]，则与"士传言，庶人谤"互为补充，完善了周代社会言论管理以及规定各级官吏要向统治者提供谏言的制度安排。[7]

就社会言论管理制度而言，与"士传言，庶人谤"、"工执艺事以谏"相近似的说法还有"列士献诗，瞽献曲，史献书，师箴，瞍赋，矇诵，百工谏，庶

---

[1] 见本书第七章。参见拙作《"小说家出于稗官"新说》，《湖北大学学报》（哲学社会科学版）2015年第6期。
[2] 古人以微言为诽，以放言为谤，与今人所说诽谤之义不同。
[3] 班固撰，颜师古注：《汉书》卷30《艺文志》，《二十五史》本，第1745页。
[4] 见本书第九章。参见拙作《"稗官"新诠》，《南京大学学报》（哲学·人文科学·社会科学）2013年第3期。
[5] 杜预注，孔颖达正义：《春秋左传正义》卷32《襄公十四年》，《十三经注疏》本，第1958页。
[6] 杜预注，孔颖达正义：《春秋左传正义》卷32《襄公十四年》，《十三经注疏》本，第1958页。
[7] 参见拙作《周代言谏制度与文学发展》，《清华大学学报》（哲学社会科学版）2016年第5期。

人传语,近臣尽规,亲戚补察,瞽史教诲"[1],等等,说明"小说家出于稗官"之说的确有坚实的历史依据。而春秋时期"师箴,瞍赋,矇诵,百工谏"最突出的代表是师旷和优孟,前者是晋国乐师,后者是楚国俳优,他们在箴谏时所采用的言说方式与稗官并无多少差别,他们的身份其实也可归入稗官之列。这样,师旷就成了有主名的中国古代最早的小说家,而俳优小说也成了中国古代小说的最重要的体式之一。[2]不过,《汉志·诸子略》小说家著录了师旷及其作品《师旷》,却没有著录任何俳优及其作品,俳优小说也就被排除在史志子部小说之外,成为民间通俗小说的代表,而为正统文化所不纳。

先秦诸子百家都是中国早期的文士,这些士人既可说是居于贵族集团的底层,也可说是"四民"(士、农、工、商)之首,他们成为了联系统治者和被统治者的桥梁。属于诸子百家之一的小说家自然也不例外。春秋时期的师旷本属于"士"这一阶层,战国时期的宋钘、宋玉仍然属于这一阶层,汉代的方士们同样属于这一阶层,他们为君主服务,备君主顾问,或是君主的"言语侍从之臣",其小说作品无疑就是士人小说。而先秦两汉的俳优虽然时有对君主的谏言,但他们主要是服务于君主的娱乐,而笑话、嘲噱、谐谑是其主要言说形式,其小说作品难以登大雅之堂,可视其为通俗小说的滥觞。《汉志·诸子略》小说家著录的《师旷》、《宋子》以及《隋志》子部小说注录的梁代仍然存世的《宋玉子》等[3],是中国首批"士人小说",《封禅方说》、《待诏臣饶心术》、《待诏臣安成未央术》、《虞初周说》则是汉代"方士小说"的代表[4]。而就《汉志》著录小说文体细分,则有"说体小说"、"子体小说"、"术体小说"、"事体小说"和

---

[1] 徐元诰:《国语集解·周语上》,中华书局,2002,第11—12页。
[2] 见本书第三章、第四章。参见拙作《中国小说之祖师旷探论》,《澳门理工学报》2015年第2期;《论古优的来历及其分化》,《南京大学学报》(哲学·人文科学·社会科学)2015年第4期。
[3] 见本书第五章。参见拙作《小说家〈宋玉子〉试探》,《齐鲁学刊》2015年第1期。
[4] 参见拙作《〈汉书·艺文志〉著录之小说家〈封禅方说〉等四家考辨》《兰州大学学报》(社会科学版) 2007年第5期);《〈汉书·艺文志〉著录之小说家〈虞初周说〉探佚》《南开学报》(哲学社会科学版) 2005年第3期)。收入拙著《稗官与才人——中国古代小说考论》,岳麓书社,2010。

"言体小说"，这些小说开创了后世小说文体之先河。[1]而先秦两汉的"俳优小说"却未见正史著录。由此可见，中国古代小说观念从汉代开始便有了士人小说观念和通俗小说观念的区分。士人小说观念属于正统文化的主流小说观念，《汉志》、《隋志》是其代表；而通俗小说观念受到排斥，只在民间潜滋暗长，若隐若显。[2]

汉代以后，由于小说作者已不限于先秦两汉的下层官吏，如晋中郎郭澄之撰《郭子》、宋临川王刘义庆撰《世说》、梁安右长史殷芸撰《小说》、梁兰台治书伏挺撰《迩说》、后魏丞相士曹参军信都芳撰《器准图》，魏徵等人编撰《隋书·经籍志》著录了这些作品，也就不再强调小说与稗官的联系，其子部小说类序甚至删除了《汉志》小说家"盖出于稗官"之语。不过，《隋志》仍然肯定了小说是收集民间谏言的制度性安排的产物，其小序以为：

> 小说者，街说巷语之说也。《传》载舆人之诵，《诗》美询于刍荛。古者圣人在上，史为书，瞽为诗，工诵箴谏，大夫规诲，士传言而庶人谤。孟春，徇木铎以求歌谣，巡省观人诗以知风俗，过则正之，失则改之。道听途说，靡不毕纪。《周官》诵训掌"道方志以诏观事，道方慝以诏辟忌，以知地俗"。而职（训）方氏掌"道四方之政事，与其上下之志，诵四方之传道而观衣物"，是也。[3]

可以看出，《隋志》强调的仍然是小说的民间性、琐碎性、箴谏性等特点。这种观念，并不强调故事性，但也不排除故事性；不主张内容的虚构性，却更注重言说来源的真实性。[4]唐人的正统小说观念虽然在汉人的基础上有所发展，但并

---

1 见本书第十章。参见拙作《〈汉书·艺文志〉著录小说文体探赜》，《三峡大学学报》（人文社会科学版）2022年第6期。
2 参见拙作《中国通俗小说史》第一章《中国通俗小说的发生与成长》，武汉大学出版社，2015，第24—64页。
3 魏徵等：《隋书》卷34《经籍志三》，《二十五史》本，第3373页。
4 见本书第十一章。参见拙作《〈汉志〉与〈隋志〉小说观念之比较》，《河北学刊》2016年第5期。

未脱离汉人以为小说"似子而浅薄"的窠臼，正统史学家和文学家们的看法大体如此。

北宋理学勃兴，理性思维得到发展，疑经、疑古思潮泛滥，科学技术取得长足进步，中国古代"四大发明"的三大发明（指南针、火药、活字印刷）均出现在北宋，学者们的思想观念出现了不同于以往的显著变化。欧阳修所编撰的《崇文总目》和《新唐书·艺文志》，强调历史杂传可以"参求考质"，即要求其具有真实性，同时肯定小说为"狂夫之言"，可以虚构，以不使"下情之壅于上闻"为目的。[1] 这样，《隋书·经籍志》和《旧唐书·经籍志》著录的一大批史部杂传类作品被移入《新唐书·艺文志》子部小说类，使得小说的故事性和虚构性特点凸显出来，极大地改变了小说观念的内涵，为小说观念在近代的发展开辟了道路。[2]

尽管在欧阳修之后，小说观念仍有发展，但基本的发展趋势则是，传统"四部之学"中的子部与史部的分辨越来越明晰，史部杂史杂传强调真实可信，子部小说的虚构性和故事性特点越来越突出。至清人编撰《四库全书总目》，强化了史书"真实"而可"征信"、而小说则"诬谩失真"的观念，将《新唐书·艺文志》著录入史部地理类的《山海经》、著录入史部实录类《穆天子传》、著录入史部故事类和杂史类的《汉武故事》、《拾遗记》、《大唐新语》、《开天传信录》、《明皇杂录》等改录入子部小说家类，小说的虚构性和故事性自然更加彰显。这一改变，也对上古传说和古遗传世文献甚至部分正史的属类构成了直接威胁，凸显了传统"四部之学"的内在紧张。[3] 当然，《四库全书总目》将小说分为"叙述杂事"、"记录异闻"、"缀辑琐语"三类，实际上仍然保留了士人

---

[1] 欧阳修：《欧阳修全集·崇文总目叙释·小说类》，中国书店影印世界书局本，1986，第1004页。

[2] 见本书第十二章、第十五章。参见拙作《试论欧阳修的小说观念》，《齐鲁学刊》1998年第2期；《在子史之间寻找位置——史志所反映的中国传统小说观念》，《国学研究》第十卷，北京大学出版社，2002。收入拙著《中国文学观念论稿》，湖北教育出版社，2004。

[3] 见本书第十六章。参见拙作《从〈山海经〉归类看中国古代小说观念的演变》，《天津社会科学》2018年第2期。

小说观念的"街谈巷议"、"道听途说"、"丛残小语"等基本内涵，这也证明了士人小说观念的相对稳定性和巨大影响力。所以清人翟灏《通俗编》仍然强调："古凡杂说短记，不本经典者，概比小道，谓之小说，乃诸子杂家之流，非今之秽诞言也。"[1]将士人小说与通俗小说明确区分开来。

三

然而，被正统文化所排斥的通俗小说却一直在民间自然而顽强地生长着，笑话、俳语、俗赋是其主要形式。楚国的优孟、赵国的优莫、秦国的优旃、汉武帝幸倡郭舍人，都是利用俳语、笑话、谐谑进行"优谏"，沿袭着"工诵箴谏"的传统。甚至像淳于髡、东方朔这样"诙达多端，不名一行，应谐似优，不穷似智"[2]的滑稽家，也是"工执艺事以谏"的制度文化的践行者和通俗小说的应用者。这些秦汉俳优其实来源于更早的古优，古优则肇称于以舜帝乐正"夔"为代表的乐优。乐优在舜帝时期地位颇高，能够娱乐神鬼、沟通天人，达致"神人以和"。而殷商重巫，巫觋地位上升，乐优地位下降，成为协助巫觋致敬于鬼神的工具。商末纣王不喜"正声雅乐"，却喜"北里之舞，靡靡之乐"，乐优又分化为维护"正声雅乐"的传统乐优和追求"作淫新声"的时俗乐优。周公改制，虽然提倡雅乐正声，对新声俗乐进行打压，然而，西周的成王、穆王、幽王等却都有宠爱俗优的传说，而春秋时期的齐、晋、楚、越等国也都有俗优活跃的身影，晋国优施甚至导演了谋杀太子申生而立奚齐为太子的宫廷政变。[3]

东汉末年，曹植喜得著名文学家、书法家、游艺家邯郸淳，当其面扮演俳优，进行了"胡舞五椎锻、跳丸击剑、诵俳优小说数千言"的表演，深得邯郸

---

[1] 翟灏：《通俗编》卷7《文学》，中华书局，2013，第94页。
[2] 班固撰，颜师古注：《汉书》卷65《东方朔传》，第2873页。
[3] 见本书第四章。参见拙作《论古优的来历及其分化》，《南京大学学报》（哲学·人文科学·社会科学）2015年第4期。

淳赞赏。曹植所诵的"俳优小说"其实是汉代发展相当成熟的俗赋。[1]至于俗赋，两汉辞赋家有不少创作，如王褒的《僮约》、扬雄的《逐穷赋》、蔡邕的《短人赋》以及曹植自己的《鹞雀赋》等，代表着文人俗赋的水平。其实，文人俗赋是向民间俗赋学习的仿制品，或者说是对民间俗赋的雅化。1993年尹湾汉墓出土的《神乌傅（赋）》，2009年初北京大学收藏的汉简《妄稽》，都是西汉民间俗赋的代表作，死者将其带入坟墓，可见当时人对俗赋的喜爱。曹植所诵"俳优小说"的文本虽不可再见，然而，唐代敦煌写本《韩朋赋》、《燕子赋》等的发现，表明以俳谐为主的通俗笑话和以故事为主的民间俗赋始终在顽强生长着。此外，滥觞于佛教的"唱导"和衍生于佛教的"俗讲"在中唐普及开来，社会影响越来越大。王国维曾经将1900年甘肃敦煌藏经洞发现的一批有故事性的写本卷子称之为"通俗小说"。[2]这些"通俗小说"除通俗笑话和俗赋外，还有以讲经文和俗讲文为主的"变文"、"话本"、"词文"等。宋代"说话"便是在隋唐五代"说话"的基础上发展而来的，其规模、成就和影响远远超过隋唐五代。南宋人甚至有"说话四家"之说，以与正统文化的经、史、子、集四部相比附，甚至相抗衡。[3]而"说话四家"以"小说"一家影响最大，故后人常以"小说"为"说话"伎艺之代表。这种"小说"当然不是史志所载的士人小说，而是服务于市民文化生活的市民小说，唐人称为"市人小说"，乃是避太宗李世民讳。"说话"在宋代的繁盛，与宋代社会经济发展、城市人口膨胀、坊市制度废除密切相关。更重要的是，宋真宗天禧三年（1019年），朝廷重新建立户籍制度，将城市居民列为坊廓户，单独列籍定等，即所谓均定"坊廓居民等"[4]，在中国历史上第一次将城市居民与农村居民分离开来，形成户籍管理的城乡二元结构。市民阶层的正式独立，刺激着市民文化的迅速崛起，也促进着市民小说的发展进

---

[1] 见本书第十七章。参见拙作《曹植诵"俳优小说"发覆》，《学术研究》2013年第5期。
[2] 王国维：《敦煌发见唐朝之通俗诗及通俗小说》，《东方杂志》1920年8号。
[3] 见本书第十八章。参见拙作《宋代"说话"家数再探》，《天津社会科学》2017年第2期。
[4] 徐松：《宋会要辑稿·食货六九》，上海古籍出版社，2014，第8094页。

步。而"说话"人的小说观念正是建立在市民小说的基础之上，代表的是市民小说观念而非士人小说观念，因而与士人小说观念有着明显的区别。市民小说主要是为市民阶层的休闲娱乐服务，它最重视的是小说的休闲娱乐功能，而非政治教化功能，其言说形态是白话俗语而非文言雅语。

由宋人"说话"底本演变而来的话本小说，以及在明代发展成熟的拟话本和章回小说，同样讲求休闲娱乐功能，所谓"资于通俗，谐于里耳"，因此，士人多视其为"闲书"，并不对它们寄寓"治国化民"的期望。在话本小说、拟话本小说和章回小说中，那些纯粹娱乐性的作品自不必说，即使是那些略显"高雅"的经典性的作品，如"明代四大奇书"，清代的《儒林外史》《红楼梦》等，士人们也主要是肯定它们的表达方法和写作技巧，并不肯定其思想价值和教育功能，正统史学家和文学家始终不承认其文化地位，正史《艺文志》或《经籍志》根本不著录它们。然而，市民小说在民间的影响力却与日俱增，对传统文学的冲击力也越来越大，引起一些求新求变的文学家的关注，也带来小说观念的深刻变化。例如，宋人罗烨《醉翁谈录·小说引子》开总结市民小说观念之先河，明人郎瑛《七修类稿·辩证类·小说》明确区分士人小说和市民小说之不同。而明末冯梦龙则进一步概括了士人小说与市民小说的文体特征和审美特点，他说：

> 史统散而小说兴。始乎周季，盛于唐，而浸淫于宋。韩非、列御寇诸人，小说之祖也。……若通俗演义，不知何昉？按南宋供奉局，有说话人，如今说书之流，其文必通俗，其作者莫可考。……大抵唐人选言，入于文心；宋人通俗，谐于里耳。天下之文心少而里耳多，则小说之资于选言者少，而资于通俗者多。试令说话人当场描写，可喜可愕，可悲可涕，可歌可舞，再欲捉刀，再欲下拜，再欲决脰，再欲捐金；怯者勇，淫者贞，薄者敦，顽钝者汗下。虽日诵《孝经》《论语》，其感人未必如是之捷且深

也。噫！不通俗而能之乎？[1]

冯氏不仅明确将士人小说的"人于文心"与市民小说的"谐于里耳"区分开来，而且肯定后者更受社会欢迎，更易感动人心，对社会的影响也更大。清人梁章钜则总结说："'小说九百，本自虞初'，此子部之支流也。而吾乡村里，辄将故事编成七言，可弹可唱者，通谓之'小说'。据《七修类稿》云起于仁宗时。宋仁宗朝，太平盛久，国家闲暇，日欲进一奇怪之事以娱之，故小说兴。"[2] 显然，这样的区分是符合小说发展的实际的。因此，由"说话"及"话本"等市民小说演变而来的明清通俗小说，继承和发展了先秦两汉以来通俗小说的优良传统，开辟出了小说发展的新局面。在宋人"说三分"和元人《三国志平话》等通俗技艺和"讲史平话"文本的基础上，由文人创作而成的中国第一部章回体长篇通俗小说《三国演义》的诞生，以及随后出现的《水浒传》、《西游记》、《金瓶梅》等通俗小说的勃兴，不仅将通俗小说创作推向高潮，也促进着通俗小说观念的茁壮成长。小说家们实现了将历史演义从"羽翼信史"到与信史"并传不朽"的认识转变，产生了将小说创作由眼光向上转变为眼光向下的自觉意识，同时将小说文化价值从"裨益风教"转向"疗俗圣药"的社会期待，这在中国古代小说观念发展史上具有里程碑意义。

明清通俗小说显然是一种不同于传统士人小说的新小说，它有新的表达方式、新的审美趣味、新的读者对象、新的传播渠道，与正统史志子部著录的士人小说不仅形式迥别，而且社会文化价值也大不一样。明代著名"王学左派"学者李贽、"公安派"旗手袁宏道、"竟陵派"领袖钟惺等都对通俗小说加以揄扬，充分肯定其社会文化价值。明清时期的小说家们都能够明确区分子部文言小说和民间通俗小说这两类不同类型的小说，并对通俗小说具有清晰的文体意

---

[1] 绿天馆主人：《〈古今小说〉序》，丁锡根编著《中国历代小说序跋集》中，第773—774页。
[2] 梁章钜：《归田琐记》卷7《小说》，中华书局，1981，第132页。

识，产生了许多关于通俗小说的理论，包括本体论、功用论、创作论、艺术论，虚构故事和塑造人物成为小说观念的核心内容，并诞生了小说评点这一颇具中国特色的小说批评形式。[1]明末小说批评家金圣叹更是通过对《水浒传》"心绝气尽"的评点，创造性提出了通俗小说要塑造个性化的人物形象，让小说人物"人有其性情，人有其气质，人有其形状，人有其声口"[2]，"任凭提起一个，都似旧时熟识"[3]。他不仅正确地揭示了人物形象塑造对通俗小说创作的本质意义，而且细心地探讨了如何使人物形象典型化的基本理论和主要方法，极大地丰富了中国通俗小说思想和小说观念，促进了通俗小说的繁荣发展。

明清小说家们对通俗小说的性质、类别、功用和艺术特征的清晰认识，表明通俗小说观念在这时已经完全发展成熟。清人罗浮居士（姓名不详）对通俗小说更是做出了明晰的定义，他说：

> 小说者何？别乎大言言之也。一言乎小，则凡天经地义，治国化民，与夫汉儒之羽翼经传，宋儒之正心诚意，概勿讲焉；一言乎说，则凡迁、固之瑰玮博丽，子云、相如之异曲同工，与夫艳富、辨裁、清婉之殊科，宗经、原道、辨骚之异制，概勿道焉。其事为家人父子日用饮食往来酬酢之细故，是以谓之小；其辞为一方一隅男女琐碎之闲谈，是以谓之说。然则，最浅易、最明白者，乃小说正宗也。[4]

该论者强调通俗小说不属于正统文化，不讲"治国化民"和"正心诚意"的大事、正事，只讲"家人父子日用饮食往来酬酢之细故"，关注的是老百姓的日常

---

[1] 参见本书第十九、第二十一章。
[2] 陈曦钟、侯忠义、鲁玉川辑校：《水浒传会评本·各本序言总论·序三》，北京大学出版社，1981，第9页。
[3] 陈曦钟、侯忠义、鲁玉川辑校：《水浒传会评本·读第五才子书法》，第17页。
[4] 罗浮居士：《〈蜃楼志〉序》，黄霖、韩同文选注《中国历代小说论著选》，江西人民出版社，1985，第525页。

生活，它写的是小事、琐事，不用文言，不求"瑰玮博丽"，不受"宗经、原道、辨骚"的约束，使用的是"最浅易、最明白"的语言，"其辞为一方一隅男女琐碎之闲谈"，即人们常说的"白话"。如果对以上认识加以概括，大体可以说，通俗小说属于不能被纳入正统文化的民间文化，它主要描写和表现社会日常生活，使用普通民众都能理解的通俗语言，具有民间性、故事性、趣味性、审美性、娱乐性及口语化等特点。这样定义通俗小说，应该说抓住了通俗小说的主要特点，也是对宋代以来逐渐发展成熟的通俗小说观念的全面总结。

明清通俗小说观念对中国近代小说观念的影响，从一定意义上说要强于史志子部小说观念的影响。这是因为，史志子部小说观念是士人的小说观念，士人小说观念的超稳定性使其具有相对保守的性格，不太能够引领近代小说的发展，加之1905年科举制度被废除后，士人垄断文化的格局被打破，传统意识形态逐渐解体，士人小说所依附的知识体系和文化优势也随之丧失，其小说观念的影响力自然迅速降低。而通俗小说观念是市民的小说观念，市民小说观念一直随着市民小说在发展变化，在明清时期演变为通俗小说的大潮，通俗小说求新求变的特点也赋予通俗小说观念容易接纳新观念的性格；近代中国的阶级矛盾、民族矛盾十分尖锐，社会政治、经济、文化、教育处在全面的动荡调整之中，通俗小说因其易于被普通民众所接纳，于是成为各社会阶层、各政治团体用来宣传其政治主张的有用工具，加之从西方引进的现代小说观念容易与中国通俗小说观念相对接，梁启超更以思想家、文学家、社会活动家的身份高举"小说界革命"的大旗，引领和带动"新小说"的创作，于是，中国通俗小说观念便成了引进嫁接西方现代小说观念的中国母本，并迅速演变为具有现代意识的近代公民小说观念，从而开创出具有中国近代特色的"新小说"发展的新格局，为发展成为具有现代思想和现代观念的现代小说铺平了道路。[1]

---

[1] 见本书第二十二章、第二十四章。参见拙作《中国小说观念在近代的演变》，《江西师范大学学报》（哲学社会科学版）2021年第1期；《中国社会结构的变迁与传统小说观念的演进》，《南京大学学报》（哲学·人文科学·社会科学）2021年第2期。

具体说来，近代中国小说观念的发展演变主要包括以下几个方面：其一，将视为"闲书"的通俗小说改造为能够"新民"的"新小说"，并以它为"通俗教育之利器"，甚至列为学校"教科书"，从根本上改变了人们对小说本体和功用的传统定位。其二，将通俗小说由"羽翼信史"或"补正史所未备"的"稗官野史"提升为人的"心灵史"，进而定义为民族的"调查录"，要求小说反映现实生活，熔铸作者感情，引导读者关注现实以陶熔性灵，强化了小说的社会认识价值和改造国民性的文化功能，促进了公民小说的成长。其三，将小说从正史艺文经籍志的子部转移到现代学科分类的文学学科，以西方现代文学学科的特点来认识小说，定义小说，要求小说，强调小说的文学审美特性，摆脱了传统四部分类的知识结构和意识形态的束缚。其四，将传统小说的大类统说进行小类分解，改变传统学术以政教结构排列四部、以价值高低区分类别的固有观念，采用西方现代学科分类方法，以适应现代学科发展和文学分体发展的要求，小说得以和戏曲及其他讲唱伎艺的文体分离。小说与戏曲及其他讲唱文学分离，中国小说观念才正式完成了从古代到现代的演变。

鲁迅创作的《狂人日记》是传统小说和现代小说的分水岭，他所编撰的《中国小说史略》则是传统小说观念演进为现代小说观念的里程碑。

参考文献

(以原书作者生活年代为序)

一、古典文献

郑玄笺，孔颖达正义：《毛诗正义》，《十三经注疏》本，中华书局影印阮元校刻本，1980。

孔安国传，孔颖达正义：《尚书正义》，《十三经注疏》本。

黄怀信：《逸周书校补注译》(修订本)，三秦出版社，2006。

杜预注，孔颖达正义：《春秋左传正义》，《十三经注疏》本。

徐元诰：《国语集解》，中华书局，2002。

郑玄注，贾公彦疏：《周礼注疏》，《十三经注疏》本。

王聘珍：《大戴礼记解诂》，中华书局，1983。

郑玄注，孔颖达疏：《礼记注疏》，《十三经注疏》本。

朱彬：《礼记训纂》，中华书局，1996。

何晏集解，邢昺疏：《论语注疏》，《十三经注疏》本。

赵岐注，孙奭疏：《孟子注疏》，《十三经注疏》本。

司马迁撰，裴骃集解，司马贞索隐，张守节正义：《史记》，中华书局，2014。

司马迁撰，裴骃集解，司马贞索隐，张守节正义：《史记》，《二十五史》

本，上海古籍出版社、上海书店，1986。

班固撰，颜师古注：《汉书》，中华书局，1962。

班固撰，颜师古注：《前汉书》，《二十五史》本。

范晔撰，李贤等注：《后汉书》，中华书局，1965。

范晔撰，刘昭补志，李贤注：《后汉书》，《二十五史》本。

陈寿著，裴松之注：《三国志》，中华书局，1982。

陈寿著，裴松之注：《三国志》，《二十五史》本。

沈约：《宋书》，《二十五史》本。

萧子显：《南齐书》，中华书局，1972。

姚思廉：《梁书》，中华书局，1973。

房玄龄等：《晋书》，中华书局，1974。

魏徵等：《隋书》，中华书局，1973。

魏徵等：《隋书》，《二十五史》本。

刘昫等：《旧唐书》，《二十五史》本。

宋祁、欧阳修：《新唐书》，中华书局，1975。

宋祁、欧阳修：《新唐书》，《二十五史》本。

托托等：《宋史》，中华书局，1977。

托托等：《宋史》，《二十五史》本。

张廷玉等：《明史》，中华书局，1974。

张廷玉等：《明史》，《二十五史》本。

赵尔巽等：《清史稿》，《二十五史》本。

袁珂：《山海经校注》，巴蜀书社，1993。

卢文晖辑注：《师旷》（古小说辑佚），上海古籍出版社，1985。

程树德：《论语集释》，《新编诸子集成》本，中华书局，1990。

孙诒让：《墨子间诂》，《新编诸子集成》本，中华书局，2001。

蒋礼鸿：《商君书锥指》，《新编诸子集成》本，中华书局，1986。

焦循：《孟子正义》，《新编诸子集成》本，中华书局，2017。

郭庆藩：《庄子集释》，《新编诸子集成》本，中华书局，1961。

王先谦：《荀子集解》，《新编诸子集成》本，中华书局，1988。

王先谦：《荀子集解》，《二十二子》本，上海古籍出版社，1986。

北京大学《荀子》注释组：《荀子新注》，中华书局，1979。

王先慎：《韩非子集解》，《诸子集成》本，上海书店，1986。

王先慎：《韩非子集解》，《新编诸子集成》本，中华书局，1998。

戴望：《管子校正》，《诸子集成》本。

黎翔凤：《管子校注》，《新编诸子集成》本，中华书局，2004。

杨伯峻：《列子集释》，《新编诸子集成》本，中华书局，1979。

王利器：《文子疏义》，《新编诸子集成》本，中华书局，2000。

吴广平编注：《宋玉集》，岳麓书社，2001。

刘向集录，范祥雍笺证：《战国策笺证》，上海古籍出版社，2006。

吕不韦撰，高诱注：《吕氏春秋》，《二十二子》本。

许维遹撰，梁运华整理：《吕氏春秋集释》，《新编诸子集成》本，中华书局，2009。

贾谊撰，阎振益、钟夏校注：《新书校注》，《新编诸子集成》本，中华书局，2000。

韩婴撰，许维遹校释：《韩诗外传集释》，中华书局，1980。

刘安：《淮南子》，《二十二子》本。

刘文典：《淮南鸿烈集解》，《新编诸子集成》本，中华书局，2022。

刘向撰，赵善诒疏证：《说苑疏证》，华东师范大学出版社，1985。

刘向撰，向宗鲁校证：《说苑校证》，中华书局，1987。

刘向编著，石光瑛校释：《新序校释》，中华书局，2009。

刘向：《古列女传》，《二十五史外人物总传要籍集成》本，齐鲁书社，2000。

扬雄撰，汪荣宝义疏：《法言义疏》，《新编诸子集成》本，中华书局，1987。

田代华整理：《黄帝内经素问》，人民卫生出版社，2007。

桓谭撰，朱谦之校辑：《新辑本桓谭新论》，《新编诸子集成续编》本，中华书局，2009。

桓宽：《盐铁论》，《诸子集成》本。

王利器：《盐铁论校注》（定本），《新编诸子集成》本，中华书局，1992。

许慎撰，段玉裁注：《说文解字注》，上海古籍出版社，1988。

应劭撰，王利器校注：《风俗通义校注》，《新编诸子集成》本，中华书局，2010。

刘熙：《释名》，中华书局，2016。

郑玄：《六艺论》，《丛书集成初编》本，商务印书馆，1937。

习凿齿撰，舒焚、张林川校注：《襄阳耆旧记》，《湖北地方古籍文献丛书》本，湖北人民出版社，1999。

皇甫谧：《针灸甲乙经》，《四库全书》本。

干宝：《搜神记》，中华书局，1979。

陆机撰，张少康笺释：《文赋集释》，人民文学出版社，2002。

顾野王：《玉篇》，《小学名著六种》本，中华书局，1998。

刘义庆著，余嘉锡笺疏：《世说新语笺疏》，中华书局，1983。

刘义庆著，徐震堮校笺：《世说新语校笺》，中华书局，2006。

刘勰著，范文澜注：《文心雕龙注》，人民文学出版社，1958。

释慧皎：《高僧传》，中华书局，1992。

萧统编，李善注：《文选》，中华书局，1977年影印胡克家本。

钟嵘著，陈延杰注：《诗品注》，人民文学出版社，1998。

徐锴：《说文解字系传》，中华书局，1987。

颜之推：《颜氏家训》，《诸子集成》本。

王利器：《颜氏家训集释》（增订本），《新编诸子集成》本，中华书局，1993。

孙思邈：《千金翼方》，《四库全书》本。

欧阳询等：《艺文类聚》，上海古籍出版社，1965。

释慧琳：《一切经音义》，大通书局，1985。

杜佑：《通典》，中华书局，1988。

刘知几著，浦起龙通释，吕思勉评：《史通》，上海古籍出版社，2008。

遍照金刚撰，王利器校注：《文镜秘府论校注》，中国社会科学出版社，1983。

元稹：《元氏长庆集》，上海古籍出版社，1994。

白居易：《白居易集》，中华书局，1979。

段安节：《乐府杂录》，《历代史料笔记丛刊》本，中华书局，2012。

孙棨：《北里志》，《续百川学海》本，人民出版社，2012。

王定保：《唐摭言》，上海古籍出版社，1978。

王溥等：《唐会要》，中华书局，1955。

李昉等：《文苑英华》，中华书局，1966。

李昉等：《太平御览》，中华书局，1960。

欧阳修：《欧阳修全集》，中国书店影印世界书局本，1986。

宋敏求：《长安志》（附长安志图），中华书局，1991。

宋敏求：《春明退朝录》，中华书局，1980。

司马光：《资治通鉴》，中华书局，2011。

郭茂倩：《乐府诗集》，中华书局，1979。

陈彭年等：《广韵》，《四部备要》本。

沈括：《元刊梦溪笔谈》，文物出版社，1975。

洪兴祖：《楚辞补注》（重印修订本），中华书局，1983。

郑樵：《通志》，中华书局，1987。

晁公武撰，孙猛校证：《郡斋读书志校证》，上海古籍出版社，2011。

张君房：《云笈七签》，《荆楚文库》本，湖北人民出版社，2017。

赵彦卫：《云麓漫钞》，《笔记小说大观》本，新兴书局，1979。

徐梦莘：《三朝北盟会编》，上海古籍出版社，1987。

朱熹集注：《诗集传》，上海古籍出版社，1980。

黄士毅编，徐时仪、杨艳汇校：《朱子语类会校》，上海古籍出版社，2016。

薛季宣：《浪语集》，《四库全书》本。

陈傅良：《历代兵制》，《四库全书》本。

高似孙：《高似孙集》，浙江古籍出版社，2017。

章如愚：《群书考索后集》，《四库全书》本。

陈振孙：《直斋书录解题》，上海古籍出版社，1987。

戴侗：《六书故》，上海社会科学院出版社，2006。

王应麟：《汉艺文志考证》，中华书局，2011。

孟元老撰，邓之诚注：《东京梦华录注》，中华书局，1982。

孟元老撰，伊永文整理：《东京梦华录》，大象出版社，2019。

罗烨：《醉翁谈录》，古典文学出版社，1957。

耐得翁：《都城纪胜》，中国商业出版社，1982。

西湖老人：《繁胜录》，文化艺术出版社，1998。

吴自牧：《梦粱录》，浙江人民出版社，1984。

泗水潜夫辑：《武林旧事》，西湖书社，1981。

郎瑛:《七修类稿》,上海书店出版社,2001。

杨慎:《升庵集》,上海古籍出版社,1993。

李开先撰,叶枫校订:《一笑散》,文学古籍刊行社,1955。

郑晓:《今言》,中华书局,1984。

徐师曾:《文体明辨序说》,人民文学出版社,1962。

王世贞撰,罗仲鼎校注:《艺苑卮言校注》,齐鲁书社,1992。

王世贞:《艺苑卮言》,浙江教育出版社,2008。

李贽:《焚书》,中华书局,1975。

张建业主编:《李贽文集》,社会科学文献出版社,2000。

陈第:《毛诗古音考》,《四库全书》本。

胡应麟:《少室山房笔丛》,上海书店出版社,2001。

胡应麟:《少室山房集》,《四库全书》本。

张介宾:《类经图翼》,《四库全书》本。

谢肇淛:《五杂俎》,上海书店出版社,2009。

冯复京:《六家诗名物疏》,《四库全书》本。

冯梦龙:《古今小说》,人民文学出版社,1958。

刘若愚:《酌中志》,北京出版社,2018。

金圣叹评点:《第五才子书施耐庵水浒传》,中华书局,1975。

顾炎武:《顾亭林诗文集》,中华书局,1959。

阎若璩:《古文尚书疏证》,上海古籍出版社,2010。

刘廷玑:《在园杂志》,中华书局,2005。

程晋芳:《勉行堂诗集》,《续修四库全书》本,上海古籍出版社,2002。

钱大昕:《十驾斋养新录》,上海书店出版社,2011。

翟灏:《通俗编》,中华书局,2013。

段玉裁:《经韵楼集》,上海古籍出版社,2008。

章学诚著，叶瑛校注：《文史通义校注》，中华书局，1994。

董诰等编：《全唐文》，中华书局影印清嘉庆内府刊本，1983。

永瑢等：《四库全书总目》，中华书局，1965。

永瑢等：《四库全书简明目录》，上海古籍出版社，1985。

王念孙：《广雅疏证》，江苏古籍出版社，1984。

王念孙：《经义述闻》，江苏古籍出版社，1985。

王先谦：《诗三家义集疏》，中华书局，1987。

江藩：《国朝汉学师承记》，中华书局，1983。

江藩纂，漆永祥笺释：《汉学师承记笺释》，上海古籍出版社，2006。

徐松：《宋会要辑稿》，中华书局，1957。

梁章钜：《归田琐记》，中华书局，1981。

朱骏声：《说文通训定声》，中华书局，1984。

俞樾：《九九消夏录》，中华书局，1995。

俞樾：《群经平议》，《续修四库全书》本。

严可均辑：《全上古三代秦汉三国六朝文》，上海古籍出版社，2009。

左圭、吴永、冯可宾辑：《百川学海 续百川学海 广百川学海》，人民出版社，2012。

《古本小说集成》编委会编：《古本小说集成》，上海古籍出版社，1994。

中国社会科学院文学研究所编：《古本小说丛刊》，中华书局，2008。

上海古籍出版社编：《汉魏六朝笔记小说大观》，上海古籍出版社，1999。

上海古籍出版社编：《唐五代笔记小说大观》，上海古籍出版社，2000。

上海古籍出版社编：《宋元笔记小说大观》，上海古籍出版社，2007。

上海古籍出版社编：《明代笔记小说大观》，上海古籍出版社，2005。

上海古籍出版社编：《清代笔记小说大观》，上海古籍出版社，2007。

李时人编校：《全唐五代小说》，中华书局，2014。

朱易安、傅璇琮、周常林主编：《全宋笔记》，大象出版社，2019。

马承源主编：《上海博物馆藏战国楚竹书》，上海古籍出版社，2001—2012。

北京大学出土文献研究所编：《北京大学藏西汉竹书》，上海古籍出版社，2012—2015。

张家山二四七号汉墓竹简整理小组：《张家山汉墓竹简（二四七号墓）》（释文修订本），文物出版社，2006。

睡虎地秦墓竹简整理小组：《睡虎地秦墓竹简》，文物出版社，1990。

刘信芳、梁柱编校：《云梦龙岗秦简》，科学出版社，1997。

中国第一历史档案馆编：《光绪朝上谕档》，广西师范大学出版社，1996。

二、近人著作

薛绥之、张俊才编：《林纾研究资料》，福建人民出版社，1983。

杜迈之等辑：《自立会史料集》，岳麓书社，1983。

冯自由：《革命逸史》，中华书局，1981。

严复：《严复集》，中华书局，1986。

孙中山：《孙中山全集》，中华书局，1981。

孙文：《孙中山选集》，人民出版社，2011。

章太炎：《国故论衡》，上海古籍出版社，2006。

章太炎著，傅杰编校：《章太炎学术史论集》，中国社会科学出版社，1997。

梁启超：《饮冰室合集》，中华书局，1936。

齐如山：《齐如山文集》，河北教育出版社，2010。

王国维：《观堂集林》，中华书局，1959。

王国维：《宋元戏曲史》，中华书局，2010。

王国维著，胡平生、马月华校注：《简牍检署考校注》，上海古籍出版社，2004。

顾实：《汉书艺文志讲疏》，上海古籍出版社，1987。

鲁迅：《且介亭杂文二集》，人民文学出版社，2006。

鲁迅：《鲁迅全集》，人民文学出版社，1981。

人民文学出版社编辑：《鲁迅辑录古籍丛编》，人民文学出版社，1999。

吕思勉：《先秦学术概论》，云南人民出版社，2005。

吕思勉：《经子解题》，华东师范大学出版社，1995。

吕思勉：《吕思勉全集》，上海古籍出版社，2016。

余嘉锡：《四库提要辨证》，中华书局，1980。

余嘉锡：《余嘉锡论学杂著》，中华书局，1963。

余嘉锡：《余嘉锡文史论集》，岳麓书社，1997。

余嘉锡：《古书通例》，上海古籍出版社，1985。

余嘉锡：《目录学发微　古书通例》，中华书局，2009。

杨树达：《积微居甲文说》，上海古籍出版社，1986。

黄侃：《黄侃论学杂著》，上海古籍出版社，1980。

陈寅恪：《金明馆丛稿初编》，三联书店，2001。

刘梦溪主编：《中国现代学术经典·陈寅恪卷》，河北教育出版社，2002。

胡适：《胡适学术文集·新文学运动》，中华书局，1993。

胡适：《胡适古典文学研究论集》，上海古籍出版社，1988。

郭沫若：《中国古代社会研究》（外二种），河北教育出版社，2000。

顾颉刚等：《古史辨》（一至七辑），海南出版社，2005。

顾颉刚、刘起釪：《尚书校释译论》，中华书局，2005。

钱穆：《先秦诸子系年》，商务印书馆，2001。

钱穆：《国学概论》，商务印书馆，1997。

钱穆：《中国历代政治得失》，生活·读书·新知三联书店，2012。

冯友兰：《中国哲学史》，生活·读书·新知三联书店，2009。

傅斯年：《民族与古代中国史》，河北教育出版社，2002。

任二北：《优语集》，上海文艺出版社，1981。

郑振铎：《中国俗文学史》，岳麓书社，2011。

郑振铎：《中国文学研究》，人民文学出版社，2000。

侯外庐、赵纪彬、杜国庠：《中国思想通史》，人民出版社，1957。

陈汝衡：《说书史话》，人民文学出版社，1987。

冯沅君：《冯沅君古典文学论文集》，山东人民出版社，1980。

徐复观：《两汉思想史》，华东师范大学出版社，2001。

徐复观：《徐复观论经学史二种》，上海书店，2002。

陈梦家：《殷虚卜辞综述》，中华书局，1988。

唐长孺：《魏晋南北朝隋唐史三论——中国封建社会的形成和前期的变化》，武汉大学出版社，1992。

张舜徽：《汉书艺文志通释》，湖北教育出版社，1990。

张舜徽：《广校雠略》，华中师范大学出版社，2004。

张舜徽：《周秦道论发微》，华中师范大学出版社，2005。

王瑶：《中古文学史论集》，上海古籍出版社，1982。

刘叶秋：《历代笔记概述》，北京出版社，2003。

周策纵：《古巫医与"六诗"考——中国浪漫文学探源》，上海古籍出版社，2009。

饶宗颐：《饶宗颐二十世纪学术文集》，新文丰出版公司，2003。

舒芜：《舒芜文学评论选》，安徽教育出版社，1994。

曹道衡、刘跃进：《先秦两汉文学史料学》，中华书局，2005。

刘泽华：《先秦士人与社会》，天津人民出版社，2004。

杨伯达:《巫玉之光——中国史前巫文化论考》,上海古籍出版社,2005。

余英时:《士与中国文化》,上海人民出版社,1987。

李零:《郭店楚简校读记》,北京大学出版社,2002。

李零:《简帛古书与学术源流》,生活·读书·新知三联书店,2004。

王齐洲:《呼唤民族性——中国文学特质的多维透视》,中国社会科学出版社,2000。

王齐洲:《中国文学观念论稿》,湖北教育出版社,2004。

王齐洲:《裸学存稿——王齐洲自选集》,华中师范大学出版社,2013。

王齐洲:《中国古代文学观念发生史》,人民文学出版社,2014。

戴燕:《文学史的权力》,北京大学出版社,2002。

杨联芬:《晚清至五四:中国文学现代性的发生》,北京大学出版社,2003。

胡晓真:《才女彻夜未眠——近代中国女性叙事文学的兴起》,北京大学出版社,2008。

胡学常:《文学话语与权力话语——汉赋与两汉政治》,浙江人民出版社,2000。

吴松弟:《中国人口史》,复旦大学出版社,2005。

王威海:《中国户籍制度——历史与政治的分析》,上海文化出版社,2006。

刘桓:《甲骨征史》,黑龙江教育出版社,2002。

马薇、马维丽:《中国少数民族舞蹈发展史》,人民音乐出版社,2007。

李雪梅、于红、霍耀中、尹变英、李豫:《中国鼓词文学发展史》,上海人民出版社,2012。

蒋瑞藻:《小说考证》,上海古籍出版社,1984。

钱静方:《小说丛考》,古典文学出版社,1957。

鲁迅:《中国小说史略》,人民文学出版社,1973。

胡适:《中国旧小说考证》,商务印书馆,2014。

胡怀琛:《中国小说概论》,世界书局,1934。

胡怀琛:《中国小说的起源及其演变》,正中书局,1934。

孙楷第:《沧州集》,中华书局,1965。

孙楷第:《沧州后集》,中华书局,1985。

阿英:《晚清小说史》,人民出版社,1980。

阿英编:《晚清小说丛钞》小说一卷,中华书局,1960。

胡士莹:《话本小说概论》,中华书局,1980。

王古鲁:《王古鲁小说戏曲论集》,中华书局,2013。

赵景深:《中国小说丛考》,齐鲁书社,1980。

严敦易:《水浒传的演变》,作家出版社,1957。

郭箴一:《中国小说史》,商务印书馆,1998。

叶德均:《戏曲小说丛考》,中华书局,1979。

谭正璧:《中国小说发达史》,上海光明书局,1935。

解弢:《小说话》,中华书局,1919。

李啸仓:《宋元伎艺杂考》,上杂出版社,1953。

朱一玄、宁稼雨、陈桂声:《中国古代小说总目提要》,人民文学出版社,2005。

戴不凡:《小说见闻录》,浙江人民出版社,1980。

孟瑶:《中国小说史》,传记文学出版社,1980。

张国光:《〈水浒〉与金圣叹研究》,中州文艺出版社,1981。

张国光:《古典文学论争集》,武汉出版社,1987。

李悔吾:《中国小说史漫稿》,湖北教育出版社,1992。

王先霈、周伟民:《明清小说理论批评史》,花城出版社,1988。

程毅中:《古小说简目》,中华书局,1981。

程毅中：《宋元小说研究》，江苏古籍出版社，1998。

程毅中：《古代小说与古籍目录学》，中华书局，2006。

程毅中：《程毅中文存》，中华书局，2006。

程毅中：《程毅中文存续编》，中华书局，2010。

刘世德、程毅中、刘辉主编：《中国古代小说百科全书》，中国大百科全书出版社，1993。

袁行霈、侯忠义：《中国文言小说书目》，北京大学出版社，1981。

侯忠义、刘世林：《中国文言小说史稿》上、下，北京大学出版社，1990、1993。

陈曦钟、侯忠义、鲁玉川辑校：《水浒传汇评》，北京大学出版社，1981。

吴志达：《中国文言小说史》，齐鲁书社，1994。

董乃斌：《中国古代小说的文体独立》，中国社会科学出版社，1994。

石昌渝：《中国小说源流论》，生活·读书·新知三联书店，1994。

石昌渝：《中国小说发展史》，山西教育出版社，2019。

石昌渝主编：《中国古代小说总目》，山西教育出版社，2004。

欧阳健：《〈中国小说史略〉批判》，山西人民出版社，2008。

萧相恺：《宋元小说史》，浙江古籍出版社，1997。

黄霖：《中国小说研究史》，浙江古籍出版社，2002。

李剑国：《唐前志怪小说史》，天津教育出版社，2005。

李剑国：《唐五代志怪传奇叙录》（修订本），中华书局，2017。

张稔穰：《中国古代小说艺术教程》，山东教育出版社，1991。

陈谦豫：《中国小说理论批评史》，华东师范大学出版社，1989。

杨义：《中国古典小说史论》，中国社会科学出版社，1995。

胡从经：《中国小说史学史长编》，上海文艺出版社，1998。

刘良明：《中国小说理论批评史》，武汉大学出版社，1991。

陈洪:《中国小说理论史》，天津教育出版社，2005。

陈大康:《明代小说史》，上海文艺出版社，2000。

王齐洲:《四大奇书与中国大众文化》，湖北教育出版社，1991。

王齐洲:《古典小说初探》，浙江古籍出版社，1993。

王齐洲:《稗官与才人——中国古代小说考论》，岳麓书社，2010。

王齐洲:《中国通俗小说史》，武汉大学出版社，2015。

王齐洲、王丽娟:《〈水浒传〉成书时间研究——以〈水浒传〉早期传播史料为中心》，湖北人民出版社，2022。

陈平原:《理论与实践》，北京大学出版社，1993。

陈平原:《中国小说叙事模式的转变》，北京大学出版社，2003。

宁稼雨:《中国志人小说史》，辽宁人民出版社，1991。

宁稼雨:《中国文言小说总目提要》，齐鲁书社，1996。

陈文新:《文言小说审美发展史》，武汉大学出版社，2002。

陈文新:《传统小说与小说传统》，武汉大学出版社，2005。

谭帆等:《中国古代小说文体文法术语考释》，上海古籍出版社，2013。

谭帆等:《中国古代小说文体史》，上海古籍出版社，2023。

程国赋:《唐五代小说的文化阐释》，人民文学出版社，2002。

程国赋:《明代书坊与小说研究》，中华书局，2008。

纪德君:《在书场与案头之间——民间说唱与古代小说双向互动研究》，文化艺术出版社，2009。

纪德君:《明清通俗小说编创方式研究》，社会科学文献出版社，2012。

苗怀明:《中国古代公案小说史论》，南京大学出版社，2005。

苗怀明:《二十世纪中国小说文献学述略》，中华书局，2009。

刘勇强:《中国古代小说史叙论》，北京大学出版社，2007。

王庆华:《话本小说文体研究》，华东师范大学出版社，2006。

罗宁：《汉唐小说观念论稿》，巴蜀书社，2009。

罗宁、武丽霞：《汉唐小说与传记论考》，巴蜀书社，2016。

陈洪：《中国早期小说生成史论》，中华书局，2019。

郝敬：《建构小说——中国古体小说观念流变》，中华书局，2020。

温庆新：《鲁迅〈中国小说史略〉研究：以中国小说史学为视野》，九州出版社，2017。

朱希祖：《中国文学史要略》，北京大学文科参考书，1920。

谢无量：《中国大文学史》，中州古籍出版社，1992。

曾毅：《订正中国文学史》，泰东书局，1932。

陈平原辑：《早期北大文学史讲义三种》，北京大学出版社，2005。

吴组缃、沈天佑：《宋元文学史稿》，北京大学出版社，1989。

孙望、常国武：《宋代文学史》，人民文学出版社，1996。

程千帆、吴新雷：《两宋文学史》，上海古籍出版社，1991。

章培恒、骆玉明：《中国文学史》，复旦大学出版社，1996。

袁行霈主编：《中国文学史》，高等教育出版社，1999。

王齐洲主编：《中国文学史简明教程》，华中师范大学出版社，2006。

徐中玉主编：《中国近代文学大系》文学理论集，上海书店，1994，1995。

王运熙主编：《中国文论选》近代卷，江苏文艺出版社，1996。

袁咏秋、曾季光编：《中国历代图书著录文选》，北京大学出版社，1997。

萧相恺辑校：《中国古代通俗小说序跋题记汇编》，人民文学出版社，2024。

丁锡根编著：《中国历代小说序跋集》，人民文学出版社，1996。

王齐洲主编：《二十五史艺文经籍志著录小说资料集》，湖北人民出版社，2021—2025。

郁沅、张明高选注：《魏晋南北朝文论选》，人民文学出版社，1996。

黄霖、韩同文选注：《中国历代小说论著选》，江西人民出版社，1985。

黄霖编注：《历代小说话》，凤凰出版社，2018。

陈平原、夏晓虹编：《二十世纪中国小说理论资料》，北京大学出版社，1997。

本社编：《历代书法论文选》，上海书画出版社，1979。

中华书局编辑部：《宋元明清书目题跋从刊》，中华书局，2006。

璩鑫圭、唐良炎编：《中国近代教育史资料汇编·学制演变》，上海教育出版社，1991。

邢义田、林丽月主编：《台湾学者中国史研究论丛·社会变迁》，中国大百科全书出版社，2005。

中华书局编辑部：《中研院历史语言研究所集刊论文类编》历史编魏晋隋唐五代卷，中华书局，2009。

中华书局编辑部：《中国近代期刊汇刊》，中华书局，2006。

于省吾主编：《甲骨文字诂林》，中华书局，1996。

徐中舒主编：《甲骨文字典》，四川辞书出版社，1988。

周法高主编：《金文诂林》，香港中文大学，1974。

朱祖延主编：《尔雅诂林》，湖北教育出版社，1996。

古文字诂林编纂委员会：《古文字诂林》，上海教育出版社，2004。

中国社会科学院考古所：《殷周金文集成》（修订增补本），中华书局，2007。

［日］青木正儿：《中国文学发凡》，郭虚中译，《近代海外汉学名著丛刊》本，山西人民出版社，2015。

[日]盐谷温:《中国小说史略》,郭希汾编译,新文化书社,1934。

[日]内山知也:《隋唐小说研究》,复旦大学出版社,2010。

[日]樽本照雄:《清末小说研究集稿》,陈薇监译,齐鲁书社,2006。

[美]雷·韦勒克、奥·沃伦:《文学理论》,刘象愚等译,生活·读书·新知三联书店,1984。

[美]夏志清:《中国古典小说导论》,胡益民等译,安徽文艺出版社,1988。

[美]浦安迪:《明代小说四大奇书》,沈亨寿译,生活·读书·新知三联书店,2006。

[美]韩南:《中国近代小说的兴起》,徐侠译,上海教育出版社,2004。

[美]韩南:《韩南中国小说论集》,王秋桂等译,北京大学出版社,2008。

[英]E·M·福斯特:《小说面面观》,冯涛译,人民文学出版社,2009。

[英]魏安:《三国演义版本考》,上海古籍出版社,1996。

[英]罗宾·乔治·柯林武德:《历史的观念》,商务印书馆,2003。

[意大利]贝奈戴托·克罗齐:《历史学的理论和实际》,商务印书馆,1982。

后 记

这是我第二部入选《国家哲学社会科学成果文库》的专著。第一部《中国古代文学观念发生史》2013年入选《文库》，2014年人民文学出版社出版，2015年入选《国家社科基金中华学术外译项目首批推荐目录》，当年获得韩语外译立项，2020年获教育部第八届高等学校科学研究成果奖（人文社会科学），2022年韩国宝库社出版韩文全译本。然而，就我个人研究的时间进程而言，中国古代文学观念发生史的研究却远晚于中国古代小说观念发展史的研究。前者是从20世纪90年代后期开始的，当时我在湖北大学工作，标志性成果是发表在《孔子研究》1998年第1期的《论孔子的文学观念——兼释孔门四科与孔门四教》和发表在《中国社会科学》1999年第1期的《中国文学观念发生的符号学探原》；而后者则起始于改革开放初期，距今已近半个世纪，我当时还是荆州师范专科学校（今长江大学）中文系的青年教师。

1978年2月，我作为荆州师范专科学校青年教师到武汉师范学院中文系（今湖北大学文学院）进修，参加了中文系青年教师培训班，听张国光老师讲庄子、讲《水浒》、讲金圣叹，听郁沅老师讲文艺理论，后来又旁听了中文系首届元明清文学研究生班的一些课程，听朱祖延老师讲文字学和《楚辞》、严学宭老师讲音韵学、王陆才老师讲戏曲、李悔吾老师讲小说。这些学习，不仅增长了知识，扩大了视野，也让我的学习欲望空前高涨。在此期间，我每个星期天都陪张国光老师到湖北省图书馆古籍库专家服务部看书，很少例外。古籍库专家服务部向高校讲师以上教师开放。当时湖北高校教授、副教授甚少，讲师享受专家待遇，可以借阅馆藏一切古籍，包括善本书，只是不准借走。每次到馆，张老师就将准备好的书单交给图书管理员，管理员依据书目将这些书从书库里取出摞在书桌上，我可以任意阅读，有不懂的就向张老师请教。如果我有要看的书，也可以通过张老师向管理员索要。中午我和张老师轮流外出吃饭，留一人看守，下午下班时将图书清点还回。这样的读书生活坚持了一年有余，直到1979年7月我进修期满离开武汉为止。通过这样的读书，我知道了不同书籍、不同版本承载着不同文化信息，有不同文化内涵，什么样的书才是好书，自己应该读什么书以及如何读书。那时的张老师，忙于筹备成立中国《水浒》学会、组织全国性的《水浒》研讨会和创办《水浒争鸣》刊物，我也自觉地参与其中，生活紧张而充实。而张老师对《水浒》和金圣叹的看法则深刻地影响了我，使我对研究《水浒》和金圣叹产生了浓厚兴趣。在离开武汉时，我对《水浒》和金圣叹已经有了自己的独立看法，虽不同于张老师，却得到了张老师的大力支持，他鼓励我将自己的想法写成文章发表出来。回到荆州，我把在武汉写出的初稿进行修改加工完善，撰写成《宋江是地主阶级的革新派》、《〈水浒传〉是描写农民起义的作品吗？》、《明代对〈水浒传〉的推崇与禁毁》、《金圣叹小说理论初探》、《论"动心说"——金圣叹小说理论再探》等文，分别发表于《文学评论丛刊》第五辑（1981）、《水浒争鸣》第一辑（1982）、《江汉论坛》1983年第2期、《社会科学研究》1981年第5期、《争鸣》1983年第2期。张老师对我的研究一直非常关注，不时来信勉励。1991年我的第一部专著《四大奇书与中国大众文化》出版，张老师赞赏有加；1993年我的第一本论文集《古典小说新探》出版，张老师亲自作序，以为"通过这本书可以使读者和老一代的古典小说和古代小说理论研究家由此看出一位青年研究家如何通过自己的刻苦钻研，在这样一个能够充分展示自己才华的学术领域脱颖而出的过程，看出他成长的轨迹和发展的前景。还可以由一斑而窥全豹，通过本书看出我国古典小说和古代小说理论研究今后只会加强不会削弱的大趋势"。序言中提到我与他的学术观点"不尽一致，甚至还有彼此矛盾者"，尤其是关于《水浒》主旨和宋江形象，但他仍然"为它的出版感到由衷的高兴"，因为他"十分欣赏儒家的'道并行而不相悖，万物并育而不相害'的治学态度"。张老师对学术的执着和敬畏，对晚辈的关照与提携，体现了老一代学者的博大胸襟和无私情怀，今天想来，仍然令我感动。张老师早已仙去，每念及此，不禁泫然！

《金圣叹小说理论初探》发表后，我和《社会科学研究》杂志的胡邦炜编辑联系多了，发现彼此有相同的学术梦想，通过反复切磋，我们决定合作编撰一本《中国古代小说理论批评史》。我自告奋勇地答应草拟一份编写提纲，作为讨论的基础，然后再商量下一步如何合作。经过一段时间的搜索、阅读和思考，我发现面前有一座需要逾越的大山，不逾越这座大山，就看不清前方的道路，更难以追溯历史的走向。研究中国古代小说理论批评史，首先要回答什么是古代小说，哪些理论是小说理论，哪些批评是小说批评。鲁迅《中国小说史略》固然为我们勾画了一幅简明的中国小说历史图景，但细绎文献，却发现这幅图景多有残缺，不尽完美，有些地方还留下了拼接的痕迹，不能全面反映中国古代小说的历史原貌。例如，魏晋志怪、志人和唐宋传奇之后，接以宋元话本、拟话本，再接以明清章回体通俗小说，似乎体现着小说的发展进化。然而，唐宋以降，历代都有志怪、志人、传奇之作，其中不乏佳作，明清时期的志怪、志人、传奇作品体量更是远超魏晋，其成就也不输魏晋。尽管《中国小说史略》第二十二篇《清之拟晋唐小说及其支流》对此有所补救，但仅此一篇，如何能够反映一千三百多年古体小说的发展历史？更为重要的是，话本、拟话本、章回小说并不是由志怪、志人、传奇等发展而来，它们自有来源，其源头并不晚于志怪、志人、传奇的源头。鲁迅将小说源头追溯到神话与传说，并在《中国小说史略》中专门列为一篇，这与他接受将小说等同于"虚构的故事"的西方近代小说观念有关。他在《中国小说的历史的变迁》的演讲中也提到，小说"倒是起于休息的",因为先民劳动间歇会彼此谈论故事,"而这谈论故事,正就是小说的起源"。然而,在以笔记为代表的中国古体小说理论和小说批评中,"故事"并非中心话语,因为有许多笔记小说根本就没有"故事",而"虚构"则常常被一些小说理论家和批评家所抨击,那么,这些理论和批评算不算小说理论和小说批评?中国古代本有"故事"一词,人们为何要称志怪、志人、传奇等为"小说"而不称其为"故事"?我们为何要用今人的标准去规范古人,而不能站在古人的立场去理解他们?难道历代正史艺文经籍志所著录的小说书目都是错误的,只有今人按照西方的小说观念确定的小说书目才是正确的?难道中国古代小说理论和小说批评就不是小说理论和小说批评,只有今人按照西方标准认可的小说理论和小说批评才算小说理论和小说批评?这样的问题,指不胜屈。我自然不赞成今人的这些判断,于是,决定放弃编撰《中国古代小说理论批评史》的想法,先去弄清楚中国古代小说是如何发生的,历代专家学者以什么为小说,有哪些代表性小说作品,各个历史时期主流的小说观念是什么,又有哪些发展变化,相互之间究竟是什么关系,如此等等。总之一句话,我们要将中国小说的历史还给中国小说,将古代的小说理论和小说批评的图景真实地呈现在今人面前,不能墨守成规,固步自封,更不能人云亦云。只有这样,才会有我们的学术贡献,才不辜负我们所处的这个时代。我将这些想法报告给胡邦炜编辑,得到了他的理解,决定放弃合作编撰《中国古代小说理论批评史》的计划。

经过两三年的探索、思考、写作、修改,我终于完成近两万字的长文《中国小说起源探迹》,投给《文学遗产》,算是对前几年学术经验的一次总结。当时老一代学者有不少健在,学术刊物又很少,期刊版面十分紧张,《文学遗产》不仅接受了拙稿,而且很快将全文刊登在1985年第1期上。一个专科学校的青年教师能够在《文学遗产》发表长文,且放在显著位置,这就是20世纪80年代的学术氛围,是老一辈期刊编辑的职业坚守,也是我一直难以忘怀的温馨记忆。

在此文中，我明确将中国古代小说分为文言笔记小说和白话通俗小说两大系列，认为它们各有自己的发生源头和发展进程，虽然时有交叉，互有影响，但不应该故意混淆或强行归并。并且强调，神话传说不是小说的起源，"神话是一种独立的体裁，它必然产生并只能产生于一定的历史阶段。我们并不否认神话对于后来小说的影响，甚至可以把它视为小说产生的一个来源。然而，来源并不等于起源，因为这里有着本质的区别：起源标示着某一事物的诞生，而来源却只表明构成这种事物的某种因素，这种因素完全可以来自不同性质的别一事物"。我在这段话下面特地加上重点号，以期引起学界重视。此文虽然不是直接研究中国古代小说观念史，却为研究小说观念史打下了基础，因为小说起源问题是小说观念史研究必须突破的瓶颈。我后面几十年的研究，其实都是围绕这一思路展开的，只是更加深入、更加细致、更加具体而已。当然，我后来的研究也对此文中那些表述不够严谨不够完善的地方做了补充修正，除了对两类小说起源的文献进行更加严谨细致的考察，对两类小说观念的具体内涵进行更为科学合理的界定之外，将研究重点放在探讨两类小说之间的相互影响相互融合的历史，以及探讨这两类小说所反映的两种小说观念之间的相互影响相互融合的历史。四十多年来，古代小说观念成为我反复思考探索的重要课题。我将此课题按照两类小说和小说观念发展的实际分解为几个大的时段，其中有分有合，每个时段中又分出若干具体问题，或以人为主，或以事为主，紧紧围绕小说观念做穷根究底的研讨，以期真正能够揭示中国古代小说观念发展的历史。这样研究，即使达不到自己预定的目标，至少可以提供一些前人未曾探讨过的话题，发现一些前人未曾发现的问题，补充一些前人探讨得不够充分的材料，揭示一些学界尚未揭橥的观念内涵，以完成我们这代学人的历史使命，供后人做进一步研究时参考。

我之所以选择中国古代小说观念发展史这样一个课题开展研究，几十年坚持不懈，还有一个重要原因要向读者交代。

中国古代小说观念发展史是一个基础性研究，既涉及理论，也涉及文献。搞理论研究的学者以思维见长，逻辑严密，常常能够揭示事物的某些本质规律，其论证也注意自洽，却往往容易忽视基本文献，或者对相关文献本来就不熟，虽然谈得好像头头是道，总难免隔靴搔痒，郢书燕说。弄文献的学者则以严谨见长，字斟句酌，锱铢必较，注重文献的可靠性，有一分材料说一分话，强调无一字无来历、无一语无根据，却往往容易忽视自身理论修养，难以发现文献中掩藏的思想文化信息，以及不同文献之间的学术联系。我自知没有理论家的聪颖，也缺乏文献学家的执着，但将二者有机结合起来形成自己的学术优势，却具有得天独厚的条件。我在华中师范大学文学院带古典文献学硕士生和博士生，和他们一起读胡克家本《文选》，读十三经注疏本《礼记》，咬文嚼字，一字一句地抠，连标点也不放过，既训练学生也训练我自己；同时也带古代文学硕士生和博士生，和他们讨论文学的生产与消费、传播与接受、审美与教化，分析作品的意象与情感、意境与比兴、能指与所指，鼓励不同学术观点的争鸣。在同门例会上，我常常引导学生们将理论思考和文献阐释互相渗透，让他们多向对方靠拢，也多从对方学习如何让二者融通的方法和途径，我也从中获得启发。因此，在中国古代小说观念发展史的研究中，我既不做没有文献支撑的纯理论研究，也不做没有思想内涵的纯文献考辨，但又绝不抛弃理论，也绝不忽视文献，而是在充分掌握文献的基础上扎实地推进理论研究，以期找到解决中国古代小说观念发展史研究的方法和途径。为此，我前后带领数十名硕士生、博士生，花了近二十年时间，对二十五史艺文志或经籍志所著录的小说进行资料搜集整理，定期召开读书报告会，讨论小说文献和小说观念中碰到的棘手问题，最终编纂成9卷35册1800万字的《二十五史艺文经籍志著录小说资料集》，现正在分卷陆续出版中。在此基础上，撰写了200万字的《二十五史艺文经籍志著录小说总目提要》，2024年获得国家出版基金项目资助，即将出版。为了全面了解中国通俗小说和通俗小说观念，我又花了数年时间，清理以前阅读通俗小说的笔记，补充阅读以前未读的作品，检讨已经出版的通俗小说研究论著，思考通俗小说和通俗小说观念的发展与演变，撰成78万字的《中国通俗小说史》，此书已经再版，其英文版权已由武汉大学出版社转让到施普林格·自然集团（Springer Nature），将由其旗下的帕尔格雷夫·麦克米伦出版公司（Palgrave Macmillan）出版英文版。在梳理两类小说文献的基础上，我将有关小说观念的材料进行清理并撰写成论文，在一些重要期刊上先后发表了40多篇。2021年在《南京大学学报》（哲学·人文科学·社会科学）上发表的《中国社会结构的变迁与传统小说观念的演进》一文上网后，数据显示，点击阅读人数接近100万；同年在《江西师范大学学报》（哲学社会科学版）上发表的《中国小说观念在近代的发展》上网后，点击阅读量也超过60万人。这一现象表明，在中国学术界、读书界和广大文学爱好者中，仍然有不少人关注中国古代小说观念的发展变化，希望从中得到一些启示。这对我是巨大的鼓舞。我真诚希望自己的研究能够给读者以信心，要求自己在书中所描述的小说观念发展的具体场景是符合中国古代小说观念发展的历史实际的，所下的每一个结论都是有充分的历史文献依据的。我也真诚地希望读者诸君参与到这一问题的讨论中来，以促进中国古代小说观念发展史的研究，推动当下中国小说的发展与进步。

拙著申报《国家哲学社会科学成果文库》得到人民文学出版社古典部主任葛云波编审的大力支持，并给予了许多指导；拙著的学术质量也得到《文库》九位匿名评审专家的一致认可，并提出了进一步修改完善的具体建议；全国哲学社会科学工作办公室决定将第二部拙著收入《文库》，也体现了对这一研究成果的重视和对我本人的信任；人民文学出版社责任编辑张梦笔女士精心编校，保证了本书的出版质量。此外，江西师范大学期刊社副编审刘伏玲博士审校了英文目录并校对了部分书稿清样。参加校对的还有昆明师范学院教授孔德明博士、兴义民族师范学院教授李平博士、湘潭大学副教授谷文彬博士、绍兴师范学院副教授李晓华博士、黄冈师范学院副教授潘志刚博士、广东筠诚投资控股股份有限公司法务室副主任李情女士。对于这些为本书默默做出奉献的人们，我在此表示由衷的感谢和崇高的敬意！

王齐洲　谨记
甲辰冬至前日于武昌桂子山华中师大寓所